MW01624419

BESTSELLER

Rabih Alameddine tardó años en descubrir cuál era su vocación. Tras dejar Líbano cuando tenía diecisiete años e instalarse en California, se licenció en ingeniería porque le gustaban las matemáticas, pero pronto abandonó la profesión. Intentó luego interesarse por la psicología clínica, y finalmente se dedicó algunos años a la pintura, solo para descubrir que nunca destacaría en este campo. Un día, cuando ya estaba cansado y deprimido, probó suerte con la escritura y se dio cuenta de que ese era el oficio al que quería dedicar el resto de su vida. Empezó publicando una novela titulada *Yo, la Divina* y una colección de cuentos. Después de años de intenso trabajo, con *El contador de historias* ha logrado que tanto la crítica más exigente como el público valoren su trabajo. Traducida a diez idiomas y alabada por la prensa internacional, esta es la novela que está destinada a convertirse en *Las mil y una noches del siglo* XXI.

RABIH ALAMEDDINE

El contador de historias

Traducción de
Toni Hill

DEBOLS!LLO

El contador de historias

Título original: The Hakawati

Primera edición en este formato en España: octubre, 2009
Primera edición en México en rústica: marzo, 2010
Primera edición en México en tapa dura: marzo, 2010

El capítulo 10 fue publicado en Zoetrope, con algunas diferencias, bajo el título «In-Country».

www.rhmx.com.mx

Comentarios sobre la edición y el contenido de este libro a:
literaria@rhmx.com.mx

ISBN (rústica) 978-607-429-865-9
ISBN (tapa dura) 978-607-429-960-1

Impreso en México / *Printed in Mexico*

A Nicole Aragi,
destructora de demonios,
exquisita paloma.

Libro primero

Alabado sea Dios, que ha dispuesto las cosas para que las anécdotas placenteras sirvan como instrumento para pulir la inteligencia y limpiar el óxido de nuestros corazones.

AHMAD AL-TIFASHI, *Los deleites del corazón*

Todo es contable. Basta con empezar una palabra tras otra.

JAVIER MARÍAS, *Corazón tan blanco*

¡Qué infiernos, purgatorios y paraísos tengo en mi interior! Pero ¿quién me ve hacer algo que esté en desacuerdo con la vida, a mí, alguien tan sereno y tan pacífico?

FERNANDO PESSOA, *El libro del desasosiego*

1

Escuchad. Dejad que sea vuestro dios. Dejad que os guíe en un viaje hacia los confines de la imaginación. Dejad que os cuente una historia.

Hace mucho, mucho tiempo, en una tierra remota, vivía un emir en una hermosa ciudad, una ciudad verde llena de árboles y de exquisitas fuentes burbujeantes cuyo susurro arrullaba a los ciudadanos por las noches. Puede decirse que el emir tenía todo cuanto un hombre puede desear, a excepción de lo que más anhelaba su corazón: un hijo varón. Gozaba de riquezas, heredadas y logradas. Gozaba de buena salud y una dentadura fuerte. Gozaba de estatus, encanto, respeto. Gozaba de la adoración de su preciosa esposa y de la admiración de su pueblo. Tenía un pedicuro experto. Llevaba veinte años de matrimonio y doce hijas, pero ningún varón. ¿Qué podía hacer?

Llamó a su visir.

—Sabio visir —le dijo—. Necesito tu ayuda. Como bien sabes, mi bella esposa ha sido incapaz de darme un hijo. Tengo doce hijas, a cuál más hermosa. Su piel lechosa es tan suave como la mejor seda china. Las perlas relucientes del golfo Pérsico palidecen si las comparamos con sus ojos. El brillo de sus cabellos eclipsa los tintes negros de la tierra de Sind. Diecisiete poetas alaban las cualidades de la primogénita. Mis hijas me han proporcionado mucho placer, mucho orgullo. Y sin embargo anhelo ver a un descendiente mío dotado de un pequeño pene corriendo por el patio: un chico que sea depositario de mi nombre y de mi honor, un futuro líder para nuestro pueblo. Estoy en una encrucijada. Mi esposa insiste en que lo intentemos una vez más, pero no quiero que pase por eso solo para acabar dando a luz a otra niña. Dime, ¿qué puedo hacer para asegurar que nazca un chico?

Por millonésima vez el visir propuso a su señor que tomara una segunda esposa.

—Antes de que sea demasiado tarde, señor. Es evidente que vuestra esposa nunca os dará un hijo. Debemos encontrar a alguien que pueda hacerlo. Mi señor es el único hombre de estos parajes que se conforma con una única señora.

El emir había rechazado esa propuesta en un sinfín de ocasiones, y ese día no iba a ser menos. Su mirada serena se posó en el jardín.

—No puedo casarme con otra, querido visir. Amo a mi esposa con todo mi corazón. Sé que de vez en cuando puede mostrarse destemplada, arrogante sin duda, petulante e impetuosa, tonta a ratos, desagradecida hacia quienes la ayudan, e incluso maliciosa y despiadada cuando se enfada, pero a pesar de todo eso ella siempre ha sido la única mujer que existe para mí.

—En ese caso tened un hijo con una de vuestras esclavas. Fátima la egipcia podría ser una candidata excelente. Tiene buenas caderas y unos pechos incomparables. Si me permitís el comentario, es la aspirante ideal.

—Pero no siento deseo alguno de yacer con otra mujer.

—Sara ofreció una esclava egipcia a su marido para que este tuviera descendencia. Si esa fue una buena solución para el profeta, también lo será para nosotros.

Aquella noche, en su alcoba, el emir y su esposa discutieron el problema. Su esposa se mostró de acuerdo con el visir.

—Sé que deseáis un hijo —dijo ella—, pero creo que eso queda fuera de nuestras posibilidades. La situación es catastrófica. Corren rumores entre nuestros súbditos. Todos se preguntan qué sucederá cuando ascendáis a los cielos, quién dirigirá nuestras tribus. Creo que tal vez a alguien se le ocurrirá plantear esa pregunta antes de lo que imagináis.

—Los mataré —gritó el emir—. Los destruiré. ¿Quién se atreve a cuestionar la vida que he elegido?

—Calmaos y sed razonable. Podéis mantener relaciones con Fátima hasta que quede encinta. Es guapa, agradable y está disponible. Podemos tener un hijo a través de ella.

—Pues creo que no podré.

Su esposa se puso de pie con una sonrisa en los labios.

—No os preocupéis, esposo mío. Yo estaré presente y haré eso que tanto os complace. Llamaré a Fátima y le informaremos de nuestros deseos. Fijemos una cita para el miércoles por la noche, que habrá luna llena.

Cuando Fátima se enteró del plan, no vaciló.

—Siempre estaré a vuestro servicio —dijo la esclava—. Sin embargo, si el emir desea tener un hijo con su esposa existe otra forma de conseguirlo. Conozco a una mujer que vive en mi ciudad natal, Alejandría. Su nombre es Bast, y sus poderes no tienen parangón. Desciende directamente por la línea femenina de la propia Anjara, la curandera de Cleopatra y guardiana de los áspides. Si se le entrega un mechón del cabello de mi señora, sabrá por qué no ha tenido un hijo varón y os proporcionará el remedio adecuado. Nunca falla.

—¡Asombroso! —exclamó el emir—. ¡Os envía el cielo, querida Fátima! Debemos ir a buscar a esta curandera inmediatamente.

Fátima negó con la cabeza.

—Oh, no, mi señor. Una curandera nunca puede abandonar su hogar. De ahí procede su magia. Si la arrancáramos de su tierra no nos sería de utilidad alguna. Una curandera puede viajar, buscar, pero en última instancia, si desea hacer uso de todos sus poderes, no puede alejarse mucho de su casa. Yo podría viajar hasta ella con un mechón del cabello de mi señora y volver con el remedio.

—Entonces ve —dijo la esposa del emir.

Y él añadió:

—Y que Dios te guíe e ilumine tu camino.

Me sentía forastero en mi propia piel. La duda, ese topo ciego, socavaba mi columna vertebral. Apoyé la espalda en el asiento del coche, observé el barrio y sentí cómo la sangre me latía en las venas de los brazos. Oía un suave gorgoteo, pero no sabía si procedía de la fuente o de una tubería rota. Hace mucho tiempo hubo una fuente de mármol en el vestíbulo del edificio, pero ya había dejado de existir.

Era un turista en una tierra extraña. Estaba en casa.

No había mucha gente por los alrededores. Un anciano sentado con desgana en un taburete cuya superficie era de suave hilo trenzado. Su cabello blanco aparecía alborotado, casi como si hubiera apoyado las manos en una bola estática. Su figura encajaba en el entorno, uno de los escasos barrios de Beirut donde aún quedaban vestigios del desastre de la guerra.

—Ese edificio era nuestro —le dije, porque necesitaba decir algo. Con un leve movimiento de cabeza señalé la entrada, cavernosa y sin fuente, ahora totalmente descubierta. Me percaté de que no me miraba: sus ojos estaban puestos en mi coche, el sedán BMW negro de mi padre.

La calle se había convertido en un camino lodoso. El barrio quedaba alejado de las vías principales. Ya entonces el tráfico era escaso; al parecer ahora aún lo era más. Se oía el zumbido de una hormigonera. Había dos edificios en plena construcción; los viejos inmuebles se desplomaban con pocas esperanzas de resucitar.

Mi edificio parecía abandonado. Sabía que no era así —había albergado a ocupas y refugiados desde que nos marchamos, durante los primeros años de la guerra civil—, pero ahora mismo resultaba impensable que alguien viviera allí.

Escuchad. Viví aquí hace veintiséis años.

Al otro lado de la calle, frente a nuestra casa, había un inmenso jardín vallado con una verja de lanzas intrincadas. Ya no era un jardín, y desde luego la verja ya no estaba. Diseminados entre montañas de basura se veían cascotes metálicos, pilas de escombros, pedazos de baldosas. Un gigantesco rododendro blanco crecía en mitad de aquel vertedero.

Dos begonias, una blanca y otra roja, habían florecido delante de un edificio de tres pisos de nueva construcción, con un aspecto extraño: sin cráter, sin orificios de bala, sin ningún árbol creciendo en su interior. Las begonias, las gloriosas begonias, parecían estallar en cada rama: no quedaba ningún brote por abrir. Florecía la vida, pero con un color apagado. El rojo... el rojo no era el mismo. Era demasiado pálido para mi gusto. Los rojos de mi Beirut, la ciudad que yo recordaba, eran más salvajes, más primarios. Los colores eran mejores, más intensos, más vivos.

Un trabajador sirio pasó por allí: intentó esquivar los charcos de la calle y sus ojos evitaron mirarme. Estábamos en febrero de 2003, habían pasado más de doce años desde el final de la guerra civil, y sin embargo la construcción en el barrio seguía retrasada. La mayor parte de Beirut había sido reconstruida, pero esta zona aún parecía derruida y decrépita.

Había una Virgen María en un altar.

En la fachada de nuestro edificio había un caja acristalada, un altar cerrado de cemento y ladrillo, coronado con losas de mármol italiano en forma de A, un Joseph Cornell católico. En su interior se hallaba una benevolente Virgen María, un inquisitivo san Antonio, un rosario de coral, tres velas finas, pétalos de dalias y rosas, y una foto de Santa Claus clavada en un fondo de espuma blanca.

¿Cuándo había surgido ese objeto extraño? ¿Estaba allí la Virgen cuando yo era niño?

No debería haber venido aquí. Se suponía que debía recoger a Fátima antes de ir al hospital a ver a mi padre, pero sin darme cuenta me encontré de camino hacia el viejo barrio como si viajara en un camión de juguete que se mueve a merced de un niño caprichoso. Mi viaje a Beirut tenía como fin pasar el Eid al-Adha con mi familia y me sorprendió enterarme de que mi padre estaba ingresado en el hospital. Y sin embargo, en lugar de estar con ellos había acabado allí: perplejo y asombrado ante mi antiguo hogar, inmerso en el pasado.

De nuestro edificio salió una joven con unos tejanos ceñidos y un suéter blanco muy corto. Llevaba apuntes y un libro de texto. Quise preguntarle en qué piso vivían ella y su familia. Saltaba a la vista que no residían en el segundo; una higuera había crecido en él. Ese tenía que haber sido el piso de tío Halim.

El inmueble era propiedad de mi familia, mi padre y sus hermanos, que ocupaban cinco de los doce pisos. Mi tía Samia y los suyos vivían en el ático de la sexta planta. Mi padre poseía uno de los pisos de la cuarta planta y el tío Yihad el otro. Uno de los pisos de la quinta planta pertenecía al tío Wayih, y el tío Halim tenía otro en la segunda, donde ahora asomaba la higuera, supongo. El piso de la planta baja pertenecía al portero, cuyo hijo Elie se convirtió en líder de la milicia en la adolescencia y mató a unas cuantas personas durante la guerra civil.

La fuente de la fortuna familiar estaba en nuestro concesionario de coches, al-Jarrat Corporation, que se hallaba bastante cerca de casa, en la calle principal. Los libaneses no saben qué es la ironía. Nadie prestaba atención a los detalles. Nadie veía raro que un concesionario de coches y la familia que lo regentaba tuvieran un nombre que significaba «exagerado», «marrullero», «mentiroso».

La joven pasó por delante de nosotros pavoneándose con indiferencia, los ojos ocultos detrás de unas gafas de sol baratas. El anciano se incorporó al verla.

—¿No crees que esos pantalones son demasiado ajustados? —preguntó él.

—Que te den, tío —replicó ella.

Él se inclinó hacia delante. Ella siguió andando.

—Ya nadie escucha —dijo él en voz baja.

No sabría deciros cuándo fue la última vez que vi el barrio, pero recuerdo a la perfección el último día que vivimos aquí, porque se trató de una partida precipitada, tumultuosa, y porque ese día mi padre se reveló como una especie de héroe. Febrero de 1977. La guerra que llevaba un par de años disputándose había llegado por fin a nuestro barrio. Antes, durante los violentos veintiún meses previos, el garaje subterráneo del edificio había resultado ser, al igual que sus homólogos del resto de la ciudad, un refugio de lo más adecuado. Pero luego las milicias habían empezado a asentarse demasiado cerca. La familia, aquellos que aún seguíamos allí, debía buscar refugio en las montañas.

Mi madre, que siempre llevaba la voz cantante en situaciones de emergencia, nos repartió entre cuatro coches: yo iba en el suyo, mi hermana en el de mi padre, el tío Halim y dos de sus hijas viajaban con el tío Yihad, y la esposa del tío Halim, la tía Nazek, iba en su propio coche con su tercera hija, May. En los maleteros se amontonaban los enseres de las tres casas. Nos fuimos por separado, dejando cinco minutos de intervalo entre coche y coche para no formar una comitiva que podría ser aniquilada por un misil perdido o una bomba deliberada. El punto de encuentro era una iglesia que se hallaba en la montaña, a diez minutos de Beirut.

Mi madre y yo fuimos los primeros en llegar. Aunque había conseguido inmunizarme al ruido de las bombas, cuando nos paramos mi asiento estaba empapado. A los pocos minutos, como si quisiera anunciar la llegada del tío Yihad, Beirut volvió a estallar en una cacofonía salvaje. Contemplamos la locura que se extendía a nuestros pies y aguardamos nerviosos a que llegaran los otros dos coches. Mi madre se aferraba con fuerza al volante. Mi padre fue el siguiente en llegar, y dado que se suponía que había sido el último en salir, eso significaba que a la tía Nazek le había pasado algo.

Mi padre no se apeó del coche, no nos dijo nada. Hizo bajar a mi hermana, dio media vuelta y regresó colina abajo, hacia la locura. Aterrada, con los ojos empañados, mi hermana se quedó en un rincón viendo cómo el coche de mi padre se sumergía en el fuego de Beirut. Mi madre quería seguirle, pero estaba yo en el coche.

—Baja —me gritó—. Tengo que ir tras él. Conduzco mejor.

Yo estaba demasiado asustado para moverme. Luego mi hermana se sentó a mi lado y ya fue demasiado tarde para seguirlo.

Tuvimos suerte. El coche de la tía Nazek se había estropeado al llegar a la primera pendiente. Como ciudadana cívica que era y a pesar de que no pasaba nadie más por la carretera, ella había aparcado el coche en la cuneta. Mi padre no la había visto al pasar. Las encontró; mi prima May subió de un salto a su coche, pero ambos tuvieron que esperar a que la tía Nazek recordara dónde había guardado todos sus objetos de valor. Nos las devolvió sanas y salvas, pero en el camino de regreso una bomba cayó a unos cincuenta metros del coche: un trozo de metralla saltó hacia el parabrisas y se incrustó en él. Nadie resultó herido, aunque tanto la tía Nazek como May estuvieron sin habla durante un rato, pues se les había secado la garganta de tanto gritar.

Mi prima May dijo que mi padre también había gritado cuando la metralla chocó contra el parabrisas, que emitió un agudo de tenor. Pero tanto mi padre como la tía Nazek lo negaron.

—Ha sido un héroe —decía mi tía—. Un héroe de verdad.

—No fue heroísmo —decía mi padre—, sino más bien un acto de cobardía. Si no hubiera vuelto a buscar a su mujer, nunca podría haber mirado a mi hermano a la cara.

Habían pasado veintiséis años desde aquel día.

Fátima esperaba a las puertas del edificio, que estaba recubierto de pies a cabeza de mármol negro, una de las nuevas fachadas que han surgido en el Beirut moderno. Como si quisiera compensar a sus ciudadanos por los pocos barrios que no habían sido mejorados desde la guerra, Beirut se había revestido de negro. En cada esquina de la ciudad se alzaban solemnes rascacielos, *nouveau riche* y *bétonné*.

—Lamento el retraso —dije, sonriendo. Solía ser capaz de predecir su reacción, ya que era una antigua amiga y confidente. Me iba a llevar una reprimenda dijera lo que dijese.

—Baja del puto coche. —Ella no se dirigió al asiento del copiloto, sino que permaneció con los brazos en jarras. Su bolso verde azulado le colgaba de la muñeca hasta casi las rodillas. Iba vestida para llamar la atención: todo en ella brillaba, y el anillo de su mano izquierda atraía las miradas a distancia: una esmeralda madre de forma hexagonal rodeada de sus seis retoños—. ¿Hace cuatro meses que no me ves y me saludas así?

Bajé del coche y ella me abrazó, inundándome con su perfume y con sus besos.

—Mucho mejor —añadió—. Ahora, vamos.

En la primera señal de tráfico ella bajó el espejito de la visera y se examinó la cara.

—Tienes que ayudarme con Lina. —Sus palabras sonaban raras, su boca distorsionada por los intentos de repasar la línea de los labios—. Se pasa las noches en la butaca de la habitación del hospital. Como de costumbre tu hermana no atiende a razones. Quiero relevarla, pero no me deja.

No contesté. Dudaba que ella esperara respuesta. Ambos comprendíamos que mi padre nunca dejaría que le cuidara otra persona aparte de mi hermana y que le aterraba la idea de pasar una noche solo. Tenía pesadillas en las que moría solo y abandonado en una habitación de hospital.

—Cuando lleguemos —prosiguió—, besa a todo el mundo y vete directo a su habitación. No creo que haya mucha gente, pero no dejes que el resto de la familia te demore. Ya me ocuparé yo de las visitas en tu lugar. Se ofenderá si no entras enseguida a verle.

—No hace falta que me lo digas, querida —le dije—. Es mi padre, no el tuyo.

Fátima salió de la ciudad verde en una pequeña caravana, seguida de una comitiva formada por cinco de los soldados más valientes del emir y por Yawad, uno de los mozos de los establos. Entendía que Yawad era necesario —alguien tendría que cuidar de los caballos y los camellos—, pero se preguntaba para qué iban a servirle los soldados.

—¿No crees que necesitamos protección? —preguntó Yawad al iniciar el viaje.

—No —dijo ella—. Puedo enfrentarme sola con unos cuantos bandoleros, y si nos atacara una banda numerosa, cinco hombres tampoco servirán de mucho. Al contrario, su presencia puede atraer la atención de las bandas de maleantes. —Palpó los cincuenta dinares del emir que se había guardado en el busto—. Tú y yo solos pasaríamos mucho más desapercibidos. Pero bueno, ahora ya no hay nada que hacer. Estamos en manos de Dios.

Y tal y como había predicho Fátima, la cuarta tarde, cuando se hallaban en mitad del desierto del Sinaí, antes de que el sol se hubiera puesto por completo, el grupo fue asaltado. Veinte beduinos mataron a los soldados. Como encontraron pocas cosas de valor entre sus pertenencias, los captores decidieron repartir el botín humano de manera equitativa: diez tendrían a Fátima, y diez podrían abusar de Yawad.

Fátima se rió.

—¿Qué sois: hombres o niños? —Dio un paso adelante, dejando atrás a un Yawad visiblemente azorado—. ¿Tenéis la oportunidad de recibir placer de mí y os conformáis con este mozalbete?

—Calla, mujer —ordenó el jefe—. El reparto debe ser equitativo. No podemos arriesgarnos a que se produzcan luchas entre nosotros. Da las gracias. Si tuvieras que tratar con los veinte no podrías resistirlo.

Fátima se rió y se volvió hacia Yawad.

—Estas ratas del desierto no me conocen. —Se quitó el turbante y una abundante cabellera negra enmarcó su cara—. Estos niños de las tierras yermas no se han enterado de mis hazañas. —Desprendió la diadema de monedas de oro que le rodeaba la frente—. Creen que veinte críos serían demasiados para mí. —Se despojó del *abayeh* y, exhibiendo su voluptuosa silueta, se plantó delante de los beduinos con su vestido de seda azul y oro—. Cuidado —dijo—. Soy Fátima, encantadora de hombres, hechicera de los cielos. Mirad cómo la luna llama a sus nubes; mirad cómo se oculta tras su cortina; ved cómo se esconde avergonzada, pues no se atreve a mostrarse cuando descubro mi cara. ¿Acaso creéis que unos simples peones vais a agotarme a mí, a Fátima? —Levantó las manos hacia la luna evanescente—. ¿Pensáis que siendo solo veinte podréis satisfacer a Fátima, la domadora de Afreet-Yehanam? —Miró a los hombres—. Temblad.

—¿Afreet-Yehanam? —gritó el cabecilla—. ¿Conquistaste al poderoso yinni?

—Afreet-Yehanam es mi amante. No es más que mi juguete. Hace lo que le ordeno.

—La quiero a ella. Me niego a conformarme con el chico. Tenemos que redistribuir el botín. El reparto no es bueno.

—No —replicó el cabecilla—. No podemos permitir que todos consigan lo que quieren. Los árabes no hacemos las cosas así. Ya se ha tomado una decisión.

—También yo quiero a la mujer —exclamó otro hombre—. No puedes quedártela para ti y darnos a este crío desamparado.

Hubo una discusión. Todos querían a Fátima, a excepción de un hombre, Jayal, que seguía diciendo que prefería al chico a cualquiera que quisiera escucharle. Pero nadie le hacía caso. Los nueve hombres a quienes les habían asignado a Yawad pero querían a Fátima se pusieron lívidos. Con reglas o sin ellas, los habían engañado. No tenían ni idea de que Fátima poseyera tanto talento. Los habían timado y reclamaban la parte que les correspondía. Cualquier idiota podía ver que el reparto de bienes no se había realizado de forma equitativa. Se trazaron líneas de batalla, los hombres desenvainaron las espadas. En poco tiempo los diez mataron a los nueve.

—Creo que el chico es encantador —dijo Jayal.

Veinte ojos lujuriosos contemplaron a Fátima.

—Vale, vale, chicos —dijo ella con coquetería—. ¿Era necesario todo esto?

—Ha llegado la hora, Sitt Fátima —dijo el cabecilla—. Estamos listos.

—Vosotros sí, pero yo no. Debo decidir quién será el primero. El primer amante es muy importante. Marcará la pauta de lo que me espera. ¿Debería ir con el que tiene el pene más grande? Eso me gusta, pero a veces el poseedor del pene más grande es también el peor amante y eso me obligaría a esforzarme más. Y debería ser una diversión, no un trabajo. ¿Quién de vosotros tiene el pene más pequeño? Un hombre poco dotado se mostrará más ansioso por complacerme, pero por otro lado, por mucho que se empalme, no resulta tan satisfactorio. La elección del primer amante no es asunto baladí. Hay que tener en cuenta muchas cosas.

El cabecilla parecía a punto de echar humo.

—No hay nada que tener en cuenta. Yo voy primero. Soy el mejor amante, y el resto puede ir turnándose cuando yo esté saciado.

—No eres el mejor amante —replicó otro bandolero—. Si lo fueras, tu esposa no saldría de casa a altas horas de la noche.

Esas fueron las últimas palabras que pronunció el hombre. El cabecilla desenvainó la espada y le cortó la cabeza.

—No deberías haberlo matado —gritó otro—. No es justo que seas el primero. Deberíamos dejar que decidiera Sitt Fátima. Ella es la experta, no tú. Ella debería decidir el orden. Puesto que soy quien tiene el pene más grande, creo que debería empezar por mí.

—El tuyo no es el más grande —arguyó otro—. Es el mío. Mira, Sitt Fátima. El mío es el más grande —dijo, levantándose la túnica—, y te prometo que no soy un mal amante. Elígeme.

—Quita esa cosita de mi vista —ordenó el cabecilla—. Yo mando aquí, y seré el primero.

—Lo que cuenta es el grosor, no la longitud.

—A mí dejadme al chico. Yo solo quiero al chico.

—Tu miembro no es más grande que un dedal.

—Ya puedes ir retirando eso. Admite que el mío es más grande que el tuyo o prepárate a morir.

Y los hombres emprendieron una lucha a muerte. Al final solo quedaban dos hombres en pie: el cabecilla y el que prefería al chico, que se había mantenido al margen de la reyerta.

—El mejor de entre los hombres la espera, señora. —El cabecilla zureaba como una paloma—. Empecemos.

—Empecemos —dijo ella—. Desnúdate y enséñame mi premio.

—Ven conmigo —dijo él, en cuanto estuvo desnudo—. Mira. De verdad que tengo el pene más grande.

—No —dijo Fátima—. El mío es más grande.

Y de debajo del vestido sacó un cuchillo con el que le cortó el pene y lo degolló.

—Recógelo todo y vuelve a guardarlo en la caravana —ordenó Fátima a Yawad—. Aún nos queda un trecho por recorrer hasta que se haga de noche. Coge los caballos de estos hombres muertos. Yo registraré sus cosas. Saldremos de este bosque árido más ricos de lo que llegamos.

—¿Y qué hacemos con este hombre? —Yawad señaló a su admirador.

—Con su permiso, me gustaría invitar al chico a mi tienda —dijo Jayal.

—El chico no es ni un cautivo ni un esclavo —dijo Fátima—. Dado que posee voluntad propia, deberás convencerle, persuadirle de que te acompañe a tu tienda. Disponemos de siete noches antes de llegar a Alejandría, mi ciudad natal. Tienes, por tanto, siete noches para seducirle. Puedes empezar mañana.

Fátima miró al cielo y a sus estrellas, y dio las gracias a la luna por su ayuda. Y Fátima, Yawad y Jayal partieron con sus numerosos caballos, camellos y mulas, al amparo de la noche.

—Ah, el aroma de sal y arena —comentó Fátima a sus compañeros—. No hay elixir igual en esta bendita tierra.

A lo largo del día nuestros tres viajeros habían llegado a las orillas del Mediterráneo, bañadas por lenguas azules. Aquella noche acamparon en la playa. Pese al descontento de Jayal, después de abrevar, alimentar y limpiar a los animales, Yawad montó su propia tienda. Tras una cena consistente en pan, carne seca y dátiles, Fátima se sirvió una copa de vino.

—¿Empezamos?

—¿Empezar? —se preguntó Jayal—. ¿Os referís a mi seducción? ¿Acaso debo realizarla en público? Preferiría hablar con Yawad a solas. —Inclinó la cabeza—. Soy, sobre todo, un hombre discreto. —Levantó la cabeza y posó la mirada en Yawad, que estaba sentado al lado de Fátima—. Estoy seguro de que apreciarás mi discreción.

Yawad se encogió de hombros.

—La discreción resulta aburrida —dijo Fátima.

—Mi señora —dijo Jayal—, nuestro acuerdo fijaba siete noches para seducir al muchacho, no que dicha seducción se llevara a cabo en público. Eso sería injusto y humillante.

—El amor es injusto y humillante.

Yawad asintió.

—No sé mucho del amor, pero sé que es humillante.

—Debo protestar —dijo Jayal—. El Profeta, que Dios lo bendiga, dijo: «Aquel que se enamora y oculta su pasión es un hombre de provecho».

—Ser aburrido resulta poco atractivo en sí mismo —replicó nuestra heroína—. Ser aburrido y además mentiroso convierte a un hombre en repelente amén de deshonrado. ¿Usas las palabras del Profeta para mentir? Bien podrías quitarte el turbante y afeitarte la barba. El Profeta, que la paz esté con él, dijo: «Aquel que se enamora, oculta su pasión y es casto, muere como un mártir». Si deseas ser un mártir podemos arreglarlo fácilmente, pero me parece que ya es un poco tarde para que ocultes tu pasión.

—Y no creo que su objetivo sea precisamente la castidad —añadió Yawad.

—Las noches del desierto son largas y aburridas —dijo Fátima—. Distráenos o lárgate. Si deseas poseer a este chico, deberás convencerlo.

—Convénceme.

—Conmuévelo.

—Conmuéveme.

—Esperad. —Jayal se puso de pie. La luz del fuego dibujaba sombríos destellos en su larga túnica blanca. Era un hombre ancho de espaldas, con perfil de halcón y gruesas y espesas cejas—. Haré lo que me pedís si no queda más remedio, pero permitidme que intente por última vez convenceros de que la discreción es lo más aconsejable en los lances del corazón. Puedo contaros la historia de Bader, el hijo de Fateh.

—No estoy segura de desear que alguien me convenza. ¿Y tú, querido Yawad?

—Bueno, me gustan las historias.

—Ahí lo tienes. Al chico le gustan las historias. Cuéntanos la historia de Bader.

—Hubo una vez un cordobés de una importante familia que respondía al nombre de Bader ben Fateh. Era un hombre de fe, serio, y un anfitrión amable, educado, un ejemplo de buenas maneras. Me dirigía a Játiva cuando oí hablar de sus hazañas. Al parecer había perdido toda su dignidad al enamorarse de un músico llamado Moktadda. Yo conocía a ese chico y puedo afirmar que no merecía el amor de Bader; no merecía ni el amor de uno de sus esclavos. Bader se gastó una fortuna en este zoquete descastado: le abrió las puertas de su casa y las cerró a sus otros invitados, agasajando al chico con los vinos más caros. Oí que nuestro hombre se había quitado el *keffiyeh*, desliado el turbante, mostrado su rostro, subido sus mangas.

»Perdió todo sentido del decoro. Cayó víctima de esa bestia voraz, el deseo. Se convirtió en blanco de rumores: su historia se contaba en los harenes y se comentaba en los palacios. Su reputación pasó a ser objeto de chanza. Perdió el estatus, el honor, el respeto.

»El joven músico nunca deseó que sus indiscreciones se hicieran públicas, y la pérdida de estatus social de Bader le restó valor como pareja. El objeto de su pasión huyó de Bader y se negó a volver a verlo.

»Si Bader hubiera valorado la discreción, hubiera ocultado el secreto en los pliegues de su corazón, hubiera sofocado sus deseos, no lo habría perdido todo. Habría conservado la túnica del bienestar, y el atavío de la respetabilidad no se habría roído. Hubiera podido conservar tanto su honor como a su amante de haber optado por unos modos más circunspectos. Permitidme, pues, un enfoque más decoroso.

—El decoro sabe a poco —dijo Fátima.

—Igual que esta historia —dijo Yawad.

—Cierto. Los cuentos didácticos deberían reservarse para niños y piadosos.

—Compadezco a los pobres niños que deban escuchar cuentos así.

—¿Te sientes seducido, mi querido Yawad?

—Me siento adormilado.

—Ah, al menos nos ha ayudado a pasar la noche. Rezo para que mañana disfrutemos de un mejor ejemplo de seducción. Buenas noches a todos.

La cara de mi padre contradecía sus palabras. Se le veía pálido, demacrado y viejo… muy viejo. Y delgado. La alianza de boda le bailaba en el dedo como si fuera la anilla de una cortina de ducha. Se había pasado una hora repitiéndonos a Lina y a mí lo bien que se sentía. Se alegraba mucho de que yo hubiera viajado hasta allí para pasar con él el Eid al-Adha, pero insistía en que debíamos celebrarlo en casa. Ya no estaba enfermo. Tenía mejor voz. Se movía con más facilidad. Se reía más. Quería volver a casa.

La luz que alumbraba la habitación era inquietante, levemente asquerosa. Asépticas paredes blancas. Luces de fluorescente. Estábamos a media mañana, pero la cortina amarillenta proyectaba un brillo verde grisáceo. Lina salía al balcón cuando quería fumar, aunque siempre se aseguraba de correr la cortina para que mi padre no la viera y le pidiera un cigarrillo.

—Me encuentro mucho mejor —anunció mi padre—. Me siento fantástico.

Descorrí la cortina para disfrutar de un poco de luz de verdad y abrí la puerta corredera a fin de que entrara un poco de aire. Hacía un tiempo perfecto: dos nubes manchaban la pátina azul celeste, una primavera temprana en febrero. Durante un momento permanecí de espaldas a la habitación, disfrutando de la caricia de la débil brisa en la cara. Por un instante me planteé la posibilidad de volver a la sala de espera a relevar a Fátima y a Salwa, la hija de mi hermana, que estaban atendiendo a las visitas.

—Crees que no sé lo que me digo —prosiguió mi padre—, pero me siento mejor, y no quiero pasar otra noche en este rincón olvidado.

Los chinos dicen que una enfermedad prolongada te convierte en médico. Mi madre solía decir que una enfermedad prolongada te convierte en un cascarrabias. Mi madre era más lista. Me volví y miré hacia la mesita de noche, me aseguré de que su foto enmarcada, tamaño pasaporte, seguía allí, cerca de la cajita de plata que según mi padre le traía buena suerte.

—Esperemos a ver qué dice Chapuzas. —Lina miraba a mi padre con dulzura. Cuando era más joven, mi hermana se parecía a mi madre, pero a medida que fue madurando los rasgos más suaves de mi padre se fueron apoderando de su cara. Lina se aovilló en la butaca y apoyó la espalda, como si imitara una escultura de Henry Moore. Hundió los talones en el revestimiento de plástico de la silla.

—Habla con él, cariño —masculló mi padre. Se aferró a la baranda de la cama y se tumbó de lado para tenerla delante. Se rascó la pequeña protuberancia del pecho donde se hallaban el marcapasos y el desfibrilador. Volví a girarme y contemplé el cielo.

Mi padre podía permitirse la mejor atención médica del mundo. Lina le había llevado al Johns Hopkins, a la Clínica Cleveland, a París, a Londres. Y sin embargo él siempre volvía al mediocre Chapuzas. No se hacía ilusiones a este respecto. Fue mi padre quien le dio el apodo de Chapuzas debido a su eficacia como médico. Pero era el hermano de la tía Nazek, el hermano de la esposa del hermano de mi padre, y eso para mi padre tenía más valor que las credenciales o los avales prestigiosos. En los últimos años se había negado a desplazarse en busca de atención experta y solo se dejaba visitar por su médico de cabecera.

Oí que mi voz decía:

—Y el doctor dijo al pobre padre: «El único modo de sanar a vuestro hijo es arrancarle el corazón».

Sus voces corearon la mía.

—«Porque el malvado yinni ha hecho de él su hogar.»

Mi padre se rió.

—No me hagas esto. —Se llevó la mano al corazón, fingiendo dolor—. A mi malvado yinni no le gusta que le hagan reír.

—¡Sigues siendo un bicho raro! —comentó mi hermana—. ¿Cómo

te ha dado por pensar en eso? ¿Cuánto hace que oíste esos versos? ¿Treinta años?

—Más de treinta —dijo mi padre—. Vuestro abuelo murió hace treinta años, y por entonces ya no contaba sus cuentos. Debe de hacer treinta y cinco, tal vez treinta y siete años. —Su respiración se hizo ruidosa—. Dios, Osama, no eras más que un crío.

Lo cierto es que mi abuelo siguió contándome cuentos hasta el día de su muerte. Al fin y al cabo era un contador de historias, en espíritu y profesión. Mi padre intentó muchas veces impedir que siguiera llenándome la cabeza de historias apasionantes pero nunca lo logró.

—¿Qué miras? —me preguntó Lina—. Date la vuelta y haznos caso.

—Mira —dije—. Mira esto. Ha llegado marzo.

El cielo era de un perfecto color aguamarina. Como en la mayoría de ciudades mediterráneas, el final del invierno en Beirut puede traer cielos nublados y tempestuosos, o cielos nítidos impregnados del aroma de la colada tendida al sol.

—Aún estamos en febrero, bobo —dijo Lina—. Esto es pasajero. Las tormentas volverán.

—Una interrupción gloriosa.

Se me acercó.

—Tienes razón. Es magnífico. —Me rodeó con los brazos y noté su peso sobre los hombros.

—Quiero verlo —gimoteó mi padre desde la cama—. Ayudadme a levantarme. Quiero verlo.

Nos dirigimos a la cama, le ayudamos a que se incorporara, a que se volviera y a que se pusiera en pie. Se apoyó en mi hermana, la más alta de los tres. Yo arrastré el dispositivo intravenoso de bolsas flácidas mientras él daba los ocho pasos que le separaban del balcón. Las nalgas parecían moverse y descolgarse un poco más con cada paso. Ya en el balcón, los tres nos alineamos para admirar la falsa primavera y el sol que bañaba el interminable amasijo de tejados.

Mi padre dormitaba en la cama de hospital. Fuera, Lina inhalaba el humo como si cada calada del cigarrillo fuera la última. Fumaba con tanta avidez que el extremo del cigarrillo quedó reducido enseguida a una diminuta ascua roja. Se apoyó en la baranda del balcón y posó la vista en el cielo. Yo miré hacia abajo. En la tercera planta del hospital, donde se hallaban los enfermos menos graves, dos mujeres hablaban en susurros en el balcón, como si fueran dos palomas zureando. Al otro lado de la calle, a lo lejos, se alzaba una casa que mostraba graves señales de envejecimiento. Desde mi perspectiva las persianas parecían podridas.

—Se está muriendo —dijo ella con voz inexpresiva.

Una densa masa de arbustos cubría el jardín de la casa. Había altas matas de cardos silvestres y en algunos se apuntaba el brote de una flor amarilla.

—Todos nos estamos muriendo —dije—. Es solo cuestión de tiempo.

—No me vengas con clichés americanos, por favor. Ahora no estoy de humor. —Negó con la cabeza y por un instante el cabello negro le ocultó la cara—. Se muere. ¿Me has oído?

—Te he oído. —Justo en ese momento un coche hizo sonar el claxon: fue un bocinazo sostenido y persistente. Mi hermana se apresuró a comprobar que la puerta corredera estuviera bien cerrada—. ¿Qué te hace pensar que esta vez será distinto? —pregunté—. Lleva mucho tiempo muriéndose. Siempre sale adelante.

—No se recuperará. Cada vez le cuesta más.

—Lo sé. Pero ¿por qué ahora?

Respiró hondo mientras me miraba a los ojos. Vi cómo su pecho se hinchaba y deshinchaba. Mi hermana era mucho más alta que yo. En altura había salido a mi madre, aunque Lina era aún más alta, más grande. Boucher instruyó a su discípulo Fragonard para que pintara a las mujeres como si no tuvieran huesos. Fragonard podría haber pintado a Lina. Era la antítesis de la línea y del ángulo recto. Grácil, como mi madre.

Por mi parte, yo heredé de mi madre los dientes en lugar de la altura. Ambos teníamos los dos dientes frontales torcidos. Ella nunca se los arregló, porque acentuaban su belleza: el defecto le confería un aire más accesible, más humano, más de Helena que de Afrodita. Y tampoco me arregló los míos, convencida de que en mi caso sucedería lo mismo. Pues no. Claro que, a diferencia de ella, ese no era mi único defecto.

—Chapuzas le da tres meses como mucho —dijo Lina.

—Chapuzas dijo lo mismo hace cuatro años.

—Tendrías que estar a su lado para advertir la diferencia. Esta vez no sobrevivirá, y él lo sabe. —Suspiró y arrojó la colilla por el balcón—. No sé qué hacer.

La casona vieja del otro lado de la calle posiblemente no estuviera abandonada. Junto a la puerta se apilaba una montaña de sillas de plástico. Un cable eléctrico aislado, largo y lacio, robaba energía de los principales cables de la ciudad. Una paloma se apoyó en el cable, que osciló y pareció a punto de partirse. No habían pasado más de dos segundos cuando la paloma emprendió el vuelo.

—¿Empezamos? —preguntó Fátima la segunda noche. Bebió un sorbo de vino. Satisfechos, con el estómago lleno, los tres viajeros estaban sentados en torno a la pequeña hoguera.

—Sí —contestó Jayal—. ¿Tal vez a mi amado le apetezca una copa de vino que le ayude a suavizar los ásperos perfiles de la noche?

Fátima enarcó las cejas; con la mirada preguntó a Yawad si estaba interesado en aceptar. Este asintió.

—Una única copa por esta noche —dijo ella—. Hasta que te acostumbres.

Y Jayal levantó su copa.

—Para que mi amado se acostumbre a mucho. —Apuró el vino, chasqueó los labios e hizo una pausa para crear un efecto dramático. Luego, con voz potente, empezó a recitar:

Una mujer me regañó una vez
por el amor que yo sentía
hacia un chico que resopla y se pavonea
como un joven toro bravo.
Pero ¿por qué iba yo a surcar el mar
cuando puedo tener un amor sublime en tierra?
¿Por qué ir a por peces, cuando puedo hallar
gacelas libres por todos lados?
Déjame en paz; no me culpes
por escoger en la vida
el camino que tú has rechazado
y que seguiré hasta el día de mi muerte.
¿Acaso ignoras que el Libro Sagrado
sentencia el asunto de una vez por todas?
Preferirás a tus hijos, dice,
antes que a tus hijas.

—¡Magnífico! —exclamó Fátima, mientras aplaudía con entusiasmo—. Siempre se puede confiar en la genialidad de Abu Nawas para entretenerse. ¿Quién habría pensado que un morador del desierto sabría citar al poeta de la ciudad? Estoy impresionada. ¿No lo estás tú también, mi querido Yawad?

—¿De verdad dice el Libro Sagrado que un hombre debería preferir a sus hijos antes que a sus hijas?

—En asuntos de herencia, hijo mío, pero el poeta se ha tomado algunas libertades. Vamos, trovador. Recítanos más.

Ya no deseo surcar el mar,
prefiero cruzar las llanuras
y buscar la comida que envía Dios
a todos los seres vivos.

—Una delicia —dijo Fátima—. ¡Qué maravilloso y procaz fue ese poeta de Bagdad! Me habría encantado disfrutar de la oportunidad de compartir una botella de vino con Abu Nawas y competir con su ingenio. ¿No te ha parecido una maravilla, Yawad?

—Desde luego que sí —repuso Yawad—. También yo estoy muy impresionado. Mi pretendiente es culto y sensible, pero su poesía solo muestra su preferencia por una determinada clase de amor. El hecho de que le gusten los chicos no le hace más deseable a mis ojos. Solo significa que tiene buen gusto. Su poesía es entretenida, pero no conmueve a este oyente. Esta noche tampoco me siento seducido, sino fatigado.

—Unas palabras ciertas y sabias. Esta noche nos han distraído, pero no seducido. Esperemos que la tentación aumente mañana. Buenas noches a todos.

La tercera noche Jayal llenó de vino la copa de Yawad y se puso en pie delante de su público.

—Soy un bajel cargado de arrepentimiento. Perdonadme, os lo ruego. Permitidme que empiece de nuevo.

—No hay nada que perdonar —dijo Yawad.

—Por favor —dijo Fátima—, regálanos otra muestra de seducción. Estamos aquí, cual tierra reseca que aguarda a la tormenta inminente. Mitiga nuestra sed, por favor. Te lo ruego. Empieza.

—Comparezco ante vosotros con toda mi humildad —comenzó Jayal—, un hombre antaño orgulloso y ahora degradado por el amor. —Hundió los hombros—. Tal vez en este momento no parezca gran cosa, pero las apariencias pueden engañar. —Su voz subió de tono—. La cubierta no se corresponde con el contenido del libro.

»En primer lugar soy un guerrero. He luchado en el ejército de Dios. Desde las costas del monte Líbano hasta las colinas de Tierra Santa, cientos de cabezas de infieles han sucumbido a la fuerza de mi espada. He matado a papistas en Occidente, a bizantinos en el norte y a mongoles en el este. Mi lanza no conoció la piedad a la hora de defender nuestras tierras. Soy temido en todos los rincones del mundo. Los europeos invocan mi nombre para atemorizar a los niños. El valor es mi compañero; el honor monta ante mí y la lealtad a mi lado. Mi espada es rápida, mi lanza certera. Soy la respuesta a las plegarias de cualquier califa.

—Bien dicho —exclamó Fátima—. Se aprecia la influencia de al-Mutanabbi.

—¿Quién es? —preguntó Yawad.

—Te lo contaré dentro de un ratito, querido. Dejemos proseguir a nuestro seductor. Estoy segura de que aún no ha terminado.

—Desde la cima de una colina observé cómo los barcos enemigos anclaban sus naves en nuestras costas. Quedaron empapados por dos veces, primero por nubes trenzadas de blanco que descargaron su agua sobre ellos anunciando mi llegada; luego llovieron cráneos. Cabalgué sobre mi corcel a toda velocidad, vi acercarse al enemigo como si montara sobre caballos cojos. No distinguía sus espadas, porque sus ropas y turbantes estaban hechos de acero. Los ataqué a pesar de que eso implicaba una muerte cierta, como si el infierno fuera el corazón que bombeara mi sangre. Héroes y guerreros cayeron a mis pies mientras yo seguía incólume, con la espada húmeda y desenvainada. Victorioso, me uní a mis hermanos, cuyos rostros resplandecían extasiados, iluminados por sonrisas de alegría. Los extranjeros no tenían experiencia en el color rojo. Yo lo pinté para ellos. Bendita sea la guerra, la gloria y la eminencia. Bendito sea mi público por concederme el honor de presentarme ante él.

—Y bendito seas tú por compartirlo —dijo Fátima.

—Me siento honrado —dijo Yawad— y agradecido de hallarme en tu presencia. Pero dime, ¿quién es este al-Mutanabbi?

Fátima apuró la copa de vino. Mantuvo la cabeza inclinada hacia atrás por un instante. Extendió la copa y Yawad la llenó. Luego recitó:

Soy aquel cuyas letras eran vistas por los ciegos
y cuyas palabras eran oídas por los sordos.

Se paró, sonrió a Yawad y dio otro sorbo.

—Al-Mutanabbi fue el mayor poeta en lengua árabe, pero, lo que es aún más importante, es mi favorito. Fue dotado con el inquietante don de una imaginación rebosante de asombrosas metáforas. Sufrió mucho en esta vida, ya que nació aquejado de dos graves enfermedades: ser pobre y árabe. Llegó al mundo a principios del siglo X, en Kufa, al sur de Bagdad. Empezó a recitar poesía de exquisita belleza, que nadie había oído antes ni ha vuelto a oír desde entonces. Afirmaba que era el propio Dios quien inspiraba sus poemas. De ahí su nombre, al-Mutanabbi: el que afirma ser profeta.

—Vanidad —dijo Yawad.

—Cierto —convino Fátima—. A los dieciocho años fue encarcelado y torturado por hereje. Cuando quedó en libertad, unos años después, se encontró de nuevo sin dinero, sin poder y sin hogar: el poeta del eterno exilio. Lo único que tenía para vender eran sus palabras, y estaba deseoso de hacerlo. Pero ¿quién querría comprarlas? La mayoría de las ciudades estaban gobernadas no por árabes sino por musulmanes, cuya lengua materna no era el árabe. Dichos príncipes, a quienes él quería alabar, no acababan de comprender sus palabras. Así pues, al-Mutanabbi, lleno de orgullo y de arrogancia, se unió al único gobernante árabe de la zona: Sayl al-Dawlah, el joven príncipe de Alepo, que se estaba labrando una gran reputación por proteger las fronteras del norte frente al malvado imperio bizantino.

»Y al-Mutanabbi luchó al lado del príncipe y lo alabó, inmortalizándole en versos tan elocuentes que se dice que las rosas se marchitaban de vergüenza al no poder competir con su belleza.

»Pero entonces al-Mutanabbi descubrió que tenía un problema. Como tantos príncipes árabes a lo largo de la historia, el joven príncipe se creía también un poeta. Empezó a componer poemas pueriles alabándose a sí mismo y menospreciando a los del gran poeta. Y al-Mutanabbi no podía replicar.

—En eso consiste exactamente ser un criado —apuntó Yawad.

—La situación no mejoró —prosiguió Fátima—. Al-Mutanabbi cambió Alepo por El Cairo y se unió a un gobernante distinto, un rey llamado Kafur. El rey prometió al poeta que le cedería una provincia si cantaba sus hazañas. Pero Kafur no cumplió su promesa. Su visir, un hombre listo que supo reconocer el genio del poeta, advirtió al rey que si se desdecía de su palabra pasaría a la historia como el hazmerreír de los gobernantes. Y se sabe que el rey replicó: «¿Quieres que ceda una provincia a este poeta ávido de poder? Un hombre que presume de que su inspiración proviene del profeta Mahoma, ¿no reclamará un reino cuando falte Kafur?».

»Y al-Mutanabbi abandonó la corte de Kafur y se burló de él, inmortalizándolo en versos tan mordaces que se dice que las serpientes se ocultaban bajo piedras ante el horror de no poder competir con su veneno.

»Deambuló hasta llegar a Shiraz, en Persia, donde se unió a Adud al-Dawlah; pero este gobernante también se mostró incapaz de satisfacer las necesidades del poeta. Así que el poeta intentó volver a Irak, pero fue asaltado y asesinado por unos bandoleros cuando iba de camino. Fue el hombre que en sus inicios dijo:

Me conocen los sementales, y la noche, y el desierto,
y la espada, y la lanza, y el papel, y el lápiz.

»Pero que antes de su muerte tuvo que decir:

No soy más que una flecha, disparada al aire,
que desciende de nuevo, sin dar en el blanco.

»Y fue asesinado justo al norte de Bagdad, donde todos los poetas van a morir.

Mi tía tenía el aspecto de quien espera un enema de bario. Su cuerpo frágil no acababa de encajar en la silla y sus ojos no se quedaban quietos ni un momento. Dada su edad y su mala salud, su inquietud se exhibía de forma errática, como a cámara lenta. Abrió el bolso y sus huesudos dedos sacaron un cigarrillo.

—¿Qué te pasa, Samia? —preguntó mi padre—. Sabes que aquí no se puede fumar. Cualquiera diría que es la primera vez que pisas un hospital.

—Solo estoy preocupada por ti. —Hablaba despacio, tomando aire. Su forma de hablar había sufrido un cambio drástico desde el último ataque leve—. Temo que me estáis ocultando algo. Hablad claro, decidme lo peor. —Devolvió el cigarrillo a la cajetilla, aplastándolo contra el fondo—. Tengo el corazón débil, pero podrá resistir cualquier noticia si se trata del único hermano que me queda vivo. —Lina seguía intentando captar mi atención—. No me ocultéis nada.

Lina enarcó las cejas y esbozó una sonrisa de complicidad.

—Es como si ya no formara parte de esta familia solo porque soy vieja. —Lina coreó con los labios la misma frase que dijo mi tía en voz alta—: Nadie me cuenta nada.

—No hay nada que contar —dijo mi padre—. Estoy bien.

Me levanté para que mi tía no me viera reírme.

—Creo que será mejor que vaya a la sala de espera. Me parece que no se admiten más de dos visitas a la vez en esta zona del hospital. Me sorprende que la enfermera de guardia no haya protestado.

—Quédate. —Mi hermana levantó la mano, cual guardia de frontera que detiene a un inmigrante resuelto a cruzar—. Tu tía está aquí para verte a ti tanto como a tu padre. Vuelve a sentarte y cuéntale en qué has andado metido desde la última vez que os visteis.

Mi tía parecía asombrada, por no decir hechizada.

—Estoy segura de que a tu tía le encantará que le cuentes tu vida. Dile cómo es trabajar de programador informático en la gran ciudad de Los Angeles.

Cuando yo era pequeño mi tía solía decir que sería la primera de los cinco hermanos en morir. Había expresado ese convencimiento a sus hijos, a otros miembros de la familia y a simples extraños. «Limítate a hacer lo que te digo», me decía cuando yo tenía siete años. «Seré la primera en morir y te arrepentirás de haberme ofendido.» Era la mayor de los cinco, nacida en 1920, y ya en su juventud llevó la enfermedad como si fuera un chal áspero y hortera sobre los hombros. Dejó de decir que sería la primera hace treinta años, cuando murió el tío Wayih.

—¿Cuántos tranquilizantes te has tomado? —preguntó Lina a mi tía.

—Te veo un poco más gorda, ¿no? —replicó la tía Samia.

Los ojos de mi tía parecían a punto de salírsele de las órbitas. De repente sus labios y la piel que los rodeaba parecieron haber sufrido el embate de un ejército de mil arrugas. El ruido del vestíbulo recordaba al de un batallón del ejército, una brigada policial en plena persecución de un delincuente. El bey entró en la habitación, seguido por un rebaño de trajes. Cabe pensar que en el año 2003, en el Beirut posfeudal, los jefes de clan y los nobles con título no tenían demasiada utilidad, pero en nuestro mundo las tradiciones se resisten a desaparecer. El bey ya no recaudaba impuestos, tributos o derechos, pero seguía reclamando favores y lealtades. Aunque esta última encarnación del bey tenía treinta años, parecía un chico de diecisiete enfundado en el traje favorito de su padre. Deshaciéndose en sonrisas, intentaba mostrarse oficial e informal a la vez. Nos saludó a todos sin demasiado interés: sus ojos no se apartaban de mi padre; sin embargo fue mi primo Hafez, uno de los miembros del séquito del bey, quien llamó la atención de este.

Fátima, furiosa y amenazadora, entró tras ellos como una víbora. El séquito debía de haber cruzado la sala de espera a toda prisa; si no, ella los habría detenido.

—¿Cómo te encuentras, querido tío? —dijo el bey.

Mi padre no contestó. Mi hermana sí, y en voz bien alta.

—¿Cómo habéis entrado todos aquí? No podemos tener tantas visitas. Hay reglas.

Todos dejaron de moverse. Incluso el aire parecía sudar. Un par de hombres carraspearon.

—No pasa nada, Lina —dijo Hafez. De sus labios escapó una risa nerviosa—. El guardia no nos denunciará. Estamos aquí porque nos preocupamos por mi tío.

Era pocas semanas mayor que yo, pero conservaba unos rasgos infantiles.

—Entonces preocupaos de él desde fuera, en la sala de espera. El guardia no debió dejaros entrar. Solo se permiten dos visitas a la vez.

Todos los hombres la miraron. Las manos de Hafez se apartaron de sus costados y, temblorosas, subieron y bajaron. Sus ojos eran como los de una presa a punto de ser devorada.

—Estás exagerando, prima. No nos quedaremos mucho rato. Estoy seguro de que mi tío se alegra de tener al bey aquí. —Miró a mi padre en busca de apoyo.

—Solo dos visitantes. El resto que me siga a la sala de espera.

Con la ayuda de Fátima, Lina dirigió a la azorada multitud hacia la puerta. Fátima llegó a sacar a uno de los hombres de un empujón.

—Ven conmigo —dijo mi hermana a mi tía—. Ayúdame a ser una buena anfitriona. Y tú también, Hafez. A menos que desees ser uno de los dos que se quede. Solo dos. El resto tiene que salir.

—Pero yo no soy una simple visita —protestó Hafez con voz quejicosa—. Soy de la familia.

Lina se volvió hacia mí.

—Quédate. —Se me acercó, se agachó para coger el bolso y me habló en voz baja, para que nadie más la oyera—. Asegúrate de que no se emociona ni se pone nervioso. Y si el bey vuelve a pedir dinero, sal a buscarme.

Mi tía seguía sentada, sin acabar de entender qué estaba pasando. Lina la ayudó a levantarse.

—¿Por qué me voy? —preguntó mi tía.

—Necesito tu mala leche —replicó Lina.

La cuarta noche, una vez montadas las tiendas, Jayal empezó:

—Soy poeta. Con tres años, ya era capaz de asombrar a cuantos eran testigos de la elocuencia con que manejaba nuestro ilustre idioma. Aprendí a leer y a escribir. Memoricé a los grandes, a los mediocres y a los muy malos. He ganado más guerras de poesía en los países sirios que cualquier otro contendiente. Sé panegíricos, sé poemas de amor. Puedo recitar el *Mu allaqat* entero, las quasidas. Estoy familiarizado con los poemas *ghazal* y con las *jamriyas*, las canciones de Baco.

—Esta noche el poeta se nos ha puesto jactancioso —dijo Fátima—. ¡Qué encanto!

—Me inspira respeto. Pero aún no me ha seducido —dijo Yawad.

—Soy un gran amante. Desde Bagdad hasta Túnez los chicos me recuerdan en sus sueños. Soy aquel cuyas hazañas son recordadas con cariño por todos los chicos, sin que importe cuántos me hayan sucedido en sus lechos. Soy aquel que ha dejado a su paso un rastro de conquistas más largo que el propio río Nilo.

—Baladronadas y fuegos artificiales —aplaudió Fátima—. Todos los poetas necesitan un poco de exhibición.

—No encuentro lo que dice especialmente tentador —dijo Yawad—. Valoro la técnica, pero mi alma sigue fría.

Y en la quinta noche, Jayal dijo:

—Os ruego que me perdonéis. Lo he hecho todo mal. Os imploro que olvidéis lo sucedido hasta ahora y que me permitáis empezar de nuevo.

—Sigue, por favor —dijo Yawad.

—Tus disculpas no son necesarias —añadió Fátima—. Tal vez no hayas seducido al muchacho, pero no cabe duda de que nos has distraído en este largo viaje, y te estamos agradecidos por ello. Procede.

Y Jayal empezó:

Mi amor por ti, Yawad,
no provoca en mí salud ni alegría,
eres la luna que ha tomado
la forma de un chico.

—Vaya, qué maravilla —alabó Fátima—. Hemos vuelto a Abu Nawas. Vamos a disfrutar de una velada de poemas de amor. Te gustará, Yawad.

En tu rostro se aprecia un vello tan leve
que podría ser llevado por la brisa, o por un aliento;
suave como la flor del membrillo que
podría morir bajo el roce de un dedo.
Con cinco besos tu rostro queda limpio
mientras en el mío ha crecido la barba.

—Ah —suspiró Fátima—, eso debe de ser latín.

—Me ha gustado —dijo Yawad—, pero el hecho de que mi pretendiente me encuentre bello, ¿implica obligatoriamente que deba gustarme? Esta forma de poesía resulta halagadora, deliciosa, pero mi alma sigue intacta. Solo sirve para aumentar mi añoranza por lo inefable.

—Tu nombre significa «caballo». El mío, «jinete». Estamos hechos para cabalgar juntos. ¿No lo ves?

—Lo que veo es que no me has seducido. Mi corazón no tiembla.

—Tu hija es una mujer fuerte —dijo el bey. Al hablar se le movía el bigote, trazando una línea paralela con sus espesas cejas. Arrastró una silla hasta colocarla más cerca de la cama del enfermo.

Mi padre se negó a mirarlo y mantuvo la vista puesta en Hafez, que se esforzaba por permanecer inmóvil y parecía incapaz de controlar sus nervios: estaba como en medio de dos supervisores enfrentados. Mi padre seguía todos sus movimientos con la mirada teñida de disgusto. El padre de mi padre había trabajado para sucesivos beys, quienes lo habían tratado como a un criado más. Creo que mi padre nunca se lo perdonó, y por tanto iba a necesitar tiempo para perdonar a Hafez por haberse convertido en un lameculos por voluntad propia.

—¿Qué haces aquí? —le preguntó mi padre—. ¿Por qué no viniste en cuanto te enteraste de que me habían ingresado?

—No ha sido culpa suya, tío —dijo el bey con voz afectada—. Yo quería venir a verlo y quería que él me acompañara. Pero he andado ocupado, como usted puede imaginar. No le eche la culpa a su sobrino. Y ahora, por favor, hábleme de su salud. ¿Se encuentra mejor?

—Así que no podías venir sin tu amo —dijo mi padre a Hafez.

—He llamado a Lina todos los días —dijo Hafez en voz baja, con la cabeza gacha, como si le estuviera hablando al suelo. Su corbata se dobló sobre sí misma, apenada.

—Pero ¿cómo se encuentra? —preguntó el bey.

Lina asomó la cabeza en el cuarto.

—Tu madre pregunta por ti, Hafez —dijo en tono seco, y obsequió al bey con una mirada dura. Mi padre la miró con ojos suplicantes—. Volvemos enseguida —le aclaró ella. Y, dirigiéndose a Hafez, añadió—: Ya.

Yo sabía que debía quedarme junto a mi padre, pero no podía soportarlo. Los seguí al exterior.

La tía Samia estaba nerviosa y le costaba respirar. Sus problemas respiratorios enmascaraban su verdadera preocupación.

—¿Mi hermano está ofendiendo al bey?

—Ah, el ilustre bey, el padre de todo —dije.

Hafez cogió la mano de su madre y me miró a la cara.

—Eres tan americano —dijo—. ¿Cómo será que te pasas la mayor parte del tiempo callado, pero en cuanto abres la boca lo único que consigues sea irritar a la gente?

—Vete a la mierda, Hafez —susurró Lina—. Si hay alguien que no tiene derecho a usar la palabra «irritante», ese eres tú, mierdecilla.

—¿Por qué siempre recurrimos al insulto? —preguntó la tía Samia, sin dirigirse a nadie en particular—. Es culpa de mi padre. Menuda lengua tenía. Mierda, mierda… era lo único que sabía decir.

Hafez no le hizo el menor caso.

—Lo que quería decir es que siempre parece criticarlo todo. Mira, Osama, tú sabes que te quiero. Lo sabes. Pero siempre lo desapruebas todo. Da la impresión de que te sientes superior a nosotros.

Respiré hondo y traté de que mi voz sonara arrepentida y controlada.

—A partir de ahora pensaré dos veces las cosas antes de decirlas.

Lina me cogió del brazo y me apartó del grupo.

—Camina. —Pasamos delante del guardia y seguimos pasillo abajo—. Habla.

—Estoy bien. Lo que me saca de quicio es ese rollo de «te has convertido en americano». Es lo que dicen todos en lugar de «eres un cabrón». Podrían ser más sinceros y reconocer que me odian.

Mi hermana se echó a reír.

—Cariño, eres un cielo. Ellos no te odian. —Inició el regreso hacia la habitación, como una gallina clueca que supiera, por instinto, que había estado alejada de sus polluelos durante demasiado tiempo—. Es a mí a quien odian. Tú no eres tan importante. —Se rió—. Has vivido en América durante veinticinco años, ¿en qué se suponía que debías convertirte? ¿En un orangután? Lo único que dicen es que eres distinto.

—Ya era distinto antes de irme. Y tú también.

—Por supuesto. A mí me llaman loca. A mi madre la llamaban puta. Tú eres solo el americano, no te quejes.

Y la sexta noche, Jayal dijo:

—Mi amor. Estamos a solo un día de nuestro destino. Temo que me queda poco tiempo, y lamento todo el que he malgastado. Al parecer no poseo la habilidad de conquistarte, ni talento alguno para la seducción. Deja que intente convencerte a través de la historia del poeta y Aslam.

—Me encantan las historias.

—Se trata de un relato conocido, que he leído en el tratado sobre el amor de Ibn Hazm, *El collar de la paloma*. En las tierras árabes de Andalucía vivió un literato, Ahmad ben Kulaib al-Nahawi, un poeta de gran talla, famoso por su verso y sobre todo por sus poemas sobre Aslam, el chico cuyo nombre significa «rendición». Estudiantes de toda Córdoba iban a casa de al-Nahawi a estudiar con él. El chico era uno de sus alumnos. Era bello, refinado, culto, entusiasta y lleno de talento. El maestro se enamoró del pupilo, y la paciencia no tardó en desertar de aquel hombre antaño estoico. Empezó a recitarle poemas de amor. Se desataron los rumores. Sus ingeniosos versos de rendición a Aslam se repetían en las reuniones que tenían lugar en la ciudad roja.

»Cuando Aslam se enteró de los cotilleos, dejó de visitar a su mentor, desapareció de todas las clases. Se confinó en su casa y en su pórtico. El maestro dejó de enseñar, no hacía otra cosa que pasear por delante de la casa de Aslam, con la esperanza de entrever a su amado. Sus pasos levantaban polvo todos los días, polvo que solo volvía al suelo por la noche. Aslam dejó de asomarse a la puerta durante el día. Solo después de las plegarias vespertinas, cuando la oscuridad se apoderaba de la luz de la tarde tiñéndola de negro, Aslam se aventuraba a llegar hasta la puerta para respirar un poco de aire fresco.

»Al comprender que sus ojos no podían contemplar ya esa belleza, el poeta recurrió al engaño. Una tarde cogió la vestimenta de un campesino, se cubrió la cabeza como hacían ellos, y con unos pollos en una mano y una cesta con huevos en la otra se acercó a Aslam y le dijo:

»—He venido hasta ti, mi señor, para entregaros estos alimentos.

»—¿Y quién eres? —preguntó Aslam.

»—Soy vuestro criado, mi señor. Trabajo para vos en la granja.

»Aslam invitó al hombre a entrar en su casa, le ofreció una taza de té e hizo que sus esclavos se llevaran los pollos y los huevos a la cocina. Preguntó al poeta si la granja marchaba bien. El poeta replicó que sí. Pero cuando Aslam empezó a hacer preguntas sobre los granjeros y sus familias, el poeta no supo qué contestar.

»Y Aslam se percató del disfraz.

»—Oh, hermano —exclamó el joven—. ¿No tienes vergüenza? ¿No tienes compasión? Ya no puedo asistir a clase. Llevo mucho tiempo sin salir de casa. ¿No te basta con que no pueda sentarme en mi propio pórtico a la luz del día? Me has quitado todo lo que me complacía. Me has convertido en un prisionero en la cárcel de tu obsesión. Juro por Dios que nunca abandonaré el santuario de mi casa; ni de día ni de noche saldré al pórtico.

»El poeta convocó a sus amigos y les confesó todo lo que había pasado.

»Sus amigos preguntaron:

»—¿Has perdido los pollos y los huevos?

»La desesperación se abatió sobre el pobre poeta postrándolo en cama, enfermo. Un amigo, Mohamed ben al-Hassan, fue a visitarlo y lo halló débil y macilento.

»—¿Por qué no te trata un médico?

»—Mi cura no es ningún misterio, y ningún doctor puede sanarme.

»—¿Y cuál es ese remedio?

»—Volver a ver a Aslam.

»En el corazón de Mohamed nació la compasión. Fue a ver a Aslam, quien le recibió como haría cualquier anfitrión educado. Servido el té, el amigo del poeta dijo:

»—Debo pedirte un favor. Se trata de Ahmad ben Kulaib al-Nahawi.

»—Ese hombre me ha arrastrado por el lodo, me ha convertido en objeto de chistes procaces. Ha mancillado mi nombre, mi reputación y mi respeto.

»—Lo comprendo, pero permite que el Todopoderoso sea el juez definitivo. Le perdonarías si vieras el estado en que se encuentra. Ese hombre se está muriendo. Tu visita sería un acto de caridad.

»—Por Dios, no puedo hacerlo. No me lo pidas.

»—Debo pedírtelo. No temas por tu reputación. Lo único que harás será visitar a un enfermo.

»Aslam se negó una y otra vez, pero el amigo no cejó en su empeño, invocando a su honor, hasta que Aslam consintió.

»—Vayamos, pues —dijo el amigo.

»—No. Me siento incapaz de hacerlo hoy. Mañana.

»Mohamed le arrancó la promesa y le dejó para volver a casa del poeta. Cuando le comunicó la visita que recibiría al día siguiente, la luz volvió a los ojos de su amigo.

»Al día siguiente Mohamed regresó a casa de Aslam.

»—Cumple con tu promesa —dijo cuando hubo saludado a su anfitrión. Y partieron en dirección a la casa del poeta. Pero cuando llegaron a la puerta, Aslam se paró, y con el rostro arrebolado balbuceó:

»—No puedo. Soy incapaz de dar un paso más. He llegado hasta la casa, pero no puedo entrar. —Y, raudo como un caballo de carreras, huyó.

»El amigo corrió tras él y agarró a Aslam de la capa. Aslam siguió huyendo, y Mohamed se quedó con un trozo de tela en la mano.

»Uno de los criados del poeta había visto acercarse a los invitados y había informado de ello a su señor, de manera que cuando Mohamed entró en la casa solo, el poeta sufrió una gran decepción. Rasgó el trozo de tela. Insultó a Mohamed, maldijo al mundo, abjuró del destino, gritó de ira y lloró de pena. Su amigo se dispuso a marcharse, pero el poeta lo cogió de la muñeca.

»—Ve con él —dijo el poeta—. Y dile esto:

Rendición, oh mi amor,
de los enfermos, apiádate.
Mi corazón anhela tu visita
más que la propia compasión de Dios.

»—¡No te apartes de la fe! —le reprendió Mohamed—. ¿A qué viene esta blasfemia?

»Dejó al poeta sumido en el enojo, pero apenas había salido a la calle cuando oyó los gritos de duelo. El poeta, Ahmad ben Kulaib al-Nahawi, había muerto con los dedos aferrados al trozo de lana.

»Y esto es verdad: años después, en un día gris y lluvioso, cuando solo los fantasmas y los yinns pueden andar sin protección, el guarda del cementerio reconoció a Aslam, que ya se había convertido en un gran poeta, sentado frente a la tumba de Ahmad ben Kulaib al-Nahawi: le presentaba sus respetos; visitaba al difunto, empapado hasta la médula. La lluvia surcaba su cara como si fueran lágrimas.

Fátima también tenía lágrimas en los ojos.

—Es una historia triste —dijo ella.

—Me dan pena los poetas —dijo Yawad—. Me duele el corazón. Estoy conmovido. —Yawad miró con tristeza a sus compañeros—. Pero no seducido.

El bey hablaba de temas intrascendentes, de trivialidades, y mi padre le respondía a base de monosílabos y gruñidos. La entrada de mi sobrina acompañada de una enfermera salvó la situación. Yo era consciente de que Salwa despreciaba al bey y todas las tradiciones que él representaba, pero a juzgar por la mirada que le brindó, el bey podría haberla tomado por una aliada. En su avanzado estado de gestación, con el cabello negro formando un halo en torno a su beatífica cara de madre en ciernes, Salwa anunció que debían extraerle sangre a mi padre. La enfermera asintió. Advertí que no llevaba jeringuilla, ni aguja, ni tubo alguno. Mi padre cerró los ojos: o bien era incapaz de disimular su alivio, o le importaba un rábano hacerlo.

Acompañé al bey hasta el ascensor y cuando pasamos por delante de la sala de espera todos sus acólitos se apresuraron a seguirlo. Se abrieron las puertas del ascensor, pero él no entró. Por fin se decidió a hablar conmigo.

—Tu padre es un buen hombre. —Quería aparentar madurez, algo que le resultaba difícil porque parecía una marioneta—. Deberías estar orgulloso de él.

Lo miré. Uno de sus hombres mantenía abierta la puerta del ascensor. En él había al menos seis personas más, pero nadie se quejó.

—También deberías estar orgulloso de tu abuelo —prosiguió. Noté que los ojos de todos estaban puestos en mí. La puerta del ascensor seguía empeñada en cerrarse—. Siempre me has caído bien. Podrías venir a verme.

Subió al ascensor y desapareció detrás de las puertas. Contemplé el hueco que había dejado.

—¿Por qué tiene que ser tu padre tan grosero? —dijo Hafez. Sostenía a su madre, como si fuera su bastón—. ¿Acaso le haría algún daño mostrarse amable con el bey? El bey lo ama, siempre habla de él en términos elogiosos. Le debemos mucho. No se merece ese trato.

Hafez era el primo más próximo en edad a mí, y la familia había dado por sentado que teníamos tantas cosas en común que acabaríamos convirtiéndonos en almas gemelas. Lo cierto es que acabamos siendo diametralmente opuestos. Se suponía que debíamos ser buenos amigos, pero apenas nos soportábamos. Él era uno de ellos; yo, un extraño.

—No hables así de tu tío —le reprendió su madre.

—Es como el abuelo —dijo él—. Tozudo.

Hafez no sabía de qué estaba hablando. Mi abuelo poseía una obstinación totalmente distinta a la de mi padre: esa era la razón por la que apenas se dirigían la palabra. Cada uno de ellos quería que el otro viera el mundo a su manera, pero ninguno de los dos estaba dispuesto a compartir las gafas. Mientras me daba la vuelta, oí que Hafez decía:

—¿Por qué el tío me trata con tan poco respeto? Cualquiera diría que sus hijos han llegado a algo en la vida.

Tras entrar en la habitación de mi padre, oí la misma comparación. Mi padre estaba furioso y mi hermana intentaba serenarlo.

—Es como su abuelo —rezongaba mi padre—. Un pelotillero, un lameculos imbécil. Como su abuelo. Un hijo de puta.

Ah, el abuelo, el progenitor de este desastre al que llamábamos familia.

Y en la séptima noche, a las puertas de Alejandría, un vencido Jayal se postró de rodillas ante su adorado.

—No tengo nada más que dar, nada excepto a mí mismo. Si quieres abandonarme, partiré antes de que amanezca, pero si tomas mi mano te ofreceré el mismo pacto que Ruth propuso a Noemí: Donde tú vayas yo iré, y donde te quedes yo me quedaré. Tu pueblo será mi pueblo y tu Dios mi Dios. Donde tú mueras moriré yo, y allí seré enterrado.

Y Yawad cogió la mano de Jayal.

2

—Mira aquí —dijo el abuelo, mientras señalaba el único punto incoloro del mapa que tenía extendido sobre la mesa de madera. Yo estaba sentado a su lado, pero no conseguía acercar la cabeza lo bastante para ver. Me puse de pie en la silla, apoyé una rodilla en la desvencijada mesa y me sentí como si flotara sobre un mundo de color. Vi el Líbano. Pude reconocer mi país, pintado en un débil color violeta, pero su dedo apuntaba más al norte, por encima de Trípoli. Turquía aparecía en un ocre amarillo. El punto exacto estaba descolorido, desteñido—. Aquí nací yo. —No miraba el mapa, como si sus dedos pudieran encontrar su lugar de nacimiento solo con el tacto—. Se llamaba Urfa. Ahora lo llaman Sanliurfa. Significa «glorioso Urfa». Maldito Urfa sería más adecuado.

Maldecía con facilidad, de forma espontánea, y esa era una de las razones por las que mi madre no quería que pasara mucho tiempo con él. Pero la tía Samia siempre insistía en ello. Él era familia. Yo, un descendiente. Ella era obstinada. Ese día nos había llevado a sus tres hijos y a mí desde Beirut, nos dejó en casa del abuelo por la mañana y salió a realizar sus visitas mensuales a la gente del pueblo. Mis primos preferían jugar con los sobrinos del bey. Como tenían por costumbre, Hafez, Anwar y Munir se encaminaron hacia la casa del bey en cuanto su madre se marchó. Mi abuelo no me permitió acompañarlos.

—En mi época los mapas tenían menos colores —decía entonces. Gruesos pelos blancos le brotaban de las orejas y las cejas en tanta abundancia como de la cabeza. No estaba de buen humor.

Aunque yo no siempre entendía lo que decía, eso nunca le detenía. Se levantó. Yo seguí sobre el mapa, como si fuera su cielo. Él hacía gestos frenéticos; las tablas del suelo crujían bajo sus pasos en una especie de código Morse desafinado.

—Dicen que Sanliurfa es una mezcla de las culturas turca y árabe. A veces incluso mencionan a los kurdos. Pero si miras los folletos de las agencias de viajes, nunca se hace mención alguna de los armenios. Como si nunca hubieran estado allí.

—¿Quiénes son, y quiénes somos? —pregunté.

Él se detuvo y su mirada atravesó la sucia ventana, hacia el horizonte, mientras las piñas chisporroteaban en la estufa de hierro.

Ah, Urfa, ciudad de profetas. Jethro, Job, Elías y Moisés pasaron allí parte de sus vidas, pero el nombre de Urfa siempre se asociará con el de Abraham, ya que fue su ciudad natal. La historia de Urfa es mucho más compleja que los simples mitos, los simples relatos. Es Orshoe, es Edessa. Aparece en la Biblia, en el Corán, en la Torah.

En los días del poderoso rey Nimrod vivía un joven llamado Abraham, hijo de Azar, un escultor de ídolos. Azar tallaba hermosos dioses de madera, que la gente veneraba y adoraba. Azar tenía por costumbre enviar a su hijo al mercado con los ídolos, pero Abraham nunca vendía ninguno.

—¿Quién compra mis ídolos? —voceaba Abraham—. Son baratos y no tienen valor alguno. ¿Quiere uno? No le hará ningún daño.

Cuando un transeúnte se paraba a admirar la belleza de las tallas, Abraham abofeteaba al ídolo.

—Habla —le decía—. Convence a este hombre honrado de que te compre. Haz algo.

La venta no se cerraba.

Como es lógico, su padre estaba disgustado. Perdía dinero y tenía un hijo descreído. Al final dijo a Abraham que o empezaba a creer en los dioses o se iba de casa. Abraham se fue.

Abraham entró en un templo mientras el resto de ciudadanos estaba en sus casas preparándose para una velada de adoración hacia sus venerados dioses. Abraham llevó comida a los dioses.

—Comed. ¿Acaso no tenéis hambre? ¿Por qué no me decís nada?

Fue abofeteando sus caras, una por una. Bofetón, paso, bofetón. Pero luego cogió un hacha y redujo a los dioses a astillas, algunas tan finas como mondadientes. Los destrozó todos a excepción del más grande, y colocó el hacha en la mano de este ídolo.

Cuando llegó la gente a adorar a los dioses, los encontraron hechos trizas, diseminados a los pies del ídolo jefe. Lamentaron su destino y el de los dioses. «¿Quién haría algo así?», gritaban al unísono, un coro de gemidos.

—Alguien tuvo que hacerlo —dijo Abraham—. El hacha culpable está en manos del grandote. Quizá tuvo envidia del resto y los machacó. ¿Se lo preguntamos?

—Sabes que no hablan —dijo el sacerdote.

—Entonces, ¿por qué los adoramos?

—¡Herejía! —gritó el pueblo, y lo llevaron a presencia del rey.

Mi abuelo era el fruto de un romance indiscreto. Su padre era Simon Twining, como el té, un médico inglés alcohólico, un misionero que ayudaba a los armenios cristianos en el sur de Turquía. Su madre, Lucine, era una de las criadas armenias del doctor.

El nombre de pila de mi abuelo, Ismail, estaba predeterminado. ¿Cómo ibas a llamar al hijo de tu doncella si vivieras en Urfa? Su apellido no era Twining. La esposa del doctor no lo permitió. Era Guiragossian, el apellido de su madre. El nombre completo, la plaga de nuestra familia, lo recibió en Líbano cuando ya era un hakawati hecho y derecho.

¿Qué es un hakawati, os preguntaréis? Ah, atended.

Un hakawati es un contador de historias, mitos y fábulas (*hekayât*). Un cuentista, un actor. Una especie de trovador, alguien que se gana la vida hechizando al público con relatos. Como la palabra *hekayeh* («historia», «fábula», «noticia»), *hakawati* se deriva de la palabra libanesa *haki*, que significa «charla» o «conversación», lo que sugiere que en libanés el mero acto de charlar ya supone narrar una historia.

Un gran hakawati se enriquece mientras que uno malo se muere de hambre o pierde la cabeza. En los viejos tiempos los pueblos tenían sus propios hakawatis, pero los grandes abandonaban sus casas en busca de fortuna. En las ciudades, los dominios del hakawati eran las fondas. Un hakawati puede contar una historia de una sentada o prolongar el mismo cuento durante meses, dejando a la audiencia en ascuas todas las noches.

Se dice que en el siglo XVIII, en una cafetería de Alepo, el gran hakawati Ahmad al-Saidawi contó una vez la historia del rey Baybars durante trescientas setenta y dos noches, lo que puede o no constituir un récord. También se dice que al-Saidawi abrevió el relato porque el gobernador otomano le rogó que lo terminara. El déspota de la ciudad llevaba noches extasiado, y desde Estambul le habían llamado al orden por descuidar los asuntos de Estado, incluido el cobro de tributos. El gobernador necesitaba saber cómo terminaba el cuento.

La primera vez que el bey vio a mi abuelo este era un hakawati desamparado y hambriento de solo trece años. El encuentro se produjo en un sórdido bar del distrito de Zeitouneh, en Beirut, antes de la Gran Guerra. Mi abuelo se ganaba las habichuelas entreteniendo a los clientes en los intermedios de los números pseudomusicales o picantes. El bey quedó gratamente impresionado por sus ingeniosas historias. Cuando se interesó por el pasado de mi padre, Ismail le proporcionó tres versiones, improbables y distintas, una tras otra. En ese mismo momento el bey contrató a mi padre como bufón, y a partir de entonces se refirió a él como *al-jarrat*, «el embustero», o *hal-jarrat*, «ese embustero». Un día en que se sentía generoso el bey decidió dotar a aquel descastado de cierta dignidad. Dado que mi padre no poseía papeles, ni padre reconocido, el bey pidió favores, sobornó a quien hizo falta, y regaló al chico una nueva partida de nacimiento, bautizándolo con un nombre nuevo: Ismail al-Jarrat.

El pequeño hakawati vio la luz al atardecer del 16 de enero de 1900. Simon Twining contaba el cuento de Abraham y Nimrod a un público absorto formado por su esposa, sus dos hijas, sus dos doncellas armenias y cuatro huérfanos armenios que estaban a su cuidado.

—Abraham se plantó, desafiante, ante su rey. —Idioma, inglés; tono, elevado; voz, suave—. El rey Nimrod se puso nervioso, ya que este era su primer encuentro con un alma libre. «Vos no sois mi dios», dijo Abraham a Nimrod.

Lucine sintió la primera punzada de dolor; una oleada de náuseas la embargó por completo. Respiró hondo y desechó el dolor como transitorio, porque solo estaba de ocho meses. Se irguió en el taburete, dando gracias a que este tuviera cuatro patas. El doctor creía que los muebles de tres patas eran obra de Satanás: eran inestables y suponían una burla a la Santísima Trinidad.

—El joven se creció en estatura cuando desafió al rey cazador Nimrod. «¿Quién es este Dios poderoso del que hablas?», preguntó el rey, asustado.

El doctor cogió la escoba de mango largo y la elevó por encima de su cabeza. El mango estuvo a punto de chocar contra una cajita que él mismo había colocado en un ángulo del techo para recoger los excrementos de un par de golondrinas que tenían allí su nido.

La segunda punzada de dolor le llegó a Lucine a tres dedos por debajo del ombligo y cuatro a la derecha. Le costaba respirar, pero no emitió sonido alguno.

—Abraham estaba decidido. «Es quien da la vida o la muerte», respondió sin bajar la mirada. El rey repuso: «Pero yo también doy vidas y las quito. Puedo perdonar a un hombre condenado a muerte o ejecutar a un niño inocente».

Todos los niños presentes dieron un respingo. Lucine se sentía arrebolada y mareada.

—Abraham dijo: «Esa no es la manera en que actúa Dios. ¿Podéis hacer lo siguiente? Cada mañana Dios hace que el sol salga por el este. ¿Podéis hacer que salga por el oeste?». Nimrod se enojó, ordenó a sus sirvientes que encendieran una gran hoguera y que arrojaran a Abraham a las llamas. Los hombres fueron a prender a Abraham, pero este les dijo que podía andar.

Y justo en ese instante, mientras Abraham entraba en las abrasadoras llamas, el grito de Lucine resonó por todo el valle. Un charco de agua se formó debajo del taburete de cuatro patas, sobre las piedras limpias, y fluyó hasta las grietas que hicieron las funciones de acueductos romanos en miniatura.

Un hakawati siempre debe escoger el momento oportuno.

Ah, partos, partos. Decidme cómo ha nacido un hombre y os contaré su futuro.

Un vidente había pronosticado al rey Nimrod que sería destronado por un bebé que estaba a punto de nacer. El rey decapitó al vidente por agorero. Luego convocó a sus visires en la sala del trono y ordenó la muerte de todos los recién nacidos.

¿Qué se podía hacer? Adna, embarazada del bebé Abraham, abandonó su hogar en Urfa sin tener tiempo para recoger sus cosas, cruzó la ciudad con cuidado y se dirigió a una de las cuevas que había en las colinas circundantes. Allí dio a luz. Abraham llegó con los ojos abiertos, curioso y vigilante. El bebé no lloró. Adna no tenía leche. El bebé buscó su mano, se metió dos de sus dedos en la boca y chupó. Un dedo le dio leche y el otro miel.

¿Queréis saber cómo fue concebido el hakawati? Escuchad.

Urfa, primavera anterior a su nacimiento. El sol descendía, había refrescado y los últimos pájaros se refugiaban en las ramas más altas. El doctor Twining se encaminaba hacia su casa cuando vio a su doncella, Lucine, subida a un tronco inestable mientras intentaba cubrir el retrete con ramas secas de palma. Se trataba de una tarea de carácter estacional: como un techo de verdad atraparía los olores, cubrían los retretes con ramas secas mezcladas con lavanda y jazmín. El falso techo protegía a los usuarios de los elementos, proporcionaba una fragancia natural y evitaba a Dios la visión directa de la familia mientras esta hacía sus necesidades.

A esa hora del día los colores se hacían más intensos y al doctor Twining, la doncella, de espaldas a él, le pareció un espejismo: una imagen efímera, trémula, divina. Alrededor de la encaramada Lucine correteaban pavos, pollos, conejos, gansos, tres perros y dos tortugas. Era ella quien les daba de comer todos los días, así que la esperaban. El doctor se enorgullecía de poder proporcionar ayuda desinteresada a todos los desgraciados, a los necesitados y a los sumisos. Una golondrina solitaria voló ante él, mostrando con claridad su cola en forma de horquilla. Él clavó la vista en Lucine y vio que no era ningún espejismo; su silueta oscilaba sobre el tronco inestable.

—Lucine —la llamó.

Los pollos se dispersaron al oír su grito. Lucine miró hacia atrás; sus ojos expresaban sorpresa, como si se plantearan a qué venía esto. Entonces perdió el equilibrio. Abrió la boca para pedir ayuda y osciló hacia delante; luego se irguió, rígida como una columna, y cayó. Pavos y gansos salieron huyendo en todas direcciones.

Cuando él llegó a su lado, ella no había emitido sonido alguno. Estaba apoyada contra la pared gris del retrete, palpando su tobillo desnudo. Se había subido un poco la falda para verlo. Él se agachó para examinarla.

—¿Estás bien? —le preguntó—. Déjame ver.

Ella retiró la mano y la de él ocupó su puesto, ejerciendo una leve presión. Ella se estremeció.

—¿Te duele? —susurró él.

Ella asintió. Los dedos del doctor apretaron justo por debajo de la articulación y rozaron la planta del pie. Ella permaneció inmóvil.

—Creo que es un esguince. —Su pulgar y su índice formaron un torno y dieron un suave masaje al gemelo—. ¿Te duele aquí?

Ella negó con la cabeza. Sus ojos eran algo nuevo para él. Le rodeó el tobillo con la mano derecha mientras la izquierda seguía acariciándole la pierna, casi hasta la rodilla.

—¿Y aquí? ¿Te duele aquí?

Os digo que fue el destino.

El acto se consumó allí mismo: en un lugar incómodo, junto al retrete; el débil hedor actuó como afrodisíaco.

—¿Por qué Abraham quería matar a Ismael? —pregunté a mi madre mientras ella se desnudaba para ponerse el camisón. Yo, ya en pijama, la esperaba en la cama, intentando que mi cuerpecillo encajara en la gran muesca que mi padre había horadado en el colchón.

—Dios le pidió que sacrificara a su hijo, pero luego le permitió que lo sustituyera por un cordero. —Ella se puso el camisón de algodón azul y, con un gesto que siempre me pareció el colmo de la acrobacia, se quitó el sujetador por debajo de este.

—¿Era un cordero joven?

—Supongo que sí. —Por fin me sonrió, chasqueó los labios y negó con la cabeza—. Solo mi pequeño Osama se preguntaría algo así.

Se sentó ante el tocador para quitarse el maquillaje, que todavía se veía maravilloso. La familia en pleno había ido al piso de la tía Samia para el Eid al-Adha, el sacrificio de Abraham, la única fiesta que celebraban los drusos. Me encantaba el Eid al-Adha. Los niños recibían dinero de manos de los adultos. Lo único que tenía que hacer para conseguir monedas que tintineaban en mis bolsillos era acercarme a un pariente y sonreírle.

—¿Por qué le pidió Dios que hiciera algo así?

Ella vertió desmaquillador en un algodón y fue pasándolo con delicadeza por su rostro, deslizando la mano de arriba abajo.

—Era una prueba —dijo ella, sin apartar la mirada del espejo—. No le habría dejado que matara a su hijo.

—¿Y él pasó la prueba?

—Por supuesto, cariño. Por eso hoy es fiesta y podemos comer mucho y engordar. Dos corderos enteros y no ha sobrado nada. Creo que es un récord.

Me apoyé en el codo para observarla mejor. Cuando me movía en la cama ella solía decirme que me estuviera quieto para dormirme antes, pero esa noche no dijo nada. Supongo que porque era fiesta.

—Pero ¿y si Dios no le hubiera detenido? ¿Habría matado a su hijo?

—¿Es eso lo que te preocupa? —Ya había terminado y se dirigió a su lado de la cama. Sin maquillaje se la veía distinta, más juvenil—. Es solo un cuento, Osama. No es real. —Despacio, se metió en la cama—. Los cuentos son para entretenerse. Nunca significan nada.

—El abuelo dijo que sucedió en una montaña y que Dios detuvo la mano de Abraham justo cuando este iba a degollar a Ismael. Estaba en la cima de una montaña, y hacía un día despejado, así que Dios podía verlo todo.

—Tu abuelo dice muchas cosas que no son ciertas. Ya sabes cómo son sus historias. Sabes que no fue al colegio ni nada parecido. No es culpa suya. Pero no tienes por qué creer las mismas cosas que él. Si piensas que algo de lo que dice es demasiado absurdo para ser verdad, es que lo es. —Se desperezó y apretó el interruptor de la pared para apagar la luz—. No dejes que sus historias te turben. No dejes que ninguna historia te turbe. —Se volvió hacia mí y me abrazó. Estábamos juntos, como unas comillas—. Ahora, duérmete.

—No me gusta la historia de Abraham —dije en la oscuridad—. No es buena.

—A mí tampoco —admitió ella después de un instante de silencio.

Pensé en la historia.

—Si Dios te lo pidiera, ¿me matarías? —Noté cómo se estremecía.

—No seas tonto —dijo ella—. Claro que no haría algo así. Duérmete de una vez y no le des más vueltas.

—Pero ¿y si Dios te lo pidiera?

—Nunca me lo pediría.

—¿Y si se lo pidiera a papá? ¿Me mataría?

—No. Y no te pongas pesado.

Yo no podía dejar de pensar.

—¿Y si Dios le pidiera a alguien que matara a otra persona? ¿Eso estaría bien? No podrías meter al asesino en la cárcel si obedecía órdenes de Dios. ¿Y si Dios pidiera a alguien que matara a mucha gente? ¿A los turcos o a los franceses? Dios le dice a un hombre que mate a todos los franceses y él se pone a disparar contra todo francés que ve. Bang, bang, bang. ¿Eso está bien? ¿Le culparían por ello? ¿Y si…?

Ella me hizo callar. Me tapó la boca con su mano izquierda. Olí a verbena, su crema hidratante.

—Dios no habla con la gente —me susurró al oído—. Dios no le dice a nadie que haga nada. Dios no hace nada.

—Pero la gente cree que Dios les habla.

—Los idiotas, solo lo creen los idiotas.

Oí el zumbido de un mosquito. Me incorporé y denuncié su presencia en la habitación.

—Maldita sea —dijo ella—. Creía que habían echado insecticida en el cuarto.

Se levantó y se planteó la posibilidad de hacer sonar el timbre para que acudiera la doncella; luego abrió el cajón de la mesita de noche y sacó el Katol. Sin encender la luz, empujó el insecticida, verde y en forma de espiral, en su sitio, y luego prendió una cerilla contra él. A la luz de la súbita llama parecía una estrella de cine, con la melena oscura enmarcándole la cara.

—Tú no crees en Dios, madre, ¿verdad? —pregunté.

Me miró como si yo fuera un desconocido; luego apagó la cerilla y la oscuridad ocultó su cara.

—No. No creo que haya un Dios. —Oí el ruido de la cerilla al caer en la papelera—. Pero no quiero que hables de esto con otras personas. No es algo de lo que se habla. ¿Me entiendes?

—Pero ¿cómo sabes que Dios no existe?

—Porque si existiera Dios, tu padre ya habría caído víctima de la peste. Y ahora, por última vez, o te duermes o te vas a tu cuarto.

El olor a insecticida, mezclado con verbena, impregnó por completo la habitación.

Aquella noche, en la acogedora salita, mientras todos dormían, el doctor se lo confesó todo a su esposa. De espaldas al débil fuego, se arrodilló ante ella y sollozó. Ella dejó la labor de punto y escuchó sus elaboradas explicaciones. Era un hombre débil, solo un ser humano. No sabía qué le había poseído. No era culpa de Lucine, sino de él. Si pudiera castrarse, su vida sería mucho más sencilla: sería un ser humano mejor, el esposo que ella merecía. Ella permaneció en silencio. Él le prometió que no volvería a suceder. Había sido un accidente. Un hecho aislado. Demostraría ser digno de su confianza una vez más. Ella era su ancla. Ella era su fe. ¿Podría perdonarle?

—¿Cómo está el tobillo? —preguntó su esposa.

Perplejo, el médico no supo qué decir.

—¿El tobillo está bien? —preguntó ella.

—Ha sufrido un esguince severo —contestó él—. Se recuperará del todo en un mes, más o menos, pero debería pasar tres o cuatro días de reposo.

Su esposa retomó la costura. Con la vista fija en la labor, dijo:

—Eso nos va a costar. No será fácil conseguir que esa chica no se ponga de pie. Es tan hacendosa y leal. No sé si podrá estarse quieta durante tres días.

Su marido volvió a la silla. Cogió la pipa y la bolsa de tabaco. Empezó su ritual nocturno.

—Pues tendremos que obligarla. —Encendió la pipa, dio unas cuantas caladas y esperó a que las hebras de tabaco tomaran un color ambarino antes de apagar la cerilla—. Por su propio bien.

—Tienes razón. Tendré que asignarle algunas tareas que no requieran movimiento.

Él abrió el libro, y el punto de lectura le cayó sobre el regazo.

—Solo tienes que asegurarte de que tenga la pierna en alto.

—Sí. El tobillo dolorido siempre por encima del corazón, para asegurarnos de que no se le hinche demasiado.

Ella dejó de coser y le sonrió. Luego sus dedos reanudaron la tela de araña.

Una estufa de leña, hecha de hierro fundido, dominaba la salita de mi abuelo. La salida de humos, suficientemente grande para que por ella rodara una pelota de rugby, cruzaba toda la estancia hasta el otro lado del techo. Él sacaba la estufa cada primavera, pero cuando la traía de nuevo a finales de otoño la colocaba exactamente en el mismo sitio: al otro lado de la sala, en el rincón opuesto al agujero del techo. Durante la época de frío alimentaba la estufa con ramitas de roble, pino y piñas. La salita parecía siempre un horno a fuego lento. Y cuando el viento caprichoso cambiaba de dirección, un humo agresivo invadía la estancia, abrasándome los pulmones. Si me quejaba, mi abuelo me regañaba porque no me gustaba el aroma a pino quemado, por ser un niño mimado de ciudad acostumbrado a las gardenias y a la lavanda cortadas de los jardines.

En invierno la estufa se convertía en el centro de su universo. En ella cocinaba, elaboraba el mate, el té, el café. Trasladó la cama a su lado. Solo salía de la salita para ir al cuarto de baño que estaba en la parte de atrás de la casa.

El día después de que el doctor hubiera consumado el acto, Lucine tenía el tobillo hinchado y la pierna morada hasta la rodilla. La esposa del doctor le llevó una adelfa de color rosa y la puso en un vaso desportillado al lado de su cama. Elevó los pies de la cama a base de ladrillos. Limpió la cuña de Lucine. Esta murmuraba disculpas incoherentes, ya que era demasiado tímida para dirigirse a su señora directamente.

Dos semanas más tarde, desde el quicio de la puerta del cuarto de las doncellas, el doctor y su esposa vieron cómo Zovik, la segunda doncella, ayudaba a Lucine a vomitar en un oxidado cubo de metal.

—Asegúrate de que no mueve el tobillo —ordenó el doctor a Zovik.

—Es la voluntad de Dios —le susurró su esposa.

El tobillo de Lucine seguiría hinchado durante el resto de su vida, durante los trece meses que le quedaban en este mundo.

—Toca algo para mí —dijo mi abuelo. Se desplomó en el butacón; entre los dedos tenía un cigarrillo reducido a la colilla, del que se había olvidado por completo.

—Pero si lo que toco no te gusta —dije.

Mi abuelo ahogó un suspiro de impaciencia. El cigarrillo le quemó el dedo. Lo soltó sobre la butaca. Se miró la mano, asombrado. Aplastó el cigarrillo con la palma. La colilla saltó del cojín y fue a caer al suelo, ya apagada.

—Uf. Nunca he dicho que no me gustara lo que tocas. —Se peinó el rizado cabello blanco con ambas manos, pero este siguió tan desordenado como siempre, tan desordenado como él—. Eres de mi carne y de mi sangre. —Llevaba la barba descuidada pero limpia. Su ropa estaba igual de desordenada.

—Dijiste que toco como un burro.

—Bueno, entonces ven aquí y toca algo distinto, y no toques como un burro. —Dio una palmada al cojín que estaba a su lado, sacó la bolsa de tabaco y empezó a liar un cigarrillo. Yo no me moví. Con los ojos fijos en el cigarrillo, dijo—: No hay nada peor que un músico reticente. Todos esos «no sé si puedo» o «la verdad es que no estoy del todo preparado» no son más que cuentos de mierda. Si alguien te pide que toques, tú toca. Disfruta del momento y no te quejes.

Cogí su oúd, un instrumento parecido al laúd, y fui a sentarme a su lado.

—Este oúd no me gusta. Las cuerdas están mal.

Me lanzó una mirada de exasperación.

—Uf. ¿A quién le importan esas bobadas? Limítate a tocar.

Empecé con una escala simple para calentar los dedos, tal y como me había enseñado Istez Camil. Mi abuelo se hundió aún más en el sofá: el cuello y los hombros de su chaqueta negra se elevaron por encima de las orejas hasta casi cubrirle la cabeza. Pasé despacio a un maqâm, pero no sonaba bien. El oúd no estaba afinado. Intenté compensarlo, pero de repente mi abuelo se levantó.

Fue hacia la estufa, abrió la parte superior y arrojó el cigarrillo dentro.

—Tocas como un burro. ¿Qué te ha estado enseñado ese músico imbécil? ¿Quién quiere escuchar esta basura iraquí?

—A la gente le encanta lo que toco. Todos dicen que toco como un ángel, como un ángel celestial.

—Tocas como un ángel burro. —Hizo una mueca. Se llevó las manos a las mejillas y fingió que las hacía hablar—. Plank, plank, plank. Sé hacer música. Mira. Tum, tum, tum. —Se sacó la dentadura y la sostuvo frente a su boca—. Sé tocar música que nadie quiere escuchar. ¿Y tú? ¿Y tú?

Le di la espalda.

—No pienso escucharte. No reconoces la buena música y tu oúd es horrible.

—¿Por qué no tocas algo interesante? —No tuve que mirarle para saber que había devuelto la dentadura al lugar que le correspondía—. Toca una canción en lugar de esa mierda. Las canciones son mejores. Cuéntame una historia. Cántame una historia.

—No quiero. Hazlo tú.

Con un suspiro cogió el oúd. Negó con la cabeza y dijo:

—En Turkmenistán, Uzbekistán y el noreste de Irán, la palabra *bajshi* significa «intérprete de oúd, cantante y narrador de cuentos». Yo soy un bajshi, tú eres un bajshi. La palabra procede del chino y llegó a nosotros con el advenimiento de los apestosos mongoles. —Tocó dos notas antes de proseguir—. Por otro lado, los músicos y narradores de Jorasán, en Irán, creen que *bajshi* viene de *bajshande*, que significa «dador de regalos», debido al don de la música que Dios les ha concedido. Siempre me ha gustado pensar que el intérprete de oúd es un contador de historias además de un dador de regalos.

Él tocaba fatal, tenía una voz grave que desafinaba todo el rato. Cantó una canción sobre un chico que tenía más suerte que cerebro.

En verano, cuando Lucine andaba por el quinto mes de embarazo, todos sabían que en su vientre traía a un varón. Las señales eran obvias: había ganado doce kilos (ya se sabe que los chicos son más grandes); su barriga era totalmente redonda (las niñas son torpes, el útero nunca se llena de forma perfecta); se hallaba sometida a un dolor constante, y se había pasado los primeros tres meses tumbada de espaldas (los chicos siempre dan más problemas); no se recuperaba con facilidad, el tobillo seguía hinchado (los chicos son egoístas y absorben todas las energías curativas de la madre); estaba radiante (los chicos hacen felices a sus madres).

Un día caluroso una cojeante Lucine se dedicaba a verter agua del pozo en el suelo para evitar que se levantara el polvo. Una tortuga se refugió en su concha al notar las gotas de agua. Lucine quiso asegurarse de que el lugar que ocupaba la tortuga no quedaba seco, así que hizo un gesto brusco: apartó a la tortuga con el pie y le falló el tobillo. Estuvo a punto de caerse.

Se tocó el tobillo y rezó a la Virgen. Se arrastró hasta la morera y se sentó a su sombra. Estiró las piernas y separó los dedos de los pies. Para poner a prueba la fuerza del tobillo empujó una piedra del tamaño de un melón y consiguió moverla un poco. Colocó los dedos debajo de la piedra y volvió a empujarla. Esta vez sintió un dolor penetrante, que la hizo desmayar.

—Es el tobillo —dijo la esposa.

—No estoy tan seguro —dijo el doctor. Al masajearle el tobillo a Lucine advirtió que tenía una marca roja en el empeine del pie derecho. Se la mostró a su esposa—. ¿Las niñas están dentro? —preguntó él.

No tardó mucho en encontrar al escorpión blanco. Debajo de la piedra, aplastado como una hoja de papel, su picadura había sido el acto de desafío final.

—No es una buena señal —se dijo.

Cuando le decía a mi abuelo que tenía hambre, este me daba un trozo de pan seco espolvoreado con sal marina.

—Su aperitivo de media mañana, señorito. Esto es lo que yo tomaba todas las mañanas cuando tenía tu edad. Todos los huérfanos lo esperaban ansiosos, entre el desayuno y la comida. Pruébalo. Te gustará. —Me negué a mirarlo. Él no paraba de moverse, como una de esas peonzas giratorias que nunca se detiene por completo—. Aquí me tienes, intentando infundirte cultura, a ti, mi sangre y mi carne, mi descendiente. No quieres esto, quieres lo otro. A tu edad, yo tenía que comer lo que me daban.

Me volví. Siempre me aseguraba de darle la espalda adondequiera que se moviera.

—No quieres comerte el pan. Hay niños que matarían por un trozo de pan. Tienes muchas cosas y sigues sin estar contento. A tu edad yo no tenía juguetes, pero me divertía. No necesitaba juguetes: me fabricaba tirachinas. Me subía al único árbol del patio, una morera negra, y usaba la fruta como munición contra los niños musulmanes. No usaba piedras, porque me habría metido en un lío, y además darle a un niño con una mora era mucho más divertido. La fruta dejaba una jugosa mancha violeta. Siempre que le daba a un chaval, levantaba los brazos como un campeón y casi perdía el equilibrio, pero nunca me caí. Esos niños solían insultarnos. Nos llamaban *descastados* y *sin historia*. A mí me daba igual, la verdad, pero las hijas del doctor siempre lloraban. Barbara y Jane. Así se llamaban. Ves, aún me acuerdo, a pesar de los años que han pasado. Todavía recuerdo sus nombres. ¿O eran Barbara y Joan? Era uno u otro. Ah, ¿a quién le importa?

—A mí no.

—Escucha —me dijo—. Escucha. Nuestra casa estaba justo al otro lado de las murallas de la ciudad. Y lo digo en sentido literal: los restos de la antigua muralla romana formaban la pared trasera de nuestra casa. La pared se extendía más allá de la casa y delimitaba la mitad del jardín. Por la noche me encaramaba a esa pared y gritaba sin hacer ruido alguno, le gritaba al mundo: Estoy aquí. Estoy aquí, como Abraham. Desde la muralla podía ver el estanque de Abraham. Resplandecía bajo la luz de las estrellas. Burbujeaba a todas horas. Lleno de peces sagrados, vigilados y alimentados regularmente.

—¿Quién los alimentaba?

—Los musulmanes, por supuesto. Cuando Nimrod sentenció a Abraham al fuego, Dios intervino y manifestó su gloria ante el rey cazador. Los aduladores abrieron la puerta del horno esperando encontrarse solo con restos chamuscados, pero en su lugar hallaron al profeta, tan glorioso como siempre; el joven Abraham cantaba, sentado en pose indolente sobre un lecho de rosas rojas, rojas como el color de la sangre fresca. Miles y miles de pétalos de rosa de color carmesí. Los cortesanos huyeron despavoridos, como si hubieran visto un yinni o un ángel. Abraham, intacto y sin mácula, salió del horno, sonrió a Nimrod al pasar frente a él y se fue a su casa. El rey y poderoso guerrero, aterrado y furioso, convocó a su ejército. Construyó la mayor catapulta que se había visto en el mundo. Pero no, se dijo: una nunca es bastante. Así que construyó otra, una réplica exacta. En las plataformas de las catapultas los hombres colocaron trozos y más trozos de madera ardiendo. Avivó el fuego con más aceite y añadió piñas para provocar efectos sonoros. Luego dio orden de desatar su furia contra su enemigo. Pero Dios transformó las catapultas en minaretes. Transformó el fuego en agua, y así se originó el estanque de Abraham. Convirtió los leños en carpas, y los peces dieron vida al estanque. Durante miles de años, ese estanque de agua fresca ha proporcionado sostén y alimento a la gente de Urfa. Los derviches musulmanes vigilan el estanque y adoran a Dios a través del cuidado de los peces sagrados. Una vez jugué allí cuando tenía tu edad. Nadé con los peces de Dios.

La luz del sol penetró por fin a través de las ventanas. El aire se llenó de una fragancia dulce y aromática.

—¿Eran como el resto de peces? —pregunté.

—No. Por supuesto que no. —Hizo un gesto desdeñoso con la mano; sus muñecas pálidas y huesudas salían de puños blancos y raídos—. Eran peces especiales. Por la noche brillaban como gemas, con destellos de color que nunca has visto. Si pudiera mostrártelos... Y los derviches parecían tan sagrados con sus atavíos tradicionales, túnicas blancas y sombreros rojos.

—¿No son estos los que bailan? Los he visto. Son hermosos, imponentes.

—Giran. Es así como rezan. Y son hermosos.

—Quiero un Dios que me haga girar. —Bajé de un salto del sofá. Me saqué la camisa del pantalón y la desabotoné, para que cayera como una túnica—. Así. Puedo hacer esto por Dios. —Levanté las manos. Giré, giré y giré—. Mira. Mira.

El pintor holandés Adriaen van der Werff, un consumado maestro menor, bastante repetitivo y sentimental, pintó la escena bíblica en la que Sara ofrecía a su esclava egipcia, Agar, a su marido Abraham. Huelga decir que Agar no tiene el menor aspecto de egipcia. Su cabello es castaño, casi rubio; su piel es más clara que la de las otras dos figuras que componen el cuadro, y los rasgos nórdicos la representan demasiado joven y bella. Está al fondo del cuadro; solo se le ve el torso, desnudo desde la cintura. Una prenda (¿unas enaguas?) y el antebrazo derecho ocultan su pecho derecho. La mano derecha apoyada en el seno izquierdo sirve para acentuar el voluptuoso pezón. Está arrodillada junto a la cama, cabizbaja, con la vista puesta en su ombligo desnudo, recatada, sumisa, al margen de la discusión que mantienen Sara y Abraham.

Sara, una arpía, se halla de pie detrás de Agar, hablando con su marido. Aparece completamente arropada en una tela gris, un velo cubre parte de sus cabellos blancos. Abraham está desnudo en la cama y una sábana azul marino oculta todo lo que queda por debajo del ombligo. Lleva una espesa barba castaña, pero su pecho musculoso aparece totalmente depilado y los abdominales bien definidos. Su mano reposa sobre el desnudo y sensual hombro de Agar. Se le ve contento con la oferta, casi presuntuoso.

—Como sabes —dice Sara—, el Señor no me ha concedido la gracia de tener hijos. Yace con mi esclava egipcia. Tal vez mi familia tenga que crecer a través de ella.

Abraham escuchó las palabras de su esposa Sara y yació con la esclava egipcia.

Meses más tarde, el cielo se tiñó de gloria y el valle empezó a florecer, rebosante de vivos colores. El rostro de Abraham había perdido su palidez invernal; su cabello permanecía negro, inmutable, con el pico de viuda. Sara tenía los ojos enrojecidos, llenos de lágrimas, la cara abotargada. Miraba a Abraham, con la esperanza de que este le prestara atención. Ella le había instado a acostarse con la egipcia. Dios habló a través de ella. Agar le daría un hijo varón, y Sara se sentía elevada, si no a ojos de él, sí al menos a los suyos propios. Sara nunca imaginó que Abraham se enamorara de la esclava y la tratara como a una esposa. Él sentía un enorme cariño por Agar. Y ella se había crecido. Aún se comportaba, pero en su cara ya no lucía la mirada de una esclava. Era más elegante, más segura de sí misma, la mirada de alguien que tenía un lugar. La esclava había tardado poco en acostumbrarse a la salvación.

—Eres el culpable de la ofensa que estoy sufriendo —informó Sara a su marido—. Eché a mi esclava a tus brazos, y ahora que está embarazada me desprecia. Que el Señor juzgue entre tú y yo.

—La esclava es tuya —replicó Abraham—. Haz con ella lo que creas más conveniente.

—Deberíamos llamar a la comadrona —dijo la esposa del doctor—. Mejor evitar habladurías.

—Bien. Bien. Avisa a esa bruja. Me aseguraré de que no empeore las cosas. Dile que mantenga la boca cerrada. No quiero escuchar la aburrida historia de su vida una vez más.

Zovik se encontró a la comadrona a punto de dar cuenta de su cena, consistente en arroz hervido y lentejas con un toque de comino. La mujer dijo a Zovik que acudiría en cuanto terminara de cenar, pero entonces oyó el grito de Lucine. Se puso en pie de un salto y a punto estuvo de derribar la bandeja de latón y el plato de lentejas. Con una agilidad sorprendente para una mujer de su peso y edad salió corriendo por la puerta, seguida a distancia por una preocupada Zovik.

—¿Por qué habéis esperado tanto? —preguntó la comadrona—. ¿Por qué todo el mundo espera hasta última hora?

Una multitud se había congregado a la puerta de la casa del doctor. Algunos habían llegado desde dos o tres barrios de distancia para averiguar cuál era el origen de aquellos lamentos y para chismorrear. La comadrona se abrió paso entre el gentío, entró en la casa y se encontró a las niñas acurrucadas junto a la puerta del cuarto de las doncellas. A medida que se acercaba, el gemido, empezado como un rumor ronco, había ido avanzando como una planta movida por un vendaval hasta alcanzar un crescendo que a punto estuvo de derribarla de rodillas. Las caras de las niñas acusaron sorpresa, luego temor, y rompieron a llorar. La esposa del doctor salió del cuarto.

—No puedo soportarlo más —dijo, sin dirigirse a nadie en particular—. A vuestras habitaciones, niñas. Aquí no pintáis nada. No os olvidéis de las oraciones, lavaros los dientes y echaros las gotas en los ojos. A dormir.

Y desapareció por el pasillo.

Lucine yacía en la cama con los ojos clavados en el techo; sus labios rezaban, su frente y cejas anticipaban la siguiente contracción. El doctor parecía nervioso y levemente desconcertado. La comadrona preguntó si la parturienta había roto aguas y si el bebé había empezado a salir.

—No sé qué pasa —dijo él—. Nunca había visto nada parecido.

—No cabe duda de que es un varón. A los chicos no les gusta venir al mundo si hay otro macho en la habitación. A los chicos les gusta que se les tiente para salir. Quieren que se les haga sentir especiales.

—Eso son bobadas. Preferiría que no siguieras por ahí.

—Oh, Virgen Santa. Este niño parece tener problemas para encontrar la salida. —Palpó la barriga de Lucine. Una, dos, tres veces—. Escúchame, mi niño. Te queremos. Eres nuestro niño especial. Si sales te contaré un cuento. Ven.

Érase una vez un niño pequeño que vivía con su abuelo en una pequeña cabaña de una pequeña aldea. El niño era tan diminuto que todo el mundo lo llamaba Yardown, «rata». Yardown amaba a su abuelo, y este a su vez amaba a Yardown más que a nada en el mundo. Su abuelo cuidaba de él, le hacía la comida y le contaba cuentos.

Un día de otoño, el abuelo dijo a los otros hombres de la aldea que se estaba haciendo viejo y que ya no podía llevar a casa tanta leña como antes, y que el chico, Yardown, era demasiado menudo para acarrear toda la que necesitarían cuando llegara el invierno. Los otros hombres calmaron sus temores. Enviarían a sus hijos al día siguiente; ellos podrían recoger leña suficiente para dos o tres inviernos.

Al día siguiente todos los niños de la aldea llegaron a la cabaña. El abuelo de Yardown dio a cada uno una rebanada de pan, un trozo de chocolate y dos gotas de leche condensada.

—Esto es en agradecimiento por vuestra ayuda. Id al bosque y traed toda la leña que podáis. Cuidad de Yardown mientras estéis allí. Es más joven y mucho más pequeño que vosotros.

Los chicos se internaron en el bosque, cada uno con su pan, su chocolate y sus dos gotas de leche condensada. Algunos empezaron a recoger ramas, mientras otros se dedicaban a cortar árboles muertos. Cada chico hacía su parte, a excepción de Yardown, que estaba sentado en una gran roca con los pies colgando sobre el suelo del bosque.

—Yardown —dijo uno de los chicos—, ¿por qué no estás cortando leña?

—Mi abuelo os dio un pedazo de pan para que cortarais leña por mí.

Así que los chicos cortaron más leña. Cuando creyeron que ya tenían bastante, la apilaron en haces para transportarla hasta la aldea. Cada chico cargaba con un haz; todos excepto Yardown, que seguía sentado en el mismo sitio.

—Yardown —le dijo otro chico—, ¿por qué no coges un haz?

—Mi abuelo os dio a todos un trozo de chocolate para que llevarais el que me toca a mí.

Los chicos cogieron el haz de Yardown y se dispusieron a partir, pero entonces advirtieron que este seguía sin moverse.

—¿Por qué no vienes con nosotros, Yardown? Volvemos a casa.

—Mi abuelo os dio a todos dos gotas de leche condensada para que me llevarais cuando estuviera cansado.

Un chico mucho más grande que Yardown se lo subió a hombros. Iniciaron el largo camino de regreso. Sin embargo, enseguida se puso el sol y la oscuridad los rodeó. Los chicos anduvieron, anduvieron y anduvieron, pero no lograron encontrar el sendero que debía sacarlos del bosque.

—¿Cuál es el camino correcto? —preguntó uno de los chicos.

—Este.

—Ese.

—No, aquel.

—No, es este.

A lo lejos se oían los fieros ladridos de un perro. En la dirección opuesta a los ladridos distinguieron una luz. Se preguntaron hacia dónde debían encaminarse: hacia el ladrido o hacia la luz. Tras largas deliberaciones preguntaron a Yardown:

—¿Qué camino debemos seguir, Yardown? En una dirección tenemos a un perro que ladra. ¿Vamos hacia allí, o vamos hacia donde está la luz?

Yardown, el más listo de todos, meditó la respuesta.

—Si vamos hacia el perro —decidió por fin—, este podría mordernos. Creo que será mejor dirigirse hacia la luz.

Los chicos fueron hacia la luz, que salía de una casita situada en lo más frondoso del bosque. Llamaron a la puerta, pero nadie respondió. Entraron y decidieron esperar allí hasta que amaneciera: entonces podrían encontrar el camino hacia la aldea.

Después de haberse instalado en la casa, los chicos percibieron un fuerte ruido, que parecía proceder de un animal grande y salvaje que rondaba la puerta. Los chicos se dispersaron, escondiéndose detrás de los muebles. Unos se refugiaron detrás de las cortinas, dos se acurrucaron debajo del sofá, uno incluso se metió por el tubo de la apagada chimenea. Se abrió la puerta y por ella entró un monstruo grande y peludo: grande, incluso algo mayor que un camello alzado sobre los cuartos traseros, pero no tanto como un elefante; peludo, incluso algo más peludo que un oso, con poblada barba y largos cabellos. Entró y el sonido de sus pasos retumbó en la casa. El monstruo respiró hondo.

—¿Qué es este olor? —preguntó—. Huele a humano. A carne joven y sabrosa. Me encanta el olor a niño. ¿Dónde están? ¿Dónde están esos apetitosos jovencitos?

Buscó detrás de las sillas y debajo del sofá. Fue encontrando a los chicos uno a uno. Incluso descubrió al que se escondía en la chimenea. Los chicos se agruparon en el centro de la sala.

—¿Qué hacen en mi casa unos chicos como vosotros? —preguntó el monstruo.

—Nos hemos perdido en el bosque —respondió uno de ellos en voz baja y temblorosa.

El monstruo contempló el festín de chicos que tenía ante los ojos y el aroma a carne tierna le hizo salivar. Recapacitó y llegó a la conclusión de que no podría comérselos a todos de una sentada: eran demasiados. Lo mejor sería acostarlos y luego comérselos uno a uno mientras dormían.

—Dejad que sea vuestro anfitrión —les dijo el monstruo—. Pasad la noche aquí. Sé cómo llegar a vuestra aldea, pero para encontrar el camino necesito que se haga de día. Por la mañana os acompañaré. Todos nos perdemos en la oscuridad. Dormid aquí, estaréis a salvo.

Los chicos se relajaron, soltaron suspiros de alivio y se acostaron. Todos menos Yardown. Como era el más listo, se percató de lo que el monstruo se traía entre manos. Decidió permanecer despierto para que el monstruo no se los comiera. Este se armó de paciencia y aguardó sin quejarse al otro lado de la puerta del cuarto de los chicos. Fue contando los minutos. Pasado un rato, atisbó desde la puerta y preguntó en voz baja:

—¿Quién duerme y quién está despierto?

—Todos duermen —contestó Yardown—, pero Yardown está despierto.

—¿Y por qué está despierto Yardown? ¿Qué es lo que quiere?

—Yardown no puede dormirse porque todas las noches, antes de acostarse, su abuelo le hornea una rebanada de pan.

Así pues, el monstruo entró en la cocina, encendió el fuego y empezó a hornear un trozo de pan. Cuando terminó llevó el pan a Yardown y volvió a salir de la habitación, a esperar a que el chico se durmiera. Despuntaba el sol cuando el monstruo preguntó quedamente desde la puerta:

—¿Quién duerme y quién está despierto?

—Todos duermen —contestó Yardown—, pero Yardown está despierto.

—¿Y por qué está despierto Yardown? ¿Qué es lo que quiere?

—Yardown no puede dormir porque todas las noches, antes de acostarse, su abuelo le trae agua del río en un cedazo.

El monstruo pensó que Yardown se dormiría en cuanto le llevara agua del río en un cedazo, así que se fue corriendo hacia el río. En cuanto hubo salido, Yardown despertó a todos los chicos.

—Deprisa —les dijo—. Tenemos que irnos. El monstruo se nos quiere comer. Debemos salir de aquí. Ya casi ha amanecido y podremos encontrar el camino de regreso. Rápido.

Los chicos huyeron de la casa. Llegaron al río y a lo lejos vieron al monstruo que intentaba llenar el cedazo de agua. Los chicos se apresuraron a cruzar el río a nado, los mayores ayudaron a los más pequeños. Cuando ya estaban al otro lado, el monstruo levantó la vista y vio a su banquete de chicos en la orilla opuesta. Fue tras ellos.

—Dejad que os acompañe. Conozco el camino. Puedo ayudaros. ¿Cómo habéis cruzado el río?

Yardown señaló las piedras que había a los pies del monstruo.

—La mejor forma de cruzar el río es colocarse una de esas piedras alrededor del cuello y caminar hacia el otro lado. Así lo hemos hecho.

El monstruo se colocó una piedra en torno al cuello. Se metió en el río y la pesada piedra le arrastró hacia el fondo. Los chicos corrieron hasta sus casas, y Yardown se reunió con su abuelo, que, tras haber pasado toda la noche preocupado, se alegró mucho de verlo.

Esta es la historia de Yardown, el niño que venció al gran monstruo, y por eso en invierno, cuando el río baja lleno, si te acercas a las caudalosas aguas blancas oirás que dicen: «Todos duermen, pero Yardown está despierto», para después emitir un largo y profundo suspiro.

El hakawati, con su kilo y medio de peso, llegó al mundo en medio de un lago de sangre. Su madre había hecho ruido, pero el bebé estaba en silencio. Después de que le aseguraran que era un varón, con diez dedos en las manos y diez en los pies, y abundante cabello aplastado y despeinado, Lucine respiró hondo y tragó saliva. Preguntó a la comadrona si el bebé estaba vivo.

—Respira —dijo esta—. Pero con debilidad. Es el bebé más pequeño que he visto nunca. No es mayor que una rata.

Lo levantó por la pierna izquierda, lo zarandeó y le dio un azote en el trasero.

—No llora —dijo su madre—. ¿Por qué no llora?

La comadrona sostenía al hakawati como si este fuera un hurón muerto. Estaba a punto de zarandearlo con más fuerza cuando el doctor lo impidió.

—Dámelo —le dijo. En cuanto Ismail se halló en brazos de su padre, rompió a llorar. El doctor se apresuró a devolvérselo a la comadrona.

Alguien le había echado un mal de ojo al bebé. No es solo que fuera un hijo bastardo, pequeño y no muy sano: era un bebé feo, que crecería para convertirse en un niño feo, un adolescente feo y un hombre feo. No se podía evitar. Pero, como es lógico, su madre le quería igual.

—Dejad que lo vea —dijo Lucine. Tendió los brazos hacia el bebé lloroso. No reconoció a nadie en sus rasgos—. ¡Qué enfadado está!

Ah, y encima tenía un cólico.

—¿Debería probar a amamantarlo?

El doctor opinaba que era demasiado pronto, pero la comadrona disentía.

—Dale de comer. Dale de comer. Enséñale a mamar. Nunca es demasiado pronto. Aún no te ha subido la leche, pero la actividad acelerará la subida. Al principio es probable que solo saque calostro, pero no pasa nada. Es tan pequeño que necesita hasta la última gota de comida. Si no tienes leche recurriremos a Anahid, pero creo que podrás amamantarlo tú.

Lucine se desabrochó la blusa y se sacó el pecho izquierdo. El doctor dio un respingo involuntario y su mirada poco delicada se posó en el seno. El hakawati se acercó al pecho como un colibrí buscando aire. Del pecho no salió ni una gota de leche, así que rompió de nuevo a llorar. Lloró durante una hora, dos, tres. La casa no dormía. La esposa del doctor entró a ver a la madre y al hijo, pero no pudo ofrecer alivio alguno. Envió a su marido.

—Creo que aún no tengo leche —dijo Lucine. A la luz parpadeante de una vela, ella le mostró el seno, irguió el pecho hacia él y se estrujó el pezón—. Mira —dijo—. Mira. —Él miró—. No hay leche.

Él le acarició el seno, lo sostuvo en la palma de la mano.

—Lucine —susurró—, ahora comprendo por qué llevas ese nombre. —Pasó un dedo encallecido sobre el pezón—. Lucine, mi luna.

Se inclinó hacia el pezón y lo lamió. Brotó la leche. Ella le apartó la cabeza con gesto cariñoso y acercó la boca de su bebé. El hakawati empezó a mamar.

¿Sabéis la historia de la madre de todos nosotros?

Agar procede de la palabra árabe que significa «emigrar», y eso es algo que Agar hizo en múltiples ocasiones. Fue una princesa en la corte del faraón. Como corresponde a una belleza prometida al faraón desde muy temprana edad, disponía de sus propios aposentos y de un grupo de esclavas a sus órdenes. El faraón había decidido reservarla para una noche de lluvia, y la sequía aún reinaba en Egipto. El que sería su señor, Abraham, se hallaba en Egipto con su esposa, Sara, a la que intentaba hacer pasar por su hermana. A sus sesenta y cinco años, Sara seguía siendo hermosa. Abraham temía que si el faraón descubría que era su esposa, lo mataría para apoderarse de ella. El faraón, hechizado por la belleza de Sara, la tomó de todas formas, y se preparó para una noche de placer. Tuvo a Sara esperando en la alcoba roja del palacio, que reservaba para las ocasiones especiales. Entró en la exquisita estancia y encontró a Sara, ya desnuda sobre satén rojo. Pero Dios hizo constar Su presencia una vez más. De repente los ojos del faraón solo vieron a una vieja bruja de ojos marchitos, piel seca, alborotado pelo gris y senos como bolsas de yogur secas. Se cubrió los ojos enmarcados en kohl en un gesto de horror, disgusto y angustia.

—Tu cara tiene más arrugas que mi escroto —dijo él—. Ah. Sal de este cuarto y márchate de mi sagrado reino.

Agar, fascinada por la fe de Abraham, rogó al faraón que la cediera a aquella pareja temerosa de Dios antes de que estos fueran obligados a partir. El faraón le preguntó por qué quería abandonar una vida tan lujosa. Ella se plantó ante él, sumisa, con los ojos bajos.

—Porque creo —le dijo.

El faraón se quedó horrorizado, perplejo ante este encuentro con una fe que no comprendía. Se preguntó si Agar se convertiría en una figura tan repulsiva como la otra.

—Ve —le ordenó en tono airado, para que le oyeran todos, incluido aquel extraño dios—. Sal de este mundo y sigue a tus nuevos amos fuera de Egipto.

Abraham la tomó como esclava, una ayuda para Sara. Agar abandonó Egipto para ser una persona desarraigada, rota, que vivía dondequiera que su amo montara la tienda. Una emigrante.

El hakawati no paraba de llorar.

—Esto le fortalecerá los pulmones —decía Zovik.

Lloraba, mamaba, cagaba, dormía, lloraba. Hacia el tercer día, después de que la emoción que había rodeado al recién nacido se hubo evaporado, Lucine notó la tensión que reinaba en la familia. Las hijas del doctor ya no querían ver al bebé. La esposa paseaba con firmeza por la casa. Los pulmones del bebé eran más fuertes. Su boca también ganó fuerza y le lastimaba los pezones. El bebé mamaba hasta vaciarle los pechos, y luego seguía chupando.

—Creo que debería llamar a la Pobre Anahid —dijo Zovik—. Ella también puede amamantarlo.

El hijo de Anahid, de diez días, había muerto la misma mañana en que nació el hakawati. El marido de Anahid, que no podía permitirse comprar mosquiteras, había ido a la llanura de Harrar en busca de trabajo. Aquella mañana Anahid se levantó más tarde de lo habitual. Tardó un momento en advertir que el bebé no la había despertado. Cuando se incorporó del suelo donde dormía y vio al bebé en su cesta, su primera reacción fue llorar. Todo el cuerpo del bebé aparecía cubierto por marcas de color carmesí, erupciones cutáneas y diminutos puntos sonrosados. Cogió en brazos a su único hijo, al que le costaba respirar, y salió de casa a pedir ayuda. Pero cuando los demás salieron a su encuentro, el niño ya había exhalado su último aliento.

La multitud congregada debatió sobre quién podría haber urdido una maldición tan poderosa. Solo eso podía explicar las picaduras de tantos mosquitos, tantos como para dejar a un bebé seco de sangre. Tenía que haber algo más. Mirad, dijo alguien. Mirad esto. Algunas picaduras eran distintas de las demás. Alguien sacó la manta de la cesta del bebé. Al menos tres cabezas escudriñaron la paja de debajo. Piojos blancos. Anahid recordó que había ido a buscar la paja el día anterior. Se desmayó. Nadie había oído nunca que los mosquitos, ni los piojos, mataran a un bebé. ¿Acaso se trataba de una combinación letal? ¿Era posible perder tanta sangre? ¿Qué diría el marido de Anahid cuando volviera? ¿Tenía algún enemigo poderoso?

Su marido llegó a media tarde, se enteró de la noticia, entró en casa y golpeó a Anahid hasta dejarla inconsciente. No deshizo la bolsa. Se marchó y nunca se volvió a saber de él.

Más tarde, una aturdida Anahid salió de la casa. Cuando los residentes del barrio armenio de Urfa la vieron —sin hijo, con ambos ojos morados, los labios hinchados y menos cabello en el lado derecho de la cabeza que en el izquierdo— no pudieron volver a llamarla solo por su nombre de pila. Se convirtió en la Pobre Anahid.

Y la Pobre Anahid se convirtió en la nodriza del bebé. Pero ni siquiera cuatro pechos llenos de leche bastaban. Ismail comía sin tregua, y cuando se quedaba sin leche lloraba.

—Ese niño no es humano —dijo la esposa del doctor a su marido.

Los días se hicieron más cálidos en Urfa. Los cielos se despejaron, la amenaza se esfumó. Se acercaba la primavera. Y sin embargo el hakawati no se saciaba. Sus llantos mantenían en vela a todo el barrio. Lloraba, mamaba, dormía, lloraba.

Embarazada, exhausta y aterrada, Agar deambulaba por el inhóspito desierto. Había huido. Aquella mañana Abraham la había besado con dulzura, provocando un hormigueo en su alma. Ella se sonrojó, le devolvió el beso y le vio marchar. Satisfecha y esperanzada, reanudó sus tareas.

Sara decidió afilar los cuchillos. Trajo los cuchillos y las piedras de afilar. Con cada golpe, levantaba la vista hacia Agar. Saltaban chispas. Agar no era idiota.

En el desierto no se cruzó con nadie. El sol maduro le secó la garganta. Se detuvo, se secó el sudor de los ojos. Cuando volvió a abrirlos, ¡oh, milagro!, Dios se hallaba ante ella.

—Agar, servidora de Sara —le dijo Dios—, ¿de dónde vienes y adónde vas?

—Huyo de Sara, mi señora.

—Vuelve a tu hogar, Agar —dijo Dios—. Vuelve con tu señora y sométete a ella. Yo te vigilaré. Yo te protegeré. No debes temer nada, ya que eres hija mía. Vuelve y anuncia al mundo que tu hijo engendrará muchas naciones. Aumentaré tanto tu descendencia que esta será incontable. Serás la madre del mundo.

—Mira —dijo mi abuelo, mientras se señalaba el tobillo con el dedo y con la punta de aquel pico de halcón que tenía por nariz—. ¿No ves la picadura del escorpión? Mira esta marca. Es de nacimiento.

Me arrodillé para ver la señal. Era un tobillo flaco, huesudo y sin vello, de piel pálida y azulada, cubierta por una fina pelusa.

—¿No es esto prueba suficiente? Tus ojos no te mienten. ¿Qué realidad es más real?

—Pero el escorpión picó a Lucine, no a ti —dije, levantando la vista.

—¿Es que nunca escuchas lo que te digo? —Se levantó de la silla y avanzó hacia la estufa. Apartó la tapa superior y avivó el fuego con una espátula de aluminio—. Te digo que fue una maldición. Alguien me maldijo antes de que naciera. A Lucine la picó un escorpión blanco, y como todo el mundo sabe, los escorpiones blancos son mágicos. La picadura iba dirigida a mí. Nací envenenado, y por eso no hacía más que llorar, pero nadie me comprendía. Nunca tenía suficiente comida. Necesitaba mucho alimento para contrarrestar el malvado veneno que llevaba dentro. Fue una ardua batalla, pero gané.

Levantó el puño derecho en el aire en gesto de victoria.

—Ven —dijo—. Únete a mí.

Con los brazos alzados en gesto de celebración y orgullo, dimos una vuelta victoriosa alrededor de la estufa, alentados por el rugido de una multitud invisible. Mi abuelo tuvo que agacharse para pasar por debajo de la salida de humos.

Hace mucho, mucho tiempo, del profeta Abraham y su esclava Agar nació un niño. Se le llamó Ismael, el primer hijo de Abraham, y con los años se convertiría en profeta y en patriarca de las tribus árabes. Abraham amaba a su hermoso bebé, que era como una versión en miniatura de sí mismo. A los ochenta y seis años, había renunciado ya a tener en los brazos a un hijo suyo. Llevaba al niño a todas partes. Y a Sara la devoraban los celos más amargos. Una noche, después de cenar, Sara se encaró con Abraham.

—He tenido un sueño. Dios me ha hablado: me ha dicho que deberías enviar a Agar y a su hijo al desierto, y abandonarlos allí durante un mes.

A la luz del fuego el profeta vio a su esposa: una mujer envejecida.

—No entiendo por qué me pides semejante cosa. No podrán sobrevivir allí solos.

—¿Quiénes somos nosotros para cuestionar Sus órdenes? Ah, y deben quedarse con poca comida y poca agua. También lo dijo.

Lucine se percató de que el caldo de pollo sabía raro, pero se lo comió de todos modos. Lo que le sorprendió fue ser la única que tuvo diarrea. Supuso que se debía a la debilidad de su estado. Al cabo de unas horas al bebé le sucedió lo mismo, y ya no se le permitió que lo amamantara. La Pobre Anahid fue ascendida a única fuente de alimentación desde aquel día. Ahora que los pechos habían quedado reducidos a dos, el hakawati, que ya no conseguía saciarse con cuatro, lloró con más fuerza que nunca, alcanzando tonos que pocos oídos pueden tolerar.

La interminable diarrea de Lucine la debilitó. No podía moverse, ni siquiera del lecho. Los orinales tenían que vaciarse cada hora. Al tercer día su piel pareció deslizarse sobre los huesos, a excepción del tobillo, que se hinchó aún más. Al cuarto día resultó evidente que no se recuperaría. Sus últimas palabras fueron para su hijo.

—Por favor, cállate. Cállate de una vez.

Lucine Guiragossian murió de disentería amébica aguda. Aún no había cumplido los diecisiete años.

Abraham guió a su esclava y al hijo de ambos por el desierto; viajaron durante muchos y peligrosos días y noches siguiendo las instrucciones de Sara. Se detuvieron en un lugar desolado. Abraham no lo sabía entonces, pero el lugar ya era sagrado. En ese lugar, el primer profeta, Adán, había construido un templo para adorar al único Dios. Del edificio no quedaba ni rastro. Agar solo vio las arenas calientes, las montañas desnudas, el sol amarillo, el cielo de un azul letal. Abraham le dejó un poco de comida y de agua, y se dispuso a abandonarla allí.

—¿Cómo puedes abandonarnos a nuestra suerte? —suplicó Agar a su señor—. ¿Cómo vamos a sobrevivir casi sin agua en este paraje desolado? ¿Es decisión tuya o la voluntad de Dios?

—Son Sus órdenes. —Abraham cerró la bolsa. Evitaba mirarla.

—Oh, entonces las atacaremos.

Abraham los abandonó en el silencioso y solitario desierto. No había ni una brizna de hierba en ningún rincón del valle, ni un solo árbol, ni un pájaro en el cielo, ni un insecto. Agar contempló las dos montañas que cerraban el valle, pero en ellas no logró distinguir cobijo ni provisiones. Cuando se quedó sin agua, el bebé rompió a llorar; su llanto le hirió el corazón como un hierro candente. Subió una de las montañas hasta llegar a la cima, y desde allí miró a su alrededor en busca de un oasis: sus ojos solo vieron arena hirviente. Subió la otra montaña: arena, la misma nada inhóspita y descorazonadora. Los llantos del bebé la seguían por muy alto que subiera. Descendió para consolarlo. El niño tenía la garganta seca. Volvió a dejarlo en el suelo, subió corriendo una montaña, la bajó, subió la otra... con la esperanza de que algo le hubiera pasado por alto. Rindiéndose por fin a la evidencia regresó con su hijo. Morirían juntos. Él yacía en el suelo, levantaba la arena con los pies. Y ¡oh, milagro!, a medida que sus piececillos escarbaban en la tierra, empezó a manar agua del suelo, empapando la arena y la piedra: nació un arroyo. Ismael se calmó en cuanto probó el agua y se durmió plácidamente en brazos de su madre. Agar elevó la vista al cielo para dar las gracias al Señor y vio bandadas de pájaros. Volaban en círculo antes de alinearse para bajar a beber del arroyo sagrado. Beduinos y viajeros vieron que los pájaros descendían hacia la tierra y supieron que habían encontrado agua. Las tribus alteraron sus rutas para encontrar la fuente. Llegados al valle, vieron lo tranquilo que era y quedaron asombrados ante su fascinante belleza. Buscaron el origen del agua y vieron a una preciosa egipcia vestida con una túnica azul, que descansaba con un niño dormido en su seno. La luz del sol los bañaba en una pátina dorada. A pesar de que las tribus aún eran infieles, se postraron ante madre e hijo, en silencio, para no despertarlos. Decidieron instalarse en el valle. Ese fue el origen de la ciudad sagrada de La Meca. Cuando Abraham regresó en busca de Agar e Ismael, se encontró con que el valle era un floreciente oasis, con cientos de palmeras rebosantes de jugosos dátiles, y dio las gracias a Dios por haber salvado a su familia.

Cada año, peregrinos en el *hayi* recuerdan la historia de Agar e Ismael. Llegan de todas partes para adorarlos, para correr entre las dos montañas, Safa y Marwa, y rezan para que Dios los cuide de la misma forma que cuidó de Agar e Ismael.

El bebé no dejaba de llorar. La Pobre Anahid lo alimentaba y lo acunaba. Zovik lo acunaba. Incluso la esposa del doctor lo tomaba en brazos. Todo en vano. Por fin el doctor no pudo más. Se acercó a Zovik, que intentaba calmar al bebé.

—Dámelo —ordenó.

Vacilante, pero sin atreverse a desobedecer, Zovik puso al hakawati en brazos de su furioso padre. El hakawati dejó de llorar en cuanto notó el roce de las manos de su padre.

El silencio fue impactante. El niño se durmió en los brazos paternos. El doctor, incapaz de mirar hacia nada que no fuera su hijo, se quedó plantado allí, boquiabierto, con las cejas como los arcos que sostienen los puentes romanos. Permaneció allí hasta que le llamó su esposa. Por primera vez el doctor narró la historia vespertina con el bebé en brazos.

—De piel a piel —susurró Zovik al oído de la Pobre Anahid—. De piel a piel.

Tres ángeles fueron a ver a Abraham el día en que este cumplía noventa y nueve años. Sara los hizo pasar al interior de la tienda y salió, pero permaneció agachada muy cerca para no perderse ni una sola de sus palabras. Uno de los ángeles informó a Abraham de que Dios estaba muy satisfecho de él.

—Dios aumentará tu familia —anunciaron los ángeles—. En tu próximo cumpleaños tu esposa, Sara, dará a luz un hijo.

Todos los que se hallaban en la tienda oyeron la ronca risa de Sara. Ella intentó controlarse, pero la idea de estar embarazada con más de noventa años era hilarante. De repente, su boca se reía, su cuerpo se agitaba, pero de sus labios no salía sonido alguno. Se llevó las manos a la garganta. Se levantó y entró corriendo en la tienda.

—No tendrás voz hasta que nazca tu hijo —dijeron los ángeles.

Fuera, al otro lado de la tienda, Agar disimuló una sonrisa.

—El doctor construyó una cama para mí —me contó mi abuelo—. Había sido carpintero, luego diácono y luego médico. Se pasó horas haciendo la cama, talló cada una de sus patas a mano y le colocó barandas para que no me cayera. En cada una de las cuatro esquinas talló una cabeza de caballo. Pidió que le enviaran los goznes y los tornillos desde Inglaterra. La madera era roble local, que él tiñó de marrón oscuro. Mi cama era la más hermosa de la casa. Dormí en ella incluso cuando ya era demasiado mayor: me acostaba con las piernas dobladas a un lado.

La Pobre Anahid observaba cómo el doctor trabajaba en la construcción de la cama. No podía estarse quieta. El bebé reposaba en la bolsa que el doctor llevaba cruzada al hombro. Siempre que permaneciera cerca de su padre, el niño estaba tranquilo como las aguas del Mediterráneo a principios de verano.

—¿Qué estás mirando, Anahid? —preguntó el doctor—. ¿Necesitas algo?

—Sería mejor que no usáramos paja —dijo la Pobre Anahid.

Las largas pestañas de mi madre temblaban mientras dormía. Era un error pensar que podías salirte con la tuya cuando ella acababa de dormirse: el más leve movimiento servía para despertarla. Cuando yo acercaba el dedo a sus pestañas para notar su tacto, ella abría los ojos. Yo cerraba los míos, fingiendo estar dormido.

—¿Duermes? —preguntaba ella.

—Todos duermen —decía yo con los ojos cerrados—, pero Yardown está despierto.

—Pues Yardown se ganará unos azotes y tendrá que irse a su cama si no se duerme enseguida.

—El doctor no era un gran narrador de cuentos —dijo mi abuelo—. Bueno, tampoco se le daba mal, pero desde luego no tenía el don. Y, al fin y al cabo, era inglés.

—¿Qué tenían de malo sus cuentos?

—Eran vulgares. Siempre narraba sus historias favoritas de la Biblia. Las historias que tienen moralejas obvias son como anguilas en un cajón de madera. Se deslizan por encima y por debajo unas de otras, pero nunca salen del cubo. En mi época conté algunas de sus historias, pero las mías tenían más fuerza. Su problema era que tenía fe. La fe es el enemigo de cualquier contador de historias.

—Pero contaba un cuento todas las noches después de cenar, y todos acudían a escucharlo.

—Bah. —Hizo un gesto desdeñoso y encendió otro cigarrillo—. No he dicho que fueran a escucharlo. Los extranjeros sí. En esa época Urfa no tenía hoteles, ni posadas, ni nada parecido, así que los viajeros se alojaban en casa del doctor. Esos extranjeros siempre se quedaban impresionados por su capacidad de narrar. No conocían nada mejor. Si hubieran hablado turco, podrían haber ido al café del barrio de Eyyubiye y allí habrían escuchado a un buen hakawati. De haber hablado kurdo, podrían haberse dirigido hacia el sur, a una hora de camino, porque el mejor hakawati de la región estaba en un pueblo en la cima del monte Damlacik. Y los narradores armenios, ¡por Dios!, estaban por todas partes. Pero el doctor nunca escuchó a ninguno de ellos, ni lo hizo nadie que se alojara en la casa. Antes de conocer otras mejores yo disfrutaba con las historias del doctor. Pero luego empezó a repetirlas una y otra vez. Sin imaginación. Y, que el cielo no lo quiera, si se le olvidaba algo, siempre contaba con su esposa para corregirlo. ¿Quién necesita eso? Ojalá alguien me hubiera puesto al tanto de lo que sucedía más allá del limitado reino del doctor. Tuve que descubrirlo por mi cuenta. Los hakawatis, las guerras de palomas, las tradiciones… todo lo averigüé por casualidad. Si la esposa del doctor no hubiera sido tan malvada, tal vez yo nunca habría visto el mundo, y desde luego tú no habrías nacido, ¿no crees?

Cuando se levantó para orinar, yo volví a la mesa, me encaramé a la silla hasta rozar el tablero e intenté volver a localizar Urfa; intenté encontrar de nuevo la montaña donde vivía el mejor contador de historias.

—Eres muy feo —dijo Ismael a Isaac—, y está claro que tienes la nariz más grande que he visto en mi vida.

El joven de catorce años se rió y, en sus brazos, el bebé Isaac sonrió con él. Era la ceremonia de ablactación del bebé.

Sara llevó a su marido a un rincón.

—Mira. Se burla de mi hijo. No pienso tolerarlo. El hijo de la esclava se cree superior. Échalo, te lo pido. Échalos a ambos.

Abraham intentó razonar con su esposa. Ya habían abandonado a Agar y a Ismael en una ocasión. No estaba bien. No era justo.

—Échalos de nuevo, y esta vez no vuelvas a por ellos.

Y Abraham expulsó a su hijo, esta vez para siempre, y padre e hijo quedaron separados eternamente. Para amortiguar el dolor de su corazón, Abraham intentó olvidar a su primogénito distrayéndose con tareas suplementarias y asuntos triviales, pero el chico nunca olvidó a su padre. Cuando murió Abraham, Ismael volvió para enterrarlo. Ismael e Isaac enterraron a su padre en la cueva de Machpelah, en el campo que Abraham había comprado a los hititas.

—Esa es ahora la Tumba de los Patriarcas de Hebrón —dijo mi abuelo, mientras su dedo se posaba en el raído mapa que había extendido sobre la desvencijada mesa—, donde los hijos de Sara siguen empeñados en echar a los hijos de Agar.

—Cuéntame la historia de cuando Abraham fue a sacrificar a su hijo Ismael en la montaña.

—No. Esa ya te la he contado. Es vulgar, demasiado vulgar. Incluso aburrida. Era la historia favorita del doctor y la contaba muy mal. Además es estereotipada y trillada. Una historia tiene que ser embrujadora.

Una vez, no hace mucho tiempo, había un niño de tu misma edad, que vivía con su familia en un pequeño pueblo, no muy distinto a este, no muy lejos de aquí. La familia no tenía mucho dinero. El padre era albañil, la madre se ocupaba de las labores domésticas y era una gran cocinera. Todos los hijos tenían tareas asignadas: nuestro héroe era el pastor de la familia.

Todas las mañanas llevaba a las ovejas hasta los campos. Las veía pastar, se aseguraba de que no se alejaban y las protegía de zorros, lobos y hienas indeseables. Las ovejas apreciaban al niño, así que no se apartaban mucho de él. Su trabajo se convirtió en una tarea fácil que le dejaba tiempo para jugar. Al principio jugaba con palos y piedras; formó un cuadrado a base de ramas y construyó un corral, con piedrecitas como si fueran ovejas. Pero luego los corderitos se acercaron al falso corral, para llamar su atención. Así que dejó de jugar con piedras y palos y se convirtió en un cordero más: saltaba con ellos, se revolcaba como ellos y fingía mascar los arbustos silvestres de lavanda. Era uno más del rebaño.

Aquella noche al volver a casa pensó que se había divertido tanto jugando que desearía ser un cordero. Antes de acostarse oyó que sus padres discutían por temas de dinero.

—Tenemos tantas bocas que alimentar —se quejaba la madre—. ¿Cómo vamos a conseguir comida para todos?

—Tenemos las ovejas —la tranquilizó el padre—. Tenemos un poco de dinero. Yo trabajo. Sobreviviremos. Hemos sobrevivido durante generaciones.

Pero siguieron discutiendo, y el chico no pudo conciliar el sueño.

Al día siguiente él y los corderos volvieron a jugar con las ovejas como únicos testigos. El chico y los corderitos corrieron, retozaron y chocaron unos con otros. Volvió a casa muy contento, pero al abrir la puerta, ansioso por contarles a sus padres lo mucho que había disfrutado ese día, los encontró discutiendo de nuevo.

—¿Cómo has podido prometer algo así? —preguntaba la madre—. No tenemos suficiente comida para nuestros hijos, ¿y quieres dar un banquete? ¿Es que no tienes cabeza? ¿No comprendes lo grave de nuestra situación?

—¿Cómo te atreves? —gritó el padre a la madre—. Estamos hablando del bey. Es un honor. Su presencia bendecirá esta casa. No comprendo cómo puedes pensar que no lo quieres en casa. La mayoría de la gente moriría por disfrutar de una oportunidad igual.

—¿Qué ha hecho el bey por mi familia? —susurró la madre.

El padre le propinó una bofetada. El niño corrió a su cuarto.

Antes de dormirse, nuestro héroe rezó. Deseó ser un cordero y poder pasarse el día sin más preocupaciones que corretear por los pastos. Deseó que su familia fuera feliz. Deseó ser él quien les proporcionara esa felicidad. Al día siguiente despertó en el corral de las ovejas. Miró a su alrededor y vio a todos sus amigos, los demás corderos, y se sintió feliz por hallarse con ellos, por ser finalmente un cordero más. Balaban con alegría. Todos brincaban.

El padre y la madre salieron juntos de la casa y se encaminaron hacia el corral.

—Peligro, peligro —dijo la oveja de más edad—. Los malvados se acercan.

—No, no —dijo el chico—. No son malos. Son mi familia.

—Cuando esos dos vienen juntos —dijo otra oveja—, una de nosotras desaparece.

El padre y la madre entraron en el corral. Intentaron decidir qué cordero escoger.

—Miradme —gritaba el chico—. Miradme. Miradme.

—Este —dijo la madre—. Hace mucho ruido.

—Parece tierno y jugoso —añadió el padre. Puso el lazo alrededor de la cabeza del niño y lo sacó del corral.

—¡Pobre cordero! —dijo la más vieja de las ovejas mientras todas veían cómo se lo llevaban.

—Papá, papá —decía el corderito—. Ahora soy un cordero. ¿No te parece un milagro?

Y su padre cogió el cuchillo y le rajó la garganta.

Y el corderito vio cómo brotaba su propia sangre.

Y el padre le cortó la cabeza.

Y el padre le colgó de los tobillos para que se desangrara.

Y la madre empezó a despellejarlo con sus propias manos. Levantaba un pedacito de piel y golpeaba entre piel y cuerpo, levantaba, golpeaba, levantaba, golpeaba, hasta que por fin llegó al último fragmento de piel, en sus tobillos. Y le amputó los pies y las manos. Y le sacó las entrañas. Y su madre lo asó a fuego lento.

Su padre esperaba. Su madre cocinaba. Sus hermanos ayudaron a poner la mesa bajo el roble gigantesco. Sus hermanas limpiaron la casa, esmerándose. Se vistieron con sus mejores galas. A la hora del almuerzo, se colocaron en fila y esperaron. La madre se preguntó dónde se habría metido nuestro héroe. Sus hermanos apuntaron que probablemente soñando despierto, como siempre. Aquel crío escurridizo se había vuelto a librar de sus tareas. La familia esperó, esperó y esperó. Por fin llegó el alcalde y anunció que el bey había decidido no venir al pueblo.

El cordero estaba dispuesto en el centro de la mesa. Toda la familia salivaba.

—Hoy te has superado a ti misma —dijo el padre a la madre.

—Este cordero tenía una carne particularmente suculenta —dijo la madre.

Y el niño notó cómo su padre lo cortaba.

—Id pasando los platos, niños —dijo la madre—. Hoy comeremos bien para variar.

Y el niño sintió cómo sus hermanos le mordían la carne. Cómo sus hermanas masticaban jugosos trozos de él.

—Sabe tan bien —dijeron sus hermanos.

—La mejor comida de nuestras vidas —dijeron sus hermanas.

Y la madre le extrajo el estómago. Sus hermanos y hermanas se pelearon por sus intestinos.

—Toma esto, querida —dijo el padre—. Sé que te encanta.

—Y tú esto, querido —repuso la madre—. Sé que te encanta.

—Soy muy feliz —dijo el padre.

—Soy muy feliz —convino la madre.

Y el niño sintió cómo su madre le mordía los testículos.

Y el niño sintió cómo su padre se tragaba un pedazo de su corazón.

Y el niño fue feliz.

3

Fátima se vistió para efectuar su entrada en la ciudad. Se cubrió los cabellos con un pañuelo de pura seda roja, que sujetó en la frente con una diadema de oro. Del cuello le colgaban perlas de lapislázuli, sobre el pecho derecho prendió un pequeño broche de gemas, y siete pulseras de plata rodeaban su brazo izquierdo. Se ciñó el cinturón trenzado en la cintura y se cercioró de que sostenía la espada con firmeza. Entonces se puso la túnica gruesa, que ocultaba todo su cuerpo.

Ya había terminado de vestirse cuando Yawad salió de la tienda de Jayal. Avergonzado por haber quedado en evidencia, se sonrojó y fue a decir algo, pero solo consiguió balbucear algo incomprensible.

—Veo que ya has elegido —dijo ella—. Me complace saberlo. Tu pretendiente empezaba a gustarme y me habría dolido tener que alejarlo de nosotros.

Y nuestros tres viajeros cruzaron las puertas de Alejandría. La casa de Bast se hallaba en el extremo norte de la ciudad, sobre un estuario. La curandera estaba fuera, arrojando comida al agua. Los peces salían a la superficie, con las bocas abiertas, y capturaban los trozos de pan antes de que estos tocaran el agua.

—Os esperaba antes —dijo Bast, sin volverse, todavía enfrascada en dar de comer a los peces.

—Hemos sufrido un retraso —explicó Fátima.

—Un retraso que despachaste con eficacia. Reconozco que fue hábil, pero arriesgado. No te será tan fácil superar todos los obstáculos. Tendrás que dar más de ti.

Cuando se quedó sin pan, se sacudió las manos y se dio la vuelta.

—Eres más bella de lo que esperaba y es de suponer que tu belleza aún aumentará con el tiempo. Sígueme, deja a los amantes fuera. No tardaréis en separaros y será mejor que no oigan mi consejo.

—¿Por qué? —preguntó Jayal, pero la desatenta curandera ya había iniciado el camino hacia su casa.

—¿Es de fiar? —preguntó Yawad.

Fátima alzó la mano izquierda para acallarlos y siguió a la curandera hacia sus dominios.

—¿Así que Afreet-Yehanam es un juguete en tus manos? —preguntó Bast—. Eso es todo un alarde. Siéntate. Siéntate.

Señaló una zona donde había varios lugares en los que sentarse. En la chimenea ardía un débil fuego, pero sin dar calor, ya que no hacía frío ni fuera ni dentro.

—Los hombres son unos crédulos.

—Cierto. Pero también es cierto que los alardes son peligrosos. Siempre se cobran su precio. Y ahora, querida, ¿qué me has traído?

—Un mechón del cabello de mi señora, a la que le gustaría dar a luz un hijo sano e inteligente.

Desconcertada, la curandera negó con la cabeza.

—¿Por qué me has traído un mechón del cabello de la mujer? Eso no me sirve de mucho. Es el padre quien determina el género de su descendencia, mientras que los rasgos son cosa de la madre. Necesitaría un mechón del cabello de él para comprender el problema, y el de ella habría proporcionado la solución. Deberías haberlo imaginado. Pero no pongas esa cara, querida. No voy a dejar que una mujer tan llena de recursos como tú vuelva con las manos vacías; también yo soy una mujer hábil.

Se puso de puntillas y rebuscó en los pequeños armarios que colgaban del techo.

—Tengo algo que no he usado desde hace mucho tiempo.

Se agachó detrás de la mesa y Fátima dejó de verla, pero sí oyó que arrastraba objetos pesados y el agudo maullido de un gato que salió corriendo.

—Oh, Cleopatra, ¿cómo iba a saber que estabas por aquí? Estas cosas tienes que avisármelas. —La curandera reapareció, completamente erguida. Apoyó la barbilla en una mano y posó los ojos en el techo—. Tengo que recordar dónde lo guardé. Ah, claro, qué tonta soy. —Cogió un largo cucharón de madera y uno de los frasquitos de cristal que había en la mesa, y se dirigió hacia Fátima—. Levanta, querida, por favor.

Bast apartó el gastado cojín que cubría el barril donde Fátima se había sentado y quitó la tapa. Removió el contenido con el cucharón y sumergió el frasquito en el barril.

—Tu salvación —dijo la curandera, levantando el frasquito, que aparecía ahora lleno de un líquido ambarino—. Toda mujer que se beba esto antes de que hayan pasado siete horas de la coyunda concebirá un varón sano. Te advierto que no se garantizan otras cualidades, eso queda en manos de los padres.

Selló el frasquito con un tapón de corcho y extendió la mano. Fátima sacó un dinar de oro de su pecho y se lo dio.

—¿No hay regateo? —preguntó Bast.

Fátima enarcó las cejas en un gesto árabe de negación.

—¡Qué pena! ¿Y necesitas algún consejo más?

—No me hallo en condiciones de buscar marido, señora —replicó Fátima—, ya que solo soy una esclava, y no deseo tenerlo por el momento.

—Ah, los maridos son lo más buscado entre las que vienen a verme. Me perdonarás, pero ahora debo apaciguar a mi gata Cleopatra o esta noche no me dejará dormir. —Bast se apartó y se detuvo—. Tu humildad revela arrogancia, Sitt Fátima, pero no importa: pronto aprenderás. Deberías haberme pedido consejo, pero te lo daré de todos modos. Levanta, Fátima, y márchate enseguida. El tiempo es esencial. A lo que debes enfrentarte, debes enfrentarte sola, u otros resultarán heridos. Abandona tu ciudad natal. No es momento para que vuelvas aquí.

No serás esclava durante mucho tiempo si tomas las opciones acertadas, y las opciones acertadas siempre son las más difíciles.

Tomó aire, bajó la cabeza, miró al suelo y luego volvió a fijar sus ojos en Fátima, que ya no reconocía a la mujer que tenía delante. El cabello de la curandera empezó a soltarse, y destellos y chispas surcaron el aire que rodeaba su cabeza.

—Muéstrame la mano —ordenó Bast.

Fátima dio un paso hacia ella, pero la curandera la detuvo con un gesto.

—Detente. Muéstrame la palma de tu mano. —Fátima levantó la palma de su mano izquierda y Bast retrocedió—. La mano de Fátima. Vete ya, rápido… Y ten valor.

Y los tres viajeros salieron de Alejandría a toda prisa.

—¿No podríamos haber pasado el día para ver la ciudad? —preguntó Yawad—. Me parece una lástima. Nunca había estado en otra ciudad que no fuera la mía. Jayal dice que los chicos de Alejandría no usan calzones.

—Es cierto —dijo Fátima—. Pero no podía entretenerme. Debemos apresurarnos.

Cabalgaron casi sin descanso durante siete días, hasta haber cruzado la mayor parte del Sinaí. Durante siete días Fátima sintió que la maldición la seguía, pero no dijo nada al respecto. Oyó que la tierra latía a ritmo con su corazón. Entraron en los desiertos de Palestina.

—No podemos seguir a este ritmo, Sitt Fátima —dijo Yawad—. Los caballos tienen que descansar. Debemos reducir un poco la marcha o ninguno sobrevivirá, ni nosotros tampoco.

Fátima accedió de mala gana. Acamparon antes de que se pusiera el sol. Y ella esperó.

Fátima oyó voces subterráneas que la llamaban. Oyó el rumor ronco antes de que lo hicieran los amantes, antes que las bestias de carga. Percibió el temblor bajo sus pies, y, como si las plantas de sus pies tuvieran oídos, oyó hablar a la arena: «Vengo a por ti, Fátima. Fátima».

Relincharon los caballos. El ruido se hizo más fuerte; la tierra tembló. Huyeron los camellos. Dos yeguas sueltas los siguieron. Yawad parecía inmerso en una lucha interna. Su instinto le indicaba que debía intentar capturarlos, pero estaba petrificado. Las mulas se quedaron inmóviles. Aquella quietud —fue solo un momento de inequívoca tranquilidad, solo un instante— precedió a la explosión de la tierra. Entre Fátima y los dos amantes se abrió un agujero del que brotaba un cálido fuego amarillo. Las llamas centelleaban, pero no cambiaban de color. Eran poco naturales, como gigantescos matojos de anémonas. Apareció una inmensa cabeza azul, con cabellos de fuego. El yinni los miró con sus tres ojos rojos y gruñó, mostrando unos dientes afilados como dagas.

—Salvaros —gritó Fátima a Yawad y Jayal. Pero ella se quedó inmóvil.

El fétido hedor que emanaba del yinni podría haber ahogado a un niño: olor a huevos podridos tiempo ha, a basura putrefacta y a carne descompuesta. Cientos de cuervos picoteaban entre sus dientes en busca de comida. Entraban y salían volando por su nariz, pero la cabeza era tan grande que parecían moscas. Los pellejos de siete rinocerontes le cubrían las vergüenzas. Un collar de cráneos humanos le colgaba hasta el ombligo, dándole dos vueltas al cuello, como si fuera una sarta de perlas. Por el hueco de entre sus piernas, ella pudo ver cómo huían Jayal y Yawad.

—Así que… ¿debo convertirme en un juguete para ti? —Su voz salía, lenta y sibilante, goteando como melaza amarga.

Ella aguardó a que Yawad hubiera desaparecido detrás del muslo del yinni antes de contestar.

—Le ofrezco mis más sinceras disculpas, señor. No pretendía faltarle al respeto. Eso se dijo para eludir una muerte segura. Estábamos entre la espada y la pared. No tuve otra opción.

—Fue un alarde —gritó él, con una fuerza que lo sacudió todo en kilómetros a la redonda.

—Fue una bobada. Cualquiera puede deciros que no sois el juguete de nadie. Miraros. Sois tan imponente y poderoso, mientras que yo no soy más que una doncella indefensa. ¿Quién creería mis palabras?

—Calla. —Su voz estuvo a punto de derribar a Fátima—. ¿Crees que tu ingenio te salvará también esta vez? —Abrió las manos, y de ellas saltaron diez uñas rojas, diez espadas, todas tan altas como la propia Fátima—. Quiero oler tu miedo, mujer. Soy Afreet-Yehanam. —Hinchó el pecho azul—. Tiembla.

—Se me ha olvidado cómo hacerlo. —Ella desenvainó la espada y la sujetó con firmeza.

Él se rió. El yinni sacudió las uñas del índice y del pulgar, y ella se alejó, se cambió la espada de la mano derecha a la izquierda y corrió hacia su atacante. Pero él era Afreet-Yehanam. Como quien no quiere la cosa, le dio un golpe con el pulgar y le cercenó la mano. Ella cayó de rodillas. Miró su mano izquierda, que yacía en el suelo aún aferrada a la espada. De su muñeca manaba sangre. La taponó con la mano derecha. Levántala por encima del corazón, recordó, levántala por encima del corazón. ¿Serviría de algo?

—Tiembla —dijo él.

—Mátame.

Él se encogió de hombros. Levantó un dedo. Ella cerró los ojos. Oyó el ruido del metal chocando contra metal. Abrió los ojos. Yawad estaba a la espalda del yinni, espada en mano.

—¿Acaso hoy es el día de los tontos? —preguntó el yinni—. ¿Debo sufrir el ataque de los insectos?

Jayal llegó corriendo y se interpuso entre Yawad y el yinni, que añadió:

—Sí, no cabe duda de que hoy es el día de los tontos moribundos.

Levantó el brazo, con sus cinco dedos-espada listos para atacar.

—Parad —gritó Fátima—. No tenéis nada contra ellos. Es a mí a quien queréis.

—Este trató de atacarme por la espalda. Debe morir. Ambos deben morir.

—Dejadlos en paz. Mirad al chico. Acaba de encontrar el amor. Miradle a los ojos. No pongáis fin a su felicidad. Tened compasión, sire. Justo empieza a vivir. Matadme a mí, no a ellos.

El yinni reflexionó sobre la situación. Levantó un brazo hacia los cielos. Los cuervos volaron hasta posarse en sus uñas letales. Con un brusco movimiento se libró de los pájaros, que salieron disparados hacia el cielo vacío como jabalinas. Cuando hubo bajado el brazo, anunció:

—No mataré a los amantes. —Los cuervos iniciaron el descenso, volaron como si fueran una bandada de palomas negras—. Ni tampoco pondré fin a tu vida, ya que no eres digna de que te mate.

Cogió la mano de Fátima del suelo polvoriento donde yacía y usó la espada como mondadientes, pasó la lengua entre los dientes emitiendo un ruido atronador, degustando el sabor de su boca y chasqueando los labios.

—Habéis empezado a aburrirme. Había esperado una batalla mejor. Será mucho más divertido oír cómo intentas explicar que tu juguete te dejó sin mano. —Se encaminó hacia el cráter del suelo—. Será mucho más divertido ver cómo avanzas manca por tu indigna vida. —Entró en el agujero—. Si te consideras digna de morir a mis manos, ven a mi mundo y reclama la tuya. —Ahogó una carcajada mientras su cabeza descendía—. Estoy seguro de que hallarás el modo de abrirte camino hasta tu juguete.

Yawad, sudoroso del ejercicio y de los duros rayos del sol, corrió a ver el brazo de Fátima. Rasgó la manga de su propia camisa y la anudó en torno de la muñeca sangrante. Empezó a romper la otra manga, pero Fátima le detuvo. Se subió las pulseras más arriba del brazo. Cuando ya no pudo subirlas más, se encargó Jayal. Las pulseras sirvieron de torniquete.

—Tenemos que irnos —dijo Jayal—. Tal vez no te encuentres en condiciones de moverte, pero no hay otra opción.

—El yinni podría volver —añadió Yawad.

—Iros —dijo ella, con voz ronca y la respiración jadeante—. Yo debo tomar un camino distinto. Marcharos. No os demoréis.

—No puedes hacerlo sola —dijo Yawad—. Estás débil. ¿Y adónde quieres ir, de todos modos? Tenemos que huir de aquí.

Ella intentó levantarse, pero le fallaron las fuerzas; vaciló y volvió a sentarse.

—Debo recuperar la mano. Dejadme. —Apoyó su única mano en el hombro de Jayal y lo usó como palanca para incorporarse—. Decid al emir que he hallado la perdición. —No se tambaleó—. O decidle que volveré pronto. U optad por no volver. Encontrad vuestro lugar en este mundo. Cuidad el uno del otro. En cualquier caso, yo debo descender. —Miró el cráter—. Ahora, sé buen chico y tráeme un palo —dijo dirigiéndose a Yawad—. Esa yuca de ahí servirá.

—¿Cómo piensas recuperar la mano? —preguntó Jayal—. ¿Crees que Afreet-Yehanam estará dispuesto a devolvértela? ¿Y de qué te servirá de todos modos? No puedes volver a colocártela. No seas tonta, Sitt Fátima. Ven con nosotros.

—Debo recuperar la mano.

—Pero ahora es la mano del diablo, y está en su poder. Es un apéndice innecesario.

—Es la mano del diablo, y también es mía. Y debo recuperarla.

—¿Sabes lo que dijo el Profeta acerca de las manos izquierdas?

—No me agobiéis más. Conozco mi religión. Quiero la mano izquierda para poder limpiarme el culo.

Y Yawad le dio el palo de yuca.

—Que Dios, el misericordioso y el compasivo, sea la luz que te guíe.

Y Fátima se sumergió en el agujero.

Una enfermera estirada entró en la habitación del hospital, vestida con pantalones y zapatillas blancas.

—¿Quién se va a tomar un buen baño ahora mismo? —anunció en tono jovial.

Mi padre estaba taciturno, su cara llena de arrugas. Ver que su sobrino era uno de los lacayos del bey le había enfurecido y desconcertado. Miré la pizarra de la pared para ver el nombre de la enfermera. Con un bolígrafo rojo ella había escrito «Nancy» con letra hippy y había dibujado una cara sonriente, aunque se le había olvidado uno de los ojos. Rebosaba alegría e ineptitud. Su charla era pura agua, más un río que una corriente. Se dispuso a desnudar a mi padre, y le desconectó los electrodos, los cables blancos y azules que retransmitían sus constantes vitales a la estación de enfermería. Con una sonrisa de postal que mostraba unos dientes más grandes de lo normal, dijo:

—Necesitamos un poco de intimidad. ¿No creen?

Solo tuve que mirar la cara de mi hermana para saber que pasaba algo. Mi padre estaba sentado en la cama, con la espalda doblada y las piernas colgando sobre el suelo brillante y esterilizado. Cuando se volvió hacia mí, vi la derrota en sus ojos. Hizo un esfuerzo por sonreír.

—¿No tenéis nada mejor que hacer que rondar por aquí? —preguntó, con voz frágil.

—Ven, Salwa. —Lina le entregó el estetoscopio a su hija—. A ti se te da mejor.

—¿Tú tampoco tienes nada mejor que hacer? —preguntó mi padre a mi sobrina.

Salwa, embarazada de casi nueve meses, y con aspecto de estar a punto de explotar, se sentó en la cama, detrás de él. Le pasó el estetoscopio por la espalda, como si jugara una partida solitaria de damas. Cerró los ojos, y su cara acusó el golpe aunque mantuvo una extraña serenidad.

—Oigo agua —dijo ella.

Mi hermana suspiró. Hubo un instante de vacilación antes de que recuperara la máscara de aplomo.

—Muy bien —anunció a la habitación en pleno—. Tendremos que conseguir más Lasix.

El teléfono de Chapuzas figuraba entre los números de llamada rápida de su móvil. Habló como una ametralladora, con voz aguda.

—Ya está —dijo—. Llamará a las enfermeras. Nos libraremos del agua.

Dio una vuelta y luego, con brusquedad, salió del cuarto. Regresó acompañada de una enfermera, que procedió a inyectar el diurético en uno de los tubos intravenosos.

Y mi padre empezó a jadear. Una hora después aún no había orinado. Sus trabajosas respiraciones resonaban como un borboteo. Alientos roncos. Contó chistes malos con voz cascada. Intentó moverse, pero conseguir que el brazo le obedeciera ya era una tarea ardua. Inhalar. Exhalar. Resollar. Gorgotear. Languidecía en la cama, marchito ante nuestros ojos. Lina intentaba aparentar tranquilidad, pero no engañaba a nadie.

Salwa me cogió del codo y me sacó de la habitación.

—No quiere que le veas en este estado. —Fui a entrar de nuevo, pero ella me retuvo—. Relájate. Está sufriendo un ataque de rencor. No quiere que le vea sufrir nadie que no sea mi madre. A mí tampoco me quiere dentro. Cree que la visión puede afectar al bebé.

Desde la puerta distinguía la mitad inferior de su cuerpo, la tensión de sus piernas enfundadas en el pijama de hospital, el retorcimiento de los dedos de sus pies con cada respiración.

Fátima se sentía débil y se movía con cautela. No pasó mucho tiempo antes de que se disipara la luz. Se percató de que no tenía ni un plan, ni un arma, ni siquiera fuerzas suficientes, por así decirlo, pero lo que más echaba en falta, lo que más necesitaba, era una linterna. El terreno era desigual, aunque no peligroso, y descendía en un ángulo razonable. Avanzó en la oscuridad hasta que ya no pudo ver nada. Ciega, se volvió más cuidadosa. Un pasito seguido de otro. El bastón servía para prever dónde pondría el pie. El silencio era la regla del lugar. Silencio hasta que se oyó: «Diría que necesita esto, señora», y luego se hizo la luz.

—El suelo se vuelve más movedizo a partir de aquí —dijo el diablillo rojo. Se hallaba sentado en una protuberante roca de un color naranja oscuro cuatro o cinco veces más grande que él, que no era mayor que un crío de tres años: un yinni en miniatura, cuyas pezuñas colgaban casi rozando el suelo. En la mano sostenía una diminuta lámpara de aceite con forma de tetera—. Venga, cógela. —Sonrió—. No voy a hacerte daño.

—No sabría cómo llevarla. No puedo andar sin el bastón y solo tengo una mano. Mira —dijo ella.

De un salto el diablillo se bajó de la roca y caminó hacia ella con paso enérgico. La mujer apartó el brazo sin mano.

—Solo quiero verlo —repuso él.

Ella extendió el brazo.

—Mira, pero no lo toques.

El diablillo contempló la herida.

—Necesitas que alguien te cure. ¿Puedo cambiar el vendaje?

Ella negó con la cabeza.

—Lo que necesito es la mano.

—Recolocarla puede constituir un serio problema —dijo él, riéndose—. Pero vamos a ver si encontramos el modo de que puedas llevar la lámpara.

—Tú puedes ser mi luz —dijo ella.

—Oh, no. No al lugar adonde te diriges. Has recibido la llamada. —Fue dando la vuelta a su alrededor. La parte superior de su calva cabeza parecía subir y bajar con cada paso—. No podemos prenderla de tu ropa. Ah, pero puedo colgarte la manija del dedo y así podrás sostener tanto el bastón como la lámpara. A ver, pruébalo.

—¿Por qué me ayudas?

—Porque necesitas ayuda. Baja la mano. No alcanzo a tocarla. —Y deslizó la lámpara en su dedo índice—. Con este anillo, yo te desposo.

—Es el dedo equivocado, y tú eres de la especie equivocada.

—Y tú te estás muriendo.

—Aún no me he rendido. —Ella miró hacia delante.

—Espero que lo hagas —dijo el diablillo—. Ahora, ve. No dispones de mucho tiempo. Te aguardaré aquí. Y cuando mueras, recuérdame en tus plegarias. Llámame Ismael.

La lámpara alumbró su descenso mientras avanzaba hasta que paredes, suelo y techo convergieron en una puerta circular. La mujer se aproximó a ella, levantó el bastón para ver mejor la puerta y la palpó con el dorso de la mano. Era ágata negra. La empujó, pero la puerta no cedía.

—Ábrete, sésamo —dijo ella. La puerta no reaccionó, pero algo se movió en la penumbra.

—No me llamo Sésamo. —El diablillo era del mismo tamaño que Ismael e igual de rojo. Ella advirtió que ambos tenían cuernos, pero no rabo, lo que interpretó como una buena señal—. Mi nombre es Isaac. Soy el hermano de Ismael.

—Busco la entrada —dijo ella.

—Y yo busco que me pagues —replicó Isaac.

—Puedo pagar.

—Ya lo sé. —Dio un golpecito a la puerta y esta se abrió con un crujido—. No soy el bufón de nadie. Tú vienes cargada de dinero. Yo te aliviaré esa carga. Quiero cincuenta dinares de oro. —Andaba con los mismos pasos ridículos que Ismael.

—Te daré diez. —Ella cruzó la puerta—. Deberías habérmelos pedido cuando estabas en mejor posición para negociar, antes de que entrara. Ahora no pienso darte tanto dinero.

—Cincuenta. —Apretó los puños, tensó el estómago y saltó dos veces—. Ni un dinar menos. No voy a ceder. Todos se reirán de mí si lo hago. Me dijeron que llevabas cincuenta. Ese es mi precio.

—Quienquiera que te informase de que llevaba cincuenta dinares te mintió.

—¿Por qué me tocan todos los folloneros? Te estás muriendo, y aún regateas con tu último aliento. Seguro que eres egipcia.

—De Alejandría.

—Ah. Es un castigo. Dame tu dinero, señora. Esa es la ley. A donde vas no lo necesitas. Ponlo fácil para los dos.

—Tengo cuarenta y nueve, un dinar menos. Te los daré si me contestas a una pregunta.

—Adelante.

—¿Cuántos han salido de aquí vivos y humanos?

—Pregunta errónea. Siempre hacen la pregunta errónea. Ninguno. Nadie ha salido de aquí vivo y humano. Ahora dame el oro.

Se encaramó por su túnica, le metió la mano en el pecho y cogió las monedas. Fátima sintió la tentación de reprender al diablillo, pero se mordió la lengua.

—Te ayudaré —dijo Isaac mientras contaba el oro—, porque los liantes obstinados me caen bien. Cuando se te pida que entregues algo que te pertenezca, te conviene hacerlo sin regatear. La rendición es la clave.

Fátima prosiguió su descenso por el túnel. El aire se volvió húmedo, fatigándola más a cada paso. Levantó el bastón y la lámpara, vio el musgo color esmeralda que llenaba todas las grietas, pero el camino seguía árido. Varios insectos nocturnos vagaban por el musgo: se alimentaban, se deslizaban, creando una alfombra persa viva y cambiante. Deseó poder tocarla; deseó poder acariciar la superficie con la mano. Y así llegó hasta la segunda puerta circular, tallada de esmeraldas. La empujó, la golpeó.

—Abre, Isaac.

—Mi nombre es Ezra. —Un pequeño diablillo anaranjado saltó entre una nube de polvo naranja.

—Debo entrar.

—Y yo debo cobrarte. Dame la túnica.

—Pero es demasiado grande para ti. Podrías meter a diez como tú en esta túnica.

—Tengo una familia numerosa. Dámela.

Él se encaramó por la túnica, la desabrochó, se subió a su cabeza, se agarró de la parte trasera de su cuello y saltó. Fátima se tambaleó. Ezra se quedo colgado en el aire, agarrado al cuello.

—Suelta —dijo él—. Es mi túnica.

—Espera, estoy herida. He perdido una mano.

Ezra saltó al suelo y dio media vuelta corriendo.

—¿Puedo verlo? —preguntó—. Por favor.

—Antes tendrás que ayudarme con la túnica. —Se palpó el bolsillo del vestido para asegurarse de que el frasquito de la poción estaba allí y no en la túnica.

—Destapa la herida para que pueda verla —dijo el diablillo llamado Ezra.

—No puedo. No tengo otra mano libre.

—Necesitas que te curen. —Ezra hizo un bulto con la túnica y la levantó con ambos brazos: la túnica lo ocultaba casi por completo—. Prosigue tu viaje —parecía decirle la túnica—. Tu tiempo es limitado. Y, por haber sido amable conmigo, te daré un consejo. En este reino, si alguien te pide que te destapes la herida, hazlo.

Al otro lado de la puerta esmeralda el aire se hizo aún más denso, cargado de un olor a estofado de tierra. Se topó con las setas. Al principio eran pequeñas, de múltiples colores: rojos, sienas, ocres, marrones y verdes. A medida que se internaba más, aumentaban en número. Mecida y mimada por el aire húmedo una seta de color azul eléctrico había crecido hasta adoptar el tamaño de un cobertizo. A su lado había otra cuya piel de terciopelo tenía el color del aguacate. Fátima sintió una punzada de hambre. La tercera puerta era de lapislázuli.

—Deja que lo adivine —dijo dirigiéndose a la penumbra—. Tu nombre es Abraham.

—No —dijo el diablillo amarillo que surgió de la oscuridad—. Me llamo Jacob.

El precio para entrar era el collar de cuentas de lapislázuli, y ella lo pagó.

—Te ofreceré un consejo, apreciada señora —dijo Jacob—. Los senderos de la locura no siempre se distinguen de los caminos de la sabiduría. Apresúrate, por favor.

Al otro lado de la puerta de Jacob unas frutas irreconocibles y oscuras parecían brotar de entre las rocas. Era una fruta venosa, veteada, con la textura del mármol pulido. Ella se paró y fue a tocarla con el brazo herido; un murciélago descendió volando y cubrió la fruta con sus alas de satén negro. Su cara ciega contempló a Fátima. Había murciélagos por doquier: miles y miles de ellos colgaban de las frutas y de las rocas. Los murciélagos volaban por separado en todas direcciones, creando una sinfonía desconcertante aunque apenas audible. Y sin embargo el camino seguía despejado.

La puerta era de oro; su guardián era Job, el diablillo verde, y el precio para cruzarla fue el broche de gemas.

—Te ofreceré ayuda, señora, porque la necesitas —dijo el diablillo Job—. Recuerda que a veces la muerte es la opción más sensata.

La fatiga se apoderó de Fátima por completo; se enraizó en su alma, floreció y sus ramas crecieron por el interior de sus venas. Deseó tumbarse, pero la tierra que tenía bajo sus pies no era acogedora. Debería haberse detenido en el musgo, haber entregado su cuerpo a los insectos nocturnos. Debería haberse recostado en los lechos de setas gigantes. Ahora debía seguir adelante.

Se encontró con un pequeño rubí que había en medio del camino, y luego con un zafiro, un diamante, otro rubí, y luego una montaña de piedras preciosas, y luego más. Gemas de todos los tamaños, oro de todas las formas, cofres con tesoros que harían salivar de placer a reyes y reinas. Pero no le quedaban fuerzas para coger nada. Pasó frente a un espejo dorado que estaba apoyado en una de las paredes. Observó su imagen reflejada, pero no se parecía a nadie que hubiera conocido. Siguió andando.

La puerta era de caoba y estaba custodiada por un diablillo azul. Ella lloró mientras pagaba con el velo de seda roja que cubría su cabeza y la diadema de oro que llevaba en la frente.

—Diría que se te apaga la luz —dijo Noé—. Te ayudaré. Deshazte de la necesidad de comprender. En este mundo, así como en el de los cuentos, la necesidad no es más que un obstáculo.

La pena fue invadiéndola como si de una infección se tratara, embargándola de forma gradual e irrevocable. Avanzaba y lloraba. Una lágrima caía al suelo antes de cada uno de sus pasos, y sus pies borraban al arrastrarse todo rastro de las marcas de agua. En los dominios de Noé reinaban los cuervos, que se alimentaban de cadáveres. La mayoría pertenecía a cuerpos humanos que, despellejados, colgaban de ganchos oxidados y dejaban un interminable reguero de sangre. Los pájaros negros del suelo bebían de arroyos de sangre que circulaban a ambos lados del sendero. Los cuervos hambrientos se disputaban trozos de carne putrefacta. Allí no podía tumbarse a descansar.

La puerta de Elías era de turquesa.

—Debo entrar —dijo ella—, pero no me queda nada por dar.

—Me quedaré con tu ropa —dijo el diablillo índigo—. El vestido harapiento, las enaguas, incluso los zapatos. Y te daré un consejo: aquí abajo siempre estás desnuda.

Pasada la puerta de Elías, la tierra sobre la que caminaban los muertos estaba formada por lodosas cenizas y humo, como si fueran los restos de una sopa puesta a cocer a fuego lento y luego olvidada. Los muertos andantes la imitaban, eran milares: una colonia de hormigas sin rumbo deambulante, chocando unas contra otras, sin ojos o con ojos ciegos. Hombres, mujeres y niños; caballos, perros y gatos; leones, tigres y monos; enanos, demonios y gigantes. Muertos. Todas las prendas de ropa con que se cubrían estaban ajadas, la carne, podrida. Ella se estremeció. Ninguno de aquellos seres se cruzó en su camino. Y así llegó a la séptima puerta.

—Sé quién eres —dijo Fátima al guardián de la puerta de mármol.

El diablillo violeta pareció sorprendido.

—Y yo sé quién eres tú —dijo él.

—Esta debe de ser la última puerta. He llegado al último dominio. Eres Adán.

—Si tú lo dices. Bienvenida, mi señora. Pero aun así exijo el pago. Tomaré las siete pulseras de plata que llevas en el brazo. Ya no las necesitarás.

El diablillo se encaramó hasta su hombro y empujó las pulseras. Ella sintió una oleada de dolor cuando estas cayeron, arrastrando la manga ensangrentada de Yawad. La sangre se le acumuló en el brazo. Goteaba desde el muñón donde antes tenía la mano; se desangraba poco a poco. Ella contempló la herida y sintió cómo las fuerzas se le escapaban por ahí.

—Camina —dijo Adán—. Ya no te queda mucho. —Le apagó la lámpara—. Ya no necesitas esto. Muévete. Te ayudaré. Te ofrezco lo siguiente. En el inframundo, la muerte se despierta.

—¿Y a esto lo llamas ayuda?

Entró. Como había esperado, el lugar estaba lleno de serpientes que se deslizaban por todas partes pero sin tocarla. Boas, áspides y serpientes de cascabel. Serpientes del desierto, serpientes de los pantanos. Ella apenas percibía su presencia. Desnuda, indefensa, exhausta y desprotegida, avanzó con paso tambaleante. La torpeza era su única posesión y se aferró a ella.

Y el suelo cayó bajo sus pies.

Y el techo se desplazó hacia arriba.

Y las paredes se abrieron a su paso.

Y vio a Afreet-Yehanam sentado en su trono.

—Acércate, peregrina —dijo él.

Mi padre tenía los ojos cerrados; su respiración era ronca y débil. Una máscara de oxígeno anidaba en la piel de su cara. Abrió los ojos, un esfuerzo que a todas luces le resultó agotador, y volvió a cerrarlos. Mi sobrina y yo estábamos cada uno a un lado de la cama.

Chapuzas llegó con otros dos médicos. Como si todos fueran miembros de un club, los tres llevaban recortadas barbas negras y pelo corto y rizado: Chapuzas era el que tenía las cejas más pobladas. No reconocí a los otros dos, aunque era obvio que conocían a la familia.

—No tiene usted muy buen aspecto, señor al-Jarrat —dijo uno de los médicos. Bajo la bata blanca llevaba una camisa de color rojo Ticiano—. No podemos permitirlo. La fiesta del Adha es mañana y tiene a toda su familia aquí.

Mi padre esbozó una débil sonrisa por debajo de la mascarilla. Intentó quitársela, pero no pudo. Lina se inclinó y la bajó un poco. Él murmuró algo.

—Dice que quizá Alí y la Virgen puedan intervenir —dijo Lina. Todos se rieron. Yo no entendí el chiste, con toda probabilidad el estribillo de alguna canción libanesa que yo aún no conocía.

El médico de la camisa roja dijo que quería comprobar las constantes vitales y se encaminó hacia la sala de enfermeras. El tercer médico, un especialista pulmonar con ojos de róbalo, auscultó los pulmones de mi padre. Chapuzas comentó a mi sobrina que no debía permanecer tanto rato de pie. El especialista en pulmones preguntó por qué los electrodos no estaban puestos. Mi hermana dio un respingo. El doctor Ticiano regresó y anunció dócilmente que no había constantes vitales, porque los monitores no habían estado grabando. Dos enfermeras irrumpieron en la habitación. Una arrastraba una máquina portátil y la otra se apresuró a colocar los electrodos en el pecho de mi padre. La enfermera de dientes grandes que había bañado a mi padre al mediodía había olvidado reponer los tubos, y los demás médicos y enfermeras no se habían dado cuenta en más de cinco horas. El doctor Ticiano presionó los botones de la máquina.

—Algo va mal —dijo. Se acercó a mi padre—. El marcapasos se ha detenido.

El doctor Ticiano miró la protuberancia que salía del pecho de mi padre. Le dio sendos golpecitos, volvió a su máquina; fue hacia mi padre, luego a la máquina.

Y el yinn regresó a los ojos de mi padre. Al instante. Los músculos de su cara se relajaron. Los huesudos dedos se soltaron de la barandilla. Respiró hondo.

—No vuelvas a darnos un susto como este —bromeó Chapuzas.

—Ahora puede celebrar la fiesta —dijo el especialista.

—Con toda su familia —añadió el doctor Ticiano, el cirujano vascular de mi padre.

Cubrí los ojos de mi hermana con la palma de mi mano. La obligué a cerrarlos con gesto amable. Lucía una mirada asesina.

—Respira —susurré—. Respira.

Apoyó los brazos en mis hombros. Mi mano permaneció sobre su cara hasta que noté que se humedecía.

Fátima quería decirle al yinni que le devolviera la mano. Quería desafiarlo. Anhelaba venganza. Se arrodilló frente a Afreet-Yehanam.

—He venido a morir.

—Sí. —Su voz, profunda y sibilante, provocó un escalofrío en su alma—. Mi mundo es un lugar maravilloso para morir. —Abrió la mano y dieciséis escorpiones negros se deslizaron por sus dedos hacia ella—. Y, sin embargo, me parece detectar cierta resistencia.

—No, señor —repuso ella—. He visto la luz. Me rindo.

Una lengua bífida se desplegó desde la boca del yinni.

—Ah, el dulce aroma de la rendición me excita tanto.

Ella no se inmutó cuando los escorpiones se arrastraron por su cuerpo. Deseó que uno la picara. Cuando él se levantó su trono se disolvió en cientos de áspides.

—Tú serás mi juguete. —Ella tampoco se acobardó ante eso—. Nuestro juguete.

Y una boa joven se enredó en torno a su brazo manco.

Afreet-Yehanam la cogió, la acunó en la palma de su mano. La atrajo hacia su rostro, pero el hedor no la molestó.

—Me complace que por fin te sometas a mi deseo.

Ella sintió ganas de reír.

—No es que hagamos muy buena pareja, sexualmente hablando.

—Pues la hacemos, Sitt Fátima. El tamaño no lo es todo.

El primer escorpión la picó en la garganta y una cobra le mordió el muñón. Los escorpiones la picaron por todo el cuerpo. Afreet-Yehanam acostó a Fátima en un lecho de viscosas serpientes. Y el demonio empezó a transformarse: se redujo a la mitad de su tamaño en un parpadeo, y a otra mitad en otro parpadeo, hasta adoptar las dimensiones de un hombre grande y musculoso. Pero la transformación no se detuvo aquí. Se arrancó el tercer ojo de la frente y lo hizo desaparecer. Su piel palideció; el pelo en llamas se volvió negro, apareció una nariz humana. Y fue una mano humana la que la acarició.

Fátima vio al hombre más bello del mundo que acercaba su cara a la suya. La besó. Ella le devolvió el beso. Y la vida surcó sus venas. Hizo el amor con él. En algunos momentos lo vio como a un hombre, en otros como a un demonio. Y las mordeduras y picaduras no cesaban. Ella era el lecho de un río. Era un simple canal de vida y de sus historias. Recobró la fuerza.

Fátima despertó. Se sentía fresca y rejuvenecida, llena de vigor. Afreet-Yehanam, despojado ya de su forma humana, yacía a su lado apoyado en un codo.

—Eres hermosa —dijo él.

—Me falta una mano —replicó ella.

—Te faltan muchas cosas —dijo el demonio—, y por eso eres hermosa.

Ella se miró la herida, la contempló con ojos honestos por primera vez: las líneas de sangre, los coágulos, la costra que crecía, el tejido que intentaba curarse de la pena y la pérdida, la piel que intentaba olvidar lo que hubo antes allí. Pero el aire que rodeaba al muñón empezó a formar ondas asombrosas. Una masa le creció de la muñeca, burbujeando como lava hirviente. La vio hincharse, sintió cómo su sangre se vertía en ella. Salieron protuberancias, que empezaron a convertirse en dedos. Fátima los movió. Su mano había vuelto.

—Este es un infierno distinto del que había imaginado —dijo ella.

—¿Un infierno? Me siento insultado. ¿Cómo te ha dado por pensar que mi reino es el infierno?

—Bueno —explicó ella—, eres un demonio. Estamos en el inframundo. Fue solo una deducción.

—Ah, humanos. Vuestras ideas del infierno no son más que los orines y las heces de vuestras mentes sin imaginación, muertas desde hace tiempo. Escucha. Deja que te cuente un cuento.

Érase una vez, o quizá no, un hombre devoto, temeroso de Dios, que vivió toda su vida en función de sus estoicos principios. Murió en su cuarenta cumpleaños y despertó flotando en la nada. Sin embargo, debes saber que flotar en la nada era cómodo, ligero, sin aire, como estar en el útero materno. El hombre se sintió agradecido.

Pero luego decidió que le gustaría pisar tierra firme, para sentirse más sólido. Y, por arte de magia, se halló de pie en la tierra. Sabía que era tierra porque reconocía la sensación.

Y sin embargo deseaba ver. Quiero luz, pensó, y la luz apareció. Quiero sol, no cualquier luz, y que por la noche alumbre la luna. Sus deseos le fueron concedidos. Que haya hierba. Adoro la sensación de pisar la hierba. Y así fue. Ya no deseo estar desnudo. Que solo prendas de la más pura seda toquen mi piel. Y cobijo, necesito un gran palacio cuya entrada posea escaleras dobles, y cuyos suelos sean de mármol y las alfombras persas. Y comida, los mejores manjares. El desayuno era inglés; el refrigerio de media mañana, francés. El almuerzo era chino. El té de la tarde, indio. La cena era italiana, y lo último que tomaba antes de acostarse, libanés. ¿Libaciones? Tenía a su disposición los mejores vinos, por supuesto, y champán. Y compañía, la mejor compañía. Pidió poetas y escritores, pensadores y filósofos, hakawatis y músicos, bufones y payasos.

Y luego deseó sexo.

Pidió mujeres de piel clara y de piel tostada, rubias y morenas, chinas, asiáticas, africanas y nórdicas. Las pidió de una en una, y de dos en dos, y por las noches celebraba orgías. Pidió chicas más jóvenes y después mujeres mayores, solo por probar. Luego se dedicó a los hombres, musculosos y delgados. Luego a los niños. Luego a niños y niñas juntos.

Después se aburrió. Intentó mezclar sexo y comida. Niños con comida china, niñas con india. Pelirrojas con helado. Luego pasó a probar el sexo con sus acompañantes. Se folló al poeta. Todo el mundo se folló al poeta.

Pero de nuevo se aburrió. Los días eran interminables. Pensar en nuevas ideas se convirtió en algo fatigoso y fatigado. Cualquier deseo que se le ocurría le era concedido.

Ya estaba harto. Salió de su casa, miró al cielo glorioso y dijo:

—Querido Dios. Te agradezco Tu generosidad, pero no puedo permanecer aquí más tiempo. Preferiría estar en cualquier otro lugar. Preferiría estar en el infierno.

Y una voz atronadora le replicó desde arriba:

—¿Y dónde te crees que estás?

Fátima se rió. Se llevó las manos a la barriga y de repente se preguntó si estaría embarazada. Sabía que era posible. La historia estaba llena de cuentos de semidemonios. ¿Su hijo se parecería a Afreet-Yehanam, el horrendo demonio, o a su amante, el hombre más bello del mundo? ¿Y si lo que llevaba dentro era una niña? Un hijo poco agraciado era una cosa, pero ¿una hija con aspecto de demonio? La poción.

—Necesito mis cosas.

—Necesidades, búsquedas, deseos —dijo Afreet-Yehanam—. Bien podría estar contando cuentos infantiles. —Hizo una pausa, miró a los ojos de su amada—. Puedo vestirte con ropas de reyes, con sedas y pieles, cubrirte de esmeraldas y de perlas. ¿Para qué quieres tus viejas prendas?

—Una nunca puede liberarse del pasado y de su atracción.

Afreet-Yehanam agitó la mano, y al instante apareció el diablillo rojo Ismael con sus ropas.

—Lo he recuperado todo —dijo él—, excepto la túnica. A Ezra le gusta mucho. Creyó que la quería para mí y se negó a dármela.

Fátima sacó el frasquito del bolsillo del vestido.

—¿Han transcurrido ya siete horas?

—No —dijo el gran demonio. Fátima se bebió el líquido—. Pero no había necesidad —añadió—. De no haberte dejado llevar por el pánico, te habrías percatado de que era un varón. Las pociones mágicas son una redundancia.

—Debo irme —dijo Fátima—. Debo finalizar mi misión.

—¿Por qué? —preguntó Afreet-Yehanam—. Has ingerido la poción que debías entregar.

—No soy libre. Volveré. Y en cuanto a la poción, tengo otro plan. Debo continuar. Aún estoy lejos de la ciudad verde. Cuanto antes me vaya, mejor. —Su amante abrió la palma de la mano y en ella Fátima vio su mano decapitada—. Esa es mi tercera mano.

—Y en ella colocaré mi tercer ojo —dijo él—. Esta será la prueba de nuestra unión. Llévalo encima y ningún demonio se atreverá a hacerte daño. Colócalo en la puerta de tu casa y ahuyentarás a todo mal.

Ella cogió el talismán y este se transformó en sus manos. Se convirtió en piedra, turquesa, y el ojo de la palma adquirió un tono azul ligeramente más oscuro.

—Quédate a pasar la noche —dijo el demonio—. Estarás con tus señores por la mañana.

4

Según mi abuelo, yo debía mi existencia, el lugar especial que ocupaba en el mundo, a dos hechos distintos: el sacrificio de una paloma semental o al engullimiento de cerillas. En función de qué historia le apetecía contar, uno de esos dos acontecimientos le obligó a escapar de Urfa, o, como decía a veces, le proporcionó la oportunidad de tener vida propia.

En casa de los Twining siempre había huérfanos armenios, pero ninguno se quedaba allí durante mucho más de un año. Los Twining, que eran buenos misioneros, encontraban hogares para estos niños. Mi abuelo, sin embargo, era harina de otro costal. Desde que la Pobre Anahid se convirtió en la doncella de los Twining y lo tomó a su cargo, duró once años en la casa. Mi abuelo declaraba, y es probable que tuviera parte de razón, que el doctor misionero albergaba algún sentimiento hacia él, su hijo bastardo. Mi abuelo fue una anomalía tanto en la duración de su estancia en la casa como en el momento en que escapó al Líbano. Podría asumirse con seguridad que todos los huérfanos con los que creció, aquellos que no fueron masacrados durante la Gran Guerra, huyeron al Líbano durante la gran emigración de huérfanos armenios. Mi abuelo se adelantó a su tiempo. Sobrevivió a la esposa del doctor y no tuvo que lidiar con el genocidio y con sus consecuencias. Dios le bendijo, y, por tanto, a mí también.

Durante sus primeros años el padre de Ismail le llevaba a todas partes en brazos, incluso cuando el niño ya había aprendido a andar. Pero un día, después del segundo cumpleaños de mi padre, la esposa del doctor dijo a su marido:

—Debería darte vergüenza. Tratas a este huérfano mejor que a los de tu sangre. ¿Acaso no quieres a tus hijas? ¿No merecen ellas tu atención? —El doctor se quedó avergonzado—. Esta es Barbara —añadió su esposa—, y esta es Joan. Por si te has olvidado de sus nombres.

Simon Twining dejó a mi abuelo en el suelo y se llevó a sus hijas a dar un paseo.

Cuando mi padre cumplió los cuatro años, el doctor intentó enseñarle a leer y escribir, pero su esposa dijo:

—No seas tonto, marido mío. El inglés le servirá de poco. Le enviaremos al colegio con los demás armenios. Aprenderá su idioma y podrá hablar con su gente.

Sin embargo, cuando mi abuelo se unía a los demás niños para estudiar la Biblia con el doctor, los domingos después de misa, ella no ponía objeción alguna.

—Vengo de una época en la que la tinta aún era líquida y lujosa. —Mi abuelo quebró el silencio mientras atizaba el fuego—. Nada de bolígrafos baratos. La esposa de mi padre creía que enseñarme a escribir era tirar el dinero y desperdiciar el tiempo.

Realizó el ritual del mate: vertió agua caliente de la tetera en el colador metálico, y después lo frotó con una piel de limón. Reemplazó el colador, ahora desinfectado, en la calabaza de mate y me lo pasó.

—Tal vez pienses que la esposa del doctor era mala, y lo era, pero estarías pasando por alto el quid de la historia. No se me permitía aprender a leer, pero estudiar la Biblia es más valioso para un hakawati. Fíjate en la más grande de todos ellos, Umm Jaltoum. Nació en el seno de una de las familias más pobres en una remota aldea del delta del Nilo, en el bajo Egipto. Umm Jaltoum debería haberse casado a los doce o trece años. No habría sido escolarizada y habría parido una docena de críos: en esa parte del mundo las niñas musulmanas no podían estudiar. Pero aquí viene el regalo, lo entenderás enseguida. Desde muy pequeñas a las niñas se les enseña a leer el Corán y nada más. Se las machaca con él todos los días. Para una cantante, ese es el mayor de los regalos. Aprendió conceptos como el tono y el ritmo, a pronunciar perfectamente y a respirar, a proyectar la voz, las inflexiones: todo. Nunca murmura. Se entienden todas las palabras que salen de su boca. Dominó el hechizo de la voz. Cuando llegó el momento, abrió la boca, desató el alma, y nos ayudó a todos a acercarnos a Dios. Te repito que era un regalo. La esposa del doctor quizá fuera rencorosa, pero el destino era mi aliado.

Zovik y la Pobre Anahid se ocupaban del chico, lo trataban como si fuera hijo suyo, pero eran criadas en una casa que requería trabajo constante. Mi abuelo las seguía por todas partes, y las doncellas se aseguraban de que no interfiriera en sus labores.

Desde edad muy temprana aprendió a entretenerse solo. Los palos se convirtieron en sus compañeros de juegos y las piedras en sus juguetes. Su mundo interior redecoraba el exterior. Sus amigos imaginarios demostraron ser más leales que los reales, aunque solo fuera porque, a diferencia de estos últimos, existían. Comía, dormía, jugaba, aprendía un poco y esquivaba a los chicos musulmanes y sus insultos en turco. A los cinco años se esperaba de él que realizara tareas domésticas menores. A los seis, las tareas ya no eran menores. Dos años después la esposa del doctor decidió que el chico debía aprender un oficio.

—¿Quién sabe cuánto tiempo estaremos aquí para cuidarlo? —dijo ella—. Será mejor que empiece a buscarse la forma de ganar lo bastante como para llenar ese estómago insaciable que tiene.

Mi abuelo fue entregado a un criador de palomas para que aprendiera el oficio. Fue así como se vio envuelto en las grandes guerras de palomas de Urfa.

Mucho antes de que existiera un único Dios, mucho antes de Abraham, antes de que la ciudad fuera musulmana, antes de que fuera otomana o turca, las palomas eran las encargadas de llevar las almas de los muertos de Urfa a los cielos. Desde entonces las palomas habían ocupado un hueco en el corazón de Urfa.

—No es verdad lo que dicen los chilenos, que las palomas son ratas con alas —decía mi abuelo—. ¿Qué sabrán en Chile? Sabes que fue una paloma la que anunció a Noé la presencia de una nueva tierra cuando iba en el arca, una paloma europea, la que se ve en todas las ciudades del mundo. ¿Chile? Bah, que se dediquen a emborracharse con ese pisco intragable.

La mayoría de casas de Urfa poseían agujeros cubiertos y decorados para las palomas, pero algunas tenían palomares en los muros exteriores que constituían una réplica en miniatura de la casa original, un clon nacido de su frente. En algunos barrios los pájaros disponían de palacios diminutos, con minilunas crecientes coronando los pequeños minaretes; los diseños arquitectónicos de los palacios de las palomas superaban con creces los de las casas para humanos circundantes.

—Odio a las palomas —añadía mi abuelo—, pero no porque sean ratas.

El mentor de mi abuelo era un armenio, Hagop Sarkisyan, que a su vez trabajaba para un turco llamado Mehmet Effendioglu. Aunque este último no era un hombre rico, sí era un gran amante de las palomas, y poseía alrededor de trescientas aves. Hagop adiestraba a las palomas y tenía a cuatro chicos a sus órdenes. Como era el más pequeño, mi abuelo desempeñaba el peor trabajo: limpiar la mierda.

—Había mierda por doquier —explicaba—. Mierda en los palomares, en la terraza, en el tejado. ¿Tienes idea de lo que es tener que quitar tanta mierda? Claro que no. Tienes una doncella que va recogiendo lo que dejas tirado. Yo me pasaba el día entero limpiando mierda de paloma, y cuando llegaba a casa tenía que lavarme. Hoy tengo el pelo tan enmarañado por lo mucho que debía lavármelo cuando era niño.

Hagop, el palomero, era el adiestrador principal. El primer ayudante se ocupaba de alimentar a las palomas, de darles las mejores semillas y las vitaminas más fuertes. Las palomas debían tener buen aspecto y estar robustas. Cuando acababa la temporada, este ayudante dirigía una o dos de las bandadas, aunque nunca la principal, y no lo hacía nunca, nunca, mientras duraba la guerra. Mehmet, el dueño, se sentaba en el tejado a mirar.

—Solo me libraba de limpiar durante las guerras —decía mi abuelo—. Se me permitía ver volar a los pájaros. Y tengo que admitir que formaban una bella estampa en el cielo, dando vueltas y más vueltas alrededor de un sumidero imaginario, para luego salir disparadas, cayendo como un jet israelí. En esos momentos les perdonaba toda su mierda.

Ah, las guerras, las guerras. Las guerras de palomas de Urfa se remontaban a mil años atrás. La guerra comenzaba en noviembre y terminaba en abril, coincidiendo, no de forma accidental, con el peor tiempo para que las palomas volaran: una prueba de resistencia aérea. Por la tarde, a las cuatro y media en punto, los contendientes de Urfa subían a los tejados, donde se hallaban las jaulas, y soltaban sus respectivas bandadas hacia el cielo. La ruidosa cacofonía de miles y miles de alas y los tintineantes sonidos de las joyas de las palomas alcanzaban todos los rincones de la ciudad. Sobre cada uno de los tejados el palomero dirigía a sus aves; su mirada fija nunca se separaba de la bandada en vuelo. Su instrumento era una vara larga con un lazo negro en el extremo. Con cada movimiento dirigía el vuelo de sus pájaros. Y cuando trazaba un gran arco en el aire, su bandada se hundía en medio de otra, rompiendo la simetría, confundiendo a las palomas del adversario.

—Hagop era bueno, pero no excepcional. Había otro criador, un armenio que respondía al nombre de Eshjan, que era el príncipe de todos. Era capaz de dirigir a sus palomas con solo silbar. Silbaba, y la bandada dibujaba un círculo; silbaba, y volvían a casa. Eshjan solía ganar la guerra y no precisamente porque tuviera las mejores palomas. Podría haber vendido sus aves a cambio de una fortuna y haber comprado otras mejores para adiestrarlas, pero nunca lo hizo. Todos creen que es cuestión de dinero, ¿sabes?, pero no lo es. Tiene más que ver con la arrogancia. Es una cuestión de virilidad.

Ganaba la guerra quien hubiera perdido menos palomas, ya fuera por captura o muerte. El que se aseguraba de que sus palomas no se perdían o se agotaban era un adiestrador que valía su peso en oro, y no había muchos. Todos los días, mientras duraba la guerra, las palomas volaban hasta que el cansancio se posaba en sus alas; hasta que el oxígeno se rebelaba y escapaba de su sangre. Los pájaros caían del cielo como bombas soltadas por escuadrones de combate, dejando un reguero de cuerpos deformados en la tierra. Aturdidas, sorprendidas y perplejas, algunas aves seguían a bandadas que no eran la propia y acababan en tejados extraños, donde terminaban capturadas para ser servidas aquella misma tarde en la cafetería local, como botín de guerra, para deshonor de sus dueños y el descrédito de su virilidad.

—Hay guerras en muchas ciudades libanesas —decía mi abuelo—, pero ninguna como las que se dan en el norte. Aquí se celebran por diversión. En Beirut las cosas pueden ponerse feas, pero no se trata de una guerra real. Si uno de tus machos acaba mezclado con la bandada de otro, siempre puedes recuperarlo. La regla del caballero en Beirut es que la primera vez es gratis. Verás, en una zona sin guerra, la mayoría de machos están apareados, y una paloma siempre quiere volver a reunirse con su pareja, así que resulta muy difícil conservar a un macho capturado. Tendrías que matarlo. En una zona de guerra cada equipo tiene unos doscientos machos y cinco hembras. Los equipos voladores están formados solo por machos, sobre todo de los de papada. Es una cuestión de guerra, no de afición a las palomas. Los palomeros de Beirut tienen equipos formados por toda clase de palomas: reales, volteadoras, monjiles, moñudas... todas.

Los adiestradores de allá que estaban muy apegados a sus palomas nunca se atrevían a hacerlas volar durante la guerra. Los colombófilos se reunían en el café Çardak, tal y como llevaban haciendo cientos de años. Establecían los marcadores de las batallas de la tarde mediante el recuento de las palomas capturadas. Todas las paredes de la cafetería estaban adornadas con jaulas, y los aficionados podían admirar o comprar las palomas cautivas. El dueño original de una paloma tenía derecho a ofertar primero, pero solo si el nuevo propietario deseaba vender.

—Pero no se podía comprar el peşenk —explicaba mi abuelo—. El peşenk era el líder de un equipo de palomas. No se puede ganar la guerra sin tener uno bueno. Los demás machos le siguen. Si un peşenk cae en un tejado equivocado y es capturado, el propietario original se retira de la guerra. Jaque mate. Tiene que librarse del equipo y empezar otro nuevo. El peşenk no puede comprarse. Es el jefe del clan, el más poderoso de todos.

Mi abuelo bebió un sorbo de mate, dobló el cuello y habló hacia el techo.

—Se dice que el talento se salta una generación, lo que significa que mi padre o mi madre debieron de ser grandes palomeros, porque, a diferencia de mi hijo menor, tu tío Yihad, yo desde luego no lo era. No tengo ni idea de dónde habrá sacado el talento, y, gracias a Dios, también tuvo la inteligencia suficiente para parar a tiempo. No me escuchó, claro. Nadie lo hace. Pero un día comprendió por fin que ser palomero es una vocación humilde. Ahora escucha lo que voy a decirte. Solo porque he admitido que no era un buen palomero no significa que no poseyera otras habilidades. La agenda del destino no es siempre algo desnudo y diáfano.

»Una noche me lamentaba de mi suerte. Estaba hambriento y cansado. Llevaba seis semanas limpiando mierda y no veía cómo salir de aquello. La maldita mujer del doctor decía que yo me quejaba a todas horas. Decía que un chico tan rebelde como yo no tenía muchas opciones. Pero se equivocaba, ¿sabes?, aunque en ese momento yo no lo sabía. No olvides que solo tenía ocho años. Así que ahí me tienes, barriendo la jaula principal después de una batalla cuando me llama el imbécil de Mehmet. Me da una jaula que contiene una paloma plumosa, de reluciente color negro, para que la lleve al café Çardak y se la entregue a su dueño.

»Fui al café Çardak. Un sitio impresionante, si me permites que te lo diga, grande, amplio y bullicioso. Pero lleno de palomas. Palomas, palomas por todas partes. Jaulas en las paredes, en el mostrador, en las mesas, debajo de las mesas. Empecé a ponerme nervioso. Pensé que, tal vez, si me demoraba allí, el dueño me pediría que limpiara la mierda. Dejé la paloma y salí corriendo con tanta prisa como pude. Doblé la esquina y allí estaba. No sé qué me hizo parar. Corría a toda velocidad, y supongo que necesitaba recobrar el aliento. Quizá Dios me enviara una señal. Quizá estuviera escrito.

»Lo que tenía ante mis asombrados y jóvenes ojos era otro café, el Masal, viejo pero no histórico, bien iluminado pero decrépito, apestoso y lleno de humo. No tenía puertas, y las persianas metálicas estaban subidas. Había mesas fuera, pero los parroquianos silenciosos estaban sentados de espaldas a la calle. ¿Por qué ir a reunirse con gente si vas a estar callado? Y entonces vi qué era lo que captaba la atención de todos. Dentro, sentado en una silla subida a una pequeña tarima, estaba el hakawati.

»Se sentaba en su trono como un soberano frente a sus súbditos. Llevaba fez y ropa occidental. Un encerado bigote negro de dos manos de largo dominaba su cara. No podía ver cómo movía la boca. Tenía un libro en su regazo, pero apenas lo miraba. Me acerqué más y oí su voz sedosa. Magia.

»Era turco y, deja que te diga, no es que yo dominara mucho el turco en aquella época, pero le oí. Le escuché con las orejas, con el cuerpo y con el alma. Nos regaló con la historia de Antar, el gran poeta guerrero negro. Estaba en mitad de la narración, pero las suelas de mis zapatos echaron raíces que se clavaron en los adoquines del suelo. Estaba hechizado.

»¿Cómo puedo describir la primera vez que me topé con mi destino? Un fuego divino me ardió en el pecho, mi corazón brilló. En comparación mi vida hasta entonces había transcurrido a un ritmo triste e indolente. Ah, Osama, ojalá pudiera hacerte partícipe de lo que se siente cuando uno se alinea por fin con los deseos que Dios le tiene reservados. Había recibido la llamada.

A la luz de la lamparilla de la mesita de noche distinguí la silueta curva de la cabeza de tío Yihad y su réplica, una sombra más grande proyectada en la pared. Me arropó con cierta fuerza. Dado que era el hermano más pequeño de mi padre, mi canguro principal y mi cuentista favorito, le habían asignado la tarea de acostarme, ya que mis padres tenían una cena de gala. Mi madre le había dicho que me metiera en la cama y volviera enseguida, pero él parecía distraído, absorto en sus pensamientos. Aunque afirmó que quería asegurarse de que me durmiera contándome un gran cuento, su corazón no parecía estar muy por la labor.

—Érase una vez un principito feliz —empezó. Se quedó mirando el cabezal.

—Dijiste que me contarías cómo llegué a existir. —Rodé a un lado y luego al otro para soltar un poco las sábanas—. Me lo prometiste.

—Es lo que voy a hacer. —Tomó la bebida que había dejado en la mesita de noche, borrando con los dedos el trazado perfecto que el vapor había dibujado en el largo vaso.

—Yo no soy ningún príncipe.

—No empiezo la historia por ti. —Dio un sorbo de whisky, y sus ojos centellearon por primera vez—. ¿Por qué crees que eres el príncipe?

—Me lo dijiste. Dijiste que me contarías el cuento de cómo llegué a ser yo.

—Mi querido Osama. —Bebió otro sorbo y sonrió—. A estas alturas ya deberías saberlo. La historia de quién eres nunca trata de ti. Estoy empezando por el principio.

—Si haces eso, no llegarás ni al postre.

Se rió.

—Deja que yo me preocupe por eso. ¿Por dónde iba antes de ser tan burdamente interrumpido? Había una vez dos principitos.

—Era un principito feliz —dije.

—Bueno, pues ahora son hermanos, y no estoy seguro de lo felices que eran. Digamos que estaban satisfechos y que se querían. Un día los príncipes salieron a cazar al bosque, pero el hermano menor no era capaz de matar animales. Terminaron disparando flechas contra troncos de árboles. El príncipe más joven preguntó a su hermano: «¿Puedes darle a esa bandera de ahí?», y el príncipe mayor tensó el arco, disparó y dibujó un agujero en la bandera. Pero en realidad no era una bandera. Una mujer muy vieja y fea les reprendió. «¿Por qué le habéis disparado a mi ropa interior? Ya os enseñaré yo a respetar la colada ajena.» Dio dos palmadas y de repente los príncipes se encontraron en un bosque que no conocían. Caminaron en todas direcciones, pero no lograron encontrar el camino de regreso a casa. Cayó la noche. A la mañana siguiente se despertaron y se percataron de que seguían perdidos. «Tenemos que encontrar comida o nos moriremos de hambre», dijo el mayor. Encontraron una paloma en un árbol. El príncipe mayor fue a disparar el arco, pero la paloma dijo: «Te lo imploro, noble príncipe. No me mates. Tengo dos hijos en casa, y morirán si no les llevo comida».

»El príncipe mayor repuso: "También nosotros moriremos si no te comemos". Pero el más joven replicó: "Podemos alimentarnos de bayas y raíces. Mira, aquí hay chirivías, y ruibarbo y rábanos". El príncipe mayor se apiadó de la paloma y bajó el arco. "Te recompensaré este acto de compasión", dijo la paloma, y salió volando. "¿Cómo va a saldar una deuda una paloma?", preguntó el príncipe mayor. "Podríamos haberla asado y habérnosla comido con una salsa de chirivías y bayas."

—¡Qué asco de salsa! —dije.

—Cualquier salsa es buena si tienes hambre. Los chicos anduvieron y anduvieron, y llegaron a unas corrientes que crecían junto a un lago, y allí vieron a un pato salvaje. Al príncipe mayor le encantaba la carne de pato, el confit con patatas, como a su hermano menor. El príncipe mayor tensó el arco, pero el pato exclamó: «Te lo imploro, noble príncipe. No me mates. Tengo dos hijos en casa, y morirán si no les llevo comida». El príncipe mayor bajó el arco, y el pato añadió: «Te recompensaré este acto de compasión, príncipe». Más adelante los príncipes vieron a una cigüeña que se sostenía sobre una pata y se limpiaba con su largo pico. El príncipe mayor apuntó con cautela, pero la cigüeña dijo: «Te lo imploro, noble príncipe. No me mates. Tengo dos hijos en casa», y el príncipe bajó el arco. «Esta noche dormiremos en ayunas», dijo, pero el más pequeño dijo que haría una magnífica *ratatouille* de verduras, y así lo hizo, y le salió suculenta.

»A la mañana siguiente los chicos caminaron y caminaron hasta llegar a un castillo donde un anciano rey los vigilaba desde la escalera. "Se diría que estáis buscando algo", dijo el rey.

»El príncipe mayor contestó: "Buscamos nuestra casa, pero no parecemos capaces de encontrarla".

»"¡Qué suerte", dijo el rey. "He perdido a mis acompañantes. Si trabajáis para mí, os proporcionaré ropa y comida hasta que encontréis vuestra casa." Los chicos se convirtieron en los compañeros del anciano rey, le contaron cuentos y le entretuvieron. Pero no todo era maravilloso: el rey tenía en su corte a un malvado visir.

—Siempre hay un visir malvado —le interrumpí.

—Alguien tiene que ser malo. Este visir, que sentía envidia de los príncipes, dijo al rey: «Considero mi deber informaros, majestad, de que estos chicos no hacen nada bueno. Se burlan de la corte. Fijaos, el otro día se jactaron de que si fueran los administradores de la despensa no se perdería ni un solo grano de arroz. Hay que ponerlos en su sitio. Mezclad un saco de arroz con uno de lentejas y pedidles que separen ambas cosas en una hora. Demostradles adónde conduce la arrogancia. Los alardes nunca deben quedar sin respuesta».

»Aunque el rey era un buen hombre, pecaba de crédulo. Dio la orden de que se mezclaran ambos sacos y dijo a los chicos: "Cuando salga de palacio, dentro de una hora, espero que las lentejas estén separadas del arroz. Si el trabajo está hecho, seréis mis administradores; y si no lo está, os cortaré la cabeza". Los príncipes se esforzaron en vano por convencerle de que no habían alardeado de nada. Los criados del rey llevaron a los chicos a una estancia donde el arroz y las lentejas estaban diseminados por el suelo.

»Los chicos se estremecieron: esa era una tarea para mil hombres e incluso así necesitarían al menos una semana. "Estamos condenados", dijo el mayor. Se sentaron entre el arroz y las lentejas, y se fundieron en un abrazo. Pero entonces una paloma apareció en la ventana y dijo: "¿Por qué estáis tan tristes, príncipes míos?", y el mayor le habló de la tarea que les había encargado el rey. "No os preocupéis", dijo la buena paloma. “Soy el rey de las palomas, cuya vida salvasteis cuando teníais hambre. Tal y como prometí, hoy os devolveré el favor.” El rey de las palomas salió volando y volvió acompañado de un millón de palomas, que se dispusieron a separar el arroz de las lentejas. Un montón de alas revolotearon, y el aire resultante movió las pilas por la estancia, mientras miles de picos iban cogiendo arroz y lentejas. Trabajaron, trabajaron y trabajaron: en cuestión de minutos las palomas habían hecho dos grandes montañas. El rey no daba crédito a sus ojos. Pidió a sus criados que revisaran los montones, pero no se halló ni un solo grano de arroz entre las lentejas. Alabó, pues, la diligencia y el talento de los chicos, y los nombró administradores de la despensa.

»El visir se moría de celos. A la mañana siguiente fue a ver al rey. “Esos chicos jactanciosos han vuelto a las andadas. Afirman que si fueran vuestros tesoreros no se produciría ni el robo ni la pérdida de un simple anillo. Poned a prueba a esos presuntuosos, majestad. Lanzad el anillo de vuestra hija al río y ordenadles que lo encuentren.” El tonto del rey volvió a creerse al visir e hizo arrojar el anillo de su hija al río.

—¿Por qué la gente siempre se cree a los mentirosos? —pregunté.

—Todos necesitamos creer. Es la naturaleza humana. Así que el rey dijo a los príncipes: «Tengo entendido que os gusta alardear. He tirado el anillo de la princesa al río. Estaré en el palacio durante una hora, y cuando salga, espero que lo hayáis encontrado. Si cumplís el encargo, seréis mis tesoreros; y si no, os cortaré la cabeza». Los príncipes recorrieron el río. El más joven anduvo de un lado a otro de la orilla, y el mayor se sumergió en él, pero ninguno logró encontrarlo. Un pato que descendía por el río les preguntó: «¿Por qué estáis tan tristes, príncipes míos?», y el mayor le habló de la orden que habían recibido de boca del rey. «No os preocupéis», dijo el buen pato. «Soy el rey de los patos, cuya vida salvasteis. Ahora saldaré mi deuda.» El pato se fue volando y regresó acompañado de un millón de patos. Nadaron por todo el río, sumergiéndose en grupos, metiendo y sacando las cabezas hasta que dieron con el anillo. Cuando el rey volvió del palacio y vio el anillo, nombró a los chicos tesoreros reales.

»Al ver que sus esfuerzos habían sido frustrados de nuevo, el visir urdió un plan maestro. Sabía que el rey había intentado aprender brujería y nigromancia, pero que sus estudios habían resultado infructuosos. Así pues, el visir fue a ver al rey y dijo: "Esos chicos no han aprendido a tener la boca cerrada. Han dicho que esta noche nacerá en el palacio un bebé excepcional, el niño más brillante del universo, el más hermoso, el más encantador, pero no solo eso. Esos chicos presumidos no se han conformado con un niño de cualidades tan excepcionales. Según ellos, pidieron al yinn que hiciera al chico aún más especial y este aceptó. Han dicho que el niño será el mejor intérprete de oúd del mundo, y se jactaron de que si su majestad le oye tocar ese instrumento, sus ojos se llenarán de lágrimas. Esa fanfarronada nunca se hará realidad". Como el rey nunca había conseguido comunicarse con el yinn, al enterarse de la noticia hirvió de rabia. "Si el milagro no sucede esta noche", amenazó a los príncipes, "os cortaré la cabeza y enterraré vuestros cuerpos sin oraciones en suelo sucio. Así os encontraréis con esos demonios con los que comulgáis."

»En sus aposentos, los príncipes se acurrucaron y se abrazaron. Al menos, con los dos primeros encargos sabían cómo empezar, aunque nunca hubieran podido completar la tarea sin ayuda. Pero ¿cómo iban a encontrar a un bebé?

—La cigüeña.

—Por supuesto. La cigüeña llamó al cristal de la ventana y los príncipes le abrieron. El mayor le habló del milagro. «No os preocupéis», dijo la buena cigüeña. Salió volando y regresó con un hatillo envuelto en algodón blanco. Con delicadeza la cigüeña depositó el hatillo en el suelo, y de él salió el bebé más hermoso del mundo; los príncipes se prendaron de él al instante y supieron que le querrían para siempre. El bebé gateó hasta el oúd que había junto a la cama y se puso a tocar una exquisita melodía.

—¿Un maqâm?

—¿Qué si no? La melodía era tan cautivadora que todos los residentes de palacio se despertaron y desearon saber de dónde procedía esa música. Todos se precipitaron en el interior de la estancia a contemplar con sus propios ojos el milagro de aquel bebé especial capaz de tocar el oúd. El rey oyó la canción: su corazón se ensanchó y las lágrimas acudieron a sus ojos. La hermosa princesa quedó prendada del bebé y dijo: «Este niño será mi hijo y este príncipe será mi marido». El príncipe mayor se casó con la princesa, y su hijo fue el niño más especial del mundo.

—¿Y qué fue del malvado visir?

—Se fue a Francia, donde viven todos los celosos.

—No es una buena historia. No nací sabiendo tocar el oúd. Aprendí luego.

—Lo único que haces es recordar cómo se toca, querido. —El tío Yihad apuró la bebida del todo—. Recuperar lo que siempre has sabido.

—¿Y qué hay de Lina?

—La suya es otra historia —replicó él.

—¿Cómo puede ser? Es mi hermana. No podemos tener historias distintas.

—¿Quién lo dice?

—No tiene sentido —dije—. Una familia tiene una sola historia.

Y mi abuelo dijo:

—A la tarde siguiente, cuando terminó la batalla de palomas, lo limpié todo tan deprisa como pude y volví corriendo al Masal. Pero llegué tarde. El hakawati ya había avanzado en la historia y había resuelto el punto de suspense que había dejado en el aire el día anterior.

»—Por favor —le interrumpí gritando desde fuera—. ¿Cómo escapó Antar de la trampa mortal? Parecía imposible. Debo saber cómo lo hizo —dije en un turco pobre. Creo que le confundí. Me miró sin parpadear. El dueño del café fue hacia mí: "Lárgate, sucio pillastre", gritó. "Vuelve por donde has venido, infiel."

»Debo aclararte que los insultos rara vez hacían mella en mí. Rebotaban como rebota el acero de un imán. No, quiero decir como rebotan dos imanes o algo así. Al fin y al cabo, Barbara y Joan me insultaban todos los días, y los demás ayudantes del trabajo me decían cosas horribles. Me sentó mal que dijera que iba sucio, así que le respondí: "Voy sucio porque he estado limpiando mierda, y por eso he llegado tarde. Si hubiera ido a casa a lavarme todavía me habría perdido más parte de la historia". Mis palabras no causaron la más mínima impresión en el dueño, quien blandió una vara amenazadora en dirección hacia mí. "Si no te largas, te voy a calentar el trasero", a lo que protesté: "No es justo. No es culpa mía tener que trabajar. Quiero oír el cuento". El dueño alzó la vara y yo me dispuse a escapar cuando oí un bufido equino. Un hombre gordo, de lo más respetable, vestido con un fez caro, traje y corbata, se reía desde una de las mesas de fuera. De su amplia boca salía el humo de la hookah. "¿Por qué insultas a un futuro cliente, hombre? Deja que el chico se quede a escuchar el cuento." El dueño replicó: "Ese nunca será un cliente, effendi. Es un chico de la calle". Antes de que pudiera llevarle la contraria, el effendi dijo: "Es un chico trabajador, no un golfillo. ¿Cómo puedes echar a un chico que quiere oír una historia? Ven, muchacho. Siéntate a mi mesa y abre los oídos. A mí no me molesta el olor a mierda. Trae a este chico una taza de té y algo de comer. Tenemos que escuchar una historia".

»Y así fue como Serhat Effendi me tomó bajo sus alas.

»Entré en el paraíso. Casi dejé de pasar tiempo en casa. Todos los días, tan pronto como finalizaba la batalla, me apresuraba a ir al Masal a oír al hakawati. Me sentaba a la mesa de Serhat Effendi todas las tardes. Me servían una taza de té con mucho azúcar y un bocadillo barato, pero aun así era mejor comida que la que me daban en casa. El effendi era amable conmigo. Mi olor no le ofendía y me trataba con el mayor respeto. Un día, cuando le pregunté cómo podía pagarle ese refrigerio diario, me dijo que mi trabajo consistía en hacerle compañía, ya que no le gustaba estar solo en el café. Pero casi nunca hablábamos, a excepción de los días en que yo me retrasaba un poco y él me susurraba al oído lo que me había perdido. En mi noveno cumpleaños me trajo un delicioso *lokum*.

»Lo que sé es que el hakawati me tenía hechizado. Y sin embargo empecé a percatarme de que el effendi no estaba tan impresionado como yo. Una noche, después de que el contador de historias nos hubiera dejado en otro punto álgido, Serhat Effendi se disponía a marcharse y le pregunté si le gustaba la historia. No olvides que aparecía por allí seis noches por semana para escucharla. "La historia me gusta mucho", replicó. Por su tono deduje que aún no había terminado y esperé a que prosiguiera. "La he oído contada con más exquisitez." Se percató de que yo no le comprendía, porque continuó: "La historia de Antar es un clásico. Este hombre la cuenta bien, y sin embargo da la sensación de que el romance no es su fuerte. Hace un trabajo magnífico con las pruebas y los triunfos del poeta, pero parece creer que Abla, su hechicera amada, no tiene importancia. Estamos oyendo la mitad de la historia. Pero no te preocupes. Está a punto de terminar y la semana que viene tendremos a alguien nuevo".

»¿Sabes por qué te cuento esto, Osama? Es para que entiendas que, por buena que sea una historia, lo importante es cómo se cuenta.

»Y el effendi tenía razón. La semana siguiente llegó otro hakawati, un hombre más anciano. A la hora prevista subió a la tarima y saludó a su público. Anunció que le gustaría contarnos la historia de Antar, el gran poeta negro. Yo solté un "no" espontáneo, y no fui el único ni de lejos. El hakawati se disculpó y preguntó: "¿Acaso no les gusta esa historia, caballeros? Les aseguro que es el mejor cuento jamás contado. Antar fue el mayor héroe musulmán, el amante más apasionado y el devoto más fiel. Esta historia es una de las más bellas. Confíen en mí. Aunque solo permaneceré aquí durante dos semanas, lo que me obliga a contarles una versión abreviada, esta les encantará". Los oyentes respondieron casi al unísono: "Pero justo acabamos de oírla. El hakawati que te precedió contó el cuento de Antar".

»El hombre hizo una pausa y dedicó un momento a considerar la cuestión. "Lástima. Es una vergüenza que se hayan visto obligados a escuchar una versión patética de la gran historia contada por un memo incompetente." Un hombre tomó la palabra. "Fue una versión exquisita."

"No importa", dijo el nuevo hakawati. "Les embrujaré con mi versión y olvidarán todo lo que han oído antes de mí."

»El público seguía protestando. Algunos se mostraban enojados. Fue entonces cuando advertí que Serhat Effendi, en cuyo rostro se apreciaba una irónica sonrisa, no participaba de la discusión general. "No queremos volver a oír la misma historia", gritaba la multitud, y por fin Serhat Effendi intervino. "Maestro hakawati." Se hizo el silencio en la sala cuando el hakawati reconoció al effendi. "Vuestra reputación os precede", dijo el effendi. "La exquisitez de vuestro estilo es de sobras conocida por cualquier aficionado de nuestras tierras. Nos sentimos honrados de recibirle en nuestra humilde ciudad y le rogamos que nos deleite con su especialidad: el cuento de Majnoun y Layla. Se dice que vuestra narración tuvo a la graciosa princesa deshecha en llanto durante dos semanas." "Diecisiete días", corrigió el hakawati. "Y que los hombres cristianos de Estambul que oyeron su versión se convirtieron a la fe verdadera." "Cierto es", dijo el hakawati. Y Serhat Effendi culminó su intervención diciendo: "¿Se debe entonces a modestia por vuestra parte que tengamos que oír la historia de Antar en lugar de su pieza maestra?". "Le ruego que me perdone, effendi", dijo el hakawati. "Me habría sentido muy honrado de contarles el cuento que me ha dado fama. Por desgracia se me informó de que bajo ninguna circunstancia podía dedicarle más de dos semanas a la historia. Dos semanas, effendi. La única historia que puedo contar en dos semanas es la de Antar. No puedo insultar al público con una versión abreviada de mi obra maestra. Pero, por favor, querido público, quítense esas máscaras de tristeza de la cara. Me duele mucho verlas. La buena noticia es que en dos semanas me reemplazará un joven hakawati, un niño, la verdad, que intenta labrarse una reputación. El dueño del café dice que es muy bueno… para ser circasiano, claro." Y en este punto el hakawati hizo una pausa antes de añadir: "Y al parecer ese joven está dispuesto a trabajar a cambio de un plato de lentejas sin cocer".

»El dueño estuvo a punto de sufrir un infarto; el café explotó. Los hombres protestaban a gritos y el dueño intentaba aplacar a su clientela.

"Sí, claro que os merecéis lo mejor", repetía, hasta que finalmente tuvo que disculparse y prometer al hakawati que podría quedarse todo el tiempo que le hiciera falta. El hakawati sonrió.

»Tras la primera sesión la ciudad entera estaba exultante. La fama del hakawati y de sus palabras se propagó por doquier. A la tarde siguiente el lugar estaba abarrotado. Muchos no encontraron asiento. Veinte mujeres con velo se hallaban fuera, se negaron a sentarse y no dirigieron ni una palabra a los parroquianos. Se limitaron a escuchar, inmóviles y conmovidas. La noche siguiente eran cuarenta las mujeres que había a un lado y más de cien hombres al otro. Y cuando el maestro hakawati habló del exilio de Majnoun en el desierto para evitar ver el dulce rostro de su amada, todos los velos se humedecieron, así como todos los bigotes. Zeki, el maestro contador de historias de Estambul, tuvo hechizada a nuestra pequeña ciudad durante ocho meses ininterrumpidos.

»Cuando yo muera y la gente empiece a decirte que no fui un gran hakawati, diles que estudié con el mejor: Istez Zeki, de Estambul. Solo Nazir de Damasco podía comparársele, y también estudié con él. Para dar con un hakawati mejor que esos dos habrías tenido que viajar a la tierra de las especias y Sheherezade, a Bagdad y a Persia. Zeki era el maestro. La única razón por la que se dignó venir a nuestra atrasada ciudad fue la necesidad de escapar de Estambul durante unos años. Verás, aunque superaba con creces los ochenta había logrado seducir a la esposa de un visir. Habían puesto precio a su cabeza. Pero era tan querido que otros oficiales otomanos le ayudaron a salir de la capital. Le dijeron que no volviera en un par de años, hasta que se calmaran las aguas. Nunca regresó. Un hombre influyente le pidió que trabajara en Bagdad, y allí le mataron.

»Bueno, tal vez no sea exacto decir que estudié con Zeki, pero desde luego le estudié a él. No se lo digas a nadie, porque a la gente le cuesta distinguir los matices. Le oí todas las tardes y no me perdí ni una sesión. Estudié su técnica, el uso de la voz, el tono y la inflexión. Cuando hacía una pausa, el público contenía el aliento. Era el rey de los silencios. Camino de casa yo practicaba repitiendo las mismas palabras, de su mismo modo. Movía las manos como lo hacía él. Cuando llegaba a un momento conmovedor de la historia solía extender su mano, con la palma abierta hacia Dios, como si Le ofreciera aquel bello momento, o mejor aún, ofreciéndole las almas de todos los que le escuchaban. Cuando Zeki nos habló de las aves del desierto que intentaron apartar a Majnoun del suicidio, usó un silbido distinto para cada pájaro. Camino de casa descubrí que sabía silbar tan bien como él, y me convertí en un experto en ello. Los silbidos de sus pájaros me atravesaban el corazón. "Oh, Majnoun", silbaba el troglodito del desierto, "no te mates. Piensa en todos los placeres que te ofrece la vida"; y la codorniz silbaba: "Reencuentra la satisfacción de comer. No mueras". Fascinante.

»Estudiarle no era tan fácil como parece a simple vista, ya que me obligaba a desdoblarme en dos personas. La primera escuchaba la historia y se sumergía en su mundo, y la segunda estudiaba al contador de historias y se sumergía en él.

»Pero lo cierto es que no solo aprendí de Zeki. Dios me sonrió y castigó a uno de los ayudantes del palomar. Aunque no vi lo que pasó, porque estaba en el corral principal limpiando, sí lo oí todo. Era época de paz. El ayudante, cuyo nombre era Emre, dirigía una bandada. Mehmet y Hagop estaban en el tejado con él, bebiendo té. Al parecer Emre era incapaz de conseguir que las palomas volaran más alto. No paraba de balancear el palo, trazando arcos más grandes, pero las palomas volaban en un círculo bajo. Hagop se burló del chico. Mis sentimientos eran contradictorios. Me alegraba, porque Emre siempre se burlaba de mí, pero al mismo tiempo era consciente de que luego yo acabaría pagando el pato.

»El perplejo Emre no entendía qué estaba pasando. Maldijo el cielo. Una de las palomas excretó y, con todos los lugares donde podía caer, la mierda fue a parar directamente al ojo de Emre. Mehmet soltó una carcajada y dijo que eso era señal de buena suerte. Temporalmente ciego y aturdido, Emre se tapó los ojos, maldijo una vez más, e intentó alejarse. Tropezó y cayó del tejado a la acera, de cabeza. Era un edificio de un solo piso y el suelo era de arena. Mehmet y Hagop lo encontraron divertido. Se partieron de risa antes de caer en la cuenta de que Emre podía estar herido. Cuando se asomaron y contemplaron el charco de sangre, dejaron de reír. Emre se quedó ciego y tonto, y a mí me ascendieron.

»Ya no tuve que limpiar más mierda. Me convertí en responsable de alimentar a las palomas. Cambié un agujero por otro. También me hacían encargos y cosas así. Tenía a mis órdenes a otro chico que se encargaba del tema de la mierda. No me subieron el sueldo, ya que no olvidemos que Mehmet era turco, pero terminaba mucho antes, lo que me permitía salir a echar un vistazo a los demás cafés de la ciudad. Al principio no pude oír a los demás hakawatis porque todos contaban sus historias por la tarde, y esa hora la tenía comprometida con Zeki. Pero entraba en un café y pedía a los clientes que me contaran historias. A la mayoría les encantaba hacerlo aunque estuvieran jugando a las cartas o al backgammon. Alguien empezaba una historia. "Érase o no una vez", empezaba uno, y partía de allí. Sus amigos le ayudaban a contarla, le corregían si se saltaba algo y usurpaban su puesto si vacilaba solo un segundo.

»Zeki terminó su historia cuando el público se quedó sin lágrimas. Cuando se marchó me sentí solo y abandonado, pero no fue algo que me sucediera a mí solo, porque todo su público compartía ese sentimiento. Probé a todos los hakawatis de Urfa. Incluso fui a ver a un kurdo; aunque no comprendía ni una sola de sus palabras me gustaba su modo de decirlas. Pero no podía dedicarle mucho tiempo porque Serhat Effendi me esperaba en su mesa. Me dijo: "Puedes recorrer el mundo en busca de grandes historias, pero al final, las mejores vendrán a ti".

»Ensayé. Practiqué con Zovik y la Pobre Anahid. Conté historias a palomas indiferentes mientras se apareaban. Hablé con árboles, flores, palos y piedras. Una mañana empecé a contarle un cuento a Hagop, y él me dio un cachete. "Me importa un comino lo que tengas que contarme", me gritó.

»Probé a cantar como Zeki. Siempre que en la historia había una canción, Zeki la cantaba. Yo era feliz. Tenía un trabajo. Tenía una pasión. Pero no tenía familia, y esa sería mi maldición. Verás, la familia de la que formaba parte empezaba a hacerse añicos, como si fuera un mohoso queso búlgaro.

La primera vez que vi en acción a un hakawati fue en la primavera de 1971, justo después de haber cumplido los diez años. Mi abuelo había bajado de la montaña sin avisar para visitar al tío Yihad. Lina y yo estábamos con los dos en el salón de la casa de mi tío. Lina había ido a hojear los catálogos de pinturas del tío Yihad, y yo estaba allí porque no tenía nada mejor que hacer. Diseminados por toda la estancia —por la mesita, por el suelo— había docenas de monografías y libros, pero yo estaba mucho más interesado en la conversación que mantenían mi tío y su padre.

—No quiero ir solo —decía mi abuelo, en un tono que expresaba a la vez súplica y sorpresa por tener que reafirmar su deseo. Sus dedos contaban las cuentas del rosario.

—No puedo acompañarle —repuso el tío Yihad—. Debo cuidar del chico. —Eso era mentira: yo no necesitaba que me cuidara nadie.

—Pues nos lo llevamos. —Los ademanes de mi abuelo se iban volviendo más expansivos—. Será mejor así. —Su cabello parecía dispararse hacia al menos once direcciones distintas—. Podemos llevar también a Lina.

El abuelo tenía un aspecto raro. Llevaba los pantalones tradicionales drusos: negros, con una bolsa colgando debajo de la bragueta que podía haber contenido una cabrita. Los religiosos drusos los usaban, pero él no practicaba ninguna religión. Era la primera vez que lo veía vestido así.

—No —declaró Lina, sin apartar los ojos de la mesita donde estaban las fotos que observaba. Tenía los brazos cruzados—. No pienso ir a un café barato de un barrio feo. Y tú —dijo dirigiéndose a mí—, deja de mirarme los pechos.

—No lo hago —repliqué con demasiada rapidez.

El tío Yihad sonrió.

—Esta niña es de las mías. Querida, no puedes controlar el mundo entero.

—No intento controlar el mundo —dijo ella, aún sin mover la cabeza—. Solo a él. Ya aguanto bastantes miradas del resto de la gente. Solo me falta tener que soportar las suyas. Y si sabe lo que le conviene dejará de hacerlo.

Contempló un cuadro de Brueghel en el que una mujer descendía al infierno y se llenaba la cesta de golosinas. Al tío Yihad le encantaba Brueghel.

—Eso es porque son recientes, cariño —dijo el tío Yihad—. En un par de meses todo el mundo se acostumbrará a verlos.

—¿Por qué estamos hablando de las tetas de la niña? —gritó mi abuelo—. Hablábamos de mí. Bajo a la ciudad a ver a mis hijos, pero ellos no me prestan la menor atención.

Lina hacía tantos esfuerzos por sofocar una carcajada que parecía una estatuilla coloreada, inmóvil.

—Maldita sea, padre —dijo el tío Yihad—. Vigile esa boca. Dejemos de hablar del café. Sabe que Farid se pondrá furioso si se entera de que usted ha ido allí, y aún más si sabe que se ha llevado a sus hijos. ¿Por qué no hacemos otra cosa? Podemos visitar a sus consuegros. No va a verlos desde hace siglos.

—A la mierda mis consuegros —replicó mi abuelo. Los labios de Lina esbozaron una sonrisa completa—. Y a la mierda Farid también. ¿Quién es el padre de quién aquí? Es él quien debería preocuparse de que yo me enfadara y no al revés. Quiero ir. Tengo setenta y un años y moriré pronto. Esta podría ser mi última oportunidad. ¿Acaso no tenéis ni una pizca de compasión?

—Pero ¿para qué ir, padre? Sabe que lo echarán con cajas destempladas en cuanto le vean. Siempre lo hacen.

—No, no. Esta vez no. Por eso tienes que venir conmigo. Creerán que somos una familia y no me reconocerán porque iré de incógnito. —Del chaleco sacó un solideo blanco típico de los drusos y unas enormes gafas que conferían a sus ojos un aspecto hinchado, como los de un pez en una pecera pequeña—. ¿Lo ves? Parezco un campesino de las montañas.

Lina y yo nos partíamos de risa. Cuando me dejé caer en el sofá, mi cabeza chocó con la suya. Mi abuelo miró a su histérico público y empezó a bailar y a girar a nuestro alrededor para que pudiéramos admirarlo en todo su esplendor. Con una mano me palpé el chichón de la cabeza mientras con la otra me enjugaba las lágrimas de risa de los ojos.

—Venga. Vamos —dijo mi abuelo—. Por favor, llévame.

—Yo quiero ir —dije. Me senté en el sofá. Lina me observó desde su sitio—. Quiero ver al contador de historias.

—Ese es mi chico. —Mi abuelo resplandecía de satisfacción.

—Mierda —dijo el tío Yihad—. Joder, joder, joder.

Y una clara mañana de abril en Beirut los cuatro —mi abuelo, el tío Yihad, Lina y yo— nos montamos en el coche y fuimos a oír al hakawati.

—El tiempo se hacía mucho más largo entonces —dijo mi abuelo—, en los viejos días.

Íbamos en el Oldsmobile descapotable de mi tío. Mi padre lo llamaba el coche problema, pero no conseguía convencer al tío Yihad de que se deshiciera de él. Desde que teníamos la exclusiva en Oriente Medio de Datsun y Toyota, mi padre esperaba que todos los miembros de la familia condujeran un vehículo de una de esas marcas. El negocio había empezado siendo un concesionario de Renault, pero la familia había vendido los derechos para ser los vendedores en exclusiva de los coches japoneses.

—En aquella época podías contar una historia que durara un mes, pero ahora, ¿quién la escucharía? La gente lo quiere todo rápido, como si la vida misma fuera rápida.

Mi madre conducía un Jaguar. Mi padre lo pasaba por alto, porque ella siempre había llevado Jaguars. Se quejaba de que los coches japoneses eran horribles, de que la parte trasera se deslizaba a ambos lados con una especie de protuberancias montañosas que recordaban al culo gordo de una bailarina de la danza del vientre. Conducía a una velocidad increíble y declaraba necesitar un coche que respondiera bien. Mi padre insistía en que los japoneses mejoraban constantemente sus vehículos, y que estos pronto se convertirían en los más sólidos y no solo los más baratos.

—Os advierto, no es que este hakawati no sea un idiota —dijo mi abuelo—. Es un memo incompetente que no podría persuadir a nadie ni aunque su vida estuviera en juego, pero tampoco podemos culparlo, ¿no? Ya os digo que estamos perdidos.

Mi padre convenció al tío Yihad de que no usara el Oldsmobile para ir al trabajo, y dado que el concesionario estaba a cuatro manzanas del bloque de pisos donde vivíamos eso no constituyó ningún problema. Lo que no pudo lograr fue que dejara de llamar al coche Hedy, en honor de una actriz americana que, en opinión de mi tío, era «la criatura más bella y divina de esta tierra».

—Y luego apareció la radio —soltó mi abuelo—. Una maldición.

—Y la televisión —añadió mi tío.

—Una maldición doble. Pero ¿quién ve esas horribles historias francesas e inglesas?

—Yo —dijo Lina. La condición que había puesto para unirse a esta expedición fue viajar en el asiento delantero y que lleváramos la capota bajada. Mi abuelo le dijo que las princesas iban siempre en el asiento trasero, a lo que ella replicó que a las princesas que hacían eso las acababan asesinando.

Al abuelo no le hizo ninguna gracia verse relegado al asiento de atrás. Había probado la táctica de la edad, en oposición a la de la belleza, pero mi hermana era conocida por su obstinación. El abuelo acabó viendo la nuca de mi hermana durante todo el viaje, mientras yo hacía lo propio con la del tío Yihad. Lina puso la radio, y cambió de la emisora que retransmitía música árabe tradicional a otra que emitía un extraño ritmo. «Get up», gritaba el cantante. La segunda estrofa sonaba a francés. El bajo era atronador. El cantante quería ser una máquina sexual.

—Apaga eso —dijo mi abuelo. Lina no lo hizo. El tío Yihad sí.

—¿Qué gracia tiene ir en un descapotable si no podemos poner la música a todo trapo? —dijo Lina. Llevaba un lazo rojo atado como si fuera una diadema, y se apartó del parabrisas para que el viento le hiciera volar la melena, pero a la velocidad que íbamos no había mucho viento—. Deberíamos ir por las autopistas de América.

—La autovía es mejor —declaró el tío Yihad.

—¿Por qué no vais por la pista de despegue del aeropuerto? —dijo mi abuelo, imitando su tono de voz—. Aceleráis y salís volando.

Estábamos en un barrio donde yo no había estado nunca. Las calles se estrechaban, al igual que los edificios, y los coches estaban aparcados sin orden ni concierto. Coladas de tonos chillones goteaban agua desde los balcones. Macetas de barro con geranios rojos y hierbas verdes cubrían los alféizares de las ventanas. Montones de carteles superpuestos profanaban todos los muros. Algunos presentaban rasgaduras parciales por donde asomaba el póster de abajo; aparecía el ojo izquierdo de un político bajo el brazo derecho de una pelirroja casi en cueros que fumaba un cigarrillo con un eslogan que proclamaba: «Experimenta la exuberancia».

Más adelante los carteles cambiaban y se volvían más limpios y menos coloristas. Fotos de Gamal Abd al-Nasser y de Yasser Arafat, así como de otros que no reconocí. Fotos de mártires palestinos. La frase «Esta generación verá el mar» cubría un mapa de los territorios ocupados. Delante, tres adolescentes de uniforme y con pañuelos palestinos colocados con estilo sobre los hombros, alzaron los rifles para que nos detuviéramos. Uno de los adolescentes contemplaba el coche boquiabierto. Otro repasaba con la mirada los pechos de mi hermana. Quise advertirle que ella estaba muy sensibilizada sobre ese tema. Mi abuelo se inclinó hacia delante y dijo con firmeza:

—Mira hacia otro lado, jovencito.

El chico murmuró una disculpa y fijó la vista en la rueda del Oldsmobile.

—Y bien, ¿por qué nos paran unos jóvenes tan eficaces como vosotros? —preguntó el tío Yihad—. No estamos en absoluto cerca de vuestro campamento.

El mayor de los tres, que no parecía tener más de quince años, se puso firme.

—Tenemos órdenes de registrar todos los coches sospechosos que circulen por el barrio. Los israelíes van a intentar alguna maniobra.

—Cierto —dijo mi tío—. Nunca se es lo bastante precavido. Y estoy seguro de que estáis realizando un trabajo ejemplar, chicos. Tenéis cara de listos. No os rindáis. ¿Sois acaso los jóvenes leones? Formáis parte del grupo de mi amigo, Hawatmeh Ashbal, ¿verdad?

Los tres chicos retrocedieron medio paso. El mayor preguntó en voz baja:

—¿Conoce a nuestro gran líder?

—Por supuesto. ¿No habéis reconocido el coche? ¿Quién sino nuestro gran líder puede presumir de poseer un gusto tan impecable y unas maneras tan exquisitas como para ofrecer un regalo tan maravilloso a un amigo indigno como yo? Cuando pienso en él me siento abrumado. Que Dios le muestre el camino hacia la victoria.

—Oh, señor, no se menosprecie de ese modo —dijo el cabecilla. Los otros dos chicos asintieron al unísono. Todos acariciaron el coche con las manos—. Nuestro esforzado líder nunca ofrecería un coche tan magnífico a alguien que no lo mereciera. Es usted un gran hombre, señor. Su humildad supone una lección para todos nosotros.

—Eres muy amable, hijo mío —dijo el tío Yihad. Su calva cabeza osciló, como si él estuviera bajo el hechizo de una subyugante melodía—. No merezco vuestra adulación. Pero, por favor, dad mis recuerdos al gran líder y decidle… Oh, no sé, decidle que el coche es un tesoro por el que nunca le estaré lo bastante agradecido.

Los chicos nos abrieron paso y, mientras avanzábamos ante ellos, el tío Yihad se despidió con el mismo gesto que haría la realeza británica.

—Hijo mío —dijo mi abuelo. El tío Yihad inclinó ligeramente la cabeza en señal de reconocimiento.

—Compraste el coche en Teherán, ¿no? —dijo Lina—. Lo recuerdo. Hiciste que alguien te lo trajera hasta aquí. —Echó la cabeza hacia atrás y se rió, en un intento de imitar a nuestra madre—. ¿Conoces al menos al imbécil de su líder?

—Sí —dijo mi tío—, eso sí. Es un capullo. Cada año me compra unos cuantos coches para sus colegas. Le cobro el triple del precio real y él se cree que me está timando como a un ciego. Patético, la verdad. Me parte el corazón.

—Estás malgastando tu talento, hijo mío —dijo mi abuelo—. En una era distinta, podrías haber sido el más grande, probablemente incluso mejor que el tonto de tu padre.

—Es usted muy amable —dijo el tío Yihad.

—No te pongas condescendiente conmigo —replicó el abuelo.

—No, hablaba en serio. Pero no malgasto el talento. Soy vendedor de coches, el contador de historias de los nuevos tiempos. Nos va muy bien, padre. En el último año ganamos más dinero que en todos los anteriores juntos. Al parecer he nacido para este trabajo.

—Deja de engañarte —le espetó el abuelo—. La estupidez no te sienta bien.

A mi padre no le gustaban los viejos cafés árabes. Según él, sus únicos parroquianos eran jugadores, borrachos y timadores. Supuse que todos los que nos rodeaban encajaban con la descripción porque el café se parecía mucho a todos los que había visitado con el tío Yihad. Paredes desconchadas pintadas de blanco; el aire lleno de humo de cigarrillos y narguiles. Los clientes ocupaban sillas baratas de madera con asientos de bramante. Las mesas cuadradas eran o bien de formica o de plástico blanco. Manteles a prueba de grasa y bolas de papel de aluminio salpicaban algunas mesas. Dos críos rondaban por la sala: el chico del té llevaba vasos llenos de ese humeante líquido ambarino, y el chico del carbón llevaba un brasero para rellenar las ascuas del narguile. Sobre una pequeña tarima de madera había una silla solitaria apoyada en la pared sucia. Era allí donde se sentaría el hakawati. Era allí donde mi abuelo tenía puestos los ojos.

—Estoy seguro de que usará alzas —masculló el abuelo.

—Quiero ver lo rápido que te echan de aquí. —Lina le ofreció una sonrisa, y él se rió.

Yo no podía sostener el vaso, porque quemaba demasiado, así que acerqué los labios y sorbí un trago de té. Estaba demasiado dulce. Lina también se inclinó hacia delante: recostó la cabeza sobre los brazos cruzados, en la mesa, y miró al abuelo.

—¿Crees que se le darán bien los acentos? —preguntó.

—Eres una pesada —replicó él—. Es fatal con los acentos. Ya sabías que diría eso, porque es la verdad. Es egipcio. No reconocerían otro acento distinto al suyo ni que les pateara el culo. Pero lo terrible de este es que no sabe lo penoso que es. Incluso su acento natal es atroz; la verdad es que ni siquiera creo que sea egipcio. Suena forastero en cualquier acento.

—Como Dalida. —Di otro sorbo.

—Pero debe de ser bueno —dijo Lina—. Al fin y al cabo le han traído desde lejos.

—Nadie le ha traído hasta aquí. Lo más probable es que le paguen con un par de tazas de té. Mira si es malo. Espera y verás. Ah, aquí viene ese lerdo.

El hakawati, un hombre de unos cincuenta o sesenta años, tocado con un fez y vestido con una chilaba que le quedaba corta y estaba deshilachada a la altura de los tobillos, salió de la bulliciosa cocina. En la mano derecha portaba una espada de plástico y en la izquierda un libro destrozado. Su bigote canoso estaba encerado formando anillos brillantes. Mi abuelo lo contemplaba con desprecio, agitando los agujeros de la nariz como alguien que huele a vómito. Chasqueó la lengua. Masculló algo para sus adentros, de lo que solo entendí la palabra «libro».

El hakawati se levantó un poco la chilaba para subir a la tarima. Caminó hasta la parte frontal e hizo una reverencia, aunque nadie había aplaudido.

—Mira cómo se pavonea ese estúpido —susurró el abuelo.

—Padre, no —dijo el tío Yihad—. Se está poniendo nervioso.

—Buenas noches, damas y caballeros —anunció el hombre. Lina y yo nos tapamos la boca para ahogar las risas. Cultivaba las vocales, las prolongaba y les confería una inflexión pretenciosa.

—Todo el bla-bla-bla —murmuró el abuelo—. Pura exhibición. —Se volvió, y a punto estuvo de derribar el vaso del té con el codo.

—En el nombre de Dios, el misericordioso, el compasivo —empezó el hakawati.

—Ahora se nos pone religioso —se rió el abuelo con sorna.

—Alabemos a Dios, el Señor de la justicia, el Benefactor, el Devoto. Afirmo que no existe más Dios que el Único y que Este no tiene compañeros, una afirmación que salva a cualquiera que la pronuncia en el día del Juicio Final, el Día de la Religión, y afirmo que nuestro señor, Mahoma, es Su esclavo y Su profeta y Su sincero amante, que Dios rece por su alma y por las almas de sus honorables, decentes y virtuosos parientes, y por las almas de sus distinguidos amigos.

—Buf —resopló el abuelo en dirección a la mesa.

—Y así —prosiguió el hakawati—, Dios en toda Su gloria creó las historias de los primeros héroes como modelo para los fieles, como guía para los ignorantes, aviso a los infieles, y yo solo acato los deseos de Dios al escoger el relato que voy a contaros, ya que vi que contenía el triunfo del Islam y la humillación de los miserables infieles, y busqué otras historias pero no pude hallar una que fuera más auténtica u ofreciera mejor prueba o fuera más sabia que la historia de al-Zaher Baybars, el héroe de héroes, a quien Dios prometió victorias eternas como recompensa por su inquebrantable fe. Y los gloriosos y hechizadores detalles que os relataré me fueron contados por mis maestros: Sofian, el gran hakawati de Argelia; y Nazir, el hakawati damasquino de los Hamidieh, tal y como ellos los oyeron de sus ilustres maestros, que Dios se apiade de todos ellos.

Entonces mi abuelo se levantó y la silla se precipitó con estrépito contra el suelo. El tío Yihad se cubrió rápidamente la cara con las dos manos. El abuelo señaló con el dedo a su némesis.

—Tú —vociferó. Detrás de las gafas, las líneas rojas de sus ojos parecían los poderosos ríos de un mapa—. Eres un falsario. Nunca conociste a Nazir. No eres digno ni de comer su mierda.

El hakawati se quedó sin habla, y el fez se le ladeó.

Y el abuelo reanudó el relato de su familia:

—Al igual que el lucero del alba eclipsa a cualquier otra estrella, la belleza de Murat sobrepasaba a la de todos los habitantes de Urfa. Su esplendor era tal que hacía que los poetas se lamentaran de no ser capaces de describirlo con la exactitud o los honores que merecía. Y sin embargo sus rasgos más evidentes quedaban disimulados por su humildad. Era un chico aplicado, sincero, amable y devoto, cualidades que resultaban sorprendentes en cualquier hombre, pero más aún para alguien que... ¿Cuántos años tendría? No más de diecisiete. Era el hijo que todos deseaban, pero las chicas... las chicas lo querían por esposo. Rezaban todas las noches. Hacían promesas que nunca podrían cumplir, pero al final tampoco importaba porque eran pocas las chicas de Urfa que pudieran casarse con un derviche, y eso es lo que era él.

»Como todos los jóvenes derviches de su edad, Murat debía practicar sus ritos y rituales religiosos sin descanso. Pero, a diferencia de los otros, él se tomó en serio la tarea de observar el estanque de Abraham. No era ningún Narciso. Vestido con sus atavíos de derviche —el fez en la cabeza, la falda corta y blanca por encima de los calzones—, él hacía guardia con toda ceremonia: no se movía, ni jugaba, ni charlaba con los demás chicos o transeúntes. Cuando no los vigilaba un adulto, los otros chicos se distendían, se relajaban, y actuaban como todos los muchachos. Los derviches se volvían diabólicos. Pero Murat creía que Dios estaba siempre con él y actuaba en consecuencia. Cual estatua esculpida por un maestro, el chico permanecía firme frente al estanque, observado desde las alturas por Dios, y desde el otro lado de la calle por un puñado de chicas.

»Algunas llevaban velo, pero la mayoría no. Musulmanas, cristianas, turcas, árabes, armenias y kurdas... todas se morían por ver un pedacito de cielo. Pero había una que seguía acudiendo un día tras otro. Se sabía su horario. Como no le estaba permitido acercarse a él, empezó a hablarle desde el otro lado del estanque, al otro lado de la calle, poniéndose en ridículo. Ella no seguía las gastadas normas que marca la discreción. Llegaba temprano y aguardaba con ansia a que él apareciera, las rodillas le temblaban como si dudaran de poder sostener su peso. Y cuando veía a Murat, vestido con su glorioso atuendo de derviche, ella gritaba: "¡Mírame!". El chico era tan devoto que ni la oía ni la veía. Esa es la mayor y más profunda de las heridas que puede sufrir una chica de quince años, y esa era la edad que tenía mi hermanastra.

»Mi padre era el sha de su reino, y, como la mayoría de shas, no tenía ni la menor idea de los cambios que se cernían sobre sus dominios. ¿Se percató acaso de la densa atmósfera de guerra? ¿Notó la tensión en el mundo? ¿Oyó acaso los estertores agonizantes del imperio? ¿Se dio cuenta de que los turcos de la ciudad empezaban a mirarlos con recelo, a él y a su familia inglesa? Sin duda, él tenía una misión que cumplir. Dios le había enviado a atender a los cristianos pobres de Urfa, y eso es lo que hacía. ¿Advirtió tal vez que las personas a las que atendía se empobrecían cada día más? Ya nadie contrataba a los armenios de la zona. ¿Cayó en la cuenta de que los *accidentes* entre ellos eran cada día más frecuentes? Él propagaba la palabra de Dios. Atendía a las necesidades espirituales de un grupo de gente, pero sin reparar en cómo aumentaba el terror entre ellos. ¿Notó la tensión entre turcos y armenios?

»¿Notó las tensiones en su propio hogar? ¿Vio que sus hijas crecían? No cayó en la cuenta de que Joan, su hija mayor, había entrado en edad de casarse hasta que esta cumplió los dieciséis años y su mujer tuvo que señalar que Urfa carecía de posibles pretendientes a la mano de su hija. Él propuso esperar otro año, y si no, enviarla con la hermana de su esposa, que vivía en Sussex. Su mujer no sabía qué camino tomar. Intentó destacar que el mundo donde vivían estaba al borde de la desaparición, que la ciudad de Urfa que conocían desaparecía, que las hijas que conocían desaparecían también. Pero el doctor tenía una tarea que llevar a cabo, una tarea que significaba mucho: una tarea que le definía como persona.

»Y no prestó la menor atención a la turbada Barbara. Barbara me odiaba, igual que su hermana y su madre. Éramos casi de la misma edad, solo nos llevábamos cinco años, así que sus insultos resultaban aún más humillantes. Lo que me sigue molestando a día de hoy es que de vez en cuando algunos chicos musulmanes se metían con ella, llamándola infiel y hereje, y ella se entristecía, lloraba sin cesar durante días, pero luego se revolvía contra mí y me llamaba huérfano bastardo. No siempre estaba melancólica. A menudo se emocionaba por una u otra cosa: un juego, un vestido nuevo que deseaba tener. Saltaba como un conejito mientras hablaba. Hablaba más rápido que nadie que yo haya conocido.

»Un día me quedé atascado en la morera. Era pequeño, debía de tener cinco o seis años. Me había subido al árbol para coger las bayas y terminé atascado en una rama, con los cuartos traseros por encima de la cabeza. Mis pies colgaban a ambos lados de la rama. Me asusté y me quedé paralizado. Me alivió ver a Barbara porque pensé que iría a pedir ayuda, pero en lugar de eso cogió una vara. No sé por qué lo hizo. Me golpeó en los pies desnudos mientras se reía. Como yo tenía miedo de caerme, y eso me impedía levantar las piernas, ella siguió pegándome con saña en las plantas de los pies. Mis gritos eran tan fuertes que Zovik acudió corriendo. Intentó quitarle la vara, y Barbara la tomó con ella. Azotó a Zovik. La golpeó una y otra vez hasta cansarse. Tiró la vara a los pies de Zovik y se metió en casa.

»Como es natural a partir de ese momento evité a Barbara. Intentaba estar lejos de ella. Y cuando empecé a trabajar, dicho empeño me costó menos aún. Antes de que viniera a pedirme ayuda, debíamos de llevar dos años sin dirigirnos la palabra, y eso que vivíamos en el mismo piadoso hogar.

»Me dijo que estaba enamorada y que debía ayudarla. Dijo que su corazón ardía y que necesitaba un mensajero, un chico que informara de sus sentimientos al objeto de su amor. No estábamos en un bonito cuento de hadas. ¿Crees que estoy loco? En mitad de su confesión di media vuelta y me largué. Pero ¿adónde podía ir? Era mi hermanastra. El segundo día se me acercó otra vez. "Debes ayudarme. No tengo a nadie más. Moriré, y será por tu culpa." Volví a marcharme. Pasé una noche en el Masal, y a la siguiente dormí en el tejado de Mehmet. La Pobre Anahid estaba enferma de angustia. En cuanto me vio me recibió a gritos. Luego fue Barbara quien me gritó. Me escapé de nuevo y estuve ausente durante dos semanas. Pero Barbara se olvidó de mí con la misma facilidad con que había recordado mi existencia. De repente dejé de formar parte de su gran plan. No intenté averiguar en qué consistía, pero cuando volví a dormir en casa, Zovik y la Pobre Anahid estaban al tanto de la historia de Barbara y Murat. Ahora bien, no olvides que en ese momento lo único que hacía Barbara era acechar a Murat, y que el pobre chico aún ni se había percatado de su presencia. Creo que se acabó enterando porque se lo dijeron los otros chicos. Fuera como fuese, ni se dignó mirarla. Y los rumores empezaron a circular. Un día un chico turco se acercó a Barbara. Si estaba ansiosa por amar a Murat, ¿por qué no podía amarlo a él? Tal vez no fuera tan bello como Murat, pero le correspondería y se esforzaría por complacerla. Horrorizada, ella abofeteó al chico y huyó a casa. Al día siguiente la abordó otro chico, y otro. Al final ella optó por no escapar y por hacer caso omiso a sus nuevos pretendientes.

»El nombre de Barbara circulaba de boca en boca por todo Urfa. Mehmet me preguntó si me había acostado con la muchacha inglesa loca. Hagop se preguntaba si era cierto que deambulaba desnuda por casa. Los chicos querían saber si su padre se acostaba con ella todos los miércoles. Como suele suceder, los ingleses, su padre y su madre, fueron los últimos en enterarse.

»Y por fin Barbara hizo lo impensable. Esperó a que Murat terminara sus obligaciones y, delante de todos los otros chicos, se encaminó hacia él y le declaró su amor eterno. Y él la escuchó. Mira, Barbara no era la chica más guapa del mundo, pero tampoco era fea. Para el chico no era una cuestión de belleza. Supongo que se sintió halagado: no muchos chicos son escogidos así. Pero, haciendo honor a su sinceridad, le informó de que no había la menor esperanza para aquel amor. Él era musulmán, ella una extranjera. Barbara le dijo que lo único que le pedía era que la dejara observarlo. Aunque no pudiera poseerlo, aunque su destino fuera caminar a su sombra, ella moriría satisfecha.

»Al día siguiente Barbara retomó su posición y su pasión. Pero entonces él sí le prestó atención. Pronto los vieron paseando juntos. Pronto pasearon sin ver a nadie. Solo tenían ojos el uno para el otro. Las lenguas de Urfa pronto los siguieron, y en la ciudad estalló el escándalo. Y también lo hizo en casa. Su perplejo padre intentó hablar con ella. Cuando su madre lo descubrió, azotó a Barbara y la encerró en su cuarto. La madre dejó la vara de caña junto a la puerta para que toda la casa supiera que a Barbara le esperaba otra tanda de azotes. Pero Barbara, Barbara la loca, no se doblegó. Lloró y gritó en su habitación. Al parecer, eso no fue nada en comparación con lo que le pasó a Murat. Empezó a presentarse a las guardias con ojeras y era incapaz de mantenerse erguido durante el tiempo de guardia sagrada. Descuidó los estudios del Corán. Ya no tenía tiempo para amigos. Dejó de danzar.

»¿Qué tiene el amor no consumado que convierte sus llamas en infiernos? Ni las puertas, ni los muros, ni la lluvia, ni las tormentas de arena, ni los padres, ni desde luego la religión impidieron que el chico fuera visto en determinadas noches subido en la valla de piedra, a escasos metros de la ventana del cuarto de Barbara, declarándole su obsesivo amor en verso. A ella la vieron por la calle no muy lejos de casa, mientras su madre la arrastraba por cualquier medio que tuviera a mano. "¿Por qué?", se dice que suplicaba Barbara. "¿Por qué se me prohíbe incluso disfrutar de la simple visión de mi amado?"

»Esto prosiguió durante meses y meses. La gente comentaba que habían visto a Barbara y a Murat cogidos de la mano en las ruinas del castillo de los cruzados. Mirándose con arrobo a los ojos detrás de la gran mezquita. Admito que en una ocasión llevé a Barbara una carta de Murat. Cuando salía de casa para lavarme después de haberme pasado el día dando de comer a las palomas, él me abordó y me lo suplicó. No pude negarme. Barbara me perdonó todos los pecados pasados.

»—No puedo tenerla encadenada —dijo su madre.

»—Haz las maletas —replicó su padre—. Nos marcharemos a finales de año.

»Las hojas de mi vida familiar habían empezado a amarillear.

—En aquel entonces yo tenía once años y resultó evidente para todos desde principios de temporada que iba a ser de nuevo el año del gran palomero Eshjan. Él dominaba la guerra. Su peşenk parecía invencible. Unas cortas plumas anaranjadas se alzaban en extraños ángulos desde el extremo de su cabeza, y de ahí su nombre, Bsag, que significa «corona». Los ataques que lideraba contra otras bandadas se saldaban con un caos digno del día del Juicio Final. Participantes veteranos en esas guerras perdieron aquel año más aves que en las diez últimas temporadas juntas. La bandada de Eshjan ascendía a los cielos y descendía con el doble de pájaros. En una batalla memorable, tres palomeros perdieron sus respectivos peşenk, lo que suponía una gesta inaudita en los anales de esas guerras. La envidia se apoderó de todos. ¿Cómo lo hacía? ¿En qué radicaba su secreto? En el café Çardak, los criadores de palomas se quejaban amargamente. No era justo. La mitad ya estaba fuera de la competición, y la otra mitad no albergaba la menor esperanza de ganar. Y el gran Eshjan se reía de todos ellos.

»Cuando llegó marzo, Mehmet había perdido a casi todo su equipo. Fingía no estar disgustado, pero arremetía contra sus ayudantes con la menor excusa. Si una de sus palomas caía del cielo me pegaba por no haberla alimentado bien. Si el palomar no estaba impoluto en todo momento, se la cargaba el limpiador. Una tarde el peşenk de Eshjan atacó al equipo de Mehmet, y este montó en cólera. La emprendió a gritos desde el tejado. "¿Cómo has podido hacerme esto? Ya no tengo con qué luchar. Se acabó. ¿Qué sentido tiene si no es humillarme?" Y, por supuesto, ese era el sentido: ese es el sentido de toda guerra.

»Y Mehmet recordó entonces que nadie espera que las guerras se libren de forma justa. Al día siguiente, tras buscar por todas partes, compró la hembra más linda de aquellas tierras. Era un truco viejo, un truco muy viejo, y el peşenk de Eshjan cayó en él. Cuando el equipo de Eshjan sobrevoló el tejado de Mehmet, Hagop, con la hembra agarrada por sus diminutas patas, levantó las manos en el aire. La paloma agitó las alas. Bsag vio el señuelo. Se alejó de su grupo, voló en círculo por encima del tejado y bajó a la repisa a investigar. ¿Es una belleza lo que ven mis ojos?

Claro que una cosa es conseguir que un palomo aterrice en tu tejado y otra capturarlo, sobre todo si se trata de un palomo tan astuto como un peşenk. No puedes dejar que vea la red que se cierne sobre él, y dado que Bsag se hallaba en la repisa, no podíamos sorprenderle por detrás. Sin embargo, el ayudante primero lo intentó. Saltó con torpeza y cayó de bruces, mientras el peşenk emprendía el vuelo. El chico recibió una paliza, por supuesto.

»Pero... antes de que Bsag escapara, yo vi su secreto. Descubrí la fuente de su poder. Del pecho blanco del ave colgaba el adorno más bello que yo había visto en mi vida: una diminuta mano de Fátima de turquesa que lo protegía de todo mal.

»En el café estalló una gran pelea. Eshjan llamó rastrero a Mehmet, entre otras cosas. Mehmet le devolvió el insulto. Eshjan propinó un puñetazo a Mehmet y le partió la nariz. Mehmet fue incapaz de devolverle el golpe, porque lo sujetaron. Eshjan gritó: "Vamos a ver si lo intentas de nuevo. ¿Crees que mi macho caerá en ese viejo truco una segunda vez?".

»Pues lo hizo. Bsag se apoyó en la repisa, pero las cosas siguieron el mismo curso que en la ocasión anterior. Cuando el ayudante primero intentó apresarlo, el pájaro salió volando. En el café hubo otra reyerta. La tercera noche, tres veteranos provistos de sus propias redes se unieron a nosotros. Todos querían que perdiera Eshjan. Esperaron a que el peşenk bajara. Lo hizo, de nuevo sobre la repisa. Nadie se movió por miedo a asustarlo. Los veteranos lo acecharon. Silbé. Silbé del mismo modo en que silbaba Eshjan, exactamente igual como guiaba a su peşenk. Ignoraba cuáles eran las señales, pero mi silbido fue suficiente para confundir al pobre pájaro. Bsag me miró, aturdido, y una red cayó sobre él. El veterano que lo capturó emitió un grito de victoria que resonó en los cielos.

»Mehmet sacó a Bsag de la red, le cortó la cabeza con un cuchillo de sierra y arrojó el cuerpo, aún tembloroso, en medio de la calle.

—Barbara se había tranquilizado. Ya tenía dieciséis años, e imaginé que estaba madurando. Me pidió que le llevara cerillas del café Masal, con la excusa de que necesitaba más de las que había disponibles en casa. No pude negarme a una petición tan nimia. Al fin y al cabo, en la casa había suficientes cerillas como para prenderle fuego, de manera que deduje que las querría para algo sin importancia.

»La tarde en que Eshjan perdió la guerra de palomas y su peşenk fue degollado, robé cien cerillas del Masal y se las di a Barbara. Ella me besó. Era la primera vez que me besaba alguien aparte de Zovik y de la Pobre Anahid. Vi cómo partía el extremo que contenía el fósforo de cada cerilla y empezaba a tragárselos. Cuando llevaba cuatro o cinco le pregunté qué hacía. Me despidió con un gesto de desprecio. Se tragó los extremos uno por uno.

»La casa despertó alarmada por el ruido de sus arcadas y gritos. La Pobre Anahid, Zovik y yo nos acurrucamos junto a la puerta y contemplamos cómo su padre intentaba examinarla, cómo su hermana intentaba consolarla y su madre intentaba hablarle. La piel de Barbara era la más macilenta que yo había visto nunca.

»—No se puede burlar al destino —susurró Zovik—. El mal cerrará el círculo.

»Barbara vomitaba sin tregua. Su hermana la sostenía. Su madre rompió a llorar. Le gritó: "Barbara, Barbara. Dime algo. ¿Qué te pasa?". Pero no tocaba a su hija. Cuando el doctor vio las cerillas rotas debajo de la cama y diseminadas por el suelo, gritó: "Oh, no". Su madre las vio, y la primera palabra que salió de su boca fue un estridente: "Puta".

»Barbara vomitó un poco más.

»—No tenías por qué tomar tantas —gimió su padre. Estaba derrotado. Sus ojos parecían fundirse. Los de su esposa echaban chispas.

»—¿Cómo has podido hacernos esto? ¿Cómo has podido ser tan desleal? ¿Cómo has podido traicionar a tu fe? —gritó esta.

»—Si solo me lo hubieras dicho —murmuró el doctor—. Eres mi hija. Por ti lo habría hecho. Por ti me habría librado del bebé.

»A Barbara le costaba respirar. Su vida se evaporó delante de nuestros ojos. Se aferró a la muñeca de su padre. "No supe complacerle", musitó antes de exhalar su último suspiro.

—Como es de suponer ese día no fui a trabajar. La esposa del doctor se volvió loca. Se metió en su habitación y empezó a hacer las maletas. «Me voy del infierno», dijo. Gracias a Dios nadie preguntó de dónde había sacado Barbara las cerillas. Pero luego la esposa del doctor se dirigió a mí y me gritó: «Tú vives aunque estarías mejor muerto. Te quiero fuera de esta casa». Se abalanzó hacia mí, pero la Pobre Anahid se interpuso entre ambos. La esposa del doctor abofeteó a la Pobre Anahid y se retiró a su cuarto.

»La Pobre Anahid me envió a nuestra habitación con instrucciones de no salir pasara lo que pasase. Estuve allí encerrado durante tres horas y oí toda clase de cosas que sucedían en la casa. Luego llegó uno de los ayudantes del palomero. Creí que venía a pedirme que fuera a trabajar, pero dijo a Zovik que Mehmet ya no necesitaría mis servicios. Mehmet también había sugerido que me marchara de la ciudad porque Eshjan había jurado matarme ante cuatro testigos. Le habían dicho que fui yo quien silbé, quien capturé a su peşenk y lo maté con mis propias manos.

»No era verdad, desde luego, pero ¿quién iba a creerme? No conseguiría convencer a Eshjan. Y si lo hacía, tal vez entonces quien me matara fuera Mehmet. Estaba en un lío. Zovik y la Pobre Anahid sollozaban en nuestra habitación. La esposa del doctor lloraba en la suya.

»Zovik y la Pobre Anahid decidieron que yo debía partir lo más pronto posible. Estaban desesperadas y no sabían adónde enviarme. Les dije que tal vez yo conociera a alguien que podía ayudarme. Salimos del cuarto en silencio, recorrimos de puntillas el pasillo con la esperanza de no ser vistos, y fuimos a ver a Serhat Effendi. El effendi dijo que yo debía marcharme lejos. Tenía un primo destinado en El Cairo. Hacía tiempo que no se escribían y no estaba seguro de su localización exacta, pero en cuestión de un mes podría averiguar su dirección. La Pobre Anahid le dijo que no disponíamos de un mes. Él replicó que debía irme a El Cairo de todos modos. No tendría muchos problemas para encontrar a su primo, ya que no podía haber muchos turcos viviendo allí. Me dio una carta y dinero para comprar los billetes de tren y de barco.

»Lo único que yo sabía de Egipto era que Abraham, Moisés y Agar se habían marchado de allí para nunca volver. Ya en casa, la Pobre Anahid recogió mis escasas ropas. "No puedes ir a El Cairo", dijo ella. "¿Cómo vas a encontrar a su primo? Es una locura." "¿Y tú crees que un turco acogerá a un huérfano armenio solo porque se lo ha pedido su primo?", dijo Zovik. "Debes viajar a algún sitio seguro", dijo la Pobre Anahid. "Beirut. Ve a Beirut. Busca a los cristianos. Vete a un monasterio. Allí te darán cobijo y comida." Yo sabía aún menos cosas sobre Beirut.

»Me despedí de Zovik y de la Pobre Anahid.

»—No me despedí de mi padre —me dijo el abuelo—. Vine a Beirut y creé nuestra historia.

El frío me estremeció y me acurruqué más cerca de la estufa. El abuelo apuró el té amargo, un remedio para sus problemas de estómago.

—Cuando ya no esté en este mundo —dijo el abuelo—, y te pregunten si me creíste, ¿qué les dirás?

Creo que no esperaba respuesta. Se sentó junto a la estufa, con aspecto derrotado. Las perneras del pantalón estaban vueltas de forma que podía ver sus espinillas pálidas, sin vello.

—Ahora tienes once años —dijo él—, como yo entonces… —Su voz se difuminó en la nada antes de susurrar—. Ahora sabes quién soy.

Quitó la tapa de metal de la estufa con ayuda de la espátula y arrojó la colilla. Se incorporó despacio, con un crujir de huesos, y se dirigió a su cuarto. Al salir me entregó un viejo pañuelo blanco.

—Eres sangre de mi sangre —dijo—. Esto es para ti.

Envuelta en el pañuelo había una joya, una diminuta mano de Fátima de turquesa con restos de sangre negra y parda incrustados en sus garras.

5

El palacio entero hervía con las historias de la llegada de Fátima. Algunos decían que la esclava había vuelto en una alfombra voladora, que ascendió de nuevo a los cielos después de dejar a la viajera. Fátima habría regresado con una manada de elefantes enjoyados. La acompañaba una banda de bandoleros o un millar de yinns. Llevaba una corona de rubíes. Vestía una túnica de oro.

El emir y su esposa interrumpieron su desayuno en la terraza y se apresuraron a entrar en palacio. El visir y los cortesanos estaban congregados en torno a Fátima en la sala del trono. Fátima saludó al emir y a su esposa con la cortesía debida. El emir no se percató del cambio, pero su esposa se dio cuenta, no sin cierta aprensión y desasosiego, de que la mujer que se hallaba ante ellos había dejado de ser una esclava. Sus reverencias eran demasiado perfectas. El emir insistió en que los regalara con el relato de sus aventuras, y eso hizo ella, aunque permitiéndose algunas omisiones: aventuras, sí; atribuciones, no.

—¿La curandera podrá ayudarnos? —preguntó la esposa del emir.

—Por supuesto. Me dio el remedio.

—¿Y qué me cuentas del inframundo? ¿Penetraste en los dominios de Afreet-Yehanam y este te devolvió la mano? —preguntó el emir.

—Creyó que me la había ganado.

—Eso es absurdo —se mofó el emir.

—Sucedió tal y como lo he contado —replicó Fátima.

—¿Estás segura? —insistió el emir—. Nadie pone en duda tu valor, Fátima. No hay necesidad de adornar la historia.

—Llegó en una alfombra mágica —dijo uno de los cortesanos—. Yo la vi. Descendió de los cielos.

—El inframundo no se encuentra en las alturas —dijo el visir—. Ningún hombre ha descendido nunca a la guarida del demonio y ha vivido para contarlo. Este cuento es una mentira. Propongo que la esclava nos ofrezca alguna prueba de su exótico viaje.

—¿Estáis dispuesto a aceptar una apuesta? —preguntó Fátima—. Si os proporcionara dicha prueba, ¿entregaríais todo lo que lleváis encima en este momento?

El visir accedió. Fátima se acercó la palma de la mano izquierda a la cara y sopló. Surgió un polvo rojo, que creció hasta formar una nube que flotaba sobre ella. El diablillo Ismael salió corriendo del polvo. Le siguió su hermano Isaac, y ambos fueron hacia el visir.

—Me pido todo el oro —dijo este.

El aliento de Fátima se convirtió en polvo anaranjado antes de que rozara su mano, y de él saltó Ezra. Jacob salió gritando: «Las joyas son mías». Job no estaba de acuerdo. «Te digo que son para mí.» La polvareda siguió girando sobre la mano de Fátima; luego se volvió azul, y de ella salió Noé seguido de Elías. Violeta. Adán fue el último.

—Debo recobrar el aliento —dijo Fátima.

Los ocho diablillos se encaramaron sobre el visir, lo desnudaron y le quitaron todas sus pertenencias. Lo dejaron desnudo, pasmado del susto.

Fátima sopló de nuevo y apareció un polvo blanco. Los geniecillos se sumergieron en la nube y se desvanecieron.

—Creo que ha sido prueba suficiente —dijo ella. Brindó una sonrisa perezosa al emir y se alisó las arrugas de la túnica con las palmas de las dos manos.

Cuando llegué al hospital por segundo día mi padre estaba sentado en la cama, con la espalda apoyada en unos almohadones y unos tabuladores blancos prendidos del pecho; sonreía, poniendo todo su empeño en lucir una imagen jovial y despreocupada. Se había vuelto a evitar toda mención a lo impronunciable. Su rostro aparecía pálido y fatigado, pero sus ojos recorrían la habitación como si los manejara una fuerza distinta. Lina dejó a un lado su debilidad y sus recelos y adoptó con éxito el papel de tía Mame.

—Hoy será un día memorable —dijo en tono cantarín—. Deberíamos llamar al restaurante para pedir. Corremos el riesgo de que se queden sin cordero.

Eran las nueve y media. La luz del sol no tardaría en colarse por el suelo y llenar la habitación, recalcando la redundancia de los fluorescentes.

—Creo que no hará falta. —Aunque mi padre no había usado la mascarilla de oxígeno en toda la mañana, la sostenía en la mano.

—No podemos faltar a la tradición solo porque estemos aquí. Pediré al restaurante que no echen sal, y, si no es posible, tendrás que comer solo un poco. No vamos a celebrar el Eid al-Adha sin cordero.

—Creo que no sería adecuado encargar comida —dijo mi padre—. Estoy seguro de que Samia nos enviará parte de la suya cuando terminen. Se ofenderá si la encargamos fuera.

—No tiene por qué enterarse —repuso Lina—. Tal vez se olvide de nosotros, y, si no es así, ¿de verdad tenemos que comer lo que nos mande? ¿No podemos disfrutar de un buen cordero para variar?

—No seas mala. Si tenemos alguna tradición que conservar es precisamente que siempre lo hemos celebrado juntos, con la comida hecha por Samia.

Me dirigí a la puerta corredera de vidrio, vi una astilla de sol prendida de un edificio al otro lado de la calle. El inmueble más nuevo tenía un aspecto colosal si se lo comparaba con la casita de persianas podridas, como dos hermanos incompatibles con genes distintos.

El emir y su esposa arrastraron a Fátima a sus aposentos privados para conocer más detalles sobre el remedio.

—La curandera afirmó que el problema radica en las historias —dijo Fátima—, en los cuentos que elegís. A su majestad le complacen los relatos de amor, y por eso tenéis doce hijas. A las chicas les encantan las historias de amor, mientras que los chicos prefieren las de aventuras. La próxima vez que hagan el amor, asegúrense de contar una historia de aventuras en lugar de una romántica.

—Pero yo adoro las historias de amor no correspondido —dijo el emir—, de sufrimientos exaltados. Amo el deseo y los obstáculos que los amantes deben superar. No me complacen las historias de matanzas, mutilaciones, donde los personajes se empeñan en demostrar quién es el más fuerte. Me resultan desesperadamente aburridas.

—Pero los relatos de aventuras son iguales que las historias de amor —arguyó su esposa—. Da lo mismo; esta noche debéis contarme una historia de aventuras. Nos lo han recetado. Es tan emocionante. Oiré un cuento nuevo. No os ofendáis, querido, pero vuestras historias se han vuelto un poco rancias últimamente: recuerdan más al zumbido de moscas inquietas que al aguijón de los mosquitos. Ardo en deseos de aventuras.

Aquella noche, después del coito, la esposa del emir exigió su cuento.

—Nada de romance —recordó ella—. Nada de amantes desventurados. Quiero una historia que haga vibrar un órgano que no sea el corazón.

—Una historia sexual, entonces —dijo el emir.

—No, quiero muerte y destrucción. Quiero héroes viriles que se impongan al mal. Al menos una ciudad debe quedar en ruinas. Quiero un hijo varón y vos también.

—¿Héroes viriles? ¿Qué me decís de héroes devotos? Esperad. Esperad. Ya sé qué historia contaros. Ahora lo sé. Escuchad.

Y el emir empezó así su historia:

En el nombre de Dios, el misericordioso, el compasivo.

Tiempo ha, mucho antes de nuestros días, el rey de Egipto, gobernante de las tierras del Islam, vivía abatido porque el desorden amenazaba a su reino. Los cruzados medraban por la costa, comportándose como si aquellas tierras fueran suyas. En los corazones de los administradores del reino predominaba la corrupción y la perfidia. Los forasteros podían sobornar, burlar y engañar a cualquier oficial de su elección. El rey Saleh lloraba de vergüenza, ya que sabía que si no gobernaba con más inteligencia, su bisabuelo Saladino, el gran héroe kurdo que aplastó a los cruzados y unificó las tierras, no lo admitiría en el paraíso. El rey Saleh veía cómo la corrupción desgajaba poco a poco sus dominios y los pudría.

Una noche el buen rey tuvo un sueño turbador. Convocó a los sabios de su reino, a filósofos, jueces y poetas.

—Escuchadme. Quiero saber si la de anoche fue una noche propicia para los sueños.

Los sabios replicaron:

—Desde luego, majestad. La última noche el cielo lució despejado. Era el decimoséptimo día del mes. La luna no estaba empañada.

—Me hallaba perdido en el desierto, indefenso, rodeado por un millar de hienas. Pero se alzó una nube de polvo y de ella surgieron setenta y cinco magníficos leones. Los leones atacaron a las hienas y, en un feroz combate, los grandes aniquilaron a sus enemigos y limpiaron el desierto de alimañas. ¿Qué significa este sueño?

Y los sabios dijeron:

—Señor, las hienas son los infieles y descreídos que os desean mal. Los leones son los valerosos guerreros que os protegerán. Es imprescindible que compréis setenta y cinco esclavos para salvar el reino.

El rey informó al tratante de esclavos más honesto de la ciudad de que necesitaba setenta y cinco jóvenes musulmanes dignos de un rey y de la vida palaciega: veinticinco debían ser circasianos, veinticinco georgianos y veinticinco azeríes. El tratante dijo:

—Pero, majestad, no tenemos nada parecido en la ciudad. Habría que visitar los grandes mercados de esclavos cercanos a sus tierras para conseguir un pedido de este tamaño. Tengo buen ojo para los esclavos y un oído aún más hábil para las distintas lenguas, pero no soy ya el hombre adecuado para un encargo así. Los últimos años han sido difíciles para mi negocio, y he acumulado muchas deudas. Estoy casi seguro de que si emprendiera el viaje, mis deudores me detendrían y confiscarían mis pertenencias, ya fueran esclavos o dinero. Antaño fui célebre y próspero, pero mi fortuna se ahogó en el mar Rojo y se perdió en una tormenta de arena en el Sáhara.

Y el astuto visir del rey preguntó:

—Maestro tratante de esclavos, ¿podría poner a prueba tu oído? Por mi forma de hablar, ¿serías capaz de adivinar mis orígenes?

—Seguro, mi señor. Vuestro padre es turco y vuestra madre es marroquí.

El rey supo que tenía al hombre adecuado para la empresa. Ordenó a sus ayudantes que redactaran un decreto diciendo que el tratante trabajaba para el rey y que nadie debía interferir en su camino, y añadió que todas sus deudas podían cobrarse del tesoro real. Ordenó al tesorero que entregara al hombre el precio de los esclavos y que apartara una cantidad para compensar la labor del tratante, que le sería abonada cuando entregase la mercancía. Ordenó a los sastres que confeccionaran un atavío mejor para el tratante, así como setenta y cinco bellos trajes para los esclavos.

—Pero tengo una petición más —dijo el rey—. Quiero un chico más.

La audiencia del rey estaba perpleja, ya que este parecía hablar mecánicamente, como si recitara una lección divina.

—Un chico que sea inteligente, fuerte, precoz e ingenioso. Que se sepa el Corán de memoria. Que posea un bello rostro. Entre sus ojos deberán apreciarse las marcas de un león. En la mejilla izquierda deberá tener una peca de color rojo. Y debe responder al nombre de Mahmoud. Si le encuentras a lo largo del viaje, tráelo, porque él es el elegido.

—Mi querida Salwa —exclamó mi padre cuando mi sobrina entró en la habitación del hospital—, ¿qué haces aquí? Hoy es fiesta. ¿No deberías estar en casa, relajada, con tu marido?

—Por el amor de Dios, ¿dónde íbamos a estar en un día como hoy? —dijo Salwa, mientras su marido aparecía tras ella. Mi padre se puso radiante al ver a Hovik. Me pregunté cuánto tardaría en mofarse de su condición armenia. No mucho. Hovik pertenecía a una familia que llevaba cuatro generaciones en Beirut, y de los cuatro idiomas que hablaba el armenio era el que menos dominaba, pero mi padre nunca pudo resistirse a la tentación de burlarse de sus orígenes. Mi padre siempre se dirigía a él en el dialecto libanés lleno de incorrecciones gramaticales por el que eran famosos los primeros inmigrantes. Y a Hovik le encantaba.

Después de acomodar a Salwa en la butaca, fue a darle un beso a mi padre y contestó a sus preguntas en un mal dialecto, mezclando el género de los sustantivos y sonriendo al hacerlo. Parecía muy joven en comparación con mi padre, cuyas arrugas cruzadas, las que no quedaban ensombrecidas por su enorme nariz, se multiplicaban cuando se reía.

—Vete a casa —le dijo mi padre, usando el femenino.

—Estoy en casa —contestó Hovik.

A oídos del emir de Bursa llegó la noticia de que un tratante de esclavos que venía con un decreto del rey Saleh había entrado en la ciudad. El emir preguntó al comerciante el motivo de su llegada, y este le explicó el encargo del rey Saleh. El emir le dijo:

—Considérate mi huésped durante tres días, para que puedas descansar y recuperarte. Puedes probar en los mercados de esclavos de la ciudad, aunque no creo que posean todos los chicos que andas buscando. Cuando hayas recobrado las fuerzas, puedes viajar a los mercados que hay más al norte.

El comerciante agradeció al emir su generosidad.

El segundo día, tras terminar las oraciones de la mañana, el tratante oyó un ruido seductor. ¿Se trataba del zumbido de abejas madrugadoras o del zureo lastimoso de las palomas? Su corazón se inundó de aquel débil murmullo. Lo siguió hasta alcanzar uno de los patios de palacio. Alrededor de un resplandeciente estanque se hallaban chicos leyendo el Corán, y el sonido embrujó al tratante. Un chico azerí llamado Aydmur rompió el encanto diciendo:

—¿Qué podemos hacer por usted, señor?

Y el comerciante respondió que era huésped del emir y les preguntó quiénes eran.

—Somos esclavos del emir más poderoso. Circasianos, georgianos y azeríes. Todos musulmanes. Cada uno de los setenta y cinco que formamos el grupo es el vástago de un rey, de un famoso guerrero o de un emir, pero el destino ha decidido convertirnos en esclavos.

A la hora del almuerzo el tratante dijo al emir:

—Mi señor, cuando ayer os dije que el rey Saleh deseaba adquirir una partida de esclavos, vos contestasteis que me sería imposible hallarla en esta ciudad. Y sin embargo he encontrado exactamente lo que buscaba en el patio de vuestro propio palacio.

La luz abandonó el rostro del emir y sus facciones se ensombrecieron.

—Dije que no podías encontrar un grupo así que estuviera en venta. Esos chicos me pertenecen y no deseo separarme de ellos. Están destinados a convertirse en mi guardia personal.

Al tratante le dio un vuelco el corazón, ya que las palabras del emir no admitían discusión.

Aquella noche el emir se sobresaltó en mitad de un sueño. Sintió que una mano le tocaba el pecho, y ante él apareció el rostro del destino. La mano se transformó en una piedra, y el corazón se le tensó. Su respiración se hizo trabajosa. No conseguía hacer acopio de fuerza suficiente para mover un solo músculo y su alma pugnaba por escapar del cuerpo. Y el rostro le dijo:

—Deja que partan mis esclavos.

La piedra volvió a ser una mano y el emir recobró la respiración. El rostro se desintegró, y mientras desaparecía, dijo:

—No aceptes ningún precio inferior a setenta y cinco mil dinares. Exige primero ochenta y cinco mil, y confórmate luego con setenta y cinco.

Antes de vestirlos con la ropa nueva, los chicos fueron enviados a los baños. Mientras se lavaban, el esclavo Aydmur advirtió en un rincón la presencia de un chico enfermizo y solitario a quien el vapor de la sala le impedía respirar bien. Aydmur el azerí preguntó:

—¿Puedo ayudarte en algo?

Y el chico enfermizo dijo:

—Me siento débil. Mi señor está en esta sala y debo esperar aquí aunque el aire sea demasiado denso.

A Aydmur le dolía el corazón al ver el sufrimiento del muchacho y rompió a llorar. Cuando el tratante de esclavos preguntó a Aydmur por qué estaba triste, el esclavo dijo:

—La visión de ese chico sufriendo me hiere el alma.

El tratante preguntó al chico cómo se llamaba, y este dijo:

—Mi nombre es Mahmoud.

—¿Conoces el Libro de Dios? —preguntó el comerciante.

—He memorizado el Corán —respondió el chico.

El muchacho tenía una marca de nacimiento en la mejilla izquierda, pero esta era azul en lugar de roja. El tratante titubeó y luego dijo:

—Eres un chico débil que no debe de servir de mucho. Tu dueño debe de considerarte una carga sin valor.

La cara de Mahmoud se llenó de vida.

—No soy en absoluto un ser indigno —dijo. Las marcas del león aparecieron en el puente de la nariz—. Soy hijo de reyes. —La peca azul se volvió roja—. Valgo más de lo que un hombre grosero puede pagar.

—Entonces doy gracias a Dios, el misericordioso, de que mi rey no sea un hombre grosero —dijo el tratante, y suplicó a Mahmoud que le perdonara. Luego fue a ver al dueño de Mahmoud, un persa, y le pagó por el chico. Puso a Mahmoud en manos de Aydmur y le dijo—: Ocúpate de tu hermano y lávalo. Cuando esté limpio, vístele con este traje. Nuestra misión ha terminado. Iniciaremos el viaje de regreso en cuanto salgáis de los baños.

La tía Nazek y sus hijas fueron las siguientes en llegar. Mi padre preguntó por qué no estaban en casa, de celebración, pero no pudo disimular su alegría. La tía Nazek fingió sorprenderse ante su sorpresa.

—Estamos aquí para desearte un feliz Eid —dijo a mi padre—. Venimos todos. Creía que lo sabías.

—Yo no he venido a desearle un feliz día. —Su hija May se inclinó para besar a mi padre—. He venido a por mi moneda.

Mi padre se rió.

—Si tuviera una, no se la daría a nadie más que a ti.

—Bueno, en ese caso será mejor que tengas una. —May abrió el monedero, sacó unas monedas y se las dio a mi padre.

—¡Por Dios! ¿Dónde las has encontrado? Hace veinte años que no veía ninguna.

Fátima entró en la habitación envuelta en un halo de pompa y perfume, me abrazó y se sentó en la cama al lado de mi padre. Como había perdido al suyo a edad muy temprana, trataba al mío como si lo fuera, y él sentía por ella una adoración especial. Pasó un brazo por debajo del cuerpo del enfermo, lo abrazó y apoyó la cabeza en su almohada, aplastándose el delicado peinado. Mi hermana se unió a ellos por el otro lado. Cogió una de las monedas, la levantó hacia la luz y la examinó como si se tratara de un diamante perfecto en lugar de una pieza que había perdido cualquier valor después del cambio de moneda.

—Antes se podían comprar tantas cosas con esto —dijo a su hija—. No como hoy, que no se puede comprar nada ni con miles de libras.

—No hagas caso a tu madre —dijo Fátima—. Quizá hubo quien era capaz de comprar cosas con una moneda como esa, pero desde luego no era tu madre. Solo le gusta disimular.

—En mis tiempos me sentía orgulloso si ganaba esto en un día —añadió mi padre.

La tía Samia llamó a la puerta y entró acompañada de su hija, la pequeña Mona.

Lina le mostró la moneda.

—Mira.

—Oh, Dios mío. —Mona sonrió—. Feliz Eid al-Adha. Mira, madre, una cuarta. ¿Te acuerdas de ellas?

—Desde luego —contestó la tía Samia—. ¿Crees que estoy lela? ¿Dónde están los chicos? —Miró a derecha e izquierda, como si sus hijos pudieran estar agazapados en los rincones—. Escucha —dijo dirigiéndose a Lina—. Ya he hablado con el guardia, así que no me vengas ahora con problemas. Hoy es Eid al-Adha y vamos a celebrarlo aquí. Pero ¿dónde están todos?

Al principio no comprendí de qué hablaba. Pensé que estaba igual de rara que siempre. Incluso mi padre, que la entendía mejor que nadie, se perdió en su discurso.

—Tus hijos están en casa, como tiene que ser, esperando la comida —dijo mi padre—. Están con sus respectivas familias, querida.

—No seas idiota, hermano. No podemos traer aquí a los niños. Esto es un hospital. Los consuegros se encargan de ellos.

La esposa de Chapuzas entró y saludó a todo el mundo, y luego apareció el marido de Mona. Hafez, su esposa y su hijo mayor fueron los siguientes. La tía Samia dijo: «Tengo que sentarme. No pienso comer de pie», y entonces mi padre comprendió. Se sonrojó. Parecía extático.

El convoy entró en Damasco, donde su gobernante, Issa al-Nasser, dijo al tratante de esclavos al ver a los circasianos:

—Esos chicos tienen más aspecto de mujeres que de hombres. —Y cuando vio a los otros, añadió—: Estos están un poco mejor. —Y cuando vio a Mahmoud—: Este está demasiado enfermo. ¿Por qué no le abandonas por el camino y te ahorras un peso?

Por la mañana, cuando salían de Damasco, uno de los deudores del tratante le detuvo.

—Me debes cien dinares —dijo el hombre—, y no permitiré que te marches sin satisfacer la deuda.

El hombre le dijo:

—Hermano, déjame pasar solo por esta vez. Me hallo cumpliendo una misión urgente para el rey. Poseo un decreto real. Cobrarás tu dinero, pero aprende a esperar.

—Entonces me quedaré con este chico hasta que reciba lo que se me debe.

El nuevo propietario de Mahmoud lo llevó con su esposa, llamada Wasila, que era la mujer más malvada del mundo, tan malvada como siete avisperos de abejas africanas. Esta observó al chico enfermizo.

—No parece muy fuerte, pero servirá. —Y empezó a asignarle las tareas más difíciles: llevar el mortero de una habitación a otra, limpiar el exterior de la casa, curarle los callos y juanetes de los pies. El estado de salud de Mahmoud empeoró, pero Wasila no cedía—. Morirá pronto de todos modos —se le oía decir—, así que ¿por qué no aprovecharme un poco de su breve paso por el mundo?

Y el muchacho escapó. Huyó al desierto. Aquella noche, la vigésimo séptima del Ramadán, el mes sagrado, Mahmoud se tendió sobre la arena listo para morir. Llevaba mucho tiempo enfermo. Estaba hambriento, sediento y solo. Pero pasaban las horas y ni se dormía ni moría. Cuando habían transcurrido dos tercios de la noche, el cielo abrió sus puertas por deseo de Dios y ante los ojos de Mahmoud apareció una bóveda de luz purísima. La luz alumbró la tierra desde los cielos. Pudo ver todo lo que lo rodeaba a leguas de distancia. No oyó sonido alguno: ni el canto de un gallo, ni el ladrido de un perro, ni el crujido de un árbol. Era la auténtica Noche del Destino. El chico se puso en pie con dificultad y proclamó hacia el cielo:

—Escuchadme, oh Señor. Ruego Vuestro perdón y suplico Vuestra compasión. Os suplico, a Vos, Todopoderoso, en honor de esta noche sagrada y propicia, que me concedáis este deseo. Hacedme rey. Dejad que gobierne Egipto y las tierras de Levante, y el resto de territorios del Islam. Bendecidme con victorias sobre Vuestros enemigos y los míos. Plantad entre mis hombros la resolución de cuarenta hombres y yo sembraré Vuestra voluntad en esta tierra. Nombradme Vuestro rey. Nombradme Vuestro servidor. Vos sois el cedente. Vos sois el poderoso. Vos sois el compasivo. No hay otro Dios aparte de Vos.

Y el chico se curó.

A la mañana siguiente Mahmoud regresó con su ama, Wasila, y le pidió perdón por haber huido.

—El perdón no habita en mí —dijo Wasila—, ni tampoco la compasión, así que no me la pidas.

Agarró al muchacho de una oreja, lo arrastró hasta el patio y le ató a una estaca. Primero le abofeteó en la cara, luego le pegó. Pero decidió que no era castigo suficiente. Encendió una hoguera y de ella sacó un palo en llamas para azotarlo con él. Pero Dios envió a su cuñada, Latifah, a su puerta. Cuando entró Latifah, Mahmoud gritó:

—Estoy a vuestra merced, señora, porque soy vuestro vecino.

Latifah vio al chico y suplicó a Wasila:

—Perdona a este chico. Hazlo por mí.

—Ni le perdono, ni deseo hacerlo —repuso Wasila—. ¿Quién eres tú para interferir en mis asuntos?

Sitt Latifah se enfadó. Desató al muchacho y le llevó a su casa. Y convocó a un notario y a dos jueces.

Cuando su hermano se presentó a reclamar al chico, Sitt Latifah le preguntó delante de testigos:

—¿Has comprado a este chico?

Y él respondió:

—No. Lo tengo como garantía. Su dueño me debe cien dinares y no le soltaré hasta que reciba lo que es mío.

Sitt Latifah pagó a su hermano los cien dinares.

—Ahora el chico me pertenece. —Se volvió al juez y a los notarios—. Preguntad a este hombre, que es mi hermano, si poseo algo suyo que hubiera pertenecido a nuestra madre o a nuestro padre.

Así lo hicieron, y el hermano repuso que nada de ella le pertenecía a él.

—Tomen nota de esto —dijo Sitt Latifah—, ya que no deseo que él o su mujer vengan a reclamarme nada en el futuro. Tomen nota de esto, y denle el carácter de vinculante. Todo mi dinero, todo lo que es mío, todo lo que poseo y lo que alcanza mi mano, pertenecerá a este chico cuando yo abandone este mundo. Si Dios me reclama, partiré con solo una prenda de ropa, y el resto permanecerá en manos de este muchacho al que desde ahora acepto como hijo. Lo llamaré Baybars, el nombre de mi difunto hijo, porque se le parece. De todo lo que he dicho, ustedes son testigos.

Anwar, el hijo de Samia y Chapuzas arrastraron una camilla repleta de bandejas de comida al interior de la habitación, obligándonos a todos a apretarnos más. El aroma de cordero asado derrotó al instante los olores medicinales que flotaban en el ambiente. Lina iba a decir algo, pero se contuvo, abrumada y vencida.

—No, no —dijo la tía Samia—. Dejadla fuera. Aquí dentro no cabe. Estamos esperando a más familiares. Podemos servirnos solos.

—¡Cuánta comida! —dijo la tía Nazek.

—Somos muchos —replicó la tía Samia—. ¿Y qué pasa con los demás pacientes? ¿Quién les traerá cordero en el Eid al-Adha?

—Mi querida Samia —dijo mi padre—, ¿qué has hecho? ¿Piensas celebrar el Adha aquí? ¿En una habitación de hospital?

La tía Samia parecía confusa e insegura.

—Pues claro que sí —intervino Lina—. Como no podemos llevarte a su casa, ella te trae la casa hasta ti.

—Exactamente —dijo la tía Samia—. ¿Qué te habías creído? He traído incluso la vajilla de porcelana y la cubertería de plata. No pienso tomar la comida del Adha en platos baratos. ¿Sabes lo que han tardado los chicos en traerlo todo hasta aquí? Dos corderos cociné. Sin una pizca de sal. Eres mi hermano. Por ti, y solo por ti, me abstengo de echar sal a la comida. Bueno, ¿dónde está el resto de la gente?

Baybars se convirtió en el bienaventurado hijo de Sitt Latifah y ella lo idolatraba. Un día, mientras madre e hijo paseaban por el zoco, Baybars se quedó prendado de un arco. El mercader le preguntó si le gustaba, a lo que el chico respondió que era magnífico. El mercader dijo que el artesano que hizo ese arco había sido un héroe famoso doscientos años antes; que el arco había pasado por las manos del gran Saladino, nada menos; y que ahora dicha obra maestra estaba a disposición de Baybars a cambio de la insignificante suma de dos dinares.

—Apreciado señor —dijo Baybars—, esto es una ganga. Es el instrumento más bello que he visto en mi vida.

Sitt Latifah se rió.

—¿Se ríe de mí, querida señora? —dijo Baybars, sonrojándose.

Y Sitt Latifah contestó:

—No, hijo mío, me río del destino.

Ella se retiró el velo y el mercader agachó la cabeza al verle el rostro.

—Mi señora —dijo este—. Aceptad mis disculpas, por favor. No lo sabía.

Latifah hizo caso omiso al vendedor y habló a su hijo:

—Este arco no es digno de ti. Es barato, sus acabados son pésimos, y es difícil de dominar. Ningún guerrero lo ha tocado ni lo tocará nunca. Ven, permíteme que te muestre tu destino.

Cuando llegaron a casa, Sitt Latifah guió a Baybars a través del patio. Se detuvo frente a una puerta y la abrió con una llave que sacó del escote. Baybars vio una sala con cientos de arcos y miles de flechas, suficientes para armar a todo un ejército. Cogió el primer arco que vio y se percató de que había sido un ingenuo. El mercader había mentido. Y su madre dijo:

—Me llaman Latifah la arquera, porque mi padre fue arquero y antes lo fueron mi abuelo y el padre de este. Todos los héroes de nuestro mundo venían a Damasco a comprar arcos fabricados en nuestro taller. Y tú, glorioso Baybars, te hallas ahora en su hogar. —Sitt Latifah abrió los brazos dándole la bienvenida a la sala—. Esto es tuyo ahora. Todo te pertenece, pero creo que deberías escoger un arma en concreto y hacerla tuya.

Al principio Baybars se fijó en los arcos, pero tras mirar a su alrededor vio dagas, lanzas y espadas que relucían con brillo y belleza celestiales. Había una espada damasquina de aspecto común, que no llamaba la atención. Al cogerla, él reparó en su exquisito acabado. Cuando se la prendió al cinturón, la espada irradió calor en su vientre.

Una mañana Baybars vio a otro chico que subía un cubo por una escalera que estaba apoyada contra el establo. El chico entró por una portezuela alta y Baybars le siguió. Vio cómo el chico ataba una cuerda al mango del cubo y le preguntó qué estaba haciendo.

—Tengo que dar de comer a al-Awwar —contestó el chico—. No permite que nadie entre en el establo, así que la única forma de alimentarlo es bajarle la comida desde aquí.

Baybars se asomó y vio un imponente caballo negro azulado que resoplaba y relinchaba mientras piafaba mirando el suelo.

—¿De verdad tiene un solo ojo? —preguntó Baybars.

—No —respondió el chico—. Su vista es tan aguda como la de un halcón. Se llama al-Awwar porque tiene una marca blanca sobre un solo ojo. ¿La ves?

—Sí, y el bigote también es blanco.

—Cierto —dijo el chico—, pero no te rías de él o se enfadará mucho. Está muy orgulloso de su bigote. ¿Ves esas curvadas líneas blancas que le surcan el lomo? La señora dice que el trazado de esas líneas refleja exactamente el curso de los ríos Éufrates y Nilo.

—Entonces este es mi caballo —dijo Baybars—. Yo lo montaré.

El chico informó a Baybars de que nadie podía montarlo, pero Baybars desató la cuerda del cubo y se la anudó alrededor de la cintura.

—Deja que baje y ya verás.

El chico sujetaba la cuerda mientras Baybars descendía despacio ante la atenta mirada de al-Awwar. El caballo emitió un gruñido ronco, retrocedió y luego atacó. Baybars se apresuró a encaramarse por la cuerda al verse en peligro. La cabeza de al-Awwar golpeó las nalgas de Baybars, que empezó a oscilar como el badajo de una campana. Pidió ayuda. Al-

Awwar le contemplaba con cara de estar divirtiéndose. Cuando Baybars estuvo a salvo en lo alto del establo, asomó la cabeza y dijo estas palabras:

—Volveré.

Aquella misma tarde llegó a la casa un sargento del ejército que respondía al nombre de Louai, pidiendo hablar con Baybars.

—Mi señor —dijo el sargento—, tengo entendido que deseáis montar un gran caballo, y tengo uno que está en venta. Permitidme que os lo muestre, por favor. —Y allí, en la calle, había un magnífico semental ruano—. Puede ser suyo solo por cuarenta dinares. Está valorado en mucho más, pero no puedo mantenerlo. Aunque ha sido un fiel compañero, hace meses que no cobro. Si no puedo dar de comer a mis hijos, menos puedo alimentarlo a él. Merece un buen dueño.

Baybars advirtió que los ojos del caballo seguían todos los movimientos del sargento Louai.

—Este es tu caballo —dijo Baybars—. No deberíais separaros, ya que os habéis sido leales el uno al otro. —Pidió al sargento que le esperara. Entró en casa y volvió a salir con cincuenta dinares—. Te ofrezco este dinero por darme una lección de lealtad. Que tu caballo siga siendo tu fiel compañero durante muchos años.

—Vuestra generosidad no tiene límites —dijo el sargento—. Las puertas del paraíso estarán abiertas para vos.

El segundo día, de nuevo en el establo, el chico ayudó a descender a Baybars, que esta vez llevaba una manzana en la mano. Al-Awwar se acercó y olisqueó la manzana. Gruñó, retrocedió y atacó. Dio a Baybars justo en el mismo sitio que el día anterior, y Baybars volvió a oscilar. Pero esta vez no pidió ayuda. El tercer día Baybars bajó provisto de dos peras. Al-Awwar se acercó, olió las peras y se las comió. Baybars estaba satisfecho. Cuando el caballo terminó de comer, gruñó, retrocedió y atacó. Baybars osciló sonriente. El cuarto día Baybars se dejó caer con un racimo de uvas. Al-Awwar volvió a atacarlo después de comerse la fruta. El quinto día Baybars tenía cinco higos, y al-Awwar comió hasta saciarse y permitió al intruso que se quedara. Pero el caballo no dejó que Baybars se acercara a él. Cada vez que este se movía, el caballo retrocedía de lado.

—Deja que te vea el lomo —suplicó Baybars—. Déjame ver los ríos y la tierra que lo surcan, porque algún día gobernaré estas tierras. Sé mi caballo, sé mi amigo.

El sexto día Baybars descendió con tres láminas de amaredina, la pasta de albaricoque seco. Y esta vez el caballo se quedó tan satisfecho con el festín que lamió hasta la cara de Baybars, pero en cuanto este fue a ensillarlo, al-Awwar atacó de nuevo.

Aquella noche Baybars se lamentó ante Sitt Latifah, y ella le dijo:

—Nadie ha podido montar a al-Awwar, porque es un semental de guerra. Solo un gran guerrero podrá montarlo.

—Pero yo seré un gran guerrero.

—Eso es lo que dicen todos los chicos —dijo Latifah—. No puedo ayudarte. Sí puedo, sin embargo, contarte una historia sobre nuestros grandes sementales. Escucha, préstame atención. Una vez, hace mucho tiempo, en una era pasada, en una época de héroes y guerras, había tres sementales. Los habían montado héroes en numerosas batallas, una guerra tras otra. Los tres caballos acabaron siendo animales viejos y fatigados. Los héroes que los habían heredado decidieron dejarlos libres como recompensa a sus años de leal servicio. Los caballos fueron desembridados y desensillados, y liberados en los campos. Los animales corrieron con los vientos de arena. Eran libres por fin. Los héroes los vieron galopar con un desenfreno que parecía pertenecer al pasado. Los caballos corrieron hacia un río para beber y lavarse. De repente se oyó el sonido de una corneta y los caballos se quedaron helados. El río fluía ante ellos, la corneta sonaba a sus espaldas, y los grandes corceles estaban perplejos. Los héroes contemplaron asombrados cómo sus sementales volvían a ellos a trote lento. Aquellos caballos eran los ancestros de todos los grandes corceles árabes, y por eso todos los guerreros, desde los de las lejanas islas de Europa a los de las grandes montañas chinas, poseen como monturas a descendientes de esos tres sementales.

Baybars besó a Latifah en la frente y le dio las gracias por su historia.

Y el séptimo día Baybars descendió provisto de tres hojas de amaredina y una corneta. Cuando al-Awwar hubo terminado de comer, Baybars tocó el «al-Jayal»: «Yo soy el jinete, cabalguemos».

Y Baybars montó a al-Awwar hasta llegar al desierto. Cabalgó lejos de Damasco, cabalgó hasta que llegó a las montañas que se alzaban al oeste de la ciudad, hasta que tanto él como su montura quedaron envueltos por una capa de sudor. A su regreso, cuando se acercaban a la ciudad, la espada tembló. Baybars apoyó la mano en ella y notó como volvía a agitarse. Al-Awwar se detuvo. Cuatro hombres aguardaban a que Baybars se acercara. Este encaminó a su caballo hacia ellos, y ambos avanzaron con paso lento y cauto.

—Saludos, viajero —dijo el cabecilla. Era damasquino, pero sus tres esclavos tenían la piel tan oscura como la madera de roble. Eran enormes y musculosos; los caballos que montaban parecían ponis bajo su peso. Eran poderosos guerreros de la tierra de los ríos, situada en la costa más lejana del enigmático continente.

—Saludos, pero no soy ningún viajero —dijo Baybars—. Voy camino de mi casa.

—No importa —le interrumpió el hombre—. Para seguir por este sendero debéis pagar un peaje.

—Es una vía pública hacia Damasco. ¿Acaso el gobernante de la ciudad está al tanto de esto?

—El comandante Issa es primo mío. Me urgió a ganarme la vida, y he seguido su consejo. Considera que el pago es un impuesto de amabilidad. Gracias a mi generosidad te permito respirar. Paga tributo a mi benevolencia o mis esclavos africanos te cortarán en dos y liberarán tu alma cautiva.

Baybars inclinó la cabeza.

—Entonces me temo que debo recompensaros por vuestra consideración —dijo.

Cuando Baybars subió la cabeza, al-Awwar embistió a los hombres. La espada se desenvainó sola, y actuó con más celeridad de lo que pretendía su dueño. El cabecilla se apresuró a ocultarse detrás de sus esclavos, poniéndose a cubierto. Al-Awwar comprendió cuál de aquellos hombres era el objetivo. El semental se abrió paso entre los caballos de los esclavos y atacó al corcel del cabecilla, provocando que su dueño cayera al suelo. Al-Awwar lo aplastó hasta matarlo.

Y entonces la espada de Baybars tuvo que parar los ataques de los tres poderosos guerreros. Baybars sentía que los huesos le crujían con cada golpe, pero el arma no cedía ni se partía. Un guerrero le atacó por la derecha, otro por la izquierda, y el tercero intentó derribarlo por el frente. Al-Awwar esquivó al primer caballo y tiró al segundo al suelo. Asustó al tercero hasta tal punto que este se encabritó; la espada de Baybars salió disparada hacia delante, eludió la armadura del guerrero y se detuvo justo frente a su corazón. Una gota de sangre tiñó la espada, pero esta no insistió en la herida. El guerrero contempló la espada y vio que estaba condenado.

—Solo un gato sin honor juega con su presa antes de matarla. Termina con esto.

—Prefiero no hacerlo —dijo Baybars—, ya que no tengo nada contra ti ni contra tus amigos. Deseo volver a casa. Dejadme en paz y quedaréis libres para hacer lo que deseéis.

—Si la situación fuera a la inversa, tú no estarías vivo.

—Entonces me alegro de que no sea así —replicó Baybars—. Si quieres morir, que así sea. Te proporciono una alternativa.

El guerrero hinchó el pecho; la espada de Baybars se apartó un poco pero siguió en guardia.

—Si no nos matas —dijo el africano—, nos convertiremos en tus esclavos.

Baybars devolvió la espada a su funda.

—No puedo poseeros, ya que alguien me posee a mí. Marchaos —dijo el futuro rey esclavo—. Que Dios guíe vuestros pasos.

—Ya lo ha hecho —dijo el poderoso guerrero—. Escogemos servirte hasta la muerte.

El gobernador de Damasco, Issa al-Nasser, convocó a Baybars y le pidió información sobre su primo.

—Anoche no regresó a casa —dijo el comandante—, y ayer tú entraste en la ciudad con sus esclavos.

—Ese hombre intentó robarme —contestó Baybars.

El comandante quedó horrorizado al oír la noticia. Llamó a su visir para que encarcelara a Baybars, acusado de asesinato. El visir le explicó que no se había cometido delito alguno: Baybars había actuado en defensa propia, y delante de testigos. No podían arrestar a Baybars en pleno día. La justicia siria tendría que moverse de forma subrepticia.

Aquella tarde, mientras Baybars paseaba por el patio en dirección a la caseta, seis soldados saltaron el muro y lo atacaron a traición. Le cubrieron con un gran saco de arpillera empapado en una poción anestésica. Lo sacaron por encima del muro y lo llevaron al otro lado de las puertas de la ciudad. Los soldados cabalgaron por el desierto hasta llegar a un campamento de beduinos. Uno de ellos dijo al jefe de la tribu:

—Aquí está el chico, y aquí tenéis la bolsa de oro prometida. El comandante no desea volver a ver la fea cara de este joven. Llevadlo con vosotros al desierto sagrado y vendedlo a un amo desalmado. O matadlo. Al comandante le da igual, siempre que se vea libre de este liante. El chico es listo. No dejéis que se os escape.

—¿Escapar? —preguntó el jefe—. Hemos matado a hombres por insultos menores. Llevamos generaciones transportando a chicos por el desierto. Marchaos. Volved a vuestra corrupta ciudad y decid a vuestro señor que el chico se ha desvanecido para toda la eternidad.

Los beduinos no comprendían del todo el concepto de tiempo. La eternidad no llegó a durar una noche. Cuando Baybars no apareció para cenar, Sitt Latifah llamó a sus criados y les preguntó si le habían visto. Nadie conocía el paradero de su señor. Los tres guerreros africanos anunciaron que irían a buscarlo.

Baybars se despertó al notar que una mano le tapaba la boca. No podía mover los brazos, atados con cuerdas. La cara de un hombre surgió ante él, y su boca dijo:

—Silencio. —El hombre desató a Baybars—. Ven conmigo —le dijo—. Sin hacer ruido.

Baybars siguió al hombre al exterior de la tienda. En la entrada, un beduino yacía en el suelo. Un corte de oreja a oreja explicaba la inmovilidad del beduino. Su rescatador lo sacó de allí. Poco después Baybars oyó los relinchos de al-Awwar y sintió que su corazón se llenaba de gozo. Los guerreros africanos sostenían las riendas del semental de Baybars.

—Creo que nunca debisteis separaros de esto —le dijo un guerrero, al tiempo que le tendía su espada. Baybars le dio las gracias y montó sobre al-Awwar.

El salvador de Baybars se subió a su silla.

—Diría que no me habéis reconocido.

—Tal vez no lo haya hecho al principio —dijo Baybars—, pero incluso con tan poca luz, nadie podría confundir la belleza de tu glorioso ruano. Te doy las gracias, sargento.

—La gratitud es mía —dijo el sargento Louai—. Cuando vuestros guerreros preguntaron por vos, me sentí agradecido de que se me deparara la ocasión de serviros. Encontraros nunca fue un problema. Lo único que tuve que hacer fue preguntar a vuestro caballo.

Baybars propuso regresar a la ciudad, pero el sargento y los guerreros se opusieron.

—Estos beduinos son ahora vuestros enemigos mortales —dijo un guerrero—. No descansarán hasta que hayan vengado el deshonor que supone vuestra huida. No se deben dejar enemigos atrás. Son solo treinta hombres.

—Pero no podemos matarlos mientras duermen —dijo Baybars—. ¿Tenemos que esperar hasta que se haga de día?

—No —dijo otro guerrero. Golpeó una piedra y encendió una tea. Luego disparó una flecha ardiente hacia el cielo nocturno. El guerrero exhaló un feroz grito de guerra—. Despertad, cobardes —gritó—. Levantaos, demonios, y plantadle cara a la muerte.

Baybars guió a los guerreros en la batalla. En cuanto su espada mató a su primera víctima, y la primera gota de sangre enemiga manchó su túnica, nuestro héroe suprimió al niño que había en él. Los guerreros masacraron a los beduinos.

A su llegada a la ciudad, Baybars repartió el botín de la contienda entre los cinco, pero entregó la bolsa de oro al sargento.

—¿Podrías informar al gobernador de Damasco de que creo que ha perdido esto?

Comimos en toda clase de posturas: de pie, sentados, de rodillas; haciendo chocar los cubiertos, codo con codo, espalda con espalda, amontonados en una habitación de hospital. Pero fue la mejor comida de Adha que la familia había disfrutado nunca. El tumulto dio paso a un silencio saciado. Mi hermana no apartaba la vista de mi padre para ver cómo se encontraba. Chapuzas, después de limpiarse los restos de cordero de su barba negra, anunció que debía volver al trabajo.

—Estoy demasiado lleno para andar, pero no me queda más remedio —dijo.

Todos se lo tomaron como una indirecta y la reunión se disgregó. Al final solo Lina, Salwa, Hovik y yo seguíamos con mi padre. Este apretaba la mascarilla de oxígeno que tenía en la mano con un poco más de fuerza.

—¿Estás bien? —le preguntó mi hermana. Le quitó la mascarilla de la mano y se la colocó sobre la cara. Mi padre no estaba bien. El pánico que emanaba de sus ojos me sobresaltó.

Treinta minutos más tarde tuvimos que llamar a Chapuzas, porque a mi padre le costaba respirar y los pantanos de sus pulmones se habían vuelto a encharcar de agua.

Tumbado en el diván, el comandante Issa contemplaba la bolsa de oro que había sobre la mesita de bronce. Apuró el vino. Estaba recibiendo al emisario del rey, venido de Egipto para recoger los impuestos. Ante ellos se extendía un festín de platos deliciosos.

—No entiendo cómo dejas que un tema tan intrascendente como el de ese chico te perturbe —dijo el emisario.

—¿Intrascendente? —mascculló el comandante—. Ese condenado chico mató a mi primo.

—Pero también tú ibas a matar a tu primo —murmuró el recaudador de impuestos con la boca llena—. Dijiste que era una vergüenza para todos los hombres de este reino. Ese chico te hizo un favor.

—Puedo matar a mi primo si me place, porque es de la familia. Este chico, Baybars, es un imprudente.

—¿Por qué no haces lo que hace todo el mundo con los chicos imprudentes? Envíale a El Cairo. Que el rey se ocupe de él. Invítale a comer, y yo le impresionaré con las glorias de El Cairo y su corte. Aún tengo que conocer a un chico que no anhele ser rey.

Todos los cocineros de palacio trabajaron en el almuerzo del día siguiente. Baybars no podía creerse lo que veían sus ojos, lo que olía su nariz o lo que probaba su lengua. El emisario del rey dijo que aquel banquete no era nada comparado con la grandeza de los ágapes del rey. Habló maravillas de la corte y regaló los oídos de Baybars con relatos de honor y de gloria.

—Las riquezas de El Cairo —dijo el emisario— están más allá de la imaginación de un muchacho. Todos los héroes de allende los mares navegan hacia la ciudad para probar su valor. Es el único hogar para los hombres de valía.

—Debo verlo —dijo Baybars.

—Así es.

—Antes tengo que pedir permiso a mi madre.

—Así es.

Sitt Latifah no recibió la noticia con alegría, pero se percató de que él estaba decidido a partir.

—Tienes una tía en El Cairo —le dijo—. Su marido es un visir importante. Escribiré a mi hermana para pedirle que cuide de ti. Pide a todos los que han creído en ti que te sigan en tu viaje; así no estarás solo. Yo prepararé para ti un equipaje tan completo que nada te faltará en Egipto. Y ruega a Dios, el misericordioso, que vigile tus pasos.

Y Baybars se preparó para enfrentarse a su destino.

Libro segundo

Por favor, cuenta mi historia. Seguro que es tan rara como la del cayado de Moisés, la de la resurrección de Jesús y la de la elección del marido de una *lady bird* como presidente de Estados Unidos.

EMILE HABIBI, *Said el pesoptimista*

… las historias no pertenecen sólo al que asiste a ellas o al que las inventa, una vez contadas ya son de cualquiera, se repiten de boca en boca y se tergiversan y tuercen, nada se cuenta dos veces de la misma forma ni con las mismas palabras, ni siquiera si el que cuenta dos veces es la misma persona, ni siquiera si el relator es único para todas las veces…

JAVIER MARÍAS, *Mañana en la batalla piensa en mí*

Todas las penas pueden soportarse si las introduces en una historia o cuentas una historia sobre ellas.

ISAK DINESEN, citada por Hannah Arendt en
La condición humana

6

—Y bien…, ¿qué opinas de la historia del emir? —preguntó Fátima a Afreet-Yehanam. Estaba tendida en brazos de su amante, sobre el lecho de viscosas serpientes, relajada y tranquila. Aunque ya empezaba a notar cambios en su cuerpo, el embarazo todavía no era visible.

El yinni la acarició sensualmente y dijo:

—El emir es un buen narrador.

Ella se volvió, apoyando su cuerpo desnudo sobre un codo para poder mirarle a la cara. Las serpientes que quedaron liberadas por ese movimiento se reordenaron.

—¿Es una buena historia de aventuras?

Afreet-Yehanam se desperezó y bostezó.

—La historia de Baybars tiene muchas vidas de antigüedad. Existen numerosas versiones.

—A mí me encanta —dijo Ismael.

—A mí también —dijo Noé—. Es un cuento precioso.

—Es verdad —convino Fátima—, pero creo que se parece mucho a sus otras historias, aunque sin el romance sentimental. ¿Hay bastante aventura? ¿Conseguirá esta historia, a diferencia de las previas, producir el efecto deseado, es decir, un heredero para el trono?

—Esa regla la fijaste tú —dijo el yinni—. Creía que te la habías inventado.

—Y así fue, pero me consta que es verdad.

—Quizá el destino no desee depararles un varón.

—Ah, el destino —dijo ella—. ¿Acaso es otra cosa que lo que el hombre elige hacer? ¿El destino es algo más que las expectativas que tenemos de nosotros mismos?

—Si eso es cierto, tendrán un hijo varón —dijo Afreet-Yehanam—, pero dado que la historia que está narrando no es el más tradicional de entre los relatos de aventuras, y no posee los suficientes pasajes de matanzas y pillajes, este hijo no se convertirá en el mayor de los guerreros.

—Entonces será un hombre sabio —dijo ella—. Pero tanto el cuento del emir como su héroe son aún demasiado jóvenes. Seamos pacientes y veamos qué ocurre.

—Ocurra lo que ocurra, podemos asegurar que el hijo será distinto —insistió el yinni.

En ese instante todas las serpientes silbaron al unísono, y los escorpiones levantaron las colas y aguzaron los aguijones. Cuervos y murciélagos descendieron del techo en tropel. Afreet-Yehanam se irguió con el asombro dibujado en la cara. Pero la sorpresa se le congeló como si fuera la de un temido depredador que ha pasado por las manos de un taxidermista. De la nada se materializó un mago vestido de blanco y provisto de una larga barba blanca. De su mano emergió un rayo blanco que paralizó al yinni. Los cuervos fueron los primeros en atacar, pero chocaron contra un escudo invisible que protegía al mago y cayeron derrotados al suelo. Los murciélagos los siguieron. Las serpientes escupieron su veneno desde abajo, pero este fue a dar contra el escudo y resbaló despacio hacia el suelo. Las marcas dejadas por los viscosos venenos revelaron la forma de huevo del escudo. Con la otra mano el mago proyectó varias fuerzas contra cada uno de los diablillos, que acabaron estampados contra las paredes. Entonces sus ojos se posaron en la desnuda Fátima. Agitó el brazo, una vez y otra. Fátima sintió cómo el talismán, la mano turquesa con el ojo incrustado, aumentaba de temperatura entre sus pechos. Cuando reaccionó, después de la sorpresa inicial, se agachó a recoger la espada y atacó al mago. Pero antes de que pudiera alcanzarle, este empezó a desvanecerse.

—Puta —le gritó antes de desaparecer por completo.

Fátima dio media vuelta. Su amante no estaba allí.

Un lunes por la mañana del mes de junio de 1967, casi al final del curso, madame Shammas entró en el aula sin llamar y sin darnos tiempo a ponernos de pie en señal de respeto. Se dirigió con rapidez hacia Nabeel Ayoub y anunció:

—Por favor, recoge tus cosas, hijo. Tu padre ha venido a buscarte. —Su voz era amable, pero no admitía réplica.

Nabeel se levantó, al principio con cara de perplejidad, y luego miró con timidez a sus compañeros, que no eran muy amigos suyos y seguían sentados. Se apresuró a recoger sus cosas y salió del aula detrás de madame Shammas.

Nuestra profesora, madame Saleh, posó la vista en la puerta cerrada: al otro lado se oía el eco amortiguado de tacones que corrían.

—Portaros bien, chicos —dijo ella—. Volveré en unos minutos.

Se encaminó a la puerta, se detuvo, se dio la vuelta y casi me pilló metiéndome un pedazo de papel en la boca. Se dirigió entonces a la niña con gafas que estaba sentada dos pupitres a mi derecha.

—Te dejo encargada del aula, Mira.

La bola que disparé desde la boca contra la espalda de Mira falló por poco. Su cola de caballo de color caoba oscilaba como un péndulo mientras iba hacia la mesa de la maestra. La clase estaba tensa, nerviosa, con energía acumulada. Sabíamos que lo nuestro era hacer el gamberro porque madame Saleh no estaba, pero no se nos ocurría nada concreto. Nos conformamos con arrojarle bolas de papel a Mira y silbar cada vez que ella gritaba:

—Silencio.

Diez minutos más tarde la clase era un descontrol. Madame Shammas anunció por el intercomunicador que todos debíamos recoger nuestras cosas porque venían a buscarnos. Los israelíes habían declarado la guerra.

La avalancha de padres que venía al colegio a recoger a sus hijos paralizó el tráfico. Algunos adultos estaban nerviosos, otros enojados, unos pocos parecían despreocupados. Vi un choque leve, y otros dos que estuvieron a punto de producirse porque todos los coches iban con prisas. Esperé, pero nadie vino a por mí. La doncella había informado a madame Shammas que mi madre había acudido a su cita semanal con la peluquera.

Una de mis series favoritas era *Perdidos en el espacio*. Para mí los israelíes eran como extraterrestres venidos de otros mundos. No son como nosotros, decía la gente. Vienen de muchos lugares, sin parar. Son extranjeros, decía la gente. No tienen dios.

Por fin.

—Aquí estás, campeón —dijo el tío Yihad. Había venido a pie desde su apartamento, que estaba justo al lado del nuestro, no muy lejos del colegio: a cinco calles, cuatro giros, tres jazmines, dos jacarandas y una adelfa blanca de distancia.

—Ha estallado la guerra —dije, saltando arriba y abajo en la calle.

—No te preocupes. —La barriga del tío Yihad tembló por sus carcajadas, su cabeza calva relucía al sol—. Está muy lejos de aquí.

A mí ni se me había pasado por la cabeza preocuparme.

El tío Yihad caminaba con decisión, como si todo en el mundo siguiera su curso lógico. Troté detrás de él, sin poder apartar los ojos de la espalda de su chaqueta color turquesa. Lucía su ropa con el mismo aire en que un pavo real abría la cola.

—No te alejes de mí —dijo en tono alegre.

Agarré la mano que me tendía. Me encantaban esos dedos de uñas cuidadas y la leve fragancia a colonia que emanaba de ellos. Fuimos cogidos de la mano calle abajo, a buen paso.

Una emisora de radio que salía de una cafetería gritaba que debíamos excavar trincheras con las uñas.

—La resistencia palestina puede ser de un melodramático encantador —dijo el tío Yihad.

Las bestias del inframundo miraron a Fátima en busca de guía. Las serpientes se enroscaban en sí mismas, con las cabezas erguidas, a la espera. Parecían miles de minaretes en miniatura, diminutos faros en un mar infinito y sin orilla. Los murciélagos y los cuervos, demasiado atónitos para emprender el vuelo, se unieron en grupos con los de su especie. Fátima buscó a los diablillos. Los encontró uno a uno, aturdidos y mareados.

Adán lloraba. Ezra gemía.

—¡Hermano! —gritaba Job.

Las lágrimas de los diablillos iban a juego con el color de su piel.

—Nuestro hermano se ha ido —sollozaba Elías.

—Nunca volveremos a verlo —añadió Noé.

Y los escorpiones, las serpientes y las bestias del inframundo se unieron a su duelo.

—Basta —ordenó Fátima—. ¿Qué ha pasado? ¿Quién era ese hijo de puta vestido de blanco? ¿Adónde se ha llevado a Afreet-Yehanam?

—No pronuncies el nombre del desaparecido ante sus deudos —dijo Isaac—. Nos hiere el corazón. —Negó con la cabeza, abatido.

—Ese mago es el rey Kade, el maestro de la luz —explicó Ismael.

—Detesta el inframundo y a sus habitantes —dijo Ezra.

—Nos considera unos parásitos —añadió Noé.

—Su misión es librar al mundo de las tinieblas —aclaró Jacob—. Lo prometió. Pero ¿acaso somos oscuros? Miradme. Soy amarillo.

—Está obsesionado con los yinns —dijo Ismael—, pero no pretende hacer uso de nuestros poderes. Secuestra a los yinns poderosos para torturarlos. Los encadena y los flagela, los obliga a trabajar en sus palacios antes de matarlos. Hizo que Mitrás, el poderoso demonio, le pintara un mural gigante con escenas bucólicas. Mientras pintaba, los ángeles del rey Kade le lanzaban dardos que salpicaban el mural de manchas blancas. Y luego el rey Kade le succionó lo que le quedaba de vida a Mitrás. Oh, Afreet-Yehanam, hermano mío, ¡qué tragedia se cierne sobre ti!

—Parad ya —gritó Fátima—. ¿A qué viene esto? ¿Por qué lloráis ya el destino de vuestro hermano? Primero encontraremos a ese idiota de blanco y le mataremos; lo aniquilaremos por haber entrado en nuestro reino sin invitación. Y después devolveremos a mi amante a su casa.

—No —dijeron los diablillos, los ocho con una sola voz—. No podemos.

—Pues iré sola —resolvió Fátima—. Quedaros aquí sentados y acobardados si lo preferís. Me enfrentaré a ese cabrón sin ayuda de nadie.

—No hay esperanza —dijo Ismael—. Hace millones de años urdió un potente hechizo. Ninguna criatura del inframundo, viva o no, puede hacerle daño. Los más poderosos yinns lo han intentado sin éxito. Criaturas más poderosas que todos nosotros juntos le han declarado la guerra. El hechizo que tramó no puede deshacerse. Nadie del inframundo puede derrotarle.

—Pero yo no soy de aquí —declaró Fátima—. Lo venceré.

Una por una las expresiones de las caras de los diablillos fueron cambiando y su conducta se transformó. Ismael fue el primero en levantarse.

—Tal vez no te sea de mucha ayuda en el gran combate, pero me aseguraré de que llegues allí.

—Yo desorientaré a sus tropas —dijo Job.

—Iré a por la alfombra —se ofreció Noé.

—Trae unas cuantas —dijo Elías—. Es un viaje largo... ¿Por qué ir apretujados?

—Venid, bonitos —dijo Jacob. Levantó los brazos y creó una bóveda de niebla amarilla sobre su cabeza. Los murciélagos volaron hacia ella y desaparecieron. Elías invitó a los cuervos a entrar en la esfera, y Adán guió a las serpientes, los escorpiones y las arañas.

—Partamos —ordenó Fátima, mientras se sentaba en una de las alfombras.

—Te declaramos la guerra, rey Kade —proclamó Isaac.

—Hacia el norte —dijo Ismael—. Vamos a la tierra de la niebla y la lluvia, la tierra del hielo y la nieve, la tierra de los cielos infinitos.

—No, aún no —dijo Fátima—. Antes debo ir a casa.

Hace mucho tiempo el oúd fue mi instrumento, mi compañero, mi amante. Lo toqué entre las dos guerras: empecé a tomar lecciones durante la guerra de los Seis Días y las dejé durante la guerra de Yom Kippur. En total fueron siete años.

Mi madre había querido que tomara clases de piano.

—Te irán bien —me dijo una noche. Yo estaba sentado en su regazo, en el balcón del apartamento. La baranda era un arabesco de rosas de metal que brotaban dondequiera que las líneas cambiaban de ángulo. Mi madre tenía los pies apoyados en uno de los escasos puntos sin rosas. Intentó peinarme mientras contemplaba las estrellas que centelleaban en el oscuro cielo de verano—. Creo que tienes talento. Te oigo cantar a todas horas. —Atrajo mi cabeza contra su pecho. Sentí la suavidad de la bata de seda en la mejilla mientras con la mirada enfocaba una de las caléndulas estampadas que se hinchaba y contraía con cada respiración. El aire iba saturado de inagotables cantos de cigarras—. No desafinas ni una sola nota. Eres mi niño dotado.

Me escurrí de su abrazo, y me aparté de su pecho empujándola con ambas manos.

—No me gusta el piano —dije.

Mi hermana Lina había estado tomando clases de piano durante los últimos cuatro años, desde que cumplió los seis, mi edad de entonces. Su profesora era mademoiselle Finkelstein, una solterona canosa, fea y con gafas, que olía a polillas y a vainilla. Siempre que Lina se equivocaba, siempre que cometía un error al tocar el *Méthode Rose*, mademoiselle Finkelstein le pegaba en los nudillos con una regla de madera que usaba para llevar el compás sobre la parte superior del piano. Pregunté a Lina por qué no se quejaba de esos golpes, y ella me dijo que la regla no hacía daño, que mademoiselle Finkelstein se limitaba a darle un toque suave y que quería mucho a su maestra. Sus nudillos rojos contaban una versión distinta. Cuando le pregunté a mi padre por qué mademoiselle Finkelstein era una mujer tan cruel, este me dijo que la explicación radicaba en su soltería, algo que amargaba a las mujeres, las volvía duras y despiadadas antes de cumplir los treinta. Por supuesto, añadió, eso las convertía en profesoras fantásticas, porque les daba todo el tiempo del mundo para dedicarse a su profesión y les enseñaba a inculcar disciplina. Por otro lado, los hombres solteros, como su hermano Yihad, eran solo excéntricos que no sufrían los mismos cambios. Él razonaba que la diferencia radicaba en que los hombres escogían no casarse, mientras que las mujeres tenían que vivir con la constatación de no haber sido nunca escogidas.

Para Fátima las brumas del delta del Nilo supusieron una visión acogedora, aunque los diablillos arrugaron la nariz. Ella ordenó a las alfombras que descendieran cuando se aproximaron a la casita de Bast.

—Te lo ruego —advirtió Bast en cuanto vio a Fátima—: no me hables del rey Kade. No tengo buen día. Cuando sangro, de lo último que me apetece hablar es de ese supuesto mago sagrado de la luz.

La curandera dio media vuelta y entró en su casa.

Fátima y su séquito la siguieron.

—Deja de comportarte como una niña caprichosa. Te necesitamos.

—Dejadme en paz —protestó Bast, intentando rehuir la mirada acusadora de Fátima.

—No. —Fátima tomó asiento en uno de los toneles de la sala, como había hecho otras veces.

—Al menos di a tus acompañantes que se esfumen. Son tan coloridos que me duelen los ojos.

—Bruja egoísta —gruñó Elías, y desapareció, dejando en su lugar una nube apenas visible de color índigo que se disipó enseguida.

—¿Qué tiene de malo el color? —preguntó Ezra—. ¿Acaso eres una artista de la gran ciudad? Oh, da igual. —Y también él se desvaneció en una nube anaranjada, seguido por Jacob, Job, Noé y Adán.

Isaac miró a Ismael y se encogió de hombros. Este sonrió. Se convirtieron en gatos. Isaac se transformó en un abisinio rojizo e Ismael en un mau egipcio de ojos oscuros. La curandera alejandrina se rió.

—Sigue siendo demasiado rojo —dijo Bast.

Isaac mitigó su color rojo y maulló.

Istez Camil, el profesor de oúd, era viudo. Lo conocí en el piso del portero, un pequeño espacio casi sin muebles de dos habitaciones que ocupaba la planta baja. Yo había ido a ver al hijo del conserje, Elie, que tenía trece años y era por tanto siete años mayor que yo. Todos estaban congregados en torno al transistor azul grisáceo, escuchando un duro parte de noticias. La pantalla encerada de beis de una lamparita que había sobre la radio vibraba cada vez que el locutor pronunciaba una ese. El conserje estaba sentado en la mejor silla del salón, su esposa había tomado asiento en el brazo de la silla; a su lado, Istez Camil ocupaba la otra silla, y los cinco hijos, Elie incluido, se hallaban acurrucados en el suelo, alrededor de la vieja radio.

El pérfido enemigo atacaba. El poderoso ejército árabe. Por la gracia de Dios. Venceremos. Las malvadas fuerzas imperialistas serán aplastadas, escupía la radio.

Vi un oúd apoyado en la pared. Me agaché, pasé los dedos por la fina madera, por los intrincados dibujos de las incrustaciones de madreperla, por los detalles de marfil delicadamente tallados. El instrumento parecía mayor que yo. Por un instante, me perdí en su magia.

—¿Te gusta? —preguntó Istez Camil. Estaba a mi altura, de rodillas y con la mano apoyada en mi espalda.

—Es precioso —dije.

—Lo hizo mi padre hace mucho tiempo. —Istez Camil levantó el oúd con suavidad, colocando la parte frontal ante mis ojos—. ¿Te gustaría aprender a tocar?

—Hay una guerra en marcha —interrumpió el portero, mientras posaba la vista en el techo—. ¿Es demasiado pedir un poco de concentración? —Se inclinó para subir el volumen del transistor.

Nos libraremos de las fuerzas invasoras de una vez por todas, liberaremos todo Jerusalén.

—Pregunta a tus padres si están dispuestos a pagar las clases. —Istez Camil llevaba los botones de la camisa mal abrochados, lo que hacía que el cuello estuviera descompensado. —Y no le hagas caso —susurró, señalando discretamente al portero—. Solo es un viejo cascarrabias que cree que la política es algo importante.

Elie se levantó, se estiró con languidez y me hizo una seña con la cabeza para que le siguiera. Oí que el portero rezongaba al vernos salir. Elie no hablaba, y yo intentaba mantener el ritmo de sus grandes zancadas. El mono de color naranja desvaído, que le iba un par de tallas grande, colgaba entre sus piernas con cada paso. Delgado y atlético, el chico se movía con un aplomo engreído. Bajó las escaleras hasta llegar al garaje, entró en el cobertizo de su padre y me dio una caja de herramientas para que la llevara. Pesaba tanto que casi se me cayó y tuve que sostenerla con ambas manos. Me costaba caminar. Cuando se percató de que yo no iba detrás ya estaba en lo alto de la rampa, en la calle. Volvió a buscarme y cogió la caja de herramientas con una sola mano; libre del peso le seguí sin problemas. Entramos en el garaje del inmueble de la esquina. Se detuvo frente a una moto vieja y oxidada y dejó la caja de herramientas en el suelo. Rompí el silencio.

—¿Es tuya?

Elie asintió. Su cara, de una seriedad perenne, parecía estar concentrada en la máquina que tenía delante, su labio inferior quedaba oculto del todo por el prominente labio superior.

—¿Tu padre te deja tener moto? —pregunté.

—No lo sabe, ¿vale? Y no lo sabrá porque de esto no le dirás nada a nadie, ¿a que no?

Enarqué las cejas, pero Elie no me prestó la menor atención. Estaba de rodillas. Con sus grandes ojos, de blancos relucientes, contemplaba fijamente la máquina. En su brazo la marca de una vacuna parecía un viejo y raído botón. Abrió la caja de herramientas, me entregó dos destornilladores, una llave inglesa, otra llave más pequeña, y dos pares de alicates. Los sujeté contra el pecho para asegurarme de no perderlos.

—La conseguí gratis porque no funciona —dijo Elie—, pero voy a arreglarla. —Extendió su mano hacia mí; tenía los dedos largos y ahusados—. Destornillador.

Con cuidado puse uno en su mano.

—No, ese no. El otro. —Elie manoseó el motor—. Vamos a ganar la guerra —dijo él, con la vista puesta en su tarea, la nariz aquilina pegada al motor—. Aniquilaremos a los israelíes, los arrojaremos de vuelta al mar.

—¿Vas a combatir?

—Todavía no puedo alistarme en el ejército. Pero no me necesitan. Los humillaremos. Alicates.

—¿Quién los humillará? —pregunté.

—Nosotros —dijo Elie con desdén—. Nosotros, los árabes.

—¿Somos árabes?

—Claro que sí. ¿No te enteras de nada?

—Creía que éramos libaneses.

—Sí, eso también —dijo Elie—. Los libaneses aún no hemos empezado a combatir, pero lo haremos. Los israelíes no nos han atacado, pero no vamos a esperar a que lo hagan. Los aplastaremos. Y tenemos un arma secreta. Existen cinco superpotencias, ¿lo sabes? —Me miró y levantó los cinco dedos grasientos de la mano izquierda—. Nosotros contamos con dos y los israelíes cuentan con otras dos. China y Rusia están de nuestro lado, y ellos tienen a América e Inglaterra. —Su índice derecho hizo bajar cuatro de los dedos de la mano contraria, dejando el dedo anular extendido—. Así que estamos empatados. Pero todavía queda Francia. Los israelíes creen que Francia está de su lado, pero no es así. Francia va con nosotros, porque Francia ama el Líbano. Francia es nuestra arma secreta. Venceremos a los israelíes, no lo dudes. —Bajó el último dedo y cerró el puño.

Lo miré con renovada admiración.

—Llave inglesa.

—El rey Kade es un alborotador de cuidado —dijo Bast—, pero tiene su utilidad. Tiempo ha, cuando, por raro que parezca, yo tenía más mal genio que ahora, me planteé la posibilidad de luchar contra él, pero llegué a la conclusión de que el escudo de guerrero no era para mí. Lo mío siempre han sido las batallas internas, no externas. El rey Kade fue la prueba.

—¿Fracasaste? —preguntó Fátima.

—Para nada. Gané, si quieres decirlo así. Yo prefiero pensar en ello como un simple acto de superioridad. Ya no me molesta.

—Me molesta a mí.

—Entonces debes conquistarlo, o conquistarte a ti misma; no sé qué es peor.

—Le venceré —afirmó Fátima.

—De eso no me cabe duda.

—Enséñame cómo hacerlo.

—Primero debes encontrarle.

—Creo que ya es hora de que Osama empiece a tomar clases de música —dijo mi madre a mi padre, desde el taburete que tenía delante del tocador. Se estaba maquillando: con un dedo aplicaba con cuidado la sombra de color sobre el párpado de su ojo cerrado. Me quedé a un lado y observé su imagen reflejada en el espejo. Sus espesas pestañas eran tan oscuras como una noche sin estrellas. Repasó su aspecto, cogió el lápiz de labios y aplicó una capa de rojo, la boca abierta en una «o» coqueta. Se secó los labios con un pañuelo de papel.

—No sé si es buena idea —comentó mi padre mientras observaba su figura en el espejo antiguo del armario—. Nuestro chico es demasiado listo para la música. —Guiñó un ojo, volvió la cabeza hacia el espejo y siguió haciéndose el nudo de la corbata—. Ya es un año más joven que el resto de su clase. No deberíamos malgastar su tiempo con la música. Debería concentrarse en las materias escolares. Si hay que hacer algo, es apuntarlo a algún deporte para fortalecerlo un poco. —Se pasó los dedos por las arrugas profundas que salían de su nariz hacia las comisuras de la boca.

—No creo que la música interfiera con sus estudios. —Mamá sujetó con horquillas los mechones de cabello que le sobresalían del moño y se echó tanta laca que me irritó los ojos—. Si fuera así, lo dejamos. La semana que viene hablaré con mademoiselle Finkelstein a ver qué opina.

—Quiero tocar el oúd —dije.

—¿El oúd? ¿Por qué? Es un instrumento muy limitado. Al piano puedes tocar lo que quieras. —El collar de diamantes centelleó cuando se volvió para mirarme—. Con el oúd solo puedes interpretar música árabe. No verás a nadie tocando el oúd en las grandes orquestas.

—Es bonito —dije. Ella se encogió de hombros y volvió a mirar al espejo—. ¿Por qué no estamos escuchando las noticias? —pregunté—. ¿Cómo no estamos siguiendo la guerra?

—Porque tenemos que vestirnos para la cena —dijo mi madre—. No te preocupes, querido. La guerra está muy lejos.

—¿Vas a luchar? —pregunté a mi padre.

—¿Yo? —Se rió—. ¿Por qué iba a hacer algo semejante? Esta guerra no nos concierne, no tiene nada que ver con nosotros. Somos un país pacífico. —Se pasó una mano por el cabello, perfectamente cortado, y usó ambas palmas para comprobar que no hubiera el menor rastro de barba en su cara recién afeitada.

—¿No queremos aplastar al enemigo imperialista?

—Esta noche no, cariño. —Mi madre se levantó, descollando sobre mí. Se alisó el vestido, se observó en el espejo una vez más—. Y ahora, dime, ¿estoy guapa?

—Estás preciosa —dije, fascinado por su vestido de noche de lamé azul.

—¿Y tu padre está de acuerdo? —Ella cogió el pequeño bolso de mano plateado y guardó el pintalabios en él.

—Lo está —dijo mi padre. La cogió de los brazos y la besó en la mejilla—. Estás fantástica.

—A ver si intentamos portarnos bien esta noche. ¿Podemos mantener las manos lejos de nuestra anfitriona? Ya sé que es difícil, pero puede intentarse, ¿no crees?

—Es un simple coqueteo, querida —dijo él, mientras se dirigía a la puerta de la alcoba—. Un simple coqueteo. A las mujeres les encanta. Es un cumplido.

Mi madre elevó la vista hacia las luces del techo y soltó un suspiro de exasperación. Me acarició la cabeza y salió; el sonido de sus tacones sobre el mármol resonó por el pasillo, más allá de la puerta, hasta que entró en el ascensor.

Al día siguiente el portero pintó los cristales de las ventanas de nuestro apartamento de azul para que los israelíes no pudieran ver luces por la noche.

—¿Por qué iban a querer bombardearnos los israelíes? —pregunté a mi madre.

—No quieren. Es solo una medida de precaución. Todo el mundo lo hace.

—¿Cómo quitaremos la pintura?

—Con acetona para las uñas, creo.

—El ejército de la luz, el ejército blanco o comoquiera que se llamen hoy en día, te llevará hasta él —explicó Bast—. Pero ten cuidado. Como todo lo que brilla, es engañoso. Dudo que lo encuentres en su primera casa o en la segunda.

—En la tercera —dijo Fátima—, siempre es en la tercera.

—Ve a lo más alto, porque es allí donde radica su poder: en los cielos, en el aire, hacia el norte.

—¿Cómo lo derrotaré?

—Eso no puedo decírtelo. Cada guerrero debe hallar su camino.

—¿Cómo le derrotarías tú?

—Eso es fácil —se rió Bast—. Lo seduciría hasta que entrara en mi mundo. En el barro y la maleza de mi entorno estaría perdido. Pero tú no puedes hacerlo.

—No tengo cómo seducirlo.

—No seas obtusa —la amonestó la curandera—. Has seducido a varones más poderosos. Sedujiste al que ahora quieres rescatar, y por eso debes encontrarte con el rey Kade en su propio reino, no en el tuyo.

—Necesito tu sabiduría. Ayúdame a aplastarlo. ¿Cómo puedo hacerlo?

—Abriendo bien los ojos. Te ofreceré un último consejo. El rey Kade carece de equilibrio.

—Eso lo deduje ya de nuestro breve encuentro. Me llamó puta.

—Ahí lo tienes —dijo Bast—, y aun así te niegas a verlo. Aunque no me refería a esa clase de desequilibrio. El rey Kade es muy fuerte, mucho más que tú y que yo. Y sin embargo la fuerza puede confundirte. Todo lo que es extremo está desequilibrado y debe girar hacia su opuesto. —Bast empezó a rebuscar en la despensa. De espaldas a la buscadora, dijo—: Veo que estás decepcionada. Esperabas algo más. Te daré esto.

Un estático Noé se materializó junto a Fátima con un leve chasquido.

—Este brilla mucho. Es demasiado vistoso —dijo Bast—. Demasiado. ¿Puedes adoptar un tono de azul más oscuro? —Noé se convirtió en un gatito azul marino y saltó sobre el regazo de Fátima—. Mucho mejor —destacó Bast. Entregó a Fátima tres bolsitas de cuero—. Esto es barro: barro sagrado, barro sublime y barro profano. Tienes que decidir cuál es cuál y cuándo usarlo. Uno procede de Francia, otro sale de un arroyo que se halla entre las montañas Safa y Marwa, y el tercero proviene de una de las siete bocas del Nilo.

La mano de Istez Camil, plagada de manchas, temblaba al sostener el cigarrillo. No parecía saber cómo sentarse en el diván de color borgoña del salón, no sabía dónde poner los brazos. Desde su asiento veía perfectamente el gran piano elevado que teníamos en el comedor, y sus ojos iban de mi madre al instrumento musical. Mi madre se levantó y cogió una taza de café turco de la bandeja que había traído la doncella.

—¿Me ha dicho que le gustaba dulce? —preguntó mientras dejaba la taza en la mesita que él tenía delante y apartaba un jarro del que rebosaba un ramo de flores silvestres: lilas, azucenas y gardenias.

Él asintió, tartamudeó; en su rostro se dibujaba una sonrisa nerviosa. Mi madre le acercó el cenicero. Ella cogió la otra taza de la bandeja, despidió a la doncella y volvió a sentarse. Cruzó las piernas, la derecha sobre la izquierda, y se ajustó la falda para asegurarse de que caía igual por ambos lados. Esperó hasta que él hubo tomado un par de sorbos de café.

—¿Cuánto tiempo lleva enseñando a tocar el oúd, señor Halabi? —Sonrió—. ¿Debería llamarle Istez Halabi? ¿Es más respetuoso?

—No, madame, no hace falta —dijo Istez Camil—. Llevo veinticinco años enseñando. —Su pelo gris se veía recién cortado; en el cuello se apreciaban diminutas heridas del afeitado—. He respaldado a numerosos cantantes y he sido intérprete profesional desde los trece años. Últimamente no he tocado mucho. Estoy semijubilado, ¿sabe? Me concentro más en la enseñanza.

—Muy bien —dijo ella. Colocó un cigarrillo en una boquilla plateada y lo encendió—. La verdad es que nunca me había planteado que mi hijo aprendiera a tocar el oúd. Tenía en mente el piano. Es un instrumento tan elegante. Y si no, entonces el violín. Pero él parece fascinado por el oúd. —Me miró con ojos relucientes y luego volvió a centrar su atención en Istez Camil—. No lo entiendo, la verdad. ¿No cree que a su edad es mejor el piano? Si toca el piano, luego podrá pasar al oúd con facilidad si le apetece. Pero al revés resultaría difícil. ¿No está de acuerdo?

—El piano es un instrumento maravilloso. —Istez Camil apagó el cigarrillo en el cenicero; su mano ya no temblaba—. Aunque no creo que yo sea la persona indicada para contestar a sus preguntas, señora. Yo siempre escogería el oúd antes que el piano. Siempre.

—Yo también —salté.

—Ah, tú. —Mi madre se rió y dio un manotazo al aire, como si me lo diera a mí—. Dígame, Istez Camil, ¿por qué no elegiría el piano?

Istez Camil miró al suelo; su cara estaba arrebolada como una peonía.

—Es frío, señora. Es un instrumento frío. Distante, sin alma. Mientras que el oúd..., el oúd se convierte en parte de ti, de tu cuerpo. Te lo tragas y él se te traga. —Levantó la cabeza—. Y también tenemos que considerar la idea del tarab.

—¿Lo ve? Eso nunca lo he entendido. Siempre he pensado que la gente subestimaba esto del tarab.

—¿Qué es el tarab? —pregunté.

—Mmm, veamos —dijo mi madre. Frunció el ceño—. No estoy segura de poder explicarlo. Tiene algo que ver con la música árabe. ¿Cómo lo describiría?

—¿Es mi chico el que pregunta por el tarab? —El tío Yihad entró en la sala y su voz resonó en las paredes. Llevaba un traje oscuro y un abrigo verde tilo de cachemira. Me levantó en el aire y me sostuvo hasta que le di un beso en la calva—. El tarab es un hechizo musical. Se da cuando tanto el músico como el oyente quedan embrujados por la música.

El tío Yihad advirtió que Istez Camil se ponía de pie.

—Disculpa —dijo, mientras me bajaba—. Ignoraba que tuvieras invitados. Qué grosero soy. —Fue a estrecharle la mano a Istez Camil, pero se detuvo a medio camino—. Dios mío. Qué honor. —Movió los brazos como aspas y miró a mi madre—. Layla, ¿sabes quién es este hombre? Este hombre es un maestro.

—Exagera, señor —dijo Istez Camil, que seguía de pie.

—¿Exagerar? Deje que le estreche la mano, por favor. ¡Layla, este hombre ha tocado junto a Umm Kalthoum!

Las alfombras surcaban el cielo hacia lo más alto. Fátima notaba el viento en la cara, los diablillos viajaban a su lado: tres alfombras con tres pasajeros en cada una. Iban hacia el norte.

—¿La curandera ha servido de algo? —gritó Jacob, para que su voz pudiera oírse sobre el zumbido del aire—. Quién sabe…

—Siempre están con las adivinanzas —replicó Job—. Las odio. No se me dan bien.

—Fue muy útil —dijo Noé—. Nos dio barro.

Elías gruñó. El aire se hacía más fresco y más claro, el sol más suave.

—Estamos a punto de descubrir si ha sido útil o no —dijo Fátima—. Mirad al frente.

Ante ellos, a cierta distancia, una bandada de águilas blancas surgió de detrás de una cima nevada, y a estas siguieron más águilas, y más.

—Son mil —dijo Ezra.

—Vienen a por nosotros —exclamó Elías.

—¡Maldito sea ese hijo de puta del rey Kade! —dijo Adán—. Esta es nuestra primera prueba.

—No digas eso —se lamentó Job—. Odio las pruebas aún más que las adivinanzas.

—¡Qué insultante! —dijo Isaac—. Hemos viajado hasta aquí para eso. Un mago de su altura, ¿y nos manda un puñado de bagatelas con plumas? Esperaba más de él. Estoy seriamente decepcionado.

—El mago intenta probarnos con símbolos —dijo Ismael—. ¡Qué infantil!

Job se llevó la mano a la frente y negó con la cabeza.

—Permitidme. —Aún con las piernas cruzadas sobre la alfombra, elevó los brazos al cielo y proclamó—. Probad esto. —Y entre los brazos de Job se formó una nube de la que salieron incontables mosquitos—. Un millar por cada uno de tus pajarracos —proclamó—. Mil por cada uno de tus mil. Un millón para ti.

—¿Mosquitos? —preguntó Fátima.

—Calla —contestó Job—. Me tomas por un principiante. Limítate a mirar.

A Fátima le pareció que los mosquitos viajaban a más velocidad que ningún insecto que hubiera visto antes, formando una zumbona y rauda nube de color beis. Las águilas blancas se lanzaron de cabeza a la nube de insectos.

Los mosquitos no consiguieron ralentizar el vuelo de las águilas al instante. Los depredadores tardaron un minuto en reducir la velocidad, después de lo cual empezaron a volar en círculos. Los picos mordían el aire, y las plumas se erizaban. Las águilas parecían nerviosas y desorientadas.

—No es suficiente —dijo Isaac—. Esas aves son demasiado prístinas. Que sufran.

Job apuntó hacia ellas con la mano: un millar de moscas salieron disparadas hacia las águilas. Luego envió jejenes, ácaros y garrapatas. Dejó a los piojos para el final. El blanco de las águilas quedó salpicado de rojo.

—Un color mucho más bonito —dijo Isaac.

Las águilas estaban abrumadas y vencidas. Habían perdido algunas plumas y estas caían flotando hacia el suelo. Al poco tiempo no quedaba en el aire ni una sola águila.

Fátima contempló la masacre que había a sus pies.

—Qué triste —dijo ella.

—¿Por qué? —preguntó Elías—. Eran demasiado bonitas.

—Odio el blanco —dijo Isaac—. Es insulso e incoloro.

Elie contemplaba las poderosas llamas de color amarillo y azul que despedía la hoguera que había encendido en un descampado, lejos de nuestra casa, con la esperanza de atraer a los israelíes para que desperdiciaran sus bombas allí. El chisporroteo de la madera al arder quebraba el extraño silencio. Mi hermana tenía una mejilla iluminada por el fuego y le temblaba un ojo al mirar a Elie. Vi los coches que pasaban, con los faros pintados de azul: una única rendija permitía que pasara la luz. Elie gritó hacia el cielo, era un grito de guerra. El agujero de la base de su garganta se hizo más grande. El borde del cuello de la camisa vibró. Lina abrió la boca, pero no chilló. Observaba a Elie, como hechizada.

Aquella noche el ejército egipcio abatió cuarenta y cuatro aviones israelíes sobre el Sinaí. Los chicos de Gamal Abd al-Nasser luchan por su patria, entonó la radio. Me senté junto a la ventana, iluminada por la tenue luz del sol matutino.

—Todo es mentira —dijo el tío Yihad. Puso la BBC: Los israelíes avanzan con facilidad. Han tomado Jerusalén.

El portero, el padre de Elie, la emprendió a gritos con madame Daoud, la vecina del tercero.

—Habla con mi marido cuando vuelva —le gritó ella—. No voy a quedarme aquí a aguantar esto.

—Traidores —vociferó él—. Queréis que los israelíes destruyan nuestros hogares.

—Que te den. —Ella cerró de un portazo.

Mi padre se inclinó sobre la barandilla y preguntó:

—¿A qué vienen esas voces?

—No han pintado sus ventanas —respondió el portero; su tono era más tranquilo, más conciliador—. Quieren que nos maten los israelíes.

—No seas tonto —replicó mi padre—. ¿Acaso crees que quieren morir? Es probable que nadie se lo haya dicho hasta que has empezado a gritarle. No me gusta que agobies a los inquilinos. Vuelve abajo y habla con ellos para que pinten las ventanas. —Volvió a nuestra casa, rezongando—. Ya nadie tiene claro cuál es su sitio.

La rareza de los Daoud residía en que casi nunca abrían una ventana de su piso. Al principio pensé que lo hacían porque eran judíos, pero mi madre, que era amiga de madame Daoud, me dijo otra cosa. Me explicó que muchas familias judías abren las ventanas. Creía que los Daoud mantenían las suyas cerradas porque habían vivido mucho tiempo en Bolonia, y todo el mundo sabía que a los italianos les aterraban los reclutamientos.

—Son esos putos americanos —dijo Elie. Encendió un Marlboro y tiró la cerilla catapultándola con los dedos corazón y pulgar—. Podemos machacar a los israelíes, pero no luchar contra los americanos. Los que pilotan los aviones son americanos. —Dio una profunda calada y golpeó el gastado sillín de cuero de la motocicleta—. Que los jodan a todos. Condenados imperialistas americanos.

—¿Vamos perdiendo? —pregunté.

Se volvió hacia mí y me empujó. Retrocedí, en un intento frenético por mantener el equilibrio.

—No perderemos nunca. Ganaremos la guerra. Dios está con nosotros.

Elie se volvió hacia la moto. Salí del garaje y subí corriendo a casa con la esperanza de que no se diera cuenta de mi ausencia.

Detrás de la cima nevada se alzaba un palacio inmenso, majestuoso, espléndido y plateado. Tres altas torres hendían las nubes blancas. Desde arriba, el palacio despedía un brillo sobrenatural y su plata reflejaba la gloriosa luz del sol. En el centro del patio refulgía un gran estanque.

—Mira qué mujeres tan bellas —dijo Elías cuando aterrizaron en el patio—. Tienen unos pechos preciosos.

Setenta y dos vírgenes, bellezas de grandes ojos redondos y cabellos de una variedad de rubios distintos, parecían perplejas ante la visión de los coloridos diablillos. Al igual que veintiocho asombrosos adolescentes varones de un blanco inmaculado.

—Bienvenidos seáis, viajeros —dijo una de las chicas.

—Creo que esperaban a un solo guerrero —dijo Fátima. Un enorme diván estaba dispuesto frente a un centenar de sofás colocados en filas. El verdor del jardín circundante embriagaba los sentidos—. Esta debe de ser la idea que alguien tiene del paraíso.

—Venid —dijo otra hurí. Tanto las mujeres como los chicos llevaban vestidos de pura seda plateada que revelaban más que si hubieran ido desnudos—. Uniros a nosotras. Dejad que os aliviemos del cansancio del viaje. Permitid que os rejuvenezcamos.

Diez chicos semidesnudos y sonrientes trajeron grandes jarras de vino. Cada uno de los habitantes del jardín tenía una copa llena del líquido de color borgoña.

—Venid —dijo un chico—. Relajaros. Podemos cantaros cuentos para entreteneros.

Una hurí acarició la cabeza de Isaac.

—¿Eres verdaderamente pura? —preguntó él.

—Somos tan castas como pollitos.

—Qué sosos —replicó Isaac—. Voy a dar una vuelta.

La atónita hurí entonó una melodía mágica, y sus hermanas la acompañaron. Una de las vírgenes cogió a Fátima de la mano, pero esta la rechazó.

—No me acuesto con mujeres de pechos más pronunciados que los míos.

La canción empezó a debilitarse.

—Pero somos castas —dijo una.

—Somos tímidas —dijo otra.

—No nos ha tocado ni hombre ni yinn….

—Podéis acostaros con nosotras…

—Tenemos vino…

—Tenemos música…

—Una copa rebosante de verdad…

—¿No sentís deseo? —preguntaron todas.

—No —contestó Ismael.

—Aquí no hay nada de interés —dijo Isaac al volver de su ronda—. La canción está en una clave menor.

Y el grupo se precipitó hacia sus alfombras y emprendió el vuelo.

Al día siguiente se sentaban en nuestro salón, con aspecto de estar fuera de lugar: eran tres hombres venidos desde Siria. Mi madre tuvo que servirles café, ya que la doncella estaba haciendo el equipaje.

—¿Están seguros de que esto es necesario? —preguntó mi madre—. Cualquiera diría que aquí pasa algo. Líbano no se meterá en la guerra.

—Los israelíes se acercan, señora —dijo el padre de la doncella. Su vellosa muñeca sobresalía tres dedos de la raída manga de la camisa. No miraba a mi madre a los ojos. Parecía muy cansado: párpados caídos y la mandíbula floja—. Se les oye. La niña debe volver a casa.

—Bien. Bien. Iré a ver si ha terminado. —Lina y yo la seguimos fuera del salón—. Es la última vez que contrato a una chica árabe —murmuró mi madre antes de entrar en el cuarto de la criada.

La chica llevaba su mejor vestido, uno estampado en color clorofila, abotonado al frente y que le llegaba un centímetro por debajo de las rodillas, lo que dejaba al descubierto las pantorrillas blancas. Un pañuelo amarillo canario le cubría el cabello, su peor rasgo. Allí plantada, con la vista puesta en la maleta abierta, parecía mucho mayor de sus trece años.

—Deja que vea cómo lo has hecho —dijo mi madre. Sacó la capa superior de la maleta y miró debajo—. ¿Hay algo más que tenga que ir en esta maleta?

La chica negó con la cabeza. Mi madre reordenó la ropa.

Lina me miró con esa cara que decía: voy a contarte algo que no sabes porque no sabes nada.

—Mamá está comprobando que no nos robe nada —me dijo en francés.

—*Tais-toi!* —la regañó mi madre. Rebuscó en su bolsillo y de él sacó un billete de cien dólares—. Escucha —dijo a la chica—. Quiero que te lo quedes. Has sido muy buena con nosotros. Sé que es mucho dinero, pero quiero que me prometas una cosa. Vas a esconderlo. Es solo para ti. No se lo mostrarás a tu padre ni a tus hermanos bajo ninguna circunstancia. Ni siquiera a tu marido si te casan. Es para ti. Solo para ti. ¿Lo entiendes?

—Sí, señora. —Contestó ella, guardándose el billete en el sujetador—. Gracias, madame.

—Ahora lárgate de aquí.

La radio se lamentaba de traiciones con voz vencida. El aire parecía denso. Yo estaba en la salita del portero mirando a una familia de extraños. La esposa del portero se cernía sobre sus invitados, inquieta. Eran cuatro: una mujer sin marido —una especie de versión harapienta de la portera— y sus tres hijos. La mujer se mordía los labios y tenía los ojos llorosos. Daba la impresión de que no habitaba en su cara fantasmal. Un ventilador aletargado removía el aire.

—Tenían tantos aviones —dijo su hijo mayor, casi un hombre—. No paraban de llegar. Iluminaron el cielo por la noche y lo bombardearon todo. No tuvimos ninguna oportunidad. Todos huyeron.

Elie le miró fijamente.

—¿Tú luchaste, primo?

—¿Luchar? Si no podíamos ni respirar. Venían a tanta velocidad que apenas tuvimos tiempo de escapar. Usaron napalm. Te quema la piel hasta el hueso antes de matarte. ¿Cómo se puede combatir contra eso solo con rifles?

—Estamos perdidos —dijo otro primo.

Elie salió hecho un basilisco. Fui tras él.

Yo intentaba pasar desapercibido. Mi madre evitaba mirar al tío Yihad y fijaba la vista en el techo. Ambos estaban sentados en el diván, con las piernas apoyadas en la mesita de cristal. La infusión que mi madre tomaba a media mañana permanecía intacta, aunque ya no humeaba.

—Se ha ido, Yihad —dijo ella en voz baja—. Se ha ido.

Mi madre había descubierto que madame Daoud se había marchado al amparo de la noche; según su marido, había vuelto a Italia, a visitar a su familia.

—Ni una palabra, ni una nota, nada. —Mi madre cerró los ojos y suspiró.

—¿Por qué piensas que no volverá? —preguntó el tío Yihad—. Su marido sigue aquí.

Mi madre bajó la cabeza despacio, abrió los ojos y le lanzó una mirada que exigía seriedad.

—Él tiene que ocuparse de las cosas antes de poder reunirse con ella.

—Te estás poniendo hosca. —Mi tío apoyó la mano en su hombro—. Ella siempre será tu amiga.

—Nada permanece —dijo mi madre, negando con la cabeza—. Todo se pierde.

—He perdido mi inocencia infantil —proclamó Lina con un suspiro. Estaba sentada en el taburete, de espaldas al piano, cuya tapa estaba abierta como si este se dispusiera a exhalar un suspiro propio. Embargada por la tristeza me mostraba su perfil, cual actriz egipcia caída en el olvido. Seguía alisándose la falda sin bajar la mirada, en un gesto ensayado, mecánico.

—¿Qué significa eso? —pregunté.

—¿Cómo puedo ser testigo del sufrimiento de los niños palestinos y conservar mi inocencia infantil? —Exhaló con fuerza—. Sufro con ellos. Ya he dejado de ser una niña.

—Pero si tienes diez años, idiota.

—Ya no. Con lo que he visto, ya soy una mujer.

La empujé fuera del taburete y salí corriendo. Ella me persiguió.

—Se ha acabado —dijo mi madre— sin que nuestro ejército haya disparado ni una sola bala.

—El gobierno no tiene la culpa de que la guerra terminara tan pronto —dijo el tío Yihad—. Seguro que aún están reunidos, decidiendo qué medidas van a tomar.

Vimos las noticias por televisión en la sala: miles de refugiados palestinos llegaban a Líbano, como el ganado rodante, rodante, rodante de *Rawhide*.

—Este caos es desconcertante. Son tantos… —exclamó mi madre—. ¿Qué van a hacer?

—Esperar —respondió mi padre.

—¿Qué se supone que es Líbano? ¿Una especie de purgatorio?

—¿Qué es el purgatorio? —pregunté.

—Ven aquí y te lo explicaré —dijo el tío Yihad, mientras se daba una palmada en el muslo. Mis pies colgaban del borde de su regazo—. Según Dante, existe el paraíso arriba, el infierno abajo, y también el purgatorio, que es como una sala de espera de hospital o una estación de tren donde se queda la gente hasta que se decide adónde van.

—¿Y quién lo decide, Dios?

Su sonrisa se hizo más amplia. Movió la cabeza, en un asentimiento poco comprometido.

—Cualquiera salvo nosotros.

Y el rey Kade desató contra ellos los vientos traidores.

—Esto ya me parece más normal —dijo Isaac.

Unas nubes densas se acercaban. Los pasajeros se agarraron a los bordes de la alfombra a medida que los vientos se endurecían. Una ráfaga fría y turbulenta derribó a Jacob. Cayó unas cuantas leguas, desapareció y luego volvió a su sitio. Las alfombras se volvieron díscolas y empezaron a hacer travesuras.

El grupo se vio obligado a descender sobre un prado verde; la hierba les llegaba hasta las espinillas. Noé dobló las tres alfombras hasta reducirlas al tamaño de una cartera y luego se las tragó.

—Es un prado precioso —se admiró Job—. Y el color es perfecto. Fátima y los diablillos fueron en dirección norte.

—Qué agotamiento —protestó Elías—. Cuando por fin lleguemos estaré demasiado cansado para hacer nada. Tengo las pezuñas irritadas. Creo que deberíamos volver a volar y arriesgarnos a luchar contra el viento.

A sus pies se extendía un hondo valle que debían cruzar para llegar a la segunda montaña.

—Se acerca otra ola —anunció Ismael, señalándola con su diminuta mano. Corceles blancos montados por blancos guerreros galopaban hacia los diablillos. Los jinetes blandían espadas de plata por encima de sus cabezas—. Diría que son cien, veinte filas de cinco.

—Mira detrás de la ola de atacantes —dijo Ezra—. Hay unos cien, y otros más aún esperando. Deben de ser al menos un millar.

—¿Por qué se alinean así? —preguntó Fátima.

—Los fanáticos no tienen imaginación —respondió Isaac.

En el centro del valle había un gigantesco roble de hojas blancas del que brotaban tanto caballos como jinetes. Sus hojas caían al suelo y se transformaban en hombre o en bestia.

—¿Puedo? —dijo Adán.

—No —repuso Noé—. Dejadme a mí. Hermana, ¿puedes darme una de las tres bolsas?

—¿Cuál de ellas? —preguntó Fátima, cuya mano sostenía los tres regalos de Bast.

—Me da igual —contestó el diablillo azul—. Cogeré esta. Huele al sagrado Nilo. —Abrió la bolsa y vació su contenido en el prado donde se hallaban—. Retroceded y admirad. —El barro cayó sobre la abundante hierba, despojándola de su pureza fastidiosa. El barro se extendió y burbujeó. Nació un pequeño riachuelo.

—Yo te ayudaré. —Noé unió las manos. El riachuelo se convirtió en un río de aguas caudalosas que avanzaban hacia los jinetes.

—Más —le animó Isaac—. Enséñales lo que es sufrir.

Noé unió las manos una vez más y las aguas del río crecieron.

—Que así sea —dijo Noé, y provocó una riada.

El valle cóncavo se tiñó enseguida de azul. Entre los caballos se desató el pánico y los jinetes intentaron calmarlos. Cuando el agua cubrió la corteza del árbol gigante, los caballos tuvieron que nadar. Del riachuelo iba manando más y más agua, hasta que se formó un lago: un lago monstruosamente grande. Guerreros y monturas perecieron ahogados. El agua llegó a la copa del roble blanco. El azul se tragó al blanco.

—Plof…, pobre ejército blanco —dijo Isaac.

—¿Sobrevivirá el roble? —preguntó Jacob.

—Sí —dijo Adán—, pero necesita protección.

Con los brazos en alto formó una bóveda de polvo de la que asomó la cabeza de una inmensa serpiente de color violeta, provista de una cresta dorada y de una mirada feroz. La serpiente silbó, mostrando su lengua trífida.

—Venga, Tebas —dijo Adán—. Este será tu nuevo hogar.

La serpiente desenroscó su cuerpo, hinchado y rollizo. Rodó, rodó y rodó desde la bóveda hasta sumergirse en el lago; sus escamas brillaban bajo el agua. Tebas devoró a unos cuantos jinetes rezagados uno por uno. Una vez satisfecha, enroscó el cuerpo en torno al gran roble blanco, por debajo de la superficie del lago, y apoyó la cabeza en las ramas más altas.

—Una serpiente digna de tan impresionante árbol —comentó Adán.

En noviembre de 1968 los Farouk se mudaron a nuestro edificio, al piso que habían dejado vacío los Daoud, que habían marchado hacía un año.

Tenían un timbre estridente.

—*Buon giorno, signora* —dijo el tío Yihad a la señora Farouk cuando esta abrió la puerta. Fueron las únicas palabras que entendí, ya que siguió hablando en italiano. Tenía oportunidad de practicar bastante el italiano porque en el vecindario había una familia de Milán y un genovés soltero, que era piloto.

La señora Farouk se sonrojó y abrió la puerta de par en par. Su cabello era de un caoba rojizo y su piel tendía a arrebolarse con facilidad. Habló en italiano, con gestos expresivos, y nos invitó a entrar. La seguimos hacia el salón; mis zapatillas blancas de tenis levantaban crujidos en la pulida madera clara. Su marido estaba en el sillón, leyendo una novela árabe. De unos altavoces invisibles salía música de oúd. La señora Farouk nos presentó al tío Yihad, a Lina y a mí. Su marido, el señor Farouk, se levantó para saludarnos.

—Somos el comité de bienvenida —dijo el tío Yihad, con la cara radiante de satisfacción. Cuando se emocionaba, su voz tomaba un registro agudo—. He traído a los niños para que conozcan a los suyos.

Noté que Lina se ponía rígida antes de ver entrar a las chicas de los Farouk. Fátima tenía ocho años, uno más que yo, y era mona y delgada, pero no era la causa de la consternación que había embargado a mi hermana. A sus trece años, Mariella era la chica más guapa que yo había visto en mi vida. Cabello largo y de color castaño claro, ojos verdes, labios carnosos y boca grande. Entró en la sala despacio, consciente del efecto que provocaba a su alrededor.

—*Che belle* —exclamó el tío Yihad, mirando a su padre—. Ambas parecen haber heredado los mejores rasgos de ambos. Son una mezcla deliciosa de Irak e Italia. Maravillosas.

Mariella hizo caso omiso de Lina y me tendió su pálida mano.

—Hola, soy Mariella —dijo en una voz que no tenía nada de infantil—. Esta es mi hermana pequeña.

La señora Farouk carraspeó.

—Estamos tan contentos de haber encontrado este lugar —dijo. Su acento era curioso, una amalgama de numerosos dialectos árabes—. Teníamos muchas dudas sobre instalarnos en Beirut. Nos cansamos de Amán, y primero pensamos en Roma, pero luego decidimos que Beirut ofrece lo mejor de ambos mundos, ¿no cree? Y encontramos este apartamento. ¡Precioso, una señal del cielo! Estaba en tan buen estado. ¿Sabe quién vivía aquí? Me gustaría enviarles una nota de agradecimiento.

—Tendría que enviarla a Israel —salté yo.

—Los Daoud emigraron a Israel —explicó el tío Yihad—. Se jubilaron, cerraron la fábrica de chocolate y se marcharon.

—¿A Israel? —preguntó la señora Farouk—. ¿Cómo se les ocurriría algo así? Es un país de lo más soso. La gente es demasiado seria.

—Son judíos —aclaró el tío Yihad—. Creo que allí se sentían más seguros.

—Yo también soy judía y no me verá recogiendo mis cosas para instalarme en un kibutz.

Miré hacia las ventanas y vi que estaban abiertas: una brisa leve y fresca agitaba las cortinas de muselina. La música de oúd seguía sonando mientras empezábamos a conocernos. Incluso Lina formulaba preguntas; estaba animada, habladora.

—Les encantará el barrio. Está lleno de gente de todas las edades.

Me aislé de todos y me concentré en la exquisita melodía. No tenía ni idea de quién era el músico, pero era un fantástico intérprete de oúd. El tío Yihad se rió a carcajadas. Me esforcé por oír la suave música. Madame Farouk también se rió. Ruido. Les dije que se callaran.

La sala se quedó en silencio. Unas caras llenas de asombro me miraron y me percaté de lo que había hecho. Pasaron unos segundos tensos. El corazón me latía más deprisa; se me saltaban las lágrimas. El tío Yihad dejó escapar una risa nerviosa.

—Me disculpo en nombre del chico —dijo él—. A veces vive en un mundo propio.

Me miró con expresión preocupada. Todos parecían esperar que yo dijera algo.

El intérprete de oúd llevó el maqâm a otra clave.

—Lo siento —dije con voz mucho más queda de lo habitual—. Lo siento mucho. Estaba escuchando la música y me olvidé de dónde estaba. —Hice una pausa. Nadie dijo nada—. Me quedé perdido en la música y en mi falta de buenas maneras.

Todos prorrumpieron en risas. Todos menos Fátima. Me miraba con ojos inquisitivos, evaluadores. El tío Yihad pasó una mano por mis hombros y dijo:

—Este chico es un tesoro. Siempre dice las cosas más increíbles.

—Este chico es un idiota —replicó Lina.

—¡Qué encantador que un chico de su edad se sumerja tanto en la música! —dijo la señora Farouk—. Mi marido querrá adoptarlo.

El señor Farouk sonreía y me miraba atentamente.

—Es música de mi hogar.

—Es el Maqâm Râst —dije, y me senté sobre las palmas de las manos.

—¿Cómo lo sabes? —preguntó el señor Farouk, con la sorpresa dibujada en la cara. Me encogí de hombros.

—Este chico tiene talento a raudales —intervino el tío Yihad—. Toca el oúd como un maestro, toca día y noche. Sabe tocar maqâms. Está estudiando con Camil Halabi.

—Solo sé tocar un maqâm.

—Me encantaría oírte tocar —dijo el señor Farouk—. Tocaré para ti, y tú tocarás para mí. ¿Te gustaría? Tu maestro es un gran músico. Tenía entendido que había muerto. Le oí una vez, cuando vino a Bagdad hace mucho tiempo, en los tiempos en que la ciudad aún estaba viva, cuando aún nos importaba la belleza. —Posó la vista en el techo—. ¿Por qué no le prestas el disco, querida? —dijo a su esposa—. Así podrá escucharlo sin que nadie le moleste.

Fátima apareció en mi clase dos días después. Llevaba medias blancas y un vestido corto de color azul y con ribetes de encaje, estampado con margaritas blancas. Frágil y delgada, se dirigió hacia Nabeel, que ocupaba la silla contigua a la mía.

—Quiero sentarme aquí.

Nabeel se encogió de hombros y dejó libre el asiento que había sido suyo durante semanas. Ella se sentó, mantuvo la cabeza gacha, pero me miró con sus ojos castaños, con una mezcla de nerviosismo y aplomo.

—Tienes que ser mi amigo —dijo.

El palacio de cristal se alzaba sobre la cumbre de la segunda montaña. Su tamaño, estructura y brillo resultaban cegadores. Todo su interior —escalinatas, columnas, balaustradas, mesas, sillas y estantes— estaba hecho de un cristal diáfano en el que no se distinguía la menor impureza. La luz del sol se reflejaba en el gran vestíbulo, arrancando destellos de fieros colores. Era un espacio donde reinaba un extraño silencio, un lugar yermo de vida.

—Yo podría vivir aquí —dijo Jacob.

—Es demasiado aséptico —resopló Isaac. De un salto se subió a una de las butacas, se bajó los calzones y meó—. No puedes manchar los muebles. No podría vivir aquí.

—Pues quizá no nos quede más remedio —intervino Fátima—. La puerta acaba de cerrarse sola.

Los ocho diablillos se dispersaron por el vestíbulo en todas direcciones. Ismael intentó abrir la puerta, pero esta estaba cerrada a cal y canto. Ezra y Elías comprobaron las ventanas.

—Las pruebas se vuelven más difíciles —dijo Job—. Lo odio.

—Incómodas —dijo Isaac—, pero no difíciles. —Soltó un hipido, eructó y vomitó una semilla por la boca—. Dulce —dijo—. Hermana, permíteme una de las bolsitas que quedan.

—Escoge —dijo Fátima.

—Esta —decidió Isaac—. Huele a tierra fértil. —Vertió el barro en el centro del vestíbulo y en él plantó la semilla—. Observad —dijo, y dio un paso atrás para admirar su obra—. Crece —ordenó, y la hiedra empezó a reptar. De cada mata salía una, y luego otra.

—¿Hiedra venenosa? —preguntó Fátima.

—Una variedad —explicó Isaac—. No te preocupes. Eres de los nuestros. Los venenos son la sangre que te da la vida.

La hiedra fue enroscándose en el suelo hasta cubrirlo y empezó a ascender por las paredes. Unas flores verdosas brotaban en las ramas a medida que la hiedra serpenteaba hasta llegar al techo.

—Qué flores más sosas —dijo Ismael. Lanzó campanillas sobre la hiedra.

—Llega mi maldito turno —anunció Adán. Cambió el verde del suelo por una hiedra moteada de flores de un azul violáceo. Noé le añadió jacintos. Ezra, cipreses.

—Pasemos a la raza amarilla —dijo Jacob, y, cual canario, floreció una parra y llenó el lugar de destellos amarillos.

—Algo dulce —ordenó Elías, y brotaron guisantes de olor—. Oh, no. Yo quería jazmines.

—Basta ya —dijo Isaac—. Si vas a hacerlo, hazlo bien. —Una densa buganvilla roja cubrió paredes, suelo y techo—. Ahora sí que podría vivir aquí. —Fue saltando alegremente por las parras hasta llegar a la puerta, que estaba forrada del todo. Empujó a través de la hiedra, hasta que la puerta cedió y se desplomó—. Deprisa —dijo al resto—. Este palacio se caerá en cualquier momento.

—La palabra maqâm significa «lugar» o «situación» —explicó Istez Camil—. También quiere decir «sepulcro». Es música, se refiere a la escala, pero también al humor. ¿Sabes qué es?

—No. —Mis dedos subían y bajaban mecánicamente por el cuello del oúd. Llevaba cuarenta y cinco minutos tocando escalas.

—A través de su estructura y modalidad cada maqâm se relaciona con un humor específico. Cuando interpretas un maqâm la técnica debería resultar invisible, para que lo único que se aprecie sea la emoción pura. El objetivo es inducir cierto humor tanto en el oyente como en ti mismo. Ese humor determinará la selección del maqâm y la clase de improvisaciones. Por ejemplo, si quieres provocar tristeza, puedes escoger uno que sea microtonal, como el Maqâm Saba.

Asintió con la esperanza de suscitar alguna muestra de reconocimiento. Negué con la cabeza. Istez Camil se levantó y fue a decir algo, pero se contuvo y encendió un cigarrillo.

—Estás cansado —dijo—. Ya lo terminaremos la próxima vez.

Bajé el instrumento y estiré los dedos.

—¿Por qué cree la gente que estás muerto?

—¿Muerto? Quizá porque dejé de tocar en público. —Istez Camil miraba por la ventana, de espaldas a mí.

—¿Por qué lo dejaste?

—Toqué la nota equivocada —dijo él—. Desperté la emoción equivocada.

No dije nada, a la espera de que mi maestro prosiguiera con su explicación.

—Mi mujer había muerto. Aburrí al público. Yo solo soportaba oír, o tocar, un único maqâm. El público no conseguía apreciar las variaciones del maqâm que yo tocaba. Se hartaron de oírlo una y otra vez.

—El Maqâm Saba —dije—. Me encanta lo despacio que se mueve, la infinita ternura que desprende, como lágrimas que descienden por las mejillas: una cascada de gracia.

—¿Lo ves? Tú lo entiendes. —Istez Camil no se volvía a mirarme—. Una cascada de gracia. Es maravilloso. Describe toda la grandeza de las interpretaciones de Shah-Kuli, o incluso las anteriores. Se dice que fue el músico más grande que ha existido.

—Háblame de él.

—Cuando los turcos derrotaron a los persas y reconquistaron Bagdad en 1638, ochocientos mil jenízaros murieron en una emboscada, de manera que los turcos orquestaron una matanza general. Cortaron las cabezas de treinta mil persas, pero el sultán seguía necesitando entretenimiento. Un músico persa, que aguardaba su ejecución, fue llevado a palacio. Mientras sus compatriotas, amigos y parientes eran decapitados uno a uno, el gran Shah-Kuli tocó un maqâm para el despiadado sultán Murat. Cantó con tanta dulzura, tocó el oúd con tanta sensibilidad... Terminó su actuación con un canto fúnebre que hizo brotar las lágrimas en los ojos de todos los oyentes. —Apartó la mirada de la ventana y me sonrió—. Las lágrimas descendieron por las mejillas del público al ritmo del maqâm. Una cascada de gracia. Y el lloroso sultán ordenó que cesaran las ejecuciones.

Detrás de la tercera cima no se distinguía palacio alguno. La comitiva voló de arriba abajo y de abajo arriba, escrutando todos los rincones del escarpado paisaje, pero no encontraron nada.

Elías soltó a los cuervos.

—Buscad con vuestros ojos agudos.

Job soltó a los murciélagos.

—Buscad con vuestros oídos agudos.

—¿Podría hallarse en el interior de la montaña? —preguntó Adán—. Puedo enviar a los escorpiones.

—¿Podría estar más lejos? —preguntó Noé.

—Esperad —ordenó Fátima.

Los murciélagos y los cuervos surcaron la zona. Fátima siguió a los que podía con la vista.

—Más arriba —dijo ella—. Tiene que estar más arriba.

Desató un lazo negro de su cabello y lo agitó con el brazo. Lo subió por encima de su cabeza. Un grupo de siete cuervos siguió la indicación y voló por encima de la cumbre nevada. Ella agitó el lazo de nuevo y los cuervos volaron aún más alto. Si subían más, alcanzarían las nubes. Antes de que ella pudiera sacudir el lazo una vez más, uno de los cuervos plegó las alas y empezó a caer en picado. A una orden de Elías, sus hermanos interrumpieron la caída y lo depositaron en sus manos. El diablillo índigo lo observó.

—El pájaro habla.

—Retirad a los cuervos y a los murciélagos —declaró Fátima—. Ya sé dónde está el rey Kade.

—¿Dónde? —preguntó Ismael.

Elías y Fátima respondieron al unísono:

—En las nubes.

El primer jueves de diciembre nos sorprendió al tío Yihad y a mí en un pequeño café de Msaitbeh. Habíamos pedido permiso a mis padres, ya que era tarde y al día siguiente había colegio. La pintura se resquebrajaba en unas paredes que no tenían ni un solo adorno, ni una foto, ni un simple cuadro. Nos sentamos a una mesa de formica que me quedaba demasiado alta. El tío Yihad saludó a todos los hombres aunque saltaba a la vista que no encajaba en este entorno. Era, con diferencia, el ser más colorido que había cruzado la puerta. No había mujeres. De todos los hombres del café ni uno solo se había afeitado en las últimas veinticuatro horas, mientras que la cara imberbe y la cabeza calva del tío Yihad relucían en un tono azulado, reflejo de los fluorescentes.

Cuando llegó mi té —fuerte, dulce y servido en vaso—, el silencio se había apoderado del café. Un chico, un par de años mayor que yo, encendió el transistor y empezó la música.

—Estás a punto de oír a la diosa —susurró el tío Yihad, y se llevó un dedo a los labios en señal de silencio.

La introducción empezó como una melodía sencilla interpretada por violines. La percusión, un *derbakeh* y dos *daffs*, le proporcionaban un ritmo sostenido. Los violines repitieron la melodía, una y otra vez, hasta lograr un efecto hipnótico. La mayoría de los hombres tenía los ojos cerrados. Pasaron diez minutos antes de que la melodía que tocaba la banda empezara a decaer. Por la radio sonaron los aplausos.

—Ha subido al escenario —murmuró el tío Yihad—. Ya ha llegado.

Silencio. Oí las respiraciones de algunos de los hombres. Un segundo. Dos segundos. Diez segundos.

Su voz llegó hasta nosotros, clara, fuerte y poderosa. La sala suspiró al unísono con la primera nota para luego sumirse de nuevo en el silencio. Un hombre que llevaba unas gafas oscuras sujetas con un trozo de cinta adhesiva de color gris se repantigó en la silla, como si estuviera a punto de recibir una lluvia de pétalos de rosa. Otro hombre dirigía una orquesta imaginaria con ambas manos, con una gracia impropia de su robusto corpachón. En su sien se apreciaban leves latidos, grandes venas que seguían el ritmo de su propio metrónomo. Umm Kalthoum seguía la melodía, una canción de amor en dialecto egipcio, y las palabras de añoranza tenían sentido. Yo había oído a la banda tocar esa melodía muchas veces, pero ahora parecía que la música había sido creada solo para servir de acompañamiento a esa letra. Repetía cada frase una, dos, tres veces, y más, hasta que yo la sentía vibrar en mi interior. Escuché aguzando los oídos, boquiabierto y con los ojos como platos. Cuando terminó la melodía, un temblor recorrió la sala. Los hombres aplaudieron, puestos en pie, profiriendo gritos de admiración hacia la radio.

—¡Que vivas muchos años!

—¡Otra, otra!

—¡Que Dios te guarde!

—No ha sucedido —dijo un hombre, hablándole a la radio—. Tienes que empezar de nuevo.

Y ella así lo hizo. Empezó a cantar de nuevo la canción, desde el principio. Los hombres hablaban a la radio después de cada verso. Por la radio, se oían los gritos de aliento del público jaleando a la cantante. El director de la orquesta imaginaria repetía un prolongado «Ya Allah» después de cada verso, con la vista puesta en el techo, manchado de humo de tabaco, como si pidiera a Dios que bajara a escuchar. Cada verso se convertía en una adivinanza. ¿Lo repetiría? ¿Lo llevaría más lejos?

Cuando terminó la melodía por segunda vez, el público estalló en aplausos. Un aullido unánime se extendió por la sala. Un hombre bajito se subió a una mesa y gritó: «Allah-u-akbar». El tío Yihad estaba radiante de felicidad. Ella empezó a cantar la misma melodía por tercera vez. Yo estaba extasiado. La sala temblaba de contento.

Cuando terminó, esperó a que el público del café se tranquilizara de nuevo y entonó una melodía nueva. La misma canción, la misma clave, un registro levemente distinto, una elaboración más profunda de su añoranza. Repitió esta versión solo dos veces, y a continuación volvió a la primera, para luego lanzarse a una tercera que cantó solo una vez. Acto seguido pasó a la primera, tercera, primera, segunda, primera. En el momento final, después de una hora de variaciones sobre la misma canción, el público estaba exhausto y ronco.

Volvimos a casa rodeados de un denso tráfico. El tío Yihad, nervioso, no paraba de tamborilear sobre el volante.

—«Umm Kalthoum» es un nombre muy tonto para una persona —dije—. «¿Madre de Kalthoum?»... ¿Qué significa? ¿Y cómo podían llamarla así cuando era niña? Era demasiado joven para ser madre.

—Umm Kalthoum es la esencia del mundo árabe —dijo el tío Yihad—. Es probable que sea la única persona a quien todos los árabes aman de corazón. Desde que perdieron la última guerra, ella se ha lanzado a una gira interminable para levantar la moral de los árabes. No es que sirva de nada, pero su dedicación me parece maravillosa. Me encanta la gente que se apasiona con las causas perdidas.

—Descansa durante un minuto —dijo Isaac—. Lucharás contra él tú sola y necesitarás todas tus fuerzas. Mientras el rey Kade siga vivo no podremos romper el hechizo. No podemos acompañarte.

Los diablillos se habían sentado en torno a ella con las piernas cruzadas, hombro con hombro. Habían doblado dos de las alfombras y flotaban debajo de las nubes sobre la tercera.

—El arma más poderosa de que dispones es tu valor —dijo Ismael—. Pero la línea que separa el coraje de la temeridad es difusa, en el mejor de los casos.

—Ten paciencia —aconsejó Job.

—Ten cuidado —añadió Jacob.

—Ten imaginación —dijo Adán.

Los diablillos se incorporaron. Cada uno de ellos apoyó la mano izquierda en el hombro de su hermano y la derecha en el cuerpo de Fátima.

—Estamos contigo —declararon al unísono—. Ahora y para siempre.

Y se desvanecieron.

—Ven a sentarte a mi lado —dijo Mariella, acompañando sus palabras de una risita traviesa y coqueta. Estaba sentada en el muro de cemento de color amarillo desvaído que cercaba el inmueble contiguo al nuestro. Sus piernas colgaban sobre las siete baldosas apiladas. Cruzó las piernas, lo que le subió un poco más la falda.

Lina se irritó.

—¿Vas a tirar contra esas malditas baldosas? —preguntó a Hafez, que tenía en la mano la pelota de tenis y contemplaba extasiado a Mariella.

—Es un juego estúpido —dijo Mariella—. Ven a sentarte conmigo y deja que los niños se entretengan. —Irguió la espalda, en un intento de parecer más adulta.

—¿No puedes sentarte en otro sitio? —pregunto Fátima—. Aquí estamos jugando. Estás justo encima de las baldosas.

—Me siento donde me apetece.

—Ve con ella —me dijo Fátima—. Si eso es lo que quieres, hazlo.

—No nos haces ninguna falta —añadió Lina—. Y eres demasiado lento de todos modos.

Me subí al muro con Mariella.

—¿Cuándo vas a venir a tocar el oúd para nosotros? —preguntó ella—. Mi padre no para de preguntar por ti. Deberías hacernos una visita.

La pelota chocó contra el muro seis veces seguidas, pero la montaña de baldosas siguió intacta. Mariella fingía no enterarse del juego que se desarrollaba a nuestro lado. Entonces, de repente, la pelota de tenis, saliendo de la nada, fue a dar contra su muslo izquierdo. Ella gritó de dolor.

—Lo siento —dijo Fátima—. No era mi intención.

—Buen tiro —exclamó Lina. Los demás niños se reían.

—Eres una puta, Fátima —gritó Mariella—. Nada más que una puta.

Oí el rugido de la motocicleta de Elie antes de verla. Él apareció por la esquina de nuestra calle, con el sol reflejado en sus gafas oscuras. Todos los niños se detuvieron para mirarlo. Vestido con un mono militar, parecía mucho mayor de lo que era, pero seguía siendo demasiado joven para llevar una moto. Pasó frente a nosotros a toda velocidad, sin dignarse mirarnos, y se apeó del vehículo delante de nuestro bloque. Su madre salió corriendo de casa para recibirle. Titubeó, y luego despacio, sin decir palabra, acarició su cabello con la mano derecha y le cogió un mechón con suavidad, como si quisiera indicarle que lo llevaba demasiado largo.

Me deslicé sobre el muro para correr hacia Elie. Mariella me agarró del brazo y me clavó las uñas en la piel hasta casi hacerme sangre. Me volví hacia ella, pero sus ojos estaban puestos en Elie. El padre del muchacho salió, gritando:

—¿Dónde has estado, hijo de perra?

Elie pasó frente a él y entró en casa. Su madre se quedó fuera, viendo cómo ambos se alejaban.

Lo presentía. De eso, al menos, estaba segura. Fátima dirigió la alfombra hacia las espesas nubes. Envuelta en un blanco cegador, fue ascendiendo despacio a través de un cielo más viscoso que húmedo, más oleaginoso que mojado. A medida que se acercaba a la capa superior, a medida que el sol empezaba a filtrarse, tuvo la sensación de que se abría paso entre el barro. Le costaba avanzar, casi se arrastraba. Abriéndose paso, vio el castillo de niebla a lo lejos. A primera vista parecía sólido, pero cambiaba de forma poco a poco. Se hundía una torre, aparecía una ventana, se desvanecía una rampa: era un todo mutable con voluntad propia. Ella se apeó de la alfombra frente a la puerta. Como era de esperar, pudo andar sobre las nubes. La puerta se abrió para ella y penetró en los dominios del rey Kade. Una vez dentro del castillo vacío se sintió vulnerable, como si las fuerzas la hubieran abandonado por completo. El vestíbulo cambiaba con cada paso que daba. Con torpeza fue hacia la puerta, que desapareció en cuanto intentó abrirla.

—Rey Kade, rey Kade —gritó ella hacia el espacio cavernoso—. ¿No estás harto ya de juegos tontos?

Fátima desenvainó la espada y la estampó contra la pared que tenía delante. La hoja no halló resistencia alguna. Muros de nube. Ella los atravesó.

Frente al espejo del tocador de la señora Farouk, Fátima probaba unos pintalabios.

—Creo que el granate me sienta mejor, ¿verdad?

—¿Por qué te llamas Fátima? —pregunté.

—A mi nombre no le pasa nada. —Frunció el entrecejo, enfadada, y el gesto la hizo parecer una réplica más joven de su madre, sobre todo con aquellos extraños labios pintados.

—No he dicho que le pasara nada. Solo he preguntado el porqué. No me grites.

Me levanté, pero ella me empujó y volví a caer sobre la cama.

—Entonces no hagas preguntas tontas.

—No es una pregunta tonta. No es lógico que haya dos hermanas y que una lleve un nombre italiano y la otra un nombre árabe.

—¿Y por qué no? Menuda bobada. Mi madre eligió el nombre de ella y mi padre escogió el mío.

Ella cogió el bote de perfume y lo puso boca abajo sobre su dedo índice. Olía a flores químicas. Se echó unas gotas detrás de las orejas, levantó los brazos en dirección al techo, y se aplicó perfume en las axilas.

—Pues mis padres escogieron los nombres de los dos —dije—. Es lo normal. Lo discutieron durante mucho rato. Osama es el nombre preferido de mi madre.

—Pero tu hermana es cristiana y tú eres druso, así que no me vengas a hablar de cosas raras. ¿Eso también lo discutieron tus padres?

—Claro. Mi madre se queda con la niña y mi padre con el niño.

—Eso sí que es raro —dijo ella, y luego se limpió el pintalabios y tiró el pañuelo de papel usado a la papelera.

No le dije que su madre sabría que Fátima había estado en su cuarto si veía el pañuelo usado. La seguí al pasillo. Al salir de su piso nos encontramos a mi primo Anwar sentado en las escaleras, con aspecto avergonzado. Se levantó enseguida y preguntó si Mariella se hallaba en casa. Sin pararse, Fátima le propinó un puñetazo en el estómago. Vi cómo mi primo se doblaba. Fátima bajó la escalera. Sus labios conservaban una sombra de rojo. Los de Anwar brillaban por los mocos. Corrí detrás de Fátima. No quería que mi primo tuviera que preocuparse de que yo le viera llorar.

Al otro lado de la sala, el rey Kade ocupaba un inmenso y efímero trono, cuyo color se mezclaba con el del suelo, el de las paredes y el de sus ropajes. Su cara y sus manos parecían flotar en el aire.

—¿Has venido a quemar incienso en mi altar? —preguntó el rey Kade.

—He venido a destrozarlo. He derrotado a tus ejércitos. Ahora te toca a ti.

El rey Kade se rió: fue un sonido burbujeante y jovial.

—Me diviertes. Ya entiendo por qué te retuvo el demonio. Quizá también yo me decida a retenerte. Te meteré en una jaula dorada, cual loro simpático, y haré que me entretengas con tus ingeniosos comentarios. Acércate, guerrera.

—Prepárate a morir, idiota —replicó Fátima.

El rey Kade soltó otra carcajada.

—Prueba a decir esa frase en un tono más profundo, porque no suscita temor alguno en el alma de este oyente.

—Entonces, ¿por qué tiemblas?

El color de las mejillas del rey Kade pasó del ceniza al rosa brillante y una sombra oscureció su mirada. Alzó la mano y desató un rayo de luz feroz. El talismán que ella llevaba entre sus senos la absorbió. La mano de Fátima, su amuleto contra el mal, se volvió más cálida y más azul a medida que aumentaba la fuerza del rayo.

—¿Y eres tú quien me encuentra divertida?

—Ya no —respondió el rey Kade—. Me aburres.

Dirigió el rayo contra la espada de Fátima, que salió volando por la sala y, tras rebotar contra la pared, cayó en un rincón. Cuando ella fue a recuperarla, un impacto la derribó.

—Además de puta eres idiota —dijo el rey Kade—. Tal vez seas inmune a la magia, pero siempre serás frágil. No necesito hechizos para destruirte.

Dos enormes albinos de larga cabellera blanca y plateada, provistos de unas inmensas alas que nacían de sus espaldas, se cernieron sobre Fátima. El primero la emprendió a patadas con ella y la hizo rodar por el suelo. El otro la subió en brazos y la arrojó contra la pared, que pareció volverse sólida ante el impacto.

—Idiota, idiota, idiota —murmuró el rey Kade para sus adentros.

Fátima intentó arrastrarse hasta su espada, pero el albino volvió a agarrarla y la lanzó de nuevo contra la otra pared.

—¿Quién debería prepararse para morir? —preguntó el rey Kade.

—Quien juega con ángeles —dijo Fátima— encuentra su destino.

Cuando el segundo albino la elevó por los aires, Fátima sacó una cerilla de su túnica.

—Fuego —susurró, y estalló una llama.

Prendió fuego a las alas del ángel, que ardieron al instante. Este soltó a Fátima, y gimió de pena y dolor. Ella murmuró de nuevo: «Fuego», y quemó las alas del otro albino. Ambos se doblaron de agonía, ardieron y se fundieron hasta que de ellos no quedó ni rastro. Entonces ella se volvió hacia el rey Kade y lanzó una llama en su dirección.

Él la apagó con un leve movimiento de la muñeca.

—No puedes hacerme daño con esa magia trivial —la amenazó—. He vencido a guerreros mucho más poderosos que tú.

—Pero ninguno era tan voluntarioso —dijo ella—. Y estoy segura de que ninguno era tan bello.

Y con esas palabras arrojó el barro restante sobre la túnica del mago.

Reconocí la cara ancha y carnosa del tío Yihad que asomaba por detrás de aquella estúpida barba blanca. Su risa era inconfundible. Se había metido al menos dos almohadas debajo del abrigo rojo. Me dirigí hacia él, señalé la barba y dije:

—Hablaste italiano con Mariella y luego con Fátima. No eres Santa Claus.

Él sacó pecho, y las comisuras de su boca desaparecieron detrás de la barba inerte al sonreír.

—Oigo hablar a alguien —dijo en inglés—, pero no sé de dónde procede la voz. ¿Es que existe algún niño pobre e indefenso que ignora que soy capaz de volar por el mundo y hablar con todos los niños en su lengua materna? ¿Dónde está ese crío que duda de mí? Que se acerque. —Me apresó rápidamente antes de que pudiera escabullirme.

—Entonces habla en congoleño —le desafié.

—Bla, bla, bla, bla, niños traviesos, bla, bla, bla, bla.

—Eso no es ningún idioma. Te lo estás inventando.

—¿Qué? ¿Acaso ahora hablas congoleño? He dominado ese idioma desde el principio de los tiempos. Es primitivo, sí, pero encantador, porque cada bla significa algo distinto en función de la entonación que se le dé. ¿Quieres que te cuente un cuento congoleño?

—No —dije—. Nada de cuentos. Ahora no. ¿Puedes darme el regalo, por favor?

La fiesta navideña se celebraba en el piso del tío Halim y la tía Nazek. Santa Claus había venido a nuestra casa el año anterior. La reunión había salido tan bien, y los niños nos habíamos divertido tanto, que la familia decidió repetirla en casa de la tía Nazek, aunque mi madre había sido la única en poner un árbol de Navidad hasta entonces. Para asegurarse de que la fiesta tuviera lugar en su casa, la tía Nazek había comprado un abeto colosal, que no cabía en su salón. Mi madre no podía apartar los ojos de él. Mientras hablaba con alguien su mirada se dirigía, casi sin querer, hacia el gigantesco árbol. El techo debería haber estado al menos un metro más alto. La copa del árbol se había partido en dos lugares: un fragmento quedaba aplastado en el techo y el extremo final se torcía hacia el suelo. La estrella plateada de la cumbre apuntaba hacia un reposapiés de madera que había en un rincón. A nuestra espalda oímos a una mujer que susurraba:

—¿Es que acaso el reposapiés se ha convertido en el establo o en la cuna?

Mi madre y yo nos volvimos hacia la señora Farouk, que estaba inclinada sobre el sofá. No entendí a qué se refería, pero a mi madre se le iluminaron los ojos de repente, su mano izquierda cayó encima de su corazón y prorrumpió en una carcajada tan sonora que la habitación en pleno se quedó en silencio. Su risa, un suspiro agudo y ruidoso, no era muy propia de una dama, pero ella no paró. Le di un codazo.

—¿Qué pasa? Cuéntamelo —dije.

—Ven a sentarte a mi lado, amiguito —respondió mi madre—, y permíteme que descubra la historia completa de tu vida. Sé que nos conocemos, pero no hemos sido debidamente presentados.

La señora Farouk ocupaba el brazo del sillón de mi madre y ambas iniciaron una discusión en voz baja sobre la decoración.

—Hábleme de la mesita de centro —dijo la señora Farouk—. ¿Dónde cree que la compró? ¿Un resto de algunos grandes almacenes baratos de Lahore?

—Ah, fantástica. No, no. Se la hicieron a mano. La había visto en una revista.

—En una revista de coches, sin duda.

De nuevo se oyó su risa, aquel suspiro agudo, ruidoso.

Lina vino a sentarse a mi lado. Llevaba sus regalos: un Monopoly y un Cluedo. Me preguntó a qué venía tanta carcajada. Yo no tenía ni idea. Mi madre guiñó un ojo al Santa Claus que había enfrente, cuyo cuerpo parecía vibrar de alegría y risas sofocadas.

—¿Y qué me dice del techo bajo? ¿Es bueno o malo para el árbol? —preguntó la señora Farouk—. Podría decirse que las curvas remitirían a los nuevos ángulos del árbol, pero no acaban de hacerlo. Sin embargo, hay que aplaudir a los que corren riesgos. *Brava*.

Y mi madre volvió a prorrumpir en carcajadas. Lina se encogió de hombros. Me sentí mejor al comprobar que había dejado de ser el único que no entendía sus chistes. Observé con envidia sus juegos de mesa y luego desvié la mirada hacia el comedor, donde había dejado mis regalos: dos pistolas de juguete, una caja de cochecitos exóticos provista de una pista de plástico con bucle incluido. Lina dejó su botín en mi regazo.

—Por cierto, he oído decir que era usted muy amiga de la señora Daoud —dijo la señora Farouk.

—Era mi mejor amiga —dijo mi madre—. La echo mucho de menos.

—Debía de ser maravillosa. El piso está perfecto. No he tenido que cambiar nada. Me parece increíble que de todos los pisos de Beirut hayamos dado con el suyo. —Estiró la espalda, y se alisó el cabello con la palma de la mano. Sus ojos lanzaron una mirada rápida a su alrededor—. El de una italiana, para que nos entendamos. Ella vivía en Bolonia. Yo soy romana. Increíble.

Mi madre suspiró y la tristeza invadió su semblante.

—No puedo perdonarla —murmuró—. No puedo perdonar a Israel por alejarla de mí.

Cuando desperté los israelíes nos habían dejado un regalo. Habían aterrizado en el aeropuerto de Beirut, habían volado catorce aviones y se habían ido.

—Los israelíes lo han llamado Operación Regalo —dijo Fátima.

Estábamos sentados debajo de nuestro arbusto del jardín cercado que había enfrente del bloque donde vivíamos. Fátima y yo compartíamos algunos escondrijos, no del todo ocultos, donde nos aislábamos del mundo. Debajo del arbusto, detrás del Rambler rojo que llevaba años sin moverse, debajo de la fuente de la entrada de nuestro bloque, todo nos protegía de los bombardeos israelíes o de la infernal compañía de mis primos.

—Mi papá dice que no solo bombardearon aviones —añadió ella—. Irrumpieron en las oficinas y escribieron toda clase de insultos en las pizarras. Escribieron que los árabes son burros. Lo hicieron. Y luego alguien usó una mesa de retrete. Es asqueroso.

—Sí —asentí—. ¿Aguas mayores o menores?

—Mayores.

Elie salió de la escalera, con la vista al frente, sin ver nada en su camino. Maldijo al cielo al pasar, su mata de pelo negro parecía la cresta de un pájaro carpintero. Fátima le lanzó una mirada cargada de odio. Intenté no parpadear.

—Es malo —susurró Fátima.

La motocicleta rugió a nuestro lado. Mariella se abrazaba a un sonriente Elie, con las manos rodeando su cintura. Se la veía encantada. Él llevaba una gran pistola en una pistolera atada alrededor del muslo.

—¿Pretendes vencerme con una mancha de barro? —preguntó el rey Kade en tono sarcástico—. Puedo detener una inundación y agitar un mar tranquilo. Echo y convoco a las nubes a mi voluntad. Hago temblar montañas y bosques. ¿Y piensas derrotarme con esto?

Se miró la mancha de la túnica. La señalaba y sus ojos centelleaban al tiempo que prorrumpía en carcajadas. Enarcó las cejas y se tapó la alegre boca. La señaló con el dedo, luego lo dirigió hacia la mancha, y estalló en otra carcajada histérica. El mago blanco ya no era del todo blanco, ya no estaba impoluto. Reía y reía, y su risa cambiaba poco a poco, de forma casi imperceptible, pasando de jovial a ronca y nasal, hasta que por fin él mismo advirtió la metamorfosis. La mancha de la túnica se extendía. Su larga barba se hacía más corta.

Horrorizado, el rey Kade dijo:

—Pero aún no se ha hecho la oscuridad. No ha caído la noche.

La túnica se iba convirtiendo en harapos y encogiéndose. La tela se deshilachó y se rasgó antes de desaparecer, dejando al mago desnudo. Su cuerpo perdió el vello; su piel se oscureció y se llenó de arrugas. El pene y el escroto se replegaron y en su lugar empezó a formarse una vagina. El estómago se le hundió y se le ensancharon las caderas. Un escaso pelo negro surgió en su cabeza calva. De su boca gruñona, uno de cada dos dientes fue cayendo al suelo y se carbonizó formando un pequeño círculo, y los que le quedaban se volvieron negros como el hollín. La respiración de la criatura se volvió apestosa. Le crecieron pechos debajo del esternón, y los pezones negros se alargaron y gotearon una bilis ponzoñosa y verde sobre la piel cuarteada. Los ocho diablillos aparecieron junto a Fátima.

—Envidia —gritó Ismael—. Te ha llegado tu hora.

—Demasiado tarde —escupió el monstruo. Se retiró a un rincón, intentando esconderse detrás del trono de nubes—. La venganza ha sido mía, ya que vuestro hermano ha abandonado este mundo.

—Y tú te irás con él —dijo Ismael.

Saltó sobre el monstruo y le mordió. Isaac se unió a él, y sus mordiscos provocaron gritos y gemidos, y el ruido de huesos que se partían. Los afilados dientes de Ezra se le clavaron en el muslo. Jacob y Job se comieron los dedos de la mano, Noé las rodillas. Elías le atacó los pechos. Y Adán… Adán se quedó con la carne del cuello. Rasgaron la carne, royeron los cartílagos y chuparon la médula. Trituraron los huesos y masticaron los nervudos músculos. Las mejillas y los labios de los diablillos se aplicaron a la tarea, tiñéndose de un rojo cerúleo. Los diablillos disfrutaron del festín hasta acabar con su presa.

Me escabullí por la puerta con el oúd en la mano y recorrí los veintitrés pasos que me separaban de casa del tío Yihad. Llamé a la puerta. En cuanto abrió entré a toda prisa y cerré la puerta. Siempre conseguía hacer reír al tío Yihad, incluso cuando no era mi intención.

—¿Y de qué malvada organización te escondes ahora? ¿Del gobierno americano? ¿Del Doctor No? ¿De Nixon? ¿Del Mossad? ¿De la OLP? Dime quién te persigue y lo aniquilaré sin piedad.

—No me escondo. —Fui hacia el salón para asegurarme de que no había ningún otro miembro de la familia—. Estoy siendo discreto.

—Ah, discreción —dijo él—. El privilegio de la juventud.

Me dejé caer en una silla, señalé el sofá que tenía delante y dije:

—Siéntate, siéntate. Tienes que ser mi público.

—¡Dios mío! —exclamó él. Se sentó, dobló una esquina de la página que estaba leyendo y dejó la novela a un lado—. Me siento halagado. Abrumado. No estoy acostumbrado a que los genios me escojan.

—Basta. Tienes que portarte bien. He aprendido un nuevo maqâm, e Istez Camil dijo que debía tocarlo con público para ensayar. Cree que toco demasiado para mí y que no involucro a los demás. Ensayaré contigo. Pórtate como si fueras público, ¿vale?

Él se puso a aplaudir y a animarme. Sonreí, feliz.

—Ha llegado el mejor. Hurra. Haz una reverencia.

Incliné la cabeza y él siguió aplaudiendo. Gritó y silbó hasta que cogí el oúd. Se calmó cuando probé las cuerdas para asegurarme de que estuviera afinado. Calenté los dedos.

—Ha sido fantástico —dijo él—. Más, más.

—¿Más qué? Era solo una escala.

Empecé a tocar el maqâm, que yo consideraba la melodía más bella del mundo. Istez Camil decía que tenía cientos de años y que de él se derivaba toda la música. A mí me daba igual, porque no sentía el menor deseo de tocar ninguna otra cosa. Deseé ser iraquí y vivir en Bagdad, en una casa con un patio que tuviera una fuente y un estanque, y tener invitados de día y de noche que me oyeran tocar este maravilloso maqâm.

El tío Yihad se acercó a mí y me besó en la frente.

—Ha sido precioso —dijo. Dobló las rodillas para ponerse a mi altura—. No puedo creer lo bueno que te has vuelto.

—Istez Camil dice que me faltan cien años para tocar bien.

—Tiene razón. Pero puedo afirmar, y estoy seguro de que él estaría de acuerdo conmigo, que tocas de maravilla y con pasión. Solo te faltan los cien años de madurez. —Le abracé. Él me acarició la nuca—. Deberías tocar para tu padre —añadió—. Tal vez dé la impresión de que no quiere, pero no es así. Nuestra abuela, tu bisabuela, tocaba el oúd. Apuesto a que no lo sabías. Pero dejó de tocar después de casarse con tu bisabuelo. Fue una gran historia de amor. Deja que te la cuente.

—No, no. Cuéntame una historia sobre el oúd.

—La historia del músico más grande que ha existido nunca —dijo el tío Yihad.

—¿Tocaba el oúd? —pregunté.

—Tocaba la lira, que fue el antecedente del oúd.

—¿Era libanés?

—No. Era italiano. Se llamaba Orfeo. Vivió hace mucho, mucho tiempo. Antes de que él existiera, el mejor músico era su padre, el dios Apolo. Tocaba mejor que cualquier mortal ya que era un dios, y eso es decir mucho. Pero un día Apolo y su musa mayor, Calíope, tuvieron un hijo llamado Orfeo. Su padre le dio su primera lira y le enseñó a tocarla. Y el hijo superó al padre, el alumno llegó a ser mejor que el maestro, ya que era hijo del dios de la música y de la musa de la poesía. Con cada nota era capaz de seducir a dioses, humanos y bestias. Incluso las plantas y los árboles se quedaban quietos al oírlo tocar. Su música era lo bastante poderosa como para acallar a las sirenas. Orfeo era humano, pero tocaba como un dios, y eso le hizo perder parte de su humanidad y convertirse en semidivino. Lo único que importaba era el tono perfecto, la nota última. Y entonces, como debe sucederles a todos los dioses, él… se enamoró y volvió a ser humano.

»Orfeo conoció a Eurídice y se casó con ella, pero Himeneo, el dios del matrimonio, no pudo bendecir el enlace: las antorchas del himeneo, en lugar de estallar en llamas, se apagaron, y su humo llenó los ojos de lágrimas. No mucho después de la boda Eurídice paseaba por los prados cuando fue vista por el pastor Aristeo. Embrujado por su belleza, él emitió un silbido de admiración: un silbido bajo, largo y lento.

—Eso no está bien —dije.

—No. No estuvo bien. Eurídice se asustó y huyó. Mientras corría, un escorpión blanco la picó en el tobillo. Eurídice murió y Orfeo se quedó destrozado. Cantó su dolor para que todos lo oyeran. Allá en los cielos, los dioses lloraron. Lloraron tanto que sus ropas quedaron empapadas y hundidas. Por eso en los grandes cuadros los dioses aparecen semidesnudos. Lloraron tanto que llovió durante cuarenta días y cuarenta noches. Mientras duró la canción de Orfeo, sus párpados, y los del mundo, no conocieron el sueño. La cuadragésima noche él comprendió que no podría recuperar a su esposa cantándole al cielo. Miraba en la dirección equivocada. Para recuperarla debía descender al inframundo.

»Su canción era su escudo contra los demonios del más allá. La lira encandiló a Cerbero, el gigantesco perro de tres cabezas que custodiaba la puerta del inframundo. Mientras Orfeo descendía, los espíritus oyeron su canción y vertieron lágrimas secas, y recordaron lo que era respirar. Sísifo se sentó en su piedra y escuchó. Las tres Furias detuvieron las torturas y se solidarizaron con sus víctimas como por ensalmo. Por un instante Tántalo se olvidó de la eterna sed que lo aquejaba.

»Y la canción despertó la compasión de Proserpina. "Llévatela", dijo la diosa del inframundo. Convocó al dios Mercurio para que trajera a una Eurídice que cojeaba. "Sigue a Orfeo y a su esposa", ordenó Proserpina a Mercurio. "Devuélvelos a su mundo. Pero escucha, Orfeo, oye lo que tengo que decirte. Tu esposa volverá a vivir con una condición. Te la llevarás de mis dominios, pero no puedes mirar atrás. Si caes en esa tentación, me la quedaré para siempre." Orfeo partió, salió del inframundo. Oyó tras él los pasos alados del dios, a veces débiles y a veces no. Confió en él y recorrió corredizos tenebrosos y escarpados, túneles oscuros y senderos tortuosos. Creía que su amor le seguía. Cambió la luz. Ante él tenía la puerta. Miró hacia atrás y vio cómo su esposa era arrastrada de regreso al inframundo. "Un último adiós", le oyó decir, pero el sonido de su voz llegó cuando ella ya se había esfumado. Y la perdió.

—Esta historia no tiene un final feliz —dije—. Me prometiste que solo me contarías historias que terminaran bien.

—Tienes razón, pero es fácil de arreglar. Orfeo murió, descendió al inframundo y pudo buscar a Eurídice todo el tiempo que quiso.

—Y vivieron felices y comieron perdices.

—Exactamente.

—¿Por qué siempre es malo mirar atrás? —pregunté—. ¿Y si algo va a golpearte por la espalda? ¿Qué me dices de los espejos retrovisores?

—La verdad es que no lo sé —dijo él.

Hice una pausa.

—¿Habrías intentado rescatar a la abuela del inframundo?

—Hum. —Vaciló, dirigió la vista al techo como si reflexionara—. Creo que ella no habría querido. Había partido en su hora. Eurídice murió antes de que fuera su hora, y por eso fue Orfeo a buscarla.

—Si muero —dije—, ¿vendrás a por mí?

—Pondré el mundo patas arriba si hace falta. Te encontraré dondequiera que estés. No solo iré a por ti, llevaré conmigo a un ejército entero. Eres mi pequeño héroe. Eso eres.

¿Quién despertará ahora a los muertos? Fátima encontró a su amante, Afreet-Yehanam, con el tamaño de un ser humano y aspecto de demonio, postrado boca abajo e inerte en el altar blanco del rey Kade. Los diablillos se subieron al altar.

—Nuestro hermano ha muerto —dijo Ismael, entre sollozos.

Fátima acarició los cabellos del demonio, que ya no eran rubios y fieros, sino solo simples cuerdas azules de aire. Besó sus labios muertos.

—Despierta —ordenó ella, pero él siguió muerto.

Le besó la mano, apoyó esa mano sobre su pecho. Usó su uña, afilada como una daga, para hacerse un corte en el labio. Le besó de nuevo.

—Despierta. Bebe mi sangre.

Pero él siguió muerto. Ella apartó el taparrabos de piel de rinoceronte y cogió el pene flácido. Se llevó el pene a la boca y lo chupó.

—Despierta —le dijo—. Aún no he terminado contigo.

Y el pene se puso duro, pero el yinni no respiró. Ella se subió al altar.

—Despierta —gritó—. Soy Fátima, la domadora de Afreet-Yehanam, la conquistadora del rey Kade. Soy la señora de la luz y de la oscuridad. Despierta.

Se puso en jarras sobre su amante, descendió sobre él hasta que la penetró. Sintió la fuerza de la vida temblando en su interior. El cabello de su amante ardió en llamas. Ella le besó en la boca. Un hilo de sangre goteó de su labio al de él y resbaló por la curva convexa de su mejilla. Al rozar el altar, la gota de sangre se transformó en una joven serpiente de barro.

—Despierta —susurró ella.

Y él abrió los tres ojos rojos.

Elie estaba apoyado en la moto; parecía nervioso, malhumorado. No me vio hasta que me tuvo delante de sus narices. Tenía entonces dieciséis años, que, según mi madre, eran una edad horrible en la que la mayoría del tiempo uno se volvía ruin, desgraciado y poco compasivo y se dedicaba a escuchar música americana. Elie se había alistado en la milicia. Ya comandaba a un grupo de chicos que eran mayores que él, y, lo que era más importante, ahora poseía dos armas. Se miró los zapatos. Yo le miré a él hasta que con el rabillo distinguí una súbita sombra. Mariella salía del vestíbulo, con una sonrisa embriagada y un suéter tan ceñido que sus pechos parecían el estante superior de una alacena. Silbaba una tonada de los Beatles. Pasó por delante de nosotros, fingiendo no vernos. Era una actriz pésima, pero engañó a Elie.

—Estoy aquí —gritó él.

—Ah —suspiró ella—. No te había visto. —Siguió andando mientras emitía una risita coqueta—. Quiero algo de beber. —Entró en la tienda que había en la planta baja del edificio contiguo y luego asomó la cabeza—. Vuelvo enseguida.

—Debo encontrar un sitio —dijo él. Asentí, sin saber qué decir—. Está enfadada porque no puedo encontrar uno. Ya no quiere que vayamos a casa de alguno de mis amigos. Cree que eso la rebaja. —Hizo una pausa, clavó sus ojos en mí para asegurarse de que le seguía—. Eres mi amigo, ¿verdad? Siempre he cuidado de ti, así que eres mi amigo. —Asentí, aún en silencio—. Tengo que usar tu habitación. Tu madre va a clases de bridge los lunes y los jueves. Podemos aprovechar esos días.

—¿Para qué quieres venir a verme cuando ella no esté? —pregunté.

—No seas tonto. Quiero usar tu cuarto. Tú no te vas a quedar.

—¿Quieres estar a solas con Mariella?

—Claro. ¿De qué coño crees que hablo?

—¿Y qué pasa con Lina? —No creí que se alegrara si se enteraba de que él quería estar con Mariella. A Lina le gustaba Elie.

—Deshazte de ella.

Mariella salió de la tienda y me saludó con un movimiento de cadera.

—¿Cómo está mi noviete? —Sostenía la botella de Pepsi con las dos manos, y sus labios jugueteaban con la pajita.

—Vamos a usar su habitación —dijo Elie.

Ella no contestó, ni le miró. Se concentró en mis ojos. Me sonrojé.

—No entiendo por qué tocas el oúd para mi hermana, pero no para mí —dijo ella—. ¿No te gusto?

Volví a sonrojarme.

El jueves por la tarde me aposté en el vestíbulo del bloque. Elie me había dicho que bajaría en cuanto hubiera terminado de estar a solas con Mariella. Esperé durante mucho rato. Por fin salió del ascensor, pasó por mi lado, sonrió y se agarró los testículos.

Mi cama era un desastre. La colcha estaba en el suelo, al igual que una de las dos almohadas. La otra estaba arrugada. Intenté recomponerla un poco. Estiré las húmedas sábanas, ahuequé las almohadas y lo tapé todo con la colcha. Me senté encima para que pareciera menos rara.

Istez Camil me pidió que repitiera el maqâm. Me dolían los dedos. Sudaba como la colada tendida. Pero estaba satisfecho. Aunque Istez Camil nunca lo admitiría abiertamente, yo sabía que estaba impresionado.

Lo notaba en que estaba sentado muy tieso en la silla, en que sus ojos se habían convertido en dos finas grietas oscuras, inmóviles, imperturbables, concentradas en los hábiles dedos de mi mano izquierda.

—Otra vez.

Marcó el ritmo con las manos. Uno, plas, plas, uno, plas, plas. Terminé y quiso que volviera a empezar. Le dije que esperara un minuto. Me sequé la frente, bebí un sorbo de agua y me rasqué la cabeza, que me picaba.

—Déjame ver —dijo él.

Se puso de pie y me cogió la cabeza. Pasó los callosos dedos por mi fino cabello. Me dijo que me tomara un descanso y que saliera de la sala. Mi madre apareció corriendo unos segundos más tarde. La ansiedad me había paralizado la lengua. Me inclinó la cabeza y rebuscó en el pelo.

—Oh, Dios mío —exclamó—. No te muevas.

Salió de la sala. La oí hablar por teléfono pero no pude entender lo que decía.

Toda la familia tuvo que lavarse el pelo con champú antipiojos. Mi madre avisó a todos los habitantes del edificio y les exigió que usaran el remedio. La ropa de cama de casa fue hervida y desinfectada, así como toda mi ropa.

Mi hermana me miraba de reojo siempre que pasaba por mi lado. Me preocupaba que averiguara que Elie había estado en mi cuarto. Todos mis primos me esquivaban. Terminé sentado debajo del arbusto del jardín vallado, acurrucado contra Fátima. En un momento determinado mis primos Hafez y Anwar corrieron hacia mí y empezaron a toquetearse el pelo y a gritar:

—¡Ay! ¡Ay! ¡Ay!

Durante la cena, aquella noche, mientras daban las noticias en la tele, mi madre no paraba de hablar de los piojos. Yo no decía nada. El tío Yihad me dio un codazo.

—¿Ves? —Se pasó la mano por su suave cabeza—. A veces ser calvo tiene sus ventajas.

Me daba la impresión de que cada vez que veía al abuelo, este estaba más débil y más viejo.

Me peinó y lloré.

—Sabía que me necesitarías. —Su voz era amable y suave, madura y frágil. Después de cada pase del peine, lo sumergía en un cuenco lleno de agua hirviendo con jabón—. Sabía que no lo entenderían. Tus padres son demasiado modernos. —Pasó la mano izquierda sobre mis ojos, hasta la frente, y recorrió con ella toda mi cabeza y el cuello—. Hoy en día nadie entiende de sentimientos, y cuando me marche de este mundo, para lo que no me falta mucho, ¿quién entenderá los tuyos?

Lloré. No podía controlar el temblor de mi cuerpo. Él siguió peinándome.

—Eres mi chico, sangre de mi sangre.

7

En El Cairo, Baybars y su séquito fueron acogidos por su tía.

—Eres el hijo de mi hermana —le dijo esta—. Eres tan querido para mí como para ella. Este es ahora tu hogar.

Dispuso que su equipaje fuera trasladado a los aposentos privados. Le presentó a su marido, Nayem, uno de los visires del rey. Aquella noche sirvió un magnífico banquete.

—Háblame de mi hermana —dijo—. Me encantaría oír sus historias.

Y Baybars le contó que Sitt Latifah le había salvado la vida y le había adoptado, que le había enseñado a tirar con arco. La cara de su tía brillaba de afecto.

A la mañana siguiente Baybars quiso respirar el aire fresco de El Cairo. Él y sus guerreros cabalgaron por la ciudad. Al-Awwar no estaba de buen humor y se aseguró de que su jinete se enterase. Lo que debía ser un paseo placentero se convirtió en una batalla de voluntades entre caballo y jinete.

—Ninguno de los caballos está contento —dijeron los guerreros—. Los que trabajan en los establos del visir atienden a sus caballos y no a los nuestros. Contratamos a algunos ayudantes, pero al-Awwar tal vez necesite un establo para él solo.

Baybars se dio cuenta de que su semental no estaba bien cuidado, de que no le habían cepillado las crines. Baybars pidió disculpas al caballo; al-Awwar arqueó el cuello y resopló.

Aquella noche Baybars preguntó al tío Nayem si sabía dónde podía encontrar a un mozo de cuadra capaz y responsable.

—El taller de mozos de cuadra está en el barrio de Rumaillah. Allí seguro que encuentras a un buen hombre. Sin embargo no contrates a un joven llamado Othman, bajo ninguna circunstancia. Ese rufián debe de ser de tu edad, pero acumula a sus espaldas la experiencia criminal de un viejo. Es un ladrón y un delincuente que solo responde al control de un hierro candente. El rey ha dictado órdenes de arresto contra él, pero sigue eludiendo el peso de la ley y encontrando a tipos ingenuos a quienes timar.

En el taller de mozos de cuadra Baybars se encontró con un anciano de barba tan blanca como las plumas de un cisne. Baybars dijo al encargado de los ayudantes de establo que buscaba un mozo, alguien que fuera fuerte y listo, honesto e inocente. El encargado le presentó a un mozo, pero a Baybars no le gustó. Ni ese, ni el segundo, ni el tercero, ni el cuarto.

Un joven ostentosamente vestido y con cara de roedor entró en la tienda. En cuanto le vieron todos se apartaron de su camino salvo Baybars y el encargado, que fue hacia el joven, se postró a sus pies y le besó la mano que este le ofrecía.

—¿Has ganado dinero hoy? —preguntó Othman, a lo que el encargado respondió negativamente—. ¿Y ese, qué anda buscando?

—Busca a un mozo, pero los que le he mostrado no han sido de su agrado —dijo el encargado—. Debe de querer uno especial.

—¿Soy yo de tu agrado? —preguntó Othman. Y Baybars respondió que sí.

Othman se dijo que aquel joven era una presa fácil; trabajaría para él durante ese día y le robaría aquella misma noche. Baybars pensó: «O bien el joven me sirve bien, o le mataré y libraré al mundo de un parásito». Baybars pagó cinco dinares al encargado. Este iba a guardarse las monedas en el bolsillo, pero, tras una mirada de Othman, entregó el dinero a este.

Baybars y su mozo llegaron al establo de Nayem. Tan pronto como los otros trabajadores del establo posaron los ojos en Othman, salieron disparados en todas direcciones.

—Este es al-Awwar —dijo Baybars—. Veo que le gustas, lo que resulta una indicación excelente de tu bondad natural. Cuida de él, lávalo y dale de comer.

A solas en el establo, Othman dio gracias a Dios por el fantástico regalo que le había concedido. De los ganchos de la pared colgaban equipos ecuestres, más valiosos que cualquier otra cosa que hubiera robado antes; sobre un banco de madera se hallaban dispuestas en orden hermosas sillas de cuero con intrincados remaches. ¿Qué se llevaría primero? Se llenó los bolsillos con bridas doradas y pedazos de plata. Encontró un saco grande, donde guardó dos sillas y cinco riendas de plata. Montó en su caballo y salió del establo.

—¿Adónde vas? —preguntó Baybars, que estaba apoyado en la pared del establo.

—Voy a lavar el equipo —contestó Othman—. Es un trabajo que corresponde al mozo. No me fío de estos criados. Contrataré para ello los servicios de gente que ya conozco.

—No voy a consentir que gastes tu propio dinero en mi equipo —dijo Baybars—. Aquí tienes diez dinares; con esto podrás pagar a tu gente.

La avaricia llevó a Othman a desmontar del caballo y Baybars golpeó a su nuevo mozo con la empuñadura de la espada. Cogió al chico por el pelo y lo arrastró al interior del establo.

—Voy a darte una buena lección, ingrato mentiroso. —Baybars ató los brazos del chico y lo colgó de una viga. Se percató de que el ladrón usaba un látigo como cinturón—. Lo llevas para infligir dolor. Bien, ahora serás tú quien sufra las consecuencias de mi justa ira.

Y Baybars flageló a Othman hasta que el mozo se desmayó.

Othman despertó y se encontró con una multitud de ojos puestos en él.

—Descolgadme, hermanos —suplicó—, porque estoy sufriendo.

Los mozos no se movían.

—Tú —gritó Othman dirigiéndose al más joven—. Ayúdame a bajar. Deja que descanse durante la noche. Por la mañana podrás volver al colgarme.

El mozo desató a Othman y le ayudó a bajar. Othman golpeó al chico, lo ató y lo colgó en su lugar. Los otros mozos se escondieron.

—Idiotas —exclamó Othman antes de montarse en su caballo y escapar.

Por la mañana Baybars halló al mozo joven colgado en el lugar de Othman. Lo desató y ensilló a al-Awwar. Llamó a los mozos y les preguntó si sabían dónde vivía Othman.

—Vive en la zona de Rumaillah, en el barrio de Sharbeel, al lado del pozo largo. No sé qué casa es. Ha amenazado con matar a cualquiera que diga cuál es.

Baybars salió al galope seguido por los guerreros negros. Cuando llegó al barrio en cuestión, Baybars preguntó a un transeúnte si sabía dónde se hallaba la casa de Othman y el hombre salió corriendo en dirección contraria. Un segundo hombre gritó: «Protegeros del mal de ojo», y también puso pies en polvorosa. Un tercero se negó a contestar, y el cuarto se orinó en los pantalones y se desmayó. Baybars se dirigió entonces a la panadería del barrio. Entró y habló a gritos al panadero.

—Mi señor Othman afirma que le timaste una docena de hogazas de pan, y a menos que enmiendes tu error, prenderá fuego a tu negocio.

—Eso es imposible —repuso el panadero—. Ayer mismo envié al chico a su casa con una docena de hogazas.

—Pues será mejor que se lo expliques a mi señor, porque está furioso.

El panadero ordenó al chico que fuera a casa de Othman y averiguara qué había sucedido.

—Adelántate a caballo —dijo el chico a Baybars—. Yo caminaré hasta allí. Es una pena que el caballo tenga que ir a mi paso.

Pero Baybars dijo:

—Tengo una idea mejor. Como veo que te gusta mucho mi caballo, móntalo y te seguiremos.

El chico de la panadería no podía creerse su buena suerte. Al-Awwar permitió que lo montara y el chico guió a los hombres hasta la casa de Othman. Se disponía a llamar a la puerta cuando Baybars le detuvo. El chico se percató de que le habían engañado para que revelara la ubicación de la casa y el pánico se apoderó de él.

—No se lo diré a nadie —murmuró Baybars—. Ahora vete.

El chico volvió corriendo a la panadería. La madre de Othman abrió la puerta y preguntó a Baybars qué se le ofrecía. Este dijo que quería ver a Othman.

—¿Y quién le busca? —preguntó ella.

—Su señor —contestó Baybars—. Trabaja para mí. Pretendo convertirlo en un hombre honrado, llevarlo por el sendero de la virtud.

La madre de Othman miró a Baybars y dijo:

—Ya es hora. Hace mucho tiempo que espero algo así. Mi hijo está en una de las cuevas del imam. Está reunido con sus hombres, planeando vengarse de vuestra familia, supongo. Encontradle y devolvedle al buen camino.

—¿Dónde puedo encontrar esas cuevas?

—Están junto a la tumba del imam, por supuesto. Pregúntele a alguien. No puedo hacerlo todo por usted.

Nadie quiso informar a Baybars y a sus acompañantes de dónde se hallaban las cuevas del imam. Compró diez sandías a un vendedor ambulante y pidió que fueran entregadas en la tumba del imam. El vendedor llamó a un viejo porteador que disponía de un mulo. El porteador cargó las diez sandías a lomos del mulo y se dirigió hacia la tumba.

—¿Dónde está su casa exactamente? —preguntó el porteador.

—Debo ir a las cuevas. Te pagaré el doble si me llevas hasta allí.

El porteador temblaba de pies a cabeza. El mulo, su compañero desde hacía años, se paró y se acercó a su dueño para consolarlo.

—No puedo guiarle hasta allí —dijo el porteador—. Mi alma quedaría condenada. Por esas cuevas solo rondan ladrones y asesinos.

—Si no me llevas a las cuevas —amenazó Baybars—, yo mismo me cobraré tu vida.

El viejo dio un par de pasos y luego susurró al oído de su mulo:

—Mi pene es más grande que el tuyo, amigo. —Y el burro se rió tanto que se le doblaron las rodillas del esfuerzo. Su panza alcanzó el suelo y sus rebuznos llenaron el aire—. Mirad, señor —exclamó el porteador—. Mi pobre mulo está enfermo. No puede avanzar más. Por favor, deje que lo descargue y le permita descansar un poco.

Señaló hacia el este y añadió:

—Las cuevas están allí. No tienen pérdida. Deje descansar a mi pobre mulo.

Baybars y sus acompañantes siguieron su camino dejando atrás al porteador y a su mulo.

—Se ha marchado ya, ¿verdad? —preguntó Baybars.

Uno de sus guerreros contestó, tras mirar atrás:

—Sí. Va montado en su mulo y corre hacia la ciudad como alma que lleva el diablo.

La montaña estaba llena de cuevas, y Baybars no quería registrarlas una por una. Uno de sus guerreros profirió un grito amenazador.

—Othman, mozo de Baybars el valiente —vociferó el guerrero—, tu señor reclama tu presencia.

Othman apareció en la boca de una cueva con una guardia formada por ochenta hombres.

—¿Por qué me habéis seguido hasta aquí? —preguntó.

—Eres mi mozo —dijo Baybars—, y yo tu señor. Sírveme o muere.

—Lárgate —gritó Othman—. Márchate, o haré que mis hombres te hagan pedazos y los cuezan en agua sucia a fuego lento.

Los guerreros cabalgaron despacio hacia los bribones, y, justo a esa misma velocidad, estos empezaron a dispersarse.

—Quedaos y luchad —ordenó Othman—. Los superamos en una proporción de veinte a uno. No os dejéis intimidar por su aspecto aterrador. —Y Othman desenvainó la espada y fue hacia su enemigo al grito de—: ¡A por ellos!

—¿Me permitís? —preguntó uno de los guerreros. Saltó del caballo y sin desenvainar la espada aguardó el embate de Othman y le propinó tal bofetón que resonó como un trueno y derribó al joven. Luego el guerrero le ató las manos y lo arrojó a lomos del semental.

Cuando llegaban a las puertas de El Cairo, Othman empezó a debatirse.

—Por favor —suplicó—, no me hagáis entrar en la ciudad maniatado y con la cabeza descubierta. No es decoroso.

—Tienes miedo a las burlas —dijo Baybars—, y yo temo que te escapes y faltes a tu promesa de obediencia.

Othman juró servir a su amo. El guerrero africano le desató y le ofreció un turbante. Entraron en El Cairo, y Othman dijo:

—Esperad, por favor. Rezo ante el Sepulcro de la Virgen de Zainab para pedirle buena suerte cada vez que entro en la ciudad.

Y Baybars se lo permitió.

Othman entró en el sepulcro, se arrodilló en el suelo y oró:

—Querida Señora, madre de todos nosotros. Me pongo en Vuestras manos. Salvadme de este hombre. —Othman notó la mano de Baybars en su hombro—. Castigadle, madre de la fe. Dadle una paliza.

Othman oyó que Baybars se arrodillaba a su lado.

—Me habéis seguido —se lamentó Othman.

—Te seguiré adondequiera que vayas —dijo Baybars—. Antes me abandonará mi alma que yo a ti.

—Machacadlo —gritó Othman—. Aplastadlo, Señora. Este loco nunca me dejará en paz. Ayudad a vuestro siervo.

Y ante ellos apareció la Virgen en todo su glorioso esplendor. De su figura emanaba un brillo azul y plateado. Y, con su hechizadora voz, dijo:

—Estoy contenta contigo, príncipe Baybars. Este mozo es de los míos, y le protegeré eternamente. —La Señora hizo una pausa y se rió—. El mozo lleva años sirviendo a Dios. Que ahora te sirva y obedezca a ti. —Apoyó la mano sobre la cabeza de Othman—. Me aseguraré de que siga el camino de la virtud y cumpla con su destino.

Y un gimoteante Othman dijo:

—Por mi honor, ahora me arrepiento. —Tomó la mano de su maestro—. Seré vuestro criado.

Baybars, entre lágrimas, contestó:

—Y yo el tuyo.

El visir Nayem se puso lívido al ver a Othman en sus propiedades. Desenvainó la espada.

—Mantén la mano quieta mientras me explico, tío —dijo Baybars—. Este hombre se ha arrepentido. Ha jurado obediencia a Dios. Le he enseñado las abluciones y oraciones adecuadas.

El visir escrutó el rostro de Othman y vio la fe en sus ojos. Felicitó a Othman por haber alcanzado la sabiduría y a Baybars por haber dado con un mozo de cuadra honesto. Luego dijo:

—El rey caza en Giza en primavera y todos los hombres honorables siguen sus pasos. La temporada se acerca. Nuestra casa empezará a hacer los preparativos. Eres bienvenido a alojarte en nuestra tienda o a llevar la tuya propia.

Baybars quería ir, y quería disponer de su propia tienda.

—Quiero una que sea grande —explicó a Othman—. Deseo un pabellón que sea digno de un rey. Ve a comprarme una.

Othman replicó que una tienda de ese tamaño tenía que ser encargada de antemano y que no había tiempo. Un decepcionado Baybars replicó:

—Bueno, entonces encuéntrame la mejor que haya disponible. No quiero ser objeto de burlas.

Othman decidió que el mejor lugar para encontrar un pabellón digno de un rey era en la corte del monarca, y hacia allí encaminó sus pasos. Dio con el criado que se ocupaba de las tiendas reales, se presentó y preguntó cuántas poseía el rey.

—El chambelán es el único que sabría algo así —dijo el criado—. Deben de ser cientos. Solo hemos utilizado diez en todo el tiempo que llevo aquí.

—Bien —dijo Othman—, si llevan tanto tiempo guardadas, ¿cómo sabes que todavía están en buenas condiciones? ¿Cómo mantenéis la polilla a raya? ¿Están frescas o huelen a humedad? Nuestro glorioso rey no debería tener tiendas en mal estado. Las examinaré todas y me aseguraré de que sean dignas de él. Será un honor y un deber servir a mi rey.

—Pero son muchas —repuso el criado.

—Cierto —convino Othman—. Podría dedicar a esta tarea el resto de mi inofensiva vida, pero siento que he nacido para ello. Deja que empiece por la mayor de todas.

—La mayor es de proporciones inmensas. Ni siquiera podemos abrirla dentro de los límites del palacio.

—Pues entonces seguramente será mejor que empiece por esta —dijo Othman.

Y Othman ordenó a veinte criados del rey que cargaran con el gran pabellón doblado, que solo podía desplegarse por partes, y lo sacaran fuera de las inmediaciones del palacio.

—¡Te has superado a ti mismo, Othman! —exclamó Baybars—. Es digna de un rey.

—De un rey anticuado —dijo Othman—. Ese color tostado es insulso. Deberíamos cambiarlo.

No añadió que, a menos que se alterara el color, el chambelán del rey podría reconocer la tienda.

—Bueno —dijo Baybars—, haz con ella lo que te plazca. Llévala a Giza y móntala para cuando yo llegue. Me alegra disponer de tienda propia.

Y dejó a sus criados para que se ocuparan de ello.

Othman se dirigió a los guerreros africanos.

—Vosotros tres deberíais pintar el lienzo. Vuestras tierras son célebres por sus ricos y brillantes colores. Haríais el trabajo mucho mejor que yo.

—Una mula lograría un resultado mejor que el tuyo —dijo el primer guerrero.

—Y un perro —añadió el segundo.

Y el tercero prosiguió:

—Pero eso no significa que debamos hacerlo. Es una tarea ordinaria.

—Me insultáis, hermanos —dijo Othman—, y no pienso defenderme. Pero jurasteis servir a Baybars, al igual que yo, y si su posición social mejora pintando la tienda, la tarea deja de ser ordinaria. Ya ordenaré a los criados de la casa que lo hagan. Podemos teñirla.

—¿Teñirla? —dijo el primer guerrero—. Será como poner un cartel que diga que el dueño de este pabellón es un chiflado tacaño.

—Necesitamos pigmento —prosiguió el primero.

—Necesitamos piedra caliza —dijo el segundo.

—Necesitamos goma arábiga —concluyó el tercero.

—Tenemos de todo —dijo Othman.

—Sí —convinieron ellos—, pero no tenemos excrementos de elefante.

—¿Los de caballo servirán? —preguntó Othman.

Othman y los guerreros tuvieron que reclutar a criados y a hombres de la calle para que les ayudaran a transportar la tienda plegada hasta el barco. El joven preguntó a su madre si quería acompañarlos.

—Pediré a Baybars que contrate tus servicios. Eres la mejor cocinera de El Cairo.

Llegados a Giza, Othman alistó a todos los hombres disponibles para alzar la tienda. Necesitó a un centenar. Una vez montada, se percató de que no tenían muebles ni lámparas para llenar una tienda de ese tamaño.

—En eso no habíamos caído —dijo uno de los guerreros.

—No importa —dijo Othman.

Fue hasta el río, donde vio a los criados del rey descargando las alfombras, cojines y candiles destinados a la tienda real.

—Queridos compañeros —les dijo—, el rey ha ordenado que transportéis todos los muebles a la tienda de Baybars, ya que desea cenar allí.

Y luego vio a los criados del juez del rey y les dijo lo mismo. Habló con los criados de todos los visires. Cuando todo estuvo entregado, la tienda de Baybars se alzaba tan llena y hermosa como la cola dorada de un pavo real.

Baybars llegó al día siguiente y montó en cólera al enterarse de que Othman había requisado los muebles de todo el consejo.

—Me has hecho quedar como un tonto —le gritó—. Por Dios que te arrancaré la piel a tiras por esto.

Cogió un palo y Othman huyó, con Baybars pisándole los talones.

Othman llegó hasta el séquito del rey. Se postró ante el monarca y dijo:

—Me pongo bajo vuestra protección, majestad. Mi señor desea mi muerte, y dijo que no podría volver a servirle a menos que extendiera una invitación al rey Saleh.

—Pues tu entrega está garantizada —dijo el rey—. Llévanos hasta la tienda de tu señor.

Los miembros del séquito tuvieron que frotarse los ojos para asegurarse de que lo que veían no era un espejismo propio del desierto. Ante ellos, el pabellón de Baybars se alzaba grande como una ciudad. Sus colores y su diseño les resultaban totalmente nuevos. Líneas blancas dividían la tienda como si fuera una colcha. Algunas zonas aparecían estampadas con formas abstractas: triángulos de color verde oliva, cuadrados en pardo oscuro, conos en lila pálido, círculos en azul celeste, elipses en marrón, retazos en ocre amarillo. Otras partes mostraban imágenes de la gran cacería: leones rojizos abatidos por lanzas doradas, guerreros negros sobre corceles blancos rodeando a una manada de bestias. Los invitados lo observaron en un silencio pasmado. Se sentaron en el pabellón, que a pesar de su llegada se veía vacío. Baybars les dio la bienvenida y salió a llamar a Othman.

—¿Quién te dijo que invitaras a toda esta gente, y cómo podremos ofrecerles la comida que se merecen?

Othman prometió que se ocuparía de todo. Corrió hacia las cocinas reales.

—El rey está cenando en la tienda de Baybars, pero no está seguro de la calidad de sus cocineros. El rey no desea ofender a Baybars, así que os ordena que preparéis la comida en secreto. —Fue a ver a los cocineros de todos los visires y les repitió la misma historia. Y a su madre le dijo—: La corte entera viene a cenar. Haz mis platos preferidos, por favor. Estos nobles creerán que la comida que sus pobres sujetos comen es exquisita.

En una hora un festín de proporciones ingentes se servía al rey y a sus nobles.

—En el nombre de Dios, el misericordioso —dijo el rey, y dio el primer bocado.

—Uno de mis cocineros prepara un plato muy parecido a este —dijo un visir—, salvo que este es mucho mejor. Sus sabores son más sutiles.

—Y yo tengo una alfombra como esta —comentó otro visir—, pero salta a la vista que la seda de esta es más fina.

—Este plato a base de lentejas y arroz es sencillo, pero delicioso —alabó el rey—. ¿Podríais preguntar a vuestro cocinero cuál es el secreto de la receta?

Baybars fue a preguntárselo a Othman, quien a su vez transmitió la pregunta a su madre.

—Sal y pimienta —dijo ella.

Todos comieron hasta saciarse, y el rey dijo al final:

—Que Dios bendiga al anfitrión de este festín.

De regreso en El Cairo, Baybars se arrodilló frente a su rey, que no reconoció al chico a quien una vez se había aparecido en sueños, ya que Baybars ya no era Mahmoud. Y el rey anunció:

—Un anfitrión tan elegante y poseedor de un buen gusto tan exquisito debe ser recompensado. A partir de este momento ofrezco el cargo de príncipe y responsable de protocolo a Baybars. Será el responsable de todos los eventos e invitaciones que se produzcan en la corte.

Y así fue como Baybars se convirtió en príncipe.

El tamborileo de los dados sobre el tablero de backgammon resonaba en el comedor. Cuando mi padre y el tío Yihad jugaban, el ruido alcanzaba las proporciones de una batalla de demonios. Con cada tirada, las piezas de marfil del tablero saltaban de un golpe. Se tomaban el pelo mutuamente sin compasión, vociferaban y gritaban en broma. A ambos les gustaba jugar y se les daba bien. Si jugaban con otras personas se mostraban más serios porque había dinero de por medio, pero entre ellos se apostaban monedas de poco valor para así poder recurrir a las bromas y los gritos. Era la virilidad, y no el dinero, lo que estaba en juego. Siempre temí que acabaran rompiendo la mesita de vidrio que sostenía el tablero.

Yo leía tumbado en la cama, con la puerta cerrada, cuando sonó el teléfono. Descolgué el auricular y oí la voz de mi madre. Me preguntó si el tío Yihad estaba por allí. Sin un hola, sin un cómo estás. Dijo que llevaba un rato intentando dar con él y que se figuraba que debía de estar con mi padre.

—Dile que se ponga al teléfono, pero no le comentes ni a él ni a tu padre quién le llama.

—¿Por qué? —pregunté.

—Limítate a hacer lo que te pido por una vez.

El tío Yihad interrumpió la partida y atendió la llamada en el teléfono del vestíbulo. Lo único que dijo fue «Hola», y luego su cara pareció retorcerse y tensarse. Colgó el aparato sin decir nada. Antes de que yo tuviera ocasión de preguntar qué sucedía, se llevó un dedo a los labios y sonrió, pidiéndome en silencio que me uniera a su conspiración.

—Tengo que irme —anunció a mi padre—. Clientes.

—¿En domingo? —dijo mi padre desde el salón—. Ven a terminar la partida. Te estoy vapuleando. No puedes negarme ese placer. Mi suerte cambiará si paramos. No te vayas ahora. Malditos seáis tú y tus antepasados. Quédate.

Mi madre se presentó en casa con un cachorro de pastor alemán en los brazos. El cachorro era tan encantador que incluso mi padre sonrió al verlo.

—¿Qué es esto? —preguntó él, a lo que mi madre respondió que ya era el momento.

Me dio el cachorro. Miré de reojo a Lina para ver si sentía celos, pero ella ni siquiera le prestaba atención: no apartaba la vista de mi madre. Esta se despojó de los zapatos de tacón alto en la antesala, algo que nunca le había visto hacer antes.

—Tienes razón —dijo mi padre—. Ya es hora de que el chico asuma alguna responsabilidad.

—Voy a darme un baño —dijo mi madre—. Lo necesito.

Pasó por delante de mí, y en ese momento distinguí un moretón en su empeine.

Minutos después llegaba el tío Yihad. Entró en el salón para terminar la partida que había dejado a medias. Le seguí con el cachorro en brazos para que pudiera verlo. El tío Yihad preguntó qué nombre pensaba ponerle. Yo no había pensado en eso. El perrito me lamió toda la cara mientras lo llevaba hasta el cuarto de mi madre. Ella seguía en la bañera. Me quedé a la puerta del cuarto de baño, noté la humedad que impregnaba el aire. Le pregunté cómo se llamaba el perro.

—Ahora no, cariño. —Su voz siempre sonaba sepulcral cuando estaba en el cuarto de baño—. Estoy descansando.

—Pero el perro necesita un nombre —insistí.

—Llámalo Tulipán. Así se llama un alsaciano muy famoso.

No nos enteramos de lo del accidente hasta el día siguiente. Mi padre lo leyó en el periódico matutino, ya en el trabajo. En mi caso la noticia me llegó en el colegio. Fátima me contó lo poco que sabía: tenía una versión fragmentada. Mi madre se había visto envuelta en un accidente de automóvil, un siniestro con cuatro vehículos implicados. Había muertos, pero mi madre había salido indemne. Eso lo sabía porque la había visto. Otros chicos de clase empezaron a añadir detalles. Un grave accidente. Un camión procedente de Damasco había derrapado en las pronunciadas curvas de Araya mientras bajaba hacia Beirut. Se salió de la carretera y embistió a varios coches. El Jaguar de mi madre estaba entre ellos. Se salvó saltando por un precipicio.

—Como una alfombra voladora —dijo un chico—. El Jaguar despegó hacia los cielos.

—Quería contártelo —dijo mi madre en cuanto mi padre llegó a casa—, pero estaba demasiado cansada.

Cuando se tumbada en el sofá borgoña daba la impresión de que todos los muebles de la estancia —el diván, el pequeño Léger que estaba colgado encima, los cuadritos de Moghul más pequeños aún de la pared lateral, la mesita de centro y las laterales— habían sido fabricados a su medida.

—No comprendo por qué no lo hiciste —se quejó mi padre—. Podrías haber muerto, ¿y no se te ocurrió que podía ser importante contármelo? ¿Por qué? ¿Por qué hiciste algo así?

Mi madre sostenía un cigarrillo y contemplaba las volutas de humo que ascendían hacia el techo.

—Iba a decírtelo. Estaba agotada, en estado de shock. Necesitaba un baño. Y se me pasó el tiempo.

—Pero tuviste tiempo de parar a comprar un perrito.

—Sí —dijo ella—. ¿A que es mono?

Todos los miembros de la familia sostenían que la casa Jaguar debería regalarle los coches a mi madre. Era su mejor publicidad. Elie afirmaba que conducía como una guerrera. La tía Samia decía que conducía como un hombre. El tío Halim, que conducía como un taxista. El tío Wayih afirmaba que conducía como un italiano. Y el tío Yihad decía que conducía con gracia. Era la forma en que manejaba el coche lo que llamaba la atención. Su mano izquierda apenas rozaba el volante. Se inclinaba a la izquierda, con el costado apoyado en la puerta y el codo asomando por la ventanilla. Conducía como si el mundo y sus carreteras le pertenecieran.

Mi padre suspiró. Dejó de dar vueltas.

—¿Por qué no os vais a vuestras habitaciones, niños? Tengo que hablar con mamá.

Tanto mi madre como mi hermana respondieron al unísono:

—No.

—No soy ninguna niña —añadió Lina.

—No me apetece hacer esto ahora —dijo mi madre—. Estoy bien. El coche ha quedado destrozado, pero yo estoy bien. Sucedió muy deprisa. Reaccioné. Al final hice lo más adecuado.

—¿A qué velocidad ibas? —preguntó mi padre.

—¿Qué tiene que ver eso? El camión perdió el control. Se coló en nuestro carril. De haber frenado, ese trasto me habría aplastado como a los demás coches.

—Corres demasiados riesgos cuando conduces —sentenció mi padre—. Te lo he dicho cien veces. Nunca me escuchas.

Mi madre tomó aire y siguió mirando al techo.

—Es el tercer accidente —prosiguió él en tono más suave—. Y da la impresión de que no te lo tomas en serio.

La miró, negó con la cabeza y salió del salón farfullando la palabra «marido».

La tía Samia se sirvió otra copa de arak. Estábamos reunidos en torno a la mesa de su comedor. La mayoría de la familia había salido a la terraza.

—¿Por qué no contratas a un chófer? —preguntó ella a mi padre—. Eso resolvería todos tus problemas.

Yo había comido demasiado. Mis tripas rugían dispuestas a la rebelión. Sin embargo no tenía intención de levantarme de la mesa, porque quería que mi tía dejara de hablar de mi madre, que se había quedado en casa.

—Déjalo, Samia —intervino el tío Yihad—. Ella nunca utilizará los servicios de un chófer.

—Podría haberse matado —insistió ella.

—Si hubiera conducido cualquier otra persona, todos los ocupantes del coche habrían muerto —rebatió el tío Yihad—. Es un milagro que sobreviviera, pero tener al volante a un chófer no habría servido de nada en este caso.

Su toallita estaba trabajando horas extra. Sudaba copiosamente y no paraba de secarse la calva.

—Siempre te pones de su lado —dijo mi tía—. Por alguna razón te niegas a ver la realidad.

—No se está poniendo del lado de nadie —atajó mi padre. Parecía débil y derrotado. Dirigiéndose a mí, dijo—: ¿Por qué no sales a jugar con los chicos?

Me encogí de hombros.

—Ve —ordenó la tía Samia—. No puedes quedarte aquí. Tu padre quiere que salgas.

Volví a encogerme de hombros.

—¿Lo ves? —preguntó ella a mi padre—. No eres nada severo con tu familia. Hacen su santa voluntad. ¿Cómo vas a controlarlos si pasas por alto cosas así?

—Samia. —El tío Yihad suspiró—. No empieces. Ha sido una comida fantástica. No la estropees.

—Solo pienso en su familia.

—Pues deberías pensar un poco menos en su familia —dijo Lina, que había aparecido como por ensalmo. Estaba apoyada en el quicio de la puerta. Llevaba un vestido de verano, zapatos de tacón bajo y el pelo recogido en un moño, lo que le confería un aire de mujer adulta y sofisticada—. Al fin y al cabo —añadió—, pensar nunca ha sido tu fuerte.

Creí que los ojos se me salían de las órbitas. La tía Samia se aferró al vaso de arak con las dos manos.

Mi padre se puso de pie, lívido. Me dio la impresión de que iba a abofetear a Lina, pero se contuvo.

—¿Cómo te atreves? —gritó él—. No vuelvas a hablar a tus mayores en ese tono. —Sus dedos se abrían y cerraban. Los músculos de la mano le temblaban—. Es tu tía. ¿Cómo has podido hacerlo? Sé que te he enseñado mejores maneras.

Lina vaciló. En sus ojos leí cómo evaluaba todas los resultados posibles. En una voz átona, carente de inflexión alguna, dijo:

—Tienes razón, padre. No sé qué me ha dado. —Sonrió—. Lo siento mucho —dijo dirigiéndose a mi tía—. No sé por qué he dicho algo así. Por favor, perdóname.

Dio media vuelta y se dispuso a salir.

—Te castigaré por esto —gritó mi padre, mientras ella se alejaba.

Ambos mentían.

Pero mi madre castigó a Lina. No tuvo otro remedio.

—Me has obligado a hacerlo —repetía—. No consentiré faltas de respeto en mi casa.

Mi padre intentó intervenir en favor de Lina, pero mi madre se mantuvo inflexible. Mi hermana estaba castigada durante una semana. Solo podría salir de su cuarto para ir al colegio y tomaría todas las comidas encerrada allí. Yo le di a escondidas aquellos dulces de chocolate con coco rallado que tanto le gustaban. Luego vi que mi padre también le introducía golosinas. El tío Yihad le llevaba platos completos: toda clase de estofados y arroces. Creí que lo hacían a espaldas de mi madre, pero el tercer día vi cómo ella misma preparaba para Lina un plato completo de quesos de postre.

Al final el castigo de Lina se redujo a cuatro días, porque mi madre consideró que había ganado demasiado peso encerrada en su cuarto. Pasaba el tiempo escuchando un tipo de música de la que yo sabía poco: ruidos duros, acordes ásperos. No eran los Beatles. No eran los Monkees o la Partridge Family. Atisbé por la cerradura para ver cómo se escuchaba ese ruido tan disonante: saltos erráticos, movimientos espasmódicos de la mano y sacudidas de cabeza lo bastante fuertes como para asegurar que el pelo se alborotara por completo. Yo no comprendía el bum-bum del bajo.

El rey Saleh de Egipto tenía a su servicio a un juez que era tan malo como feo. Si se observaban sus rasgos de cerca, se apreciaba en él la marca de Satanás: le sobresalían las orejas y la izquierda tenía un corte en la parte superior, como si fuera la de un gato montés magullado en una pelea. Este hombre, uno de los miembros del consejo del rey, había acumulado poder a través del engaño y la traición. Hacer el mal era la golosina que deleitaba a su corazón y la perfidia era el aire que respiraba. Se le conocía por el nombre de Mustafá al-Kallay, pero ese no era el que le impusieron al nacer. Se llamaba Arbusto. Había nacido en Faro, Portugal, y era sobrino de un rey. Fue criado en la opulencia, educado por maestros, amado por sus padres, pero ni el suelo más fértil ni el pozo más profundo pueden hacer que una mala semilla llegue a convertirse en un árbol frutal.

Nació una hermana, dos años más joven que él. Desde su más tierna infancia fue sabia como una adivina, hermosa como una esmeralda perfecta. Sentada a los pies de sus maestros, saciaba su sed de conocimiento. Se la conocía como la Rosa de Portugal y se movía con la gracia de un ciprés.

Su pérfido hermano le robó el honor el día en que ella cumplió los catorce años. Irrumpió por la fuerza en sus aposentos. Al oír los gritos de la chica, sus doncellas acudieron al rescate, solo para caer víctimas de su espada. Cuando el malvado Arbusto se marchó, su hermana se arrastró hacia los cuerpos masacrados de sus amigas y hundió las manos en su sangre, aún caliente.

—Los sacrificios que habéis ofrecido no serán en vano —exclamó ella—. Pasearemos juntas por el Jardín.

Y se atravesó el corazón con una daga.

Por la mañana, la madre de la joven sollozaba.

—He perdido a dos hijos en una noche.

El rey dictó una orden de arresto contra Arbusto, pero nadie pudo encontrarle. Zarpó hacia El Cairo, donde aprovechó su educación y su ingenio para asumir el papel de un culto musulmán.

Arbusto se convirtió en juez del rey Saleh y este confiaba en sus consejos.

El corazón de Arbusto rezumaba odio cuando vio a Baybars, vestido con su mejor traje, junto a la puerta del salón del trono, haciendo gala de su nuevo cargo de responsable de protocolo. Escribió entonces una carta a un hombre llamado Azkoul, un alma maliciosa que se regocijaba con el asesinato, la masacre y la violencia.

«Tan pronto como termines de leer estas líneas», rezaba la nota, «quiero que montes en tu caballo y cabalgues hacia El Cairo. Dirígete al salón del rey; el hombre que salga a preguntarte qué deseas es aquel a quien no quiero ver respirar. Dile que traes una propuesta para el rey y entrégale un pedazo de papel doblado. Cuando te dé la espalda, mátalo. Me aseguraré de que eludas el castigo.» Azkoul se sintió embargado de gozo ante la perspectiva de cometer un asesinato.

En la corte, el príncipe Baybars recibió el papel de manos de Azkoul y le dio la espalda para abrir la puerta del salón del trono. Azkoul desenvainó la espada y la blandió, decidido a asestar el golpe. Cuando se abrieron las puertas, la cabeza ensangrentada de Azkoul rodó hacia el interior de la amplia sala mientras su cuerpo se desplomaba detrás del príncipe.

—¿Qué clase de asesinato es este? —gritó el juez del rey—. ¿Cómo se atreve el príncipe de protocolo a matar a quien viene en busca de su majestad?

Dos hombres entraron en la regia estancia y se postraron a los pies del rey.

—Fuimos nosotros quienes matamos a ese viajero —confesaron los fieros uzbecos. Y ante el atónito consejo relataron la historia—. Ese hombre se llama Azkoul y es un infame criminal. Le vimos entrar en la ciudad y lo reconocimos. Seguimos sus pasos, a sabiendas de que adondequiera que vaya, le acompaña la traición. Le vimos levantar la espada para matar al príncipe por la espalda e intervinimos, amputando un brote podrido de este mundo devoto.

—La justicia ha prevalecido una vez más —dijo el rey.

Baybars agradeció a los uzbecos el haberle salvado la vida y los invitó a ser sus huéspedes. Los uzbecos salieron de palacio acompañados de Baybars. Al llegar a casa de Nayem, preguntaron si esa era su casa, a lo que Baybars respondió que pertenecía a su tío. Baybars no podía poseer una casa, ya que él mismo pertenecía a otro.

—Pero eso no es cierto —dijo uno de los uzbecos—. Expondremos nuestros argumentos ante el rey mañana mismo.

Por la mañana el príncipe y los luchadores se postraron ante el rey.

—Majestad —dijeron los uzbecos—, el príncipe Baybars no es un esclavo. Es hijo de reyes. Tenemos pruebas de su pasado y de su árbol genealógico.

—Me gustaría saber más cosas del príncipe Baybars —dijo el rey—. ¿De dónde ha salido? ¿Quién es? ¿Qué pasó? Contadme su historia.

El abuelo murió en abril de 1973. Yo acababa de llegar del colegio cuando la aterrada doncella filipina de la tía Samia llamó a mi madre para decirle que el abuelo, que había ido de visita a casa de su hija, no se encontraba bien. Mi madre corrió al piso de arriba en bata y zuecos.

El abuelo yacía en el sofá, temblando; la tía Samia estaba de rodillas frente a él. Ella también temblaba, aunque el suyo era un temblor distinto.

—No lo entiendo —decía ella—. ¿Qué puedo hacer?

El abuelo tenía la mano derecha apoyada a la altura del corazón. Al ver a mi madre, la tía Samia rogó:

—¡Ayúdame, por favor!

Mi madre se arrodilló al lado de mi tía. Hombro con hombro, daban la impresión de rezarle al abuelo, el altar. Yo era el único testigo.

—Es su corazón —murmuró mi tía. Había llamado a una ambulancia—. Quiere saber su nombre. —Su voz sonaba a plástico barato—. ¿Acaso no sabe quién es?

Al abuelo le costaba respirar. Movió la mano.

—No —farfulló.

—Aguante, padre —dijo la tía Samia—. La ayuda está en camino.

—Su nombre es Ismail al-Jarrat —dijo mi madre.

—Le conocemos —le aseguró la tía Samia—. Se pondrá bien, padre. Sabemos quién es usted.

Él movía los párpados; los ojos parecían gritar de dolor.

—Él no sabe mi nombre.

—¿De quién habla? —preguntó mi madre—. ¿De Osama? Claro que sabe su nombre. Todos lo sabemos.

—No —dijo él—. Él no. —Los temblores aumentaban.

—Cálmese, padre —dijo la tía Samia—. Concéntrese en respirar. Inspire, espire… No se preocupe.

Pero él negó de nuevo, con un escalofrío sobrenatural.

—No. —Se le agarrotó la mano.

La tía Samia se estremeció. Los ojos de mi madre se llenaron de lágrimas.

—Sabe su nombre —susurró—. Siempre ha sabido su nombre.

—No —dijo él—. No sabe mi nombre.

—Dígame su nombre —le instó mi madre—. Susúrrelo al oído y Él lo oirá.

La tía Samia posó la mirada en mi madre. Se cogió de su brazo.

—Al oído —insistió mi madre—. Del mío al Suyo.

Acercó la cabeza a los labios del abuelo. Y el abuelo habló.

—El Salvador sabe su nombre —dijo mi madre—. Lo sabe.

Los enfermeros llegaron cinco minutos después. Le trasladaron en camilla hacia el ascensor.

—Conduce tú. —La tía Samia dio a mi madre las llaves del coche—. Así llegaremos antes que ellos.

Bajaron la escalera. El estruendo de los zuecos de mi madre contra la piedra resonó por las paredes. El abuelo murió de camino al hospital.

Yo sabía sus nombres. Yo sabía su historia.

Mi madre no quería que yo asistiera al entierro. Insistía en que yo era demasiado pequeño. En que me traumatizaría. Al principio mi padre se mostró de acuerdo con ella. Yo asistiría a los funerales, pero no al entierro.

Pero entonces tía Samia se puso como una furia. Y el tío Yihad. Y el tío Halim. Yo tenía doce años, era un hombre, y esto era un asunto de familia. Me convertí en el punto de corte: todos los primos mayores que yo (Anwar, Hafez) asistirían al entierro; los más pequeños (Munir, etc.), no.

Mi madre lloraba sin cesar y no salía de su cuarto. A media tarde, cuando los demás parientes y amigos empezaron a aparecer, se reclamó su presencia. Iba de luto riguroso, lo que acentuaba la irritación de sus ojos hinchados. Al verla, la tía Nazek gritó:

—Mire. Mire y contemple el dolor que ha causado su partida.

La tía Samia se daba golpes en el pecho y gritaba:

—¿Por qué, padre, por qué? ¿Por qué se nos ha ido?

Los primos de mi padre, los Arisseddine, se encargaron de la logística. Enviaron a sus hijos a todos los pueblos drusos, a que comunicaran la noticia del óbito. Parecían eficientes y meticulosos. Los hijos de Yalal Arisseddin se repartieron las familias importantes, los oficiales del gobierno y los parlamentarios. Los hijos del tío de mi padre, Maan, se dividieron los pueblos y las comunidades religiosas. Cada vez que mi padre se acercaba a sus primos, se le olvidaba lo que iba a decirles, y Lina, que no se apartaba de su lado, lo guiaba de nuevo hacia su silla. Parecía envuelto en una neblina. Las mujeres Arisseddine recibían a los que venían al velatorio y los acompañaban hasta la familia. Trasladaron sillas del piso del tío Yihad al nuestro. Las tazas de café estaban en rotación constante.

Mi madre parecía perdida, desorientada. Se dejó caer en la silla, con la espalda doblada y la cabeza gacha, la vista fija en los zapatos. Más damas lloraban, y la tía Samia no paraba de sollozar. Sus llantos hicieron que mi madre volviera en sí. Se incorporó y me miró, luego posó la mirada en Lina, que estaba al otro lado de la sala, al lado de mi padre. Enarcó las cejas al ver los ojos de Lina. Mi madre se secó la boca; Lina cogió un pañuelo de papel y se quitó el pintalabios de la suya. Mi madre se acercó a mi padre y empezó a susurrarle al oído. Él asintió una vez, dos veces. Negó luego con la cabeza. Asintió por tercera vez. Y su cara recuperó vida.

No fue un accidente que Aladino naciera en China.

—Una vez, hace mucho tiempo, en las tierras de China —solía decir el abuelo al empezar este cuento— vivía un chico travieso llamado Alaeddine.

—¿Por qué China? —preguntaba yo.

—Drusos y chinos son parientes —respondía él.

Yo no tenía pinta de chino. Una vez pregunté a mi padre si era verdad, y él desechó la idea como una de las manías del abuelo. Lo mismo hizo mi madre.

—Bueno, verás —había explicado el abuelo—, los drusos creen que cuando alguien muere, su alma salta al instante al cuerpo de un recién nacido. Es de suponer que así podemos averiguar quién se reencarna en quién. Pero no hay tantos drusos. Los sabios drusos, y sabes que no son tan sabios como pretenden ser, se percataron de la existencia de un problema. Moría un druso, pero no había nadie que naciera ahí en ese preciso momento. Eso quiere decir que tenían que nacer en alguna otra parte, ¿no? Los muertos a veces nacían en China, en la tierra de los mil crepúsculos. Los chinos creen en la reencarnación, lo que podría significar que guardan alguna relación con los drusos. Y, lo más importante, China está lo bastante lejos para que nadie pueda comprobarlo. Los chinos nacen aquí y nosotros renacemos en China.

Cuando repetí a mi madre lo que había dicho el abuelo a ella le pareció ridículo.

Sin embargo, mientras permanecíamos sentados en el salón el día de la muerte del abuelo, Ghassan Arisseddine, uno de los primos mayores de mi padre, anunció en voz baja a toda la estancia:

—Afortunadas sean las gentes de China por recibirte en su niebla a esta hora.

Ni mi madre ni mi padre manifestaron reacción alguna.

La familia se congregó a las ocho de la mañana para acompañar al ataúd del depósito hasta el pueblo, hasta la casa del bey donde se celebraba el funeral. El cortejo fúnebre se componía de treinta coches que avanzaban a una velocidad agónicamente lenta en dirección a la montaña.

Yo acompañé a mi madre, sentado en el asiento trasero, en ese lento, silencioso y escarpado trayecto. A paso de tortuga, los puntos estratégicos del viaje pasaban ante nuestros ojos como si los viéramos por vez primera: el huerto de naranjas, los tres plátanos en fila, la curva sin señalizar, la roca protuberante que parecía un elefante sin trompa. La orilla de azul lujurioso que debía de haber danzado se limitaba a temblar. El paso del verde de los pinos al de los robles se prolongó más de lo debido; las sombras de color ocre se mantenían, imprimiendo extraños matices en mis retinas.

Mi madre rompió el silencio con un único comentario.

—No me parece buena idea mantener el ataúd abierto.

Mi padre me condujo hasta el pabellón donde se congregaban los hombres. Cientos de sillas de plástico estaban dispuestas en filas de cara a otra hilera de sillas provistas de cojines de un rojizo desvaído. El bey, su hermano y sus dos hijos se acercaron hasta nuestra familia y se intercambiaron los besos y condolencias de rigor. Mi padre me había dicho que debía contestar a todo lo que se me dijera con la frase: «Que eso se te compense en tu salud». Se produjo una discusión llena de insinceras protestas alrededor de la disposición de los asientos. Como le correspondía por ser el mayor de los cinco hermanos, el tío Wayih ocupó la silla principal, y el bey se sentó a su lado. El tío Yihad se reservó la siguiente y yo la contigua. Mi padre se las arregló para situarse junto a mí. El hermano del bey se acercó hasta mi padre y se ofreció a cambiarle el asiento. Mi padre lo desestimó amablemente.

—Estoy seguro de que acabaremos reordenándonos cuando los demás empiecen a llegar.

Y permanecimos sentados y en silencio. Mi padre ni parpadeaba. Observaba las hileras de sillas vacías que tenía enfrente. El tío Yihad miraba hacia la derecha: sus ojos descendían por la montaña hasta llegar a los ondulantes viñedos de atrás. Una ráfaga de aire frío y húmedo me lamió la cara. El tío Yihad se echó la chaqueta por encima del pecho. Sollozaba en voz baja. Mi padre no.

—¿Tienes frío? —me preguntó el tío Yihad.

Como si obedecieran a un plan organizado, los residentes de los tres pueblos llegaron al mismo tiempo. Los hombres y las mujeres se separaron en la puerta de la mansión del bey y ascendieron por la leve pendiente. Las mujeres nos saludaron con una inclinación de cabeza al pasar. Frente a nosotros los hombres se colocaron en fila, cuyo orden, quién se situaba dónde y al lado de quién, parecía preestablecido. Se cubrieron los respectivos corazones con las palmas de las manos y murmuraron al unísono algo que no pude entender. Mi padre, mi tío y todos los hombres de nuestra fila repitieron su mismo gesto y respondieron con una frase igual de incomprensible. Su fila se dirigió hacia la nuestra, sus manos estrecharon las nuestras. La mayoría de los hombres besó la mano del bey.

Las familias cristianas no realizaban el mismo ritual. Tampoco las musulmanas. Todos presentaron sus respetos. Los amigos se saludaron con besos. Cada vez que aparecía algún individuo de cierta importancia, se le cedía un asiento en la fila de la familia. Los hombres especiales aceptaban los pésames durante un par de rondas antes de perderse en el anonimato de los invitados. El Ayaweed, el religioso druso, se sentaba en primera fila de cara a nosotros ataviado con el traje tradicional.

El bey se trasladó al lado de mi padre. Era mucho más viejo que mi padre y lo parecía. Llevaba un corte de pelo a la inglesa y un fez de aspecto extraño.

—Mi padre amaba al vuestro —dijo mientras se retorcía el bigote blanco entre el índice y el pulgar. Era un hombre de otra época.

—Y por ello —replicó mi padre— puede contar con nuestra eterna gratitud.

—Si necesitáis algo en estos momentos difíciles, nuestra familia contribuirá en lo que haga falta.

—Vuestra generosidad es ilimitada —dijo mi padre al bey.

Ambos permanecieron en pie para saludar a los que llegaban y el ritual se inició de nuevo. Como por arte de magia el tío Yihad ocupaba ahora el asiento contiguo al del bey y mi padre se hallaba a mi otro lado.

—Nos alegramos tanto al enterarnos de la noticia —dijo el tío Yihad mientras se cubría los ojos con unas gafas oscuras—. Un digno nieto por fin. Nuestra familia se sintió encantada por la suya.

—Los nacimientos siempre son motivo de gozo —dijo el bey. Se sonrojó, y sus pestañas aletearon espasmódicamente en dirección a mi tío.

—El nacimiento nos hizo felices —prosiguió mi tío—, pero no fue lo que llenó de alegría nuestros corazones. La noticia milagrosa es que el chico es idéntico a vos. Dios nos ha sonreído.

El bey no pudo reprimir una risita de satisfacción y se removió, en un intento por sofocar su regocijo.

—Sí, el pequeño bey ha salido a mí.

—Y Dios ha aumentado el nivel de dificultad para las damas de su generación. ¿Cómo van a poder resistirse a los encantos de ese pequeño sinvergüenza?

El bey se dio una palmada en el muslo y su redonda barriga tembló de alegría.

—Cierto, ¿cómo lo harán?

Nos levantamos para la siguiente ronda. Cuando volvimos a sentarnos, la silla de mi padre estaba vacía. Le vi entre sus dos hermanos mayores. Ya aburridos, Anwar y Hafez se propinaban codazos mutuamente. Yo me entretuve contando trajes, cazadoras y atavíos religiosos. Conté tres sombreros fez, veintitrés Anyaweed y un borsalino, amén de diecisiete cabezas calvas. El cielo se encapotó y se formó una niebla primaveral. Desde el valle la fina neblina se elevó con languidez hacia nosotros, ocultando a nuestros ojos la ciudad de Beirut. En condiciones normales podía verse la ciudad entera: los bloques de pisos diseminados por la costa, las viejas casas mediterráneas, el aeropuerto con sus zigzagueantes pistas cercanas al mar. Todo se volvió blanco. Me concentré en la niebla, ahora convertida en una capa traslúcida que cubría las viñas. Su ascensión iría ocultando, en orden, los nísperos japoneses, los limoneros, las zarzas y las higueras. La niebla confería al pueblo un aire inestable, como si estuviera suspendido sobre un precipicio.

Al ver a un hombre delgaducho vestido con un traje mal cortado que caminaba hacia una tarima chapucera, los rumores de charla se acallaron. Este empezó a recitar poemas con voz nasal: cantaba con una bella voz, como un jilguero levemente resfriado. El humor general sufrió un cambio. El poeta recordó a mi abuelo, habló de su familia y de aquellos que dejaba atrás. Cuando el poeta mencionó los años de servicio al bey, lo hizo llamando al abuelo amigo del bey, no su criado. La cara del bey se llenó de tristeza ante la mención del nombre de su padre, ya fallecido. A unas sillas de distancia el tío Wayih tosió y carraspeó en un obvio intento por disfrazar el llanto. Mi padre se mantuvo estoico.

El poeta hizo una pausa, tomó aire y bajó la vista. El aire crepitaba en un tenso silencio. El poeta entonó un verso nuevo, elevó la voz hacia los orgullosos cielos. Bajó de la tarima y todos los hombres se pusieron en pie. Noté la mano del tío Yihad en la espalda, que me guiaba. Los hombres de la familia desfilamos al ritmo de la canción y el resto de asistentes varones nos siguió. Nos dirigimos al interior de la casa, sin que la incandescente melodía efectuara pausa alguna.

Las mujeres, todas vestidas de negro con velos blancos, se hallaban sentadas en torno al ataúd abierto: eran filas y filas de mujeres. Mi abuelo parecía una estatua de cera esculpida por un artista incompetente. Su cabello iba bien peinado: por primera vez había cedido al control. Su rostro recordaba a un dibujo en el que el modelo no había posado para el artista.

Las mujeres sollozaban. La tía Samia instó a sus hermanos a que resucitaran a su padre, a que introdujeran el aliento de la vida en sus pulmones. Las pueblerinas lamentaban la desgracia del bey. Mi hermana no conseguía ocultar su asombro y su extrañeza. Mi madre miraba al suelo. Detrás de ella se hallaba una silenciosa señora Farouk. El poeta ensalzó el sentido de humor del abuelo. Los hombres acariciaron el ataúd. El tío Yihad cerró los ojos y balbuceó una piadosa oración. Apoyé la palma en la madera, y el ataúd tembló, como si estuviera enojado, rechazando el contacto. Crucé las manos a mi espalda. Mis primos parecían petrificados. Mi madre intentó advertirme con la mirada. Tranquilo, indicaron sus manos.

Las mujeres pronunciaron los lamentos finales. «¿Quién ocupará su lugar?» «¿Cómo viviremos con tanto dolor?» «¡Oh, Dios, sé amable con él en su viaje!». La tía Nazek se echó encima del ataúd, gritando: «¡No os lo llevéis!». La tía Samia se abrió paso apartando a dos de los hombres. Acarició la cara de su padre, pero apartó las manos al primer roce. «No puedes irte sin mí.» Levantó la pierna izquierda del suelo y elevó la rodilla, pero no llegaba al ataúd. Intentó izarse con brazos temblorosos.

—¡Iré contigo! —exclamó.

Los hombres levantaron el ataúd y se lo colocaron sobre los hombros. La caja flotó por el vestíbulo. Y, finalizadas las oraciones, fue trasladada hasta el cementerio. Vi cómo el ataúd se sumergía, se hundía en la neblina.

—¿Te encuentras mal? —preguntó el tío Yihad—. ¿Ha sido el entierro?

—¿Por qué tenían que gritar tanto todos? —repliqué. Tenía a Tulipán a mis pies, y lo usaba como reposapiés, tal y como le gustaba—. ¿No se supone que los drusos celebramos los entierros en silencio?

Bebió despacio de su vaso; parecía mantener una conversación con el techo en lugar de conmigo.

—En principio sí, pero no en la práctica. ¿Cómo sabrán los muertos que los amamos, si no? ¿Sabes, cariño? Cuando tenía tu edad los funerales solían ser mucho más dramáticos. Lo creas o no, ahora son más discretos, más reposados. —Tarareó y dio otro sorbo—. La verdad es que no me imagino cómo serán cuando llegues a mis años. Lo más probable es que no aparezca nadie. Pim, pam, y se acabó. Solo vendrá gente al velatorio si se sirve alcohol, como sucede en los entierros irlandeses. —Se pasó una toallita por la cabeza—. No es más que el funeral, cariño. Sabes que hay gente que se flagela el primer día, el tercero, a la semana y cuando se cumplen cuarenta días. Es un proceso interminable. Tenemos funerales de locos, eso es todo. No te tragas nada de esto, ¿verdad?

Negué con la cabeza.

—Bien, escucha. Esta historia empieza hace mucho, mucho tiempo, cuando las hordas de mongoles campaban por nuestro mundo, cuando Gengis Jan arrasaba los desiertos de China y saqueaba al resto del mundo, después de que el rey bárbaro hubiera quemado Bagdad hasta reducirlo a cenizas, después de que masacrara a cien mil personas en Damasco y contemplara el río de sangre que cubrió las calles de la ciudad, después de que el general mongol cayera sobre nuestras fértiles tierras. El hermano del general, Tu Jan, se aburría.

—¿Tu Jan? —pregunté—. ¡Qué juego de palabras más malo! No es bueno ni para un sirio.

—No me interrumpas, chico —replicó él. Sus ojos, aún alzados, estaban muy abiertos, oscuros, llenos de vida—. Me cortas el hilo. Tu Jan estaba aburrido.

—Podía haber salido volando.

—Uf, eso sí que es malo. Escucha. Tu Jan decidió dar un banquete. Trajo a los siete mejores cocineros de la región y les pidió que crearan el mejor ágape que se hubiera servido nunca. Los cocineros trabajaron como esclavos y presentaron siete platos distintos. El primero era exquisito: una ostra sobre un lecho de puré de limón. Tu Jan lo engulló de una sola vez y lloró, ya que el sabor era glorioso. Para asegurarse de que nadie más disfrutaría de ese sabor, de que su experiencia seguiría siendo única, Tu Jan hizo decapitar al cocinero. El segundo plato era una sopa, un consomé de cerdo y manzana. Tan fino, tan claro, tan sabroso… El segundo cocinero fue decapitado. El tercero eran lenguados de playa salteados, el cuarto era faisán a la parrilla, el quinto *filet mignon*. Todos perdieron sus cabezas. El sexto eran costillas de cordero, por supuesto. Tu Jan no podía creer lo que probaba su lengua. Sus mandíbulas crecían, iban hacia el plato. En cuestión de minutos la lengua le colgaba un palmo delante de la cara.

—Ah, Tu Jan —dije.

—Exactamente. —El tío Yihad prosiguió—. Matamos al penúltimo cocinero. Pero el séptimo era de Beirut. No era ningún tonto y no estaba de humor para perder la cabeza. Hizo una *crème brûlée*, usando para ello la leche de las vacas que habían bebido de las aguas del río Litani. Tu Jan probó una cucharada y volvió a llorar. Era cremosa, suave, impecable. Pero antes de que pudiera seguir comiendo, sintió un retortijón. Lamió la cuchara y el estómago le dio un vuelco. Antes del tercer bocado se le removieron los intestinos: los retortijones no cesaban. Plof, plof, disentería, diarrea. Tu Jan no tuvo ni tiempo de moverse; se ensució los calzones y el glorioso tejido de cachemira sobre el que se sentaba. «Estoy bien», dijo Tu Jan, pero no lo estaba. Perdió cinco kilos en la primera hora, tres más a lo largo de la segunda y otros tres en la tercera. Run, run, el estómago no paraba de evacuar. Se negó a dormir sentado e hizo que sus esclavos lo colocaran en el borde de la cama, con los tobillos prendidos de estribos, para así poder cagar sin trabas. Bum, bum: la diarrea duró toda la noche; fue tan explosiva que impactó contra la pared de enfrente, donde pintó un mural abstracto expresionista. Nada genial, la verdad, un cuadro mediocre según cuenta Lee Krasner. Por la mañana Tu Jan estaba muerto; su cuerpo estaba en los huesos.

»El despiadado Gengis se negó a enterrar a su hermano en el exilio, ya que eso condenaría a su alma a vagar por la tierra en una búsqueda eterna del hogar. Gengis deseaba enterrarlo con sus antepasados. Dolor, tristeza, pena. La comitiva fúnebre mongol partió. Pero el dolor, la tristeza y la pena no eran suficientes para conmemorar a un hombre tan grande como Tu Jan. —La voz de mi tío se hizo más profunda; su tono, más serio—. No, no bastaban. A lo largo del camino la procesión fue acabando con todo ser vivo que se cruzaba en su camino: pueblos completos, ciudades; hombres, mujeres, niños, generaciones de bebés aún no nacidos; animales, pájaros, árboles, arbustos, flores, bosques. Todo fue arrasado, desde Beirut a Ulan Bator: la comitiva dejó un rastro viscoso de muerte y devastación para señalar el paso del cortejo fúnebre.

Apuró el resto del whisky. Esperé a que dijera algo.

—Supongo que ahora lo tenemos mejor —dije por fin. Él sonrió y asintió con la cabeza. Solté una risita nerviosa—. ¿Y cuándo se casó con Rita Hayworth?

—Para —se rió mi tío—. Esa es otra historia.

—¿Ahora me dices que Gengis Jan destruyó también Beirut? Creía que fue Hulagu quien conquistó el Oriente Medio. ¿Debo fiarme de ti?

—Nunca te fíes del narrador —dijo él—. Solo del cuento.

Los uzbecos se dispusieron a contar al rey la historia de Baybars:

El abuelo de Baybars tenía tres hijos: Talak, Lamak y Yamak. Era viejo y quiso poner a prueba a sus hijos para evaluar quién era el más adecuado para sucederle como rey. Instaló a Talak en el trono y le dijo que gobernara durante un día. Aquella noche, el rey preguntó a su primogénito cómo resumiría su día de gobierno y el príncipe contestó:

—He sido un fiero leopardo, y mis súbditos han sido corderos.

El segundo día fue el turno de Lamak, y al ser preguntado por su padre, su respuesta fue:

—He sido un halcón feroz, y las personas han sido palomas.

Al final del tercer día el benjamín dijo:

—He arbitrado con justicia entre las partes. He ayudado a los perseguidos en contra de sus perseguidores. He puesto todo mi esfuerzo en gobernar de forma que, cuando me llegue la hora de reunirme con Dios, no me asalte ni un atisbo de culpa o remordimiento.

Y, para consternación de sus dos hijos mayores, el rey nombró a Yamak su heredero.

A la muerte del rey, el sha Yamak ocupó el trono, nombró visires a sus hermanos y anunció que gobernarían el país los tres juntos. Pero sus hermanos conspiraron para matarlo, ya que en sus corazones habían enraizado dos emociones gemelas, la maldad y la envidia. En mitad de la noche los hermanos ataron a Yamak mientras dormía y le metieron en un gran saco. Entregaron el saco a un esclavo guerrero con órdenes de que lo llevara al desierto y le asestara veintiuna puñaladas, hasta que quedara empapado en rojo.

El guerrero obedeció las órdenes. Una vez en el desierto, desenvainó la espada. Una voz procedente del saco preguntó:

—¿Quién eres?

A lo que el guerrero respondió:

—Soy tu muerte.

—Eso no puede ser —dijo Yamak—, ya que merezco una muerte honorable y eso requiere que esta pueda ver la cara de su víctima.

El honesto guerrero se avergonzó de sí mismo. Sacó al rey del saco.

—Nunca he matado a un hombre desarmado —admitió.

—Y no deberías empezar ahora. —Yamak se dio media vuelta y se internó en el desierto.

Yamak caminó y caminó, cruzó llanuras y montañas, hasta que un día, no muy lejos de la ciudad de Samarcanda, vio a un león que atacaba a un anciano jinete. El anciano pedía ayuda a gritos, ya que no le quedaban fuerzas para enfrentarse a la bestia.

—Ven a reunirte con tu conquistador —dijo Yamak al león.

Desarmado, el hombre se mantuvo firme mientras el león iba hacia él. Justo cuando la bestia se disponía a saltar, el anciano, haciendo acopio de fuerzas, arrojó su espada al joven salvador. Con un solo movimiento Yamak cogió la espada, la sacó de su funda, golpeó la cabeza del león y lo mató. Yamak limpió la sangre de la espada en la melena rojiza del león, devolvió el arma a su dueño y dijo:

—Vivirá un día más, padre.

El anciano dio las gracias a Yamak y le rogó que le acompañara a su casa para que pudiera agasajarlo como se merecía. Los dos hombres cabalgaron hacia Samarcanda, donde fueron recibidos por una gran procesión. Yamak se percató de que compartía caballo con el rey de la ciudad.

—Mi señor —dijo Yamak—, ¿por qué ibais solo cuando podríais haber llevado a un ejército de escolta?

—Salí de caza con mis amigos —respondió el rey—, vi a una gacela y la seguí, pero no logré acercarme lo suficiente. La seguí hasta perderme, y allí apareciste tú, en el momento preciso.

El rey pidió a Yamak que le narrara su historia. El anciano admiró el valor, la nobleza y los recursos que había demostrado poseer el sha. Le nombró visir y le casó con su hija, Heather.

Murió el rey de Samarcanda, y Yamak ascendió al trono. Gobernó con justicia y honró a los héroes, que a su vez le amaban y obedecían.

Dios le bendijo con cinco hijos varones, de los que el más joven, Mahmoud, era el favorito del rey. Un viernes el sha acudió a las oraciones y vio a sus hermanos, Talak y Lamak, que mendigaban junto a la puerta de la mezquita. Llamó a sus criados y dijo:

—Llevad a esos dos hombres a los baños, lavadlos, vestidlos con las mejores ropas y traedlos a mi presencia.

Al regresar a palacio Yamak abrazó a sus hermanos, que habían recuperado un aspecto reconocible. Los sentó a su mesa y se interesó por su salud.

—Estamos aquí porque te echábamos mucho de menos —explicaron los hermanos—. Abandonamos nuestras tierras, lo dejamos todo con tal de encontrarte. Damos gracias a Dios de que estés a salvo y viviendo en la opulencia.

Yamak les dio la bienvenida y los nombró visires. Y sin embargo no pasó mucho tiempo antes de que la envidia y la maldad aparecieran con más fuerza en sus corazones.

Los hermanos habían atravesado momentos difíciles. Tras quitarse a Yamak de en medio, habían gobernado sus tierras con despotismo y codicia. Después de soportar muchos abusos, el pueblo se había rebelado y apresó a los dos falsos reyes con la intención de ejecutarlos. Los hermanos suplicaron por sus vidas con desesperación y sin un ápice de honor. Al final su pueblo los condenó al exilio y encontró a un hombre honesto que gobernara.

En la corte de Yamak, los hermanos advirtieron lo mucho que este amaba a Mahmoud, y eso les dio una idea. Secuestrarían a Mahmoud y exigirían el tesoro del rey como rescate. Durante la noche los hermanos ataron al pequeño príncipe y se lo llevaron mientras todos dormían. Cuando el sha descubrió que sus hermanos habían desaparecido junto con su hijo, los maldijo y se lamentó de su propia credulidad. La reina Heather lloró y se vistió de riguroso luto.

Los hermanos llevaron a su sobrino hasta una cueva donde le tuvieron atado; pretendían matarlo una vez hubieran cobrado la recompensa. Dejaron a Mahmoud solo mientras salían a cazar y robar comida.

Cuando se fueron, el príncipe gritó pidiendo ayuda, y un derviche persa que pasaba por allí le rescató. El persa decidió llevar a Mahmoud a Bursa, donde podría conseguir un buen precio por él. El príncipe se puso muy enfermo, y el persa se lo llevó a los baños y lo vendió a un mercader de esclavos que pasaba por allí por una de esas casualidades del destino.

El rey dio las gracias a los uzbecos por la historia. Se volvió hacia el príncipe y dijo:

—Baybars, hijo mío, no eres un esclavo.

—Que el Todopoderoso sea loado.

Y así fue como el príncipe Baybars se convirtió en un hombre libre.

Era la primera vez que veía a Istez Camil desde el entierro del abuelo. Él había pasado el primer día para dar el pésame a la familia, pero yo me encontraba en el colegio, y durante el periodo de luto no se puso música en casa. Istez Camil parecía más inquieto que nunca, se le veía cansado y desaliñado. Llevaba una camisa blanca con manchas de sudor en forma de luna en las axilas, y unos pantalones de algodón fino de color gris, que le quedaban cortos y aparecían gastados en las rodillas.

Todo lo que tocaba me resultaba fácil. Las notas fluían de mis dedos con una habilidad nueva. Istez Camil negó con la cabeza. Tenía los labios lívidos, el blanco de sus ojos inusualmente apagados.

—No lo captas —masculló al final.

—¿Qué es lo que no capto? —Dejé de tocar y le miré a la cara—. Creo que estoy tocando bien, más que bien. Sin errores.

—Una cascada de gracia, ¿te acuerdas? Esto ya no es una cascada de gracia. —No me miraba—. Tocas las notas correctas, pero hay que ponerle algo más.

—Más, más y más... —salté—. Estoy tocando bien. —Entonces tampoco yo le miraba a los ojos. Asombrado por mi nueva audacia bajé la voz—. Dices que no toco bien pero sin decirme qué quieres exactamente, qué se supone que debo hacer. Más sentimiento, más sentimiento. Ahora estoy sintiendo. ¿Cómo puedes saber cuándo toco con sentimiento y cuándo no?

—Lo sé —dijo él, despacio—. Y tú también. —Se levantó, me dio de nuevo la espalda y se puso a mirar por la ventana—. Tienes que ser más sincero contigo mismo. Tienes que hacerlo.

—Estoy tocando bien —insistí. Murmuré a mis zapatos—: Así es como soy.

La reanudación de mis clases de oúd no fue suficiente para mi hermana. Lina esperó a que mi padre empezara a silbar otra vez mientras se afeitaba por la mañana. Aquella misma tarde, se encerró en su cuarto y reanudó el estruendo de «esa música insufrible que suena a todo trapo», como la llamaba mi padre. Este le pedía que bajara el volumen y ella obedecía, pero a los pocos minutos el ruido volvía a invadir el aire.

Excepto que para mí ya no era un ruido insufrible. Empecé a distinguir sus encantos simples. También empecé a distinguir los solos de Jimmy Page, a adivinar el peculiar estilo de Eric Clapton.

Una tarde abrí la puerta de su cuarto sin llamar y la encontré en plena prueba de lápices de ojos. Ella me miró desde el espejo del tocador. El espacio estaba lleno de tensión y de la fragancia ácida de multitud de perfumes. Me tumbé en su cama con la vista clavada en el techo. Ella no dijo nada. El rumor de mi sangre fluyendo por las venas seguía el ritmo del bajo. Me zumbaban los oídos.

—Pon algo raro —le pedí en cuanto terminó la canción.

—Vete a la mierda, capullo —me dijo ella sin mirarme—. Sé como un mueble y cierra el pico.

Cuando se levantó vi que llevaba unos estrechos pantalones cortos de color malva que se le ajustaban a las curvas como si fueran un traje de baño.

—No creo que sea una buena idea. —Yo tenía la cabeza apoyada en su almohada y la seguía con los ojos—. Sabes que a tu padre no le van a gustar.

—No pienso llevarlos al colegio. No pasa nada.

No discutí. Ella fue hacia el armario. Me parecía que en los últimos años ella había crecido muy deprisa. Me incomodaba el tamaño y la forma de sus pantalones cortos, que le daban un aire poco natural y poco familiar. En el suelo, al lado de sus pies (que estaban enfundados en unas botas negras abrochadas hasta la rodilla), había un disco cuya portada mostraba a un hombre con una cara más maquillada aún que la de mi hermana.

—Pon ese —le dije.

—Cállate —replicó ella—. Si quieres quedarte, no hables.

A la tarde siguiente volví a su cama. Ella puso a David Bowie. Yo fui como un mueble.

La guerra de Octubre empezó unos meses más tarde. Íbamos ganando, aunque pocos parecían creerlo. Los sirios y los egipcios habían pillado a los israelíes por sorpresa. Una vez más las radios proclamaban la inequívoca victoria de los árabes.

—Espera —dijo mi padre—. Los americanos no dejarán que suceda.

En el colegio los chicos palestinos se mostraban radiantes, andaban con más aplomo. Se lo creían. El consejo estudiantil convocó una huelga en apoyo a la guerra. Se suponía que debía haber discursos, pero yo me fui a casa. Vi a Lina fumando un cigarrillo a las puertas del garaje. Elie estaba sentado en su vieja moto y hablaba con ella. Me pregunté si los pantalones cortos de color malva estaban pensados para impresionarlo.

Me tumbé en la cama de Lina y escuché a Deep Purple. Ella llegó enfadada y con una guitarra en las manos.

—Necesito que aprendas a tocar.

—Hay una guerra en marcha —respondí, porque algo tenía que decir.

—¿Y a quién le importa? —Me pasó la guitarra mientras se dirigía a toda prisa al mueble donde guardaba los discos—. Tienes que tocar, y tienes que hacerlo bien, y lograr que parezca fácil, y todo para el sábado por la noche. Disponemos de dos días. Dos días para decidir lo que vas a tocar y cómo lo harás de forma impecable.

Rebuscó en su colección y escogió *Abbey Road.* Rayó el disco de Deep Purple por la brusquedad con que lo sacó del tocadiscos y no se molestó en guardarlo en la funda.

—Esto es lo que debes aprender. Es impresionante.

Sonaron las primeros notas de «Here Comes the Sun».

Tuve que llevarme la guitarra al colegio. Mientras diversos líderes estudiantiles pronunciaban discursos, yo tocaba en un rincón de la terraza de la cafetería. Ajeno a todo lo demás, no oí al avión israelí hasta que lo tuve justo sobre mi cabeza: volaba raso, con un ruido ensordecedor.

Dos alumnos mayores se sentaron en el suelo a mi lado y su llegada me sobresaltó.

—No nos hagas caso —dijo uno de ellos. Era el hijo de una mujer libanesa y un príncipe kuwaití, aunque nadie lo hubiera dicho. Siempre se le veía vestido con camisetas sucias, sudaderas y tejanos. Solo tenía unas zapatillas deportivas. Supongo que se esforzaba desesperadamente por tener más aspecto de americano que de príncipe árabe. Pero no olía tan mal como su amigo.

—Sigue —dijo el amigo—. Te escuchamos.

—Seguro que es mejor que esos discursos tontos —añadió el primero.

Repetí la obertura. El kuwaití se puso a cantar y su amigo se unió a él. Me sorprendió, ya que no me había planteado que me acompañara voz alguna. Había memorizado la canción, pero no se me había ocurrido que pudiera cantarla. No estaba seguro de querer oír la letra. Dejé de tocar. El kuwaití enarcó la ceja.

—Todavía no lo hago muy bien —dije—. Estoy aprendiendo.

—Ya se ve —dijo él. Hizo una pausa—. Eso no es una púa de guitarra.

—Es para el oúd. Es lo que suelo tocar.

—El oúd es para árabes pasados de moda. —dijo él. Yo no quería ser un árabe anticuado. Extendió la mano hacia mi guitarra moderna—. Trae, déjame tocar.

No usó púa y cantó una canción en un acento americano o australiano. Tocaba fatal, y su amigo movía la cabeza al compás de un ritmo incoherente. El príncipe kuwaití me preguntó si me gustaba la canción mientras me devolvía la guitarra. Le dije que sí, y su cara adoptó una relajada expresión de gratitud.

—Me pregunto si habrán acabado ya con los discursos —dijo su amigo mientras los dos se levantaban.

—¿Te imaginas qué sucedería si ganamos la guerra?

—Casi ganamos esta vez. A lo mejor la próxima.

Diría que no se lo creían. Seguí ensayando.

El sábado toqué «Here Comes the Sun» para Lina. Se quedó impresionada, aunque no tan asombrada como yo esperaba.

—¿No vas a cantar? —preguntó ella. Le dije que para eso necesitaría ensayar más, ya que nunca había cantado. A ella no pareció importarle.

Aquella tarde salimos de casa sin la guitarra. Lina iba pintada como un cuadro y se había puesto los pantalones cortos de color malva. Habría encajado más en Carnaby Street que en Beirut. Bajamos en la cuarta parada del autobús y nos encontramos en un grupo de edificios parecidos al nuestro, pero mucho más lujosos: siete plantas decoradas a base de mármol y cristal. Me guió hacia uno de los bloques, cuyo vestíbulo era un espacio cerrado, provisto de aire acondicionado, poco acogedor. En el ascensor sugirió que sería mejor que yo no hablara demasiado.

Una chica de la edad de mi hermana abrió la puerta. Llevaba dos coletas que le nacían de la parte superior de la cabeza y descendían sin gracia alguna hasta los hombros.

—¿Has venido con tu hermanito? —La comisura izquierda de la boca se arrugó en dirección al ojo.

—Sí —contestó mi hermana, y entró en el piso. La seguí a toda prisa. No hacía falta que nadie me dijera que la niña de las coletas era la razón por la que yo tenía que tocar la guitarra: habría hecho algo para ofender a Lina.

Una docena de chicos y chicas se hallaban diseminados por el gran balcón acristalado, hablando a gritos y sin prestar atención a la música rock que sonaba.

—Siéntate ahí —dijo Lina. Señalaba un cojín de color naranja. Se unió a otras dos chicas.

Los adolescentes no me hacían el menor caso. Parecían preocupados por aparentar que eran modernos, enrollados, occidentales. Me concentré en la música después de agenciarme una botella de Pepsi. Mi hermana lanzaba miradas de soslayo a un chico rubio que estaba al otro lado de la sala. Él parecía demasiado seguro de sí mismo, acostumbrado a ser el centro de atracción, y encajó sus miradas con un leve gesto de desdén. Con Lina no había mínimos: su desprecio era absoluto, salvaje. Sus miradas pasaron de ser sutiles a preñarse de odio. Me pregunté qué papel desempeñaba él en el drama que se desarrollaba allí. No tuve que preguntármelo durante mucho rato.

La niña de las coletas entró en la habitación con una guitarra en la mano. En cuanto el chico rubio la vio, levantó los brazos como si quisiera protegerse del mal.

—Tienes que tocar para nosotros —dijo ella. Y apagó la música.

—No, no —protestó él—. No quiero arruinar la fiesta.

—Por favor —insistió la chica—. Hazlo por mí.

Mi hermana saltó, veloz como una cobra hambrienta. Le quitó la guitarra de la mano.

—No hace falta que lo haga si no quiere —dijo, mientras se encaminaba hacia mí—. El monito este puede tocar. No lo hace mal. —Me tendió el instrumento y se dejó caer a mi lado sobre el cojín—. Toca —ordenó, acompañando la orden de un codazo.

Toqué. Mi hermana se puso a cantar. Sus dos amigas se unieron a ella en la segunda estrofa. Yo estaba demasiado nervioso para levantar la vista de la guitarra. No es que afinaran demasiado, pero cuando llegamos a la última estrofa, la mitad del grupo las acompañaba.

—Ha sido genial —dijo una de las chicas—. Repitámoslo.

Mi hermana no habría podido contener su alegría aunque hubiera querido. Parecía que acabara de poner las manos en un tarro de miel recién cogida. No era la única; sus dos amigas se partían de la risa.

—Mejor no —dijo Coletas—. Volvamos a la música de verdad.

—¿Por qué no toca ahora tu novio? —dijo Lina.

—No —saltó él.

—Toca otra canción —me gritó una de las amigas de Lina—. Eres bueno.

—Estoy aprendiendo —dije en voz baja—. No me sé muchas canciones.

—Otra, por favor…

—Ya está bien —dijo mi hermana—. Por hoy con una basta.

—Puedo tocar otra si tú la cantas —le dije.

Ella me miró, desconcertada. Toqué las primeras notas de *Something*. Abrió mucho los ojos, estaba radiante. Se puso a cantar, pero su voz demasiado alta expresaba demasiada alegría.

Abandoné las clases de oúd.

8

Y todos creían en el destino. ¿Pensáis acaso que la abuela se habría casado con el abuelo de no haber sido por el destino? ¿No os preguntáis cómo la conquistó?

Estaba predestinado. El cuento ya estaba contado. Todo había sido escrito.

La vio por vez primera a finales de la Gran Guerra, en 1918, durante las plagas, los tiempos de vacas flacas, cuando la infantiloide ocupación francesa reemplazó a la malvada otomana. Mi abuela se dirigía al colegio acompañada de una prima. Nayla llevaba un *mandeel*, pero este no le ocultaba el semblante. Lo llevaba echado sobre los delicados hombros. En esa época se hablaba mucho de los velos, transparentes u opacos, y de si las mujeres debían o no llevarlos, pero no creo que en su caso fuera una declaración de principios. A ella le gustaba enseñar la cara, su exuberante melena, y el abuelo tuvo la suerte de verla. Se quedó embelesado. Ella apenas tenía catorce años. Él, dieciocho; había visto a chicas guapas con anterioridad, pero esta era elegante además de bella. Se preguntó cómo podía llamar su atención y se dijo: el inglés. Ella se dirigía a la escuela de misioneros del pueblo. Él le dijo, y en inglés, no os lo perdáis:

—Hola, hermosa princesa.

Ella se rió y dijo que era una sultana, no una princesa, y que un chico tan caradura como él debería haberlo sabido. Le dejó mudo de la sorpresa en el empinado sendero. Ella había dicho *cheeky*, caradura en inglés, y él no tenía ni idea de lo que significaba. No sabía a quién preguntar. Gracias a su padre, el doctor, hablaba un poco de inglés, pero gracias a la esposa de este no era capaz de leer ese maldito idioma. Se planteó la posibilidad de preguntárselo al bey, pero el abuelo no podía arriesgarse a que este se sintiera avergonzado por no saberlo. Tenía que encontrar a un inglés.

Había dos por allí intentando convertir al pueblo. El abuelo rondó por la escuela de la misión durante un par de horas antes de ver salir a un forastero. El abuelo era educado, pero insistente.

—Disculpe, señor —le dijo una y otra vez, pero el hombre no le hizo el menor caso: los ingleses nunca escuchaban. Por fin le gritó y el misionero se paró. El abuelo le preguntó el significado de la palabra y el misionero lo echó de allí sin contemplaciones.

A la mañana siguiente se dispuso a esperar a Nayla; se sentó en un poyo de la calle porque no quería perder la dignidad. Cuando apareció la chica, él le confesó, en dialecto druso libanés:

—No sé qué significa *cheeky*. Creo que mi inglés no es muy bueno.

La prima de la abuela no paraba de tirar de la manga, urgiéndola a seguir andando. Pero mi abuela replicó, con la cabeza gacha:

—Yo tampoco lo hablo bien. No sé qué significa esa palabra. La semana pasada nos contaron un cuento sobre el problema de los chicos *cheeky* que interpelaban a las chicas guapas en las calles de Londres.

Y entonces supo que ella era la mujer de su vida.

Pensaréis que no había forma. Estoy seguro de que diréis: muy bien, este hombre era el hakawati del bey, este le apreciaba mucho, pero no tenía familia. Sus orígenes eran turbios. La gente sabía que había nacido en algún pueblo del Matn, pero nadie había oído hablar de los Jarrat. El descubrimiento de que los Jarrat no existían no se produjo hasta mucho más tarde. ¿Cómo consiguió el abuelo casarse con una hermosa chica drusa? ¿Una sheija, nada menos? ¿Por qué una familia respetable iba a consentir ese matrimonio?

Bien, la abuela no era tan mona como aparentaba. Su familia también tenía sus cosas.

Sabéis que el padre de mi abuelo paterno era un médico inglés, un misionero, y su madre una criada albanesa. Pues por parte de los abuelos maternos de mi padre la historia es como una copia al carbón: mi bisabuelo por parte de madre era un médico druso sobre quien corría la voz de que se había convertido en misionero inglés, y mi bisabuela era su criada albanesa. Sí, os lo juro.

Sentaros. Entre ambas historias hay diferencias, y eso es precisamente lo que conforma una buena historia.

Tres días después de mi llegada, a las cinco de la madrugada, recibí la temida llamada. Lina me informó de que mi padre estaba en estado crítico y que debía salir pitando hacia el hospital. La llamada me afectó y me puso nervioso, pero no me sorprendió. Mi padre había ido empeorando. Sin embargo, cuando descolgué aquel teléfono que sonaba en plena noche, la cama de repente se me hizo demasiado grande.

Mi hermana y su hija estaban en la puerta, llorando, con los brazos entrelazados. Una multitud de médicos, internos y enfermeras se cernían sobre la cama de mi padre. Parecían gaviotas revoloteando en busca de comida. Asomé la cabeza a ver si podía averiguar algo, pero una gaviota cerró la puerta. Mi hermana dio un respingo. Uno de los deslucidos fluorescentes del hospital tuvo un ataque de hipo. Salwa me propinó un codazo amable y señaló la camilla que había al final del pasillo. Acompañé a mi hermana hasta ella y la hice sentar. Lina contemplaba un punto imaginario de la pared de enfrente. Yo notaba los pies inquietos, como si el suelo fuera blando. Y sin embargo no podía moverme del lugar que ocupaba, apoyado en la camilla. Tenía que permanecer inmóvil, como si mi alma pudiera marearse.

—Creen que los pulmones le han fallado. —Lina no hablaba conmigo. Miraba hacia delante, y se expresaba en voz baja, como si se confesara. Su sacerdote, yo, tampoco la miré—. Le ha costado mucho respirar durante toda la noche. —Suspiró—. Cada vez era peor, hasta que al final ya no le entraba aire. Se le veía tan asustado. En este momento debe de estar aterrado.

Los gemidos de un paciente ingresado dos puertas más allá marcaban el paso del tiempo. Resultaban extrañamente reconfortantes; imaginé que su ritmo lento tal vez sosegara a los frenéticos doctores que había al otro lado de la puerta cerrada. Con cada respiración, el temor me oprimía los pulmones.

Alrededor del año 1880 el sultán pasha, siguiendo el consejo de sus visires, abandonó Estambul. El presuntuoso Imperio otomano boqueaba en busca de aire, y se creía que un viaje de buena voluntad por sus dominios serviría para recordar a sus ya no tan leales súbditos la obligación de pagar los impuestos cuanto antes. Durante su estancia en el Líbano pasó una noche en el pueblo de mi bisabuelo como invitado del bey. El sultán quedó tan impresionado por la generosidad del bey que decidió ofrecer a su anfitrión un regalo inolvidable: una de sus propias criadas.

—¿Qué se habrá creído ese hijo de puta? ¿Ofrecerme una doncella? —protestó el bey a gritos a la mañana siguiente—. ¿Acaso quiere decir que el servicio de mi casa presenta deficiencias? ¿Que mi mansión necesita limpieza? Y para colmo espera que envíe a alguien a Trípoli a buscarla.

Salió como una exhalación por la glorieta. Los visitantes diurnos y mendigos bebían café turco en silencio, demasiado asustados para decir nada. Fue en ese inoportuno momento cuando mi bisabuelo, el joven sheij Mahdallah Arisseddine, llegó a casa del bey a presentar sus respetos. El bey le saludó con estas palabras:

—Y tú, hijo mío, recompensarás mi fe viajando a Trípoli y trayéndome a esa chica.

Mahdallah procedía de una familia noble de sheijs; no eran príncipes ni beys, ni siquiera sheijs importantes, pero pese a todo se trataba de una familia eminente, respetada, y de cierta alcurnia. Era el menor de siete hermanos, y el primero de su familia —y de todo el pueblo— en ir a la universidad. Su padre, que no es que estuviera muy bien de dinero ya de entrada, no podía costear los estudios universitarios de Mahdallah después de haber criado a siete hijos. Como deseaba contar con un médico druso en el pueblo, el bey intervino. En el momento en que mi bisabuelo era despachado de manera tan poco ceremoniosa a cumplir el encargo de traer a una criada, se hallaba a un año de licenciarse en el Syrian Protestant College. Vivía en un cuartucho inmundo de Beirut y siempre que le era posible volvía al pueblo de montaña a visitar a su familia y a presentar sus respetos al bey.

Había muchas otras razones que explicaban por qué el bey ayudaba a la familia Arisseddine. Los beys, a lo largo de su historia y de sus reencarnaciones, nunca se han distinguido por su altruismo. Mientras mi bisabuelo estudiaba en el colegio de misioneros, quedó patente que era más listo que los demás chicos. El bey quería que los hombres más inteligentes le fueran leales, así que costeó sus estudios de medicina. Al mismo tiempo el bey también no aguantaba que alguien fuera más listo que él, y por eso nunca se cansaba de utilizar al joven para realizar tareas menores.

Los beys eran todos tontos por igual, probablemente debido a su herencia: solo podían casarse con mujeres de otras dos familias. Según mi abuelo, esa herencia afectaba de forma negativa a los varones, pero las mujeres de la familia eran de un ingenio inusual. Por tanto, insistía mi abuelo, la esposa del bey habría reconocido que se avecinaban aires de cambio. Los políticos de la zona no seguían igual, y, para mantener su poder, los beys no podían confiar únicamente en el apoyo ciego de los ignorantes. Necesitaban una nueva fuente de lealtad. Mahdallah Arisseddine y su familia, sobre todo su segundo hijo, Yalal, demostrarían ser la salvación del bey unos años más adelante. Pero ahora me estoy precipitando.

Mi padre se hallaba inconsciente por la medicación, con la cabeza levemente elevada. Estaba irreconocible: se le veía una nariz enorme, la única parte de él que no se había encogido. El grueso tubo de acordeón del ventilador le invadía la boca y avanzaba hasta sus pulmones, provocando las expansiones y contracciones del pecho. El pecho, apenas sin vello, terso, recordaba a los tambores medicinales hindúes. Tubos finos y traslúcidos, de color ocre, extraían sangre de su costado para depositarla en la máquina de diálisis, que se la devolvía limpia al organismo. Un catéter prendido de un aparato de succión le subía por el pene, a través de la uretra, y le succionaba la orina.

Raudales de sonido. Los sollozos de mi hermana en un rincón, inhalaciones agudas que estaban en disonancia con las del ventilador. El resoplido de la máquina de diálisis, cuyo rumor de líquidos agitados parecía hipnotizar al técnico que la controlaba. Los latidos rítmicos del monitor: en rojo, la línea dentada de Richter; otra línea curva, de color blanco; una ondulante en amarillo y otra verde en una pantalla situada sobre la cabeza de mi padre. ¿Pudo Mesmer visualizar alguna vez los sonidos y movimientos hipnóticos de estos aparatos modernos? Me dieron ganas de pellizcarme; recordarme que esto no era ningún sueño, ni la repetición de una escena previa. Años atrás nos habíamos congregado en torno a una cama de hospital por mi madre, y ahora por mi padre.

Me quedé a los pies de la cama, mirándolo; mi mano izquierda le rozaba el pie. Entró mi sobrina y avanzó hacia mí, con aspecto de romper aguas en cualquier momento. Se situó a mi lado y me acarició la espalda. Mi hermana se volvió, se secó las lágrimas con la punta de los índices.

—Uno de vosotros tiene que salir —dijo Salwa—. Necesito un descanso. Hay un montón de gente ahí fuera, y vuestra tía me está volviendo loca.

—Ya voy yo —dijo Lina. Se acercó a la cama de mi padre y le besó en la frente—. Todo saldrá bien —murmuró dirigiéndose a él, aunque la voz le falló de nuevo. Se tapó la boca, dio media vuelta y sacó unos pañuelos de papel del sujetador—. Habla con él. Chapuzas dice que aún puede oírnos. Consuélalo. Ya sabes lo mucho que se asusta.

Salwa tomó la mano de mi padre entre las suyas y la apretó.

—Soy yo, abuelo.

Me miró y con un gesto señaló la silla. Se la acerqué y se dejó caer en ella.

—¿Te duele algo? —le preguntó. Sonaba tan madura, con tanto aplomo—. ¿Me oyes? Si me oyes, aprieta la mano.

Él lo hizo. Mis dedos temblaron como movidos por una mente propia.

—¿Te duele algo? Aprieta la mano si la respuesta es sí. —Él volvió a apretarla—. ¿Son las almohadas?

Apretón. Salwa y yo, cada uno a un lado de la cama, le subimos un poco por los hombros. Ahuecamos las almohadas que tenía debajo.

—¿Así está mejor? ¿Quieres agua? —Salwa sumergió una gasa en el vaso y se la pasó por la boca, por encima y por debajo del tubo del ventilador. Él apretó los labios, reteniendo la gasa durante un breve instante—. Te veo los labios muy resecos. ¿Quieres que te ponga un poco de crema? —Él no apretó la mano—. ¿Todavía me oyes? —Le acarició la frente—. Duérmete. Ya sé que la diálisis duele, pero no durará mucho. Así se te renovará la sangre. Los riñones no te funcionan; por eso te encontrabas tan mal. No tengas miedo. Estamos todos aquí.

Ella me tendió la mano. Fui a su lado y se la cogí. Guió la mía hasta sus hombros y le di un masaje.

—El anestesista ha dicho que las drogas hacen que se olvide de todo —me dijo—. No creo que esté despierto de verdad, ¿y tú? Supongo que es mejor así.

La historia de cómo mi bisabuelo se enamoró es relativamente conocida, así que me la saltaré. Pensad en Tristán e Isolda viajando en un tren de Trípoli a Beirut, sin las muertes ni los pesares excesivos. Sin embargo sí hubo canciones, aunque de otra clase.

¿A quién quiero engañar? Debo contaros la historia, al menos los puntos más importantes. No puedo evitarlo. Además, tal vez seáis de los pocos que no la habéis oído.

El sultán otomano intentó impresionar al bey, ya que el regalo era remarcable, a pesar de que la persona que lo recibía no lo había apreciado. Mi bisabuela Mona era mucho más que una doncella, y no era tampoco una simple ama de llaves. Era una artista; tocaba el oúd, poseía una voz dulce y encantadora, y sabía más de un centenar de canciones, incluyendo varias melodías tradicionales de su nativa Albania. Dado su talento a la hora de entonar las canciones de halago, se había convertido en una de las favoritas del sultán, y por ello había conservado la virginidad dentro del harén.

Creo que perdió la virginidad en el viaje en tren.

Mi bisabuelo debió de pasarse todo el largo y penoso trayecto hacia el norte maldiciendo su suerte y a toda la familia del bey. Pero cuando llegó al barco del sultán a reclamarla y la vio bajar por la tabla, con el pequeño oúd en las manos y sus posesiones guardadas en un hatillo, dejó de maldecir. Y dio gracias a Dios cuando, cuatro horas más tarde, ya de noche y en el tren, ella entonó una historia de amor: acordes armoniosos, voz suave. Por lo que se refiere a mi bisabuela, ella nunca había conocido a un alma cuya mirada reflejara tanta adoración. La esperanza floreció en su corazón: esperanza de ser vista como alguien distinto, alguien mejor; esperanza de ser vista.

—No puedo permitir que limpies la casa del bey —le dijo él—. Simplemente no puedo.

—Haré lo que deba hacer.

—No toleraré que cantes para otro hombre.

Al llegar al pueblo, mi bisabuelo no se fue derecho a la mansión del bey. Pasó por casa de sus padres, dejó el oúd, y se encaminó hasta la mansión con mi bisabuela un paso por detrás. Hizo las presentaciones y dijo:

—Os suplico vuestra indulgencia, oh bey. Esta doncella me resultará de gran valor. Vivo solo sin nadie que me cuide. Mi cuarto necesita un toque femenino. No puedo recibir invitados, ya que no sé ni cómo hacer café. Si podéis prescindir de ella, me gustaría quedármela.

El bey se rió.

—¿Me tomas por tonto? Como si solo te fuera a hacer café. No es que sea nada del otro mundo, pero servirá. No la necesito. Llévatela. No podemos consentir que el futuro médico del pueblo carezca de experiencia en los asuntos del mundo.

Mis bisabuelos salieron juntos de la mansión, con la bendición del bey.

—Deseo pasar mi vida contigo —dijo mi bisabuelo.

—Yo seré tu familia y tú serás mi hombre —dijo mi bisabuela.

Y mi bisabuela nunca volvió a tocar el oúd para ningún otro hombre.

Años atrás, cuando se casó el bey, veintiuna mujeres del pueblo estuvieron cocinando durante dos semanas enteras, y la boda duró seis días. Cuando se casó el hermano de Mahdallah, la boda duró tres días. La de mis bisabuelos no llegó a una hora.

Mahdallah tuvo que jurar la Shahada y convertirse al Islam. Fue su primera conversión.

Mona hizo café para los invitados en el cuarto pequeño. Eran felices, se cuidaban mutuamente y empezaron a plantearse la idea de tener familia. Su primer hijo, mi tío abuelo Aref, nació en Beirut antes de que mi bisabuelo volviera a su pueblo natal a asumir sus obligaciones como médico.

Pero antes de que se me olvide quiero contaros por qué todos los hijos de Mahdallah, mis tíos abuelos, llevan nombres cortos (Aref, Yalal, Maan).

En su primer día de colegio, cuando mi bisabuelo —entonces un niño de ocho años no demasiado alto— conoció a su maestra, ella, haciendo gala de sus maneras refinadas típicamente británicas, le preguntó si sabía hablar inglés.

—Sí, señora.

Al parecer ella no se quedó convencida. Le preguntó si sabía leer y escribir en ese idioma.

—Sí, señora.

Con voz firme y relamida le pidió que escribiera su nombre en la pizarra.

Él así lo hizo:

MAHDALLAH ARISSEDDINE

—Querido hombrecito —dijo la maestra—, tu nombre es más largo que tú.

Y mi bisabuelo se quedó tan avergonzado que juró que ninguno de sus descendientes tendría que soportar una ignominia tal.

Mi sobrina lloraba. Mi padre había dejado de responderle. El técnico, situado al lado de la máquina de diálisis, movió la cabeza. La sangre de los tubos se veía más negra que roja, y la que entraba de nuevo en mi padre no era más roja. El ventilador inhalaba y mi padre exhalaba; tomaba aire cuando espiraba la máquina. ¿Era una relación inversa o directamente proporcional? Me fallaban las mates.

Aunque quería rezar, no sabía a quién elevar las plegarias. No había un mapa para ello. Mi mano izquierda acarició el pie de mi padre y palpó sus duricias resecas. La planta y el empeine estaban llenos de líneas que conformaban países irreales. Me encaminé hacia la mesita y me eché un poco de loción con fragancia a verbena en las manos. Pasé la crema por la árida piel de su pie. Me encantaba ese aroma, el preferido de mi madre. Tenía sentido que él siguiera usándolo. El marco en miniatura aún se hallaba junto a su cama. La foto de mamá. Conservaba el mismo aspecto atemporal en todas las fotos, una amalgama noble de severidad y benevolencia. Me pregunté si veía de verdad aquella foto pequeña o si era mi memoria la que rellenaba los huecos.

Ayúdame, madre. Era tu marido.

El técnico abrió los ojos. Por un instante pareció desorientado, estupefacto.

—Solo faltan unos minutos —anunció en tono oficial.

Mi sobrina y yo veíamos con claridad cómo parpadeaba el indicador del tiempo: dos minutos, treinta y siete segundos, en grandes dígitos rojos. Treinta y seis. Treinta y cinco.

Salwa se aferró a la mano de mi padre.

—Todo irá bien, abuelo.

La máquina pitó: un pitido constante y agudo que resultaba sorprendentemente reconfortante. Satisfecho consigo mismo, el técnico reafirmó lo obvio:

—Ya está.

Apartó la sábana de algodón que tapaba a mi padre. Desenganchó unos tubos de otros, fue hacia la máquina, abrió una pequeña portezuela de la parte delantera y los guardó allí. Cerró los tubos solitarios que manaban de la piel manchada de sangre y de tintura de yodo del costado de mi padre. Olor a medicina.

—¿Vamos a quitarle los tubos? —pregunté.

Me miró con ojos confundidos y apagados. Yo quería liberar a mi padre de algún elemento intrusivo. Si pudiera quitarle solo un tubo, uno solo, todos nos sentiríamos mejor.

El técnico recogió la máquina más deprisa. Mi sobrina observaba toda la maniobra, ensimismada. Éramos extraños en una tierra donde los habitantes hablaban un idioma incomprensible.

Mahdallah llevaba un año trabajando de médico cuando se le acercó uno de sus antiguos maestros. El inglés hizo a mi bisabuelo una tentadora oferta. Los anglicanos le enviarían a Inglaterra para que estudiara más, para que practicara y aprendiera en hospitales de rango superior. La misión cubriría todos los gastos, se haría cargo de la estancia de toda su familia en Inglaterra. Sin embargo dicha oferta solo podía hacerse a alguien de la congregación. Para aceptarla, Mahdallah debía ser bautizado.

No es que mi bisabuelo fuera un hombre religioso, pero uno no cambiaba de religión. Sin más ni más. Tal vez se hubiera convertido al Islam, pero no era practicante, ni se lo tomaba en serio. Lo hizo para casarse. Siendo druso, no podía casarse con una musulmana, ni con ninguna mujer que no fuera drusa. Se limitó a jurar la Shahada, proclamando que no existía más dios que Dios ni más profeta que Mahoma. Eso fue todo. Nada del otro mundo. Un mero formalismo.

El bautismo, sin embargo, suponía un compromiso.

Los anglicanos llevaban años intentando bautizar a los drusos. Los dos grupos estaban atascados, como los cocodrilos y los tréboles del Nilo. La mayor parte de la infraestructura del Imperio otomano se hallaba en las ciudades y los pueblos musulmanes. Los católicos franceses y sus organizaciones caritativas dirigían su obra a los pueblos cristianos. Los ingleses y sus misioneros solo podían montar el chiringuito en las áreas drusas. La tasa de conversiones no era muy elevada.

En 1843 una inglesa se estableció en el pueblo. Se llamaba Helen Kitchen. Provista de unos recursos económicos aparentemente inagotables, logró construir todo un complejo formado por tres impresionantes edificios, los primeros que tenían tejados de teja en todo el pueblo. Como ya existía un colegio para niños, ella fundó uno femenino. La conversión era una condición imprescindible para estudiar allí. Las niñas querían aprender. Se santiguaban, hacían los deberes, terminaban el colegio, se casaban, tenían hijos, y nadie recordaba que, en teoría, habían dejado de ser drusas.

Unos años después la señora Kitchen se percató de que las niñas estudiaban la Biblia y entonaban himnos con todo su entusiasmo, pero sin considerar que todo eso fuera una religión. Cuando intentó formalizar el ritual y darle mayor seriedad (¿pasando por el bautismo?), las niñas reaccionaron con sorpresa y embarazo. La señora Kitchen dejó de exigir la conversión como elemento indispensable para estudiar en su escuela. Las niñas seguían leyendo la Biblia y cantaban villancicos, pero ya nadie fingía nada. En una ocasión, cuando un misionero se enfrentó a ella y la acusó de que las niñas no eran cristianas, ella replicó:

—Tampoco lo era Jesús.

Educó a miles de niñas, muchas de pueblos vecinos. En realidad acabó siendo una habitante más. A su muerte fue enterrada en un cementerio druso. A día de hoy muchas libanesas, drusas y cristianas, visitan su tumba y la mantienen limpia.

Mahdallah se convirtió. Fue bautizado. En secreto, claro. Se negó a bautizar a su hijo, Aref. A nadie se le ocurrió que su esposa también debía convertirse. Él se pasaría el resto de su vida negando haberlo hecho.

La familia pasó cuatro o cinco años en Londres. El clima gris no les sentaba bien. El frío les daba igual —en su pueblo hacía aún más frío—, pero la falta de sol los reafirmó en la idea de que nunca se quedarían en un sitio como ese.

Por el pueblo corrieron rumores: Ese clima gris ha vuelto estéril a la chica del harén.

Corrieron aún más rumores: Y Dios nunca volverá a bendecir a ese traidor.

Los rumores del pueblo se equivocaban en ambos puntos. Mis bisabuelos tuvieron más hijos, pero les llevó tiempo: no tanto como a Abraham y Sara, pero sí el suficiente como para dar pábulo a las malas lenguas.

Pero existen dos hechos probados a ciencia cierta:

Mis bisabuelos, el doctor Mahdallah Arisseddine y su esposa Mona, acompañados de su hijo Aref, que a la sazón tendría unos cinco años, embarcaron en un navío belga, el *Leopold II*, y viajaron de Inglaterra a la ciudad porteña de Beirut en junio de 1889.

Mis otros bisabuelos, el apreciado misionero doctor Simon Twining y su flamante esposa, el corazón de las tinieblas, zarparon de Inglaterra en dirección a Beirut en el mismo barco, el *Leopold II*, en junio de 1890.

De haber formado parte de la misma travesía, sin duda ambos médicos se habrían conocido. ¿De qué habrían hablado, en cubierta, apoyados en la barandilla, mientras contemplaban cómo el sol se hundía en las doradas aguas del Mediterráneo? Ambos vestían parecidos trajes de algodón, de corte occidental, camisas blancas y corbatas. Hasta los sombreros eran similares, ya que Mahdallah no volvió a ponerse el fez hasta que llegó al pueblo. Tenían multitud de cosas en común, o las tendrían en tiempos venideros, y la conversación no languidecería hasta que, por fin, llegaran a: ¿Ah, señor, que le parecería si mezcláramos la semilla de mis calzones con la suya y produjéramos algunas personalidades raras hasta la desesperación: el brujo malvado de las montañas, el pueblerino altivo e ingenuo, el tontorrón frugal, el talentudo y frustrado homosexual, y el Sísifo sexual, que traicionaría a su familia una vez, y otra, y otra?

Entonces entró en escena la malévola Sitt Hawwar.

Tras decidir que volvía al pueblo que le vio nacer, Mahdallah, aún en Londres, encargó al constructor local, un hombre que respondía al nombre de Hawwar, que le hiciera una casa. Hawwar cobró al joven médico una cantidad exorbitante de dinero. Uno de los hermanos de Mahdallah debía supervisar la construcción y la financiación, pero supongo que se distrajo, ya que al regreso del joven doctor, este se encontró con el armazón sin ventanas de una casa, con suelos de cemento y una sola capa de pintura.

Mahdallah se quejó. Hawwar prometió finalizar la obra enseguida, antes de que llegaran las nieves de invierno. Mahdallah y su familia podían esperar en casa de los padres de este. Pero la esposa, la chica del harén, la albanesa, insistió en que aquel armazón desnudo era su hogar. Se instaló allí con su familia, obligando al constructor a trabajar con mayor ahínco.

Eso fue un error. Y ella terminó de adobarlo. No sabía hacerlo mejor: era una forastera. Mona Arisseddine relató la verdad a todos sus vecinos. Dijo que con lo que habían pagado podrían haber construido tres casas.

Detalló cuánto había abonado su marido por cada material. Y la estufa no era ni siquiera nueva: se veía a la legua que era de segunda mano.

—Mirad —decía sin parar—, mirad.

Sitt Hawwar, la esposa, mucho más joven por cierto, del constructor, se convirtió en la enemiga acérrima de Mona Arisseddine.

Mona Arisseddine fue comentando entre los vecinos que el constructor era un estafador.

Sitt Hawwar contó a los cuatro vientos que el doctor era cristiano.

Una mañana tres drusos se plantaron en la consulta de Mahdallah dispuestos a matar al buen doctor. Lo único que le salvó aquel día fue el abundante alud de pacientes. Los hombres entraron en la consulta y pidieron verle. Les dijeron que serían los siguientes. Llegó un padre con un niño enfermo, y los hombres decidieron permitir que el médico visitara al crío antes de matarlo. Luego llegó una anciana, un hombre con un pie roto, otro niño enfermo, y así sucesivamente. Al final del día, la cuñada de uno de los supuestos asesinos llegó con su hija enferma. Preguntó a su pariente qué hacía allí, y él contestó que esperaba para aniquilar al doctor.

—¿Estás loco? —gritó ella—. Este hombre está tratando a mi hija..., ¿y quieres matarlo? ¿Por qué no matáis a un agente del gobierno o a alguien así?

Los tres asesinos se fueron con las cabezas gachas, y de ahí nació una de las leyendas del pueblo. El bey advirtió que se encargaría de torturar y matar en persona a cualquiera que amenazara con hacer daño al doctor druso.

—Si esa mujer no hubiera acudido a la consulta —decía el abuelo—, vosotros no estaríais aquí, niños. Pensad en ello. Fue el destino. Mahdallah se había convertido, y por tanto había ofendido a su fe. Los vecinos se habían matado entre sí desde antes. ¿Por qué no lo asesinaron a él? Pues porque yo estaba predestinado a casarme con vuestra abuela, por supuesto. ¿Lo veis?

—No —dije. Los demás chavales ni le oían. Anwar estaba muy ocupado zurrando a Hafez. Lina, que antes estaba sentada a mi lado, había desaparecido con mis otros primos. La pequeña Mona se movía inquieta en brazos de la tía Samia.

—Basta ya, Baba —dijo la tía Samia—. Es Eid al-Adha, no es momento para tus absurdas historias. No tienes ni idea del mal ejemplo que das. —Se levantó y puso a su hija en el suelo—. Y tú —me advirtió—, ¿qué haces aquí sentado, escuchando? ¿Por qué no vas a pelearte con tus primos? ¿Quieres que la gente crea que eres un cobarde? Sal ahí fuera y pégale a alguno.

Salté del sofá y salí corriendo de la sala, en busca de mi madre. No estaba en el comedor, donde el resto de la familia hablaba a gritos. Salí a la terraza. Todos los pisos del inmueble poseían un gran balcón, pero la azotea de la tía Samia constaba de una terraza circundante. Envidié a Anwar y a Hafez porque podían dar la vuelta corriendo siempre que les venía en gana.

Mi padre decía que la tía Samia se había quedado con el piso más grande porque era la mayor. Mi madre decía que la tía Samia lo consiguió después de quejarse durante diez días completos de que lo merecía porque estaba casada con el hombre más inútil del mundo.

Tuve que rodear casi toda la terraza antes de dar con mi madre, que estaba apoyada en una pared fumando un cigarrillo. Mi padre le hablaba, mientras la miraba con ojos débiles. Ella tenía la vista puesta en los tejados veteados de Beirut, como si estuviera contando los cuernos de cada antena de televisión de cada tejado de la ciudad.

—Has pasado demasiado tiempo sola —decía mi padre—, y por eso te cuesta más tolerar a otras personas. Es una reunión familiar, Layla. No puedes irte antes de comer.

Después de cada calada al cigarrillo mi madre movía la mano hasta rozar el moño que llevaba en la nuca, como si dudara de su existencia. El humo rodeaba al moño durante un instante, antes de desvanecerse.

—Si esos niños fueran míos —dijo ella—, los cortocircuitaría. Puf. Clac. Todo tiembla. El motor renquea, zumba, zumba, y muere. Se acabó el ruido.

La cara de mi padre se tensó por el disgusto.

—Ese es un comentario muy desagradable, incluso viniendo de ti. ¿Cómo puedes decir algo así?

Mi madre se percató de mi presencia. Sus labios esbozaron una sonrisa.

—Osama, no te quiero ver rondar demasiado con tus primos. Un exceso de malos hábitos.

Sabía que ella quería que hiciera esta pregunta, en ese momento.

—¿Es verdad que en el pueblo matan a los cristianos?

Mi padre me miró, horrorizado.

—Claro que no es verdad. ¿Quién te ha dicho algo así?

—El abuelo ha dicho que los hombres del pueblo casi mataron a tu abuelo porque era cristiano.

—¿Cuántas veces te he dicho que no te creas las historias que cuenta mi padre? Es un hakawati. Se inventa las cosas. Mi abuelo no era cristiano. Era druso. Ya lo sabes. Si alguien trató de matarlo, debió de ser por otra causa.

—Sí —dijo mi madre. El sol le daba en la cara y realzaba su brillo—. Es probable que fuera por lo del ascensor. Ya sabes cómo son los drusos. Son hospitalarios y se ocupan de los suyos. Preocúpate del vecino del séptimo y esas zarandajas.

—No hagas esto —replicó mi padre—. Con los cuentos de mi padre ya tiene de sobras. No confundamos al chico con más bobadas, te lo ruego.

Mi madre se enderezó.

—Tienes razón. —Su voz crispada se fundió con el sonido de pasos que se acercaban—. Nadie intentó matar a ningún cristiano en el pueblo. Tu abuelo se inventa cosas.

Lina dobló la esquina, seguida de cerca por Anwar, que siempre intentaba enredarla en algún juego complicado.

—¿En el pueblo matan a los cristianos? —preguntó ella.

—No —dijo mi padre—. No. —Se volvió y se colocó de cara a la barandilla.

—Si es verdad —dijo Anwar a Lina—, tendré que rajarte la garganta con un cuchillo.

—Pues antes de que lo hagas —repuso Lina sin el menor titubeo—, te quitaré el cuchillo y te lo clavaré en un sitio que te va a sorprender.

Anwar dio un respingo. Mis padres gritaron el nombre de Lina al unísono.

—Voy a tener unas palabras con ese viejo chocho —dijo mi padre—. Las cosas no pueden seguir así. Es una amenaza.

—No. —Mi madre extendió la mano hacia él—. Solo conseguirás disgustarte y luego te arrepentirás. Déjalo. No se puede hacer nada. Ahora no. Aquí no.

Él le cogió la mano.

—Familia —dijo ella, y lo atrajo hacia sí. Tiró la colilla al suelo.

—Oh, no —exclamó Anwar—. Madre se enfada si alguien deja las colillas en la terraza.

—No me cabe la menor duda.

Mi madre aplastó el cigarrillo con el tacón de aguja, la pantorrilla se le tensó al hacerlo. Giró el pie hacia la derecha, hacia la izquierda, y luego a la derecha. Se cogió del brazo de mi padre y ambos se marcharon, dejando en el suelo una minúscula mancha de ceniza y de hebras de tabaco.

Hablemos del ascensor. Cuando Mahdallah regresó de Londres los habitantes del pueblo le preguntaron por lo que había visto en aquellas grandes y lejanas tierras.

Muchas maravillas. Habitantes raros. En Londres había edificios en los que la gente no usaba escaleras. Una habitación se movía para transportar a los pasajeros de un piso a otro. Subía y bajaba. Los edificios tenían muchos pisos. Los visitantes no tenían por qué cansarse subiendo escaleras. Y, en la gran ciudad de Nueva York, los edificios eran aún más altos. Veinte pisos o más.

La gente del pueblo se marchó con la incredulidad dibujada en los rostros. ¿Debía permitirse a un chiflado como ese andar libremente por las calles del pueblo? ¿Era peligroso? ¿Debía dejarse que un loco se mezclara con los inocentes? Se envió un comité a que mantuviera una entrevista delicada con el doctor. Por suerte para nuestra familia, Mona estaba presente. El comité dijo que algunas personas del pueblo habían entendido que en el extranjero los edificios poseían cuartos móviles en su interior. ¿Cómo hacían exactamente los londinenses para ir de un piso a otro?

Antes de que el doctor pudiera contestar, intervino su esposa. ¿Qué? Pues subían y bajaban por las escaleras, por supuesto. Subían cuando querían ir a un piso superior. La mayoría de escaleras estaban hechas de cemento y piedra; había algunas de madera, que por cierto a menudo resultaban inestables. El doctor miró a su esposa sin entender nada. El comité aguardó a que él añadiera algo. Había grandes barandillas, dijo él. Bellamente labradas. Algunas escaleras poseían adornos preciosos. Algunos edificios tenían imponentes escaleras a ambos lados, que se completaban con balaustradas y tallas de animales mitológicos.

El comité se disculpó delante del doctor. Dijeron que los del pueblo eran unos ignorantes. Que siempre malinterpretaban o tergiversaban lo que se les decía. El comité pidió perdón y dejó al sensato doctor en paz.

Por fin mis bisabuelos tuvieron a su segundo hijo. Yalal Arisseddine nació en 1891. Su hermano, Aref, tenía entonces ocho años. Mona esperaba que con la llegada de Yalal la gente dejara de referirse a ella como la chica del harén, puesto que ya era la madre de dos sheijs.

Yalal llegaría a ser un personaje muy importante en la historia del Líbano. Fue abogado y un gran erudito, el poseedor de una mente penetrante: un hombre, en fin, digno de admiración. Era respetado incluso por sus detractores, que eran muchos ya que en sus escritos Yalal rechazaba el panarabismo. El gobierno colonial lo encarceló en tres ocasiones. Su último ingreso en prisión coincidió con el final del gobierno de Vichy en el Líbano. Fue puesto en libertad en noviembre de 1943, el día de la Independencia.

Durante todos los días que pasó en la cárcel su anciana madre le llevó comida, aunque ella ayunaba en señal de protesta. La mujer apenas podía andar, pero se negó a que nadie le llevara los alimentos en su lugar. El día de su liberación le esperaba a las puertas de la cárcel.

Él se convirtió en un héroe. Ella siguió siendo la chica del harén.

Mi tío abuelo Maan Arisseddine nació en 1894. Mi padre le profesaba un cariño enorme, ya que fue él quien le guió en sus primeros pasos. En el gran esquema de la historia, Maan no fue nada, alguien casi indigno de mención, ya que no poseía una personalidad singular o interesante. Era una hebra, una de tantas, sin las que el tapiz se desgajaría, el hilo se partiría, el cuento se atascaría.

Pero conozco otra de esas hebras.

Aunque la malvada Sitt Hawwar detestaba a mi bisabuela, o a lo mejor precisamente por esa razón, pasó por su casa para felicitarla cuando nació Maan. Arrastraba consigo a su marido, el constructor, que llevaba una túnica de seda china. Hizo que su marido desfilara por el saloncito para despertar la admiración de los vecinos, que por vez primera veían seda extranjera, y de paso para que se olvidaran del recién nacido. Ahora bien, el proverbio afirma que uno debería ocuparse hasta del séptimo vecino, y Sitt Hawwar era la segunda vecina de Mona Arisseddine por la derecha, así que Mona debería haberla tratado mejor, o al menos haberse mostrado más prudente, como lo exige la leyenda. Así que Mona Arisseddine se esforzó en preguntarle a su vecina cuánto costaba esa túnica.

Esta historia de los vecinos llega desde muy lejos, así que escuchad. Es una parábola iraquí, que procede de la antigua ciudad de Bagdad; voló hasta aquí traída por el aire, acuciada por la necesidad de posarse en oídos cavernosos. Hace tiempo, en una época ya pasada, vivía un honorable beduino cuya hospitalidad y caridad eran tan célebres, que se había ganado el sobrenombre de Abou al-Karam, el Padre de la Generosidad. Un día un hombre pobre montó la tienda al lado de la del beduino, y como era habitual en él Abou al-Karam se aseguró de que no le faltara de nada; le ofreció comida, agua y ropa. Durante siete años, y a pesar de los constantes viajes de la tribu, sus tiendas siempre fueron contiguas. El vecino llegó a ser conocido como Bin al-Kareem, el Hijo del Generoso. Después de las incursiones de la tribu Abou al-Karam compartía el botín con su vecino: caballos, yeguas, camellos, comida, esclavos, las pertenencias de la tribu enemiga.

Al final de esos siete años Bin al-Kareem y sus hijos eran ricos. Al final de esos siete años la hija menor de Abou al-Karam se había convertido en una belleza del desierto, alta y ligera como un junco, elegante como una gacela. Y el benjamín de Bin al-Kareem la deseaba. La cortejó. Le dedicó versos, la siguió cuando iba al pozo, se arrodilló en el exterior de su tienda mientras ella intentaba dormir, susurrándole requiebros. La hermosa chica le rechazó. La acechaba en todo momento, le impedía moverse con libertad. Y ella se lo contó a su padre, quien le dijo:

—Aguarda una noche más y ya no tendrás que volver a preocuparte de ese horrendo chico.

Aquella noche, cuando ella se acostó, el chico apareció al otro lado de la tienda y empezó con sus susurros.

—Espera una noche más —dijo ella—, y recibirás la recompensa que mereces.

Al amanecer Abou al-Karam dio la orden de levantar el campamento. A media mañana los camellos y animales de carga quedaron dispuestos y la tribu emprendió la marcha. Durante los siete años anteriores dondequiera que Abou al-Karam montara la tienda, Bin al-Kareem alzaba la suya justo al lado. Aquel día, al llegar a una llanura adecuada, Abou al-Karam buscó hasta encontrar un lugar junto a un atestado hormiguero. Allí montó su tienda. Cuando Bin al-Kareem se disponía a plantar la suya, exclamó:

—Oh, querido vecino, mi espacio está ocupado por un hormiguero.

—Así es —replicó Abou al-Karam—, y ancha es la tierra de Dios.

Bin al-Kareem no añadió nada más. Cogió a su familia y sus posesiones y se alejó de la tribu, en dirección norte, lejos de su antaño apreciado vecino. Pero sentía una opresión en el corazón y su mente no le daba descanso. No podía dejar de revivir el insulto. ¿Por qué?, se preguntaba.

¿Por qué le había traicionado su más querido amigo? Una noche tuvo un sueño. Vio a la hija de Abou al-Karam caminando por el desierto, seguida por retazos de nubes, y adivinó lo que había sucedido. A la mañana siguiente mientras cazaba con su hijo mayor, le dijo:

—Qué pena que tuviéramos que alejarnos de nuestro buen vecino. Y de su hija. ¡Qué chica tan hermosa! Nuestra familia es inferior a la suya, y eso hacía imposible cualquier enlace entre ambas, pero aun así, ¡qué joven tan bella! Es una lástima que nos fuéramos antes de que tuvieras una oportunidad con ella.

—¿Una lástima? —gritó el hijo—. ¿A eso lo llamas una lástima? ¡Debería darte vergüenza pronunciar esas palabras! ¿Acaso no era mi hermana? ¿No compartimos la misma comida? ¿No compartimos el mismo honor durante siete años? Solo los indignos y desvergonzados se plantearían lo que creo que estás pensando.

—Perdóname, hijo mío —dijo el padre—. El dolor de la partida debe de haberme nublado el juicio. Regresemos a la tienda y olvidemos esta conversación.

Al día siguiente, mientras cazaba, Bin al-Kareem dijo a su hijo menor:

—¡Qué pena que nos hallemos lejos de esa chica tan adorable!

—¿Pena? —dijo el chico con un suspiro—. Una noche más y habría sido mía, padre. Solo habría necesitado una noche más.

Y el padre desenvainó la espada y decapitó a su hijo. Luego envolvió la cabeza amputada con hilo de lana; la envolvió y la envolvió hasta obtener una gran madeja. Esperó hasta hallar a un viajero que fuera hacia el sur y le pidió:

—¿Puedes llevar este regalo a mi amigo Abou al-Karam?

Cuando el viajero llegó al campamento de Abou al-Karam, encontró a este en su tienda, departiendo con unos invitados. El viajero depositó el regalo a los pies de Abou al-Karam, quien preguntó:

—¿De quién procede este presente?

—De alguien que se llamó tu amigo y hermano —contestó el viajero.

Abou al-Karam ordenó a sus esclavos que devanaran la madeja. Al hacerlo, apareció la cabeza del joven. Y Abou al-Karam se golpeó el pecho llevado por el dolor, y derramó lágrimas de arrepentimiento. Comprendió que quien había sido su vecino durante siete años era un hermano tan fiel y tan celoso de su buen nombre como él mismo. Los invitados preguntaron a qué venía aquello, y Abou al-Karam se lo contó. Los invitados dijeron todos a la vez que lo adecuado sería casar a su hija con el hijo mayor del vecino: eso convertiría a Abou al-Karam y a Bin al-Kareem en auténticos hermanos.

Y así fue. Dos vecinos, uno de más rango y otro de menos, pero iguales en honor y orgullo, se convirtieron en una única familia, y vivieron muchos años de felicidad junto a sus hijos.

Y Mahdallah Arisseddine trabajó mucho. Llegó a ser un reputado médico en la región. Le visitaban pacientes procedentes de todas partes, y sin embargo el número de su prole no aumentaba tanto como habría querido.

Por fin, diez años después de que naciera su tercer hijo, Mona volvió a quedarse embarazada. En esta ocasión todo el mundo supo que sería una niña. Ya habían esperado suficiente tiempo. El mayor, Aref, tenía veintiún años. Cuando Mona se hallaba en su octavo mes de embarazo el doctor recibió la petición de trasladarse a Alepo para curar a un miembro de la familia al-Atrash, un príncipe de Yabal al-Druso de Siria que había caído enfermo de gravedad durante el viaje. Mona protestó, pero Mahdallah dijo que volvería antes de que ella se pusiera de parto. Ella contestó que no le creía. Él le recordó que nunca le había mentido, así que ella le dejó ir.

Las últimas palabras que dijo a su marido fueron:

—La llamaré Nayla, en honor a mi madre.

Porque, aunque el doctor consiguió curar al enfermo, él murió. Pasó sus últimos días alejado de la familia, agonizando en una cama extraña, intentando automedicarse, solo, en una ciudad al norte de Trípoli, donde había conocido a su esposa, y tras un viaje mucho más largo.

Al igual que mi bisabuela Lucine Guiragossian, mi bisabuelo Mahdallah Arisseddine murió de disentería amebiana. Su muerte, que se produjo en 1904, sucedió cuatro años después de la de ella; él murió en Alepo, una ciudad situada al sur de Urfa, el lugar donde ella murió.

Él murió como druso, pero fue enterrado en un cementerio cristiano, ya que en Alepo no había cementerios drusos. Descanse en paz.

Esta no sería la única tragedia que Mona tendría que superar. Mi tío abuelo Aref fue un joven indomable. Mientras su padre siguió con vida consiguió mantener cierto autocontrol, o cuando menos aparentarlo. La influencia de su padre era tan grande que el chico fue el primero de su clase y se matriculó en la facultad de medicina en el mismo centro donde había estudiado su progenitor. Mahdallah alquiló para él un cuartito en Beirut. Aref estudiaba mucho, pero también se divertía mucho. Los rumores de sus salvajes conquistas llegaron hasta el pueblo.

—Cada mujer es distinta —decía a su impresionable hermano adolescente, Yalal—. Las drusas saben a cordero medio crudo estofado con romero y guindillas, las maronitas saben a ternera marinada en aceite de oliva, las suníes a hígado de ternera al vino blanco, las chiítas a pollo con vinagre y piñones, las ortodoxas a pescado con salsa tahini, las judías a kibbeh horneado, las melchites a estofado de sémola, las protestantes a caldo de pollo y las alawitas a ocra con carne de buey.

Y Aref las probó a todas, y a más. Anhelaba saborear a una representante de todas las sectas de su tierra, y el deseo se convirtió en una obsesión gastronómica. La suní (una universitaria), la maronita (un ama de casa de Sinn el-Fil), la ortodoxa (un ama de casa de Ain el-Rumaneh) y la drusa (una doncella de Beitedine) no fueron presas difíciles. La esposa judía del señor Salim Kuhin tampoco presentó dificultades: la conoció a la puerta de la sinagoga del centro de la ciudad. Para conseguir a una melchite tuvo que viajar hasta el valle de Bekaa, concretamente hasta Zahlé, donde se acostó con la señora Ballat, la patrona de la pensión donde se alojaba. La chiíta fue más difícil. Se trasladó al sur y conoció a numerosas chicas, pero Sidón no le abrió las puertas. Tyria se le resistió al igual que a Alejandro Magno. Aref poseía el ingenio y el valor de Alejandro, pero le fallaban la paciencia y los recursos del gran conquistador. Tyria derrotó a Aref. Tuvo la suerte de encontrar a una prostituta chiíta en uno de los clubes nocturnos del puerto de Beirut.

Tres días antes de que Aref cumpliera los veintiún años, su padre murió. Aref quedó liberado de cualquier limitación que le hubiera sido impuesta. La protestante fue su profesora de biología, una inglesa, pero luego él decidió que, al no ser una mujer de su misma nación, no era un ejemplo representativo del delicioso espectro sectario. Tuvo que buscar durante tres meses, suspender un examen y aprobar otro por los pelos, antes de encontrar una libanesa protestante que cunpliera con los requisitos. Viajó en tren hasta Trípoli para degustar a una alawita y tuvo que quedarse dos meses allí para completar la seducción. Hizo el amor a una armenia en Boury Hammoud, cuando regresaba a Beirut.

Cuando finalizó el menú completo, lo celebró con una noche de borrachera y juerga con sus amigos, y luego volvió al pueblo a pasar unos días: sus estudios de medicina habían quedado olvidados. En esos días se acostó con unas cuantas más, y con otras tantas en las semanas sucesivas, hasta que se encariñó con una mujer casada, Sitt Yasmine, cuyo marido era campesino de las tierras del bey.

Todas las mañanas Aref se escondía detrás del gran roble del pueblo, a la espera de que saliera el campesino. Luego mi tío abuelo montaba en su caballo y se dirigía a la casa, ataba las riendas a la persiana y se divertía con Sitt Yasmine. Al menos podía haberse molestado en atar el caballo a la ventana trasera. Los vecinos informaron al marido de que le estaban poniendo los cuernos, pero al principio este no los creyó. Una mañana, un amigo cogió al campesino del brazo y le llevó a su casa.

—Mira —dijo el amigo—, ahí está el caballo.

El campesino gritó y chilló.

—Oh, sheij, sal de mi casa ahora mismo o cometeré un asesinato.

Aref escapó por detrás. El campesino y su amigo le persiguieron, intentaron atacarlo con una azada, una hoz y un cubo vacío. Aref se rió; intentando abrocharse el cinturón mientras corría. Llegó hasta una cascada de olivares, filas de árboles plateados que se extendían hasta el pie de la ladera de la montaña. Saltó hacia el huerto más bajo, cayó sobre tierra blanda, corrió un poco más y volvió a saltar, pero esta vez el pie se le enganchó en una rama. Giró en pleno aire como una pelota atada en una cuerda y cayó de cabeza contra el suelo. La muerte fue instantánea.

El campesino devolvió el caballo a mi bisabuela. Ella debió de abrirle la puerta con mi abuela Nayla en brazos.

Milagrosamente, Sitt Yasmine salió indemne del asunto. Se dice que el campesino se quedó tan asombrado al presenciar el fallecimiento de un sheij que olvidó la traición de su esposa y no se acordó de pegarle.

Cuando el abuelo decidió que quería a la abuela por esposa, se lo comunicó al hermano de esta, Yalal, ya entonces un hombre respetado de veintisiete años con familia propia. Yalal había cambiado los confines del pueblo por una vida más cosmopolita en Beirut. Como Ismail al-Jarrat no tenía familia que pudiera representarle, envió a uno de sus admiradores, un individuo encantador pero no demasiado dotado, también sheij y primo hermano del bey por parte de madre. Mi tío abuelo le recibió como corresponde a un buen anfitrión, pero cuando el invitado le pidió la mano de su hermana para un hakawati, Yalal se limitó a decir que no. Mi tío abuelo se habría reído, pero, como todo buen intelectual árabe, no tenía sentido del humor.

—Y el muy cabrón dijo simplemente no —contaba el abuelo—. No lo argumentó, ni sintió la menor necesidad de dar más explicaciones. Yo había adiestrado a mi hombre con toda clase de cosas maravillosas que decir sobre mí y sobre las razones que me convertían en un buen marido para tu abuela, pero el cabrón no tuvo ni la cortesía de dejarlo hablar. Solo dijo no.

—No le llames cabrón, Baba —dijo la tía Samia—. Es mi tío. El tío abuelo de los niños. No deberías insultarlo así.

—Ese hombre era un cabrón —insistió el tío Halim. Ya borracho, daba pequeños sorbos al arak. Bebió otro sorbito y apuró el resto de un trago—. No es que Baba añada nada nuevo a la ecuación.

—¿Te pones de su lado? —dijo la tía Samia. Se levantó y dejó a la pequeña Mona en brazos de su atónito marido—. De todos los que estamos aquí, ¿cómo puedes tener el valor de decir algo así? —El tío Akram sostenía a la niña con los brazos estirados y rígidos, como si sujetara un montón de prendas malolientes del cubo de la ropa sucia—. ¿En mi casa? —Mona movía las piernecitas en el aire. Su padre volvió la cabeza a derecha e izquierda con la esperanza de que alguien lo socorriera—. ¿Y escoges hacerlo delante de todos estos niños? ¿Te importa algo que cuando crezcan sean unos seres sin moral? ¿Tal vez quieras que acaben siendo kurdos? —Se encaminó hacia la cocina, dio media vuelta y volvió para coger a su hija—. Y tú —reprendió a su marido—, tú te limitas a quedarte aquí sentado y a escuchar cómo insultan a la familia sin hacer nada.

—Pero es que no es mi familia. —El tío Akram miró a mi padre en busca de apoyo.

—Siempre la misma excusa, ¿no? Siempre que te necesito, te escondes. —Tomó aire y alzó la voz—. Ha llamado cabrón al tío Yalal. ¿Qué piensas hacer al respecto?

—Pero si no es tío mío —masculló su marido.

—Y además es un cabrón —añadió el tío Halim, con una sonrisa maliciosa.

—No —dijo la tía Samia—. No, no, no.

Su hijita rompió a llorar, nerviosa.

Lina sonrió. Mi madre la miró y le guiñó un ojo. El tío Yihad, que estaba sentado en la esquina del sofá, se sumó al festival de guiños. Luego asintió, mientras miraba a mi madre, como si expresara su acuerdo sobre algo, y lanzó su contribución al cuadrilátero.

—Osama —dijo en voz alta—, ¿qué has hecho con el dinero que te presté?

No lo entendí.

—¿Te lo has gastado todo? —Su voz no encajaba con la expresión de su cara. Mi madre intentaba captar su atención e hizo un gesto en dirección a la pequeña Mona, con las cejas enarcadas—. Samia, querida —dijo él—, ¿por qué no me dejas coger a tu preciosa niña?

La tía Samia, con la vista aún puesta en el tío Halim, le pasó a la niña con aire distraído. Con la pequeña en brazos, el tío Yihad volvió a la carga.

—¿Creías que me olvidaría del dinero, Osama? —Aguardó unos instantes antes de añadir—. ¿Has malgastado el dinero? —Pausa—. ¿O lo has —pausa— escondido?

Mi madre sonrió y negó despacio con la cabeza como si no pudiera creer lo que acababa de oír, como si quisiera decir al tío Yihad que estaba atónita. Él se encogió de hombros, dando a entender que no tenía importancia.

Se pudo contar. Uno. Dos. Y el yinn del infierno rompió sus cadenas.

—Robaste mi dinero —gritó la tía Samia al tío Halim, que se encogió ante los ojos de todos. La cara de la tía Samia parecía haber sido sumergida en salsa de tomate, y sus ojos eran tan grandes y blancos como cuencos.

—Samia, no —gritó mi padre, pero ella estaba sumida en su propio y airado mundo.

—Era mi dinero. Era mío. Mi madre quería dármelo. A mí. Mi dinero.

—Samia —le suplicó el abuelo—, déjalo ya.

—Los vecinos, Samia —añadió mi padre—. Te van a oír los vecinos.

Anwar y Hafez se abrieron paso a empujones hacia sus sillas. Lina se inclinó hacia delante. El tío Yihad parecía haber perdido el interés. Intentaba distraer a la pequeña Mona, que contemplaba atónita a su lívida madre.

—Odias a Yalal porque él quería que le devolvieras el dinero a mamá. Pero lo escondiste. El cabrón no es él, sino tú. Tú. Miserable.

—De no ser por los niños —le respondió a gritos el tío Halim—, te llevaría a bofetadas hasta el pueblo, imbécil descarada. —La tía Nazek se acercó a él e intentó tranquilizarlo, pero él se puso de pie—. Devolví el dinero. No lo escondí. Eres una gorda mentirosa. —La reprendió con el dedo índice alzado—. Tienes suerte de que estén los niños delante.

—Esto no puede estar pasando —dijo el abuelo.

—No miento. Lo escondiste. Escondiste el dinero.

Mi padre se puso de pie. Con solo mirarle a la cara se veía que el asunto quedaba zanjado.

—A la mierda. Callaros todos —gritó. Silencio. Mi padre suspiró—: Samia, él tenía ocho años. ¿Tú tenías…? ¿Cuántos? ¿Doce? ¿Qué os pasa? Erais unos críos. ¿Qué diablos importa lo que hiciera entonces? ¿Cuánto dinero escondió? ¿Un cuarto o dos?

—Eso no importa —protestó ella, pero todos oímos la derrota en su voz—. Robó mi dinero. —Su respiración rápida se frenó un poco—. Volvió a robarme el dinero. Puedo probarlo.

—¿Ocho años? —preguntó mi madre al tío Yihad.

—Sí. —Este asintió y acarició el cabello de la pequeña Mona—. Yo debía de tener la edad de esta niña. Te juro que me quedé traumatizado. —Parpadeó una, dos veces. Levantó la vista al techo en un gesto de fingido pesar—. Ese incidente marcó mi vida.

—Y en cuanto a ti —prosiguió mi padre dirigiéndose al suyo—, ¿por qué sigues contando estas historias a los niños?

—No son solo hijos tuyos —replicó el abuelo—. No me eches la culpa de esto. Yo estaba contando cómo me casé con tu madre. Los viejos tenemos derecho a evocar el pasado, y los niños deben saber de dónde proceden. —Eludió mirar a mi padre.

—Cada vez que te metes en una de esas historias sucede algo horrible.

—La historia de cómo conocí a tu madre no tiene nada de malo.

Mi madre se incorporó en la silla, se estiró como un gato y brindó una sonrisa bondadosa al abuelo.

—¿Sabes una cosa, tío Ismail? Tal vez esa historia no sea realmente adecuada para los niños. Si se la cuentas, van a crecer convencidos de que toda la familia, al menos todos los que están aquí presentes, no existirían si no fuera por el bey.

—Eso no es verdad —dijeron al unísono mi padre y mi abuelo.

—Y eso no nos gustaría, ¿verdad? —preguntó ella.

El hospital mantenía un horario mediterráneo: las horas de visita posteriores a la siesta eran de cuatro a ocho. El anochecer había teñido la habitación de un azul melancólico. Yo estaba cansado, y sin embargo un enfermero justo empezaba entonces la ronda de la cena. No entraría en la habitación de mi padre. Me acurruqué al lado de Fátima en la butaca reclinable; su brazo me engulló.

—Tengo miedo —susurré.

—Ya sabes que el dolor se parece mucho al miedo, son casi intercambiables —dijo ella—. Se diría que acabamos habituándonos a la pena, pero nunca lo conseguimos.

Me acarició el pelo con suavidad, lo rascó, sus uñas chocaron. Solíamos llamar a eso «quitar piojos». La madre italiana de Fátima solía hacerlo. A mí me encantaba cuando era niño, y me seguía encantando ahora.

Lina entró en la habitación, con cara de estar a punto de desintegrarse: ojos hinchados, ojeras oscuras. Nos saludó con un gesto a Fátima y a mí, pero fue derecha a la cama de mi padre.

—¿Se han ido todos? —preguntó Fátima. Mi hermana asintió entre sollozos y lágrimas. Fátima esperó—: ¿Y Salwa?

—Hovik se la ha llevado a casa —contestó Lina.

—Bien. Parecía agotada. No tan agotada como tú, la verdad. Vete a casa. Duerme en tu cama esta noche.

—No. Estoy bien. Me quedo.

—No, ya me quedo yo. Vete a casa. No puedes seguir durmiendo en la butaca. Ya me ocupo yo.

—No pienso irme a casa —insistió mi hermana—. Él me quiere aquí. Me he acostumbrado a la butaca. Si se despierta y no me ve, se asusta. Debo quedarme.

El ruido de la máquina —inhalación, exhalación— resonaba en mi cráneo. Aspiración, bip, bip, espiración. Tenía la impresión de que la cabeza se me fundía. Me oí decir:

—No. Iros a casa las dos. Me quedo yo. —Me miraron como si fuera un extraterrestre—. Necesito pasar un rato con él y vosotras necesitáis descansar.

Fátima me lanzó un par de besos y se apresuró a recoger las cosas de mi hermana.

Lina no apartaba los ojos de los míos. Parpadeé.

—¿Estás seguro? —preguntó ella.

Fátima cogió la bolsa de fin de semana de mi hermana, me dio un beso y arrastró a Lina hacia la puerta. Lina se desasió de ella y volvió hacia mí.

—Ve a la zona de enfermeras y pídeles una almohada y una manta. —Me abrazó—. Llámame si pasa algo. —Me apretó con fuerza contra sí—. Siempre hemos sido solo tú y yo, idiota. Siempre ha sido así, siempre lo será.

Me dio un beso en la coronilla. El sonido del beso me resonó en el cráneo.

Cuando el abuelo se enteró de que había sido rechazado, elevó su petición al bey. Era la chica de su vida, le dijo. La amaba. Ninguna otra serviría. Si Nayla no se casaba con él, ¿quién lo haría? ¿Podía interceder el bey en su favor? Y el bey lo hizo. Llamó a Yalal Arisseddine y le pidió que reconsiderara su respuesta. El hakawati era su protegido, un hombre decente. El propio bey se aseguraría de que a la chica no le faltara de nada. Al fin y al cabo, la chica no iba a encontrar un partido mejor. Era huérfana, fruto de un matrimonio impuro y tenía a un malogrado hermano de mala reputación: eran tres puntos en su contra.

El hermano de la chica accedió a casarla con el hakawati del bey. La madre de la chica, no.

Y el bey convocó a Mona Arisseddine. Ella se puso el velo y subió la montaña hasta su mansión. El bey le endosó el mismo discurso, y ella volvió a decir que no. Él repitió las mismas palabras, y ella le dio la misma respuesta. Él las repitió una vez más y ella rechazó la oferta por tercera vez. Dejó al bey contrariado y se fue a su casa.

El bey llamó a su propia madre.

—Me avergüenza haber criado a un hijo tan tonto como tú —le dijo esta.

Y la madre del bey se puso el velo y bajó la montaña hasta llegar a casa de Mona Arisseddine. Ambas madres hablaron del hakawati. Mona dijo que el joven no tenía familia. La madre del bey le recordó que la propia Mona carecía de ella, y sin embargo había resultado ser una madre magnífica. Mona arguyó que el joven era un simple contador de historias. La madre del bey hizo una reflexión sobre el corto alcance de la memoria.

¿Podía hacerla feliz? La madre del bey dijo a Mona que se lo preguntara a su hija.

Las madres preguntaron a Nayla si creía que el hakawati podía hacerla feliz.

Nayla miró a las dos mujeres y les dijo que la hacía reír.

Se encendieron las antorchas del himeneo.

Las bodas de las montañas eran célebres por muchas razones: la fiesta y el opíparo banquete que la acompañaba; los bailes, el *dabké* libanés y las danzas de las espadas y los escudos; los rituales de ir a buscar a la novia a caballo; y, sobre todo, el *zayal*: el duelo de poesía.

En las bodas los poetas componían versos para elogiar a la novia, al novio, a los invitados importantes que asistían a la ceremonia y a la institución matrimonial en general. También se batían en duelo y entretenían a la multitud atacándose a base de insultos y alardeos en versos improvisados. Los poetas tenían asegurada la invitación a todas las bodas. Los buenos incluso cobraban por asistir. Los poetas aficionados se presentaban en algunas bodas solo para probar su suerte. La boda de mis abuelos pasó a la historia por un poema.

Fue un cuarteto que rezumaba mal gusto y mala idea que recitó nada menos que la malvada Sitt Hawwar.

Un novio de boca grande llena de palabras fútiles,
pero a la vez carente de incisivo y de molar,
casose con una joven de boca aún más grande,
cuyos dientes entraban en una sala antes que ella.

Seguí el rastro de los aromas que emanaban de la cocina, pero no me atreví a entrar. Me paré en la despensa. La tía Samia expresaba sus quejas a alguien, probablemente a la tía Nazek.

—No la aguanto más —decía ella. Cogí un pedazo de pan de la mesa y le di un mordisco—. No entiendo por qué se cree tan superior —la oí decir—. Ni que hubiera parido un puñado de hijos, en lugar de ese sapo de niña y ese moscardón de niño.

Seguí mordiendo el pan.

El abuelo se me acercó por detrás y me tapó los ojos. Supe que era él por el olor, pero no podía decirle que lo sabía porque tenía la boca demasiado llena.

—Tranquilo, soy yo —dijo riéndose—. Y no comas pan solo con tanta comida alrededor.

Sin hacer ruido acercó una silla a la mesa y me hizo gestos para que me encaramara a ella. Destapó una fuente honda que había en el centro de la mesa y me la aproximó. Vi el estofado que había dentro.

—El secreto —susurró él. Inclinó la cabeza y le imité. Vi cómo el vapor se entrelazaba con sus propios efluvios, como si imaginara la tapa de porcelana que ya no estaba allí—. Esta fuente tiene labios, y puede contarte historias, si dejas que tus orejas oigan o que tu nariz huela.

—O que mis labios besen —dije en voz baja. Me agaché; el vapor me acarició las pestañas y me lamió los labios. Saqué la lengua y me los relamí.

La tía Samia apareció en la puerta.

—Mete esa lengua sucia por donde ha salido.

Salté de la silla y puse pies en polvorosa. La oí preguntar:

—¿Cómo has podido dejar que haga eso, Baba? —Pero no oí la respuesta.

El abuelo me encontró en la terraza, apoyado en la baranda y con la vista fija en los rosales del jardín vallado de abajo.

—Ha sido divertido —dijo él—. Apuesto a que no sabes lo que había en la olla. Sé que crees que era estofado de pollo, pero te aseguro que no lo es. Es estofado de diablillo. Hay que cazar a esos pequeños demonios, no son más grandes que los pollos pero cuesta mucho atraparlos. Matar a los diablillos nunca es tarea fácil. Tienes que dar con ellos en la época adecuada del año y congelarlos. Así es como se hace. No es fácil.

—¡Anda ya!

—Es cierto. Y hay que blanquearlos para despojarlos del color rojo, a fin de que nadie pueda decir que es estofado de diablillo. No querrás que los invitados vomiten, ¿no?

—Pero notarán el sabor.

—Oh, no, los diablillos saben a pollo. Samia intenta engañarnos.

No dije nada. Le oí respirar.

—¿A tu padre aún le gusta su carne? —preguntó el abuelo.

—Pregúntaselo a él.

—No está aquí, ¿verdad? Así que... te lo pregunto a ti. ¿Aún entra en la cocina a escondidas y se come el *aliyeh* sin que nadie le vea?

—¿Qué es el *aliyeh*?

—Un sofrito de cordero a base de cebollas, ajo, sal y pimienta. Lo que hay que preparar para dar sabor al estofado. Tu abuela hacía el mejor *aliyeh*... Bueno, ella todo lo hacía como nadie. Era la mejor cocinera que ha pisado esta maldita tierra.

—Supongo que nuestra cocinera es mejor. Eso dice todo el mundo.

—No seas ridículo. Nadie podrá compararse nunca a tu abuela. Su cocina despertaba a muertos y dioses. ¿Por dónde iba? Tu padre. Bien, tu travieso padre se metía a gatas en la cocina, con un pedazo de pan entre los dientes para que no tocara el suelo. Se acercaba al caldero, se levantaba a toda prisa y hundía el pan en el *aliyeh* mientras aún se estaba friendo; rebañaba todo lo que podía con el pan y salía corriendo antes de que lo pillara su madre. Corría, soplando sobre la comida para enfriarla. Soplaba mientras se escondía para esquivar a tu abuela, que le perseguía. Era un juego para los dos, y él tenía que meterse el pan en la boca si no quería que ella se lo quitara. Debía de tener tu edad o quizá fuera algo mayor. Cuando era pequeño no podíamos permitirnos comer mucha carne. Ni siquiera de diablillo.

9

Abajo, en el inframundo, Fátima dijo:

—Debo subir.

—¿Por qué? —preguntó Afreet-Yehanam—. Deberías parir aquí.

—Mi hijo nacerá en el mundo de arriba. Será el señor del inframundo, pero debe ser ciudadano del otro.

—Me tratas como a un juguete —rezongó su amante—. Soy su padre. Creo que tengo derecho a opinar sobre el tema.

—Y lo tienes, querido, lo tienes. Ahora pásame una alfombra, por favor. Debo marcharme. No deseo romper aguas en el aire.

En el castillo, la esposa del emir notó la primera contracción en el mismo instante en que Fátima sentía la suya en el inframundo. Se abrazó el estómago y sonrió a su marido.

—¿Quieres que interrumpa la historia? —preguntó el emir—. ¿Llamo a alguien? ¿Pongo agua a hervir? ¿Dónde está la comadrona? ¿Qué...?

—No, marido, sigue. Este Othman empieza a divertirme. Solo tráeme un par de almohadas más. —Tendida en la cama, se impulsó hacia arriba y se acomodó con un gemido—. Llega el sinvergüenza. Te lo ruego, marido mío, continúa. Distráeme.

El príncipe Baybars, Othman, los africanos y los uzbecos asistieron a las plegarias que se celebraban el viernes en la mezquita. Los fieles contemplaban a Othman con una mezcla de admiración, inquietud y temor.

—Dejad de mirarme —grito Othman—. Me he arrepentido ante Dios, que perdona todos los pecados, y ahora rezo como vosotros.

Los fieles le acogieron en su seno. Cuando finalizaron las oraciones el grupo salió de la mezquita y oyeron a un voceador que proclamaba que la casa del príncipe Ahmad al-Sabaki, que dirigía la zona del mercado de productos agrícolas hasta los puestos de los tintes, estaba disponible. Baybars preguntó quién poseía la casa y el voceador contestó que era propiedad de las cuatro nietas del príncipe Ahmad.

El voceador guió al grupo hasta una de las cuatro puertas de la casa, donde dijo:

—Perdonadme, señor, pero las señoras han solicitado que cualquiera que desee interesarse por la casa debe entrar por la puerta verde, que nadie ha sido capaz de abrir desde hace generaciones.

Baybars giró la llave de la cerradura y la puerta se abrió. Los goznes se deslizaron en silencio, como si los hubieran engrasado aquella misma mañana. El interior de la casa rezumaba opulencia. A Othman le temblaban los dedos, y tuvo que agarrarse las manos. El voceador desapareció para volver a los pocos minutos con el anuncio de que las señoras estaban dispuestas a recibirlos.

Los hombres entraron en una gran sala donde las cuatro damas se hallaban tendidas en coloridos divanes. En una sola voz, las cuatro dijeron:

—¿Quién de vosotros abrió la puerta?

El príncipe se identificó.

—¿Cómo te llamas, joven? —preguntó la voz. El príncipe Baybars se lo dijo—. No, ¿qué nombre te impusieron al nacer?

—Nací con el nombre de Mahmoud.

—¿Y de dónde procedes?

—De Damasco.

—No —dijo la voz—. ¿Dónde naciste?

—Nací en Samarcanda.

—¿Y quién eres? —preguntaron las damas.

Y el príncipe Baybars les relató la historia de su abuelo y de su padre, la de su madre y la de sus tíos.

—Este soy yo —concluyó.

Las mujeres preguntaron si podía satisfacer el precio de la casa y el príncipe Baybars les aseguró que sí.

—Afirmas ser rico, pero no se te ve la menor señal de ello —dijo la voz—. Eres un hipócrita.

Baybars se enojó; los pliegues del león aparecieron en el puente de su nariz y su marca de nacimiento se volvió roja.

—Eres el elegido —dijo la voz de las damas—. Llevamos demasiado tiempo esperándote. La casa es tuya si consigues superar una prueba y hacer una promesa.

Baybars preguntó por la prueba.

—Ese monolito debe moverse. —Las damas señalaron un menhir que había en un rincón—. Se construyó la casa a su alrededor porque nadie ha sido capaz de reubicarlo. Se sabe que solo su señor puede levantarlo.

Los hombres de Baybars se colocaron alrededor del monolito.

—Esto no puede ser difícil —dijo uno de los africanos.

Los uzbecos y los africanos intentaron mover la piedra, pero esta no cedía. Baybars se apresuró a ayudarlos y, ¡oh, milagro!, en cuanto rodeó el monolito con las manos consiguió levantarlo de su sitio.

—Es engorroso, pero no pesa —dijo a sus criados. Dio un par de pasos, y desde detrás del menhir preguntó a las damas—. ¿Dónde queréis que lo ponga?

—Bájalo —dijeron ellas—, para que puedas hacer la promesa. Debes construir una mezquita en nombre de cada una de nosotras. Promételo y la casa es tuya.

Y fue así como Baybars llegó a ser propietario de una casa.

Mi tía llegó la primera, en 1920, cuando mi abuela tenía dieciséis años. Nayla se puso de parto por la mañana. A las seis de la tarde, mientras ella aún tenía dolores, el bey envió a uno de sus ayudantes en busca de mi abuelo. El bey había empezado a beber temprano y quería distracción.

—Ve —dijo la bisabuela Mona—. Aquí no haces ninguna falta.

La comadrona, camino de su casa después del parto, informó al vigilante nocturno de la mansión del bey de que el hakawati había tenido una saludable niña. El vigilante se lo contó a un criado, que a su vez esperó a anunciarlo a que se realizara una pausa en el cuento de la noche. De haber sido un varón, el criado lo habría interrumpido.

—Ha ido bien que estés aquí —dijo el bey al abuelo—. Ninguna mujer quiere proclamar justo después del parto que ha tenido una niña. Las esposas son muy emotivas. Deberías llamarla Samira, en honor a mi querida madre.

Nayla la llamó Samia y decidió que quería *meghli*, el dulce de especias. Se suponía que solo se servía cuando nacía un varón, pero Nayla dijo:

—Si es bueno para la leche, ¿no le irá bien también a una niña?

La comadrona convino en que todas las madres deberían comer *meghli*, pero advirtió a la nueva madre que no lo sirviera a los invitados.

—Tonterías —replicó Mona—. Mi hija no puede comer *meghli* sin ofrecerlo a sus invitados. Yo haré el primer lote.

—Quiero que mi hija sea la reina del pueblo —dijo Nayla a su madre, quien asintió de todo corazón. Casi lo logró. La tía Samia floreció hasta convertirse en una reina frustrada.

Un día el rey Saleh cabalgaba por la ciudad y llegó a la calle de la Virgen de Zainab. Unos tablones de madera cubrían un pequeño bache y su séquito tuvo dificultades para cruzar. Él se sintió avergonzado de que el maqâm de la Virgen de Zainab no se hallara en un barrio más próspero de la ciudad.

—Debe construirse un puente —dijo el rey—, y organizarse un barrio pequeño, con tiendas decentes y casas sólidas.

Colocó a Baybars al frente del proyecto y este aceptó con honor la responsabilidad que había caído en sus manos.

El príncipe hizo que Othman convocara a ingenieros para la construcción del puente. Contrataron a carpinteros y a artesanos, y edificaron un barrio tan encantador que daba la impresión de que la propia Virgen de Zainab tuviera el ojo puesto en las obras. Una maravillosa puerta lo protegía, y las limpias calles invitaban a la gente a pasear por ellas.

—Tráeme a verduleros, carniceros, perfumistas, sastres, mercaderes de aceite, vendedores de café y a otros comerciantes decentes —ordenó el príncipe a Othman.

Othman trajo a los tenderos, que en un par de meses se instalaron en el barrio, transformándolo en la zona más popular de la ciudad.

El malvado Arbusto, el juez del rey, se enteró del milagro y su sangre hirvió de celos. Hizo venir a su mejor amigo, el alcalde de El Cairo. Este le preguntó por qué parecía estar triste y el juez le respondió:

—Hay una vista en la ciudad que me parte el corazón. El esclavo Baybars ha construido un bullicioso barrio que yo querría ver reducido a cenizas y escombros.

—Sé de qué barrio hablas —dijo el alcalde—. Será un placer librarte de él. Ese malandrín de Othman me ha jugado varias malas pasadas y ahora le daré lo que se merece.

El alcalde hizo llamar a un esbirro llamado Harhash y le expuso su deseo de quemar el barrio. Harhash preguntó de qué barrio se trataba. El alcalde dijo:

—El que linda con el maqâm de la Virgen de Zainab.

Harhash miró al suelo.

—No puedo hacerlo. Prenderé fuego a cualquier otro barrio menos a ese. Eso sería una blasfemia.

—Esto no es ninguna blasfemia, imbécil —gritó el alcalde—. Ni siquiera sabes qué significa esa palabra. Tú y tus hombres quemaréis lo que yo os ordene, o te encarcelaré y no volverás a ver la luz del día en lo que te queda de vida.

Y Harhash accedió, ya que no tenía otra opción. Junto a dos de sus hombres fue a inspeccionar la zona.

—Este barrio solo puede quemarse en mitad de la noche, cuando no haya testigos —le dijeron sus hombres.

La Virgen de Zainab, protectora del barrio, se había asegurado de que el tiempo fuera lo bastante cálido para que un sastre estuviera echando la siesta en el suelo de su tienda en lugar de en su casa, y así pudiera oír la conversación de los hombres. Cuando se marcharon, el sastre fue en busca de Othman y le puso al tanto de lo que había oído.

Othman, acompañado de los uzbecos y los guerreros africanos, recorrió el barrio montado a caballo. Dijo a los vigilantes de la puerta que la cerraran, pero manteniendo el portal abierto. Ordenó a los residentes no encender las lámparas cuando cayera la noche. Y los sirvientes del príncipe se apostaron hasta el anochecer.

Cuando Harhash y sus doce hombres llegaron provistos de barriles de aceite, se encontraron con la puerta cerrada y el barrio sumido en la oscuridad.

—Esto es una bendición —murmuró Harhash—. Podemos llevar a cabo el encargo sin que nadie nos vea.

Envió a uno de sus hombres a que cruzara el portal. En cuanto el hombre entró en el barrio, un africano le golpeó en la cabeza con el puño cerrado, y el esbirro se desplomó inconsciente. Othman esperó un poco y luego silbó. Otro hombre entró y fue derribado de la misma forma. Othman volvió a silbar. Un tercer hombre cruzó el portal; esta vez fue Othman quien le golpeó en la cabeza, pero el hombre no cayó. Miró boquiabierto a los africanos, y uno de ellos le tumbó de un certero puñetazo. Othman se ofendió. Los guerreros fueron turnándose en los silbidos hasta que entró Harhash, que fue el último en caer inconsciente. Los pirómanos despertaron y se hallaron atados en fila frente al pelotón de hombres más fieros que habían visto nunca. Harhash rompió a llorar.

—Oh, Harhash —dijo Othman—, ¿tan mal te van las cosas que has tenido que jugar con fuego?

—No seas cruel, amigo —respondió Harhash—. ¿Me crees tan impío como para cometer un crimen deleznable teniendo a la Virgen tan cerca si no me hubiera visto obligado a ello? El hecho de que estos guerreros estén aquí para proteger el barrio es la única prueba que necesito de que la Virgen sigue vigilando. Ahora nunca degustaré el sabor de los frutos del paraíso.

Y Othman se unió al llanto de Harhash. Se sentó en el suelo y dijo:

—Harhash, no estás condenado. Si te arrepientes ante la Virgen, como hice yo, Dios te escuchará y te perdonará.

Harhash y sus hombres renegaron de su vida delictiva y juraron fidelidad a Dios.

—Ahora tú y tus hombres podéis trabajar para mí —dijo Othman.

—Pero si tú mismo eres un siervo —replicó un uzbeco.

—Cierto —convino Othman—, pero estoy ascendiendo. Pronto Harhash podrá tener también sus propios sirvientes. En este mundo las cosas cambian.

La estancia de Fátima se hallaba al otro lado de los aposentos reales, y la segunda contracción le hizo emitir un suspiro que encontró su eco en el de la esposa del emir. Fátima pidió a sus asistentes que la dejaran sola, pero en cuanto se quedó a solas se percató de que ya no quería estarlo.

—Ismael —dijo ella—, ven.

E Ismael se plantó de un salto en su cama.

—¡Qué cuarto más horroroso! —dijo él—. ¿Acaso quieres que tu hijo sea un erudito?

—Pues haz algo.

—Con mucho gusto —contestó Ismael alegremente.

—Espera —dijo Isaac, que acababa de materializarse a su lado.

—Ya lo hago yo —dijo Elías—. Tú nunca has tenido buen gusto.

—Vete a casa —ordenó Ismael—. Ella me lo ha pedido a mí.

Sus siete hermanos no le prestaron atención alguna. Adán tiñó las cortinas de violeta y Noé las cambió a azul. Ezra y Elías se enzarzaron en un combate por la alfombra. La colcha de la cama de Fátima tenía cuatro estampados que competían entre sí.

Cuando por fin ella se hartó y gritó que pararan, la estancia era un desastre, un estallido de vulgaridad. Ella miró a su alrededor.

—Es verdaderamente espantoso. Me encanta.

La tía Samia adoraba e idolatraba a su madre. Según ella, no había nada que la abuela hiciera mal. Dios, con todo Su gran poder, creó el mundo en seis días y en el séptimo se concentró en Nayla. Era la mujer más virtuosa de la historia, la más devota, la más inteligente, la más pon-el-adjetivo-ideal-que-desees. Mi pobre, pobre abuela Nayla, huérfana de nacimiento, casada con un hakawati en constante bancarrota, se las apañó para criar a la familia perfecta y proporcionar a sus hijos un entorno lleno de amor. La tía Samia imitaba a su madre hasta en el menor movimiento, modelando la propia personalidad a su imagen y semejanza. Aprendió a preparar las mismas comidas, a tejer las mismas telas, a hacer los mismos patrones en punto de cruz. Siempre que se acordaba, la tía Samia pronunciaba las eses como lo hacía mi abuela, salpicando de gotas de saliva a su interlocutor. Por suerte rara vez se acordaba, y no volvió a hacerlo después del fallecimiento de su madre.

Y la tía Samia compartió con la abuela, y con la bisabuela, un mismo adversario: nada más y nada menos que la malvada Sitt Hawwar, la esposa del constructor, que cometería los actos más nefastos en su contra. La tía Samia había creído que terminaría sus días al lado de su madre, ya que permanecía soltera cuando ya había superado con creces la edad de merecer.

—Envejeceremos juntas —solía decirle a la abuela.

—No —replicaba Nayla—. Tú te casarás.

Por la mañana el alcalde y sus hombres cabalgaron hasta el barrio de la Virgen de Zainab. Sorprendido de hallarlo aún en pie, el hombre preguntó al primer comerciante que se cruzó en su camino si había visto u oído algo durante la noche. El comerciante contestó que no, ya que había apagado las luces y se había dormido.

—Apagar las lámparas va contra la ley —gritó el alcalde. Y ordenó a sus hombres que prendieran al comerciante y le azotaran.

Pasó entonces al siguiente establecimiento y preguntó a su dueño si aquella noche había apagado la lámpara. El hombre contestó que lo había hecho siguiendo las órdenes de Othman, lo que solo sirvió para enfurecer al alcalde todavía más; ordenó a sus hombres que flagelaran al tendero. El alcalde fue a la tercera tienda, una perfumería, y dijo al dueño:

—Enséñame los claveles secos.

El perfumista abrió una caja y el alcalde dijo:

—Este clavel está torcido.

—Encuéntreme uno que no lo esté —replicó el perplejo tendero, ganándose una buena paliza por su insolencia.

El alcalde se dirigió entonces al lechero.

—¿Por qué la leche de vaca es blanca y sin embargo tu mantequilla es amarilla?

—Siempre ha sido así —dijo el lechero, y también él fue severamente azotado.

El alcalde fue pasando de una tienda a otra, y cada visita se saldaba con la orden de una paliza ejemplar.

Los tenderos acudieron a Othman, quien contestó:

—Resolveré vuestro problema, pero debéis pagarme.

Los hombres le preguntaron cuál era el precio y Othman dijo:

—Una porción de la mantequilla más amarilla, un clavel torcido, un bocadillo de cordero, una taza de café y un tarro de miel.

Los tenderos se rieron y dijeron:

—Si nos ayudas con el alcalde te daremos dos de cada.

—Ah, y también quiero postre —añadió Othman—. Hay que tomar dulces. Y mañana, si alguien ve al alcalde por el barrio, que grite: «Baklava, baklava», para recordarme mi dulce recompensa.

Al día siguiente, cuando el mercader de aceite vio llegar al alcalde a su establecimiento, gritó: «Baklava, baklava», y todos los chicos del barrio corearon sus gritos. Los demás tenderos siguieron su ejemplo.

—¿Quién quiere dulces en una tienda de aceite? —preguntó el alcalde, asombrado. Y entonces oyó la voz de Othman.

—Un hombre como tú debería pensar solo en amarguras, nunca en dulces.

Othman, Harhash y los guerreros rodearon al alcalde y a sus hombres, los desarmaron y los despojaron de sus ropas, dejándolos en cueros.

—Te arrestaré y tiraré la llave al mar —amenazó el alcalde.

Othman se rió.

—No puedes arrestarme. Ahora trabajo para un príncipe. Si el rey supiera lo que te traes entre manos serías tú quien daría con tus huesos en la cárcel.

Los guerreros llevaron al alcalde desnudo hasta la tienda del curtidor y lo sumergieron en un tanque de tinta negra.

—Ahora es más oscuro que yo —comentó uno de los africanos.

Subieron luego al hombre a la grupa de su caballo y lo sacaron de la ciudad. Los chicos del barrio los siguieron, entre risas y silbidos.

Y el alcalde juró vengarse de Othman y de Baybars. Hizo que sus hombres compraran un ataúd, lo llevaran al salón del trono metido en él e informaran al rey de que Othman le había dado muerte.

Al ver a su alcalde asesinado el rey hizo llamar a Baybars y a Othman para averiguar qué había sucedido.

—Ojalá le hubiera matado —admitió Othman—, pero no lo hice. De no haber jurado que seguiría el sendero de la virtud no dudéis de que habría acabado con él.

El rey le pidió que se explicara y Othman obedeció, con el testimonio de los tenderos, los guerreros y Harhash.

Pero intervino Arbusto:

—Golpeaste a un agente del gobierno que ahora yace en un ataúd frente a nosotros. Esto es asesinato y debe castigarse con la muerte.

—No, en absoluto. Y si debo ser ejecutado por matarle, al menos debería haber tenido el placer de cometer dicho acto. Ahora que lo pienso creo que a Dios no le importará que mate a un hombre muerto.

Othman desenvainó la espada y se la clavó al alcalde tendido en el ataúd. El alcalde se incorporó y volvió a morir.

—¿Lázaro? —exclamó Othman.

—Este hombre no estaba muerto —dijo el airado rey—. Ha sido un engaño. Mi propio alcalde ha intentado engañar a su rey. Congratulémonos todos de que esté muerto de verdad. Te proclamo, Baybars, sucesor del alcalde.

Y así fue como Baybars se convirtió en alcalde de la gran ciudad de El Cairo.

—Distraedme —dijo Fátima.

—Dejad que volvamos a redecorar el cuarto —dijo Job. Los diablillos retozaban alrededor de la cama.

—No —dijo ella—. Contadme una historia, un cuento tan extraño, tan auténtico, tan maravilloso y tan intrigante que me seduzca por completo.

—Cuentos del diablo —gritó Ezra.

—No —dijo Fátima—. Esos ya los conozco demasiado bien.

—Cuentos de loros —propuso Isaac—. Son los mejores.

—Yo los contaré —dijo Ismael.

—No, yo —protestó Elías.

—Yo, yo, yo.

Fátima decidió que empezara Ismael y que los diablillos se irían turnando.

—No obstante, si entra alguna criada se quedará atónita al veros. Adoptad una forma menos rara.

Ismael e Isaac se transformaron en loros rojos y el resto los imitó en sus respectivos colores.

Mi tío Wayih nació dos años después de Samia. Su llegada fue sin percances.

—Será un hombre sabio —dijo la comadrona.

Su nacimiento fue causa de muchas celebraciones. El bey en persona bendijo a mi tío.

—Será el cabeza de una familia industriosa, un guardián del honor, un amasador de riqueza y un hombre de carácter.

El abuelo ofreció puros a todos los hombres del pueblo. La abuela repartió dulces. La malvada Sitt Hawwar tuvo que cerrar el pico durante un tiempo.

El tío Halim apareció en este mundo en 1925. Fue un parto sin complicaciones; el cordón umbilical no le estranguló por accidente. Y sin embargo la abuela vio con claridad que algo pasaba en cuanto lo tuvo en brazos. Su cabeza parecía desprender demasiado calor, los ojos parecían parpadear nerviosos antes de cerrarse.

—Será un soñador —auguró la comadrona.

Mi padre fue el siguiente, en 1930, y dos años después llegó el tío Yihad. Fueron los favoritos de sus padres.

—Éramos demasiado jóvenes —me confesó el abuelo en una ocasión—. No es que no quisiéramos a todos nuestros hijos. Los queríamos. Pero entonces nació Farid, tu padre. Llevábamos once años casados. Éramos..., no sé cómo decirlo..., más maduros. Hubo una diferencia, pero no fue intencionada.

Al cabo de un rato continuó:

—Tu abuela amaba a Farid. Era especial, mucho más listo que sus hermanos. Si colocabas a los tres otros niños en un lado de la balanza y a tu padre en el otro, la inteligencia de este sobrepasaba a la de los otros tres juntos. Y Yihad... habló antes de cumplir los nueve meses. Era un genio. Me hizo sentir tan orgulloso. ¿Cómo se puede culpar a tu abuela por tratarlos de forma distinta? ¿Cómo puede culpársela de quererlos más? Eran los elegidos.

Al regresar a su casa, Baybars encontró a los asistentes e intendentes del alcalde esperándole. Preguntó qué podía hacer para ayudarles y estos dijeron:

—Queremos daros el pésame por la muerte del alcalde, felicitaros por vuestro ascenso y ofreceros nuestros servicios.

Baybars preguntó a cada uno de ellos cuál era su puesto y su salario en la administración anterior.

—No había salarios, señor. El alcalde anterior se quedaba con todo el dinero del gobierno que pasaba por la caja. Nos ganábamos la vida con los servicios e impuestos recaudados de los grupos de ladrones de El Cairo, los jugadores, los mercaderes de vino y los criminales.

—¿Y cómo recogíais esos impuestos?

—Cada banda tiene un jefe, y el jefe de todos es el comandante Janjar, responsable de las puertas de la ciudad.

Baybars ordenó a su nuevo personal que abandonara su vida delictiva.

—Os pagaré un sueldo suficiente para alimentar y vestir a vuestras familias. No quiero que recaudéis dinero de ningún otro lugar. Renunciad a vuestras felonías pasadas, haced voto de honestidad, rezad y practicad el ayuno. Si me entero de que cualquiera de vosotros ha cometido un acto que ofende a Dios, yo, el alcalde de El Cairo, clamaré venganza.

El personal juró fidelidad a Dios y a Baybars.

—Traedme a Othman —ordenó Baybars.

Aquella noche Baybars y Othman fueron a visitar al comandante a su cuartel. Rodeado por sus hombres, se sentaba en su silla como un tigre orgulloso ataviado con ropas demasiado lujosas. Janjar no se levantó para saludar a sus visitantes, ni les preguntó por su salud, ya que se trataba de un hombre arrogante, convencido de su propia importancia.

—Que la paz esté contigo —saludó Baybars al comandante.

—No conozco la paz —replicó Janjar—. Di lo que quieres, muchacho. ¿Eres tú el que lleva ahora el traje del alcalde? ¿Eres tú quien engatusó a Othman y a Harhash para que siguieran el camino de la virtud? Sígueme, muchacho, y te recompensaré. Me ocuparé de todas tus necesidades, todos tus deseos y más.

—Hemos venido a pedir tu bendición —intervino Othman.

El comandante estaba encantado. Sus ojos rezumaban alegría y codicia.

—En ese caso sed bienvenidos. Si capturáis a uno de mis artesanos, liberadlo y yo os lo pagaré. Obedecedme y conseguiréis riqueza…, pero contrariadme y os arrepentiréis durante el resto de vuestras breves vidas.

—Solo queremos complacerle, padre —dijo Othman—. Pero ¿cómo sabremos que es uno de los tuyos?

Janjar lo meditó.

—Tal vez si existiera una palabra secreta. Debéis castigar a aquellos que no trabajen para mí, y librar del castigo a los que lo hacen.

—Ninguna palabra permanece en secreto durante mucho tiempo en el mundo del crimen —objetó Othman—. Sería mejor que nos presentaras a los miembros de las bandas. Informa a los clanes de que el nuevo alcalde desea conocerlos a todos.

Iniciemos los cuentos del loro sabio, dijo Ismael Érase una vez un rico mercader que se casó con una joven de exquisita belleza. La noche de su boda él informó a su bella esposa de que tenía previsto partir para un largo viaje al día siguiente. Su esposa le pidió que no se marchara. Adujo que se quedaría sola.

—Los negocios me exigen viajar. Compro la seda en China, el algodón en Egipto. Adquiero especias en India y perfumes en Persia. Mis tiendas necesitan género.

—Pero yo te necesito a ti —dijo ella—. No necesito dinero si te tengo a mi lado.

Su marido estaba radiante de orgullo y dijo:

—Un hombre sin dinero es un hombre sin padre, y un hogar sin dinero está maldito. El sol nunca brilla sobre los indigentes.

Pero, como dice el refrán, el hombre que es propenso a muchos viajes no merece estar casado.

Al día siguiente el mercader fue al bazar y compró un loro magnífico y una urraca. Encargó a su esposa que confiara en ambos pájaros siempre que tuviera que tomar una decisión. Luego amenazó a las aves con una muerte atroz si permitían que su esposa le traicionara. Y partió de viaje. Pasaron semanas, meses, y el mercader prolongó su expedición durante más y más tiempo. Un día, mientras la atractiva esposa tendía la colada en la azotea, se percató de una procesión real que pasaba por la calle. Vio a un apuesto príncipe montando un corcel y su corazón latió de amor y deseo. El príncipe levantó la vista por casualidad y quedó prendado de la belleza de aquella dama rubia. En cuanto regresó al castillo envió a una vieja a casa de la dama con una invitación a su palacio para aquella noche, que la dama aceptó de buena gana. Tras vestirse con sus mejores galas y ponerse sus más preciadas joyas, la dama se enfrentó a los pájaros.

—Querida urraca —dijo—. ¿Qué opináis vos acerca de mi propósito?

—No me gusta —dijo la urraca—. Os prohíbo que vayáis.

La hermosa dama abrió la puerta de la jaula y retorció el cuello de la urraca. Entonces se dirigió al loro.

—Mi querido loro, ¿qué opináis vos acerca de mis propósitos?

Y el loro, prudente, dijo:

—Mi señora. Esta noche estáis muy bella. Más encantadora que la luna nueva, que llora de vergüenza y tiembla de celos ante la mera mención de vuestro nombre. Sentaos, señora. Dejad que os distraiga durante un rato. Soy un hakawati y vuestra gloriosa presencia me inspira para contaros un hermoso cuento. Permitid que empiece.

Tres noches después de su encuentro con Janjar, Baybars le invitó a su casa; el responsable de las puertas debía presentarle a todos los ladrones y delincuentes de El Cairo.

—¿Empezamos con las presentaciones? —dijo Baybars—. Othman, haz pasar a la primera banda.

En la sala entraron treinta mujeres vestidas de negro, cada una acompañada por su sirviente. Todos se arrodillaron frente a Baybars.

—¿Quiénes son estas mujeres, comandante? —preguntó Baybars.

—Forman la banda de las palomas salvajes, bellas y letales. Viven diseminadas por todos los barrios de El Cairo. Abordan a los hombres y los convencen para que las acompañen a sus casas. La paloma salvaje embriaga a su víctima con vino hasta emborracharlo, y luego el criado le cubre la cara con una almohada y se sienta encima hasta que el hombre deja de respirar. Confiscan sus posesiones, entierran el cadáver en el patio y vuelven a empezar.

Othman llevó al grupo a otra sala e introdujo al siguiente: veinte mujeres vestidas de marrón.

—Esta es la banda de las palomas vagabundas —dijo el comandante—. Son dóciles y tímidas hasta que algún imbécil se traga el anzuelo y las invita a su casa. En ese momento la mujer le pide un vaso de vino, echa opio en la copa de él, le despoja de su riqueza y lo deja inconsciente.

El tercer grupo de mujeres iba vestido de rojo.

—Aquí están las palomas lujuriosas, las más hermosas de todas y las más eficaces; engañan a los hombres para que adopten posturas comprometidas y proceden a robarles las posesiones de la casa ante la mirada indefensa de la presa. Todos los hombres desean beber de la belleza de una paloma lujuriosa, aun cuando sepan que puede resultar letal.

El cuarto lo formaban diez mujeres de blanco.

—Las palomas arrulladoras —dijo el comandante—. Ladronas de carteras y de tiendas.

El quinto estaba compuesto por veinticinco chicos.

—Los bebés puerco espín son ladrones.

El sexto eran diez chicos de menor edad.

—Los erizos están especializados en vaciar bolsillos. Trabajan aliados con los puerco espines. Cuando ven a una posible víctima, el puerco espín pega al erizo, y este corre hacia el hombre y le ruega que le salve. Mientras el hombre consuela al erizo, le vacían los bolsillos.

La séptima banda era la de las palomas viejas.

—Estas arpías fingen ser sabias, videntes y adivinadoras. Se las invita a las casas y pocas veces salen de ellas con las manos vacías.

La octava, novena, décima y undécima banda estaban formadas por erizos: asaltadores de casas, jugadores, salteadores de caminos y asesinos.

—¿Y la duodécima? —preguntó Baybars.

—Ni más ni menos que yo —dijo el comandante.

Baybars dejó a Janjar en la sala y se reunió con la horda de delincuentes. Se encaró con ellos al lado de Othman y les dijo:

—Os ordeno que abandonéis vuestras malas prácticas y busquéis el alivio en el amor de Dios. Haced voto de honestidad y jurad que no volveréis a pecar. Aquel que haga esa promesa quedará en libertad, pero quien no la haga será encarcelado.

Y las mujeres replicaron:

—Pero ¿cómo vamos a llevar una vida decente si debemos dinero al comandante? Nos obliga a trabajar para pagarle.

—Si hacéis el voto a Dios, se os perdonarán vuestras deudas. ¿Hay alguien que no quiera hacer el voto y dejar atrás la vida criminal?

No se alzó ninguna mano.

Othman encendió un fuego y con un hierro candente marcó la muñeca izquierda de todos los delincuentes reformados, ya fueran palomas, puerco espines o erizos. Justo después de que marcara a una de las palomas lujuriosas, esta susurró:

—Conozco treinta y siete formas distintas y placenteras de usar ese hierro candente.

Othman enrojeció, nervioso, y pasó rápidamente a la siguiente.

—Si alguien con esta marca es capturado cometiendo un delito, se le impondrá la pena de muerte —dijo Baybars—. Que así sea.

Baybars regresó junto a Janjar y le dijo:

—Padre, he convertido a tus trabajadores en hombres y mujeres decentes. Ahora es tu turno. Ya tienes más de ochenta años. ¿No has adorado a Dios en todo este tiempo? ¿No has rezado ni ayunado?

—Nunca he pisado una mezquita —contestó Janjar—. Durante setenta años he robado, traicionado y asesinado. ¿Crees que seré tan fácil de convertir como mis peones? Eres un imbécil, corto de entendederas y crédulo.

Desenvainó la espada y fue a atacar, pero la espada de Baybars paró el golpe del comandante y la empuñadura le derribó al suelo. Othman le ató y le llevó a la cárcel donde el comandante pasó el resto de su vida.

—Ha llegado mi turno —dijo el loro Isaac—. Continuamos con la historia.

Y el loro hakawati se dispuso a distraer a la bella esposa:

Cuatro hombres, un sastre, un joyero, un carpintero y un derviche, emprendieron juntos un largo viaje. Acamparon por la noche y establecieron turnos para vigilar sus posesiones. Al carpintero le correspondió hacer el primer turno mientras los demás dormían. Vio un gran tronco tirado en el suelo y, para pasar el rato, talló en él la estatua de una bella mujer. El sastre despertó y, mientras el resto dormía, admiró aquella hermosa silueta y decidió coser un atavío para aquella dama. Con una tela divina creó un vestido digno de una reina. Luego fue el turno del joyero, quien con las gemas más preciosas creó unos adornos magníficos para la estatua. Y el derviche contempló la obra y se enamoró tanto de ella que rogó a Dios con todo su corazón que la hiciera real. Al amanecer, los cuatro hombres se hallaron frente a una dama viva de tal belleza que los fascinó a todos. Cada uno la reclamaba como esposa. Pelearon, discutieron, pero no consiguieron llegar a un acuerdo.

Por fin vieron a un beduino montado en un camello y le pidieron que fuera el juez del asunto.

—Yo la esculpí en la madera —dijo el carpintero.

—Yo la vestí.

—Yo le di brillo.

—Y yo le di la vida —dijo el derviche.

Y el beduino dijo:

—Los cuatro tenéis derecho a reclamarla, y no veo la forma de dividir a esta mujer. Por tanto la pido para mí. Fue creada en el desierto, y estas son mis tierras. Será mi esposa.

Los cinco hombres discutieron un buen rato, pero no hallaron solución alguna al dilema. Cabalgaron hacia la ciudad y pidieron al primer policía que hallaron que se erigiera en árbitro. Después de que cada uno de ellos hubiera presentado sus alegaciones, el policía dijo:

—Todos tenéis vuestra razón, y no puedo decidir en favor de uno u otro, así que pido a esta bella mujer por esposa.

Los seis hombres fueron a ver a un juez y le pusieron al tanto de sus argumentos.

—Aquí tenemos un problema —repuso el juez—. En nombre de la justicia y la imparcialidad, reclamo a esta mujer para mí. Será mi esposa, y así terminarán vuestras cuitas.

Los hombres debatieron hasta la noche. Por fin el derviche dijo:

—No conseguimos llegar a solución alguna porque ningún hombre puede arbitrar este asunto. Nadie puede resistirse al encanto de nuestra amada. Debemos recurrir a un juez que no sea humano: el Árbol de la Sabiduría.

Los siete pretendientes y la mujer se encaminaron hasta el árbol sabio que se hallaba en el centro de la ciudad. En cuanto se aproximaron al roble gigantesco, la corteza se partió en dos y la mujer corrió hacia el interior del tronco antes de que este volviera a cerrarse.

El Árbol de la Sabiduría dijo:

—Todo vuelve a sus orígenes.

Y los siete hombres se quedaron avergonzados.

La tía Samia tenía doce años cuando nació el tío Yihad. Asistía a la escuela de la misión inglesa por las mañanas y ayudaba a su madre por las tardes en las labores domésticas. Dado que mi abuela estaba ocupada con el recién nacido, la tía Samia iba cada día a la panadería del pueblo cristiano vecino, ya que la familia la consideraba mejor que la que había en el nuestro. La hija del panadero era de la edad de mi tía y se hicieron amigas. Mi tía empezó a ir por el pan un poco más temprano para así pasar un rato charlando con la hija del panadero. Mi tía le enseñó una canción que había aprendido en el colegio: «Existe una bella tierra muy, muy lejos», y su amiga le enseñó la «Marsellesa». Un día, tras pasarse una semana entregada a las canciones, a la tía Samia le subió la fiebre y tuvo problemas para orinar. La abuela la llevó a un médico en Beirut y la niña se pasó dos días en el hospital. Era una infección leve. Volvió al pueblo y estuvo en cama durante una semana. Perdió el rastro de la hija del panadero.

Sin que la familia lo supiera entonces, la malvada Sitt Hawwar extendió el rumor de que a mi tía le habían extirpado el útero y de que no podría tener hijos. La malvada Sitt Hawwar no llegó a decir que le habían practicado un aborto, pero dejó el tema en el aire. Así, cuando mi tía llegó a la edad de merecer, no se le acercó pretendiente alguno. A medida que pasaba el tiempo, cada vez que una familia o un hombre preguntaban por mi tía, el rumor volvía a surgir. Ella esperó y esperó a que alguien la eligiera, preguntándose qué tendría de malo para que nadie quisiera probar un anzuelo en sus aguas. No se casaría hasta mucho, mucho tiempo después: no hasta que tres de sus hermanos menores se hubieron casado, no hasta haber tenido que pasar por la vergüenza de ser una solterona, no hasta que ya había cumplido los treinta y ocho años y llevaba varios mintiendo sobre su edad, no hasta que por fin intervino el abuelo y le buscó el marido más inadecuado de la historia.

Mi tía no le contó a nadie la amistad que la había unido a la hija del panadero. Le daba la impresión de que, como la amistad y los rumores maliciosos habían coincidido en el tiempo, ambas cosas estaban íntimamente relacionadas. Creía que lo sucedido era un castigo por confraternizar fuera de los límites de la familia. Por fin se lo confesó todo a su hermano menor, Yihad, una noche de principios del año 1976, cuando la guerra aún seguía pero todavía no había obligado a la familia a dejar la casa. Se lo contó en el garaje, que actuaba como refugio cuando los misiles retumbaban en el cielo. El tío Yihad intentó decirle que no había cometido pecado alguno. Le dijo que lo único que había tenido era un problema médico común, y que era la víctima de la maldad y la ignorancia de la gente de las montañas.

—¿De verdad crees que estás siendo castigada por cantar con otra niña?

—No se trata de que cantáramos.

—¿Qué? ¿Hacíais algo más? ¿Algo indecente, tal vez?

—Por supuesto que no. ¿Por quién me tomas? Solo era mi amiga. Charlábamos.

—¿Qué tiene eso de malo? ¿De qué hablabais?

—No me acuerdo. Hablábamos de nuestras familias, del pueblo. De los franceses y de cuándo se irían. La verdad es que no recuerdo nada concreto.

—¿Crees que te están castigando con una vida horrible porque charlaste con otra niña durante una semana? Eso es irracional e ingenuo. No tiene ni pies ni cabeza.

—Tú no lo entiendes.

El tío Yihad no lo entendía. Después de pasarse un mes intentando convencerla, recurrió a la caballería; es decir, a mi madre. Al principio la tía Samia estaba horrorizada de que su secreto hubiera salido a la luz. Mi madre le dijo que era tonta, algo que de hecho le repetía de forma periódica.

—¿Cómo puedes creer que hacerte amiga de alguien está mal? —le dijo mi madre—. Lo que te ha pasado ha sido obra de una mujer siniestra y no tiene nada que ver con tus pecados. Sitt Hawwar era una persona mala y despreciable. No fue culpa tuya. Y mírate: tu vida no tiene nada de desgraciada. Eres rica, eres la matriarca de una gran familia, y, lo más importante, tu madre estaría orgullosa de ti si viera lo que has triunfado. ¿Sabes quién fue castigada? ¿No te acuerdas de la horrible muerte de Sitt Hawwar? ¿Quién estaba a su lado cuando se fue de este mundo? Nadie. Sus hijos estaban en paradero desconocido. ¿No te acuerdas de los rumores? Estaba en el hospital, la gente iba a verla y no había ni un miembro de su familia por allí. ¿Puede existir una vida peor que esa? Murió sola, sin que a nadie le importara. Samia… idiota, idiota Samia. Sitt Hawwar perdió. Su alma abandonó este mundo sin que nadie derramara ni una lágrima.

La tía Samia se sintió mejor. A partir de ese día empezó a llevar zapatos de tacón alto.

Cuando el loro hakawati hubo terminado su historia, dijo el loro Ezra, la esposa del mercader se retiró a sus aposentos para acostarse, ya que se había hecho demasiado tarde para la cita con el príncipe. A la noche siguiente ella volvió a vestirse con sus mejores galas y pidió al loro permiso para salir. Dejad que os cuente un cuento, dijo este.

Érase una vez, en una tierra lejana, un anciano rey que tenía un miedo cerval a la muerte. Se encerró en su alcoba y se negó a recibir a sus visires, descuidando los asuntos de Estado. Sus súbditos se preocuparon. Sus ayudantes sollozaban en privado. Los visires habían agotado todas las opciones y todos los planes para que el rey se levantara de la cama. Entonces la cacatúa gloriosa del rey abrió sus alas de color esmeralda y voló hasta los cielos, subiendo cada vez más alto. Alcanzó el paraíso y descendió a su jardín. Tras recoger una fruta que había caído del Árbol de la Inmortalidad, se la llevó a su dueño y dijo:

—Tomad la semilla de esta fruta y plantadla en tierra fértil. Nutridla con amor y sabiduría y el esqueje se convertirá en un árbol frutal. A quienquiera que coma de los frutos de ese árbol, la vejez le abandonará y recuperará el vigor.

Los criados del rey se quedaron atónitos cuando este les ordenó:

—Plantad esta semilla en el jardín. Deseo contemplar su cosecha antes de morir.

El ave sagaz dijo:

—Recordad la leyenda del sabio rey Salomón y la Fuente de la Inmortalidad. Se negó a mitigar su sed, ya que no deseaba sobrevivir a sus seres queridos.

—¡Bah! —exclamó el rey. La vida corría por sus venas, la esperanza revivió y despertaba todas las mañanas con la ilusión de asistir al crecimiento del árbol—. Queredlo más —dijo a sus jardineros—. Debe crecer más deprisa, más rápido.

El árbol creció y los brotes sacaron flores de las que aparecieron unos pequeños frutos. Por fin llegó el día en que la fruta estaba madura.

—Coged esa —dijo el animado rey—. Parece la más sabrosa.

El jardinero acercó una escalera al árbol. En ese mismo momento un águila que volaba entre las nubes vio a una serpiente viscosa que se hallaba no muy lejos de los jardines reales. El águila descendió y se abatió sobre la serpiente, izándola hacia el cielo. Con su último aliento, la serpiente escupió el veneno y una gota fue a caer sobre la fruta cuando esta era entregada al rey.

—Traedme a un viejo faquir —exigió el rey.

Cuando los criados cumplieron su encargo, el rey ordenó al faquir que probara la fruta. Este dio un mordisco, cayó de rodillas y murió.

El rey montó en cólera.

—¿Ese horrible loro intenta acelerar mi partida?

Agarró al pájaro por las patas, lo levantó y lo arrojó contra el árbol.

El loro se partió el cuello y pasó a mejor vida. En adelante el árbol fue conocido como el Árbol del Veneno, y nadie se le acercaba.

La falta de esperanza enfermó al rey. Volvió a enclaustrarse en sus aposentos y se pasaba el día maldiciendo al árbol desde la ventana. No tardó en ver acercarse al espectro de la muerte.

Así las cosas, una maliciosa joven esposa se peleó con su anciana suegra. La chica le levantó la voz y la insultó. Asombrada, la suegra informó de ello a su hijo y el ingrato se puso de lado de su esposa. La madre se quedó tan lívida y desazonada que decidió suicidarse para que los remordimientos cayeran sobre su hijo. Fue al jardín, arrancó una fruta del Árbol del Veneno y se transformó al instante en una joven belleza.

—¿Qué milagro es este? —preguntó la preciosa chica.

El rey presenció la transformación desde la ventana de su cuarto.

—¿Hasta dónde llega mi culpa? —se dijo—. Maté a un amigo fiel.

Con voz débil llamó a sus criados.

—Traedme una fruta —susurró. Pero la traicionera muerte le sobrevino antes de que estos tuvieran tiempo de cumplir su orden.

Las fotos de la boda de tío Wayih muestran a una joven tía Samia algo desazonada. No aprobaba especialmente la boda de su hermano con la tía Wasila. Llevaba un vestido ridículo e iba mal maquillada; el cabello le caía largo y liso hasta los hombros. En la boda del tío Halim se la veía mayor y bastante satisfecha. En la de mis padres tenía un aspecto miserable, consecuencia de la soltería libanesa. Un día el abuelo pareció despertar del estupor y percatarse de que su hija de treinta y ocho años seguía soltera. Mi padre negaba la veracidad de esta versión de la historia. Decía que el tema de la falta de pretendientes de mi tía se había abordado a todas horas en el seno de la familia. Mi abuela debió de comentárselo a su marido en más de una ocasión, pero decía que nunca le había hecho caso: andaba demasiado ocupado hasta que, un día, la venda por fin se le cayó de los ojos.

—Si ningún hombre ha llamado a nuestra puerta —dijo a mi abuela—, tendremos que encontrar a uno.

Desde ese momento de epifanía, el abuelo dividió a los hombres en dos categorías: posibles yernos y no posibles yernos. Pero para el primer grupo apenas halló a un solo hombre.

El tío Akram era otro músico contratado por el bey, un percusionista para ser exactos. Tocaba el *derbakeh* libanés y lo hacía bien. Pero no era su talento con el tambor lo que le había conseguido el empleo con el bey. Al fin y al cabo, los percusionistas eran como setas en el monte. El auténtico talento del tío Akram radicaba en su narcolepsia, que el bey encontraba cómica. Sonaba el *takht* —un oúd, un violín, quizá un tocadiscos, y el *derbakeh*—, alguien cantaba y en mitad de la canción, el tambor se detenía. Al tío Akram se le caía la cabeza y se sumergía en el mar de los sueños. La banda dejaba de tocar o seguía sin él, en función del humor del bey o de su estado de sobriedad. Pero pararan o no, cuando el tío Akram volvía en sí se enganchaba de nuevo a la melodía en la misma nota que había tocado antes de dormirse. Eso nunca dejaba de despertar una corriente de hilaridad en el bey. El tío Akram nunca se figuró que era objeto de chanza y el bey prohibió que nadie se lo contara.

Mi abuelo abordó al tío Akram y le pidió que se casara con la tía Samia, que era mucho mayor que él. El abuelo endulzó la oferta con la promesa de hablar con su hijo Farid de un posible empleo, ya que por aquel entonces mi padre acababa de abrir el concesionario de coches. El abuelo insinuó que el tambor no era una profesión en la que pudiera confiarse para el futuro.

La abuela no creía que el tío Akram fuera un buen partido para su hija. Tampoco lo pensaba esta ni sus hermanos. Y sin embargo todos se mostraron de acuerdo en que el tío Akram era un hombre decente.

Cuando yo nací, el tío Akram llevaba años trabajando en el concesionario y la tía Samia no se parecía en nada a las austeras, prácticas y hacendosas amas de casa que yo asociaba con la gente de las montañas. Ninguna de mis tías lo era. Siempre me pregunté cuándo se produjo la transformación. ¿Cuándo perdieron mis tías la piel reseca de las campesinas y la cambiaron por una reluciente piel de ciudad, aun conservando cierta aspereza en los resquicios? Ninguna de ellas había completado la secundaria, y no leían libros, así que deduje que el dinero o el lugar de residencia habían sido los catalizadores de la metamorfosis, pero a veces me preguntaba si no era solo fruto de sus propias y singulares personalidades.

En 1985 mi padre fue trasladado de urgencia a Londres para someterse a un triple bypass. Mi madre y mi hermana fueron con él, por supuesto, y yo volé hasta allí desde Los Ángeles, donde vivía. Mi madre alquiló un apartamento en South Street, cerca de Park Lane. Convencida de que ninguna de las mujeres de mi padre cuidaría de él —ni mucho menos yo—, la tía Samia insistió en venir para ocuparse de todos nosotros.

—¿Qué hará Layla sin doncellas? No sabe cocinar, no sabe limpiar. No distingue una sartén de una olla. Y su hija es aún peor. ¿Cómo piensa cuidar de mi hermano? ¿Llevándole la contabilidad?

No entendía más idioma que el libanés y se había olvidado de las escasas canciones y palabras en inglés que había aprendido en el colegio. Era su primer viaje fuera de los confines del mundo árabe. Sin embargo, a su llegada a Londres lo único que me pidió fue que le escribiera la dirección del apartamento en un pedazo de papel para poder mostrárselo al taxista.

En esa época la tía Samia era una mujer robusta, fuerte y rolliza de sesenta y cinco años. Durante las primeras cuarenta y ocho horas, mientras preparaban a mi padre para la operación, ella se dedicó a aprovisionar la despensa. Encontró un supermercado y ella solita compró todo lo que nos haría falta.

—Había una carnicería en medio del mercado —dijo, mientras ponía al tanto a mi padre de su expedición de compras—, pero todo estaba empaquetado. No podía comprar carne de plástico. Silbé para llamar la atención del carnicero, pero no sabía cómo se decía cordero, así que me puse a balar. «Be, be», y me entendió. Levanté un dedo y dije: «Kilo». Entonces cortó un pedazo de carne y lo envolvió, como si yo fuera un perro dispuesto a masticarlo. Le dije que no, e hice gestos con ambas manos para indicarle que lo quería cortado a pequeños trozos. Me preguntó: «¿Cortado?», y me enseñó el cuchillo. Le sonreí y se puso a cortar el kilo de carne en trozos más pequeños, pero no entendió que eran para cocinar. Así que le llamo y le digo: «Corta, corta, corta, corta, corta, corta, corta, corta», y al fin se enteró y conseguí que lo cortara como es debido. Aquí no entienden nada de cocina.

Cuando mi padre entró en el quirófano, mi madre me pidió que me llevara a mi tía a comer ya que la operación iba a durar al menos cuatro horas. Regresamos tres horas después. Desde la ventanilla del taxi vi a mi madre llorando detrás de las puertas de vidrio del hospital: se tapaba la cara con las manos, le temblaba el cuerpo. Mi hermana la abrazaba. El corazón se me cayó hasta los testículos. La tía Samia se apeó del taxi antes de que este parara: grasa y músculos flácidos en zapatos de tacón.

—Hermano —gritaba—. Te han matado, hermano mío.

Salí corriendo del taxi detrás de ella. Mi madre, con la cara aún empapada de lágrimas, intentaba serenar a mi tía, que estaba sentada en el suelo del vestíbulo del hospital, deshecha.

—Se pondrá bien, Samia —decía mi madre—. Lloro de alivio, no de pena. La operación ha sido un éxito. Los médicos acaban de salir. Podremos entrar a verle en una hora.

Tuvo que pasar un momento para que la tía Samia asimilara la información y cambiara la expresión de su cara por otra de furia descontrolada.

—Me has asustado —farfulló—. Me has quitado diez años de vida.

Mi madre retrocedió como si la hubieran abofeteado. Era raro verla desorientada. Lina se puso entre ellas y miró a mi tía con ojos gélidos. La tía Samia parecía afectada.

—Lo siento —dijo, inclinando la cabeza para mirar a mi madre a la cara, con mi hermana en medio—. Perdóname. Perdóname, por favor. No debería haber dicho eso.

Intentó incorporarse sin que Lina la ayudara. Mi madre la cogió del codo con amabilidad.

—Ha sido imperdonable. —La tía Samia rompió a llorar—. Tenía tanto miedo.

La convalecencia de mi padre en Londres duró dos semanas. Mi tía cocinaba y se ocupaba de la casa. Mi padre se sentía culpable al verla trabajar tanto y me pidió que la llevara al casino de Playboy, con su carnet de socio. Como a la mayoría de los libaneses, a mi tía le encanta jugar y sus ojos centellearon al enterarse de la noticia. Mi padre creyó que yo podría hacerme pasar por él sin problemas, ya que nadie pedía nunca identificación alguna. Se equivocó. Entregué la tarjeta al recepcionista y este me preguntó si yo era Farid al-Jarrat. Al darse cuenta de que algo pasaba, mi tía embistió las puertas como si fuera una tanqueta y entró en el casino. Cuando por fin me dejaron entrar, después de explicarles quién era, la encontré sentada en la mesa de blackjack con un gin tonic en las manos y haciendo señas al encargado de mesa para que le diera cartas.

—Y así —empezó Jacob—, cuando el loro hubo terminado la historia, se había hecho tarde y la dama no pudo acudir a su cita con el príncipe.

Fátima sintió una contracción y oyó el grito de la esposa del emir en la habitación contigua. Levantó la mano e interrumpió el cuento. Una criada entró en el cuarto, nerviosa.

—El emir desea informaros de que su esposa está de parto —le dijo. Se paró, maravillada al ver a las cacatúas de colores en la estancia.

—Ya es la hora —dijo el loro Ismael.

—Espera —dijo Fátima—. Espera. Aún hay tiempo. Cuéntame cómo acaba la historia.

—El señor vuelve —anunció el loro Isaac.

—Sí, sí, ya lo sé —dijo Fátima—. La historia. La historia.

—Yo quería contar el cuento del derviche y las tres monedas —dijo el loro Job—. Es el más exquisito.

—Si por mí fuera —dijo el loro Noé—, yo te habría contado mi favorito: Aladino y la lámpara. Es el más sublime.

—Yo te habría contado la historia de cómo Abraham entró en el maldito Egipto y cómo ocultó a su hermosa Sara en un baúl.

—Dejaos de cuentos —dijo el loro Elías—. Ya llega el señor.

—No —insistió Fátima—. Tengo tiempo. Terminad.

—El loro cuenta noventa cuentos —dijo Ismael.

—Uno más —añadió Isaac—, uno menos. Y al final el mercader vuelve a casa. Advierte que la urraca no está y pregunta al loro qué ha pasado. El loro le pone al tanto de lo del príncipe, su esposa y los cuentos.

—El mercader, en un ataque de furia —dijo Jacob—, degüella a su esposa por sus engaños, y le retuerce el pescuezo al loro por haber sido testigo de su desgracia.

—Uf —exclamó Fátima.

—Observad la maravilla —dijo el loro Job.

—Maravillaos del milagro —dijo el loro Elías.

—Llega el señor —dijo el loro Isaac.

—Temblad —dijo el loro Ismael.

—¡Ayyy! —gritó Fátima.

Libro tercero

Y en cuanto a los poetas, seguid a aquellos que van a la deriva.

Corán

Si no puedes subirte al mismo árbol al que se subió tu padre, al menos apoya las manos en su tronco.

AHMADOU KOUROUMA, *Esperando el voto de las fieras*

Una vida a la que los dioses no están invitados no merece la pena ser vivida.

ROBERTO CALASSO, *Las bodas de Cadmo y Harmonía*

10

La portada de *The Los Angeles Times* informaba de la muerte de Elvis. Debajo del gran titular, NUEVAS INUNDACIONES ASUELAN EL DESIERTO, aparecía otro más pequeño: ELVIS PRESLEY MUERE A LOS 42 AÑOS; LA LEYENDA DEL ROCK 'N' ROLL. Yo leía el periódico del hombre situado delante de mí en la cola de la aduana del aeropuerto de Los Ángeles. La fila avanzaba con rapidez, ya que los agentes de la aduana se limitaban a echar un vistazo de compromiso a los pasaportes y a dejar pasar a todo el mundo. Cuando me llegó el turno, el encargado ni siquiera miró el pasaporte: me redirigió a otros dos agentes, un hombre y una mujer, que se hallaban detrás de una reluciente mesa metálica. El hombre, un tipo pelirrojo y con bigote que guardaba un inconfundible parecido con Porky, me pidió que dejara las maletas en la mesa. La mujer, más obesa que su compañero, señaló mi equipaje de mano. Sonreí, con cuidado de no enseñar los dientes. Mis dos dientes delanteros no encajaban. Porky empezó a registrar mis pertenencias, olisqueándolo todo. Estuve a punto de hacerme el gracioso y decirle que no había comida allí, pero me dije que lo más probable sería que no lo encontrara divertido.

—¿Cuál es el propósito de su visita? —preguntó la agente.

—Estoy de vacaciones. Es la primera vez que viajo a América. —Me anticipé a la siguiente pregunta y la respondí—. Mi estancia durará diez días. —Odiaba mentir.

Porky revolvía todo lo que mi madre había colocado con esmero. Se acercó otro agente de aduanas gordo, acompañado de un pastor alemán.

El perro empezó a olerme. Me recordaba a Tulipán, que había muerto hacía poco de un infarto. Me agaché para acariciarlo.

—No toque al perro —ordenó Porky desde detrás de la mesa—. Coloque sus maletas en el carrito y sígame, por favor.

Mi párpado izquierdo temblaba esporádicamente. Lo tapé con discreción con la mano izquierda y seguí a Porky hasta un despacho pequeño, sin ventanas, en el que solo había una mesa metálica y una silla de madera. El agente de aduanas del perro vino con nosotros. El pastor alemán husmeaba las maletas.

—No tengo nada que declarar —dije, nervioso, mientras Porky cerraba la puerta—. Lo juro.

Me apoyé en un pie y luego en el otro. Tenía la espalda húmeda de sudor. Los desconchones de la pintura blanca de la pared dejaban visibles trozos de cemento gris.

—Por favor, vacíe los bolsillos y déjelo todo sobre la mesa —dijo Porky con voz seca. En sus frases abundaba el «por favor», pero el tono no era amable en absoluto. Me temblaban las manos. Saqué un paquete de cigarrillos, un encendedor, la cartera, las llaves del apartamento de Beirut, dos púas de guitarra y unos chicles. El pastor alemán me olisqueó la bragueta. Su propietario se mantenía detrás, con los labios apretados.

—Quítese la chaqueta, por favor —dijo Porky, pillándome por sorpresa. Le di la chaqueta de cuero marrón. La retorció y la acercó al morro del perro—. Y los zapatos también, por favor.

—Son botas —dije—, no zapatos.

La precisión era importante. Eran unas botas de cowboy que me había comprado a propósito para este viaje. Hechas a mano nada menos. Hechas a mano en Texas, rezaba la etiqueta. Las había comprado a un vendedor ambulante de Beirut por setenta y cinco dólares. Eran de color marrón y tenían una serpiente cosida con hilo azul. No quería usar los mismos zapatos viejos en mi nueva vida en América.

—Por favor, quítese la camisa. —El sudor me resbalaba por el pecho. Deseé ser más grande, poseer un pectoral más impresionante—. Y los pantalones. —Porky y su compatriota registraron los tejanos: dieron la vuelta a los bolsillos delanteros, palparon los traseros, metieron el dedo en el bolsillito lateral para las monedas. El perro los husmeó—. Por favor, dé media vuelta y póngase de cara a la pared. —Apoyé las manos en la pared y me abrí de piernas, como si estuviera en un capítulo de *Starsky y Hutch*—. No, eso no hace falta. Limítese a bajarse los calzoncillos. —De repente Porky había adoptado un tono más amable. En su voz se advertía un deje de vergüenza—. ¿Podría separar las nalgas, por favor?

Tardé un instante en entender qué quería decir. Me lo imaginé, pero no estaba muy seguro de lo que significaba la palabra nalgas. Sentí su aliento en el ano.

—Gracias —dijo Porky, ahora en tono vacilante—. Ya puede vestirse.

Al salir del aeropuerto tomé un taxi. El crepúsculo daba un matiz uniforme al cielo parcialmente nublado. Soplaba un aire denso, cargado de partículas. Respiré hondo varias veces mientras el taxista metía el equipaje en el maletero. Su mano izquierda era más oscura que la derecha y tenía la parte superior de las orejas quemada por el sol. Me llevó por la primera autopista que pisé en América, la 405. Advertí que la calzada estaba húmeda.

Salimos por Wiltshire Boulevard y nos metimos en un atasco. El taxista soltó un improperio. Miré hacia el coche que llevábamos al lado, un Alfa Romeo Spider negro con la capota bajada. El conductor, vestido con una camisa de colores y unas gafas de sol Porsche, cantaba en voz alta la canción «Oh! Darling» de los Beatles, siguiendo el ritmo con movimientos de cabeza y tamborileando con los dedos sobre el volante. «Please believe me», canté yo también. En ese instante lamenté no haber traído la guitarra.

Yo no era un campesino de las montañas. No era la primera vez que veía un hotel. Había estado en el Plaza Athénée de París y en el Dorchester de Londres, pero ninguno de los dos me había preparado para la suntuosa extravagancia que se respiraba en el Beverly Wiltshire. El recepcionista, un chico más o menos de mi edad, se hallaba detrás del mostrador: su cabello tenía el color de la arena del desierto, sus ojos azules despedían un destello acogedor y su sonrisa mostraba unos dientes perfectos.

—Soy Osama al-Jarrat —dije—. Mi padre ya está aquí.

—Ah, le estábamos esperando señor al-Jarrat. —Su voz era dulce y expresaba seguridad—. Su padre nos encargó que le dijéramos que el grupo volvería sobre las nueve.

El «grupo» estaba formado por mi padre y el tío Yihad, a quienes les había dado por probar suerte en los casinos de Las Vegas. Habían decidido que me reuniera con ellos en Los Ángeles, donde podría buscar una universidad en la que estudiar. Beirut se volvía más agobiante. La guerra civil, que según todo el mundo debía durar solo un par de meses, se había prolongado durante casi dos años y no se le adivinaba un final próximo.

El recepcionista me dio las llaves.

—¿No quiere ver mi pasaporte? —pregunté.

—No. Confío en usted. —Su sonrisa se hizo más amplia—. Si al final resulta que no es el señor al-Jarrat, me habré metido en un buen lío.

Llevaba traje oscuro y camisa blanca, pero la corbata era amarillo limón, con diminutos Patos Lucas corriendo por ella.

Le devolví la sonrisa.

—Soy quien le he dicho que soy.

—La suite dispone de dos plantas —dijo el botones al abrir la puerta. Entré delante de él, poniendo todo mi empeño en disimular lo abrumado que estaba—. En esta planta hay dos habitaciones y el dormitorio doble está en la de abajo.

Llevó las maletas hasta una de las habitaciones. Me quedé junto a la baranda y contemplé el salón del piso inferior. Una lámpara de lágrima de forma esférica colgaba del techo catedralicio hasta el piso inferior. Las cortinas, pesadas como telones de teatro, cubrían ventanas de dos pisos de alto y eran del mismo color y estampado que el papel de la pared: dorado y salpicado de estilizados pavos reales de cachemira azul grisáceo. La moqueta, que iba de pared a pared, era gruesa y de color verde aguacate. Lo estaba interiorizando todo cuando advertí que el botones seguía apostado a mi espalda.

—Oh, lo siento —dije mientras sacaba la cartera. El billete más pequeño que tenía era de cinco dólares. Me dio las gracias y se marchó. Un punto en contra del hotel. En el Plaza Athénée de París los botones y camareros cumplían con su cometido y se marchaban antes de que tuvieras tiempo de darles propina, lo que denotaba mucha más clase. Entré en la primera habitación: la misma moqueta aguacate y empapelado de color rosa oscuro con un gran estampado floral a conjunto con la colcha y las cortinas. El botones había dejado mi equipaje en esta habitación. El baño era de color amarillo y crema, con dos puertas que se abrían respectivamente hacia cada uno de los dos cuartos del piso superior. Crucé el cuarto de baño y pasé a la segunda habitación; creía que sería la de mi padre, pero en la mesita vi un Patek Phillippe, no uno de los relojes Baume et Mercier que él solía llevar. La colonia era Paco Rabanne, botella negra, lo que indicaba sin duda que allí dormía el tío Yihad: el aroma era demasiado intenso para los gustos de mi padre. Bajé las escaleras y me dirigí al salón y al dormitorio doble. Me senté en la cama, acaricié la almohada y apoyé la cabeza. En general me encantaba aspirar el aroma que mis padres dejaban en la cama, pero en esta percibí algo peculiar. Me incorporé, miré a mi alrededor y vi uno de los relojes de mi padre.

Salí al balcón de mi habitación con el periódico y me fumé un cigarrillo, seguro de que mi padre nunca me pillaría allí fuera. Contemplé Beverly Hills y América, el desfile de coches que recorrían el interminable bulevar. Anochecía. Las nubes del cielo se habían vuelto más ominosas, amoratadas. Me emocionaba la perspectiva de presenciar una tormenta de verano. Un rótulo de neón del edificio de enfrente marcaba setenta y tres grados con cifras de un rojo brillante. En Celsius veinticinco y algo, pensé.

Una vez más deseé haber traído la guitarra, pero no podía arriesgarme a que los agentes de inmigración sospecharan que mi estancia era algo más que una breve visita turística. En cualquier caso esperaba comprar una mejor en la nueva vida que emprendería en América. *The Los Angeles Times* anunciaba más lluvias para el jueves y temperaturas alrededor de los ochenta y cinco grados. Había publicidad de camisas de ejecutivos de *chambray* con un toque de clase. ¿Por qué solo un toque? El secuestrador de un autobús había liberado a los setenta rehenes que mantenía retenidos en un área de servicio Bahaai, no muy lejos de Los Ángeles. Sentí el aire húmedo de una noche cálida, sofocante. Apagué el cigarrillo en el cenicero.

El fluorescente de la habitación del hospital emitía un zumbido molesto. Me había inmunizado contra él en el primer cuarto que ocupó mi padre, pero en esta segunda habitación llena de monitores, a la que Chapuzas le había trasladado a insistencia de mi hermana, el runrún se me hacía insoportable. Apagué la luz del techo y encendí la de la lamparita de pantalla plateada que había traído mi hermana. Me senté en la cama al lado de mi padre, le observé. Me obligué a mirarlo, a verlo como era. La imagen de una versión más joven de él mismo seguía impresa sobre su semblante. Tampoco estaba muy seguro de que esa versión fuera precisa. Mi padre solía comentar que se parecía a Robert Mitchum en el pelo, la nariz, la boca. «Soy su hermano», nos decía. En realidad no guardaba el menor parecido con el actor —ni en el pelo, ni en la nariz, ni en la boca—, pero no había quien le sacara esa idea de la cabeza.

Ahora tenía la piel floja y agrietada. La nariz no temblaba, las fosas nasales habían perdido movimiento: otro órgano ineficaz para añadir a la colección. Los párpados caídos, inmóviles; el cabello completamente blanco, incluso el de las cejas. Casi no tenía labios. Lo besé en la frente.

Qué negro tenías el pelo.

Debía alimentar sus oídos hambrientos, pero en su lugar rompí a llorar, sin el menor decoro y sin el menor ruido.

La culpa, aquel pequeño demonio, roedor y debilitador, ladrón de voz.

Desperté con un doloroso calambre en el hombro al oír entrar a Lina en la habitación.

—Deberías haber usado una manta y una almohada.

Brillaba una luz difusa, como si contemplaras el mundo a través de lentes de contacto empañadas. Lina se acercó hasta mi padre. Llevaba el pelo aplastado, no se había peinado al levantarse. La extraña luz temprana le confería un aire desamparado.

—¿Cómo está?

Se muere, quise decir. Parecía estar bien hace dos días, ¿o quizá tres? No había querido dormirme. Habría querido pasar la noche a su lado, ser accesible. Habría querido fascinarlo. Me hubiera gustado tanto.

Oí girar la llave en la planta de abajo, y tras asegurarme de cerrar las puertas del balcón descendí por la escalera de caracol para saludar a mi padre. El tío Yihad preparaba unas copas en el mueble bar.

—Osama —dijo él en voz alta. Le chispeaban los ojos y sus labios esbozaron una sonrisa deliciosa. Vertió agua en el whisky y consiguió beber un sorbo antes de que llegara hasta él. Me puse de puntillas para darle un beso en la mejilla. No es que fuera muy alto, pero con mi metro sesenta de estatura tenía que ponerme de puntillas para besar a casi todo el mundo. Arrugas de alegría surcaron su rollizo semblante. El traje azul le sentaba bien: la chaqueta desabrochada mostraba su gran barriga, como si se hubiera tragado una pelota de baloncesto. Oí a mi padre moverse por su habitación—. ¿Quieres beber algo? —preguntó el tío Yihad.

—Una Coca-Cola —dije mientras iba hacia el cuarto de mi padre.

Había una joven rubia de pie frente al espejo, pintándose los carnosos labios de un intenso color granate. Sonrió y guardó el pintalabios en el bolso, que estaba encima de la cómoda.

—Hola —dijo ella, al mismo tiempo que me tendía la mano—. Soy Melanie.

Mi padre salió del cuarto de baño, ocupado en subirse la cremallera del pantalón.

Noté la mano del tío Yihad sobre mi hombro.

—Tu Coca-Cola —me dijo.

—Elvis ha muerto —anunció mi padre en árabe. Se sentó en el enorme sofá con el whisky en la mano. En cuanto al pelo era lo opuesto de su hermano: su cabeza poseía una densa mata de pelo negro y rizado en la que podía perderse una moneda. Como concesión a Melanie, la extraña del grupo, se había puesto unas bermudas de color marrón y un polo Lacoste verde; de no haber sido por ella habría ido en calzoncillos y camiseta.

Miré de soslayo a Melanie y titubeé antes de responder, también en árabe:

—Ya lo sé. Lo he leído en el periódico.

Ni siquiera el atuendo occidental conseguía darle a mi padre un aspecto americano: era demasiado bajo, demasiado rechoncho. Cuando yo era pequeño, mi padre siempre quería que viera con él los combates de lucha libre que echaban por televisión. Antes de que empezara el combate mi padre elegía a un luchador al que apoyar y a mí me tocaba el otro. Nunca me dejaba escoger primero, ni elegir al mismo que él. Su hombre siempre ganaba.

—Elige al hombre que tiene cara de persona decente —decía él—. Los hombres decentes nunca pierden.

Como a mí siempre me tocaba el perdedor me entretenía comparando a mi padre, en calzoncillos y camiseta, con los luchadores de leotardos ceñidos. Mi padre tenía las pantorrillas flácidas de un hombre sedentario.

—Creí que estarías más disgustado —dijo él—. La muerte del rock and roll y todo ese rollo.

—No estoy disgustado. —Alcé la voz—. Me da igual que Elvis haya muerto. No me gustaba. Era viejo, gordo y estúpido. Ya era hora de que muriera.

Mi padre soltó un bufido.

—Mañana tenemos una reunión con el decano de ingeniería de la UCLA. —Seguía hablando en árabe, sin hacerle el menor caso a Melanie, que estaba sentada al otro lado de la estancia—. Dice que la matrícula para este otoño ya está cerrada, pero se quedó muy impresionado por tus notas y tu juventud.

Melanie leía la revista *Time* mientras se pellizcaba los labios.

—No es un juego de niños —dijo mi padre—. Esa entrevista decidirá tu futuro. ¿Lo entiendes?

—Sí, sí. Estoy listo.

—La reunión es mañana a las tres de la tarde —dijo él. Cogió el periódico y se parapetó detrás de las páginas, señal inequívoca de que la conversación había terminado.

Melanie seguía tranquilamente sentada en una silla. Parecía joven, no tendría más de veintitrés años, pero sus maneras denotaban cierto aplomo. Era como una versión más mona de Nancy Sinatra, con pechos tan grandes que parecían a punto de reventar el escote de su ajustado vestido negro. El cabello rubio teñido le caía hasta los hombros. Se había depilado las cejas. Me dieron ganas de observarlas de cerca para ver si se las había afeitado y vuelto a pintar con lápiz marrón. Tenía la nariz respingona y la barbilla pequeña. Lo más destacable de su cara era el maquillaje. El pintalabios, aplicado sin medida, era demasiado oscuro para esa piel. El lápiz de ojos parecía cubrirle los párpados y la sombra de ojos era de tres tonos: malva, violeta y azul claro. Era lo contrario de mi madre, que se maquillaba con sensatez. Sabía que Melanie me estaba examinando tanto como yo a ella, pero en su caso lo hacía de forma más sutil.

El tío Yihad repostaba junto al mueble bar. Seguía vestido con el traje, aunque con el nudo de la corbata aflojado.

—¿Por qué ingeniería? —preguntó—. Hace un mes me dijiste que querías estudiar matemáticas.

Miré las muescas y protuberancias de su calva. El sudor se acumulaba en ellas, formando charquitos. Cada pocos minutos se pasaba el pañuelo por la cabeza, lo que servía para mitigar el brillo durante solo un momento. Siempre que iban a jugar, mi padre besaba la cabeza del tío Yihad para que el gesto le trajera suerte.

—Me gustan las mates, tío. Se me dan bien. La ingeniería no es más que matemáticas aplicadas.

—¿Estás seguro de que eso es lo que quieres?

—Claro que lo está —le interrumpió mi padre desde detrás del periódico—. No puede ganarse la vida con una licenciatura en matemáticas.

Era casi la una de la madrugada, las once de la mañana en Beirut, lo que significaba que yo llevaba más de treinta y seis horas en pie, pero aún no estaba listo para acostarme. Me repantigué en la silla con el cerebro funcionando a toda máquina.

—Llueve a cántaros —dije en inglés con la esperanza de incorporar a Melanie a la conversación.

—No para de llover —comentó el tío Yihad.

—No es normal —dijo Melanie. Tenía una voz suave, melódica—. No en esta época. Los desiertos de California están sufriendo inundaciones. Ha llovido incluso en Las Vegas.

—¿Fue allí donde os conocisteis? —pregunté.

Acostado en la gran cama, con la luz apagada, me puse a pensar. Mi padre se había metido en su cuarto, con ella, y había cerrado la puerta. Hacía una noche húmeda.

La máquina de diálisis extraía la sangre de mi padre con un resoplido y la vomitaba de nuevo. ¿Una escena podía ser un *déjà-vu* si se repetía de verdad? Era un día distinto. Salwa estaba sentada en la cama y cogía de la mano a mi padre.

—Esto no durará mucho —le decía ella—. Solo tres cuartos de hora más.

Mi hermana, sentada en la butaca reclinable, se echó hacia atrás y se tapó los ojos con el antebrazo. El técnico narcoléptico tenía la cabeza apoyada en el pecho. Yo estaba a los pies de la cama, siguiendo la cuenta atrás en números rojos que aparecía en la máquina de diálisis.

Alguien llamó a la puerta. Desde mi ángulo de visión yo era el único que podía atisbar hacia el exterior y mi hermana me indicó con un gesto que echara a quienquiera que fuera. Al otro lado distinguí a una mujer bella de edad indeterminada, vestida con un extravagante abrigo de marta cibelina y tacones de aguja. Usaba un maquillaje denso pero elegante que daba a su rostro una blancura tan pura como la del pastel de *haloumi*. Su cabello, corto y ahuecado, estaba teñido de caoba brillante con mechas rubias trazadas con equidistante precisión. La reconocí después de que esbozara una sonrisa, infantil pero tremendamente picarona. Hacía alrededor de veinte años que no la veía.

—Nisrine —dije en voz baja mientras caminaba hacia ella. Me sorprendí llamándola por su nombre de pila. ¿Cuántos años tendría? Me besó, mejilla con mejilla, tres veces—. No creo que sea buena idea que entres. No le gusta que le vean cuando está enfermo.

Mantuvo la mano en mi mejilla.

—Solo he llamado para asegurarme de que no había médicos.

Entró sin más y se detuvo como si se hubiera topado con una valla eléctrica invisible, como si estuviera cara a cara con la guadaña de la muerte. De sus labios salió un pequeño grito y su rostro se contrajo. La primera lágrima excavó un surco en el maquillaje. Nisrine se llevó la mano al ojo izquierdo y se quitó una lentilla con el dedo; luego hizo lo propio con la otra. Sollozó mientras sostenía las diminutas lentillas en la palma de la mano, como si fueran una ofrenda a los dioses del dolor.

Nisrine y Yamil Sadek se mudaron al tercer piso del inmueble posterior al nuestro en 1967. Al poco tiempo se habían labrado la reputación de ser la pareja más popular del barrio. Ella era guapa, ingeniosa y coqueta, y él era un borracho con gracia. Pocos recordaban que ella fuera madre de tres hijos, ya que en contadas ocasiones se la veía con ellos en público. Eran todavía menos los que podían resistirse al encanto de ese marido deforme y mentiroso compulsivo. El capitán Yamil era el único hombre del barrio al que yo podía permitirme el lujo de mirar por encima del hombro, tanto en sentido figurado como literal. Era más bajito que muchos niños pero sin llegar a ser enano. Su barriga siempre parecía a punto de estallar. Se extendía el poco pelo que tenía en las sienes como si fuera una sábana, hasta lograr cubrirse la calva. Y para colmo no era capitán.

En torno a él circulaban una legión de historias, pero ninguna tan famosa como sus repetidos fracasos a la hora de ser ascendido a piloto. Él se aseguraba de que todos le llamaran capitán Yamil. Era el copiloto más entrado en años de la aerolínea y había suspendido todos los exámenes de capitán, pero nadie lo habría dicho a tenor de sus palabras. Según sus historias, había salvado a vuelos enteros de desastres seguros y los pasajeros le habían dedicado cartas larguísimas en las que detallaban su gratitud. Hablaba del respeto que suscitaba entre los demás capitanes, que le pedían clases de vuelo. Ninguno de sus oyentes le creía, pero todos fingían hacerlo.

Un día vino a almorzar a nuestra casa. Como regalo trajo una botella de whisky escocés metida en una caja amarilla que mostraba imágenes de caballeros prósperos y bien vestidos.

—Este whisky se llama House of Lords —anunció—. Lo fabrican expresamente para la realeza y nobleza británicas. Un miembro del Parlamento británico, que es además el mejor amigo de la reina, me lo dio a probar en mi último viaje a Londres.

Esta fue la única ocasión en que alguien puso en evidencia su mentira en público. Mientras se servía el almuerzo, el tío Yihad se acercó al supermercado Spinney's y regresó en menos de media hora con otra caja amarilla de aquel whisky barato. Tras dejarla sobre la mesa declaró que la propia reina se la había regalado, aunque con una condición.

—La reina me dijo, en su perfecto acento británico por supuesto, que me quería y me consideraba digno de un whisky tan refinado, pero que esta magnífica bebida solo debía servirse al mejor de los hombres, al mayor de los amigos.

Y, después de decir estas palabras, le sirvió un vaso al capitán Yamil.

Sin embargo era la joven esposa del capitán la que se aseguraba de que la pareja fuera invitada a todos y cada uno de los eventos que se celebraban. Era una mujer que amaba la buena vida, brillante, aunque sin pecar de un exceso de cultura o de sofisticación. En el fondo era una suní inculta de Trípoli muy consciente de que, si quería sobrellevar su paródico matrimonio y medrar en la vida, tendría que confiar en su encanto y en su agudo ingenio. Y desde luego medraba. En cualquier reunión los hombres la asediaban como moscas. Ella los divertía, les tomaba el pelo, los camelaba. Contaba los chistes más verdes y los cuentos más obscenos y divertidos. Era la única mujer que podía reducir a nuestro miliciano particular, Elie, a la figura de un adolescente trémulo: la devoraba con los ojos e intentaba con todas sus fuerzas disimular su excitación cada vez que la veía pasar. Ella y el tío Yihad establecieron una alianza basada en la admiración mutua. Se sentaban en un rincón y se burlaban del resto del mundo. Él le preguntó una vez por qué se había casado con aquel marido cuando habría podido encontrar un partido mejor. Ella le contestó que había sido un error atribuible a su juventud: el capitán Yamil se había plantado en la puerta de su casa montado en un coche deportivo; ella se dejó deslumbrar por el uniforme de piloto. Él le habló de volar, de cómo se sentía cuando surcaba los cielos, de la libertad, la gloria, la huida de la vida mundana. Ella soñaba con alfombras mágicas.

Un día el tío Akram cometió el error de insinuar a mi padre y al tío Yihad que se había acostado con Nisrine. En una fiesta nocturna que se daba en el balcón de nuestra casa, mientras Nisrine fumaba de su hookah con delicadeza, mi padre le dijo:

—Nisrine, querida, Akram va diciendo por ahí que se ha acostado contigo.

Ella dio un respingo y casi se ahoga: el humo le salía de la boca como la erupción súbita de un géiser de las montañas. Un destello de gozo puro apareció en los ojos castaños del tío Yihad.

—Eh, Akram —gritó ella desde el otro lado del balcón—. Acércate y entretenme durante un minuto.

Él se apresuró a acudir a su llamada, cual niño que es sacado a la pizarra por su profesora favorita.

—Dime, cielo —susurró ella—. Me he enterado de que vas contando por ahí una historia estupenda, y ya sabes lo mucho que me gustan. —Sonrió, parpadeó varias veces y dio una profunda calada a la hookah. Luego le echó el humo en su ávida cara con la pericia de una mujer fatal—. Me han dicho que has follado conmigo y quiero saber si estuve bien.

Me serví un vaso de zumo de uva frío mientras mi padre leía el periódico matutino. Melanie ya estaba vestida con un traje veraniego de color verde claro. Se hallaba junto a los ventanales.

—Parece que el tiempo se está aclarando —comentó ella—. Al final tendremos un buen día. Tal vez podamos ir a dar una vuelta.

—¿Adónde vais? —pregunté.

—De tiendas —dijo mi padre—. Debería comprarle algo a tu madre.

Mientras mi padre entraba en su habitación para vestirse, yo me senté y telefoneé a mi madre. Se me había olvidado llamarla en cuanto llegué, como le había prometido. Ella tenía ganas de hablar.

—Ya te echo de menos. —Asentí con un gruñido—. ¿Estás seguro de que sabrás cuidarte solo? —Miré a mi alrededor—. ¿Me llamarás una vez por semana? —Vi cómo Melanie encendía un Kool con filtro y se tomaba el café. Usé la palabra «mamá» para que le quedara claro con quién estaba hablando. Melanie dio media vuelta a la silla y se cruzó de piernas—. No me importa la edad que tengas. Siempre serás mi niño. —Una mancha de pintalabios apareció en el filtro. Melanie usó el dedo anular para desprender la ceniza en un gesto dramático—. No sé lo que haré aquí sin ti. —Volutas de humo le salían de los labios. El pintalabios de aquella mañana era de color rosa—. Eres el único hijo de tu madre.

Cuando colgué Melanie me brindó una sonrisa exploratoria.

—¿No eres un poco joven para ir a la universidad?

—Es que soy de lo más listo.

—Ya lo veo. —Su risa incorporaba una mueca muy poco atractiva.

Mi padre quería ir a Rodeo Drive en el Cadillac de alquiler. El tío Yihad prefería caminar, ya que estábamos cerca. El portero propuso que usáramos el coche del hotel, que nos dejó en Giorgio's, a dos manzanas de distancia. Para cualquier transeúnte, los cuatro debíamos formar un grupo variopinto, una especie de batiburrillo familiar.

El vendedor se concentró en mi padre y pasó del resto. Debió de ser por el traje de Brioni. Mi padre expuso lo que quería. El vendedor, un joven atractivo que parecía normal de cintura para abajo pero cuyo torso se inclinaba hacia atrás formando un ángulo casi antinatural, tenía el brazo izquierdo cruzado sobre el pecho mientras con el derecho parecía palpar una sarta de perlas imaginaria. De repente apuntó a mi padre con ambos índices.

—Tengo algo que puede ser perfecto —exclamó, y salió a toda prisa. Le perdimos de vista. Volvió provisto de un montón de telas de colores subyugantes: rojos, verdes musgo, amarillos que iban del limón al ocre. Las dejó en el mostrador y extendió una—. Chales de cachemira. Irresistibles para cualquier mujer —dijo, mientras su mano dibujaba un gran arco y alisaba la tela—. Solo tiene que elegir el color.

—¿Qué opinas? —preguntó mi padre. Yo no estaba seguro de a quién se dirigía la pregunta, si a Melanie o a mí.

Di un paso adelante y palpé la tela imitando el gran arco del vendedor.

—Este es precioso.

—Yo también lo creo —convino Melanie.

Mi padre revolvió el montón y entresacó un chal de un intenso color siena.

—¿Crees que a tu madre le gustará? —Asentí. Él entregó el chal al vendedor. Mi padre siguió mirando, escogió otro verde azulado y lo elevó ante los ojos de Melanie—. Y me llevaré este también —añadió.

Melanie se sonrojó.

—Quiero que sepas algo —dijo mi padre en árabe—. No es una prostituta.

Balbucí algo ininteligible. No sabía qué decir.

—No le pago. —Tenía la mirada puesta en el rincón más alejado de la tienda.

—De acuerdo. —Yo miraba hacia el rincón opuesto.

—Quiere ser cantante. No te sé decir si es buena o no. No comprendo esta música. Canta a todas horas, así que escúchala y dime qué opinas.

Empezaba a lloviznar. El tío Yihad llevaba una botella de colonia y silbaba una tonada libanesa. Escogió un pañuelo amarillo chillón y se lo echó sobre el hombro izquierdo mientras observaba el efecto en el espejo de cuerpo entero. Melanie se dedicaba a examinar un vestido colgado de una percha; sus dedos palpaban la tela.

—¿Por qué no te lo pruebas? —sugirió mi padre.

—Le ama —comenté por encima de los rumores que llenaban la habitación.

Mi hermana se había llevado a Nisrine a la sala de espera. Fátima había vuelto y había reclamado para sí la butaca de mi hermana. Los dígitos rojos de la máquina de diálisis que marcaban la cuenta atrás la hipnotizaban tanto como a mí. Veintidós minutos, trece segundos. Salwa seguía con la mano de mi padre entre las suyas.

—¿A qué te refieres? —preguntó ella.

—Es evidente. Nisrine le ama —contesté—. No se puede fingir una reacción así. Verla me ha partido el corazón.

—Sí —dijo ella—. Durante un tiempo fueron amantes.

—No —le espeté—. No. Solo daba esa impresión porque a ambos les encantaba coquetear.

Mi sobrina se limitó a mirarme; las cejas formaban sendos signos de interrogación en su cara.

—¿Tú cómo puedes saberlo? —proseguí—. Ni siquiera habías nacido. —Me falló la voz—. No puede ser. Él la cortejaba delante de mi madre. Nunca lo habría hecho si hubiera habido algo de verdad entre ellos. Eran amigos.

Fátima alzó los brazos con gesto de resignación y suspiró.

Salwa me miró con los mismos ojos de mi madre: castaños y grandes. Con voz serena afirmó:

—Ella fue una de sus múltiples amantes.

—¿Cómo puedes estar tan segura? —pregunté, en una voz mucho más débil que la suya—. No digo que no te crea, pero te basas en lo que dice Lina.

—Pagó el colegio de su hijo mayor. Lo sabes.

—Por supuesto —dije—. Eran amigos de la familia.

—Ya basta, Osama —saltó Fátima, en un tono lo bastante elevado para despertar al técnico—. Fíate de nuestra palabra. Si quieres que te dicte una lista de todas sus amantes, lo haré. Quizá ya es hora de que charles con tu hermana y comparéis notas.

En el balcón Lina se llenaba los pulmones de humo. Observé las líneas rectas que dibujaban los tejados de los edificios.

—¿Cómo es posible que no sepas que tuvieron un lío? —preguntó Lina.

Ambos contemplábamos el pedazo tranquilo del Mediterráneo que asomaba entre dos edificios.

—Por Dios, Osama. Sabes que se acostaba con otras mujeres. No pudiste estar tan ciego. ¿Por qué crees que ella terminó abandonándolo?

—Lina, por favor, no soy idiota. Él nunca me ocultó su talante mujeriego. Estaba orgulloso de ello. Solo digo que no creo que se acostara con Nisrine. No sé por qué. Con ella no.

Lina se apoyó en la barandilla y dio otra calada.

—¿Por qué con ella no?

—No lo sé —mascullé—. Tal vez porque era amiga de la familia. Tal vez porque mamá la conocía. Tal vez porque todos la conocíamos. No sé.

Estiró el brazo y me atrajo hacia ella. Le quité el cigarrillo de la mano y me fumé la mitad de una ruidosa calada.

—Mala educación —dijo ella.

—Sí, eso es —repliqué con brusquedad—. Habría sido una muestra de mala educación. Ni más ni menos, coño.

Sentí su temblor antes de oírla reír: fue una carcajada sincopada. Tardé unos segundos en unirme a ella. Apagué el cigarrillo con demasiada fuerza y el extremo reluciente cayó a la calle.

—Joder, no puedo creerlo —dije.

—Pues, joder, así fue.

—Pero en algo te equivocas —reflexioné—. Ella no solo le dejó por sus adulterios. Lo sabes. No fue solo eso. —Me agarré con ambas manos a la baranda del balcón y respiré hondo—. Él tenía esa forma de mirar a las mujeres con las que coqueteaba, una cualidad expresiva, casi diría que graciosa. Era como si les pidiera con los ojos que confiaran en él, que le contaran sus historias.

—Sus ojos nunca me invitaron a compartir nada con él —dijo ella.

—Ni a mí tampoco.

Nos sentamos en el comedorcito anaranjado, mi padre, Melanie y yo, a la espera de que el tío Yihad terminara de ducharse. Mi hermana había llamado y, como era habitual, se había dedicado a tomarme el pelo. Me dijo que mi madre me añoraba tanto que había ido a comprarse una hortensia; así ahora ya nadie notaba mi ausencia. Mi padre fumaba, leía el periódico y bebía café. Emitía un gorgoteo con cada sorbo.

—Tenemos que preocuparnos de tu alojamiento —dijo él—. ¿Dónde piensas vivir?

—No sé. En los dormitorios de la residencia de estudiantes quizá.

—Eché un vistazo a mi alrededor—. O quizá me quede aquí. Es lo bastante grande para mí.

—Esto no es nada en comparación con la suite de Las Vegas. Teníamos una piscina en la habitación.

—Es verdad —añadió Melanie.

—¿En una habitación de hotel? ¿Para qué? ¿Os bañasteis?

—No —replicó mi padre—. ¿Por qué iba a bañarme en una piscina?

—No lo sé. Supongo que si hay una en la habitación es para que nades en ella.

—Menuda bobada. —Aplastó el cigarrillo en el cenicero y cogió el periódico.

—Papá, no tienes ni pizca de imaginación.

Melanie tuvo que contener las ganas de reírse.

Mi padre dobló el periódico.

—¿Por qué no salís los dos a bailar esta noche? Iros a una discoteca y divertiros. ¿Cómo se llama ese sitio del que nos hablaste?

—My Place —dijo Melanie—. Es el sitio más *in* del momento.

—¿Quieres que vayamos a bailar? —pregunté, para cerciorarme de haberlo entendido bien.

—Sí, salid y pasadlo bien. No me apetece ir a una discoteca. Mis oídos no lo resistirían. A vosotros os gusta la música, chicos. Salid de fiesta esta noche.

El tío Yihad apareció silbando una polca y siguiendo el ritmo con los pies en las escaleras. Vaciló por un instante con aspecto inquieto y su rostro se quedó lívido. Dio la sensación de que le faltaba el aliento, pero se trató solo de una breve interrupción de la polca, un hipido musical. Bajó las escaleras con paso animado. Mi padre se levantó.

—Vamos, que si no llegaremos tarde a la entrevista.

En la sala de espera mi primo Hafez se inclinó hacia mí y me musitó al oído:

—Debo verlo. En serio. —Sus ojos vidriosos expresaban súplica y me miraban con la misma devoción que si yo fuera un santo y él viviera solo para obtener mi bendición. ¿O era la de mi padre?

—Se lo preguntaré a Lina.

—No, por favor. Sabes que no me lo permitiría. —Dejó caer la mano sobre mi rodilla, como hacía mi padre siempre que reclamaba mi atención—. Te lo pido.

Era como si le viera por primera vez. Hola, soy tu primo Hafez. Nos hemos criado juntos y hemos pasado horas, días, semanas y meses en compañía mutua, pero no tienes ni idea de quién soy. Permíteme que me presente. Se suponía que sería tu gemelo, pero…

Hafez titubeó durante un segundo antes de cruzar conmigo la puerta de la habitación. Mi hermana le sonrió. Señalé el balcón con la cabeza y Lina comprendió. Hizo gestos de necesitar un cigarrillo y se levantó; deslizó en silencio la puerta corredera del balcón y salió al exterior.

Hafez y yo éramos como un estudio de contrastes: yo con zapatillas Nike, tejanos y una camiseta de la UCLA; él con traje y corbata y mocasines italianos. Mi pelo alborotado pedía a gritos un buen corte, el suyo estaba pulcro y engominado. Se parecía más a mi padre de joven de lo que yo me había parecido nunca. Aunque solo nos llevábamos seis semanas, él era un padre de familia con tres hijos adolescentes mientras que yo no era más que un adolescente rebelde. Siempre fue más de la familia que yo.

Se paró a los pies de la cama, el espacio que había sido mío. Parecía al borde del llanto pero aún no se dejaba llevar. Contempló a mi padre como si quisiera decirle algo, o como si esperara que este hiciera las paces con él.

—Creo que su corazón está fatigado —susurró. Respiró hondo. Se mantenía lo más cerca posible sin llegar a tocarlo—. Nunca me imaginé que se nos iría antes que mi madre. Ella ha pasado buena semana, con toda la familia reunida para el Eid al-Adha, pero en cuanto Mona vuelva a Dubai y Munir a Kuwait empezará a empeorar. Ellos…

Se calló. Sus mejillas enrojecieron y cerró los ojos. La única razón por la que su hermano y su hermana no habían vuelto a sus respectivos hogares en el Golfo era que pronto habrían tenido que regresar al Líbano para el funeral de mi padre.

El campus de la UCLA era como una ciudad. Las clases aún no habían empezado, pero el campus ya estaba lleno. Mi padre dio a Melanie un par de cientos de dólares para que se entretuviera en la tienda de estudiantes. El departamento de ingeniería ocupaba un edificio entero. El tamaño de su decano era proporcional al lugar: medía un metro noventa y cinco y era grandullón; del almidonado cuello de su camisa asomaba una doble papada. Se presentó como: «Decano Johnson, pero llamadme Fred».

—Tengo entendido que eres un joven brillante —dijo el decano. Parecía jovial y amable, una persona agradable con una expresión alegre y traviesa en su cara rolliza.

—Los exámenes se me dan bien. —Tenía muy buen ojo para las preguntas de respuesta múltiple.

—¿Ya has pasado los SAT? —Se repantigó en la silla.

—Sí. Todo está en el expediente.

Fue a coger la carpeta y hojeó los papeles.

—¿Obtuviste una puntuación de mil seiscientos? —preguntó, de forma retórica, supuse.

—Tuvimos que llevarle al British Council a que se examinara de GCE —dijo mi padre—. No estábamos seguros de que hubiera bachilleres este año, debido a la guerra.

—Es impresionante —dijo Fred, moviendo la cabeza—. Ojalá hubierais venido a verme un poco antes. La matrícula ya lleva tiempo cerrada. —Seguía observando mis notas—. ¿Te has planteado estudiar en otra universidad? —preguntó, sin apartar los ojos de los papeles—. Espera. No contestes a eso. Deja que haga una llamada.

Se levantó y salió del despacho.

Mi padre, el tío Yihad y yo no cruzamos una sola palabra durante la ausencia del decano, como si cualquier sílaba pudiera desencadenar la maldición del yinni. Pero entonces el tío Yihad se levantó de la silla, fue hacia mi padre e inclinó la cabeza. Oí el chasquido de los labios de mi padre al posarse sobre la calva del tío Yihad. Un beso de buena suerte.

El decano volvió a entrar en el despacho, con manifiesta excitación. Apoyó ambas manos en la mesa y se inclinó hacia mí.

—Quizá pueda hacer algo, pero antes tengo que formularte unas cuantas preguntas. ¿Estás seguro de que la UCLA es la universidad que más te conviene? ¿Has pensado en lo que podemos ofrecerte?

—Sí. Me gusta la escuela. Me gusta Los Ángeles.

—Y tu país anda sumido en una guerra, ¿no?

—Sí —respondí, no muy seguro de adónde quería ir a parar.

—UCLA es ahora tu única oportunidad para proseguir con tu educación, ¿no es así? UCLA te proporcionará un ambiente tranquilo donde puedas sacarte un título y continuar con tu excelente expediente académico. ¿Cierto o no? —Asentí—. Bien. Entonces está hecho. —Se rió con ganas—. Necesito que hagas algo, jovencito. Me gustaría que rellenaras un formulario de matrícula para la universidad. Tiene que ser ahora mismo, para que pueda llevarlo a la oficina de admisiones antes de que cierre. Eso también incluye una redacción. ¿Crees que puedes hacerlo ahora mismo? —Volví a asentir—. Bien. Josephine te acompañará a un despacho vacío y podrás poner manos a la obra. Yo me quedaré con tu padre, hablando de logística.

—¿Podré tomar clases de música? —pregunté. Oí suspirar a mi padre.

El decano me miró perplejo.

—No es habitual que los estudiantes de ingeniería tomen clases de música.

—¿No debería serlo? —pregunté—. En la Edad Media los departamentos de música y matemáticas estaban unificados. No se podía estudiar lo uno sin lo otro. En realidad se complementan. Fue algo que se mantuvo hasta el siglo pasado. La separación de la música y las matemáticas ha sucedido en fecha reciente.

—No te hace ninguna falta estudiar música —intervino mi padre en tono severo—. Ya le has dedicado bastante tiempo. No vamos a seguir discutiéndolo.

—Rellenar el impreso de matrícula puede llevar algún tiempo —explicó el decano a mi padre—. Pueden esperar aquí o podemos buscar un taxi para el chico cuando acabe, lo que más les convenga.

—¿Está seguro de que puede garantizarnos el ingreso? —preguntó mi padre.

—No, seguro no. Pero el decano de admisiones está deseoso de echar un vistazo a su expediente, y eso es buena señal. Lo sabré enseguida. En cualquier caso, aquí está el impreso. —Me pasó varias hojas de papel—. Sal a ver a Josephine; ella te encontrará un espacio tranquilo para que puedas rellenarlo.

Le di las gracias y me dispuse a salir.

—Recuerda —dijo él—: incluye todo lo que hemos hablado en la redacción. Y no menciones esa teoría de la música y las mates, ¿de acuerdo?

Mientras cerraba la puerta oí que mi padre decía en voz baja:

—Solo es un poco inmaduro a veces. No siempre.

Antes de que me condujera al lugar tranquilo, pregunté a Josephine dónde estaba el servicio de caballeros. Entré, eché una meada, me hice una paja y di un par de caladas al cigarrillo. La redacción que escribí versaba sobre mi teoría de la combinación de la música y las matemáticas, e incluí hasta un gráfico temporal.

Acababa de salir de la ducha cuando el tío Yihad abrió la puerta del cuarto de baño desde su habitación. Me tapé con la toalla. Empezaba a odiar la idea de un baño con puertas que daban a dos habitaciones distintas.

—Cualquiera diría que es la primera vez que te veo desnudo —dijo él mientras me anudaba la toalla alrededor de la cintura. Inclinó la botella de colonia y vertió un par de gotas sobre su cabeza.

—También yo te he visto romper botellas de perfume —repliqué. Él se rió.

El tío Yihad solía contar la historia de un loro, la mascota de un mercader de aceites y perfumes. Durante años el loro entretuvo a clientes con cuentos y anécdotas. Una noche un gato persiguió a un ratón hasta el interior de la tienda, lo que asustó al loro. Voló de estante en estante y en su nerviosismo fue rompiendo botellas. Cuando volvió el mercader, propinó al loro un golpe tal que le arrancó de cuajo las plumas de la cabeza. El loro calvo se pasó varios días cariacontecido hasta que una mañana un hombre sin cabello entró en la tienda y el ave gritó alegremente: «¿Qué? ¿Tú también has roto alguna botella de perfume?».

El tío Yihad se lavó las manos, produciendo una gran cantidad de espuma.

—Creo que el decano está muy impresionado. —Se dirigía a mi imagen reflejada en el espejo.

—Sí. Supongo que me admitirán. —Me sequé con una segunda toalla—. Mi padre quiere que lleve a Melanie a bailar.

—Me lo ha comentado. Me parece buena idea. Está convencido de que pasas mucho tiempo estudiando y leyendo. Melanie se divertirá y a ti te sentará bien.

—Es él quien debería llevarla a bailar.

—No es de los que bailan.

Me observó el pecho; es probable que se preguntara por qué aún seguía allí. Fui a mi cuarto y me puse la camiseta de la UCLA que me había regalado Melanie.

—¿Dónde se conocieron? —pregunté.

—En la mesa de bacarrá.

—¿Se ha parado a pensar que es casi de la misma edad que Lina?

—Eh —dijo él, regañándome con el dedo índice alzado—. No quiero que vuelvas a decir algo así. Ni siquiera que lo pienses.

Se plantó ante mí en mi habitación, su cara roja expresaba enfado. Por alguna razón parecía agotado.

Fumadora empedernida, Lina ya había dado cuenta de tres cigarrillos en el balcón. Con un gesto significativo, el de cruzarse la garganta con el dedo índice, me indicó que me librara de Hafez. Tal vez hubiera salido de la habitación, pero en espíritu permanecía dentro.

—He oído que has dado una vuelta por el viejo barrio —dijo Hafez—. Estos días yo también voy de vez en cuando, para no olvidar. Puedo llevarte al piso donde vivíais si te apetece.

—Podría ser interesante.

—¿Por qué no tocas el oúd para él?

Vacilé, sorprendido.

—Hafez, hace unos treinta años que no toco el oúd.

Entonces le llegó el turno de asombrarse.

—¿Por qué? Lo hacías muy bien. ¿Qué pasó?

—Me pasé a la guitarra hace mucho tiempo y luego dejé de tocar. Me aburrí.

—No lo entiendo. —Su voz se elevó por encima del susurro. Se le veía más animado—. Todo el mundo te envidiaba. La familia solía comentar lo bien que tocabas. ¿Cómo puede uno aburrirse de la música? A mí no me habría pasado. —Me sonrió y sus ojos recobraron un poco de brillo—. Supongo que debo irme, quiero ver cómo está mi madre. Llámame si te entran ganas de volver al barrio. —Di con él los cuatro pasos que nos separaban de la puerta—. Yo habría seguido tocando si hubiera tenido tu talento —dijo—. Sí, estoy seguro.

Aquella noche mi hermana y yo estábamos en la habitación del hospital. Ya habían bajado las luces del pabellón. Ella se acurrucó en la butaca y yo me senté en el suelo, con la espalda recostada en la cama. Me rozó con el pie, una, dos veces. Vete a casa. Vete a casa. Le cogí el pie con ambas manos, hice presión con los pulgares sobre el talón.

—Hafez no es el único que se llevó una decepción cuando dejaste de tocar —dijo ella—. Creo que no te he perdonado. Nadie lo ha hecho. Cuando Salwa era niña, solía contarle historias de lo fantástico que eras. Ella nunca ha podido oírte tocar. Intentó aprender oúd, pero no se le daba bien. También debería echarte la culpa de eso.

—Échamela. —Le pellizqué el pie—. Solo toqué de pequeño.

—Y tengo que admitir que la guitarra no despertaba en mí el mismo entusiasmo.

—Pues fuiste tú quien me hizo aprender.

Estiró el brazo para coger la botella de agua de la mesita.

—Puedo contarte una extraña anécdota sobre Hafez. Si quieres, claro.

—Por supuesto. Los cotilleos avivan el fuego de mi alma.

—Ja. Bien, ¿por dónde empiezo? Durante los últimos seis o siete años, Hafez ha estado desapareciendo unas cuantas tardes por semana. Lo sabes, ¿no? Le juró a su mujer que no la engañaba, pero no le quiso contar lo que hacía, ni a ella ni a nadie. Yo sabía que no la engañaba: el gilipollas adúltero es Anwar, no él. Pero nadie sabía en qué andaba metido. En fin, hace unos años, Fátima decidió un día que le apetecía ir al zoco de Trípoli, como si fuera una turista, para mezclarse con la gente normal. Consiguió arrastrarme y allí estábamos, en el mercado dorado, cuando le vimos. Hafez llevaba una guía turística del Líbano en inglés, con la cubierta hacia fuera para que todo el mundo la viera. Intentaba aparentar asombro y fascinación, miraba a su alrededor como si lo estuviera visitando todo por vez primera. Justo cuando iba a llamarle, una mujer se acercó a él y le dijo, en inglés: «Bienvenido al Líbano». Se le iluminó la cara, como si se hubiera tragado el sol, la luna y todas las estrellas. Entonces nos vio y se puso rojo como un tomate maduro. Nos dio una explicación, después de hacernos jurar que le guardaríamos el secreto. Resultó que su pasatiempo favorito era hacerse pasar por turista y pasear por diversos lugares. Solía hacerlo sobre todo en Beirut, pero también visitaba otros enclaves típicos del Líbano. Caminaba por el lugar con una guía en las manos en un intento desesperado de ser visto como alguien distinto.

Retazos de luz recorrían la moqueta de color aguacate. Había dormido mucho. No oí ruido alguno abajo. Descorrí las cortinas: hacía un día magnífico, de luz clara y despiadada. Me puse las bermudas y las gafas de sol, y salí al balcón a fumar el primer cigarrillo de la mañana. Me dejé caer en la silla, regodeándome en el calor del sol, y tarareé «California Dreaming».

—*All the leaves are brown*. —Sentí una ráfaga fría de pánico. Me sobresalté y escondí el cigarrillo detrás de la espalda. Melanie se asomaba por la puerta del balcón: iba en pantalones cortos y llevaba las gafas prendidas del sujetador del bikini; traía una bandeja provista de una cafetera y dos tazas—. Perdona, no quería asustarte, pero pensé que quizá te apetecía un café. Se han ido de compras. —Su sonrisa tenía un regusto áspero—. Puedes sacarte el cigarrillo del culo.

No me quedó más remedio que reírme.

Ella se sentó y sirvió el café para los dos. La parte superior del bikini apenas le cubría los pezones.

—Por cierto, no tenemos que ir a bailar si no te apetece. Podemos irnos al cine y decirles que hemos ido a la disco.

—Lo que pasa es que no soporto esos sitios —dije—. Nunca voy a discotecas.

—Entonces decidido. —Encendió un cigarrillo—. ¿Y qué te gusta hacer? ¿Qué hacías los viernes por la noche en Beirut?

—Ponía bombas, disparaba a transeúntes desde los balcones, esa clase de cosas. —Ella casi se atragantó con el café de tanto reír, y al final soltó aquel bufido raro—. La verdad es que solía quedarme en casa o reunirme con algún amigo. Tocaba la guitarra. Me colocaba.

—¿Te apetece colocarte esta noche? —Me examino con la mirada.

—Desde luego.

—En la ciudad tengo un amigo al que podemos ir a ver. Tiene una colección de discos fantástica y una hierba que te mueres. Pasaremos la noche allí. Es un camello decente. Todos los estudiantes universitarios necesitan uno como él.

Me repantigué en la silla y apuré el café. Miré sus manos, de manicura perfecta. Iba mucho menos maquillada. Admiré su atractivo perfil: el mentón pequeño pero anguloso, la nariz europea, breve y respingona. La de mi madre no podía competir con esa: era fina, aunque larga y curvada como el pico de un pájaro. Mi madre era célebre por su belleza, pero se trataba de un estilo totalmente distinto.

—¿Alguna vez piensas en mi madre? —pregunté.

—No la conozco.

Contemplé el cielo diáfano, de un azul muy distinto al del cielo del Líbano.

Cuando mi padre y el tío Yihad entraron en el salón, Melanie estuvo a punto de fastidiar la sorpresa. Iba de un lado a otro como una niña de tres años que se ha metido un chute de azúcar: era incapaz de borrar la sonrisa de la cara. Llevaba mallas negras y una chaqueta tejana sin mangas que le llegaba a las pantorrillas. Yo estaba sentado en el gran sofá, de cara a la puerta, con el pie derecho cruzado sobre la rodilla izquierda, dándome aires de importancia. Mi padre empezó a adivinar que pasaba algo fuera de lo normal.

—Estáis delante de un alumno de UCLA —anuncié.

La cara de mi padre reveló una expresión de alegría pura. Cruzó la estancia de un salto, me cogió en brazos y me elevó por encima de sus hombros. Grité, incapaz de contener el júbilo. Melanie no paraba de saltar. Estuvo a punto de abrazar el tíoYihad, pero se contuvo en el último momento.

—Estoy muy orgulloso de ti —dijo mi padre desde abajo.

—Pues bájame —dije, sonriente. Lo hizo, pero me abrazó con la fuerza de un oso. Tuve que zafarme de él porque no me dejaba respirar—. Ha llamado el decano Johnson. Me han admitido. Puedo instalarme en la residencia de estudiantes el lunes y las clases empiezan el miércoles.

—¿Has llamado a tu madre?

—Sí, ya se lo he dicho. Tenemos que pagar la matrícula el lunes, papá.

—De acuerdo. Abriremos una cuenta corriente. Y aquí tienes esto. —Me dio una tarjeta American Express expedida a mi nombre—. Es una tarjeta de la empresa. Úsala solo en caso de emergencia. ¿Lo entiendes? Te daré una paga mensual. Quiero que anotes todos los gastos y quiero ver un resumen detallado cada mes. Quiero saber adónde va a parar cada centavo.

Vacilé, pero me dije que no habría mejor ocasión para sacar el tema.

—Quiero comprar una guitarra, papá.

—Ni hablar. Se acabó eso de las guitarras. Ya te lo dije en Beirut. Estás aquí para estudiar. No quiero volver a oír ni una palabra más sobre el tema. Búscate otra afición.

—Pero, papá, se me da muy bien. Tengo que ensayar.

—No protestes, y no hay guitarra.

Mike, el amigo de Melanie, vivía en un estudio de Pico Boulevard, al oeste de Los Ángeles. Mientras recorríamos el pasillo abierto, distinguí el resplandor azulado de las televisiones que centelleaba detrás de las cortinas corridas y oí la risa enlatada típica de las telenovelas. Fonzi regalaba su buen humor desde la pantalla con «Hey». Todos los apartamentos daban a una flamante piscina. Melanie llamó a una puerta que tenía un número siete de bronce pulido. Abrió Mike; iba con un bañador gris, una camiseta azul y chanclas rojas. Era alto y musculoso, con el cabello negro y ondulado, un poblado bigote, largas y densas patillas y unas gafitas amarillas de montura metálica que se apoyaban en una nariz de ave rapaz. Una cicatriz blanca como el mármol le surcaba el cuello.

—Tú debes de ser Osama. —Su voz era dos veces más potente que la mía—. Melanie me ha hablado mucho de ti.

Un cachorro de pelo color canela se abalanzó sobre Melanie en cuanto ella cruzó el umbral. Ella gritó, a punto de tropezar, y abrazó al perro.

—Bobsie —dijo ella en el mismo tono con que se habla a un bebé—, sigues siendo el perrito más mono del mundo, ¿a que sí?

El apartamento tenía moqueta verde aguacate, una versión barata de la del hotel. En una pared lucía un grabado de Patrick Nagel provisto de un elaborado marco. Me senté al lado de Melanie en un sofá Herculon amarillo verdoso. Se inició una charla intrascendente. ¿Me gustaba América? La tierra de los grandes, los altos y las dentaduras perfectas. ¿Tenía muchas ganas de vivir en Los Ángeles? Más que de pasarme todas las noches en los refugios antiaéreos de Beirut.

Melanie abrió una caja de zapatos que había sobre la mesita de mimbre trenzado.

—Huele —dijo mientras me acercaba a la nariz una ramita de marihuana—. Material de primera.

—El olor es genial, pero seguro que no es tan bueno como el hachís. En Líbano esto lo tiramos. El hachís es el polen. —Al volver a sentarme casi derribé una lámpara cromada.

—Pues lo que es yo no tengo la menor intención de tirar esta hierba. —Mike sonreía mientras se dirigía al tocadiscos para poner un disco de Al Di Meola.

Melanie lió un porro usando un artilugio decorado con motivos de barras y estrellas. Lo encendió y me lo pasó.

—Esta mierda es buena.

La primera calada fue directa a mi cabeza. Acaricié al perro, que se subió de un salto al sofá y apoyó la cabeza en mi regazo.

—Le caes bien —comentó Mike.

—Tuve un perro maravilloso. Se llamaba Tulipán y murió de un infarto hace un año.

—Tu padre me dijo que lo había atropellado un coche —dijo Melanie.

—No, no. Tuvo un infarto. Yo me fui a las montañas y Tulipán se quedó con mis padres en Beirut. La guerra estaba en pleno apogeo, y el ruido lo asustó tanto que le dio un ataque. Me supo muy mal no haber estado allí cuando murió. Pero papá se ocupó de todo.

Di otra calada; estaba colocado, pero no lograba relajarme del todo. En el sofá había unas monedas. Mike echó unos nachos en una fuente de vidrio azul: fue la primera vez que probé la comida mexicana.

—¿Vivías en el mismo Beirut? —preguntó Mike entre una calada y otra—. ¿En plena guerra?

—Sí. Incluso me dispararon en un par de ocasiones. Es de locos. No os imagináis cómo es.

Sonrió mientras liaba otro porro.

—Me lo imagino. Di tres vueltas por Vietnam.

No estaba seguro de haberlo oído bien. Ya estaba colocado y me sentía en las nubes.

—¿Dices que te reclutaron tres veces?

Melanie me miraba con una mueca algo repulsiva. Después de pasarme el segundo porro, se levantó y se puso a bailar sensualmente al ritmo de la música.

—No, me reclutaron solo una vez. —Mike se tumbó en la silla, con las piernas abiertas—. Volví un par de veces más. —Parecía tan colocado como yo. Observé sus musculosas piernas.

—¿Por qué hiciste eso? —farfullé.

—Pues no lo sé, la verdad. —Volvió a ponerse las gafas, se las quitó, echó el aliento en los cristales y los limpió con la camiseta. Melanie desapareció detrás de la cortina de cuentas que conducía a la cocina y volvió con una cerveza y una Coca-Cola en cada mano. Me mostró las dos y escogí la Coca-Cola. Mike se quedó con la cerveza—. ¿Quién sabe por qué elegimos lo que elegimos? —dijo él mientras se inclinaba para abrirme la lata de Coca-Cola —. Tal vez porque la vida allí parecía algo más real que lo que había cuando regresabas a este mundo. —Esbozó una sonrisa amable—. ¿Estás bien? ¿Quieres algo?

Sonaba «Tubular Bells», pero yo no me había percatado de cuándo habían cambiado la música. Mike decía algo que sonaba como: «Toca Campamento de Fuerzas Especiales». No tenía muy claro que me gustara la música, a pesar de que la había oído numerosas veces antes. «La batalla de Ia Drang.» La mano izquierda de Mike me daba un masaje en el cuello.

—Beirut también debió de ser terrorífico. —Arrugas minúsculas aparecieron en su frente—. Sexo y muerte, muerte y sexo, o viceversa. —Me puso otro porro en los labios con la mano derecha y le di varias caladas—. Patrioteros rifles automáticos M-60.

Empecé a ver la cabeza de Linda Blair rotando sobre sí misma y no pude reprimir la risa. Intenté disculparme ante Mike, pero no conseguía dejar de reír. ¿Cómo podía haber olvidado mi padre la muerte de Tulipán? Me dijo que lo sostuvo en brazos mientras sufría el infarto. Me pregunté si podría perdonárselo. El grabado de Nagel era feo. Me pregunté si alguien en el mundo tenía un original. Bebí un sorbo de Coca-Cola y me llevé un puñado de nachos a la boca. Uno de los cojines tenía un estampado geométrico que me mareaba. Intentaba discernir si se trataba de un estampado negro sobre un fondo blanco o viceversa. Dejé caer la cabeza hacia atrás, miré hacia el techo de color queso. Levanté la cabeza enseguida.

—He pensado en Hendrix y me he acojonado —dije en voz alta. Estaba solo.

«Tubular Bells» se repetía. En el cuenco de vidrio quedaban unos cuantos nachos. Empujé el cuenco hasta que se cayó de la mesa y se rompió.

Melanie salió del dormitorio. Iba abrochándose la falda y cojeaba con un zapato puesto y el otro en la mano.

—Es medianoche —dijo en tono animado—. Mejor será que no lleguemos muy tarde.

Mike apareció detrás de ella vestido solo con calzoncillos.

Me levanté mientras Melanie se retocaba el pintalabios y se arreglaba el pelo frente al espejo.

—Ha sido un placer conocerte —dijo Mike. Me fui sin contestar.

Melanie condujo el Cadillac hasta el hotel. Bajé el espejo interior y me miré en él.

—¿Estás bien? —preguntó ella.

—Sí —mentí—. ¿Crees que tengo los dientes feos?

—No, no son feos. Si te lo parecen, puedes arreglártelos, pero yo los encuentro monos..., incluso sexy.

—No lo bastante sexy como para que te acuestes conmigo —dije, con la vista puesta al frente. Noté su vacilación—. No te preocupes —añadí—. Tampoco quiero acostarme contigo.

—Ya lo sé —dijo ella, con voz tímida y firme—. No se me había ocurrido que quisieras.

Mi hermana me hablaba en un susurro tranquilo sobre nada en concreto y al poco rato se le apagó la voz. Incluso dormida se la veía tensa, con el aliento entrecortado. Me incorporé despacio del suelo. Mis lumbares y tendones de corva protestaron con un gemido. Rodeé la cama hacia mi padre. Daba la impresión de que su cuerpo fuera sufriendo un proceso de implosión gradual, como si la piel macilenta fuera devorando sus entrañas poco a poco: su cuerpo acabaría desplomado sobre sí mismo en cuanto se hubiera terminado la comida.

Yo tenía la esperanza de que, cuando me llegara la hora, todo sucediera de un modo súbito y rápido, como en el caso del tío Yihad. No como mi padre, y no como mi madre.

Cogí la mano de mi padre y le acaricié el cabello seco, deseando con todas mis fuerzas imaginar un acto reflejo, una señal de que reaccionaba al contacto. Quería creer. Me agaché para darle un beso en la frente y mi camisa rozó el tubo ventilador. Sentí ganas de agarrar una barra de hierro y destrozar la máquina a golpes. La cólera patética de la impotencia.

Seguí rezando para distinguir cualquier signo de movimiento en mi padre. Incliné la cabeza para que quedara en su línea de visión, con la esperanza de que mi rostro conocido y mal iluminado le supusiera algún consuelo.

Una vez, cuando tenía ocho o nueve años, mis padres me llevaron a Londres en lo que era mi primera visita a aquella amenazadora ciudad. Mi madre había querido pasear por Hyde Park. Mi padre, que nunca comprendió por qué la gente seguía caminando décadas después de que se hubiera inventado el automóvil, se ofreció a acompañarnos con la excusa de que no le apetecía quedarse solo en el hotel. Cruzamos las puertas giratorias del vestíbulo y nos vimos azotados por una inmensa ola de transeúntes. Mi madre volvió a entrar en el hotel al instante, pero mi padre se mantuvo allí, fascinado. Me cogió de la mano y observó cómo un mar de piel pálida le rodeaba. Por un momento pareció desorientado, y luego sonrió y dio los buenos días, en libanés, a un hombre con traje que pasaba. El hombre sonrió y le contestó, también en libanés. Inclinó la cabeza hacia delante y la palma de su mano se posó en su corazón en un gesto exagerado. Me saludó con un asentimiento de cabeza y siguió su camino. Aquel rostro libanés, desconocido y a la vez familiar, había amarrado a mi padre. Contento de nuevo, entramos otra vez juntos en el hotel.

El tío Yihad no contestó cuando llamé a la puerta del cuarto de baño. Di la vuelta para ir hacia su habitación, aún aturdido y recién levantado. No estaba allí. Golpeé su puerta del baño y luego probé a abrirla. No estaba cerrada con pestillo. El tío Yihad estaba sentado en el inodoro, con los pantalones del pijama en los tobillos, la cabeza gacha y los ojos fijos en un punto de la moqueta. El baño olía a mierda. Reprimí las ganas de gritar. Corrí hacia él, y le sacudí por el hombro. Su piel estaba fría al tacto. Retrocedí. Me agaché para verle la cara. Sus ojos estaban inertes. Le busqué el pulso en la muñeca. No había. Rompí a llorar en silencio. Temblando, salí del cuarto de baño hacia el pasillo anaranjado y me agarré a la baranda metálica para sostenerme en pie. Mi padre estaba sentado abajo, tomando café y leyendo el periódico. Tenía enfrente a Melanie, ya vestida y maquillada.

—Papá —dije con voz distorsionada—. El tío Yihad está muerto en el cuarto de baño.

Levantó la vista con aire de incredulidad. Vi cómo se le alteraba el semblante poco a poco; sus ojos se volvieron más blancos, se le desencajó la mandíbula. Subió corriendo las escaleras seguido de Melanie. Los dejé pasar. Oí sollozar a mi padre. Nunca lo había visto llorar, nunca lo había visto tan destrozado. Se arrodilló en el suelo y meció al tío Yihad en sus brazos. Yo no entendía ni una palabra de lo que decía mi padre. Me quedé en la puerta, en estado de shock. Mi padre no paraba. Lloraba, y el sonido reverberaba en el cuarto de baño. Entre sollozos, mi padre besó la calva del tío Yihad. Melanie, con las mejillas llenas de lágrimas, intentaba en vano calmarlo. Yo ya no reconocía al hombre que tenía delante. Llamé a mi madre.

—Escucha —dijo esta—. Pásame a tu padre. Luego vete a su cuarto y busca en su bolsa de viaje. Dentro encontrarás una caja de pastillas. Coge un valium y dáselo. ¿Me has entendido?

En el cuarto de baño Melanie abrazaba a mi padre, que a su vez abrazaba al tío Yihad. Acerqué el teléfono del baño a mi padre y observé cómo sus rasgos empezaban a sosegarse. Bajé corriendo y volví con el tranquilizante. Mi padre asentía a las instrucciones de mi madre. Me pasó el aparato. Mi madre me dijo que lo acostara, que ella volvería a llamar en diez minutos, cuando hubiera hablado con la dirección del hotel.

Melanie y yo ayudamos a mi padre a descender las escaleras, sus brazos apoyados en nuestros hombros. Lo metí en la cama y lo tapé con la colcha. Melanie corrió las cortinas y dejó la habitación a oscuras. Le acaricié la cabeza, como tantas veces había visto hacer a mi madre. Se durmió enseguida.

Volví a comprobar el estado del tío Yihad. No quería que nadie le viera desnudo, con los pantalones del pijama bajados. Cuando entré en el cuarto de baño me tapé la nariz y tiré de la cadena.

—¿Quieres que lo llevemos a la cama? —preguntó Melanie.

Asentí. Le estaba subiendo el pantalón cuando me percaté de que tenía el culo sucio. Se lo limpié con una toalla húmeda. Sentí náuseas de nuevo.

Intenté levantar al tío Yihad por los hombros mientras Melanie hacía lo mismo por los pies, pero pesaba demasiado. Terminamos arrastrándolo despacio. La moqueta se empeñaba en bajarle los pantalones, exponiendo sus genitales a la luz. Cuando por fin lo colocamos en la cama yo sudaba a mares. Lo tapé con el edredón y le cerré los ojos. Su piel ya tenía un tacto áspero.

El tío Yihad solía contarme una historia iraquí que trataba de a qué muertos había que llorar.

Al parecer el gran califa Haroun al-Rashid viajaba entre su gente cuando se topó con una mujer sollozante. Le preguntó entonces cuál era la causa de tan amargo dolor y ella le contó que lloraba la muerte de su amado hijo que acababa de fallecer. Él le preguntó qué hacía su hijo cuando vivía. La mujer le dijo que su buen hijo trabajaba para mantenerla, porque eran pobres. Ahora ya no tenía a nadie que cuidara de ella, nadie que le diera de comer.

—No llores más —dijo el califa—. Te regalaré una mula de carga. Trabajará para ti y te ayudará a sobrevivir. Ya no echarás de menos a tu hijo. Vivirás con la misma comodidad que antes.

Haroun al-Rashid prosiguió su camino y se encontró con otra mujer que lloraba frente a la tumba de su hijo. El califa le hizo la misma pregunta:

—¿A qué se dedicaba tu hijo cuando estaba vivo?

—¿Mi hijo? Solía dar fiestas para nobles y hombres de buena reputación. Les servía los ágapes más deliciosos, los entretenía con las melodías más dulces y regalaba sus oídos con las mejores historias. Terminado el banquete los acompañaba a caballo, haciéndoles compañía hasta que perdían de vista su tienda.

—Llora pues, madre de tan especial hijo —dijo el califa—. No contengas las lágrimas, ya que nadie, y menos aún yo, puede consolarte ni compensar una pérdida de tal magnitud.

Y Haroun al-Rashid se unió a su llanto.

Me senté en la cama, deshecho en lágrimas, y acaricié la cabeza del tío Yihad. Llamó mi madre. En el mismo momento en que me decía que alguien del hotel vendría a la habitación oí que llamaban a la puerta. Mi madre se había puesto en contacto con Air France y había reservado un billete con destino a Beirut para mi padre. Melanie condujo a tres hombres trajeados hasta el cuarto del tío Yihad.

—Lo único que te pido es que subas a tu padre en ese avión esta tarde —dijo mi madre—. Eso es todo. No te preocupes de nada más. Una vez haya embarcado, la gente de Air France se asegurará de que llegue hasta aquí, pero necesito que lo subas al avión. Cuando el médico y el forense hayan hecho su trabajo, el hotel repatriará al tío Yihad a Beirut. Ocúpate de tu padre. Puedes quedarte en la habitación hasta que te traslades a la residencia de la universidad. Ya está arreglado.

—Lo subiré al avión —prometí. Vi que entraban más hombres en el cuarto del tío Yihad.

—Una cosa más —añadió ella—. Asegúrate de que la chica se marche. No quiero que siga usando la suite cuando tu padre ya no esté. No dejes que él se entere de que lo sé. Pero recuerda: en cuanto él se vaya, la echas. No quiero que esté contigo.

Los amortiguados pasos sonaban raros, más silenciosos que las suelas de goma de las enfermeras. Fátima asomó la cabeza por el umbral de la puerta y atisbó hacia el interior de la habitación. Su melena suelta le enmarcaba la cara. Sonrió y entró de puntillas, con dos almohadas y una manta en un brazo y los zapatos de tacón alto en la otra.

—¿Cómo has entrado? —susurré.

—¿Qué quieres decir? Me limité a entrar. Te esperé en casa y al final me dije, a la mierda: no pienso dejar que duermas en el suelo.

—Pero no deberíamos estar aquí. No podemos meter una cama ni nada parecido.

—Entonces deberías haber vuelto a casa. Y Lina también —susurró ella. Dejó los zapatos y la ropa de cama junto a la butaca, donde mi hermana roncaba suavemente.

Fátima desapareció hacia el pasillo y volvió con una camilla.

—Si la usamos de mesa para comer también podemos dormir en ella. Desde luego no pienso dormir en el suelo. —Fátima cogió las almohadas, las ahuecó y se tumbó en la camilla—. Ven aquí.

Me subí a la camilla y me tendí a su lado. Me rodeó con los brazos y me rozó el cuello.

—Tu collar se me está clavando en la espalda —dije en voz baja.

Ella le dio un giro de ciento ochenta grados.

—¿Mejor así?

—Llevar puesto un collar de esmeraldas para venir aquí es absurdo.

—Ya lo sé, pero es el collar que más le gusta a tu padre de todos los que tengo. Siempre me elogiaba por él. Pensé que tal vez, ya sabes, si…

Doblé la ropa del tío Yihad y la guardé en su maleta. Repasé la habitación centímetro a centímetro y peiné cada rincón para asegurarme de no dejarme nada.

Melanie y yo hicimos la maleta de mi padre mientras él estaba sentado, cataléptico, en un rincón. Me arrodillé ante él y le cogí la mano. Tardó un rato en mirarme.

—Debo vestirte —le dije—. Te vas a casa.

Me aseguré de ponerle una camisa de algodón fino. Dudé entre darle sus zapatos de hebilla favoritos o los mocasines, que resultarían más fáciles de quitar durante el vuelo. Opté por los de hebilla, ya que la apariencia era algo fundamental para mi padre. Llevaba puesta su mejor corbata, con doble nudo.

—Ya sabes cómo localizarme —dijo Melanie—. Solo tienes que llamar a Mike. Siempre sabe dónde encontrarme. Si alguna vez necesitas algo… —Su voz se apagó.

Llevé a mi padre hasta el aeropuerto en la limusina del hotel. Esperé hasta que llegó una representante de Air France para acompañarlo. Cuando ella intentó pasarlo por el detector de metales él se negó a soltarse de mi mano.

—Quiero acompañarlo —dije—. Hasta que suba al avión.

Cuando vino la azafata para escoltarle hasta su asiento, me levanté y lo abracé. Él osciló ligeramente sobre sus talones, pero mantuvo los brazos caídos. Contemplé cómo el Jumbo se elevaba en el aire, llevándose consigo a mi padre.

Fui al Guitar Center de Sunset antes de regresar a la suite del Beverly Wiltshire. Con la American Express me compré una Gibson J200, la guitarra más cara que pude encontrar, el mismo modelo que usaba Elvis.

11

Fátima sudaba y los loros graznaban. Una criada vertía agua caliente de un aguamanil a una jofaina de porcelana. La mujer se concentró en el vapor que emanaba del cuenco y se fundía con el diseño en arabescos turquesas del aguamanil.

—Cuac —gritó Ismael.

—Basta —suplicó Fátima, agarrándose a las sábanas húmedas—. Callaos o marchaos.

—Respira —dijo Elías—. Concéntrate en la respiración.

—Me duele mucho.

Elías empezó a emitir fuertes jadeos que seguían una cadencia militar. El resto de loros le imitó enseguida.

—Inhala —dijo Job—. Exhala.

Y la respiración de Fátima se ajustó a la del loro Job.

Ella volvió a gritar.

—Me duele la espalda.

—Date la vuelta —dijo Isaac—. Te aliviaré la presión.

Frenética y despeinada, la ayudante de la comadrona entró a trompicones en la estancia. Se paró ante la visión de Fátima a cuatro patas, con tres loros que caminaban por la parte baja de su espalda y otros cinco que respiraban al unísono.

—Mi señora pregunta si puedes retrasarlo un poco —dijo la ayudante—. El hijo del emir está a punto de nacer y el parto se presenta complicado. Mi señora no puede venir ahora.

A pesar del dolor y de la incomodidad, Fátima tuvo ganas de reírse.

—¿Retrasarlo? ¿Acaso el día puede retrasar la llegada de la noche? Dile a tu señora que no hace falta que se preocupe por mí.

La ayudante salió corriendo. Los loros contemplaron angustiados a Fátima. Esta miró de reojo a la criada, que seguía allí, y le dijo:

—Márchate. No te necesitamos.

El rostro de Fátima se contrajo por el dolor.

—¿No sería mejor que volvieras a nuestro mundo? —preguntó Adán—. Este palacio de fornicadores no es un buen lugar para dar a luz.

La ayudante reapareció en el cuarto.

—Mi señora me ha dicho que me ocupe de tu parto.

—No, imbécil —gritó Fátima—. Soy yo quien se va a ocupar de parir a mi hijo.

Los dos llantos resonaron a la vez. La comadrona cortó el cordón del hijo del emir en el mismo instante en que su ayudante hacía lo propio en la estancia contigua.

—Es un varón —anunció la ayudante de la comadrona.

—Lo sé —replicó Fátima.

—Es un varón —anunció la comadrona.

—Es oscuro —dijo el emir.

—Seguramente la piel se le aclarará en cuanto lo lavemos. —La comadrona puso al bebé en brazos de una criada, que lo llevó a la ayudante para que lo bañara.

La criada y la ayudante abrieron las puertas al mismo tiempo, cada una con su sollozante hatillo en los brazos. Cruzaron el pasillo para dirigirse a los baños. Los bebés se calmaron en cuanto estuvieron uno al lado del otro. La ayudante los lavó con un poco de jabón y agua, y les frotó el cuerpo con aceite de oliva y lavanda. Fue a por las toallas para envolverlos y se paró a medio camino, atónita ante la visión de ambos bebés. Llevaba dos años trabajando como ayudante de la comadrona y había visto nacer a muchos niños, pero no recordaba haber tenido ante los ojos nunca nada como aquel par de bebés. Uno poseía una belleza sin igual: su cabello era del color del fuego amarillo, de los campos de trigo bañados por el sol; tenía una piel blanca como el calcio y unos rasgos diminutos y perfectos. El otro no podía ser más feo: su cabello era del color del hollín y su piel era aún más oscura; tenía las orejas grandes, la nariz grande, la boca grande, los ojos saltones... Era un horrendo ejemplar humano.

La ayudante envolvió a ambos niños, entregó al más pálido a la criada y salió con el oscuro en brazos.

—Aquí está tu hijo —dijo la ayudante—. Se le ve muy sano.

—Este no es tu hijo —dijo Ismael.

—Sí que lo es —replicó Fátima—. Ambos niños lo son.

Y besó al bebé en la frente.

Al emir se le iluminó el semblante cuando vio a su pálido heredero. Su esposa extendió ambos brazos para coger al bebé.

—Es tan bello, esposo mío. El niño más perfecto.

—Sí, y todo es gracias a mí. Mi mágico relato de Baybars ha funcionado y me encantará regalar sus oídos con el resto de la historia.

El emir se inclinó hacia su esposa y su hijo.

—No cabe duda de que es un hijo digno —dijo él—. Brillante como la luz del día, glorioso como el sol, en cuyo honor le impondré su nombre. Bienvenido al mundo que pronto será tuyo, Shams.

En la otra habitación el diablillo Ismael sostenía en brazos al bebé.

—¿Cómo te llamarás? —Besó al niño y se lo pasó a Isaac, quien dijo:

—Bienvenido, señor. —Y también le dio otro beso.

—En la oscuridad y en la luz —dijo Ezra.

—En la devoción y la veleidad —dijo Jacob.

—En las tinieblas y la claridad —dijo Job.

—En el sol y en la lluvia —dijo Noé.

—En la melancolía y en la pasión —dijo Elías.

—En la abundancia y la escasez —dijo Adán—. Te seguiremos y estaremos a tu lado.

—Somos una familia —dijo Isaac.

Y Fátima susurró al oído de su niño:

—Hermoso como un ónix, oscuro como la noche más negra, en su honor te impondré su nombre. Bienvenido al que siempre ha sido tu mundo, Layl.

—Levántate, hijo —dijo Ismael—, y saluda a los tuyos.

Y Layl abrió los ojos al mismo que tiempo que, en la alcoba del emir, Shams abría los suyos.

El juez del rey, Arbusto, envió una carta a Jodr al-Bohairi, en Giza.

«Mi querido amigo, deseo informarte de la aparición de un favorito del rey, un detestable esclavo que se mueve bajo el condenado nombre de Baybars, a quien el rey ha confiado poder y honores. Te pido, hijo mío, que me ayudes a desembarazarme del usurpador y a liberar al pueblo del gobierno de este esclavo. Envía a tus árabes a que causen problemas, a que asalten a la gente de Giza, a que roben a los viajeros y causen estragos en tu zona. Siguiendo mi consejo, el rey enviará al esclavo a que controle la situación y podrás matarle en cuanto llegue. Como recompensa, te recomendaré para ocupar el cargo de alcalde de Giza.»

Después de leer la misiva, ante los ojos de Jodr al-Bohairi se apareció un brillante futuro.

Aquella noche él y sus hombres tendieron una emboscada al alcalde de Giza y lo mataron. En menos de dos semanas llegaban hasta el rey noticias del caos y la inseguridad que reinaban en Giza: un alcalde asesinado, soldados muertos, recaudadores de impuestos atracados, mercaderes robados.

—El único hombre capaz de purificar Giza y exorcizar su mal es el hombre que purificó El Cairo. Su alcalde, el príncipe Baybars —sentenció Arbusto.

El juez supremo de Giza gritó:

—Ayudadme, príncipe Baybars. Jodr al-Bohairi ha secuestrado a mi virginal hija con la intención de venderla. En Giza no tenemos héroes que puedan enfrentarse a él, si no sois vos. Nadie ha podido dar con el criminal ni con su guarida.

—No puedo rescatarla ni matar a Jodr al-Bohairi si no sé dónde se encuentran —replicó Baybars.

—¡Ah, mi pobre hija! —sollozó el juez supremo—. ¡Si no te encontramos esta noche tu vida no valdrá nada!

—Daremos con ella esta misma noche —dijo Othman.

—Antes de que amanezca —añadió Harhash.

Esta es una historia oriunda de las tribus de beduinos de Arabia. Prestad atención:

Hubo una vez un beduino sabio e importante que se llevó consigo a su hijo al mercado de camellos. Mientras el hombre regateaba con un comerciante el chico fue secuestrado. A pesar de que el beduino lo buscó por todas partes, no consiguió hallar a su hijo. Contrató a un voceador, que recorrió el mercado gritando: «Mi patrón pagará cien reales a quien devuelva sano y salvo a su hijo». En el corazón del secuestrador floreció la avaricia, aunque decidió esperar a que subiera la recompensa. Pero al día siguiente el voceador gritó: «Mi patrón pagará cincuenta reales a quien le devuelva a su hijo sano y salvo». El secuestrador se dijo que debía tratarse de un error. Al tercer día, la proclama decía: «Mi patrón pagará diez reales a quien le devuelva a su hijo sano y salvo». El secuestrador se apresuró a devolver al chico y a reclamar la recompensa. Preguntó al beduino a qué obedecía aquella drástica reducción de la recompensa y el padre le dijo: «El primer día mi hijo estaba asustado y rechazó tu comida. El segundo día comió algo de lo que le diste para mitigar su hambre. El tercer día es probable que él mismo pidiera la comida. El primer día mi hijo conservaba su honor y su orgullo, y en el segundo el hambre terminó con su honor. Llegado el tercer día, cuando rogó con humildad a su captor para que le diera de comer, su orgullo se había perdido y, por tanto, su valor también había mermado».

Cuando la luna emergió en los cielos de Giza, Othman y Harhash habían registrado ya ocho casas, irrumpido en cinco tiendas y aliviado a un mercader de un buen puñado de monedas mientras regresaba a casa escoltado por una pareja de guardias incompetentes. Depositaron el botín en manos del juez y volvieron a poner manos a la obra. A medianoche habían asaltado tres comercios más, entre ellos una bodega, donde colgaron del techo por los tobillos al propietario.

—Esto es ridículo —dijo Othman—. Son unos inútiles.

—Ellos son unos chapuceros —convino Harhash—. Y nosotros demasiado listos. Estoy perdiendo el interés.

Y Othman dijo:

—Las mujeres. Las mujeres nos van a dar más guerra.

Asaltaron un burdel. Entraron por la ventana, eludiendo el bullicioso salón principal, y subieron por la escalera de atrás. Mujeres medio desnudas armadas con cimitarras y dagas los aguardaban en uno de los cuartos del piso de arriba.

—La mayoría de los hombres entra por delante —dijo la cabecilla.

—Pero eso no siempre resulta satisfactorio —repuso Othman—. Por fin somos prisioneros. Estamos indefensos a vuestra merced.

—Las noticias de vuestras hazañas de esta noche os han precedido —dijo ella—. La verdad es que no esperaba que fuerais solo dos.

—Somos ambidextros —dijo Harhash.

—Y el doble de listos —dijo ella—. Aun así, debo representar el papel que me ha sido asignado en este drama y llevaros en presencia de Jodr al-Bohairi. Venid a vernos cuando hayáis terminado con ese idiota. Estoy segura de que podremos llegar a acuerdos muy beneficiosos para todos.

Jodr andaba a grandes zancadas y hablaba con voz atronadora.

—Debería cortaros la cabeza ahora mismo. ¿Cómo os atrevéis a entrar en mi ciudad sin permiso? ¿Qué os ha hecho pensar que podíais robarme?

—Supusimos que nadie gobernaba la ciudad desde la muerte del alcalde —dijo Othman—. Acabamos de llegar de El Cairo, y de haber sabido que eras el jefe habríamos venido enseguida a presentarte nuestros respetos.

—¿Sois de El Cairo? —preguntó Jodr al-Bohairi—. ¡Qué suerte! ¿Conocéis acaso a un esclavo que se hace llamar Baybars?

—Por supuesto —dijo Othman—. No es más que un muchacho. Le he robado la paga varias veces y a pesar de ello sigue confiando en mí. Si lo deseas puedo entregártelo en menos de una hora.

—Qué coincidencia más afortunada —dijo Jodr al-Bohairi—. Traedme al chico.

Othman y Harhash regresaron a la guarida acompañados de Baybars, los africanos y los uzbecos. El combate apenas duró unos minutos. Los guerreros mataron a cuarenta y tres bandidos, pero dejaron con vida a Jodr al-Bohairi durante un breve espacio de tiempo.

—¿Dónde tienes retenida a la hija del juez supremo? —preguntó Baybars.

El jefe de los bandoleros señaló hacia la puerta, y Harhash sacó a la chica, indemne.

—Debes pagar por los malvados crímenes que has cometido —sentenció Baybars, y le cortó la cabeza al bandido.

Al día siguiente Baybars puso a la joven en brazos de su padre y el juez devolvió todos los bienes robados a sus legítimos dueños. Y se celebraron tan heroicas gestas.

Fátima había recuperado las fuerzas. Se levantó de la cama, cogió a su bebé y fue a ver al emir y a su esposa. Las doce hijas del emir se apartaron para que pudiera ver a su prístino hermano, un niño que no desentonaba con la célebre belleza de la familia.

—Estás divina —dijo el emir a Fátima—, como si volvieras de los baños, como si nunca hubieras estado encinta.

Su esposa, fatigada, despeinada y dolorida, preguntó:

—¿Cómo has perdido tanto peso en cuestión de horas? —Se sentía torpe por envidiar el aspecto de una inferior.

—Nunca podremos agradecerte lo suficiente nuestra buena fortuna —dijo el emir—, y por ello justo es que recibas una fortuna parecida. Eres desde ahora una mujer libre. Deja que tu hijo se críe con el mío. Recibirá la misma educación y las mismas oportunidades. Y lo que es más importante, contaré a ambos la gran historia del rey Baybars.

—Fátima, querida —dijo la esposa del emir—, muéstranos a tu hijo.

Fátima mostró a su hijo. Un gemido de consternación escapó de los labios de todos los presentes.

—Es tan..., oh... —dijo la esposa del emir—. Oscuro. Sí, oscuro. Qué color tan interesante. Deja que lo vea. Deja que lo ponga al lado del otro guerrero. ¿Cómo le has llamado?

—Su nombre es Layl —dijo Fátima.

La esposa del emir sostuvo a Shams recostado en su brazo derecho y a Layl en el izquierdo. Los dos niños se miraron.

—Asegurémonos de que sean amigos para siempre.

—Shams y Layl —dijo el emir—. Dos nombres gloriosos. ¡Qué chicos tan fuertes!

La esposa del emir era incapaz de producir leche mientras que los pechos de Fátima se habían hinchado hasta un extremo ridículo.

—Puedo alimentarlos a ambos —dijo Fátima.

Los diablillos contemplaron la dulce escena. Shams mamaba del pecho derecho y Layl del izquierdo.

Cuando los partidarios empezaron a desfilar por palacio, la esposa del emir intentó separar a su bebé de Layl, pero el principito rompía a llorar en cuanto perdía de vista el rostro oscuro de su compañero.

—Vos me conocéis —dijo la esposa del emir a su marido—. No soy una mujer con prejuicios. No me importa que Shams tenga como compañero de juegos al hijo de una criada. Pero el niño es tan repulsivo... Reyes y emires, sultanes y señores hacen cola para presentar sus respetos a mi hijo. No puedo mostrarle a sus iguales en compañía de ese monstruo. Es superior a mí.

—Oh, querida —replicó su marido—. Me encanta que seas tan sensible. No tengas miedo. Todo el mundo adivinará que el feo es el hijo de la esclava. Y a nuestro hijo le dará un poco de caché el hecho de tener un criado a una edad tan temprana. Esos niños se harán un bien mutuo.

En una mañana gloriosa y despejada, en el gran salón de palacio, toda la realeza, todos los sabios, jueces y poetas, felicitaron al emir y a su esposa por la llegada del heredero. Ofrecieron regalos al recién nacido: oro y plata, espadas y lanzas, coronas y joyas, sándalo y almizcle, incienso y mirra. El bebé del emir no hizo el menor caso a quienes le agasajaban ni a sus regalos, ya que solo tenía ojos para Layl.

—Que Dios sea loado —dijeron los reyes—. Ha llegado nuestro señor.

—¡Qué niño tan hermoso! —exclamaron las reinas—. ¡Y qué loros tan simpáticos y coloridos! ¿De dónde los habéis sacado?

Por la noche los loros se transformaron en diablillos y arroparon a la familia —Fátima, Afreet-Yehanam, Shams y Layl— mientras los reyes, reinas, señores y bestias del inframundo venían a presentar sus respetos. El yinn de los siete círculos, los gondoleros de los ríos de la muerte, las sirenas, las arpías, y todos los demonios y diablos se postraron ante Layl. Del suelo surgió una columna de ébano; se elevó por los aires hasta convertirse en un yinn gigantesco que portaba dos cofres sobre sus anchos hombros. El yinn abrió el primero, el cofre de alcanfor, y mostró su interior al oscuro príncipe: venía lleno de oro, piedras preciosas y de incienso; del segundo salió la maravillosa esposa humana del yinn, resplandeciente como el sol, que se arrodilló y, de un bolso que colgaba entre sus cremosos senos, extrajo un anillo y lo dejó en la ropa de cuna del bebé. Ella habló en un susurro muy leve para que su marido no alcanzara a oírla:

—Es uno de los quinientos setenta y dos anillos que poseo, pero es mi favorito porque perteneció a Shahzaman, el mejor de todos los amantes. No me olvides cuando crezcas.

Afreet-Yehanam sostuvo a Layl en brazos para que todos le vieran y la multitud allí congregada exhaló un suspiro de adoración.

—Qué niño tan bello —cantaron los diablillos.

Escorpiones surgidos de todos los rincones cayeron sobre los bebés y los picaron una y otra vez, ante la hilaridad de los niños. Detrás de los escorpiones vinieron las serpientes y luego un enjambre de mosquitos que les sembró la piel de picaduras. Al final, Fátima sostuvo a un niño en cada brazo y el silencio se apoderó de los habitantes del inframundo. Los ocho diablillos estaban radiantes.

—Creo que estos niños tienen hambre —dijo Fátima—. Gracias por vuestros regalos.

Como si la oyera, Layl se pellizcó los labios y Shams le imitó. Layl abrió la boca sin dientes y bostezó. Cuando abría la boca, esta era tan grande que casi le invadía toda la cara. Fue abriéndola más aún, y emitió un maullido que creció de volumen hasta convertirse en un aullido intenso y creciente, inimitable para cualquier humano. Shams se unió a él, en el mismo tono y la misma intensidad. Fátima miró a su alrededor. Isaac e Ismael habían comenzado a aullar, al igual que Noé, Job y Adán. Afreet-Yehanam gruñía con más potencia si cabe. Todos los diablos, todos los demonios aullaron en una sola voz y se pararon al mismo tiempo. Silencio.

Layl y Shams dormían.

—Ha llegado nuestro señor —gritaron los demonios—. Aquí empieza nuestra historia.

Harhash se acercó a Baybars y le dijo:

—Príncipe mío, ya sabes que no poseo familia que hable en mi nombre. He dedicado la vida a tu servicio y te considero mi hermano. Deseo casarme con la hija del juez supremo. Es una belleza y su virginidad se ha mantenido intacta. Me sentiría muy honrado si hablaras con su padre y le comunicaras mis intenciones.

Baybars accedió. Se reunió con el juez supremo y pidió la mano de su hija para su amigo.

—Será un honor —dijo el juez supremo.

Y el asunto quedó acordado. La comitiva regresó a El Cairo; un exultante Harhash cabalgaba con su encantadora y flamante esposa. Othman sintió celos.

—También yo quiero casarme con una virgen —confesó a Baybars—. También yo deseo ser feliz.

—Y yo quiero que lo seas —repuso Baybars—. Haz que tu madre te busque una esposa. Ella es tu familia.

Cuando llegaron a El Cairo, Othman pidió a su madre que le encontrara una esposa y esta accedió. Se puso la túnica y se dirigió al maqâm de la Virgen de Zainab. Entró en la capilla, se arrodilló y suplicó a la Virgen que la guiara a la hora de seleccionar a la novia perfecta para su hijo pródigo. Al abrir los ojos vio que, no muy lejos, había arrodillada una joven de exquisita belleza. La madre de Othman se frotó los ojos, ya que al principio pensó que aquella devota que estaba de rodillas era una aparición de la propia Virgen, pero no era así. La chica rezaba; su entrega confería a su rostro un aspecto angelical.

—¿Cómo te llamas, hija mía? —preguntó la madre de Othman. La joven le respondió que se llamaba Layla—. La noche, en cuyo honor llevas su nombre, debe esforzarse por competir con tu belleza. Dime a qué familia perteneces, te lo ruego, ya que deseo pedir tu mano para mi hijo.

—No tengo más familia que mi hermano —explicó Layla—, y él es el juez supremo de Giza.

Othman corrió a ver a Baybars.

—Mi madre me ha encontrado una esposa. No es otra que la hermana del juez supremo. ¿Hablarás por favor en mi nombre como hiciste en el de Harhash?

Baybars accedió de todo corazón y escribió una carta al juez supremo en la que le comunicaba la feliz noticia y le pedía la mano de su hermana para Othman. La respuesta del juez supremo decía así: «No puedo negaros deseo alguno, señor. Aceptaré gustoso la petición de mano de vuestro amigo. Sin embargo no sé nada de mi hermana menor desde hace años. ¿Estáis seguro de que es digna de un hombre tan honorable? ¿No preferiría él contraer matrimonio con una mujer más entregada a nuestra fe?».

Baybars leyó la misiva a Othman.

—¿Más entregada? —gritó este, furioso—. Mi futura esposa estaba rezando en el sepulcro de la Virgen de Zainab. La Virgen la escogió para mí. Mi esposa es una mujer de fe, devota. Escríbele y díselo.

La siguiente carta del juez supremo contenía solo dos palabras: «¿Mi hermana?».

La boda de Othman duró tres días, y a ella asistieron el rey Saleh y toda la corte. Baybars organizó un banquete que eclipsaba cualquier otro en honor de su amigo, e incluso los africanos y los uzbecos lo celebraron y felicitaron a su compañero de fatigas. Por fin, cuando llegó la noche de bodas, la pareja se despidió de la bulliciosa fiesta y se retiró a sus aposentos.

—Muéstrate ante mí. —Othman había hincado la rodilla en el suelo, ante su esposa—. Revela tu belleza, vida mía.

Layla se quitó el velo nupcial y el embelesado Othman lloró de emoción.

—Aunque dedicara a la oración todos los segundos que me quedan de vida no podría demostrar toda la gratitud que me embarga. Ni mi vida sería suficiente ofrenda. Eres el ser más hermoso que he tenido ocasión de contemplar a lo largo de mi miserable vida. Debo postrarme con humildad ante tus encantos.

—Y tú, marido mío, posees el don de la elocuencia —dijo Layla—. Ven.

Le atrajo hacia sí y le besó con una pasión que le sorprendió. Lo desnudó mientras él se esforzaba por deshacer los nudos de su atavío. Lo acostó en la cama, con la cabeza sobre la almohada, y siguió besándole. Él intentó despojarla de la túnica.

—Relájate —susurró ella desde arriba. No tardó en descender sobre él. El grito de éxtasis de Othman se mezcló con las risas que llegaban del banquete—. Eres mi marido —dijo ella—. Mío.

Y le acarició y pellizcó en lugares que él ni siquiera sabía que existían. Sus gritos expresaban ahora gozo y dolor a la vez.

—Espera —balbuceó él, pero ella no lo hizo—. No —gritó él, aunque sin decirlo en serio—. Pero... —farfulló Othman por fin—, ¡no eres virgen!

El rostro de Layla se tiñó de sorpresa.

—Nunca he presumido de serlo.

—No —dijo él—. No. No puede ser. La Virgen de Zainab te escogió para mí.

—¿Y qué?

—Solo los fieles rezan en el sepulcro.

—No seas idiota —dijo ella—. Llevo toda la vida rezando. ¿Qué tiene que ver la virginidad con eso? ¿No te acuerdas de mí? —Ella se levantó la manga izquierda y le mostró la marca del hierro candente—. Creía que por esto te habías casado conmigo.

—Oh, no —gimió él—. ¿Qué clase de paloma eras?

—Lujuriosa —dijo ella, ofendida—. Por favor.

—Mi vida está acabada. Seré el hazmerreír de todos los hombres de Egipto.

—Lo que serás es la envidia de todos los hombres de Egipto.

—Se daba por supuesto que mi esposa debía ser virgen.

—También se daba por supuesto que tú no lo eras.

—No se lo digas a nadie —susurró él.

—Eres mi marido —dijo ella—. Tu deshonra es mi deshonra, y viceversa. Nunca te traicionaré ni tú me traicionarás a mí. Compartimos el mismo honor.

Othman se tapó los ojos.

—Esto es un castigo por todas las fechorías que he cometido.

—¿Un castigo? —preguntó Layla, asombrada—. ¿Consideras que tenerme como esposa es un castigo? Sigue pensándolo y te enseñaré lo que es un castigo de verdad. Si se te vuelve a ocurrir que no soy tu compañera ideal, aunque solo sea por un instante, convertiré tu vida en una pesadilla. Creerás que te hallas en el séptimo círculo del infierno, casado con Afreet-Yehanam. ¡Un castigo! Soy Layla, tu esposa ideal, tu amor perfecto. Ensaya esas palabras durante cada segundo de tu vida. La Virgen de Zainab te ofreció a mí. Ella nunca se equivoca. Eres el hombre perfecto para mí.

—Pero tú no eres lo que yo había pedido —protestó Othman.

—¿Lo que habías pedido? ¿Se te ha pasado por la cabeza que la Virgen respondía a mis plegarias y no a las tuyas? Yo no pedí un marido. Recé para que se me concediera un compañero, un amigo, alguien con quien compartir la alegría. Había abandonado mi profesión y estaba aburrida. Pedí a la Virgen de Zainab que me mostrara a un amigo capaz de hacerme reír, de contarme historias, de proporcionarme una vida de aventuras. Y ella apareció ante mis ojos y me dijo: «Escúchame, hija mía. Me has servido bien y me has proporcionado felicidad. Te recompensaré con un marido ideal. Él sirve a Dios desde antes de dedicarme sus votos. Es un truhán que ha conseguido llevar una sonrisa al rostro de Dios. Si tu futuro marido es capaz de quitarle el polvo al corazón del Señor, no me cabe duda de que logrará que el tuyo brille eternamente».

—¿Eso dijo?

—Tu madre se me acercó justo cuando la Virgen terminaba el discurso. Eres la respuesta a mis plegarias. Ignoro si yo soy la respuesta a las tuyas, pero te conviene creer que así es, porque mis plegarias exigen que me ames y me hagas feliz, y así será.

En la cara de Othman fue formándose, despacio, una sonrisa, pero luego volvió a fruncir el ceño.

—¿Cómo puedo enfrentarme a la mañana con unas sábanas limpias? —preguntó él.

—¡Qué infantil eres! —dijo ella, mientras cerraba los ojos y emitía un suspiro de exasperación—. Tienes mucho que aprender.

Ella le cogió la mano izquierda. La besó, cogió su daga y la sostuvo ante él.

—Quieren ver la sangre de una virgen, ¿no? Pues se lo concederemos.

Él asintió, dándole su permiso. Ella le hizo un corte poco profundo en la muñeca. Le besó.

—Sangra por mí, marido mío. —Volvió a besarle—. Te marco ahora igual que tú me marcaste.

La esposa del emir estaba furiosa. Uno tras otro fue estampando contra la pared todos los objetos de vidrio de la estancia, mientras el emir intentaba apaciguarla.

—Cálmate, querida —decía el emir—. No te estás comportando de una forma racional.

—¿Racional? —chilló su esposa—. ¿Esperáis que sea racional en algo que concierne a mi hijo? Llamó mamá a esa mujer. Sus primeras palabras, y se las dirigió a ella en lugar de a mí. Mi hijo cree que esa criada es su madre. No lo toleraré.

—No te agobies, querida. Es algo temporal. ¿Acaso crees que nuestro hijo, o cualquier otra persona, podría pensar que él, una criatura divina, desciende de una esclava? Lo que pasa es que ella pasa mucho tiempo con él. Ten paciencia. Él pronto empezará a entender cómo funciona el mundo y cuál es el sitio de los criados.

—Ni sus hermanas pueden jugar con él. Se pone a bramar en cuanto una de ellas se le acerca. Prefiere jugar con esos malditos loros. ¡Voy a desplumar a esos bichos uno por uno!

—Todavía no, querida. Has intentado ya separarlos, ¿y con qué resultado?

—Fue a gatas hasta esa mujer y su hijo, y no paró de llorar a pleno pulmón hasta estar con ellos.

—Y no hay quien retenga a ese diablillo —dijo el emir—. Mi hijo ha salido a mí: es fuerte y terco.

—Envenenaré a esa zorra desgraciada y contemplaré cómo muere. Usaré un veneno que cause una muerte lenta y dolorosa… Veré cómo el sufrimiento se le escapa por los poros.

—No, querida. Espera un año más, hasta que Shams sea más independiente. Luego envenénala.

—¿Desplumarme? —chilló Job—. Le arrancaré los ojos.

Shams gateaba detrás de Layl por la alfombra, con la cabeza casi pegada al trasero del otro.

—Uno por uno —dijo Jacob—. Eso dijo: los desplumaré uno por uno.

Fátima descansaba tendida en el diván, con la cabeza hundida entre tres blandos cojines rellenos de plumas de avestruz.

—Atended, atended —dijo Ismael—. Esa no fue la mejor parte de la pataleta.

—Tiene intención de envenenar a Fátima —dijo Isaac.

La carcajada de Fátima quedó sofocada por los cojines. Los ocho loros graznaron de risa. Job se rió tanto que se cayó del respaldo al suelo y se quedó con las patas en el aire y las plumas temblando de hilaridad. Aquella alegre algarabía sorprendió y divirtió a los gemelos. Miraron a su alrededor y se unieron al jolgorio.

—Me libraré de ella —dijo Ezra—. La transportaré a otro dominio.

—No hace falta —dijo Adán—. Un áspid visitará su agujero fornicador esta misma noche. ¿No habla de venenos? Pues eso tendrá.

—No haréis nada de eso —ordenó Fátima—. Esa mujer es la madre de mi hijo.

El rey Saleh estaba sentado en su trono, en el salón real, cuando llegó un mensajero que portaba una misiva del alcalde de Alepo al líder del mundo musulmán:

«Salvadnos, majestad. El malvado rey Halawoon ha reclutado a un ejército que, en el momento de escribir estas líneas, asedia las murallas de nuestra ciudad a corta distancia. Halawoon y su ejército de adoradores del fuego debe ser destruido. Convocad a vuestros ejércitos y conseguid que la verdadera fe se alce victoriosa una vez más».

Y Arbusto dijo:

—Enviad al príncipe Baybars. Concededle un ejército formado por cincuenta esclavos. Con la ayuda de Dios, sus espadas vencerán a Halawoon en un periquete y volverán a El Cairo en un par de semanas.

—¿Cincuenta esclavos? —preguntó el rey—. ¿Para combatir contra el ejército de Halawoon? ¿No es una locura?

—Bueno, en ese caso doblad el número. Estoy seguro de que un guerrero del calibre de Baybars podría destruir a Halawoon solo con echarle el aliento. Pongamos a prueba a los nuevos esclavos. Han sido bien adiestrados y no les costará mucho despachar a un puñado de soldados infieles.

—Cierto. Pero ¿cuántos hombres forman ese puñado de infieles que lidera Halawoon?

—La carta no lo dice. Pero sinceramente dudo que puedan ser más de unos cientos o ya habrían invadido Alepo. Nuestro ejército de esclavos los masacrará y podremos mantener nuestras fuerzas militares en Egipto.

El rey meditó la propuesta y dijo:

—Cien esclavos no serán suficientes. Concede doscientos hombres a nuestro príncipe Baybars.

—Ciento cincuenta.

—Trato hecho —dijo el rey—. Ciento cincuenta. El príncipe Baybars y su ejército de esclavos liberarán Alepo y volverán a nuestro lado.

La esposa de Othman no cesaba de repetir:

—¿Estás seguro? —Othman asintió de nuevo—. ¿El rey quiere enviar a ciento cincuenta hombres para enfrentarse a un ejército? ¿Se ha vuelto loco?

—¿Quién sabe? —replicó Othman—. Cuando el príncipe Baybars le pidió más hombres, el rey adujo que no eran necesarios. El príncipe cree que podemos hacerlo. Estoy convocando a mi antigua banda, y lo mismo hace Harhash. Así conseguiremos unos setenta hombres más, aproximadamente.

—Avisaré a las palomas —dijo Layla.

—Ni hablar. Bastante me costará explicar a los hombres que mi desquiciada esposa quiere experimentar la aventura de la guerra. Solo nos faltarían más mujeres.

El día en que estaba previsto partir, Baybars, los uzbecos y los tres guerreros africanos realizaron una ronda de inspección a caballo de las tropas de esclavos. Harhash y Othman se hallaban al frente de sus respectivos hombres. Los ex bandoleros iban bien armados pero más que un ejército parecían un puñado de lunáticos harapientos. Los esclavos, en cambio, tenían un aspecto y un porte impecables. Baybars estaba satisfecho.

Decidió dividir el liderazgo de los esclavos entre los africanos y los uzbecos, pero uno de los guerreros esclavos comentó:

—Somos dos grupos de esclavos, señor, que llevan años entrenando por separado. Distribuir los hombres al azar tal vez no sea una buena idea.

El príncipe Baybars contempló al guerrero esclavo del rey y dijo:

—Nuestros caminos vuelven a encontrarse, amigo.

—Sí, mi señor —contestó Aydmur—. Nuestros destinos se cruzan una vez más. Este es el grupo con el que me he adiestrado. Está formado por veinticinco circasianos, veinticinco georgianos y veinticinco azeríes. Nos trajeron aquí para convertirnos en la guardia del rey, pero se han olvidado de nosotros.

—Querido Aydmur, yo no te he olvidado nunca, ni a ti ni a la amabilidad que demostraste conmigo en los baños de Bursa. Sin tu ayuda tal vez seguiría siendo el esclavo de aquel persa. En cierto momento yo debí de formar parte de tu grupo.

—Mi señor, en nuestros corazones siempre seréis uno de los nuestros.

—¿Te consideras preparado para dirigir ambos grupos?

—Sería un honor para mí, señor —replicó Aydmur el azerí.

—Esto es una señal de buena suerte —proclamó el príncipe Baybars.

Aydmur, hermano, te pido que lideres el ejército de esclavos. Partamos.

—¿Quién es este hombre? —susurró Othman al oído de Harhash—. Me parece arrogante y pomposo.

—Pregúntale a tu mujer —dijo Harhash, reprimiendo las ganas de reír—. Conoce a todo el mundo.

Othman arremetió contra Harhash. Layla no pudo evitar una sonrisa.

El día de su segundo cumpleaños Fátima condujo a los gloriosos gemelos hasta el salón principal. La realeza de esas tierras se maravilló ante la exquisita belleza de Shams y se asombró al ver a los coloridos loros que volaban a su alrededor. La esposa del emir agarró a Shams y lo llevó al centro de la sala.

—Observad a mi hijo.

Los notables se alinearon para presentarle sus respetos. Uno por uno fueron haciendo una reverencia ante el heredero del emir y besaron su mano. Y el día de su segundo cumpleaños Shams realizó su primer milagro. Shams se sintió intrigado por el turbante de la séptima persona que aguardaba su turno, un príncipe llegado de tierras remotas. Cuando el hombre se postró ante él, Shams le quitó el turbante. Avergonzado, el príncipe intentó cubrirse la calva cabeza, pero Shams se mostró aún más intrigado por el cráneo. El niño lo tocó y el príncipe retrocedió de un salto a causa del dolor. La esposa del emir empezó a disculparse, aunque de repente el príncipe dejó de escucharla. Se palpó la cabeza, y allí estaba. El salón en pleno vio cómo una mata de pelo crecía en el cráneo de aquel príncipe que había llegado calvo.

Otro hombre se apresuró a colocarse el primero de la fila y se señaló su calva.

—Tocadme —gritó—. Tocadme.

Otro calvo lo imitó, y pronto fueron tres o cuatro. La cola se había deshecho. Una mujer se abrió paso gritando: «¿Puede curar los granos?». Otra sostenía a su hijo delante y chillaba: «¡Tiene labio leporino!».

La esposa del emir intentó retroceder pero no tenía escapatoria. La masa de notables la rodeaba por todas partes. Shams rompió a llorar.

—A todos os llegará el turno —suplicó la esposa del emir.

—No. —Fátima alzó la mano y el loro verde, Job, voló por encima del grupo. Alzó la mano por segunda vez, para evitar que el hermano de Job, Adán, se uniera a él. De repente los miembros de la realeza allí congregados empezaron a rascarse la piel con todas sus fuerzas. Los mosquitos se estaban dando un banquete de sangre azul. Elías descendió del techo y se llevó a Shams. En cuanto este se reunió con Layl, en brazos de Fátima, los mosquitos se esfumaron.

—No tengáis miedo —dijo la esposa del emir, mientras se rascaba los brazos—. Quedaos, por favor. Ya se han ido los mosquitos y quemaremos salvia para asegurarnos de que no vuelven. No os vayáis. Mi hijo os curará a todos. Hará grandes milagros. Él es el elegido. Y yo soy su madre.

—Creo que ya hemos tenido bastantes emociones por un día.

Y, después de decir estas palabras, Fátima se llevó del salón a sus hijos y a sus loros.

Al-Awwar relinchó, se encabritó y aceleró el trote.

—Sí —dijo Baybars a su caballo—. Nos acercamos a casa.

Cuando el comandante Issa, el gobernador de Damasco, se enteró de la proximidad del ejército de esclavos, se vio obligado a reunir a sus tropas a la salida de la ciudad para saludar al nuevo líder del ejército real: el príncipe Baybars. Issa le presentó sus respetos como correspondía, pero en su corazón ardían las llamas del odio y de la envidia.

—¿Cuándo se espera la llegada del resto de las tropas? —preguntó el comandante.

Baybars respondió que no estaba previsto que acudieran más. La alegría se abrió un hueco en el corazón del comandante.

—Estoy muy impresionado. El rey debe de consideraros un gran guerrero, príncipe Baybars, si os ha asignado solo unos cuantos soldados para combatir a los miles de hombres que componen las filas de Halawoon.

—Quizá, comandante, seréis tan generoso como para prestarnos la ayuda de vuestras tropas para derrotar a esos adoradores del fuego —dijo el príncipe Baybars.

El comandante Issa afirmó que nada le complacería más que satisfacer la petición del príncipe, pero que necesitaba a sus hombres para proteger la ciudad.

Sitt Latifah aguardaba la llegada de su querido hijo a las puertas de la ciudad. En cuanto sus ojos distinguieron al príncipe montado en su caballo de guerra, corrió a su encuentro. Baybars bajó del caballo, se arrodilló ante su madre y le besó la mano, en la que vio dos diminutas manchas atribuibles a la edad que no estaban allí cuando la besó por última vez. Ella le dio un beso en el pelo.

—Mirad —proclamó ella a los moradores de la ciudad—, este es mi glorioso hijo, el gran guerrero Baybars. Mi hijo vuelve a casa al frente de un ejército, tal y como predije en sueños. Radiante como el sol.

Aquella noche Sitt Latifah ofreció un banquete a los hombres de Baybars.

—Hijo mío —dijo ella—, en mis sueños liderabas un ejército poderoso y vencías a Halawoon, el enemigo de Dios. Así está escrito. No pongo en duda la valía y el coraje de tus soldados, pero esperaba ver a un mayor número de hombres bajo tus órdenes.

El príncipe Baybars le explicó que el rey había considerado innecesario destinar más tropas a esa misión.

—Nada más lejos de mi intención que discrepar con los reyes —dijo Sitt Latifah—, pero me niego a enviar a mi hijo al frente falto de recursos. Convocaré a los arqueros. Vendrán de todos los rincones para satisfacer las deudas contraídas con nuestra familia. Dispondrás de un millar de los más expertos tiradores con arco.

Othman y Harhash se disculparon y abandonaron el banquete. Besaron la mano de Sitt Latifah y dijeron:

—Perdonad nuestra grosería, pero la luna ya brilla en el cielo. Es nuestra hora.

Al día siguiente Othman y Harhash se presentaron en compañía de cien individuos con pinta de facinerosos.

—Estos hombres lucharán por vos, señor —anunció Othman a Baybars.

Este preguntó si aquellos hombres se habían arrepentido de sus pecados.

—Desde luego, de todos sin excepción —respondió Othman—. Accedieron a arrepentirse si yo les ofrecía un milagro. Ayer les mostré el camino que llevaba a los cofres secretos de Issa. Eso les causó una gran impresión, y esta mañana se han arrepentido de todo corazón.

—Dios sea loado —dijeron los cien al unísono, mientras daban golpecitos a las bolsas llenas de oro que llevaban prendidas de sus cintos.

—Así crece nuestro ejército —dijo Baybars.

Mil arqueros a caballo llegaron para unirse al batallón de esclavos. Sitt Latifah los recibió con estas palabras:

—Sois hombres de honor. Él es mi hijo. Seguidle y yo continuaré proporcionando a vuestros hijos los mejores arcos, generación tras generación. Os estamos muy agradecidos.

Baybars se despidió de Sitt Latifah y el ejército de esclavos dejó la ciudad. Apenas habían recorrido una legua cuando se percataron de una nube de polvo que se formaba a sus espaldas. Una tropa de mil hombres, procedentes de Damasco, intentaba alcanzarlos. Su líder cabalgaba sobre un glorioso ruano.

—Os seguiré, príncipe —dijo el sargento Louai—. Mis hombres y yo combatiremos contra los infieles.

—Tu honor no conoce límites, sargento —dijo Baybars—. Ya saldaste tu deuda con creces cuando me salvaste la vida.

—Ya casi somos dos mil quinientos hombres —dijo Othman a Harhash—. Ahora soy un hombre honrado, pero en mis venas aún corre la sangre de la codicia. Cuantos más tenemos, más quiero.

—La codicia está justificada cuando se trata de una buena causa. Iré contigo.

—¿Codicia? —exclamó Layla—. Querer más hombres es una prueba de cordura. Las mujeres de Damasco tejen chales de luto. Se dice que el ejército de Halawoon está compuesto por al menos treinta mil efectivos.

El ejército de esclavos se detuvo a descansar en Hamah.

—No me apetece pasar la noche aquí —dijo Layla a Othman—. Hace demasiado calor y carecemos de comodidades. Llévame a la orilla del mar. Podemos pasar la noche en el Fuerte de Marqab, cerca de Latakia.

—¿En el Fuerte de Marqab? —gritó Othman—. Eso se aleja mucho de nuestro camino. Nos dirigimos a una guerra.

—¿Ha dicho comodidades? —se burló Harhash.

—Me alegro de contar con vuestra aprobación, querido Harhash —dijo Layla—. Informa a nuestro señor de que Othman y yo nos reuniremos con vosotros dentro de dos días, antes de que lleguéis a Alepo, después de que yo haya descansado y respirado las brisas marinas.

Alepo se alzó ante el ejército de esclavos. Baybars vio el cerco al que las tropas de Halawoon sometían a la gran ciudad. Una división ocupaba cada uno de sus lados: este, oeste, norte y sur.

—Es un ejército enorme —dijo Baybars.

—Demasiado grande —añadió Othman.

—Mejor no luchar contra ellos en las llanuras —sugirió Aydmur—. Debemos entrar en la ciudad. Atacar al flanco sur que tenemos delante, romper su asedio y abrirnos paso hasta las puertas. Las otras divisiones no tendrán tiempo de acudir al rescate. Una vez dentro, elegimos cuándo y contra quién luchar; además nuestros arqueros tendrán más suerte desde las torres.

—No nos hace falta suerte, señor —replicó un arquero—. Dios guía nuestras flechas.

—Perdonad que os interrumpa —dijo Layla, ya más fresca gracias al descanso—, pero ese flanco se compone de unos ochenta mil hombres. ¿Con qué medios pretendéis vencerlos?

—Los esclavos harán una cuña —dijo Aydmur.

—Y este esclavo que os habla será el punto extremo de esa cuña —dijo Baybars.

—Y estos esclavos te acompañarán —replicaron los africanos.

—Yo iré en segunda fila —dijo Layla—. Prefiero enfrentarme a una muerte menos cierta.

—Y yo debo proteger a mi esposa —dijo Othman.

Y cuando los historiadores se pusieron a redactar la historia del gran reino de los mamelucos, los reyes esclavos, antes de poder explicar la regla de los doscientos cincuenta años, antes de poder narrar la primera derrota de las hordas mongolas, antes de poder contar cómo los reyes esclavos machacaron a los cruzados, tuvieron que recordar esa primera batalla, que pasó a los libros bajo el nombre de la Batalla de al-Awwar en honor del mejor caballo de guerra de la historia.

Los rumores sobre los poderes curativos de Shams se extendieron por todo el territorio, de este a oeste, del desierto a las montañas, y creyentes esperanzados caminaron leguas y leguas para presenciar esos milagros. Después de su segundo cumpleaños, el niño empezó a satisfacer muchas quejas de los suplicantes, pero su especialidad siguió siendo el cabello. Su capacidad de dotar de cabello a las cabezas calvas devino legendaria. Sin embargo, sus poderes tenían ciertas restricciones logísticas. Su eterno compañero, Layl, y al menos un loro tenían que estar presentes. Se obtenían mejores resultados —un cabello suave, liso y sin enredos— cuando los dos loros rojos andaban por ahí. El horario también resultaba esencial: Shams solo podía curar durante una hora, antes de la siesta.

La esposa del emir deseaba que su hijo fuera más maleable. Si solo pudiera hacerle entender la magnitud y trascendencia de su talento. Si solo pudiera separarlo de su oscuro ayudante. Las limitaciones en el tiempo también resultaban un problema para los que acudían a palacio. La cola de personas que esperaban a ser tocadas por el Elegido era interminable… y se hallaba sometida a constantes cambios, ya que los devotos con título nobiliario pasaban delante del pueblo llano. Después de dedicar una hora a tocarlos, Shams cerraba los ojos para dormir la siesta y los loros al instante lo sacaban en volandas del salón.

Al cumplir los tres años los poderes de Shams seguían reducidos a la simple cosmética. A lo largo de aquel año el niño desarrolló la habilidad de ajustar el peso de la gente: su tacto aumentaba el volumen de un hombre delgado y reducía el de un gordo. Los sastres estaban extasiados: aquellos milagros facilitaban mucho su tarea, porque en poco tiempo todos los residentes de las tierras del emir tenían las mismas medidas, y todos, siguiendo la tendencia impuesta por la madre de Shams, empezaron a usar solo telas de color crudo.

—Mi hijo me inspira la búsqueda de la simplicidad —decía la esposa del emir—. Ya no me hacen falta las especias de la vida.

A partir de su cuarto cumpleaños Shams pudo curar los resfriados y la impotencia sexual, lo cual incrementó el número de sus devotos seguidores de forma espectacular.

—Mi hijo, el especialista en perfeccionar cuerpos —farfulló Afreet-Yehanam a su amante mientras ella contemplaba cómo los dos niños jugaban con viscosas y resbalosas serpientes—. Sus devotos son un hatajo de imbéciles y esa mujer vestida de color crudo está loca de atar. —Rodeó el hombro de Fátima con el brazo y la atrajo hacia él—. Y no es bueno para él que le consideren un profeta.

Layl se incorporó, cubierto de áspides, y fue hacia los cuervos que volaban juguetones sobre su cabeza.

—Siempre he tenido problemas con los profetas —prosiguió Afreet-Yehanam—. No entienden de matices ni de sutilezas. No captarían la ironía ni aunque les diera en la cara.

A los cinco años Shams ya curaba dos enfermedades graves: locura y lepra. Los nombres de Shams y Guruyi —el apodo que dio a Shams un reducido grupo que había ido a verlo desde Calcuta— estaban en boca de todos los habitantes del mundo conocido, desde los páramos de Irlanda hasta los pantanos de China, pasando por las estepas siberianas.

Y una riada de personas vestidas en tonos crudos se dirigía hacia el profeta.

Al-Awwar observaba la escena que se desarrollaba ante sus ojos mientras decidía el mejor punto de ataque. Levantó la cabeza, la sacudió y resopló. Relinchó con fuerza, anunció sus intenciones a sus atónitos enemigos y los embistió. Los infieles se apresuraron a ponerse a cubierto y se originó una inmensa refriega. Antes de que al-Awwar alcanzara la primera y confusa fila, un millar de flechas surcaron el aire y fueron a clavarse en los corazones de mil infieles. Y cuando al-Awwar derribó al primer soldado, otras mil flechas cayeron sobre otros tantos. De las gargantas de los soldados de Halawoon asomaban las puntas metálicas de las flechas y los penachos de plumas temblaban en sus cogotes. El ejército de esclavos entró en combate con sus filas dispuestas en forma de enorme cuña.

—Dejad a algunos para nosotros —gritó Louai, a la cabeza de la segunda fila.

Othman cabalgaba junto a su esposa con el fin de protegerla, pero ella le alejó. Del cinturón, Layla desprendió un látigo de cuero de múltiples colas, cuyos extremos iban provistos de un afilado gancho metálico, y desató su furia contra el enemigo, dejando un rastro de piel y sangre a su paso.

—Me das miedo —exclamó Othman.

—No me gustaría estar en tu piel —gritó Harhash.

Cuando al-Awwar llegó a las murallas, las puertas se abrieron para dejarle entrar pero él no lo hizo. Dio media vuelta y volvió a la batalla. Cual torrente de agua que choca contra un muro, la cuña se dividió en dos direcciones y reemprendió el combate. Y en menos tiempo del que tarda un maestro arquero en disparar una flecha al cielo y esperar a que caiga, el ejército de esclavos había masacrado una de las divisiones de Halawoon y entrado en la ciudad de Alepo como héroes gloriosos. Los habitantes de la ciudad salieron de sus casas, agasajaron a los guerreros con una lluvia de pétalos de jazmines y rosas, y se postraron ante su salvador, el príncipe Baybars.

Desde el parapeto este de la ciudad, el alcalde de Alepo mostró a Baybars y a sus compañeros las posiciones y filas del enemigo.

—Allí está Halawoon —dijo Othman—. No se le ve muy contento.

—La visión de su bandera de fuego me hace arder la sangre —dijo Baybars.

Uno de los arqueros colocó una flecha en el arco y disparó; la bandera quedó partida en dos. El atónito alcalde aplaudió al arquero y preguntó cómo podía disparar a más distancia que cualquiera de los suyos.

—Usamos los arcos de Sitt Latifah —dijo el arquero—. No los hay mejores.

La esposa de Othman subió las escaleras que conducían a lo alto del parapeto con un hatillo envuelto en los brazos.

—Si tu flecha puede acertar en la bandera —dijo ella—, ¿no podríais apuntar a unos cuantos de esos adoradores del fuego antes de que se den cuenta?

—Subid a los arqueros —ordenó Baybars—. Disparad antes de que se retiren.

Los arqueros se apresuraron a subir y una primera lluvia de flechas descendió sobre las tropas de Halawoon. Se ordenó una retirada rápida y los soldados de Halawoon se dispersaron sin orden ni concierto. Pudo verse a Halawoon usando a uno de sus oficiales como escudo. Los esclavos apuntaron a la roja tienda del rey y este corrió a refugiarse en ella, huyendo de la línea de fuego. El arquero disparó la flecha y partió el palo principal. La tienda se desplomó sobre su ocupante y Halawoon salió a rastras, como un fantasma escarlata. La gente de Alepo gritaba de contento.

—Esa dio en el blanco —exclamó el príncipe Baybars.

Hablando de arcos y arqueros, he aquí una hermosa historia que contaba Saadi, el gran poeta persa: No hace mucho tiempo, un rey de la divina ciudad de Shiraz celebró un torneo de tiro al arco para divertir a sus amigos. Hizo que un joyero forjara el anillo más bello y puro del mundo, sobre el que se encastó una esmeralda de inestimable valor. El rey ordenó que el anillo fuera colocado en el extremo de la bóveda de Asad. Un voceador anunció que cualquiera que atravesara el anillo con una flecha podría reclamarlo para sí como recompensa por su impecable puntería. Un millar de los mejores arqueros de la zona intentaron la gesta sin éxito. Sucedió también que, entretanto, un niño pequeño se entretenía con un arco de juguete en una azotea. Una de sus flechas, disparada al azar, ensartó el anillo. Un grito de entusiasmo se levantó entre la extasiada multitud. El rey, exaltado, regaló el anillo al niño, quien, tras recoger el gran premio, tomó la sabia decisión de volver a casa y quemar el arco, para que la reputación de su hazaña se mantuviera incólume.

Layla destapó el hatillo, que contenía una pequeña jaula dorada donde una paloma roja zureó al ver a su dueña. Abrió la portezuela y la paloma se le posó en el dedo.

—¿Has traído una paloma desde El Cairo? —preguntó su marido.

—Dos —contestó ella.

—¿Dónde está la otra? —preguntó Othman.

—Ahora la llamamos. No tardará en llegar.

Baybars dijo a sus compañeros:

—Tenemos que decidir cuándo atacar al enemigo. Es cierto que nos superan en número, pero nuestros corazones rebosan coraje. Sumadas a las tropas de la ciudad ahora contamos con cinco mil hombres.

—A nuestro enemigo le quedan veinticinco mil hombres —añadió Aydmur—. Nuestro arrojo y un adecuado plan de combate compensarán la desigualdad numérica.

Layla alzó las manos en el aire y la paloma agitó las alas, satisfecha.

—Ya viene —dijo Layla.

Un espléndido macho rojo apareció en el aire, voló en círculos y aterrizó sobre el brazo extendido de Layla.

—¿De dónde viene? —preguntó Othman.

—Espero que no de muy lejos. —Depositó a ambas palomas en la jaula y retiró un mensaje que llevaba el macho prendido a la pata. Luego, dirigiéndose a Baybars y a los guerreros, dijo—: Renunciad a vuestros planes. El ejército de los hijos de Ismael se acerca con la intención de redimir el honor del reino. Son cinco mil hombres más, y anhelan probar la carne de esos infieles. Si deseáis saborear la sangre de vuestro enemigo, no os demoréis, porque el ejército de Halawoon no durará mucho tiempo.

En el horizonte floreció un gran torbellino de arena.

—A los caballos —ordenó el príncipe Baybars.

Poseída por la ira, la esposa del emir recorría sus aposentos.

—Son demasiados. Llegan de todas partes y la fila se hace más larga cada día. Ya no puedo ni salir al jardín sin pasar junto a ese hatajo de apestosos. Y para colmo algunos amigos nuestros han renunciado a ser curados porque no quieren mezclarse con esa chusma.

—Si no quieres que la gente vea a nuestro hijo, podemos negarles el acceso —dijo el emir—. Haremos una proclama y esos peregrinos volverán a sus casas enseguida. Si te soy sincero, tampoco a mí me complace esta situación. Al principio ayudar a los necesitados fue algo grande y entretenido, pero llevamos años de colas incesantes. Ya basta. Tanta súplica, tanto ruego, no son buenos para el alma. Pensaba que te hacía feliz, pero ahora sé que no es así. Pondremos punto final a esta locura.

—No, ni hablar. Lo que haremos será alejar a esa gente de nuestra casa. Construiremos una capilla, un edificio glorioso provisto de columnas del grosor de veinte hombres, arcos elevados y al menos dos minaretes que toquen el cielo. Shams recibirá a sus visitantes en el templo y las masas se dedicarán a rezar mientras le esperan. ¿No os parece una idea maravillosa?

El ejército de esclavos salió por la puerta oeste con Baybars a la cabeza y llegó a las líneas enemigas antes de que lo hicieran las filas de los hijos de Ismael. El campo de batalla se llenó del fragor de las espadas y de heroicos gritos de guerra. Los adoradores del fuego cayeron y fueron derribados. Al-Awwar no les prestó la menor atención; buscaba al espectro rojo del rey del fuego. El muy cobarde se escudaba detrás de sus esclavos. Al-Awwar proseguía, implacable, aplastando a un soldado tras otro.

Los hijos de Ismael se unieron al combate. Al oír sus gritos de guerra, el vil Halawoon se subió a un caballo y ordenó a sus soldados que le protegieran. Huyó al galope, con su séquito y un escuadrón de la guardia. Los esclavos guerreros triunfaron. Sus enemigos terminaron muertos o encadenados. Los victoriosos soldados se reunieron en el campo, entre los muertos y los vencidos. El príncipe Baybars felicitó a sus tropas por la victoria.

—Ha sido un triunfo valiente —dijo el líder de los hijos de Ismael—. Me llamo Maarouf ben Yamr. Soy el jefe del rey de fortalezas y batallones. Mi gente y yo nos ponemos a vuestro servicio.

—Gracias, amigo. Vuestra llegada ha sido de lo más oportuna. ¿Cómo os animó el destino a cruzaros con nuestros enemigos en una ocasión tan apropiada?

—Nos inspiró una elocuente carta escrita por uno de vuestros súbditos, un parte leal que nos pedía que tomáramos las armas para apoyar al fiel príncipe Baybars, el defensor de la fe.

—¿Dónde vives? —gritó Othman—. Por favor, dime que no es en el Fuerte de Marqab.

—Pues precisamente allí —respondió Maarouf.

—¿Por dónde anda mi desleal esposa? —exigió Othman.

—¿Desleal? —preguntó Layla, mientras se abría paso en el círculo de hombres—. ¿Te atreves a calificar de desleal al autor de esa misiva? No critiques lo que no entiendes.

—Me pediste permiso para visitar a unas damas amigas que vivían en el fuerte, no para ir a ver a su jefe.

—Y de hecho las visité. Lo que pasa es que residen en el harén.

—Te has burlado de mí —dijo Othman—. Me has desposeído del honor, no soy más que la cáscara de un hombre.

—No juzgues a tu esposa, ni a ti mismo, con excesiva severidad —intervino Maarouf—. Conocí tiempo ha a tu encantadora paloma. El reino se hallaba en un brete y las acciones de tu esposa fueron heroicas. El valor de una mujer nunca desmerece el honor de su marido.

—No sé cómo podré vivir con tal vergüenza —se lamentó Othman.

—Pues ve acostumbrándote —replicó Layla.

El ejército emprendió el camino de regreso a El Cairo.

—Cabalga con nosotros hasta Damasco —dijo Baybars a Maarouf—. Serás mi invitado. Permite que mi madre disfrute de la gloriosa visión de tu ejército. La complacerá sobremanera que se haga realidad su sueño.

Y así el gran ejército llegó a Damasco entre grandes celebraciones. Sitt Latifah estaba encantada. La fiesta se prolongó durante tres días, y luego llegó el momento de la separación. Los hijos de Ismael regresaron a sus respectivos hogares y el ejército de esclavos partió hacia El Cairo, donde fueron homenajeados de nuevo por haber liberado Alepo y haberse alzado como los grandes defensores del reino. El rey regaló nuevas túnicas a Baybars.

Y así fue como Baybars se convirtió en el comandante del ejército real.

El primer beso en público acaeció el día del séptimo cumpleaños de los gemelos, durante la ceremonia celebrada en el templo del sol de los dos minaretes. La esposa del emir llevaba meses planeando el evento, y los devotos habían empezado a congregarse, cargados de presentes, casi desde el inicio de los preparativos. La esposa del emir había esperado que Shams, el profeta del sol, adoptara un aire más místico en el día de su cumpleaños. Los ocho loros habían estado metiendo más ruido del habitual y la esposa del emir había acabado con una jaqueca atroz.

Los gemelos de la luz y la oscuridad se sentaban hombro con hombro sobre el cojín relleno de plumas de avestruz, y Shams tocaba las cabezas de los devotos que se arrodillaban ante él. Cuando el devoto en cuestión le entregaba el regalo, Shams se lo ofrecía a Layl, que se dedicaba a quitarle el envoltorio. En una ocasión Layl encontró una preciosa talla de madera, un caballo en miniatura, y se lo mostró a un emocionado Shams, que lo besó. No fue un beso de amistad, ni un beso fraternal, sino un beso apasionado de una duración indecente.

Y la cara de la esposa del emir se tornó tan roja como las plumas de los dos loros ruidosos, Ismael e Isaac, que estaban apoyados en el trono.

—Lo besó —dijo la esposa del emir—. Delante de todo el mundo, un beso aberrante. No me habría sorprendido si se hubieran arrancado la ropa el uno al otro allí mismo.

—Solo tienen siete años, querida —dijo el emir—. Los chicos son muy expresivos a esa edad. No es nada. Como príncipe, puede hacer lo que le plazca. Muchos hacen cosas peores con sus esclavos.

—Pero no los besan. No entiendo por qué ese niño oscuro tiene que estar rondándolo a todas horas. No consigo ver a mi hijo a solas. ¿Y qué me dices de esos malditos pajarracos? Vuelan a su alrededor constantemente, como si nuestra guardia no fuera suficiente. Esa Fátima ha arruinado a mi hijo. ¿Por qué solo se me permite verlo durante una hora al día? Solicito verlo, pero si lo hago fuera del horario dispuesto, mi hijo se niega y patalea hasta que no me queda más remedio que ceder y le permito volver a sus aposentos. Contraté a un tutor, pero me dijo que no podía enseñar nada a Shams. Me dijo que mi hijo había nacido sabio.

—¿Te quejas de que nuestro hijo ya sepa leer y escribir?

—Por supuesto que no. Ha heredado nuestras mejores cualidades. Lo que no puedo soportar son sus compañías. Esa mujer dirige su feudo dentro del mío. No lo aguanto.

—Entonces líbrate de ella.

—Lo intenté. Le comuniqué que prescindía de sus servicios y se rió en mi cara. Y cuando envié a la guardia a que la echara a patadas, Shams se puso histérico. Cree que su madre es ella, no yo. Oh, marido mío, estoy desesperada…

—¿Qué puedo hacer para aliviar tu sufrimiento? ¿Quieres que te cuente un nuevo episodio de la historia de Baybars?

12

Me desperté desconcertado, sin saber muy bien dónde estaba. Aunque llevaba ya dos meses instalado en la habitación de la residencia de estudiantes, todavía no conseguía sentirme como en casa. Todas las mañanas despertaba lleno de ansiedad. En un principio, la idea de vivir por fin solo, independiente, lejos de la familia, me había resultado atractiva, pero la realidad era muy distinta. Durante la primera semana tuve un compañero de cuarto, lo que en su momento me pareció una señal de mala suerte: yo había pedido una habitación individual. Mi compañero era un chico taciturno que apenas decía una palabra ni atendía a las mías y que sentía tanta añoranza de su hogar que la segunda semana hizo las maletas y dejó la universidad. Le eché de menos.

Ojalá yo también pudiera hacer las maletas, pero no tenía adonde volver.

Sonó el teléfono y vacilé antes de descolgar. Aunque había pagado un extra para disfrutar de teléfono en la habitación, todavía no estaba acostumbrado a recibir llamadas. Esta era de Roma.

—No sabía si te encontraría aquí —dijo Fátima—. Creí que estarías en clase.

Fátima se había trasladado a Italia con su madre en 1975, cuando empezaba la guerra en Líbano. Mientras estábamos en Beirut no pasaba ni un solo día sin que habláramos, pero desde que nos separamos nos resultó imposible mantener esa frecuencia. Intentábamos llamarnos al menos una vez por semana.

—Debería haber ido —dije—, pero… —No podía pensar con suficiente rapidez; ¿existía alguna buena razón para no ir a clase?—. Estoy cansado, así que me he tomado la mañana libre.

Contemplé el ramito de azucenas de seda color ocre esparcidas sin orden ni concierto debajo del sofá, a la espera de que alguien las tirara a la basura. Pertenecían a mi ex compañero de cuarto, que se había olvidado de llevárselas cuando regresó a Fresno. De paso debería tirar también la silla: falsa madera con un tapizado feo de color marrón que provocaba picores.

Ella me preguntó si seguía siendo desgraciado. Le relaté mis penas. Le conté que aún no comprendía a ninguno de los residentes de mi planta, y mira que eran numerosos: por mucho que me esforzara por conocer a esos americanos, ellos se mostraban invariablemente afables pero esquivos. No es que los estudiantes libaneses fueran ninguna maravilla. Tampoco pertenecía a su grupo. Le conté lo mucho que odiaba mi cuarto.

—Pero ¿sabes una cosa? —proseguí—. He visto las habitaciones de otros libaneses que viven aquí y son mucho peores.

La imaginé en su piso de Roma, bellamente iluminado: lo más probable era que estuviera tumbada boca abajo, su postura habitual, con las piernas dobladas a la altura de las rodillas y los tobillos cruzados en el aire. Su teléfono no se parecería en nada al modelo Princess barato que tenía yo.

—Te acostumbrarás a estar solo —dijo ella—. Como hacemos todos.

Me contó lo mucho que añoraba el barrio; incluso reconoció echar de menos a su vanidosa, egoísta, irresponsable y desapegada hermana, que se había negado a abandonar Beirut.

—Ahora que Mariella no está, no tengo a nadie a quien odiar en el día a día —añadió—. Mi hermana se está acostando con todos los líderes de la milicia de Beirut, pero ya no puedo llamarla puta. Echo de menos eso. Estoy preocupada por ella. —Noté que hacía una pausa, titubeaba—. Tu hermana también está tonteando con uno de los líderes de los milicianos.

—¿De qué hablas?

—Lina disfruta de la compañía de Elie —dijo Fátima—. Le ha gustado desde siempre. No entiendo por qué. Al fin y al cabo antes de la guerra no tenía donde caerse muerto y ahora es un asesino.

Todos sabíamos que Elie se convertiría en militar; de joven había vivido un rápido ascenso en las filas de la milicia pero, dado que ninguno de nosotros había considerado la posibilidad de que estallara una guerra civil, nadie pensó tampoco que el chico llegaría a cobrar alguna importancia.

—No me ha comentado nada de eso —dije.

El porro se había apagado en el cenicero. Sentí unos intensos deseos de volver a encenderlo y fumar durante mucho rato. Estiré la mano para coger el paquete de Gauloises.

—Por supuesto que no —dijo Fátima—. Tú eres su familia. Yo soy su amiga.

La historia va así.

Era un día de gran belleza; la nieve cubría todo el pueblo bajo una bóveda celeste de inequívoco color azul. Era enero de 1938, y el tío Yihad, que por entonces era un chiquillo, reclamaba la atención de su madre. Le iba dando golpecitos con el dedo en el muslo hasta que ella, harta, le propinó un manotazo.

—Ponte el abrigo y sal a jugar con los otros niños —dijo mi abuela—. No interrumpas las conversaciones de los adultos.

—No interrumpo vuestra conversación —dijo el tío Yihad—. Interrumpo vuestro trabajo.

Mi bisabuela Mona, mi abuela Nayla y mi tía Samia, que a la sazón tenía diecisiete años, estaban haciendo punto sentadas alrededor de la estufa de hierro.

—Creo que mi hermana no debería encargarse de mi suéter —añadió él—. No sabe hacerlo.

—Deja de meterte en lo que no te importa —le dijo mi abuela. Era la única de las tres que no llevaba *mandeel.* Mi bisabuela llevaba el suyo alrededor del cabello; el de tía Samia estaba en la mesita, frente a ellas.

—Sí que me importa. —El tío Yihad volvió a clavar el dedo en la pierna de su madre—. Soy yo quien tendrá que ponérselo.

—A callar, mi niño. —Mi bisabuela le tapó la boca—. Tienes demasiada energía. Cálmate. En primer lugar, no tendrás que ponértelo. Este es para Farid. Y es posible que tu hermana no sea tan buena como tu madre o como yo, pero desde luego lo hace mejor de lo que lo hacíamos nosotras a su edad. Eso es lo que importa. Está aprendiendo. Solo se ocupa de una manga. Así que estate quieto y déjanos trabajar.

—¿Por qué siempre se le dan tantas explicaciones? —preguntó la tía Samia—. ¿Por qué le tratáis de manera distinta a los demás críos? Decidle que se siente y se calle.

—Siéntate y cállate —dijo mi abuela.

Las mujeres reanudaron su tarea y su conversación. Mi bisabuela expresó su preocupación por su hijo Yalal.

—Se está metiendo en líos. No entiendo por qué lo hace. Escribe esas cosas horribles para el periódico, y los franceses ya le han dicho que lo deje o tendrá que asumir las consecuencias. Todos le están aconsejando mal. El bey le alaba, pero no es él quien está amenazado. Se pasa la vida besando las manos de los europeos, y sin embargo le gusta que Yalal remueva las aguas. Los franceses quieren meter a Yalal ya-sabéis-dónde.

—¿Qué es ya-sabéis-dónde? —preguntó tía Samia.

—La cárcel —respondió el tío Yihad—. Los franceses creen que el tío Yalal es una mala persona porque escribe cosas provocativas.

—¿Provocativas? —inquirió la tía Samia—. ¿Qué significa eso?

Mi bisabuela y mi abuela intercambiaron una mirada. Mi bisabuela sonrió. Mi abuela negó con la cabeza y envolvió al tío Yihad en prendas de lana: abrigo, gorro, bufanda y guantes. Le llevó hasta la puerta.

—A jugar. —Señaló hacia la pendiente de la colina, al final de la extensión de pinos—. Allí está Farid. No puedes pasarte el día encerrado en casa. Ve.

—Hace frío —protestó el tío Yihad.

—No hace tanto frío. —Ella mostró con un gesto su larga falda negra y el suéter a juego—. Mira, yo no llevo ni abrigo.

—Vais a hablar de un marido para Samia.

—Eso no es asunto tuyo —dijo mi abuela—. Vete a jugar y no vuelvas hasta la hora de comer.

Ah, tantas historias empiezan con tres mujeres que charlan mientras hacen calceta. Esta es mi favorita…

Una tarde un rey salió a explorar su ciudad, recorrió los callejones y escuchó lo que decían sus súbditos desde el otro lado de las ventanas de arco. Por casualidad pasó junto a una casa donde tres hermanas se dedicaban a tejer a la luz del hogar.

—Ojalá pudiera casarme con un panadero —dijo la mayor—. Así podría comer pan blando todos los días. Y pasteles… Podría tomar riquísimos pasteles.

—Pues yo preferiría casarme con un carnicero —dijo la mediana— para poder comer tanta carne como se me antojara.

Y la más joven dijo:

—Ojalá pudiera casarme con nuestro rey. Le amaría y honraría, cuidaría de él, y le despojaría de toda preocupación para que así lograra gobernar con más justicia aún.

El rey apreció lo que oía. Envió a buscar a las tres hermanas y cuando vio a la menor decidió convertir en realidad el deseo de la joven. Casó a la mayor con el panadero de palacio y a la mediana con el carnicero.

—Tratad a vuestras esposas con el máximo respeto y dadles de comer todo cuanto deseen —ordenó a los dos novios.

Y, en una impresionante ceremonia que se prolongó durante un día y una noche, el rey contrajo matrimonio con la hermana menor. El rey colmó a su esposa de regalos y lujos, lo que plantó las semillas de la envidia en el corazón de las otras dos hermanas. Al saberse que la nueva reina estaba encinta, el rey se sintió en el séptimo cielo.

—Si nuestra hermana da a su marido un heredero, el rey la amará para siempre. No podemos consentir que eso suceda —dijo la hermana mayor a la mediana.

Así que ofrecieron una recompensa en oro a la comadrona si esta se libraba del recién nacido. La joven reina parió un varón sano, pero antes de que nadie pudiera verlo, la comadrona le derramó por encima agua mágica y recitó un encantamiento. El bebé se transformó en un cachorro de perro. El rey pidió ver a su hijo.

—Esto es lo que ha dado a luz vuestra esposa. —La comadrona sostuvo al cachorro en alto.

El rey, al borde del ataque de apoplejía, dijo:

—Me niego a ser el padre de esto. —Y con su propia espada decapitó a su hijo.

La reina volvió a quedar embarazada, y en el momento del parto la comadrona transformó al bebé en un cerdito.

—Esto es lo que vuestra esposa ha dado a luz —dijo la comadrona.

El rey, lívido, dijo:

—Me niego a ser el padre de esto. —Y mató a su hijo.

La comadrona convirtió al tercer bebé en un ternero blanco. Justo cuando la espada de su padre iba a caer sobre él, el ternero levantó la vista y el rey detuvo el golpe.

—Me niego a ser el padre de esto —dijo el rey—. Informa al carnicero de que quiero tomar el corazón de este ternero para cenar.

La reina preguntó, entre sollozos:

—¿Qué ha sido de mis hijos?

—Te lo he ofrecido todo y a cambio solo he recibido dolor y desdén —le dijo el rey—. Ya no lo soporto más. Me niego a seguir siendo tu esposo.

Prohibió a la reina que saliera de sus aposentos y dejó de frecuentarlos.

El carnicero vio al ternero y se dijo: «¡Qué espécimen tan magnífico! Sería una lástima matarlo para una simple comida. Mataré a otro ternero y reservaré este impresionante animal para crianza». El ternero demostró que el carnicero entendía de reses, porque creció hasta convertirse en un toro blanco de belleza y tamaño incomparables. El gran toro vivió junto al resto del ganado real hasta que un día apareció por allí una nueva lechera de la que se enamoró. Cuando vio a aquel gran toro que se acercaba a ella, la joven doncella palideció y sintió un escalofrío. Huyó, y él no la siguió ya que no quería asustar a su amada. Ella se unió al resto de chicas que ordeñaban a las vacas, pero seguía observando de reojo a aquella bestia magnífica.

A la mañana siguiente el toro blanco guió a las vacas hasta una pradera donde florecían numerosas flores de primavera. Al ver las flores, las caras de las lecheras se llenaron de gozo y se dispusieron a recoger narcisos, rosas, jacintos, violetas y tomillo. El toro exhaló un suspiro de placer y se dejó caer sobre la hierba junto a su amada. La doncella se montó sobre el gran toro, y este se alzó y la llevó sobre su cuerpo. Las otras lecheras se sonrojaron ante la visión de una virgen montada a horcajadas sobre el gran toro. Este recorrió leguas y leguas, hasta que se cruzaron con una vieja arpía que descansaba recostada en una inmensa roca. La doncella saludó a la anciana y esta preguntó:

—¿Él es tu marido?

La chica contestó que no, y la vieja preguntó:

—¿Es tu hermano?

La doncella juró que no lo era.

—Entonces, ¿por qué no llevas el velo puesto? —se preguntó la vieja.

—No es más que un animal —dijo la doncella mientras acariciaba el cuello del toro.

—Es un chico enamorado. Una bruja le convirtió en toro.

—Eso es horrible —sollozó la doncella—. Habría sido un hombre muy apuesto. ¿Hay algo que podamos hacer?

—Siempre lo hay. Mudar a un ser de especie es una ardua tarea: requiere magia, habilidad y la ayuda de elaboradas pociones. Pero devolverle a su forma original es mucho más fácil, ya que para ello solo hace falta el puro y verdadero amor de uno de los suyos.

—¿Acaso sugieres…? —fue a preguntar la doncella. Pero cuando levantó la vista la arpía había desaparecido.

El toro volvió a tenderse en la hierba y la doncella bajó de su lomo.

—Te amaré —le dijo, y le dio un beso. Hicieron el amor sobre el prado y cuando la doncella abrió los ojos, satisfechos y colmados, vio que sobre ella yacía al príncipe perfecto.

Al enterarse del milagro las lecheras informaron al carnicero, quien quiso verlo con sus propios ojos.

—Tu cara me suena mucho… Es casi como si fueras de la familia —dijo el carnicero al chico.

Cuando su esposa le oyó se puso a temblar y se le arreboló la cara; al percatarse, el carnicero le sacó la verdad a palos.

El rey escuchó la historia y ordenó que las dos hermanas y la comadrona fueran decapitadas en la plaza pública. Por primera vez desde hacía años fue a ver a su esposa y se disculpó, pero ella le dijo:

—Te lo ofrecí todo y a cambio solo he recibido dolor y desdén. No lo soportaré más. Has matado a mis hijos. Me niego a ser tu esposa.

—Me equivoqué —dijo el rey—. ¿Cómo puedo enmendar tal error?

—Muérete —replicó la reina.

Y así fue. La culpa y la pena acabaron con aquel rey desleal. La reina presenció el ascenso de su hijo al trono y la lechera, ahora coronada, pasó a ser su prometida.

Yo intentaba contener las lágrimas. Me dolía la rodilla, me dolía el codo, y el moretón que tenía en el antebrazo izquierdo adquiría por momentos una tonalidad más oscura. El tío Yihad estaba arrodillado delante de mí e intentaba calmarme. Había colocado el botiquín sobre la mesa del comedor y a mí sobre una de las sillas.

—En mi caso también eran mayores que yo —dijo él—. Eran amigos de Wayih. Por eso mi madre se enfureció tanto. Wayih no colaboró, pero tampoco hizo nada para detener a sus amigos. Tenía demasiado miedo. Se limitó a quedarse mirando. Es lo que intento explicarte: esos chicos no te odian; te tienen miedo. Tú eres mucho más listo, posees más talento.

—Y soy mucho más pequeño —le espeté—. Y ellos son un montón.

—Ya lo sé —contestó, mientras aplicaba mercromina en mi rodilla—. Pero esto no durará mucho. Pronto harán corro a tu alrededor. Pronto se dedicarán a dar lustre a tus zapatos y a recoger lo que tires. —Me hizo cosquillas en la barriga—. Eso te gustaría, ¿eh?

—Ya, pero ¿ahora qué hago? No puedo esperar hasta que llegue ese momento, aunque falte poco.

—Déjalo en mis manos. No te preocupes.

—¿No se lo dirás a mi padre?

Fingió coserse la boca con hilo y aguja. Me puso una tirita en la rodilla y empezó a examinarme el codo.

—¿Y qué les digo cuando me vean así? —pregunté.

—Diles que te has caído.

—¿Me estás diciendo que mienta a mis padres? —Le miré fijamente.

—Nunca haría una cosa así —respondió el tío Yihad en un tono de burlona seriedad—. Nunca, nunca mientas a nadie, y menos aún a tus padres. Mentir está mal. Pero nada prohíbe ser discreto. Te has caído, ¿no? Tal vez te empujaron, pero lo cierto es que te has caído. Pues les contaremos eso. A tus padres no se lo explicaremos todo por su propio bien. No queremos que se preocupen innecesariamente. —Di un respingo al notar las gotas de agua oxigenada en el codo—. Espera aquí —dijo él—. Creo que nos hemos ganado un vaso de zumo.

Fue a la cocina y volvió con sendos vasos altos, llenos hasta la mitad de zumo de granada.

—¿Vas a contarme lo que te pasó aquel día? —pregunté.

—Estaba mirando a los chicos del pueblo. Era un día frío pero despejado, así que todos los chicos que no trabajaban se deslizaban por la colina. Había nevado durante tres días consecutivos, y el terreno estaba en perfectas condiciones para ello. No tenían trineos, claro: usaban cajas de madera rotas. Vi a Farid con sus amigos y fui hacia él, pero antes de que pudiera alcanzarlos cuatro o cinco chicos mayores saltaron sobre mí. Eran amigos de Wayih, así que debían de tener unos quince años, más o menos. Me cogieron, me metieron en una caja y me empujaron montaña abajo. Por pura diversión. Yo estaba demasiado aterrado para gritar y no tenía ni idea de qué hacer. Tenía los pies y las manos metidos dentro de la caja. El trineo fue ganando velocidad. Incluso los chicos dejaron de reírse. Por fin oí a Farid, que me decía que usara las manos para frenar la caja. Lo intenté, pero fue en vano. Farid bajaba corriendo la montaña, pero yo iba demasiado rápido, directo a un precipicio. Era más bien un desnivel, la verdad, pero aun así suponía todo un salto si ibas metido en una caja de madera. Todos, incluido yo, creyeron que nada me pararía. Y así fue. Llegué al borde y salí disparado en la caja; me elevé por los aires… hasta que un gran pino dobló su mano y me recogió del cielo.

—¿La mano de un pino?

—Un poco de imaginación, chico. *Cum grano salo.* Era la rama de un pino. Noté una mano porque me quedé prendido de la rama en pleno vuelo. La mano de Dios descendió y tomó la forma de una rama de pino. Me pilló del abrigo, mientras la caja seguía volando y acababa estrellándose contra el suelo. Me salvé.

—¿Cómo bajaste del árbol?

—Tardé una eternidad.

Los magnolios chinos estaban cubiertos de divinos brotes de color rosa y blanco; podía decirse que constituían la única vista bonita del terreno que rodeaba mis aulas. A diferencia del resto de la universidad, el campus de ciencias era un horror. Construido en su mayor parte durante la fea década de los sesenta estaba hecho a base de grandes cubos de hormigón cuyas ventanas se abrían hacia arriba, como si los edificios sacaran sus lenguas colectivas al mundo y proclamaran: «Somos feos, pero nos importa un comino».

—Eh, tío —gritó una voz.

Me dirigí a la mesa ocupada por mis compatriotas libaneses. Cuatro de los seis estaban jugando a las cartas, y uno devoraba una hamburguesa a pesar de que estábamos a media mañana. No importaba a qué hora del día llegaras al Refugio Antiaéreo, la hamburguesería de la facultad de ciencias: casi siempre tenías garantizado encontrarte al menos con uno de los estudiantes libaneses. En cuanto el número ascendía a dos, lo más probable era que estuvieran enfrascados en una partida de cartas. Creo que yo era el único libanés de la UCLA al que no le gustaban los juegos de naipes.

—¿Dónde te has metido? —gritó Sharbel. Era, con mucho, el mayor y más corpulento del grupo. Nos pasaba más de una cabeza a todos. Estaba en tres de mis clases—. ¿Dónde está? —Intentaba sonar jovial pero la ansiedad de su voz lo traicionaba.

Le pasé mi carpeta y al instante se puso a copiar los ejercicios de matemáticas en su libreta. Era tan grande que ocupaba casi la mitad de la mesa; los otros chicos tuvieron que apiñarse mientras jugaban a las cartas para que cupiera.

—¿Cómo puedes vivir en la residencia? —preguntó Iyad—. ¿No está abarrotada?

—Tienes que convivir con extraños —dijo Joseph. Estaba en dos de mis clases. Todos los libaneses de la UCLA, sin excepciones, estudiaban en la facultad de ingeniería. La única variación era la especialidad: yo estaba en informática.

—No vivo con extraños —protesté—. Tengo mi propio cuarto.

—Bueno —repuso Sharbel—, no es como vivir con un amigo.

Iyad golpeó la mesa con la mano y emitió un grito triunfal. Todos los americanos se volvieron hacia nuestra mesa y nos obsequiaron con una mirada de desaprobación. Yo me puse de espaldas a ellos y retiré un poco la silla, con la esperanza de que nadie que mirara hacia nosotros me asociara con aquel grupo.

Dos americanos, estudiantes de ingeniería, saludaron a Iyad con un gesto de cabeza al pasar. Él no les hizo el menor caso. Cuando estaba con el grupo, es decir, casi siempre, mostraba un desprecio absoluto hacia todos los no libaneses. En una ocasión, con su novia americana sentada en el regazo mientras él jugaba a las cartas, la había llamado depositaria de esperma. El grupo hablaba en libanés, incluso, o especialmente, cuando había cerca gente que no entendía ese idioma. De haberse hallado en el Líbano habrían hablado inglés o francés, pero en América hablaban árabe. Éramos unos marginados.

La mañana después de que Dios, el árbol milagroso, salvara a su benjamín, mi abuela se puso dos jerséis negros y se cubrió la cabeza y el torso con un *mandeel* diáfano que casi rozaba el suelo a su espalda. Vestida a lo druso, de blanco y negro, salió de su casa y subió a trompicones la montaña nevada hasta llegar la mansión del bey. Era la hora establecida para las visitas. Pedigüeños y suplicantes entraban y salían por la puerta principal, así que mi abuela entró por la lateral. Saludó a todas las presentes en el salón de las mujeres y solicitó audiencia con el bey. Sí, con el bey en persona, no con su maravillosa esposa. Sabía que estaba atareado, muy atareado, pero le agradecería mucho que pudiera dedicarle unos minutos. No, no le importaba esperar. Disponía de todo el día. Bebió café con las demás visitas, departió con las mujeres. Tuvo tiempo de tomar una segunda taza de café.

—Estoy segura de que te recibirá —dijo la esposa del bey—. Discúlpale: anda muy ocupado con eso de que el mundo se está preparando para la próxima guerra.

—Su generosidad no tiene límites —contestó mi abuela.

Por fin un ayudante susurró que el bey recibiría a mi abuela. Ella y la esposa del bey se dirigieron a una sala más reducida, donde el bey mantenía una animada discusión con otro hombre. El bey usó a mi abuela como excusa para poner punto final a la conversación.

—Es un tema delicado —dijo al hombre—. Me temo que no puede esperar.

A solas con el bey y su esposa, la abuela tuvo que interesarse por sus hijos, sus nietos, sus primos, la casa, las comidas y las vacaciones, antes de que el bey se dignara preguntar cuál era el motivo de su visita.

—Ha sido de lo más generoso con mi familia —dijo ella—. Que Dios le conserve muchos años para que nos sirva de guía, protección y de reluciente ejemplo a seguir. Su padre educó a mi padre y a mis tíos, y su amabilidad se ha extendido hasta mis hermanos. Siempre estaremos en deuda con ustedes.

—Eres muy amable —dijo la esposa del bey.

—Y muy elocuente —añadió su marido.

—Nuestra familia sale adelante gracias a su prodigalidad y me avergüenza tener que sacar este tema. Como supongo que sabe, mis dos hijos menores asisten a la escuela local. Les va muy bien, demasiado bien. No estoy segura de que la escuela les brinde suficientes oportunidades.

La esposa del bey carraspeó.

—¿Acaso opinas que la escuela no es lo bastante buena para tus chicos?

—No, desde luego que no. Es un buen colegio. Mis otros hijos estudiaron allí, pero los pequeños son especiales. A mi hijo menor le encanta leer, y en el colegio no hay ni un solo libro.

—¿Lo has consultado con tu marido? —El bey se repantigó en la silla, como si ya no hiciera falta escuchar nada más—. ¿Quieres que vayan a un colegio mejor?

—Eso sería ideal, pero costaría mucho más dinero. Estoy dispuesta a trabajar. Mis hijos mayores ya no me necesitan en casa. Devolveré todo el dinero.

—Los mejores colegios resultan muy caros. ¿Has acudido a tus hermanos en busca de ayuda?

—Ya tienen bastantes preocupaciones con sus propios hijos.

—Al igual que yo, amén de muchos más hijos, más obras de caridad y más obligaciones —dijo el bey—. No hay mayor felicidad que conformarse con la vida que nos ha correspondido.

Abundan los relatos sobre beys: sobre su origen, valor, heroísmo, galantería, ingenio o falta de todo ello. Esta es la historia favorita del tío Yihad sobre sus orígenes:

Cuentan que en el siglo XIII, o quizá en el XIV o el XV, un bandolero, un esclavo negro huido de Egipto, sembraba el terror en el valle de Bekaa y el monte Líbano, sin que las autoridades locales o el gobierno otomano pudieran hacer nada para terminar con sus desmanes. Se puso precio a la cabeza del bandolero. Aquel hombre mataba a los inocentes y violaba a las vírgenes. Los otomanos proclamaron que cualquiera que capturase o matase al esclavo recibiría el título de bey. (En algunas versiones de la historia el título que se ofrecía era el de pachá, y para conseguir el de bey hacía falta un acto de heroísmo cargado de intrigas y aventuras.) El bandolero pasó por un pueblo y violó a dos mujeres: una era la hermana del que sería el primer bey y la otra su prometida, su prima hermana. Después de matar a su hermana, y de asegurarse de que el hermano de su novia hacía lo propio con esta para salvaguardar el honor, el futuro bey recorrió el pueblo y las montañas en busca del maldito esclavo, pero no dio con él. Aquella noche, desesperado y decidido a ahogar sus penas, bajó al sótano de su casa para disfrutar de una generosa ración de la secreta barrica de vino tinto que allí guardaba, y… ¡Oh, milagro! Encontró al esclavo negro, inconsciente, con la cara metida en un charco de vino. Lívido, le aporreó la cabeza hasta partirle el cráneo. La sangre del esclavo se mezcló con el charco de vino. El hombre recibió múltiples honores y reconocimientos y fue nombrado bey.

Esperad. Una más. Esta no habla de su origen, sino que ejemplifica su ingenio. A finales del siglo XVIII, o quizá a principios del XIX, el bey ordenó a uno de sus criados que llevara una misiva a un sheij que vivía en Hasbayya, una ciudad que se hallaba a unas horas de viaje a caballo. El criado preguntó si podía esperar a que amaneciera para partir, pero el bey deseaba que saliera de inmediato y le dijo:

—No temas, porque hay luna llena y yo le ordenaré que te siga e ilumine tu camino.

El hombre montó a caballo y partió, y cada pocos minutos levantaba la vista hacia el cielo para comprobar que la luna se mantenía allí. Por mucho que se alejara del pueblo, la luna le seguía. Cuando entró en Hasbayya despertó a todos sus residentes.

—Larga vida a nuestro sabio bey —gritó—. Ordenó a la luna que me siguiera, y esta obedeció su orden. Mirad al cielo y maravillaos del don que el bey ha concedido a vuestro pueblo. Levantaos, levantaos y contemplad el misterio.

Los habitantes se levantaron de sus camas, le propinaron una paliza y volvieron a acostarse.

—Cualquiera diría —se quejaba la abuela mientras cortaba lonchas de queso para hacer bocadillos—. Ni que hubiera mencionado que ninguno de sus nietos asiste al colegio del pueblo.

El tío Yihad tenía la nariz metida en las páginas de un libro y fingía no escuchar. Mi bisabuela exhaló un suspiro de exasperación. Esperaba a que hirviera el agua de la tetera.

—¿Por qué acudiste a él? —preguntó mi bisabuela—. ¿Qué esperabas que te dijera ese analfabeto? ¿«Aquí tienes mi dinero porque me preocupo de tus problemas»?

—Bien ayuda a otras personas. ¿Por qué no a nuestra familia? —La abuela dejó de cortar queso. Suspiró—. No tenía otra opción.

—Claro que la tenías. Hablaremos con Maan.

—¡Ya tiene bastantes preocupaciones!

—Todos las tenemos. Pero esto es un asunto de familia.

Una historia más sobre la tradición de los beys. Esta habla de una mujer.

A finales del siglo XVIII un bey se casó con una mujer de gran relevancia. Como de costumbre, era mucho más lista que él. Se llamaba Amira, que significa «princesa», y el nombre le encajaba a la perfección, no en el sentido de la chica hermosa y tonta que espera ser rescatada sino en el de la mujer destinada a gobernar de forma directa y sin intermediarios. Su marido fue un bey justo, todo lo justo que podía ser un señor feudal en aquellos días, pero nadie albergaba duda alguna de quién mandaba allí. Durante los años que él estuvo en el poder, se eliminaron todas las rencillas internas, los impuestos se abonaron a su debido tiempo y la montaña quedó limpia de bandidos, todo porque al bey le había dado por ejecutar a cualquiera que no obedeciera sus órdenes. Su esposa no tenía compasión. Murió el bey, sospechosamente pronto, dejando a su esposa y a sus tres hijos. Sitt Amira informó a ancianos y sheijs de que sería ella la encargada de gobernar hasta que sus hijos fueran mayores de edad. Ancianos y sheijs asintieron, con gran sensatez, a pesar de que los registros demostraban que el primogénito del bey tenía ya diecinueve años. Sitt Amira fue bey durante veinte años. Departía con sheijs y oficiales y les daba órdenes, aunque cuando ante ella comparecían peregrinos seguía más o menos la tradición: se sentaba detrás de una cortina fina y zanjaba las disputas solo con su voz.

No era una persona querida. Se dice que si la mitad de la población detesta a un gobernante, es que este es justo. Ella no lo era. Instigó el enfrentamiento entre las distintas facciones del Líbano. Azuzó a los otomanos en una guerra contra el pachá de Egipto. Se aliaba siempre con el vencedor de las batallas, pero solo después de que la batalla hubiera sido ganada. Eliminaba a cualquiera que la contrariase. En 1820 su poder era tal que el Imperio otomano tuvo que tomar cartas en el asunto y envió a un ejército a que acabara con ella. Sitt Amira era una política excelente y tan implacable como un chacal, pero ni siquiera ella podía luchar contra todo un ejército. Huyó a las montañas y se disfrazó de pastora a la espera de que el ejército se retirara. Por desgracia para ella, las pastoras de las montañas caminaban descalzas. El primer día un pastorcillo vio sus blancos y cuidados pies, volvió a la ciudad y se jactó de haber visto los pies más bellos del mundo, sin un solo callo. Los otomanos la detuvieron inmediatamente y no se volvió a saber de ella.

La abuela y la bisabuela subieron a un autobús y llegaron a casa de Maan, en Beirut, sin aviso previo, como era habitual. Para la abuela, la elección de a qué hermano acudir no había sido difícil. Ninguno de los dos nadaba en la abundancia, así que esa no era la cuestión. Yalal era el más respetado, el más culto, pero también el más altivo. La abuela creía, además, que la situación de Yalal era más inestable ya que sus escritos estaban provocando bastante revuelo. Desde que los franceses habían perdido el control sobre los acontecimientos que sucedían en Europa, se resarcían ejerciéndolo en las colonias, y Yalal pagaba el pato. Ella se sentía más unida a Maan. Confiaba en él.

La abuela expuso sus argumentos. De forma sucinta, ateniéndose a los puntos esenciales, informó a su hermano de que sus hijos menores necesitaban asistir a un colegio mejor. Si se quedaban en el pueblo no habría futuro para ellos. No era que mereciesen algo mejor por ser sus hijos, sino porque tenían potencial. Mi tío abuelo accedió sin dudar, lo que permitió que la abuela conservara en su seno el resto de razones que llevaba ensayadas.

—No vengas pidiendo ayuda, hermana —dijo él—. Dala por sentada. Debería haberme ofrecido yo. Ese diablillo, el pequeño, debería ir a los mejores colegios. Incluso es demasiado listo.

Y la abuela rompió en un manantial de lágrimas.

En el plazo de dos semanas mi padre y mi tío fueron separados de sus padres y hermanos. Maan alojó a los chicos en su casa y lo arregló todo para que asistieran a un internado en Beirut. Al principio se acordó que los chicos volverían al pueblo los sábados por la tarde, cuando terminaran las clases, y se reincorporarían al colegio el domingo, pero a medida que ellos fueron encontrando excusas para quedarse en la ciudad, el trato se respetó cada vez menos. Ni mi padre ni el tío Yihad volvieron a considerar el pueblo su hogar. De vez en cuando pasaban una semana o un mes allí. Durante la guerra civil, cuando Beirut ardió en llamas, mi padre incluso se instaló en su casita de veraneo del pueblo durante una temporada. Y el tío Yihad... El tío Yihad opinaba que el pueblo era «pintoresco y auténtico, sin ninguna de las típicas trampas para turistas. Y sin turistas, por supuesto».

El dormitorio estaba a oscuras y en silencio, salvo por los fugaces sonidos de algunos coches al pasar y el reflejo momentáneo de sus faros en la cortina de la ventana. Yo estaba tendido en la cama, mirando al techo. Me había fumado un porro y me sentía deliciosamente atontado.

Sonó un leve golpe en la puerta, tan quedo que ni siquiera estaba seguro de haberlo oído.

—¿Estás dormido? —preguntó en un susurro una voz desde el otro lado de la puerta.

—Todos duermen —respondí—, pero Yardown está despierto.

—¿Qué?

Salté de la cama. Reconocí al intruso en cuanto abrí la puerta: era ese chico lleno de acné llamado Jake, Jack, John o Jim, que ocupaba el tercer cuarto por la derecha a partir del mío. Dijo que había percibido aquel olor efímero pero inconfundible que salía por debajo de la puerta de mi cuarto. Él y su compañero se habían quedado sin hierba, y se preguntaban si me importaría compartir la mía. Me invitaron a su cuarto, a pasar el rato, como ellos decían, y ya encontrarían el modo de devolverme el favor.

Su atestado y desordenado cuarto estaba iluminado únicamente por una lamparita de mesa, y la falta de hierba debía ser reciente porque la habitación apestaba a porro. Los dos, ambos vestidos con idénticos tejanos y camisetas, se sentaron en una de las camas con las espaldas apoyadas en la pared, sobre un póster de los tres Ángeles de Charlie y otro de un alto jugador de baloncesto. Jake, Jack, John o Jim encendió el porro que le di. Los dos esbozaban una sonrisa estúpida, y supongo que yo también. No logramos iniciar una conversación fluida. El compañero de Jake me preguntó si me apetecía escuchar música. Negué con la cabeza y cogí la guitarra que había sobre la otra cama. Toqué «Stairway to Heaven».

—Es bueno —dijo Jake a su amigo, mientras este daba otra calada. El porro centelleaba en la oscuridad.

—Toca bien, pero suena frío, lejano —dijo el otro, con una voz que parecía emanar del humo—. Es como si la música estuviera aquí pero él no.

Me incorporé.

—¿Qué has dicho? —pregunté. Sin embargo no logré que ninguno de los dos repitiera lo que acababan de decir. Tenían los ojos vidriosos, perdidos en algún lugar. No parecían percatarse ni lo más mínimo de mi presencia.

—Nací en una época en que las tierras tenían menos fronteras —dijo el tío Yihad—. En Beirut había gente de muchas nacionalidades y al colegio venían chicos de todo el mundo. El cambio fue duro para mí, pero tu padre... Tu padre se adaptó al colegio como un *gourmet* se adapta al *foie-gras*. Enseguida hizo amistad con otros tres chicos y se convirtieron en inseparables. Siguen siendo amigos a día de hoy. ¿Y yo? Yo anduve perdido durante mucho tiempo. Tardé años en hacer amigos. Puede decirse que me hice amigo de dos árboles, dos árboles inmensos que había en medio del patio del colegio, un algarrobo y un roble de Kermes que no tenían menos de cien años. Me pasaba el tiempo libre encaramado a esos árboles. Todo el mundo me llamaba el Chico del Árbol y el apodo siguió vigente durante mucho tiempo. Al algarrobo lo llamé Chacha y al roble Carlomagno. Prefería los árboles a las personas. Después me pasé a las palomas, pero primero estuvieron los árboles.

»Mi padre tiene sus historias de palomas y yo las mías, porque la vida, como los buenos cuentos, siempre se repite. Vi la primera bandada de palomas surcando los cielos de Beirut cuando tenía trece años. Supongo que siempre habían estado allí, pero yo, como la mayoría de la gente, vivía ajeno a ellas. Sin embargo, en cuanto te percatas de su existencia, empiezas a verlas por todas partes y a todas horas. En ese momento no tenía ni idea de que mi padre hubiera sido palomero de pequeño, y al parecer un palomero muy malo. Mi padre nos contaba pocas cosas de su infancia. Supongo que se sentía avergonzado por su pasado, o quizá reservaba las mejores historias para contártelas a ti. Vi la primera bandada, y diez minutos después la segunda, y luego la tercera y la cuarta; de repente el cielo estaba lleno de palomas. Una tarde, mientras admiraba a una bandada en pleno vuelo subido a Carlomagno, empecé a advertir algo mágico. Pude distinguir el arte, además de la lógica, de los patrones de vuelo. La conciencia de ello fue a la vez gradual e instantánea. Magia. Y tan pronto como viví esa epifanía, mis ojos comprendieron dónde debían buscar para localizar el origen de ese hechizo. Aunque no podía verlo, el mago tenía que hallarse en uno de los tres edificios viejos de tres plantas que había detrás del colegio.

»La tarde siguiente corrí al edificio en cuestión y pregunté por las palomas. El tendero de la planta baja me dijo que subiera a la azotea. El hombre de las palomas, un anciano, se percató enseguida de que yo era un chico listo. Me permitió que deambulara por allí y que echara un vistazo a su colección de trofeos.

»En el suelo había cinco jaulas, cada una de ellas más grande que mi cuarto. Una contenía palomas jóvenes de distintas variedades, otra contenía solo palomas emparejadas. La tercera estaba vacía porque las palomas que vivían en ella estaban volando en ese momento. Di una vuelta por allí y me enamoré. Quería hacer algún comentario inteligente para congraciarme con el palomero y así conseguir que me permitiera volver a visitarlo, pero tenía el cerebro embotado. No cabía duda de que el anciano era un caballero, pero me pregunté si me dejaría volver una segunda vez, o una tercera. ¿No se hartaría de tener por allí a un crío que quería pasar tiempo con las palomas? Me asusté y dije, tartamudeando: "¿Puedo trabajar para usted?".

»El palomero me miró de arriba abajo. Negó con la cabeza, aunque sonriendo. Dijo que yo era demasiado joven y, obviamente, de una familia demasiado buena para trabajar para él. Pasé de ser taciturno a locuaz en cuestión de segundos. Le dije que podía ir todos los días después de clase: el colegio estaba cerca y yo aprendía rápido, y haría lo que me pidiera sin protestar; y que quizá pareciera ser de buena familia por el hecho de ir a un buen colegio, pero en realidad era de las montañas, donde mi familia aún vivía; y que de verdad quería hacer volar las palomas, y merecía una oportunidad. Saltaba a la vista que él hacía esfuerzos por no reírse. Dijo que solo podía pagarme una lira a la semana: era una fortuna, y él lo sabía. De haberme ido cuando me dijo que no, habría suspendido el primer examen para ser palomero. Él siempre afirmó que supo que yo acabaría siéndolo desde el momento en que me vio en la azotea, que lo notó en el parpadeo obsesivo de mis ojos.

»El hombre se llamaba Ali Itani. Era chiita, y poseía el edificio entero, que, por cierto, era un inmueble viejo y sin ascensor. Aparecí al día siguiente dispuesto a trabajar y lo encontré enzarzado en una discusión a gritos con Kamal Hourani, un hombre que parecía su gemelo idéntico, salvo por el hecho de ser católico. "Tú, hermano de puta, no sabrías lo que es el honor aunque este te diera en las narices", decía uno; a lo que el otro respondía: "¿El honor? ¿Un miserable como tú se atreve a hablar de honor?". Los dos tenían setenta y un años e iban vestidos con idénticas ropas, a excepción de los zapatos: camisas de rayas estilo marinero y pantalones de traje raídos y gastados. Ali calzaba unos mocasines negros mientras que los de Kamal eran de color burdeos, pero ambos pares estaban cómodamente dados por los años de uso. A pesar de que los insultos crecían en intensidad, ellos seguían sentados frente a frente en una postura relajada. Mi mente de Sherlock Holmes dedujo que aquellas discusiones eran el pan de cada día. Al final resultó que Ali Itani y Kamal Hourani eran amigos desde los seis años. Ambos me juraron que habían estado insultándose mutuamente sin parar desde 1898. Habían sobrevivido juntos al colegio, al trabajo, al matrimonio, a la formación de una familia, a la viudedad, a dos regímenes de ocupación, a una Gran Guerra, a numerosas guerras menores, y a conflictos religiosos y de independencia, sin nunca plantearse la posibilidad de poner punto final a sus groseros insultos. Me sentí como si hubiera entrado en el Jardín del Edén.

»Esa fue mi primera interacción con la gran ciudad de Beirut. Claro que llevaba siete años viviendo allí, pero daba la impresión de que hasta entonces me había limitado a hacer turismo. Como todas las ciudades, Beirut tiene muchas capas y yo me había familiarizado solo con un par de ellas. La que conocí aquel día con Ali y Kamal fue la de la gente de Beirut. Coges a diferentes grupos, los colocas a unos sobre otros y los dejas marinar durante mil años, sin dejar de ir añadiendo más y más miembros de tribus extrañas; los dejas reposar durante unos miles de años más, lo salpimientas todo con un poco de religión y obtienes un estofado espeso, que siempre es capaz de sorprenderte con su sabor delicioso y exótico por muchas veces que lo pruebes. Esos hombres parecían haber estado juntos durante millones de años, y como hacía tiempo que se habían quedado sin tema de conversación, lo único que les quedaba era meterse el uno con el otro, intercambiar burlas y repetirse los grandes cuentos.

»En la primera pausa de aquel falso combate de gritos, Ali se percató de que yo estaba allí y, señalándome, dijo: "Este es el jovencito del que te he hablado". Antes de que terminara la frase, Kamal gritó: "Escapa ahora que aún estás a tiempo, cachorro. Pon pies en polvorosa y vete tan lejos como te lleven las piernas. Aléjate de este sinsustancia, cuya única intención es invadir como un gusano las vidas de quienes son mejores que él y nutrirse de sus amores, ya que él no tiene ninguno propio". ¿Lo ves? Ya te he dicho que de repente había encontrado mi hogar.

»Como era de esperar, Ali me dijo que no le hiciera caso a Kamal y empezó a hablarme de mis obligaciones. Yo había pensado que me tocaría limpiar las jaulas y dar de comer a las palomas, pero resultó que ya tenía a otro chico para eso. No, él me sorprendió. Quería que sedujera a los pájaros. Una tarea desconcertante, si me permites decirlo. "Haz que se enamoren de ti", dijo Ali. "Quiero que las palomas regresen a casa porque estás tú." Yo no tenía ni la menor idea de cómo hacerlo. Debí de mirarlo con cara de idiota, porque los dos viejos se echaron a reír como posesos. "Tranquilo, cachorro", dijo Kamal. "Pronto entenderás los discursos de este retrasado mental. Quiere que entres en las jaulas, que estés con los pájaros hasta que ellos se acostumbren a ti. Es otra de esas tareas fáciles que él no consigue realizar."

»De manera que mi trabajo consistía en estar con las palomas, pasar tiempo en las jaulas, y cogerlas y acariciarlas si se dejaban. Es lo que entendí, y eso es lo que hice durante los primeros días. Me dejaba caer por allí a la salida del colegio y me encontraba con los viejos discutiendo de temas grandes y pequeños, y montando una tormenta en un vaso de agua. Al principio pensé que nunca se ponían de acuerdo en nada, pero, por supuesto, me equivocaba. Ambos estaban de acuerdo en que burlarse de mí era muy divertido.

»"¿Ya quieres lo bastante a esos dos pichones?", preguntaba Kamal, y Ali añadía: "Mira a esa color limón. Parece abatida porque no le haces caso". Me aturdía tanto que me encaminaba enseguida hacia las palomas que mencionaban y estas huían para ponerse fuera de mi alcance. Yo creía que nunca conseguiría que me quisieran. Sí, así de crédulo era.

»Había una pareja de palomas de Estambul a las que yo profesaba gran admiración. Eran hermosas a la vista, con plumas de color gris oscuro salpicadas de blanco y un pecho anaranjado que parecía haber sido hinchado con una bomba de aire. Habían crecido hasta alcanzar un tamaño enorme: parecían pollos. Eran inseparables y el macho parecía totalmente fascinado por su compañera. Le cantaba, y a ella le gustaba mucho. A los cuatro o cinco días de haber empezado, me dediqué a observarlas y mi mundo pareció reducirse al tamaño de esos amantes. Ella caminaba por el suelo, picoteando semillas al azar, y él seguía sus pasos, zureando arrobado. Cuando ella se detenía y se volvía hacia su pretendiente, este le frotaba el cuello. Luego era él el que emprendía el paso y ella la que le seguía. "Sois preciosas", les dije un día. Entonces me percaté de que acababa de hablar en voz alta a un par de pájaros. Miré a mi alrededor; los viejos parecían divertidos. "Sabes escoger a los chicos", dijo Kamal a Ali. Fue la primera vez que oía a uno dirigirse al otro en tono amistoso.

»A partir de ese momento el volcán se liberó y empecé a hablar con las palomas a todas horas. Se lo contaba todo. Les decía lo maravillosas que eran. Les advertía de los peligros del mundo, las felicitaba por su elección de pareja. Hablaba y hablaba, así que Ali y Kamal habían encontrado al chico que los mantendría entretenidos durante mucho tiempo. Las palomas respondieron. Supongo que no comprendían ni una palabra de lo que les decía, pero empezaron a disfrutar del sonido de mi voz. Cuando me quedaba sin tema de conversación, me limitaba a parlotear. Y puedes imaginar lo que sucedió. Hablaba y hablaba sin cesar, y un día empecé a hacer lo que mejor se me da. Para mi público, compuesto por palomas y humanos, empecé a contar historias.

Sharbel se sentaba a mi derecha y Ziad en el asiento contiguo, en tercera fila, lo bastante lejos del profesor pero sin ocupar un lugar en las sospechosas filas traseras. Cuando recibí el examen de manos del estudiante que tenía delante, me temblaba tanto la mano que me costó separar mi hoja de papel para pasar el resto. Dejé el examen en la mesa sin mirarlo. Era mi ritual. Debía calmarme antes de cada examen. Si no me tranquilizaba, escribía con una letra ilegible. Una vez tenía los nervios bajo control, era más bien rápido, así que nunca me había preocupado cuánto invertía en relajarme, aunque ese día en concreto andábamos un poco cortos de tiempo teniendo en cuenta que mis colegas tenían que copiar. Sharbel me había asegurado que no me metería en ningún lío, porque yo podía jurar que no tenía idea de que alguien copiaba de mi examen, pero yo sabía que mentía. Si cometía un error, Sharbel y Ziad lo copiarían tal cual. No creía que ninguno de nosotros pudiera declararse inocente, ni tampoco creía que cualquiera de los otros dos fuera lo bastante galante como para no acusarme si los pillaban. Al fin y al cabo eran libaneses.

Cerré los ojos y respiré hondo. Me concentré en llevar la respiración hasta los brazos y luego a las rodillas. Me imaginé escribiendo con fluidez. Justo mientras me visualizaba con una sonrisa triunfal en la cara, ya en el pasillo y con el cigarrillo de la victoria encendido, una mano me golpeó en el hombro derecho con tanta fuerza que casi me derribó de la silla. Sharbel tenía los ojos de un cordero a punto de ser degollado. Enarcó las cejas, inquieto y aterrado al ver que yo ni siquiera leía el examen.

Empecé a resolver el primer problema. Contemplé a Sharbel de reojo: él fingía trabajar, acercaba el bolígrafo al papel, pero no hizo nada hasta que yo terminé la primera página y la puse a un lado. Entonces se puso a escribir con furia. Terminé otra página y me dio un codazo. Levanté la vista; había tapado la hoja anterior antes de que él hubiera acabado. Cuando intentaba moverla, sentí un empujón. El estudiante americano que había sentado a mi espalda nos había visto copiar y había propinado una fuerte patada a mi silla. Miré a mi alrededor y adopté un aire de inocencia. ¿Por qué pateaba mi silla en lugar de la de Sharbel? La corpulencia, como siempre: Sharbel medía al menos treinta centímetros más que yo y pesaba veinte kilos más. Intenté recoger las hojas de mi mesa, pero Sharbel me propinó otro codazo. Estaba seguro de que el de la patada nos delataría. Me puse a temblar. Trabajé a toda prisa, esforzándome por controlar el bolígrafo, entregué el examen y salí del aula. Me quedaban veinticinco minutos libres. Sentí los ojos de Sharbel clavados en mi nuca.

—Está mal que lo diga yo —dijo el tío Yihad—, pero ya entonces era bueno. Recuerdo la primera historia que conté a las palomas. Me hallaba en una de las dos mejores jaulas, donde estaban todas las rashidis, las sharabis y las bayumis negras. Ali no habría aguantado perder a cualquiera de esos pájaros, así que les conté esta historia, sacada de los *Cuentos del corazón mensajero*.

»Érase una vez un pobre pastor que vivía en un pueblo de las montañas. Era tan pobre que no podía alimentar a sus hijos y la familia se acostaba en ayunas con harta frecuencia. Una noche, él tenía tanta hambre que soñó con Beirut, la ciudad del pan y de la prosperidad. Decidió que se trasladaría a la ciudad a hacer fortuna. No esperó ni un minuto: preparó un hatillo con sus cosas y se puso en camino hacia Beirut. Anduvo hasta la ciudad, buscó trabajo y para ello habló con todos los mercaderes, constructores, panaderos, cocineros y vigilantes. Suplicó que le contrataran, pero nadie quiso hacerlo. ¿Cómo iba a hacer fortuna? Una semana después aún no había encontrado nada. Tenía el estómago más vacío que nunca y se sentía más solo de lo que podía haber imaginado. Estaba cansado y, al caer la noche, entró en una mezquita y se tumbó en la alfombra con la intención de dormir. Pero en mitad de la noche unos policías lo despertaron, lo golpearon y le metieron en la cárcel. Compareció ante un juez, quien le preguntó por qué había entrado en la mezquita. El pastor le habló del sueño, pero el juez no se impresionó y le condenó a tres días de cárcel. "Los sueños son cosa de tontos", dijo el juez. "Justo anoche soñé con un tesoro enterrado en las montañas, en un campo en el que dos sicómoros, dos robles y un álamo dibujaban sombras que parecían las de hombres danzantes. ¿Acaso ves que abandone mi trabajo y me lance a la búsqueda de ese tesoro soñado?" El pastor cumplió con las tres noches de cárcel. Cuando lo soltaron, emprendió corriendo el camino de regreso a su casa y buscó aquel lugar familiar donde dos sicómoros, dos robles y un álamo dibujaban sombras que parecían las de hombres danzantes: el campo donde había llevado a pastar a sus ovejas durante años. Desenterró el tesoro y se convirtió en un hombre rico. Alimentó por fin a su familia y pudo acostarse todas las noches saciado y satisfecho.

Jake, Jack, John o Jim y su compañero quedaron conmigo alrededor de una semana después. Ellos ponían la hierba, yo llevé mi guitarra. Fumamos tanto, y tan deprisa, que en cuestión de minutos estábamos flotando como benditos.

—Déjame ver la guitarra —dijo Jake.

Yo estaba tan colocado que apenas me tenía en pie, pero no me caí. Me senté a su lado con la guitarra y él contempló el instrumento con admiración, acariciándole el cuello con la mano.

—Es preciosa —susurró.

—Es una J200.

—¿Qué quiere decir eso? —Sus ojos inexpresivos estaban fijos en mí.

Quería decirle que era una marca, un nombre, pero las palabras no me salían de los labios. Toqué una nota; sonó mal, porque su mano aún estaba en el cuello del instrumento. Me alejé de él y toqué varios acordes. El compañero me pidió la guitarra. La sostuvo un momento, y luego empezó a producir sonidos extraños: un rasgueo rápido a base de acordes inexplicables que carecían de ritmo o de lógica. Sacudía la cabeza como un punki, como si fuera un péndulo sumergido en metanfetaminas. Cantó con voz áspera y desafinada.

—Me gusta tocar con pasión —dijo él—. Y me encanta tu guitarra. Me he sentido genial tocando. Me he sentido real.

—Real —repetí. Intenté pensar en algo que decir, algo que causara buena impresión.

—¿De dónde eres? —preguntó Jake.

Me pregunté si se estaba burlando de mí, pero la verdad es que estaba demasiado colocado para hacerlo.

—De Beirut.

—Beirut. —Jake cerró los ojos—. Eso es Hispanoamérica, ¿no?

—Sí —dije.

—¿Puedes tocar algo de tu país?

—¿Tango o salsa? —Me reí de mi propio chiste. Di una profunda calada y dejé que el humo se filtrara en mis pulmones. Mi cerebro lo agradeció—. ¿No será mejor algo de Bagdad?

Empecé a tocar un maqâm por primera vez en años, al principio con torpeza. La guitarra sonaba rara y tuve que usar la púa con más fuerza. Mis dedos aún recordaban cómo tocar, pero los trastes obstaculizaban la tarea. Tuve que improvisar. Adopté un ritmo más lento que me permitía más tiempo de ajuste. A lo Count Basie en lugar de a lo Oscar Peterson. Cambié al Maqâm Bayati, que tenía menos cantidad de notas medias o cuartas. Imágenes del gran desierto aparecieron en la parte trasera de mis párpados. Las notas parecían fluir con una lógica natural. Mis dedos tocaban con la languidez de la tarántula.

Abrí los ojos y me encontré a Jake boquiabierto: su expresión revelaba sorpresa y encanto. Su compañero parecía fascinado.

—Eso ha sido distinto —dijo Jake.

—Solo deberías tocar eso —añadió el compañero—. Poseía alma.

Por un instante se me erizó el vello de los brazos. Inicié otro maqâm, intentando perderme en la esencia de la música, en su pasión. Toqué durante diez minutos antes de hacer una pausa y percatarme de que mi experto público se había dormido como un tronco. Reanudé el maqâm, pero no logré que la guitarra produjera los sonidos que oía en mi cabeza. Al final lo comprendí. Supe qué estaba mal. Salí de la sala y me dirigí a la cocina comunitaria. Desencordé la guitarra y la dejé sobre el mostrador de formica. Registré los cajones en busca de la herramienta adecuada, pero no encontré nada mejor para eliminar los trastes de la J200 que un cuchillo para la carne. El cuchillo para la carne se reveló demasiado endeble, así que probé con el del pan. Sin los trastes la guitarra sonaría mejor, más personal. El cuchillo del pan tampoco funcionó. Enchufé el cuchillo eléctrico y la corriente le dio vida. Puse manos a la obra. El sonido del motorcito del cuchillo alcanzó cotas ensordecedoras, pero hice oídos sordos. Corté con demasiada profundidad el primer traste, y con menor el segundo. Cuando llegué al tercero y al cuarto ya había decidido cómo actuar, pero me detuve en el quinto. Contemplé el instrumento moribundo que tenía ante mis ojos y lo dejé. Volví a mi cuarto y me tendí en la cama. Me zumbaba la cabeza.

—Estuve con Ali durante años: todo el colegio, toda la universidad —prosiguió el tío Yihad—. Y deberías saber que esos maravillosos palomeros tienen mucho que ver con la posición de la que disfruta ahora nuestra familia. Había otro… Deja que te explique. Ali detestaba a ese palomero, llamado Mohamed Beaini. Eran enemigos acérrimos, y no solo porque los Beaini fueran suníes y los Itani chiitas. Al parecer el padre de Ali insultó en una ocasión al de Mohamed, y la mala sangre persistió. Ali y Mohamed nunca se habían dirigido la palabra. Se criaron con la ofensa en la sangre, y el uno estaba convencido de la maldad del otro. Un día, dos o tres años después de que yo comenzara a ayudar a Ali, debía de ser en 1948, una de las palomas de Mohamed aterrizó en nuestra azotea. Ali la reconoció al instante y se calló. El pájaro parecía perdido, así que me acerqué a él por detrás, lo cubrí con una red y lo llevé a una pequeña jaula, pero Ali dijo: «No. Retuércele el pescuezo. Mohamed no vendrá a pedirla y yo no se la devolveré». Me quedé atónito. Me negué a hacerlo. «Es por el propio bien del pájaro», dijo Ali. «Para que no sufra lejos de casa. No podemos conservarlo. Es lo más humano que podemos hacer con él.» Se lo entregué: si quería verlo muerto tendría que encargarse él. Kamal acudió a mi rescate. «No puedes obligar al chico a que haga el trabajo sucio por ti. Mátala tú o devuélvela.»

»"No la devolveré", insistió Ali. Le dije que ya lo haría yo y él replicó: "Sabe que trabajas para mí. No lo consentiré". Bueno, si había algo que yo sabía era cómo nadar y guardar la ropa. "Se la devolveré y le diré que tú no estabas cuando cayó aquí." Las facciones de Ali expresaron alivio. Incluso Kamal sonrió. Llevé el pájaro a casa de Mohamed Beaini. En cuanto me reconoció me lanzó una mirada muy peculiar. Le dije que Ali no sabía nada de esto; no me creyó. Cogió el pájaro y me dio las gracias.

»Ahora, si esto fuera un cuento, Ali y Mohamed se harían grandes amigos, y sus nietos se casarían y tendrían descendencia común, pero las cosas no fueron así. Mohamed se limitó a dejar de hablar mal de Ali y a negarse a estar cerca de nadie que lo hiciera. Y siempre que alguien felicitaba a Ali por sus palomas, este decía: "Ojalá mis palomas fueran tan bellas como las de Beaini". Ambos fallecieron sin haber cruzado una sola palabra. Así pues, te preguntarás por qué te cuento una historia que no tiene un gran final. Pues porque, como en todas las grandes historias, el final nunca está donde uno se lo espera.

»Mohamed Beaini tampoco fue un gran amigo mío. Pero cuando terminé la universidad y el tío Maan nos instaló a tu padre y a mí en nuestro primer apartamento, empecé a criar palomas en el balcón. Ali me ofreció tres parejas: una rashidi, una turca y una zahr al-fool. Dos días después un niño llamaba a la puerta; traía un valioso regalo de parte de Mohamed, un par de preciosas yehudis. No nos habíamos vuelto a ver desde aquel día, así que fui a su casa a darle las gracias.

»Lo cierto es que pude devolvérselas enseguida. Las palomas me amaban, ¿sabes? Criaron para mí. En un momento dado es probable que fuera el mejor criador de todo Beirut. Mis yehudis eran todas palomas de premio. Regalé un magnífico par a Mohamed. También le entregué un asombroso par de zahr al-fools manchadas. Por supuesto, me cuidé mucho de dar a Ali parejas similares. Así que, en cierto modo, Mohamed y Ali acabaron teniendo descendencia común. Yo me había convertido en un palomero célebre. Por aquel entonces mi padre se enteró y me ordenó que lo dejara: él odiaba a las palomas. Consideraba que ocuparse de ellas era una profesión indigna. ¿Sabías que el testimonio de un palomero no se acepta en un tribunal de justicia? Te preguntarás por qué. Por ley, la palabra de un palomero no es de fiar porque los palomeros se pasan la vida en los tejados y se les considera, por tanto, unos mirones. La gente es ingenua. Por eso la mayoría de los muecines son ciegos. Tal vez estén en lo alto, pero no ven.

»Tu padre también quería que yo dejara el tema de las palomas. Fuera justo o no, la sociedad creía que los palomeros eran gente corrupta, y él quería disfrutar del respeto de los hombres de bien. Y algo más importante, ¿qué mujer decente se casaría con él si su hermano era palomero? Desde luego tu madre no lo habría hecho. Tuve que dejarlo y montar una empresa con él. Cuando me llegó el momento, vendí las palomas por una pequeña suma de dinero que nos sirvió para montar la empresa, pero necesitábamos más. Tanto Ali Itani como Kamal Hourani me entregaron todos sus ahorros. No es que fueran ricos, pero no se guardaron nada. Por aquel entonces ya rondaban los ochenta años. Ambos fallecieron antes de que pudiera devolverles el dinero. Kamal fue el primero en morir, y como puedes suponer Ali no lo soportó y le siguió a la tumba diez días más tarde. Te juro que pasé esos días con Ali: su dolor era insoportable y la muerte fue una liberación. Saldé mi deuda con sus familiares.

»Pero, como estaba desesperado, también pedí dinero a Mohamed Beaini, y este tampoco se lo pensó dos veces. Resultó ser el más rico de todos. Acabó realizando la mayor contribución al ejército de ángeles.

Tuve suerte de estar sobrio cuando llamó mi madre. Preguntó por el colegio. ¿Cómo me iban los exámenes finales? ¿Todo bien? Pero noté una nota de ansiedad en su voz.

—Escucha —dijo ella—, quería decírtelo antes de que te enteraras por otro lado. Tu hermana se casa la próxima semana. No será una gran boda, solo asistirá la familia y algunos amigos íntimos. No vamos a montar un gran banquete.

Vi cómo mi mano apretaba el teléfono. Tenía la boca seca, algodonosa. Me dolía la cabeza.

—¿Qué quieres decir? —pregunté.

—¿Cómo que qué quiero decir? Boda, matrimonio, tu hermana.

—¿Con quién se casa?

—Con Elie, por supuesto. La boda será la próxima semana. Están enamorados. Son felices. Se casan.

—No lo entiendo. ¿Por qué quiere casarse con él? ¿A qué viene tanta prisa?

La oí suspirar al otro extremo de la línea.

—Escucha, cielo. Pórtate como un adulto. No hace falta que te lo explique todo al detalle, ¿no? Piénsalo. —Hizo una pausa—. ¿Por qué iba a haber una boda estando la muerte de Yihad tan reciente? No es una boda de penalti, no, es un gol en toda regla. —Hizo otra pausa—. ¿Por qué si no iba a permitir que se casara con ese maldito cabrón descerebrado? —Otra pausa. Mamá respiró hondo y habló en voz más baja—. Y ahora, cariño, no me hagas más preguntas. Solo llamaba para decirte que Lina va a casarse, y en cuanto cuelgue me dedicaré a matarla.

Colgó sin despedirse. Supuse que tenía que haber muchas razones para que ella estuviera enojada en una situación como esta, pero, conociéndola, el hecho de que fuera a convertirse en abuela a su edad encabezaba la lista.

Decidí que partiría hacia Líbano el sábado después del último examen final. Podía volar a Nueva York, y de allí a Beirut vía Roma: llegaría justo a tiempo. Con guerra civil o sin ella. Llevaban seis días de calma. Podía asistir a la boda, pasar algún tiempo con la familia y regresar antes de que se reanudaran las clases. La boda se celebraría en las montañas. Allí la situación era tranquila. No caían bombas, ni había intercambio de balas al menos desde hacía un tiempo.

13

Un día entró en la sala del trono un mensajero que traía una carta del alcalde de Alejandría.

—Un majestuoso galeón en el que ondeaba la bandera de la paz entró en nuestro puerto y echó el ancla. Del buque salió un caballero que se anunció como el visir del rey de Génova, portador de una carta para el sultán del Islam además de muchos regalos para Su Majestad. Desea ser recibido en palacio.

El rey Saleh respondió al alcalde con una nota en la que autorizaba la entrada del visir. El visir de Génova navegó por el Nilo y cuando llegó a El Cairo se presentó en palacio. Se arrodilló ante el rey y le ofreció una misiva de su señor. El rey Saleh pidió a su juez, Arbusto, que leyera la carta, en la que se decía que el rey de Génova había hecho una promesa cuando su hija Maria cayó enferma. Había prometido a Dios que, si salvaba a su hija, la enviaría de peregrinaje a la ciudad sagrada de Jerusalén. Ahora su hija se había recuperado y el monarca ansiaba cumplir su promesa. Solicitaba permiso para el peregrinaje de Maria y pedía al rey Saleh que controlara su seguridad mediante la asignación de soldados valientes y leales que la protegieran. El rey de Génova pagaría cinco mil dinares a los guardias.

Los cuerpos de protección quedaban bajo la jurisdicción del jefe de fuertes y batallones, Maarouf ben Yamr, así que el rey Saleh ordenó al príncipe Baybars que llevara una carta al jefe en cuestión para pedirle que asumiera la responsabilidad de proteger a la princesa.

El príncipe Baybars viajó hasta el Fuerte de Marquab, donde fue recibido con efusivas muestras de cariño por Maarouf. Una vez este hubo leído la carta, la besó y se tocó la frente.

—Por ti, querido amigo, y por el sultán, protegeré a la princesa personalmente. No hace falta que me paguéis. Repartid el dinero entre los necesitados, entre las viudas y los huérfanos.

Maarouf esperó cinco días en Jaffa antes de que el buque genovés arribara a puerto. La princesa y su séquito desembarcaron e instalaron su campamento. Maarouf fue a visitar a la princesa. Cuando Maria vio entrar a su protector, se puso de pie y fue a saludarle. El porte y la gracia del hombre la impresionaron, y en su corazón nació el amor.

—¿Seréis mi escolta, apreciado señor? —preguntó Maria, y él respondió afirmativamente.

Ella le pidió que se sentara en su compañía. Pidió a sus sirvientes que atendieran al invitado. Al día siguiente Maarouf guió a la comitiva hasta la ciudad santa. La princesa viajaba en una litera portada por esclavos, y el jefe de fuertes y sus hombres la rodeaban por todos lados. La princesa entró en la ciudad con Maarouf. Visitó los lugares sagrados de Jerusalén, repartió limosna entre los pobres y admiró las maravillas de la ciudad. La mezquita de al-Aqsa la dejó boquiabierta. Preguntó a Maarouf si podía entrar y este le dijo que podía hacerlo si iba con él, sin más acompañantes ni criados. Maria y Maarouf contemplaron fascinados la arquitectura de Aqsa. Mientras deambulaba por la mezquita, Maria vio a un sabio imam que leía a unos jóvenes estudiantes.

—¿Este exaltado profesor será capaz de interpretar un sueño? —preguntó Maria a Maarouf.

Este transmitió la pregunta al imam, quien contestó:

—Contadme vuestros sueños, joven doncella, y Dios guiará mi interpretación.

Y Maria empezó:

—Me hallaba sedienta en un valle desolado. Caminé hasta llegar a un río cuyas aguas eran blancas como la leche y dulces como la miel. Usé la mano para beber un sorbo que sirvió para mitigar mi sed y enfriar el doloroso fuego de mi corazón. Una mosca negra cayó de mis labios al suelo. Una mosca blanca entró en mi boca y se alojó en mi garganta. Por el río navegaba un barco, navegué en él hasta llegar a una tierra nueva, a otro valle frondoso lleno de manantiales y arroyos, rebosante de aves cantarinas y árboles frutales. Me dormí a la sombra de un sauce y un pájaro blanco me picó en la cabeza; de ella salió un pajarito encantador. Un pájaro negro atacó al pajarito y se lo llevó. Lloré por el pajarito secuestrado y entonces me desperté.

Y el sabio imam dijo:

—El valle desolado es el lugar de donde procedes, y Dios te ha guiado al frondoso valle del Islam. La mosca negra era la oscuridad y la mosca blanca que anidó en tu garganta es la Shahada, el juramento de la fe musulmana: afirmo que no hay más dios que Dios, y que Mahoma es su profeta. El barco es el bajel de la vida. El pájaro blanco es el hombre de honor que te desposará y te amará. Vuestra unión producirá una semilla que florecerá lejos de ti. Dios te ha mostrado el camino. Ríndete a Su voluntad.

—Me convertiré al Islam —dijo Maria, y pronunció el juramento de fe. Besó la mano del imam y este la bendijo—. No puedo regresar a Génova como musulmana. Debo casarme con un valiente hombre de fe para que me proteja y defienda en mi nueva vida.

El imam le pidió que trajera a su presencia al hombre elegido y le prometió que los casaría.

—El hombre que he elegido está aquí —dijo Maria—. No hay otro más digno de ello.

Maarouf sintió que el corazón le daba saltos de alegría.

—¿Y cuál será su dote? —preguntó el imam.

—Ofreceré diez mil dinares —respondió Maarouf—, por mi honor, en cuanto regresemos al Fuerte de Marqab.

—Que así sea. —El imam desposó a la apasionada pareja y firmó los documentos. Redactó una *fatwa* en la que establecía que la joven se había convertido a la fe y casado por voluntad propia—. Que Dios esté contigo, hija mía. Cúbrete con el chal. No salgas como has entrado.

Aún no habían anunciado el embarque. Desde una cabina llamé a Fátima para darle una sorpresa. Estaba en Roma, en el aeropuerto Da Vinci de Fiumicino para ser exactos, pero no la vería. Volaba hacia Beirut para dar una sorpresa a la familia.

—¿Por qué diablos se casa tu hermana con ese imbécil? —gritó Fátima por teléfono—. Ella no quiere hablar conmigo. Nos evita a todos. Eso no tiene ni pies ni cabeza.

—Están enamorados —dije en tono dócil.

—No seas tonto. Ese cabrón no sabe ni qué significa la palabra y Lina se está comportando como una insensata. Le arruinará la vida. Tu madre quiere que aborte. Tu hermana no atiende a razones: quiere al niño y no desea criar a un bastardo. Está loca.

No dije nada. El aparato me pesaba en la mano.

—Tengo que embarcar —dije.

—Y si vuelves a pasar por Roma sin venir a verme, te juro que te asaré en un enorme horno italiano.

A la salida de Jerusalén, Maria viajó tendida en el palanquín, pero descorrió las cortinas y sonrió a su marido, que cabalgaba a su lado. La felicidad hacía que Maarouf montara muy erguido en su silla. Iba radiante, muy cerca de su esposa. Maarouf dejó que la comitiva rebasara el cruce que conducía a Jaffa, y el visir de Génova preguntó adónde se dirigían.

—Al Fuerte de Marqab —respondió Maarouf—, para que sean mis invitados de honor.

A su regreso se celebró un banquete en el Fuerte de Marqab. Maarouf visitó a su esposa en la noche de bodas. A la mañana siguiente salió de sus aposentos y se sentó entre sus hombres.

—Habéis sido muy amable y generoso con nosotros —dijo el visir genovés—. Os estamos muy agradecidos. Ahora debemos seguir nuestro camino.

—Vuelve a casa y di al rey de Génova que su hija se ha convertido al Islam y se ha casado con Maarouf, el jefe de fuertes y batallones.

El visir palideció.

—¿Habéis visitado sus aposentos?

—Desde luego. Es mi esposa.

El visir gimió, se abofeteó y se golpeó el pecho.

—Matadme ahora, señor. No puedo regresar a Génova sin ella.

Los gritos y lamentos del séquito de Maria llegaron a oídos del rey de Génova antes de que este entrara en palacio. El visir, pálido y afectado, anunció:

—Majestad, la princesa ha renunciado a su fe y se ha casado con un musulmán. No deseaba volver.

El rey montó en cólera.

—Enviad una carta al rey Saleh y matad a este mensajero.

En el salón del trono, el juez del rey Saleh le leyó la carta.

—Esto no puede ser, majestad —dijo Arbusto—. El rey de Génova confió en Dios y en vos la protección del honor de su hija. Vos se la confiasteis a Baybars, y él y su buen amigo Maarouf os han traicionado. Nunca había presenciado un escándalo de tal magnitud.

El rey hizo llamar a Baybars y le pidió explicaciones.

—He recibido una carta de Maarouf en la que se dice que la princesa escogió la verdadera fe por voluntad propia; nadie la obligó. Dios le hizo ese regalo. Maarouf tiene en su poder una *fatwa* del imam de al-Aqsa que confirma el regalo de Dios y la decisión de la princesa de tomar a Maarouf por esposo.

—Es una historia cierta —dijo el rey Saleh—. El Islam es un legado del Todopoderoso. Juez, enviad una carta al rey de Génova explicándole lo sucedido. Sed delicado. La decisión que ha tomado su hija de vivir tan lejos de él no será una noticia fácil de escuchar ni de tolerar.

El juez del rey dejó a un lado la delicadeza en su carta. Esta rezaba así:

«El rey Saleh ha permitido que su protegido, el príncipe Baybars, secuestre a vuestra hija para venderla al harén de Maarouf. Si me hacéis llegar un barco hasta Jaffa, un arcón lleno de dinero y un batallón de hombres disfrazados, yo mismo me encargaré de devolveros a vuestra hija a Génova. El rey ha perdido el juicio, y no deseo seguir aquí y presenciar cómo se hunde el reino bajo el poder de sus sucesores».

El juez del rey envió la carta a Génova con un mensajero. Recogió luego sus pertenencias y todos los bienes que había robado a lo largo de los años, se quitó los ropajes de juez y abandonó la hermosa ciudad de El Cairo.

Maria se despertó enferma y Maarouf hizo llamar al doctor.

—Cura a mi esposa, cirujano —le dijo—. Te lo ruego. Haz que se ponga bien.

—El clima no le está sentando bien —dijo el doctor después de examinar a Maria—. Llevadla a Deir ash-Shakeef y que descanse allí durante tres meses. No sé bien cuál es su enfermedad, pero un reposo de tres meses debería curarla de cualquier mal que la aqueje.

Maarouf cogió a su esposa y, acompañados por un escuadrón, se dirigieron a los aires puros de Deir ash-Shakeef. En pocas semanas ella empezó a sentirse mejor, aunque conservaba cierta sensación de gravidez.

—Marido mío —dijo ella—. No estoy enferma, a menos que estar encinta se considere una enfermedad.

Maarouf daba saltos de alegría.

Poco después Arbusto fue a visitar a Maarouf en su residencia de Deir ash-Shakeef. El villano se presentó ante Maarouf fingiendo ser un rico comerciante y le ofreció un buen número de lujosas telas para su esposa.

—Un regalo precioso, honesto mercader —dijo Maarouf—, pero decidme: ¿qué he hecho para merecer tal generosidad por vuestra parte?

Arbusto dijo que solo deseaba una cosa: una carta firmada por el jefe de fuertes y batallones que autorizara a su portador a viajar por el territorio sin que nadie interfiriera en su camino.

—Vuestra reputación de honestidad y valor es bien conocida por todos —dijo Arbusto—. Con dicha carta en mi poder nadie osará acercárseme.

Maarouf hizo lo que se le pedía.

Arbusto pasó la noche a las afueras de Deir ash-Shakeef. Por la mañana se rasgó la ropa, se frotó el cabello con arena y se magulló la cara con piedras. Fue a ver a Maarouf, quien al verlo exclamó sorprendido:

—¿Qué os ha sucedido, buen mercader?

—A veinte leguas de la ciudad fui asaltado por una banda de rufianes —explicó Arbusto—. Les mostré vuestra carta y ellos escupieron sobre ella. «El jefe de fuertes y batallones no es más que un fanfarrón tullido, un gato casero desdentado con ínfulas de león», dijeron los bandidos. Me golpearon y me robaron todas mis pertenencias.

El héroe se levantó y miró al techo.

—¿Yo, un gato casero? —Salió como una exhalación en busca de su espada—. No te muevas de aquí —dijo al mercader—. Volveré con tus objetos de valor y con las cabezas ensartadas de tus asaltantes.

Él y su hombre salieron en dirección al norte, dejando a su esposa bajo la protección de dos guardias.

Arbusto paseó frente a los soldados de guardia, fingiendo estar ansioso. Del bolsillo izquierdo sacó unos bombones y se los metió en la boca. Uno de los guardias preguntó qué era lo que comía.

—Bombones de dátiles —replicó Arbusto—. ¿Queréis uno?

Del bolsillo derecho extrajo un montón y se lo dio a los guardias. En media hora el sedante había penetrado por sus venas y los soldados yacían inconscientes. Fue entonces cuando Arbusto irrumpió en los aposentos de la princesa, cubrió a la dormida Maria con un gran saco de arpillera y se la llevó.

La terminal de llegadas del aeropuerto de Beirut parecía borrosa, con la imprecisión que tienen los paisajes en los sueños. El espacio en sí mismo no había cambiado, pero el aire se había enrarecido: apestaba a alcanfor, cigarrillos y humanidad. Las motas de polvo se escabullían por el suelo de piedra, aterradas de que alguien las pisara. Los ubicuos carteles del presidente de Siria, tan serio él, me obligaron a mantener la vista al frente. Sus agentes secretos, vestidos de poliéster como civiles, eran solo un poco menos numerosos que sus fotos.

Negocié la tarifa con el taxista, un hombre tan viejo como mi padre. De entrada pidió una suma exorbitante. Su Mercedes había sido restaurado y reparado. Mire. ¿Lo ve? Ni una rayada, ni un orificio de bala.

—Míreme —le dije—. ¿Tengo pinta de ser un tipo al que le preocupe en qué clase de coche viaja?

Bajó veinte. Subí dos. Adujo que el pueblo estaba lejos, al menos a cuarenta minutos. Repliqué que podía encontrar otro taxi.

Bancos de ominosas nubes de pizarra se cernían sobre nosotros mientras avanzábamos por la carretera de la montaña. Los árboles parecían haber menguado.

—Es por la leña —explicó el conductor. El coche sufría un espasmo con cada bache—. Al menos la zona es segura de momento. Para su gente al menos. Usted es druso, ¿no?

—Medio druso —dije.

Se volvió hacia mí con aire inquisidor, como si el concepto le resultara totalmente ajeno. Esperó a que yo le contara más, pero no lo hice.

—¿Por qué ha vuelto? La gente ya no regresa.

—Una boda.

—¿Y viene con las manos vacías?

—Mi maleta llegará mañana.

—Antes los emigrantes volvían con sacos y sacos de objetos valiosos, dinero y joyas. Fuera encontraban oro y volvían a casa para ser hombres. Ahora todo el mundo se va, pero nadie vuelve. Si yo fuera usted, no habría venido, ni para una boda.

—Solo llevo unos meses fuera.

Negó con la cabeza, incrédulo.

—Pues parece que lleve años sin estar aquí.

Me dieron ganas de mirarme en el espejo, de observarme la cara. ¿Tanta pinta de extranjero tenía?

El rey Saleh sucumbió a los malos vientos de la enfermedad. Los doctores le aconsejaron un mes de reposo en un clima templado. El rey y sus cortesanos se trasladaron a al-Mansoura, donde la brisa fresca había curado más de un desorden de salud. Se recobró y volvió a El Cairo, solo para recaer. Oyó tañer las campanas de la muerte.

—Traedme a mi hijo —dijo el rey.

Baybars corrió al lecho real.

—Una vez construiste todo un barrio para mí, hijo mío —susurró el rey—. Concédeme ahora una mezquita que albergue mi alma durante toda la eternidad.

Baybars contrató a arquitectos, constructores y artesanos.

—No dormiré, ni vosotros tampoco, hasta que esta majestuosa mezquita se alce en honor de nuestro sultán. Empezad.

En un mes se erigió una mezquita de enormes dimensiones. El viernes posterior a su finalización, el rey visitó la mezquita acompañado de sus criados.

—Soy un hombre feliz —dijo.

Al regresar al salón del trono quiso sentarse, pero le resultó imposible. Lo llevaron a su cama.

—Giradme hacia la Qibla —dijo el rey—. A Dios pertenecemos, y a Él volvemos. —Estaba tendido en el lecho, de cara al este—. Afirmo que no existe más dios que Dios y que Mahoma es Su profeta.

Y el rey murió.

Nuestro pueblo centelleaba a la luz del anochecer. Un guardia vestido con traje oscuro y una raída camisa blanca, con un rifle automático colgado al hombro, detuvo el taxi a la puerta de casa de mi padre. Inclinó la cabeza para mirar hacia el interior a través de la ventanilla del conductor.

—¿Quién eres? —preguntó.

—¿Quién eres tú? —repliqué yo.

Se rió.

—¿Quién eres? No vas vestido para una boda.

Otro individuo armado y vestido con un traje barato se unió a él y se agachó para echarme un vistazo. Sonrió: no cabía duda de que había comenzado las libaciones temprano.

—Si el novio mereciera la pena —dije—, me habría vestido mejor, pero dado que no es más que un tonto comunista que ha traicionado la gran causa, no pienso molestarme.

Ambos hombres estallaron en una risa con ecos de embriaguez.

—Te conozco —exclamó el segundo soldado.

Intenté adoptar un tono de voz serio.

—Ve a decirle a tu líder que tales frivolidades están por debajo de sus posibilidades. He venido para echarle una reprimenda.

—Deja en paz al pobre hombre —bromeó el primero—. No es consciente del lío en que se mete.

Más hombres nos rodearon. La casa, iluminada, estaba a unos veinte metros del patio, y todo el jardín delantero estaba lleno de soldados que hacían esfuerzos sobrehumanos para pasar por invitados a una boda. Solo los guardias del bey ya rozaban la treintena. Desde que estallara la guerra civil había empezado a reclutar protección con la misma insistencia con que una perra en celo reclutaba machos.

—Te conozco —repitió el segundo guardia—. Nos conocimos hace un año. No estás aquí.

—Por supuesto que no. Soy un producto de la imaginación colectiva. Ahora dejadme pasar. No me hagáis bajar del coche.

Los hombres resoplaron.

—Ha llegado el hermano de la novia —gritó uno.

—Ha llegado el hermano del nuevo jefe —corrigió otro.

Un rifle automático fue disparado al aire; el susto borró de un plumazo cualquier muestra de alegría de mi sistema nervioso. El disparo fue seguido por otro, y por otro más. A unos metros, los guardias del bey no quisieron ser menos y se unieron a la milicia de Elie en un estático orgasmo de fuego.

Cuando por fin se calmaron los rifles, el silencio quedó empañado por el generador diésel, un viejo trasto que sonaba como la locomotora de un tren de vapor. El pueblo no tenía electricidad. Mi padre había construido esta casa como lugar de veraneo, pero la guerra había obligado a la familia a instalarse aquí, al menos de forma temporal. Aunque como casa de veraneo era relativamente cómoda, no era lo bastante espaciosa ni estaba suficientemente acondicionada para que la familia viviera en ella a tiempo completo. Y desde luego no era el marco ideal para una boda.

Mi padre salió de la casa en cuanto oyó las salvas de bienvenida. Los invitados aún no habían empezado a llegar. Al verme bajar del taxi, la expresión de su rostro compensó todas las penalidades del viaje. Vi que deseaba ir hacia mí. Imaginé que los músculos se tensaban debajo del traje, a la espera de una liberación que había tardado en llegar. Subí los cinco escalones que me separaban de él. Su mirada llevó un velo de lágrimas a mis ojos. En cuanto mis labios le besaron las mejillas, me engulló con sus brazos. Me dejé fundir en su abrazo.

Otra salva de disparos nos sobresaltó. Los hombres, conmovidos por la escena que se desarrollaba ante ellos, el reencuentro de un padre y un hijo, expresaban su aprecio disparando al cielo.

Mi padre me condujo hacia el interior de la casa. Una primera mirada mostró a la familia y a los amigos íntimos en plena preparación para el recibimiento de invitados: la casa bullía de actividad. Mi primo Hafez fue el primero en advertir mi presencia desde el otro lado del vestíbulo. Bebía un whisky mientras empujaba una mesita a un lado con la pierna. La sorpresa floreció en su cara y apareció una sonrisa. Sin palabras dijo: «¿Qué pasa, hermano?». Le saludé con una sonrisa.

Mi madre apareció por el pasillo que llevaba a los dormitorios. Siempre que se sentía presionada, siempre que tenía la sensación de estar luchando sola contra el mundo, su reacción instintiva era asegurarse de ir perfecta. Aunque yo no hubiera estado muy al tanto de las razones que explicaban esta boda, solo con ver su increíble aspecto habría podido deducir que no la aprobaba. Farah Diba habría matado al sha para parecerse a ella. Mi madre llevaba un recogido alto, sujeto de manera informal mediante un buen número de perlas color crema; la parte frontal del cabello aparecía tirante, peinado con la raya en medio. En cada oreja llevaba cuatro perlas: una de color negro rodeada de dos de color crema y una tercera del mismo color que caía del centro en forma de lágrima. El vestido, de escote de barca, era de ese mismo tono crema: ajustado y salpicado al azar de las mismas perlas.

—Di a esos idiotas que dejen de disparar —le espetó a mi padre—. Esto es una boda, no una bacanal.

Se detuvo y me miró, atónita. Sonreí. Se llevó la mano a la boca. Tembló, se tambaleó y le falló la rodilla. Oí cómo la tela del vestido se rasgaba por la caída. Mi padre corrió hacia ella. En cuestión de segundos la casa entera la rodeaba.

—Apartaos —gritó la tía Wasila, mientras empujaba a la gente sin miramientos—. No la agobiéis. Necesita aire.

El bey, que estaba agachado para atender a mi madre, fue empujado a un lado como los demás, sin ceremonias.

—Despejad. Los invitados están a punto de llegar.

—Creí que era un fantasma —dijo mi madre a mi padre.

—No lo es, querida. Es de carne y hueso. —La preocupación confería a su sonrisa un aire pensativo—. ¿Te encuentras bien? —La ayudó a incorporarse.

—Estará bien. Concédele solo unos minutos. —La tía Wasila cogió a mi madre de la mano y la llevó hacia el pasillo—. Tú —dijo, dirigiéndose a mí—, entra a hablar con tu madre mientras se repone.

Maria despertó en la penumbra. Se sintió mareada y desorientada, hasta que se percató de que la cama sufría una leve oscilación.

—¿Dónde estoy? —preguntó.

Al amparo de la oscuridad, Arbusto dijo:

—En el mar. En dirección a Génova.

Maria intentó adivinar qué había pasado. Meditó sobre lo que había caído sobre ella: tal humillación después de tanto gozo. Sollozó en silencio y puso su destino en manos de Dios. Durante tres días y tres noches las lágrimas fueron sus amantes, sus compañeras íntimas. Y al tercer día se desató una tormenta.

El cielo se quebró y soltó sus aguas hasta casi desbordar el mar. La única luz que dirigía el rumbo eran los relámpagos, y los truenos desviaban al barco en todas direcciones. Una galerna despiadada partió el mástil. Tempestades y lluvias azotaron a la solitaria nave durante días y semanas, meses y meses. Los marineros perdieron la cordura y el capitán perdió el control del bajel. El día en que las tormentas amainaron Arbusto se subió a la cubierta del barco, que había encallado a orillas de una isla.

—¿Dónde estamos? —preguntó Arbusto al capitán, quien respondió que la isla se llamaba Tabish. Un monasterio abandonado asomaba por encima de los bosques que cubrían la isla. El capitán envió a los pasajeros a tierra, con sus hombres, que se pusieron a cortar leña para reparar las costillas partidas del barco.

En la isla desierta Maria se sintió aún más débil y le sobrevino el parto.

—Debo aliviarme —informó a su secuestrador, y se encaminó hacia el bosque. Arbusto no puso objeción alguna ni la acompañó, ya que sabía que en la isla no había escapatoria posible. Ella se internó en la espesura, concentrándose en dar un paso detrás de otro, sin caer en la desesperación. Llegó al monasterio y subió al altar abandonado, donde dio a luz a un varón tan hermoso como la luna nueva. Maria envolvió al bebé con su túnica, le besó y dijo:

—Si me acompañas tu destino será servir de comida a los peces hambrientos. Te dejo en la casa de Dios, a Su merced. —Cerró los débiles ojos, se arrodilló sobre sus débiles rodillas y rezó—: Prométeme, oh sirviente de este lugar sagrado, en el nombre de Dios y de todos sus ilustres profetas, que vigilarás a este niño y le protegerás de todo mal que aceche a su alma.

Abandonó al niño y regresó al barco. Una semana más tarde comparecía en Génova ante su padre. Arbusto se dijo que, si había podido hacerse pasar por juez real, también podría fingir ser sacerdote. Se atavió como corresponde a un hombre de Dios y llevó a Maria a presencia del rey. Este preguntó a su hija:

—¿Has renunciado a tu fe?

—He renunciado a mucho más que eso.

—Debes ser castigada por haberte casado con un musulmán —sentenció su padre—. Vivirás presa en tus aposentos hasta el fin de tus días.

Una sollozante Maria dedicó su tiempo a mirar por la ventana, a la espera de que Dios le enviara la redención.

El roto estaba en la cadera izquierda del vestido de mi madre, pequeño pero visible. La tía Wasila se arrodilló para verlo de cerca. Mi madre oscilaba frente al gran espejo mientras con la mano alisaba la tela rasgada.

—Intentemos pegarlo con cinta por detrás —dijo ella.

Me pregunté a qué venía tanta colaboración por parte de la tía Wasila. Siempre se había mantenido a distancia de la familia, y dicha distancia se había hecho aún mayor después de la muerte del tío Wayih, unos años atrás.

—La cinta es un recurso vulgar —dijo la tía Wasila—. Es un desgarrón pequeño. ¿Dónde tienes el costurero?

—Estás fantástica —murmuré.

—Tú no —repuso mi madre—. Ve a cambiarte.

Le expliqué que la maleta aún no había llegado. Me preguntó si tenía problemas en Los Ángeles. Insatisfecha con mi simple no, preguntó por los estudios. La tía Wasila enhebró un largo hilo en la aguja.

—Creí que me necesitarías —dije.

Mi madre se relajó a ojos vista.

—Ha sido un detalle. Al menos péinate. Vas a asistir con tejanos a la boda de tu hermana. ¿Dónde vamos a ir a parar?

Mi prima Mona llamó y entró, sin prestar la menor atención a la tía Wasila.

—Lina quiere saber por qué su hermano aún no ha entrado a verla —dijo Mona. Se rió—. Aunque lo cierto es que no ha usado la palabra hermano.

En cuanto entré en su cuarto, Lina echó a todas nuestras primas.

—Están tan inquietas que al final acabo tranquilizándolas yo en lugar de ser a la inversa. —Se sentó en el taburete y contempló su imagen reflejada en el espejo. Ya la habían maquillado y llevaba el traje de novia. Lo único que faltaba era colocarle el velo—. ¿Intentas robarme el protagonismo?

—¿Cuándo he podido hacerlo? —Me senté en la cama. Me dolían los pies—. ¿Cómo puedo competir con ese aspecto tan imponente que tienes?

—¡Qué encantador! ¿Cómo puede ser? ¿Estás sobrio?

Me tumbé en su cama, hundí la cabeza en su almohada y aspiré su fragancia. Deseé con toda mi alma que pudiéramos tumbarnos allí y escuchar a David Bowie, o los aullidos y sollozos de Led Zeppelin, solos los dos. Ella se puso en pie e intenté ver si había ganado peso. Era la más alta de la familia. Mi madre también lo era, pero se mantenía delgada y huesuda. Lina no estaba gorda, pero llenaba el vestido, lo que complicaba la tarea de calcular su peso. Se sentó en la cama y se apoyó sobre los brazos.

—Ojalá pudiera tumbarme, pero se me estropearía el peinado.

Me arrodillé, cogí dos almohadas y las coloqué a los pies de la cama.

—Túmbate así —dije—. Confía en mí.

Se recostó con suavidad, con el cuello elevado por las almohadas y el cabello flotando en el aire. Se alisó la parte inferior del vestido, que parecía elevarse como un souflé en cuanto se postraba.

—Quítame los zapatos. Ahh, mucho mejor.

Me tumbé de espaldas y tuve un encuentro de cerca con sus pies revestidos de medias blancas. Arrugué la nariz. Ella movió los dedos.

—No puedo creerme que estés aquí —dijo ella—. Y me alegra tanto que no te pongas a hacerme preguntas estúpidas.

—Tengo demasiadas. No sabría por dónde empezar. ¿Dónde vais a vivir?

—No empieces.

—No pregunto por qué. Me limito a ser práctico. No te pregunto si le amas ni nada parecido. ¿Dónde vais a vivir? No puedes instalarte en los barracones, o dondequiera que él esté metido estos días. Y desde luego él tampoco puede vivir aquí mientras esté combatiendo.

—Cuando termine la guerra compraremos algo donde vivir. Por el momento seguiremos como hasta ahora. No durará mucho. Lo superaremos.

—¿Cómo piensa mantenerte? Tú has dejado los estudios. ¿Por qué? Eres la persona más lista que conozco.

—Ya los acabaré más adelante. Me he empeñado en que esto funcione. Y ahora cállate. Estoy descansando.

Maarouf y sus hombres no pudieron encontrar ni bandoleros ni ladrones. Preguntó en todos los pueblos que cruzó en su camino si alguien tenía noticias de una banda de salteadores que había atacado a un inocente mercader. No tardó en sospechar de la mendacidad del hombre. Cuando regresó a Deir ash-Shakeef, descubrió que su esposa había desaparecido.

—Soy un hombre presumido y bobo —declaró.

Envió partidas en busca del traicionero villano. Una de ellas siguió el rastro de Arbusto hasta la ciudad de Jaffa, donde se descubrió que había zarpado en un barco con destino a Génova. Maarouf convocó a sus hombres.

—Partiré en busca de mi esposa y mataré a cualquiera que haya tomado parte en esta pérfida acción. Volved al Fuerte de Marqab y atended a mis obligaciones hasta que yo regrese.

En Génova, Maarouf se dirigió al palacio del rey. Espada en mano, se preparó para asaltar la puerta, pero un gorrión rodeó su arma dos veces y emprendió el vuelo ante sus ojos. Maarouf siguió el vuelo del gorrión con la mirada y vio que este se acercaba a una de las torres de palacio, que estaba cubierta por un floreciente emparrado amarillo. A sus oídos llegaron débiles sollozos que le atravesaron el corazón, pues en ellos reconoció el llanto de su amada.

—Te oigo —gritó él.

Se encaramó a la torre por el emparrado, ayudándose de las protuberancias y fisuras de la piedra, hasta alcanzar la ventana más alta. A través de ella vio a su esposa sentada frente a un telar, inmóvil.

—¿Quién anda ahí? —preguntó Maria.

—Soy Maarouf, tu marido.

Un escalofrío recorrió el cuerpo de Maria.

—Has venido en mi busca, Maarouf —gimió—, pero es como si no me hubieras encontrado. Estoy tan viva como este telar roto, tan vacía como este hilo sin alma. Sin mi hijo, no existo, y sin tu hijo tú no eres un hombre. Está en una isla llamada Tabish. Tráeme a mi hijo o nunca saldré de este mausoleo.

Maarouf se unió al llanto de su esposa. Descendió de la torre, regresó al puerto y zarpó en dirección a Tabish. Registró la isla. Escaló las montañas, movió las piedras, arrancó los árboles. Destrozó el monasterio piedra por piedra, tronco a tronco, pero no pudo dar con su hijo. Maarouf volvió a postrarse de rodillas ante el indiferente mar y lamentó su azaroso destino.

—En el nombre de mi padre, de su padre, y del padre de mi abuelo, juro por toda la sangre que corre por mis venas que encontraré a mi hijo, mi sangre, mi vida.

—Ya casi es la hora —dijo mi madre. Hizo que Lina se levantara y mostrara su aspecto. Mi madre, la tía Samia y las chicas se aseguraron de que nada se dejaba al azar. Ninguna parecía satisfecha con el vestido. Era hecho a medida, pero no cabía duda de que el diseñador había trabajado con demasiada rapidez.

—Estás preciosa —dijo la tía Samia—. Estamos orgullosas de ti.

Lina parecía perpleja, como si no estuviera del todo segura de que la conversación se refiriera a ella.

—Mírala —dijo la tía Samia a Mona—. Admira su porte. Así es como debería estar una novia en su noche de bodas.

Una sonrojada Lina, algo que nunca pensé que vería, se materializó frente a mis ojos.

—Aprende de ella, hija mía. La cabeza siempre alta, desafiante, llena de aplomo. Si mi madre pudiera verte… Estaría orgullosa, igual que yo.

Mi madre cogió la mano de mi hermana, la llevó a sus labios y la besó.

—Coge el velo —dijo la tía Samia—. No querrás hacer esperar a tu padre cuando entre. —Sostuvo la tela en la mano y la observó como lo haría un controlador de calidad de una fábrica textil—. ¿Te lo vas a poner de cualquier manera? Venga, chicas. Buscad algo que hacer. —Se volvió hacia mí—. ¿Qué estás haciendo en este cuarto, muchacho? Sal de aquí. Tenemos que hablar de la luna de miel y no deberías oírlo.

—Aún no habrá luna de miel —dijo Lina—. Él no tiene tiempo. Ya la celebraremos cuando termine la guerra.

La tía Samia no pudo evitar que una mueca asomara a su rostro. Por un instante dio la impresión de que su energía iba a agotarse, pero la contuvo a tiempo.

—Pues si me lo preguntas te diré que mucho mejor. ¿Por qué irse de luna de miel y dejar atrás a tus seres queridos mientras se sigue librando una guerra? Yo no lo pasé nada bien durante la mía, así que no las recomiendo. Mi marido se pasó toda la semana en El Cairo durmiendo. ¿No me crees? Ve a preguntarle qué es lo que más le gustó de El Cairo y te dirá que la almohada del Hilton. Es probable que tengas que despertarle para preguntárselo, pero eso es lo que te dirá. Lunas de miel... Las lunas de miel no son para los de esta familia.

—¿Estás lista? —preguntó mi madre. Echó a todo el mundo del cuarto—. Si queréis ver salir a la novia será mejor que estéis fuera.

Miré a Lina, que con un gesto me pidió que me quedara. Mi madre anunció desde la puerta:

—Enviaré a tu padre dentro de un minuto.

—Madre —exclamó Lina. Mi madre se paró y dio media vuelta. Esperó a que Lina dijera algo, pero mi hermana no podía hablar. Mi madre cerró la puerta y se encaminó hacia ella.

—Quiero besarte —dijo mi madre—, pero no es una buena idea. Sin embargo los besos en el aire no te estropearán el maquillaje. —Mi madre cogió a Lina de las dos manos y se intercambiaron tres rondas de besos en el aire. Mi madre fue hacia la puerta—. Será mejor que no te entretengas.

Mi padre, apuesto y señorial, tendió la mano a mi hermana. Lina titubeó, se miró una última vez en el espejo y fue hacia él. Cogidos del brazo dieron un paso y tropezaron.

—Te llevo yo —bromeó mi padre.

Reanudaron la marcha, pero seguían sin acompasar el ritmo, como si mi padre hubiera ensayado para este momento durante toda su vida y la vida hubiera decidido no colaborar.

Yo había esperado que mi padre estuviera más emocionado, pero subestimaba su resistencia. No parecía un hombre que acabara de sobrevivir a la muerte de quien había sido su hermano menor y su mejor amigo. Avancé detrás de ellos, me paré y los vi cruzar el oscuro pasillo hacia la luz que emanaba del salón. Estalló una barahúnda de gritos, aplausos, silbidos y aullidos capaz de sofocar la *Marcha nupcial* de Mendelssohn que sonaba por los altavoces. Alguien, es de suponer que el tío Akram, empezó a tocar el *derbakeh*. Una mujer entonó una canción de boda típica de las montañas, una loa a la hermosa novia. Cuando por fin llegué al final del pasillo, mi padre había cedido a su hija a Elie, quien hacía todo lo posible por fingir que se sentía a sus anchas enfundado en un traje en lugar del mono militar que solía llevar. Elie contempló a la multitud antes de dar a Lina un beso rápido: un beso breve en señal de compromiso eterno. El tío Akram, visiblemente disgustado con la disonante competencia de Mendelssohn, dio un golpe al tocadiscos con el muslo. Se oyó un crujido y pararon los instrumentos de cuerda, y el tío Akram se puso a tocar el tambor con más fuerza, de forma rápida y sincopada.

Los recién casados cortaron la tarta. Elie intentó rodear a Lina con el brazo, pero el tenedor no dejaba de interponerse entre ambos. Un pedazo de pastel cayó sobre la manga de Lina, y de allí al suelo. Ella se rió. Mi madre meneó la cabeza. Un par de críos se apresuraron a apropiarse del pedazo caído. El nieto del bey, envuelto en dos jerséis a pesar del calor que reinaba en la sala, se metió el pastel en la boca. Nuestro futuro bey miró a Lina, abrió mucho la boca, sacó la lengua y le mostró el trozo de pastel húmedo que tenía dentro.

Todo el mundo parecía estar de buen humor, y no era solo por la boda. Las fiestas en tiempos de guerra siempre son momentos de euforia, libres de inhibiciones. Intenté hablar con Elie pero este parecía evitarme: tanto a mí como al resto de la familia, la verdad. Resultaba desconcertante ver cómo todo un miliciano con docenas de soldados a sus órdenes, un asesino de hombres, hacía denodados esfuerzos por eludir el contacto visual. Cuando le acorralé para expresarle mis mejores deseos, me interrumpió con este comentario:

—No ha sido culpa mía. Se suponía que solo era un rato de diversión.

Parecía un crío de cuatro años aterrado; tenía los ojos tan abiertos que casi le abarcaban la mitad superior de la cara.

Tenía los pies hinchados y me dolían los empeines. Los últimos invitados iban desfilando, pero aún no había llegado el momento de romper la fila de saludos. Lina parecía la más cansada de todos, mientras que Elie daba la impresión de cobrar fuerzas a medida que avanzaba la fiesta. La tía Wasila y sus hijos se marcharon con los invitados, al igual que el tío Halim y su familia. La tía Samia se quitó los zapatos y empezó a ayudar a los criados a recoger las mesas hasta que mi madre le pidió que parara.

—Dame veinte minutos para asearme y estaré lista para salir —dijo Lina a Elie.

Él carraspeó.

—Creo que lo mejor es que yo vuelva a Beirut con mis hombres. —No conseguía levantar la vista de los zapatos—. Ellos tienen que estar allí por si pasa algo y... Bueno, no me parece bien que yo no esté si hay algún problema. Podrían atacarnos.

—¿En tu noche de bodas?

—Bueno, a esos cabrones enemigos no les importa que sea mi noche de bodas —dijo él, tartamudeando.

—En ese caso creo que deberías ir —dijo Lina.

—Sí, sí, creo que sí. —Retrocedió con pasos lentos y faltos de decisión—. Gracias a todos. Ha sido una gran boda. —Lanzó una mirada breve a mi madre—. Ojalá mi familia hubiera podido asistir. Gracias.

Salió y la emprendió a gritos con sus hombres borrachos. Se subieron a tres desvencijados Range Rovers y partieron a toda velocidad, montaña abajo, hacia la ciudad. A lo lejos, un Beirut envuelto en la más absoluta oscuridad engulló las rojas luces traseras.

—Creo que será mejor que me cambie de todos modos —dijo Lina.

—Sí —convino mi madre. Se sentó en el sofá y apoyó los pies en la pequeña otomana—. Ponte una ropa más cómoda mientras te preparo un buen whisky.

En cuanto Lina se fue a su cuarto, mi padre dejó que la ira conquistara sus facciones. Se dejó caer al lado de mi madre. La intensidad de su enfado irradiaba calor hacia toda la sala. Yo era consciente de que el vaso de su furia estaba a punto de colmarse.

—A ti también te sentará bien un whisky —dijo mi madre.

—Quizá tengamos suerte —comentó la tía Samia—. A lo mejor sufren un ataque esta noche.

—Ja —replicó mi madre—. Esas cosas no se dicen. —Negó con la cabeza—. Ja. —Y dirigiéndose a mi padre añadió—: ¿No podríamos llamar a alguien?

Mi padre soltó una carcajada amarga.

Quizá os estéis preguntando qué pasó con el niño. Quizá os preguntéis por qué su padre no lo encontró. Escuchad. Resulta que otra tormenta agitó las aguas del Mediterráneo y desvió un bajel donde viajaba Kinyar, el rey de Tesalia, a la isla de Tabish. El rey y su tripulación exploraron la isla y encontraron el monasterio.

—Es el niño más hermoso que han visto mis ojos —declaró Kinyar. Fue a coger al hijo de Maarouf y Maria, pero un poderoso revés le derribó al suelo. Aterrado, miró a su alrededor. Sus hombres desenvainaron las espadas. No vieron nada—. ¿Por qué me golpeas? —preguntó Kinyar al monasterio—. Soy el padre de este niño y he venido para devolvérselo a su madre.

De nuevo se dispuso a coger al niño y esta vez nada se lo impidió. Huyó con el bebé en brazos y sus hombres le siguieron, entre exclamaciones y tropezones. Partieron en el barco.

El galeón de Tesalia se cruzó con un barco que iba en peregrinaje a la Ciudad Santa y lo abordó. El rey subió al barco capturado y dijo:

—Busco a un voluntario, a una nodriza que alimente a mi hijo. Os mataré si no me concedéis lo que pido.

Una joven monja se ofreció.

—Ya he renunciado a mi vida antes y lo haré una vez más. No hace falta que muramos todos.

Kinyar se la llevó a su barco y dejó que los demás prosiguieran su viaje. La monja mostró el pecho al niño hambriento y la leche brotó de él milagrosamente.

—El bebé vivirá —afirmó la monja.

—Lo llamaré Taboush, en honor a la isla que me lo ofreció —dijo Kinyar.

A la mañana siguiente desayunamos temprano. Mi padre se atragantó con un pedazo de pan. Tosió, se golpeó el pecho y bebió un sorbo de agua. Desde el otro lado de la mesa mi madre le observaba con una expresión de leve inquietud en la mirada. Él carraspeó, encendió un cigarrillo y apuró el café.

—Voy a ir a echar un vistazo a nuestra casa —anunció.

—No hay nada que ver. —Mi madre untaba la tostada con mantequilla. Era la única de la familia que lo hacía—. Nos llevamos todo lo que tenía algún valor.

—Quiero comprobar el estado del edificio. Si no dejamos sentir nuestra presencia, la casa se nos llenará de refugiados.

—La razón por la que no tenemos gente viviendo allí es que el barrio sigue siendo peligroso. Sé razonable. No merece la pena correr el riesgo, y el hecho de que te dejes caer una vez al mes no detendrá a los posibles invasores.

—Tendré cuidado —dijo él.

Un rato después dije a mi madre que iba a dar un paseo y me colé con él en el coche. Si mi madre no aprobaba que mi padre fuera a nuestro antiguo barrio, menos aún habría querido que fuera con él.

—Emprendamos nuestra próxima aventura —dijo él.

Pasamos por muchos controles en el camino, cruzamos de una zona militar a la siguiente, sin que nadie nos pusiera problema alguno.

Cuando llegamos me sentí aturdido. Nuestro barrio no había sido tan castigado como otros, pero las cicatrices eran visibles. También estaba tan deshabitado como un decorado de la *Dimensión desconocida*.

Mi padre inspeccionó todos los pisos. En el nuestro los muebles estaban cubiertos con telas polvorientas, pero se había trasladado todo cuanto cabía en un coche. Solo había una ventana rota. Fui a mi cuarto. La cama, la librería y la cómoda parecían niños enormes y tullidos, disfrazados de fantasmas de Halloween. Mi padre realizó una rápida inspección al piso del tío Yihad. No deseaba demorarse mucho en él. Yo me quedé. Deambulé por la sala y el comedor. En este apartamento las telas que lo cubrían todo perseguían una finalidad palpable.

Las numerosas obsesiones del tío Yihad eran notorias. Era un devoto italófilo, aficionado a Brueghel, amante del cine, de las leyendas populares y un coleccionista de sellos raros, revistas de cine, esculturas diminutas de cristal, cajas de cerillas, cartas de restaurantes y piezas de loza libanesa. Su apartamento solía estar impregnado de su esencia, abarrotado de trastos y cachivaches. Lo habían quitado todo. Tirada en el suelo encontré una postal de un cuadro de Brueghel, *Meg la loca*, uno de sus preferidos. Había dos cosas que nunca pude olvidar del cuadro: la mirada decidida de la propia Meg la loca, la actitud de voy a quedarme con lo que me corresponde por derecho de esta mierda de sitio, y el monstruo gigante que se ayudaba de un palo para vaciarse el culo de sus contenidos mientras la multitud ansiosa aguardaba debajo a la espera de recibir la parte del tesoro que estaba a punto de caer. Cogí la tarjeta y examiné los marrones, los ocres y los rojos; las extrañas criaturas del infierno, las lanzas, los escudos y las cabezas mal colocadas; los animales, los barcos a medias y los batallones; y la mujer, en apariencia el único ser humano, con una espada en la mano derecha, una cesta con bienes en la izquierda y una bolsa llena prendida de la cintura, caminando protegida por un casco y haciendo gala de una férrea determinación. Había obtenido lo que buscaba y había llegado el momento de irse. Tal y como yo lo recordaba. La guardé en el bolsillo.

Entré en el despacho, donde el muro de las películas aún seguía intacto. No podía moverse. A lo largo de los años el tío Yihad había ido recortando imágenes de revistas de cine, sobre todo italianas, y había montado un collage que ocupaba toda la pared. Una de las ventanas del despacho se había roto y un trozo de cristal se había alojado en una foto que representaba el carrusel de *El tercer hombre*. Al arrancarlo me corté el dedo índice. Me llevé el dedo a la boca y succioné la herida.

Empecé a ver la pared con ojos zen. Las estrellas de cine me devolvieron la mirada. Había al menos tres Marilyns, una de ellas sentada en una típica silla de director, mirando hacia atrás. Jane Fonda en *Klute* y *Barbarella*, Bette Davis en *Jezabel* y *La extraña viajera*, Audrey Hepburn en *Vacaciones en Roma* y *Desayuno con diamantes*. Warren Beatty en el papel de Clyde yacía sobre Bonnie, Faye Dunaway. Marlon Brando se sentaba junto a Jack Nicholson. Sophia Loren se hincaba de rodillas en *Dos mujeres*, Anna Magnani destrozada en una de sus películas. Catherine Denueve en *Belle de Jour*; Julie Christie en *Doctor Zhivago*. Hedy Lamarr ataviada con un largo traje de noche, con el brazo izquierdo a su espalda y rodeando con la mano el codo derecho: «*Disonorata*, Il più grande film per la stagione 1948-1949», rezaba el cartel. Katharine Hepburn compartía una escena con John Wayne, Glenda Jackson se apeaba de un tren, Shirley MacLaine parecía asombrada, Julie Andrews y Christopher Plummer aparecían con los niños de la familia Von Trapp. Una horrorizada Joan Crawford, con el subtítulo: *So che mi ucciderai!* Shirley Temple, Cary Grant, Clark Gable, Jimmy Stewart. Tres cuartos de una foto de Sissy Spacek y Robert Duvall. James Dean descamisado. Sean Connery descamisado. Tres versiones del bigotudo Burt Reynolds. Natalie Wood corría alegremente hacia su novio, el delincuente juvenil. Maria Callas sentada en una alcoba en la *Medea* de Passolini. Olivia de Havilland, Twiggy e Ingrid Bergman. Todos los colores se habían desvaído a excepción del pintalabios de Marlene Dietrich, que parecía retocado: el cigarrillo quebraba la línea roja. Un tiburón, Robert Shaw, Roy Scheider y Richard Dreyfuss anunciaban la película *Lo squalo*. Gene Kelly bailaba, Johnny Weissmuller era Tarzán. Escenas de playa sacadas del *Dr. No* y de *De aquí a la eternidad*. Dustin Hoffman con un muslo de mujer y subido en un caballo rodeado de indios. Los Oscars en múltiples fotos. El delicioso antebrazo de Rita Hayworth en *Gilda*, los sedosos ojos de Elizabeth Taylor en *Un lugar en el sol.* Mae West, la bella de los noventa. Franco Nero, espectacular en la sombra, Robert Redford y Paul Newman, Steve McQueen en *Tom Horn*, William Holden y Kim Novak, Dean Martin y Jerry Lewis, Ursula Andress, Romy Schneider y Dalida. Judy Garland, Judy Garland, Judy Garland.

Pero en el extremo inferior derecho había un hueco: una foto había sido arrancada y ahora se veía el yeso de la pared. No hacía falta que me dijeran quién la había arrancado ni qué foto era. Después de la muerte del tío Yihad, mi padre no habría querido que nadie viera la imagen de Alan Bates y Oliver Reed besándose con pasión. Mi padre debió de pasarse un buen rato para arrancarla.

El dedo aún me sangraba. Me pasé la sangre por los labios y besé el hueco de la pared. La marca roja de mis labios podía compararse con la de los labios de Marlene.

14

Adán se aburría. El Jardín del Edén era encantador, pero quería a alguien con quien hablar.

—Querido Dios —rezó—, necesito compañía.

Dios le concedió una compañera. De la cola de Adán se creó a una mujer, Marwa, pero esta resultó ser tan traviesa como un mono. Adán no estaba contento.

—Querido Dios, necesito una compañía mejor.

Eva salió de la decimotercera costilla derecha de Adán. Las mujeres decentes pueden tomar a Eva como su más remoto ancestro. Todas las chicas malas descienden de Marwa.

Esta leyenda tiene una contrapartida judía en la de Lilith, que fue creada al mismo tiempo que Adán, a partir del mismo polvo.

—Soy tu igual —dijo ella—. No me limitaré a yacer indefensa a tus pies. También yo busco realizarme.

Adán protestó y Dios creó entonces a Eva de su costado para que estuviera a su lado, le apoyara, se sometiera a él.

¿Y Lilith? Pues Lilith se apareó con los demonios de las orillas del mar Rojo. Dios renegó de ella.

No sabría deciros si Fátima desciende de Lilith o de Marwa, pero lo que sí puedo afirmar es que tenía poco que ver con Eva.

Fátima era celebrada en el rincón del mundo donde vivía, o más bien descelebrada aunque no en el sentido occidental de la palabra. No era una estrella de cine, su cara no salía en las revistas, su nombre no aparecía en los periódicos serios. Era celebrada al estilo árabe, en términos discretos. Ninguna historia tenía el suficiente jugo si la lengua del cotilla de turno no sacaba a colación el nombre de Fátima. Fátima no se emparejó con demonios; prefería a los árabes del golfo, bajitos, ricos hasta la náusea, y de hecho «emparejarse» tampoco sería el término más adecuado. Su reputación quedó asentada con su primer matrimonio: fijaos en la palabra, asentada, porque de hecho los primeros rasgos ya habían quedado apuntados solo por ser la hermana pequeña de Mariella.

Esta es la historia de su primer matrimonio. Junio de 1981, yo acababa de licenciarme en la UCLA y entré a trabajar de ingeniero informático y programador en Ellisen Engineering, la única empresa en la que trabajaría. Fátima estudiaba psicología en la Universidad de Roma, aunque todavía no había terminado la carrera. No lo hizo. Al igual que mi hermana había hecho antes, contrajo matrimonio. A diferencia del de Lina, el matrimonio de Fátima duró más que la boda en sí, pero no demasiado. Él era un príncipe saudí increíblemente rico, joven, miembro de una familia numerosa, que no se hallaba en la línea de sucesión aunque tal vez llegara a ministro. La conoció en Roma y se prendó de ella. Declaró que no había conocido a nadie que pudiera comparársele y que lo más probable era que nunca volviera a hacerlo.

—No estaba mal —dijo siempre Fátima.

La familia del novio no saltó de alegría, pero tampoco mostró su desaprobación. Al fin y al cabo el chico era saudí, y le quedaban al menos otras tres oportunidades para afinar su gusto. Los problemas empezaron durante la boda, a la que yo no pude asistir por culpa del trabajo. Al parecer la madre y las hermanas del novio se metieron con la novia sin mala intención, exigiéndole que quedara embarazada.

—¿No sería mejor que esperáramos hasta que acabe la boda? —replicó Fátima.

Dos meses después, cuando la suegra volvió a interesarse por el posible embarazo de Fátima, esta enrolló un periódico —un ejemplar del libanés *Al-Nahar*— y le propinó tres cachetes en la nariz. No —zas— te metas —zas— en mis asuntos —zas—. Por horroroso que fuera, ese adiestramiento de la suegra como si se tratara de un cachorro no fue la causa del divorcio. Para colmo del horror, el príncipe se puso del lado de su esposa. Cuando por fin el padre del príncipe preguntó a su hijo si Fátima le había puesto alguna vez la mano encima, el joven enrojeció hasta la médula, y la auténtica naturaleza de su relación sexual quedó al descubierto. Incluso eso podría haberse silenciado —al fin y al cabo estábamos en el mundo árabe— si el príncipe, profundamente humillado, no hubiera reconocido que, a pesar de que habían estado manteniendo relaciones sexuales desde que se conocieron, él aún no se había ganado el derecho al coito. Aquí el hambre, aquí las ganas de comer.

¿Cuál era la reputación de la hermana de Fátima? ¿Quién era Mariella, la gran Mariella?

Retrocedamos hasta enero de 1975, unos meses antes del estallido de la guerra civil. Mi clase y la de los mayores fueron a esquiar a The Cedars. Con el fin de romper la monotonía de las tres horas de viaje desde Beirut, el autocar se detuvo en Hilmi's, un bar de la ciudad de Batroun donde servían limonada. Eran las seis de la tarde de un domingo y el local estaba abarrotado, repleto de esquiadores que volvían a la ciudad. Con la llegada de nuestros autocares apenas había un hueco libre.

Un trío de estudiantes del curso superior, los más populares del colegio, se colaron justo delante de donde estábamos Fátima y yo. Uno de los chicos era el capitán del equipo de rugby de la universidad. Fátima decidió que abrirse paso entre tanta gente para un simple vaso de limonada era excesivo y salió a la calle. Fue una salida afortunada porque le evitó encontrarse con su hermana. Oí la risa de Mariella antes de verla a ella. Sostenía un vaso transparente de limonada con una pajita manchada de lápiz de labios.

—Si este lugar era tan secreto —dijo en voz alta—, ¿cómo puede haber tanta gente?

Su acompañante no pareció divertido. Alto y moreno, gastaba gesto agrio y uniforme de soldado, aunque no era el del ejército regular.

—Tal vez no sea tan secreto, pero es la mejor limonada.

—Está claro que no has estado en Roma. —Mariella se encaminó hacia la salida. No tuvo que abrirse paso entre el gentío, ya que este se abrió como el mar de Moisés para dejarla pasar. Su vestido de lana de color rojo le habría quedado corto a una niña de diez años. Me distinguió entre la multitud y una sonrisa le bailó en los ojos por un instante antes de que sus labios formaran una mueca inequívoca—. Osama —chilló—. Mi cielo.

Me alborotó el cabello y besó mis labios atónitos. Esmeralda acariciaba a Quasimodo. Me guiñó un ojo para invitarme a seguirle el juego.

—¿Dónde te habías escondido, monada? —preguntó. Yo dudaba de que alguien se tragara esa charada, pero supuse que lo haría por algo—. ¿Vendrás pronto a verme? —Su voz era coqueta y habría desarmado a cualquiera—. Te he echado mucho de menos.

Se alejó, sin dejar de mirarme, y me lanzó un beso desde la puerta.

—Llámame —gritó ella. Su compañero me miró de reojo. Me sacaba una cabeza y media de estatura.

El capitán del equipo de rugby se colocó rápidamente a mi lado.

—¿Conoces a Mariella Farouk? —Tenía los ojos de un tono castaño claro, casi garzos, con tres motas sueltas de color granate dispuestas en distintos sitios según el ojo—. ¿La conoces bien? —preguntó—. Er…, ¿sois buenos amigos? ¿Hace mucho que os conocéis? Se presentará al concurso de Miss Líbano y estoy seguro de que ganará.

—Dicen que hace las mejores mamadas —intervino un compañero—, lo que en cierto sentido es toda una sorpresa. Se diría que una chica con esa pinta no tendría por qué hacerlo. Ya se sabe, a las chicas feas no les queda más remedio que esforzarse, pero en su caso no es así: está buena y encima le gusta. No hay nada mejor.

Me estremecí y sentí que mis mejillas enrojecían.

—Es la hermana de Fátima —exclamé.

El capitán del equipo propinó un codazo a su amigo.

—No le hagas caso. No sabe lo que dice. Vayamos a por un vaso de limonada.

Mientras el autocar seguía sabiendo por la montaña en dirección a las pistas de esquí, una desconcertada Fátima, sentada a mi lado en el asiento que daba al pasillo, intentaba entender por qué el capitán del equipo de rugby se había apresurado a ocupar el asiento más cercano al suyo por el otro lado e intentaba entablar conversación con ella. Fátima tardó menos de dos minutos en aburrirse y fingir que dormía, con la cabeza apoyada en mi hombro.

Unos meses después, cuando la guerra llegó al Líbano, el señor Farouk propuso a su esposa que se llevara a las dos hijas a Roma, su ciudad natal, hasta que se volviera a estabilizar la situación en Beirut. Mariella se negó a irse. Se lo estaba pasando demasiado bien. A los diecinueve años ya era una adulta. Tenía una vida y no iba a consentir que unas triviales escaramuzas interfirieran en sus planes.

El señor Farouk fue el primero en caer muerto, en 1976. Fue secuestrado por una de las milicias, torturado y asesinado. Su cuerpo destrozado apareció en una zanja de la calle Mazra. Era la primera persona que yo conocía muerta por culpa de la guerra civil. Su muerte destrozó a Fátima, pero no a Mariella. El señor Farouk era un hombre querido y respetado, lo que significó que un buen número de personas, entre ellas mi padre, hizo lo que pudo durante un día y una noche para lograr su liberación. Sus esfuerzos cayeron en saco roto, ya que nadie consiguió averiguar qué milicia lo había secuestrado ni por qué razón. Se trataba de un conocido apolítico, cristiano iraquí, sin enemigos conocidos. El pánico a lo irracional, al azar, hizo que surgieran explicaciones de la nada. El señor Farouk era en realidad agente de la CIA. Era un espía israelí. Un espía sirio. Era un periodista que escribía la auténtica historia de los hechos y exponía la conspiración de las grandes naciones en contra del Líbano. Era miembro de la realeza iraquí. Había sido un famoso actor lituano que huyó de la maquinaria de propaganda soviética. Su muerte tenía sentido.

A pesar de que la muerte de su padre podría haber servido para proporcionarle una pista sobre lo que podía pasarle, Mariella estaba demasiado absorta para captarla. Ella nunca se había visto como víctima; era una jugadora. Cual triste recuerdo de Evita, fue ascendiendo por el escalafón militar (Elie había sido un ensayo en la carrera, una piedra de paso). Pudo cambiar de bando y volver al anterior varias veces. La insignia del uniforme no importaba, el tamaño de la pistola sí. Cualquier otra mujer habría caído en el intento, pero su talento la hizo intocable, al menos durante un tiempo.

La señora Farouk llamaba a mi madre por teléfono todos los días. Suplicaba, rogaba y la exhortaba a que ayudara a Mariella: la convenciera de que llamara a casa, detuviera esa locura. Mariella no quería ni necesitaba la ayuda de mi madre. De hecho, fue ella la que nos ayudó. En una ocasión en que nuestra familia quedó atrapada en Beirut, Mariella envió un jeep para que nos recogiera y nos trasladara a las seguras montañas: seguras para nosotros, pero todo un riesgo para el chófer y el guardaespaldas que lo acompañaba. Fátima llamaba a su hermana a todas horas, pero Mariella había dejado de escuchar.

El capitán del equipo de rugby acertó: fue coronada Miss Líbano, pero murió de un disparo antes de que pudiera presentarse al concurso de Miss Universo. Cuando participó en la competición para el título de Miss Líbano, su reputación era tal que un voto en su contra implicaba un triste final para la vida del juez. Ganó a pesar de que no era ciudadana libanesa. Y lo más asombroso, ganó a pesar de no haber superado la prueba de talento.

Se dice que conservó su carácter y sus rabietas. La historia de su muerte devino infame. Había sobrevivido al abandono de líderes de la milicia ávidos de poder; había sobrevivido a los viajes de este a oeste, y viceversa; había sobrevivido al hecho de que un amante la descubriera en la cama con un subordinado. (El subordinado se ganó el respeto de repente y poco después reemplazó a su predecesor. ¿Era Mariella una maestra del *conching*, o fue el simple hecho de acostarse con ella, la novia de un superior, lo que granjeó ese inmediato respeto al subordinado? La pregunta sigue en pie.) Pero lo que resultó fatal fue acusar a su último amante de tener la polla pequeña delante de otros soldados.

A lo largo de los años Fátima fue invirtiendo una gran cantidad de energía en desmontar la teoría de que ella era como era para oponerse a su hermana mayor. Afirmaba que toda esa charla no era más que basura psicoanalítica, irrelevante hasta el tuétano.

Pero una vez, cuando éramos niños, Mariella me mostró un colgante que le habían regalado por su cumpleaños.

—Es una esmeralda auténtica. Es mi piedra de nacimiento, y hace juego con mis ojos.

Fátima, a pesar de sus ojos castaños, sentía una indecente afición por las esmeraldas.

Después de cumplir los once años, Shams y Layl empezaron a salir más al mundo. Jugaban en el gran jardín, acompañados y vigilados por los coloridos loros. La esposa del emir los veía tirar piedras contra el tronco de un viejo olmo. Llamó a Shams desde el balcón, pero él fingió no oírla. Ella, en cambio, oía muy bien sus gritos de alegría. Volvió a llamarlo, pero su hijo se limitó a levantar la vista y a seguir jugando. Lanzó una piedra contra el tronco, pero una devota salió de repente y se puso frente al objetivo; la piedra le dio en la frente. Se cubrió la herida con ambas manos, se postró ante su profeta y repitió: «Gracias, gracias». Luego huyó con la pérfida piedra en su poder.

El loro verde emitió un graznido de advertencia, y los chicos se apresuraron a abandonar el jardín. Tres devotos vestidos de blanco salieron de detrás de los setos, demasiado tarde para disfrutar de una visión de su adorado.

Y, por séptima vez a lo largo de aquella mañana, la esposa del emir deseó que el oscuro esclavo de su hijo sufriera una muerte ignominiosa. Cortarlo en mil pedazos, asar a los loros y comerlos a todos. El carraspeo de una de las doncellas interrumpió la suntuosa ensoñación; en cuanto la dama se apercibió de su presencia, la criada le entregó una carta.

—¿De quién es esto? —preguntó la esposa del emir.

—No lo sé, señora —contestó la criada—. Apareció en una bandeja de plata colocada sobre su cama.

La esposa del emir palideció al leer la nota anónima.

«Sus deseos pueden hacerse realidad a base de paciencia y con mi ayuda. Si anheláis la exterminación del oscuro, sentaros debajo del tercer álamo a las doce en punto de la séptima noche de embarazo de la luna.»

Debajo del tercer álamo, la esposa del emir se removía, inquieta, con la cabeza embozada bajo la capa. Por enésima vez miró hacia la luna para asegurarse de que se trataba de la noche indicada. ¿Por qué siempre tenía la costumbre de llegar pronto? La realeza debía hacerse esperar. Hacía una noche tranquila, sin atisbo de viento, y sin embargo las hojas del álamo susurraban como por voluntad propia. Respiró hondo y se sintió desfallecer. El mundo centelleó, y una mujer del tamaño de un hombre, envuelta en una capa, se sentó frente a ella debajo del segundo álamo. Aunque la luna iluminaba la noche, las sombras de la capa ocultaban los rasgos de la recién llegada.

—La realeza no se digna hablar con mendigos que ocultan su rostro —dijo la esposa del emir.

La mujer se rió y apartó la capa, revelando una cabeza y una cara envueltas en una neblina sobrenatural.

—¿Qué eres? —preguntó la esposa del emir—. No me impresionan tus trucos. Te exijo que me muestres la cara.

—¿Qué cara le gustaría ver? —La mujer tenía una voz tan profunda como su risa, áspera y ronca. Chasqueó los dedos y la neblina se disipó. Su cara, deformada, era de una fealdad atroz.

—¿Acaso puedo elegir?

—Por supuesto que sí. —La mujer volvió a chasquear los dedos y su cara se transformó en la de la esposa del emir.

—Eres una bruja. —Aterrada, la esposa del emir se cubrió su rostro—. Despójate de esas facciones ahora mismo.

—Como deseéis. —La mujer cambió su rostro y adoptó el semblante de una campesina vulgar, sin rasgos destacables.

—¿Eres una bruja?

—En cierto sentido. ¿Os interesa lo que soy o lo que tengo que ofreceros? Puedo ayudaros a que os libréis de vuestro enemigo, y el mío, cuando llegue el momento.

—No veo cómo. Lo he intentado todo. He probado a envenenarlo, al menos cien veces. He usado todos los venenos conocidos, pero el chico solo sufre un dolor de estómago. He contratado a asesinos para que me libren de él y a cazadores de aves para que den buena cuenta de los loros. Se burlan de mí. El mes pasado ordené a diez arqueros que dispararan contra Fátima, y las flechas cayeron al suelo antes de impactar en el objetivo, que se limitó a echarse a reír.

—Ella es inmune a los planes de asesinato, y no hay arma que pueda herir al chico porque es un demonio.

—Oh, no exageres —masculló la esposa del emir—. Es un crío feo, pero ¿un demonio?

—No es un simple demonio; gobernará su mundo. Es el rey de los yinns. Matarle no será tarea fácil, pero puede lograrse. ¿Es eso lo que deseáis?

—Claro que sí. Mátalo y te recompensaré con lo que desees. Mi hijo debe quedar libre de su sombra.

—No puedo matar al oscuro sin vuestra ayuda. Así ha sido, por los siglos de los siglos. Para terminar con la vida de un rey de los demonios, su madre debe destruir sus órganos vitales.

—Fátima nunca le haría daño.

La mujer miró a la esposa del emir y titubeó.

—Pero vos podéis hacerlo. Planteároslo así: ya que él y vuestro profeta son inseparables, el destino lo considera vuestro hijo. Cuando llegue el momento, ¿tendréis el valor para seguir adelante?

—Sí. Destruiré su corazón.

—No me refiero al corazón. Es un yinni. Para matarlo, su madre debe destruir sus testículos.

—¡Por Dios! —La esposa del emir se quedó lívida—. Solo tiene once años. Ni siquiera les saca provecho aún.

—Entonces debemos esperar a que lo haga.

Más cosas sobre Fátima. Avancemos a octubre de 1990. Yo tenía veintinueve años y ya trabajaba, era un miembro productivo de la sociedad; Fátima había cumplido los treinta y andaba por el tercer matrimonio, era una ciudadana del mundo. Comparémosla de nuevo con mi hermana: después de Elie, Lina renunció a volver a casarse, o, mejor dicho, no pensó más en ello. En realidad tampoco pensó más en Elie, ni lo vio de nuevo después de la boda que, según ella, sirvió para abrirle los ojos. Por otro lado, tras su primer matrimonio, Fátima escogió un camino distinto. Ascendió y fue cambiando de marido, siempre por un modelo mejor.

Ese mes de octubre Fátima y mi hermana decidieron venir a verme a Los Ángeles en un momento de lo más inoportuno. La empresa había escogido a cuatro de los empleados, entre ellos yo, para asistir a un taller de autosuperación que se impartía en el Asilomar Conference, cerca de Carmel. Nuestro jefe, devoto seguidor del director del seminario, opinaba que nuestra asistencia mejoraría el trabajo en equipo. Solo debía ausentarme de Los Ángeles durante cuatro días, pero ni Lina ni Fátima quisieron quedarse en la ciudad sin mí.

Lina dijo que me acompañaría y se alojaría cerca. La costa estaba preciosa. Podía pasear por los jardines de Asilomar, montar en bicicleta por las suaves colinas, comprar en Carmel. Fátima... Fátima decidió que debía asistir al taller. Se alojaría en el mismo hotel que Lina, pero dedicaría los días a observar los extraños rituales de las almas perdidas.

Fátima se soltó el cabello, que se desparramó como un pozo de petróleo burbujeante, antes de caer en mechones por su espalda. Se repantigó en la silla Adirondack, se puso las gafas de sol y se recolocó el collar, asegurándose de paso de que cualquier transeúnte se percatara tanto del collar como de su busto.

—¿Por qué estamos aquí? —dijo ella—. Me aburro. ¿Has visto a la gente de ese taller? Están todos sanos como mulos y no paran de quejarse. Oh, ayúdame, gran gurú de los cojones: tengo un uñero y las noches de luna llena me provocan insomnio.

—Tú sigue sacando pecho de ese modo —dije— y todos se enterarán de que eres una zorra.

Mi hermana, que no sabía muy bien cómo tomarse el clima del otoño californiano, se dirigió hacia nosotros vestida con un fino traje de algodón y una chaqueta de lana. Llevaba el pelo recogido en lo alto de la cabeza con un gorrito infantil. Se la veía absolutamente contenida, sin problemas ni necesidades, y su paso era ligero y alegre.

Estaba yo entre las dos mujeres, una posición a la que ya me había acostumbrado.

—Tu hermano cree que soy una zorra —anunció Fátima.

—Eso no es del todo exacto —dijo Lina—. Eres una puta.

—No es verdad —dijo ella, distraída y divertida—. Tal vez no sea la más virtuosa de las doncellas, pero las putas lo hacen por dinero.

—Oh, Dios —resopló Lina—. Te has hecho cien veces más rica con cada matrimonio. ¿Te has follado alguna vez a un tío que no tuviera dinero?

—¿Follar? —Fátima irguió la espalda y miró a su alrededor con fingida sorpresa—. *Moi?* —Sus dedos rozaron el pecho—. De verdad crees que soy una puta barata. Yo no me follo a mis hombres.

—Y desde luego barata no eres. ¿Le has contado al chico lo de tu collar de esmeraldas?

—Aún no. No me ha dado tiempo, con tanta meditación y tanta curación.

—No me lo ha contado —dije—, pero se ha pasado el día entero exhibiendo esa cosa.

—Este no es, bobo —dijo Fátima—. ¿Acaso no puedes distinguir un collar de esmeraldas de otro? Aquel es exquisito.

—Ostentoso —añadió Lina.

—Alucinante —dijo Fátima—. ¿Le cuento la historia?

—Sí —dijo Lina.

—De acuerdo. Escucha. Así es como descubrí que me gustaba mi marido. ¡Es un cielo! Sucedió en abril. Llevábamos unos meses casados, instalados en Riad porque él no puede irse ni tampoco puede estar sin mí. Yo estoy aburrida, nerviosa. Recibo una llamada de mi ex marido, que está en Doha. Me echa de menos. Tranquilo, le digo. Tiene que verme. ¡Pesado! No puede vivir sin mí. Pues acostúmbrate, le digo.

—La sensibilidad es parte de su encanto —interrumpió Lina.

—Cállate —prosiguió Fátima—. Así que él dice que lamenta haberme abandonado.

—Y sobre todo haberse dejado unos cuantos millones en el proceso —añadió Lina.

—Es mi historia. Deja que la cuente yo. En fin, no me impresiona. Pero empieza a gimotear, y ya sabes cómo me pongo cuando oigo llorar a un hombre. Dice que ha estado en Nueva York, en Londres, en Berlín, que incluso ha ido a Tailandia, pero nadie ha comprendido sus necesidades tan bien como yo.

—Eso también me habría conmovido mucho a mí —dijo Lina.

—Pienso: ¿por qué no? Le dije que se subiera a un avión y viniera a verme a Roma.

—Pero no es una puta, ¿eh? Te lo recuerdo.

—Le digo a mi marido que necesito un respiro y que vuelvo a casa. Él dice que es una idea maravillosa, y que también se viene. ¿Qué podía hacer? Le recuerdo las reglas: nadie se aloja en mi casa de Roma. Es mi santuario en este mundo horrible. Dice que reservará una suite en el hotel. Supongo que podré dejarlo en el hotel de vez en cuando con la excusa de que necesito pasar un rato en casa. Nos vamos a Roma. Quedo con mi ex en la Escalera Española. No por mi culpa, es un turista. Empieza a gimotear otra vez: llévame a mi cuarto, llévame a mi cuarto. Decido llevarlo de paseo. Hacerme de rogar un poco más. Bajamos por Via Condotti, y hace un espléndido día de primavera.

—Ah, y de paso te ofrece un informe completo del tiempo.

—Calla. Me estoy divirtiendo. Paseamos..., y no es culpa mía que

Bulgari tenga una tienda allí, con el escaparate más imponente que te puedas imaginar. Me paro. ¿Qué mujer no lo haría?

—Yo —replicó Lina.

—¿Qué mujer inteligente no lo haría? Y en el escaparte, llamándome a gritos una y otra vez, está ese precioso collar de esmeraldas. Se me cae la baba. Mi ex me pregunta si me gusta. Claro que sí. Entra en la tienda. Me veo obligada a seguirlo; no me puedo quedar en la calle sola. Pide que le saquen el collar, me lo pone al cuello: era una joya caída del cielo.

—También conocido en las Sagradas Escrituras como Bulgari de Roma.

—Me lo compra. Ciento setenta y cinco mil dólares. Y, claro, me lo llevo a su cuarto.

—Seguro que aún está en el hospital, recuperándose.

—Se divirtió. En fin, vuelvo a la suite de mi marido y se me olvida que llevo el collar puesto. Él pregunta. Le digo que estaba dando un paseo, lo vi en un escaparate, y no pude resistir la tentación. Me pregunta cuánto me ha costado y se lo digo. Y entonces afirma que ninguna esposa suya se comprará nunca sus propias joyas. Saca el talonario y me extiende un cheque por valor de ciento setenta y cinco mil dólares. No me digas que no es un amor...

—¿Sabes que tienes razón? —dijo Lina—. Puta no es la palabra adecuada. No la describe bien.

—Cierto —convino Fátima—. No da la menor pista de mi talento.

—Cortesana —propuse.

—¡Sí! —exclamó Fátima—. Suena mucho más completo. Me he encontrado a mí misma. Y yo que creía que este taller no era más que un ejemplo pueril de masturbación psicológica. Ni siquiera he tenido que soportar una oscura noche del alma. Es una ganga. He mirado fijamente hacia mi interior y he descubierto mi auténtico ser. Esto es lo que soy: una cortesana.

Apareció una liebre, y luego otras dos. Sus pasos eran lentos, vacilantes.

Mi hermana bostezó y se desperezó.

—No me has contado qué ha hecho Fátima hoy.

—Que te lo cuente ella —dije—. Seguro que disfruta alardeando.

Fátima se limitó a sonreír. Suspiré.

—Bueno, una de las mujeres del taller apareció con una colección de cristales distintos, y aquí nuestra amiga preguntó para qué servían. La mujer dijo que uno era para curar, otro para soñar, etcétera. Y la gran dama replicó: «Oh, qué maravilla. Mi pueblo tiene muchas cosas en común con el tuyo. Tú coleccionas cristales, yo esmeraldas».

Lina se echó a reír, y las liebres, asustadas y astutas, emprendieron la huida.

—¿Estás aprendiendo algo en ese seminario? —me preguntó mi hermana—. No parece estar relacionado con el trabajo, así que no consigo imaginar por qué tu jefe os ha pedido que participéis.

—No está mal —dije—. Hay algún fallo de planteamiento. Pero, en cualquier caso, es una reunión social, algo que podemos hacer fuera del trabajo. Habría sido más sencillo sin tener a Fátima dando la lata.

Fátima se incorporó y se encaró con mi hermana.

—¿Te imaginas si les pidieras a tus empleados que hicieran algo así? Eres la presidenta de al-Jarrat. Envía una orden a todos los concesionarios. Yo, Lina al-Jarrat, *capo di capi*, os pido que asistáis a un seminario de crecimiento personal y meditación. Llevaros la baraja del tarot.

—Cierra el pico. —Mi hermana me sonrió—. ¿Hay algo que pueda hacer para compensar el comportamiento de nuestra querida amiga?

Me senté muy tieso.

—Puedes decir a la gran puta que deje de intentar seducir al líder del taller. Todo el mundo se ha quedado de piedra.

—¿Yo? —dijo Fátima—. Si no he hecho nada. ¿Acaso es culpa mía que ese tío no me haya quitado la vista de encima en toda la mañana sin poder ocultar su excitación? No, no, no, enano. Eso no me lo puedes atribuir.

—¿Excitación, dices? —preguntó Lina.

—Durante toda la sesión de la mañana —dije—. Ya la conoces. Tres horas de estiramientos lánguidos, de recolocar el culo cada pocos minutos. Interrumpió la sesión a la mitad para comentar que el suelo no era muy cómodo y pedir una colchoneta. El tipo estaba como una moto. El grupo solo podía concentrarse en el bulto de su entrepierna.

—¿Estaba bien dotado el gurú? —preguntó Lina.

—Por favor —cortó Fátima—. Dios, ¿cuándo nos vamos?

Un maravilloso día de primavera; los ruiseñores cantaban entre los arbustos y los pinzones dorados competían con ellos desde los árboles. Las gardenias arrojaban al aire su fragancia y los narcisos se pavoneaban. Y, desde el balcón, la esposa del emir contemplaba atónita la escena que se desarrollaba ante sus ojos. Su hijo de doce años estaba tumbado boca abajo completamente desnudo, con el trasero blanco saludando al cielo y la cabeza apoyada entre los muslos abiertos de su oscuro gemelo. El moreno, desnudo e imberbe, estaba tumbado de espaldas; apoyaba la cabeza en una mano y con la otra acariciaba los rizos rubios del profeta mientras este le lamía los testículos, en actitud dulce y desenfadada. Los chicos formaban una imagen entrelazada, serena y vigorosa, de alabastro y ónix. Cuando Layl abrió los ojos y se percató del asombro de la esposa del emir, una sonrisa diabólica le cruzó la cara.

La última historia de Fátima. Avancemos de nuevo hasta marzo de 1996. Yo estaba deprimido. Mi madre había fallecido hacía dos años. Fátima me llevó de vacaciones para animarme.

Un calor líquido se elevaba del asfalto en forma de olas. Era primavera, pero la temperatura en Riad alcanzaba cotas infernales. Los edificios brillaban y oscilaban al paso de nuestro vehículo. El cristal ahumado les confería un aspecto enfermizo y sometido, a punto de desplomarse por la fatiga. Sentí en la cara el bofetón del aire acondicionado y me estremecí. Fátima se dispuso a colocarse el *abayeh* negro, que cubría una obscena cantidad de carne. No le costó mucho: ocultó su cuerpo con la experiencia de una profesional. Su cabeza y su rostro siguieron visibles.

—Estás jodida —dije.

—Bla, bla, bla. Has venido, así que deja de quejarte. —Cogió un disco compacto del bolso, se pintó los labios de escarlata y me guiñó un ojo—. ¿Acaso puedo evitar que aún confíes en mí?

Yo flotaba en el asiento trasero del Mercedes, cuyo interior negro era lujoso y lóbrego a la vez.

—Estas jodida —repetí.

—Vigila esa boca. —Dejó el disco compacto, sacó un cepillo y se lo pasó por el cabello—. Él no habla inglés, pero seguro que entiende la palabra joder.

El chófer iba con el uniforme saudí al completo, rematado con un turbante y gafas de sol Gucci. De vez en cuando nos echaba un vistazo a través del espejo retrovisor, pero al parecer no le resultábamos demasiado interesantes.

—Júrame que no vas a volver a casarte —dije—. Por favor.

—Oh, no. A la mierda con eso. Ya he tenido bastante.

—Entonces, ¿por qué has vuelto?

—Para embaucar —dijo ella.

—Y yo voy contigo en plan Sancho Panza.

—¡Ja, ja! No te hagas el listo. —Se inclinó y me plantó un húmedo beso en la mejilla. Moví la mano para secar su rastro pero ella me agarró de la muñeca—. No. Déjalo. —Volvió a guardarlo todo en el bolso y cerró la cremallera—. No seas tan arrogante. ¿Te he fallado alguna vez? Te has pasado un montón de tiempo solo en ese país de pacotilla olvidado de Dios, llorando tus penas y arrastrándote como un gusano. Sé que cuesta, pero llevas demasiado tiempo metido en esto. Allí no me veía capaz de animarte. Pensé que un auténtico cambio de escenario te sentaría bien. Este es un lugar genial para pasar las vacaciones. Tal vez por fuera te parezca soso, pero cielo, corren unas historias…, joder, no te creerías las historias que esconde este sitio. Mira, escucha y aprende. Confía en mí.

El coche se detuvo a la entrada de un gran centro comercial. Cogí la manecilla para abrir la puerta, pero ella me detuvo. Se cubrió la cabeza y el velo le cayó por la cara. Ante mis ojos acababa de nacer una mujer misteriosa. El chófer abrió la puerta y salí. Fátima se deslizó en el asiento y extendió la mano, el único fragmento de piel que seguía visible. Dos anillos de esmeraldas embrujaron mis ojos. Ella me cogió de la mano con suavidad, se apeó del coche y caminó por delante de mí, cual cimbreante fantasma negro hinchado por el viento. El ruido de sus tacones altos contra el suelo y la cabeza erguida en gesto altivo la hacían parecer una princesa que viajaba de incógnito.

Un grupo de tres mujeres con velo volvió la cabeza a su paso. Dos hombres se apresuraron a comprobar el número de la matrícula del coche y uno de ellos marcó un número en su teléfono móvil. Fátima cruzó las puertas de cristal del centro comercial aparentemente ajena a todo, pero a mí no me engañaba. Corrí tras ella.

No aminoró el paso al entrar, ni volvió la cabeza en sentido alguno. El *abayeh* negro no era tan informe como parecía a primera vista: sus líneas y pliegues, exquisitamente cosidos, acentuaban su busto y su cuerpo indolente. Los tenderos susurraron en voz baja al verla pasar. Los hombres parecían desconcertados; sus rostros expresaban una mezcla de pura lujuria y miedo. No tenían forma de acercarse a ella. Se limitaban a mirarla de arriba abajo, babeantes y torpes. Ella se subió a las escaleras mecánicas.

—¿Se supone que debo seguirte? —pregunté.

—Claro, cielo, si eso te hace feliz, pero también puedes ir a mi lado. Estoy abierta a múltiples opciones.

Entró en una tienda de discos y miró a su alrededor; sus ojos fueron leyendo los rótulos de las distintas secciones y por fin se dirigió hacia los estantes que contenían los discos de música árabe.

—Ven conmigo. —Pasó sus delicados dedos por los discos compactos, algunos de solistas árabes tradicionales, otros de músicos más contemporáneos.

—No sabía que te gustara esta clase de música —comenté.

—Y no me gusta. Estoy aquí por ti, cielo. Todo esto es por ti. —Escogió un disco de Umm Kalthoum—. Mira.

Alguien había separado con sumo cuidado la parte superior del precinto de plástico con la ayuda de una navaja. Introdujo sus dedos de uñas impecables en la ranura y extrajo una nota escrita a mano. Me la leyó.

—«Si te gusta la música de Umm Kalthoum tanto como a mí, es probable que tengamos más cosas en común. Soy un buen hombre: veinticuatro años, amable, educado y muy respetuoso con las damas. Hablemos. Aquí tienes el número de mi teléfono móvil.»

—Me tomas el pelo. —Solo podía imaginar la cara que debía de poner ella: un gesto presumido, divertido; tal vez estuviera desternillándose de risa al mirarme.

—Hay más. Mira, Kazem al-Saher. Tres discos suyos contienen notas. Estos chicos están tan desesperados. Son tantos. —Sacó otra nota: estaba escrita por un chico distinto pero la propuesta era idéntica.

—Qué triste.

—Lo es —contestó ella en voz baja. Suspiró—. Maldita sea. Tiempo atrás lo encontraba divertido. —Devolvió los discos al estante, arrugó las notas de amor y se dio la vuelta—. Vamos. —Sacó el teléfono móvil y habló con el chófer—. Estoy lista.

La seguí en su descenso por las escaleras mecánicas.

—Siempre que estoy triste —dijo ella—, que por cierto no es muy a menudo, intento venir a Riad. Me hace sentir deseada. —Hizo una pausa—. Los valientes me inspiran.

Se encaminó hacia la salida. Las puertas automáticas nos despidieron hacia el infame calor con un eructo. No menos de veinte hombres, saudíes ataviados con caros ropajes del desierto, aguardaban bajo aquel sol de justicia. En cuanto el pomposo Mercedes dobló la curva, los individuos se pusieron nerviosos; ella era como el timbre de los perros de Pavlov.

Un hombre alto y apuesto caminó veloz hacia ella. Se deslizó entre nosotros y su mano rozó la túnica de ébano, dejando en su espalda un papelito adhesivo de color amarillo donde figuraba su número de teléfono. Entrecerré los ojos para intentar leerlo, pero otro hombre me tapó la vista al dejar otra nota. Solo hubo dos valientes.

Las notas amarillas brillaban bajo el sol mientras ella se dirigía hacia la puerta abierta del Mercedes. Dos solitarias islas doradas en un mar de petróleo.

La esposa del emir tuvo la ominosa premonición de que la celebración del decimotercer cumpleaños del profeta resultaría un desastre. No se trataba de una premonición gratuita, ya que llevaba un mes presenciando los horrendos cambios que se producían en su hijo. Este se había vuelto más temperamental, más excéntrico. Sus poderes curativos parecían desvanecerse, o tal vez haberse esfumado por completo. Su corazón rebelde ya no se preocupaba de nada. Tocaba a los peregrinos sin provocar milagro alguno. Solo podía fingir que curaba durante unos diez minutos antes de renunciar, enfurecido, y volver a su cuarto.

La esposa del emir ya no podía engañarse acerca de lo que hacían los gemelos en ese cuarto. Los había pillado retozando en el jardín en más de una ocasión. Y cuando intentaba razonar con él, Shams la mandaba de malas maneras a que se buscara ella solita consuelo sexual.

En un intento desesperado, la mujer abordó a Fátima, quien se limitó a decirle:

—Todos los chicos pasan por esta etapa. Déjalo en paz. Ya no es la misma persona que era de niño. Los poderes que poseía antaño se han transformado. Ninguno de nosotros se mantiene idéntico a lo largo de las distintas etapas de la vida.

Y la esposa del emir odió a Fátima más que nunca y se prometió que erradicaría a aquella mujer de la faz de la tierra aunque eso le costara la vida entera.

La mayor multitud apareció en la mañana del decimotercer cumpleaños para presenciar cómo Shams se convertía en hombre. El profeta y su compañero comparecieron frente a ellos, borrachos de vino, y se rieron.

—Comed mi mierda, cabrones retrasados —gritó el profeta—. ¿Acaso no tenéis nada mejor que hacer? Iros a casa.

El eco de las palabras de la vieja arpía resonó en la cabeza de la horrorizada esposa del emir.

—Ha llegado la hora.

15

Me planté delante de la máquina de café del hospital mientras me enfrentaba a mi último dilema existencial: ¿beber ese café nauseabundo era mejor o peor que pasar una mañana sin cafeína? Dejé que la máquina engullera mi dinero. Un líquido oscuro y viscoso cayó de un tubo retorcido. Cogí el vaso de plástico y a punto estuve de derramar el café encima de la tía Wasila y de su hija, Dida. Apoyé la mano que me quedaba libre en el corazón para calmar su desbocado latido. Dida me besó. Intenté no mirarle la nariz, que hacía poco había sometido a una operación de estética que le daba una forma más anglosajona.

—No te voy a besar —dijo la tía Wasila—. Sé que odias el sentimentalismo falso. —Empujó un paquete de la panadería hacia mi pecho y noté que aún estaba caliente—. Cruasanes recién hechos. Y algo más. —Del bolso de Prada sacó un termo—. Es mucho mejor que ese brebaje que tienes en la mano.

Habría besado el suelo que pisaba.

—Pensé que si llegaba temprano podría tener la oportunidad de entrar en su cuarto, aunque solo sea un momento —dijo ella—. Sé que no le gusta que le vean enfermo, pero ni se enterará de que estoy allí. —Paseé la mirada de madre a hija—. Solo yo —dijo la tía Wasila.

Llevé a la tía Wasila hasta la habitación de mi padre y ella se quedó rígida junto a su cama, enfrascada en observar y valorar su estado. Resultaba imposible creer que tenía la misma edad que mi padre. Su aspecto, porte y maneras no coincidían con los de los ancianos. Me asaltó un temor momentáneo; tuve miedo de que el aroma a cruasanes recién hechos perturbara a mi inconsciente padre. Mi hermana sirvió tres tazas de café. Tendió una a Fátima y dio un sorbo a la suya. La tía Wasila hizo un gesto de asentimiento en dirección a ellas y se dispuso a salir. La acompañé a la sala de visitas.

La tía Wasila era el pararrayos de la familia. Era a nuestra familia lo que Israel al mundo árabe, la única que podía suscitar la unión en un sentimiento común: odiarla. Desde su boda con el tío Wayih había iniciado una prolongada guerra contra la familia, a ratos clandestina, a ratos abierta. Mi madre fue la única que se libró de sus ataques. La tía Wasila nunca la consideró una enemiga porque desde el principio comprendió que a mi madre le importaba un rábano la familia: la tía Wasila incluida, para qué engañarnos. Ambas eran intrusas. A mi madre le encantaba ese papel, ya que nunca tuvo el menor deseo de pertenecer a ellas. La tía Wasila sí, y se vengaba de ser excluida.

El 6 de agosto de 1945, el día en que los americanos dejaron caer la bomba sobre Hiroshima, mi familia —el abuelo, la abuela, los cinco hijos, mi bisabuela e incluso mis tíos abuelos Yalal y Ma'an— anduvo hasta el pueblo de la tía Wasila, que se hallaba literalmente a un tiro de piedra, para pedir su mano en matrimonio. Según el tío Yihad, que a la sazón tenía trece años, todo fue como una seda. La tía Wasila los recibió rodeada por su madre y un buen número de tías. Resultó evidente que el tío Wayih estaba impresionado por la tía Wasila, y que el sentimiento era mutuo, porque ella empezó a sonreír, a conversar y a relacionarse con nuestra familia. De repente se levantó, cogió una bandeja de refrescos y con ella en las manos se dirigió a los invitados, moviendo la cabeza a derecha o izquierda en función de con quién hablaba. La tía Samia, que ya había cumplido los veinticinco, no se mostró muy benévola con aquella chica de solo dieciséis.

—¿Qué le ve? —preguntó a su madre en voz baja—. Se mueve como un lagarto acorralado.

Por desgracia, el sobrino de la tía Wasila, que era demasiado pequeño para departir con los invitados, estaba escondido detrás del viejo sofá y oyó el comentario de la tía Samia. Al día siguiente nuestra familia recibió la noticia de que la tía Wasila se había decantado por otro pretendiente.

Me resulta difícil imaginar a la tía Wasila como aquella chica pueblerina. Cuando yo vine al mundo, los hermanos de mi padre se habían instalado todos en Beirut, la empresa iba viento en popa y la tía Wasila siempre llevaba pantalones, salvo en bodas y funerales. La idea de que alguna vez hubiera sido una joven inocente, obligada al decoro y a usar vestidos tradicionales drusos, resultaba incomprensible para cualquiera que la conociera. Comparadas con ella, Margaret Thatcher y Golda Meir eran un par de doncellas ruborosas.

Al final la tía Wasila cambió de opinión sobre el tío Wayih, y la pareja se casó en 1946. Ella se instaló en la casa de los abuelos, lo que constituyó un clamoroso error familiar. La tía Samia estaba convencida de que fue tía Wasila quien persuadió a su marido para que este pidiera a sus padres que desocuparan su dormitorio, que era más grande que el de los recién casados. Esa fue la chispa que hizo estallar la amarga guerra interna entre mis dos tías. En los años venideros, fueron muchos los que intentaron lograr un acuerdo de paz entre ambas mujeres pero todos los intentos resultaron infructuosos. La tía Samia estaba convencida de que Wasila había cometido el pecado más abyecto: haber faltado al respeto a mi santa abuela. En cuanto a la tía Wasila, ella nunca fue capaz de perdonar porque era una mujer que llevaba el odio en los genes.

Cuando nací yo, la tía Wasila llevaba quince años casada y había cortado casi toda relación con nuestra familia. Aunque vivían en el mismo inmueble, ella y sus hijos apenas se relacionaban con nosotros, para consternación de mi padre y del tío Wayih. Hacia 1947, el año en que murió el tío Wayih, la ruptura fue total y eso perturbó a mi padre. Sus frecuentes intentos de acercamiento se saldaron con fracasos abismales. Una vez, en 1966, se arrastró hasta su casa y le rogó que aflojara la cuerda.

—Soy viejo —le dijo—. No quiero irme a la tumba dejando a una familia desunida. No te pido que te enamores de la familia, solo que acortes un poco las distancias. Somos el hazmerreír de la gente.

—Hago acto de presencia en las ocasiones importantes. No he abandonado a la familia.

—Te estoy pidiendo que perdones —dijo mi padre.

—Hay cosas que no tienen perdón.

—Fue hace mucho tiempo —insistió mi padre—. Han pasado casi cincuenta años.

—Hay cosas que no tienen perdón.

A los cuarenta días de la muerte del rey Saleh, el consejo real se reunió en la sala del trono con el fin de elegir al nuevo líder de la fe.

—Yo debería ser el rey —arguyeron varios miembros del consejo.

La viuda del rey Saleh, Shayarat al-Durr, envió a un criado con una nota que decía así: «Soy apta para gobernar». Algunos afirmaban que el nuevo rey debía ser árabe, a lo que otros replicaban que debería ser turco.

Los kurdos se negaron a aceptar sugerencia alguna.

—No habrá ningún rey que no sea descendiente del rey. El rey Saleh tiene un hijo en la ciudad de Tikrit llamado Issa Touran Sha. Él debe ser el rey.

El consejo accedió, y una comitiva de kurdos partió con una carta en la que se informaba al pariente del fallecido rey, Issa Touran Sha, de que había sido elegido nuevo sultán del Islam.

La comitiva encontró al nuevo rey en Tikrit, borracho, con la cabeza hundida en los generosos pechos de una esclava etíope, devorando su dulce piel con los labios.

—¿En qué puedo ayudaros? —murmuró él entre jadeos.

El mensajero le entregó la carta y, a su vez, Issa Touran Sha se la pasó a la chica.

—Léela en voz alta —le ordenó—. Mis ojos tienen otras prioridades.

—El mundo no es eterno —leyó la esclava—. Tu padre ha fallecido.

—Eso está mal —dijo, mientras gemía de placer.

—Ahora eres rey.

—Eso está mejor —añadió, seguido por lo que sonó como el gruñido de un cerdo satisfecho.

El rey Issa Touran Sha partió de Tikrit y se dirigió a El Cairo. En la gran ciudad, el rey visitó la tumba de su padre, donde besó el suelo, leyó la Fâtiha y pidió a Dios que guiara a Su siervo. Tal vez Dios guiara al rey, pero el vino confundió las directrices. Durante el consejo apenas se aguantaba sobre la silla, y el príncipe Baybars le susurró al oído:

—Temed a Dios y dejad de beber. Vuestros súbditos merecen un rey sobrio.

El rey prometió abstenerse, pero al día siguiente se presentó torpe y aún más borracho.

El príncipe Baybars expresó sus quejas a Othman:

—Las decisiones de quien gobierna el Islam no deberían verse empañadas por el alcohol. Debemos abrirle los ojos.

—Mi esposa cree que podemos convencerle para que deje de beber —dijo Othman—, pero yo no me fío de él. He visto cómo mira a las mujeres. No lo hace de una forma natural.

—Si ella es capaz de inculcarle sabiduría, debemos recabar su ayuda —decidió Baybars.

Layla informó a Othman de que necesitaba introducirse en los aposentos reales.

—No dejaré que entres en su alcoba —protestó Othman—. Ninguna mujer respetable entra en los aposentos de un hombre que no sea su marido.

—No iré sola —replicó Layla.

Layla y sus compañeras, palomas lujuriosas retiradas, esperaron a que el sueño venciera al rey. Se escondieron detrás de la cortina más grande junto a Othman y Harhash, ya que el primero se había negado a dejar sola a su esposa en esa misión. Cuando el muecín despertaba a los fieles para que iniciaran las plegarias del amanecer, Layla sacudió al rey Issa Touran Sha hasta sacarlo de su pesado estupor.

—Despierta —ordenó ella con severidad—. Es la hora de las oraciones.

El rey se frotó los ojos somnolientos y se incorporó.

—Mis plegarias han sido atendidas. Muéstrame tus pechos.

Layla abofeteó al rey con tanta fuerza que el cuello del monarca estuvo a punto de trazar un círculo completo. Desde detrás de la cortina, Harhash susurró:

—Creo que no debes preocuparte por tu honor.

—¿Por qué me pegas? —gritó el rey—. Eres mi súbdito. Compórtate en consonancia.

Layla volvió a abofetearlo, dos veces: con la palma y con el revés de la mano.

—Para —sollozó él. Ella alzó la mano, lista para pegarle de nuevo y él se achantó—: Soy el rey.

—Eres un perro.

Layla arrojó al aterrado rey contra el suelo y lo agarró del pelo. Él intentó zafarse, pero se contuvo al ver salir de la cortinas al resto de palomas. Lo abofetearon, en orden, una tras otra.

—Eres una vergüenza —advirtió la primera.

—Eres inferior a los desechos humanos —dijo la segunda.

—Tu padre sufre en el cielo.

—¿Quiénes sois? —preguntó el rey.

—Quítate las vendas de la bebida de los ojos —gritó Layla—. ¿Acaso no puedes ver?

—Eres el líder del reino del Islam. —La primera paloma le propinó un puntapié.

—Hemos venido a proteger nuestra fe. —La segunda lo lanzó contra la pared.

—No —gimió el rey—. No puede ser. Las mujeres de Dios son amables y gentiles.

—Cállate. —Bofetón.

—Dios no suele ser amable —repuso la tercera paloma.

—Ni nosotras tampoco —añadió Layla—. Estamos aquí en nombre de los nuestros. Sigue la palabra de Dios, Issa Touran Sha. No te confundas. Nuestros ojos te siguen. Falla y volveremos. Si te atreves a tomar un solo sorbo de vino, te parecerá que en esta visita fuimos amables.

—Ni un sorbo. No nos falles.

—Tennos miedo.

—Tiembla.

Cada una de las palomas lujuriosas se despidió del sobrio rey con un último bofetón antes de abandonar su alcoba.

En París, el rey Luis IX soñó con destellos y brillos, y, siguiendo el ejemplo de tantos reyes extranjeros anteriores a él, decidió invadir el reino de los fieles.

—El rey de los musulmanes es un borracho inepto —dijo el rey Luis—. Mis sueños dicen que los cofres de ese loco están llenos de tesoros nunca vistos. Me enriqueceré hasta más allá de lo que he podido imaginar, y todo por la gloria de Dios. Y Él, en su benevolencia, ni siquiera exige que pague a Su ejército de mis arcas. Informad a los fieles de que se necesitan donaciones para pagar a los soldados de Dios, a las tropas que harán que las lenguas árabes pronuncien Su nombre. Pedimos dinero para propagar Su palabra en el desierto inhóspito. Que así sea.

Luis consiguió armar un gran ejército con la promesa de que sus hombres se harían ricos. Sus tropas zarparon por el Mediterráneo y llegaron a Egipto, donde iniciaron el asedio de Damietta. La avaricia recorría las venas del rey Luis, que dividió al ejército en dos. Mantuvo el asedio con una mitad y envió la otra a al-Mansoura. ¿Hace falta que os recuerde que la avaricia siempre rompe el saco?

Al día siguiente de la visita de las palomas, el rey Issa Touran Sha apareció en el salón del trono ojeroso pero con la cabeza despejada. Baybars y los visires del rey suspiraron aliviados.

—He seguido tu consejo y he eludido el vicio —murmuró el rey a oídos de Baybars.

El rey gobernó con justicia durante siete días. Al octavo, llegó un mensajero con una misiva procedente del alcalde de Damietta:

«Oh, príncipe de los creyentes, las plegarias matutinas quedaron interrumpidas en el día de hoy y el aire se ensombreció. Un rey extranjero ha arribado a nuestras costas y ha penetrado en nuestro territorio con su ejército. Ayúdanos y guíanos, líder de la fe, y que Dios te ilumine hacia la victoria eterna».

—¿Qué debo hacer? —preguntó el rey.

—Llevaré al primer flanco de vuestro ejército al combate —respondió Baybars—. Los infieles nos atacan. Declarad la yihad y convocad a los ejércitos del Islam. Seguidme con el segundo flanco y juntos destruiremos a ese ejército de langostas extranjeras.

—Brillante —exclamó el rey.

Baybars hizo que los campesinos de Egipto desviaran las aguas del Nilo hacia el ejército del rey Luis. Los caballos extranjeros se ahogaron, y los exhaustos soldados tuvieron que vérselas con el potente caudal del río. En esta ocasión al-Awwar no perdió el tiempo y fue directo al rey Luis. El mango de la espada de Baybars golpeó al extranjero, y este cayó inconsciente. Baybars avanzó hasta Damietta, donde se reunió con el rey Issa Touran Sha y con el ejército del Islam, dirigido por el general esclavo, Qutuz el infatigable. El ejército de creyentes entró en combate y los invasores cayeron por doquier. Touran Sha contemplaba la batalla desde lo alto de un promontorio. El príncipe Baybars cabalgó montaña arriba para comunicar al rey su gloriosa victoria. Nuestro héroe vio que el rey celebraba su gesta acercándose una copa de vino a los labios.

—Que la vergüenza caiga sobre vos, mi rey —le espetó Baybars—. Os habíais arrepentido.

—Perdóname —dijo el rey—. La alegría de la victoria me hizo olvidar mi juramento.

Arrojó el contenido sobre una roca y lanzó la copa al aire. Pero la fortuna no le acompañó ese día. La copa fue a dar contra un halcón solitario. Aturdida, el ave cayó sobre la parte trasera del turbante que cubría la cabeza del iluso rey. Cuando el rey, asustado, intentó quitarse de encima al halcón, este le clavó las garras. El movimiento de sus alas obstruyó la visión del rey, quien se tambaleó hacia delante y cayó de las alturas, precipitándose hacia una muerte ignominiosa.

La barriga de mi sobrina salió del ascensor antes que ella. Se dirigió a las habitaciones de los pacientes sin mirar en nuestra dirección. La saludé con el brazo. Sonrió al verme. Su semblante se mostró mucho más impasible que el mío: en él no se distinguía ni rastro de sorpresa por el hecho de ver a la tía Wasila y Dida a unas horas tan tempranas de la mañana.

—Los pies me están matando —dijo ella.

Dije a mi tía que volvía enseguida y acompañé a Salwa hasta la habitación de mi padre.

—No hace falta que te quedes aquí —dijo Salwa—. Hovik está aparcando el coche y subirá enseguida. A él le caen bien. No querrás estar allí cuando llegue la tía Samia y se percate de que su rival se le ha adelantado.

—¿Quieres ahorrarme el mal trago a costa de endilgárselo a tu marido?

—Hovik nos encuentra fascinantes. Le encantará asistir al espectáculo. Está convencido de que relacionarse con nuestra familia supone una especie de estudio antropológico. —Se detuvo y me miró—. Tú también disfrutas, ¿verdad? Eres como Hovik, un observador contumaz.

Me encogí de hombros con una sonrisa. Ella retomó su paso lento.

—Tengo algo para ti —dijo Salwa—. Hovik lo subirá ahora. No me discutas, y no quiero oír ni una palabra de mi madre tampoco. Te lo advierto.

—¿Discutirte qué?

Salwa se acercó a mi padre y le tocó la mano.

—Abuelo —dijo ella—, he visto a la tía Wasila fuera, y preguntaba por ti. ¿No te parece gracioso que esté aquí? ¿Me oyes?

Hovik y Salwa se conocieron en febrero del año 2000. Ella sufría fuertes dolores de estómago y tenía fiebre. Fue a urgencias, donde la atendió un residente: Hovik. El diagnóstico se reveló simple, ya que esos días corría una epidemia de *Helicobacter pylori*, pero ese breve lapso de tiempo fue suficiente para que el joven médico encargado de su caso se enamorara de ella. Cupido ensartó su flecha de punta dorada en el corazón de Hovik, pero la que se clavó en mi sobrina hasta la médula fue una de punta roma. Él se quedó embelesado a primera vista, y ella se estremeció de disgusto. Al fin y al cabo, era hija de su madre y estaba advertida de los sinsabores que conlleva la locura amorosa.

Cuando se le preguntaba a qué vino aquella repulsión instintiva, mi sobrina decía:

—Bueno, mírame. ¿Qué diablos vio en mí? En circunstancias normales ya no soy muy mona, pero ese día tenía un aspecto terrible y me encontraba fatal. Llevaba toda la mañana con vómitos y diarrea. La fiebre me quemaba la frente y el corazón de ese loco ardía de pasión. Pensé que ese tipo era un pervertido. No tuve la menor duda. Me sentía asqueada, nauseabunda, ¿y va el médico y me pide una cita? Me dije que era un pervertido, un chiflado raro, sin la menor ética profesional y demasiado guapo para que fuera decente.

Sí que era guapo: tremendamente guapo. Era tan guapo que las mujeres desarrollaban dolores imaginarios, palpitaciones, cólicos y severas enfermedades solo para verlo, y sin embargo él se prendó de la única que no le demostraba el menor interés. La llamó al móvil; ella le gritó y le colgó. Él volvió a telefonear para disculparse, ella amenazó con ponerlo todo en conocimiento del hospital y lograr que lo despidieran. Él envió una nota deshaciéndose en floreadas excusas con una docena de rosas. Mi sobrina se lo contó a su madre, quien fue al hospital y proclamó delante de todo el mundo que diseccionaría los órganos internos de ese médico si no dejaba a su hija en paz. Hovik recobró la sensatez. Paró.

Pero no se puede burlar al destino. En mayo mi padre tuvo que someterse a la implantación de un nuevo marcapasos. Cuando mi hermana y mi sobrina volvían al hospital después de comer, Lina advirtió la presencia de un par de médicos jóvenes en el vestíbulo. Uno aparecía atontado: allí plantado, boquiabierto, se comía a Salwa con los ojos. Mi sobrina pasó sin mirarlo siquiera, y Hovik siguió ajeno a cualquier cosa que no fuera mi sobrina. Tal vez fuera la mirada de desesperación que había en su cara, tal vez la adoración que se desprendía de ella, pero desde luego era una mirada de manual que mi hermana reconoció sin problemas. Se vio a sí misma reflejada en el joven médico. Él se había ganado a una silenciosa aliada. Mi sobrina acababa de reaparecer en su historia.

—Entiendo tu problema —dijo a Hovik el otro joven residente. Y ese joven residente, con ganas de impresionar, explicó al médico de la unidad cardíaca que Hovik estaba enamorado de la pariente de uno de sus pacientes. No tenía ni idea de que Chapuzas fuera de la familia. Chapuzas se lo contó a mi padre, quien como es lógico pidió una confrontación con aquel bobo descastado. Chapuzas le dijo que el bobo no había hecho nada malo y que hablaría con él en persona.

Cuando Chapuzas le reprendió, Hovik se quedó avergonzado. Esperó a que mi padre estuviera a solas y entró en su habitación del hospital, aquel condenado día de hace unos años. Hovik se presentó, se interesó por el estado de salud de mi padre y al final le pidió perdón.

—He cometido un grave error —reconoció Hovik. Hizo prometer a mi padre que escucharía toda su historia. Quedaría como un tonto, era culpable, pero si mi padre oía el relato completo podría entenderlo.

Hovik le explicó cómo había conocido a mi sobrina. Admitió lo mal que se había portado. Estaba poseído por el demonio del amor. ¿Cómo podía explicarse si no? Podría haber destrozado su carrera. ¿Cómo se había atrevido a llamarla cuando ella le había advertido a las claras que no lo hiciera? Pero había parado. Había recuperado el control. El impacto de volver a verla le había confundido por un instante. No la molestaría más. Sabía a qué atenerse.

—¿Pretendes arrancar a mi nieta de mi lado? —preguntó mi padre.

—Pretendía —replicó Hovik—. Ya no, se lo aseguro.

—Imbécil.

Y entonces mi padre le contó cómo había conquistado a mi madre: cuánto la amó, con qué obstinación la había pretendido y lo mucho que la añoraba.

—Imbécil —repitió—. ¿Has intentado ganarte a Salwa a base de tópicos? ¿Quién envía rosas hoy en día? Mi nieta detesta las rosas. Es primavera. Envíale azafrán, jacintos y narcisos. Su color favorito es el amarillo. Narcisos. Tendrás que conquistarla con poemas… y que no sean tuyos. Saca brillo a las Erres: Rimbaud y Rilke son sus favoritos. Odia el cine, así que ni lo intentes. Y eres demasiado mono. Córtate mal el pelo. Ponte ropa desaliñada. Nunca, quiero decir nunca, le propongas un paseo por la playa o una cena a la luz de las velas. Es capaz de cortarte el cuello. Y escúchala. Escúchala siempre.

El ejército enlutado regresó a El Cairo con pocas alharacas. Cuarenta días después del entierro del rey, el consejo se reunía para elegir al nuevo príncipe de los fieles. Los kurdos seguían arguyendo a favor del linaje del rey. Los turcos nombraron a un visir llamado Aybak. Discutieron durante todo un día y desenvainaron tres veces las espadas hasta que Shayarat al-Durr, la viuda del rey Saleh, envió de nuevo a un criado para anunciar que estaba dispuesta a gobernar. Los kurdos y los otomanos llegaron a la conclusión de que era una aceptable solución de compromiso.

La coronación de Shayarat al-Durr, un evento exquisito, duró solo un poco más que su reinado. En cuanto la noticia de su toma de posesión llegó a la tierra de Hiyaz, el sharif de La Meca escribió al consejo reconviniéndolo por no seguir las tradiciones que marcaba la fe. Advirtió que, si la reina seguía en el poder, las tribus de Hiyaz no volverían a acudir a las llamadas de El Cairo. La reina leyó la carta y anunció:

—Abandonaré el trono por el bien de mi reino.

El consejo se reunió de nuevo. Cada bando expuso sus argumentos. Se asumieron posturas contrarias. Sus miembros estaban agotados. Por fin, mediante una elección a base de pajitas, se escogió al visir Aybak. Para asegurarse de que su reinado duraba más que el de su predecesora, Aybak se casó con ella.

El plan de Aybak —unir las líneas de dos pretendientes del trono— funcionó aunque no por mucho tiempo. Todos apoyaron su gobierno y se sometieron a sus órdenes. Pero no todos los elementos se alinearon con la ambición de Aybak. El destino no le reservaba ningún papel, no lo soportaba, y se deshizo de él con bastante crueldad poniendo en su camino la fuente de la desgracia de cualquier hombre: el deseo.

La vio mientras paseaba con sus cortesanos. Era una joven beduina de una belleza que le atravesó el corazón.

—Oh, gloriosa doncella —exclamó él—, ¿de quién eres hija?

El rey fue en busca de su padre, recabó su permiso, regresó a palacio y convocó a sus ingenieros a fin de que construyeran un magnífico palacio para su nueva concubina. El rey se pasó un mes en la cama con su amada. No volvió a las reuniones del consejo, ni visitó a Shayarat al-Durr, ni a su primera esposa, Umm Ahmad. El príncipe Baybars fue a ver al rey y le dijo:

—Estáis descuidando vuestras obligaciones. Debéis volver al consejo y ocuparos de los asuntos de Estado.

—La reina Shayarat al-Durr está furiosa conmigo —replicó el rey—, y a menos que alguien la apacigüe, no saldré de esta alcoba: no deseo que esa arpía me arranque los ojos.

Baybars fue a ver a la reina y le suplicó que perdonara al rey. Le dirigió palabras dulces como la miel, alabó su generosidad y rogó hasta que ella se dio por vencida.

—Decidle que venga a verme —dijo la reina.

Baybars envió un mensaje al rey en el que le decía que la gran reina le había perdonado.

A la mañana siguiente el rey apareció en palacio y aquella noche fue a los aposentos de Shayarat al-Durr. Ella le brindó una calurosa bienvenida y lo colmó de atenciones; el rey, feliz, dijo:

—Revivamos los buenos tiempos. Báñame.

Shayarat al-Durr condujo al rey hasta el baño, lo desnudó y empezó a quitarse la ropa.

—¿Esa beduina tiene un cabello más sedoso que el mío? —La reina esbozó una sonrisa coqueta—. ¿Una piel más blanca? ¿Unos labios más carnosos?

—Esposa mía, eres hermosa. Tribus de los desiertos y los mares ensalzan tu belleza, pero eres vieja. Esa chica tiene catorce años. ¿De verdad esperas competir con eso?

Shayarat al-Durr, que antaño había gobernado el mundo, se arrodilló para lavarle el pelo a su marido. Lo enjabonó con profusión hasta hacer mucha espuma. Luego sacó una daga y le rajó la garganta de carótida a carótida. Vio cómo la sangre de aquel desleal caía sobre la bañera de mármol antes de clavarse la daga en su propio corazón.

—El reino debe volver a manos del linaje de los auténticos reyes —dijeron los kurdos—. El rey Issa Touran Sha tenía un hijo. Tiene siete años y su nombre es Aladino. Él será el rey.

El chico fue proclamado rey y uno de sus primos kurdos asumió la regencia. Pero el destino tampoco reservaba ningún papel para este rey y le envió a los mongoles.

La cara de Hovik era la de un hombre que lleva varias noches sin dormir. El bigote necesitaba un arreglo. Su desaliño resultaba consolador. Al parecer quería de verdad a mi padre; claro que tal vez las causas de su preocupación había que buscarlas en una esposa embarazada y un hijo en camino. Entró de puntillas en la habitación, cargado con el bolso de Salwa, su abrigo y un saco de gamuza gris que a ojos inexpertos presentaba una forma amorfa. Los míos reconocieron el peligro. Lo que contenía ese saco era nada menos que un pequeño oúd.

Sentí que me palpitaban las venas de la muñeca.

Mi hermana reconoció la bolsa y enarcó las cejas.

—No lo quiero —dijo mi sobrina en voz baja—. No aprendí a tocarlo. Lo he intentado demasiadas veces.

—Pero es un recuerdo —razonó mi hermana.

—Es un recordatorio constante de mi falta de talento.

Mi hermana pidió a Hovik que se quedara en la habitación y nos llevó a su hija y a mí al balcón. Encendió un cigarrillo y exhaló el humo hacia el cielo. Mi sobrina le quitó el pitillo de las manos y lo tiró a la calle.

—Te compraré un parche —dijo Salwa.

—No es el momento adecuado —protestó mi hermana.

—Pues yo diría que no encontrarás momento mejor.

—Escucha. ¿Estás segura de que quieres dar el oúd a Osama? Tampoco es que él vaya a cogerlo y ponerse a tocar después de tanto tiempo. No sé ni si el instrumento puede tocarse. Todos tenemos una herencia familiar y esa es la tuya. Ella quería que lo tuvieras.

—¿Quién quería que lo tuviera ella? —pregunté.

—La abuela —dijo Lina—. Pensé que lo sabías. Me lo dio en su lecho de muerte para que se lo entregara a mi hija. ¿Cuántos años tenía yo entonces? ¿Siete, ocho…? Ni siquiera podía concebir la idea de que tendría una hija. Es el oúd de tu bisabuela.

—Dios mío —exclamé—. Ni siquiera conocía su existencia. ¿Todavía suena?

—Pruébalo —dijo Salwa—. Le hice cambiar las cuerdas. No suena mal, teniendo en cuenta que nadie lo ha tocado en ciento veinte años.

—Ciento catorce —corregimos mi hermana y yo al unísono.

Extraje el oúd con delicadeza de la bolsa de gamuza. El diseño superaba cualquier cosa que yo hubiera visto en años: diminutas incrustaciones de marfil talladas como arabescos; valiosa madera de cedro, con una espléndida madreperla en forma de lágrima (auténtica, no esa hermana del poliestireno) bordeando el mango. Y la mujer había renunciado a esta exquisitez por el amor de su marido.

—Un regalo digno de un sultán —dije.

—Nunca mejor dicho —comentó mi hermana—. Del sultán a nosotros.

—No puedo quedármelo —dije a mi sobrina—. Podrías pagar la universidad de tu hijo con esto.

—Pues ahora mismo lo cambiaría por un masaje de pies. —Intentó levantar un pie del suelo, pero apenas pudo alzarlo lo suficiente como para deslizar una hoja de papel debajo—. Mira, si algún día lo necesito, te lo pediré. Tenía la esperanza de que tocarías para él.

—No puedo tocar. Hace mucho tiempo que no toco. —Pulsé una cuerda, y luego otra. El sonido del oúd era pésimo—. Uno no coge un instrumento después de tantos años y se pone a tocar. Este no es un cuento de hadas.

—Él siempre elogiaba tu forma de tocar —dijo Salwa. Posó la mirada en la puerta de vidrio del balcón, en la cama de mi padre.

—No le gustaba que tocara —protesté—. Nunca le gustó.

—Estás loco —saltó mi hermana—. ¿Cómo puedes decir eso?

—Tardaría meses en poder interpretar un maqâm sencillo. ¿Debería hacerlo pasar por la tortura de volver a escuchar cómo practico con las escalas?

El oúd estaba desafinado. Tensé la cuerda superior, y me dolieron los dedos. El sonido era atroz, la madera se había envejecido sin solución. Apreté el dedo anular para obtener una nota fácil y casi se me rasga la piel. ¿Mis dedos serían capaces de volver a aprender lo que habían olvidado? ¿Recordarían mis manos aquello que había sido borrado deliberadamente? Los dedos me hacían preguntas para las que no tenía respuesta. Dolían. Me dolía todo el cuerpo; era como si mis ojos fueran a salir disparados de la cabeza. Me dejé caer apoyado en la barandilla, me senté en el suelo y rompí a llorar. Mi hermana vaciló, pero enseguida se deslizó a mi lado y estalló en lágrimas. Sollozamos juntos, uno al lado del otro, hombro con hombro. Si al menos aquel precioso oúd no sonara como un ukelele…

Una carta del alcalde de Alepo anunciaba que un ejército había aparecido en el horizonte: mongoles, numerosos como langostas, destructivos como termitas, metódicos como hormigas y crueles como avispas africanas. Unos días más tarde llegó una carta de Damasco en la que se informaba de que el ejército de langostas había tomado Alepo, Hamah y Homs, y se dirigía ahora hacia Damasco. Gracias a los refugiados que entraban en Egipto, el consejo descubrió que la tierra del Islam estaba siendo totalmente devastada por las hordas extranjeras. Los mongoles llegaron a Gaza.

—Han conquistado las ciudades de mi pueblo —dijo un persa—. Ha caído Shiraz, al igual que Isfahan.

—Los bárbaros quemaron Bagdad hasta los cimientos —exclamó un abásida—. Los ejércitos se rindieron o se dispersaron.

—El rey Hethun de Armenia ha ayudado al mongol Hulagu —dijo un sirio—. Fue el armenio en persona quien prendió fuego a la mezquita de Alepo, alentado por los mongoles.

—Que la viruela caiga sobre Armenia —dijo un turco.

El consejo deliberó durante horas. El único ejército que quedaba en esas tierras era el de Egipto. Los francos se habían aliado con los mongoles u optado por la neutralidad. Los mongoles gobernaban desde Bakú hasta Odessa, desde Basora a Damasco.

—Nunca me rendiré —dijo Layla a Othman—. Egipto soy yo.

—Nunca nos rendiremos —proclamaron los guerreros uzbecos y africanos—. Egipto somos nosotros.

—¿Por qué pierden el tiempo en deliberaciones? —preguntó Aydmur, el guerrero esclavo.

—El curso de actuación está claro —dijeron los veinticinco circasianos, los veinticinco georgianos y los veinticinco azeríes.

—Antes morir que rendirse a esos adoradores del fuego —dijo Baybars al consejo—. Ya habéis oído lo que ha pasado en nuestras tierras. Nuestros enemigos matan tanto a los que luchan como a los que se rinden. No podéis entregarles Egipto sin más. No lo permitiré: Egipto soy yo.

—No podemos enfrentarnos a ellos —dijo el regente del rey—. Ni Dios puede contar cuántos son.

—Si no podéis confiar en que Dios los cuente, no estáis preparado para gobernar —le espetó Qutuz el infatigable—. Lucharé aunque sea el único que quede en pie en el campo de batalla. Que la vergüenza caiga sobre quien prefiere una vida sin Dios a la muerte con Él.

—No lucharás solo —dijo el príncipe Baybars—. Yo te seguiré.

—Todos te seguiremos —gritó el consejo.

—No serviré a un rey niño —dijo el guerrero esclavo, Qutuz—. Destronadlo.

El consejo desposeyó al chico del título y eligió al gran general Qutuz, el infatigable, como sultán del Islam, príncipe de los fieles, el primer mameluco.

Milagro. El reino de los magníficos reyes esclavos había empezado. Regocijaos.

Se convocó la gran yihad. El sheij supremo de la Universidad de Azhar dictó una *fatwa*. Quienquiera que fuese capaz de empuñar un arma y no luchara contra el enemigo era un infiel que nunca sería enterrado en un cementerio musulmán. Quienquiera que tuviese dinero y no lo invirtiera en asegurar la victoria del ejército de Dios era un descastado.

Y el gran ejército se formó con bereberes del Sáhara, africanos de Sudán, las tribus de Hiyaz y los árabes de Túnez. Los infieles mongoles celebraban su victoria en Gaza, en una juerga rebosante de bebidas y meretrices. Puesto que nunca habían perdido una batalla, no creían que nadie fuera tan tonto como para atacarlos. Y atacarlos fue lo que hizo el ejército de inocentes. Los mongoles saborearon por primera vez el miedo. El ejército de esclavos los embistió con una fuerza atroz: su ataque resquebrajó la ilusión de los mongoles de tener el mundo a sus pies. Los bárbaros se retiraron y el ejército de esclavos los siguió, diezmando las filas de los invasores rezagados. Los mongoles montaron su campamento en las llanuras de Bissan; cavaron trincheras y aguardaron a que se produjera el ataque, pero una nueva sorpresa se cernía sobre ellos. Desde Anatolia hasta Persia, del Cáucaso a Andalucía, llegaron soldados y ejércitos listos para cumplir la *fatwa*. Arqueros de Damasco, jinetes de Kandahar, lanceros de Bagdad y espadachines de Shiraz se unieron al ejército de esclavos. Estalló la guerra más cruenta de todas. Se desataron tormentas de polvo. Las espadas chocaron contra los escudos, las lanzas atravesaron las armaduras, y muchos héroes cayeron. Los mongoles recibían por todos lados, pero en medio del caos, Hulagu Jan y sus generales se percataron de que algunos batallones del Islam nunca rompían filas, nunca desfallecían. Los mongoles, que habían alentado la confusión y la anarquía en la guerra, se veían las caras con sus contrarios: un ejército de esclavos que había sido sometido a un adiestramiento impecable. El orden se impuso al desorden. Los bárbaros habían instaurado el terror con sus correrías, y ahora se encontraban con unos esclavos sin miedo que corrían tras ellos. Los invasores huyeron despavoridos y fueron masacrados; los muertos y los agonizantes que poblaban el campo de batalla sirvieron de alimento para las hienas de las llanuras.

El ejército de esclavos sufrió grandes pérdidas, pero ninguna tan sentida como la muerte del rey. Una errante flecha mongol mató a Qutuz el infatigable. El príncipe Baybars tomó el mando del ejército y derrotó a los mongoles en Ain Yalut (el Muelle de Goliat). Mató a muchos invasores, y la sangre de estos se le secó en las manos y en los dedos, que se hincharon y le hicieron sentir el dolor del triunfo. Othman, su siempre fiel servidor, le preparó una jofaina con agua caliente para que el héroe sumergiera las manos en ella y se librara de la sangre y del dolor.

El príncipe Baybars guió al victorioso ejército en su camino de regreso a El Cairo. Los ciudadanos salieron a las puertas a recibir al héroe antes de que entrara. Los banquetes se extendieron a todas las salas, todas las casas, todos los rincones. La celebración se prolongó sin pausa durante tres días.

En el consejo hubo unanimidad en el nombramiento del único rey digno de serlo. Fue coronado como al-Zaher Baybars. Finalmente el destino se alineaba con la historia, la realidad estrechaba la mano de la imaginación. El grande había cumplido con su sino. El héroe de mil relatos, el resplandeciente ejemplo de la fe, el señor de señores, se convertía por fin en sultán.

He aquí al mayor héroe que conocerá el mundo. Este es el famoso cuento del rey al-Zaher Baybars. De ahora en adelante empieza nuestra historia.

Escuchad.

Libro cuarto

El hombre es sobre todo un narrador de historias. Su búsqueda de un propósito, una causa, un ideal, una misión es en gran medida la búsqueda de una trama y un modelo en el desarrollo de la historia de su vida: una historia que, a grandes rasgos, no tiene sentido, ni sigue patrón alguno.

ERIC HOFFER, *The Passionate State of Mind*

No, dicen ellos, no son más que sueños difusos;
no, se lo ha inventado él;
no, solo es un poeta.

El Corán

La literatura es la forma más agradable de eludir la vida.

FERNANDO PESSOA, *El libro del desasosiego*

16

Las mejores historias siempre empiezan con la aparición de una mujer. La historia de la empresa familiar no podía ser menos, y la mujer en cuestión es, por supuesto, mi madre. ¿Qué le contó mi padre a Hovik ese día? ¿Cómo conquistó a mi madre?

La vio por vez primera mientras ella paseaba con una amiga por la calle Bliss. Él tenía veinte años y trabajaba de contable en una empresa de importación y exportación ubicada en esa calle; mi madre, a sus dieciocho años, estudiaba en la American University. Los compañeros de la empresa, que no paraban de comentar las gracias de las dos universitarias, le habían hablado largo y tendido de ellas: una rubia y otra morena. La morena era mona, pero la rubia tiraba de espaldas. Mi padre tuvo que soportar las descripciones, hechas con todo lujo de detalles y profusión de gestos, de lo que sus colegas harían con la rubia si pudieran. Se enteró de que un día el viento gamberro le había abierto la blusa y revelado un escote espectacular. La morena era mona, mona de verdad, pero la rubia tenía unas curvas para volverse loco.

Mi padre vio a mi madre, la morena, y se quedó fascinado.

Pero esperad. No estamos en un cuento de hadas de ese estilo. Él se quedó prendado. De eso no parece caber duda alguna, pero ¿fue amor a primera vista? ¿Fue, de hecho, amor? Los cínicos niegan el amor a primera vista, arguyendo que una persona no puede conocer a otra en un breve instante.

Con solo ver a mi madre, mi padre supo un buen número de cosas sobre ella. Supo que era una belleza libanesa clásica. Eso era obvio. Supo que procedía de una familia de clase alta: la forma de vestirse y de moverse la delataban. Supo que si se casaba con ella accedería a un mundo con el que hasta entonces solo había podido soñar. También supo que ella nunca le miraría dos veces; no a menos que él se convirtiera en otra persona: alguien mejor, alguien importante.

Mi padre también intuyó que mi madre era más lista que todos sus colegas juntos. Supo de forma instintiva que no se trataba de una mujer que confiara en el azar o en la suerte. Se lo pensaría mucho antes de elegir a un compañero. Ella y su amiga rubia llamaban mucho la atención, sin duda. Uno de los colegas de mi padre incluso llegó a sentir lástima por mi madre porque su belleza no podía compararse con la de la rubia. Aquel hombre era un absoluto imbécil.

La belleza de la rubia inspiraba ganas de acostarse con ella. La de mi madre le inspiraba a uno a presentársela a la familia. Y ese era precisamente el contraste que buscaba mi madre. La rubia distraía a los moscones y los apartaba de su camino.

Años después, en 1992, uno de los periódicos más importantes publicó una serie de fotos históricas de Beirut con la esperanza de lograr que los lectores evocaran lo bien que iban las cosas antes de la guerra. Una foto mostraba a la morena y a la rubia, dos jóvenes y sonrientes que caminaban juntas, con los sueños y la curiosidad asomando a sus ojos, y el cabello peinado en sendos moños altos. El pie de foto rezaba: «Madame Layla al-Jarrat (nacida Joury) en 1950 junto a una mujer no identificada».

Tras ver a mi madre por primera vez mi padre se quedó prendado.

El poeta Saadi, el favorito de mi madre, contó una vez una encantadora historia personal sobre el amor y la fascinación.

Cuando Saadi era joven posó los ojos en una hermosa chica que apareció por un instante en un balcón mientras él paseaba por la calle. El día era tórrido; secaba la boca, hervía la médula de los huesos. Incapaz de soportar los implacables rayos de sol, Saadi se refugió en la sombra que se dibujaba sobre una pared. De repente, la chica apareció en el pórtico de la casa. No hay lengua que pueda describir su belleza: era un imposible, como el amanecer que surge en la oscuridad de la noche profunda. En la mano llevaba un vaso de aguanieve espolvoreada de azúcar y mezclada con el zumo de una uva. Saadi percibió el aroma a rosas, pero no sabía si ella había añadido los pétalos de esa flor a la bebida o si este emanaba de sus mejillas. Recibió el vaso de su mano atenta, bebió de él y recobró el vigor. Sin embargo la sed del alma del poeta no era de las que podían satisfacerse con un vaso de agua: ni las aguas de ríos enteros podrían mitigarla.

Aquel que se embriaga de vino
recuperará la sobriedad en el transcurso de la noche;
pero aquel que se embriaga de quien le da la copa
no recobrará el sentido hasta el Día del Juicio.

Pero ¡pobre Saadi! La hermosa portadora del vaso no estaba destinada a ser su esposa. El destino nunca concedería la felicidad a un hombre de tanto talento: un poeta satisfecho deviene mediocre; un poeta feliz, insufrible. Saadi se casó con una copia de Xanthippe, la fabulosa esposa de Sócrates, que tan mal genio tenía; una mujer de tan mal caracter que transformó lo que en principio era rubor en vergüenza. Y Saadi se vio obligado a componer los poemas más exquisitos lamentando las miserias de su vida marital y a idear otros versos aún más elocuentes preñados de insultos a su esposa.

El humilde rey al-Zaher Baybars entró en su primer consejo entre los aplausos y gritos de los rendidos nobles y los sabios de la tierra. Escuchó con atención las noticias de su reino y empezó a imponer títulos y responsabilidades a su pueblo. Aydmur fue nombrado príncipe y general del ejército del reino; el sargento Louai, emir de las tierras de Levante. Baybars convocó a turcos, kurdos, otomanos, circasianos, árabes, persas, y a todas las demás nacionalidades, y los instó a proponer hombres que fueran dignos de dirigirlos; luego nombró a esos hombres emires de sus tribus. Los uzbecos y los guerreros africanos pasaron a ser su guardia personal y sus oficiales de confianza. Todos se mostraron satisfechos... Todos excepto Othman, que andaba alicaído y taciturno. Baybars le preguntó a qué venía aquel aciago humor y Othman contestó:

—Has concedido a estos hombres túnicas nuevas; has dotado de títulos a amigos y extraños, y sin embargo te has olvidado de tu propio hermano.

Un avergonzado Baybars decretó en público que Othman era ahora emir, y una sonrisa iluminó las facciones de su amigo. Othman regresó a casa, donde Layla le recibió con estas palabras:

—Bienvenido seas, emir mío. Me alegro de que se trate de un título menor, porque no me gustaría tener que lidiar con tu arrogancia si el rey te hubiera impuesto un título de mayor trascendencia.

—Ser nombrado emir es un gran honor —dijo Othman.

—Por supuesto que lo es, querido. ¿Cuántos emires se han nombrado hoy? Y, ¿cuántos había antes de hoy? Estas son las tierras del Islam. Los reyes, sultanes y califas abundan tanto como los camellos. ¿Emires? En estos pagos hay tantos emires como varones.

Al día siguiente Othman se presentó en el salón del trono con un aspecto aún más alicaído y taciturno.

—¿Por qué te sientes infeliz, hermano? —preguntó el rey Baybars.

—Porque soy un vulgar emir.

¿Pero volvamos a Maarouf? ¿Os habéis olvidado de él? ¿De Maarouf, aquel que se pasó semanas, meses y años buscando a su hijo por todo el Mediterráneo?

La monja... la monja crió al chiquillo Taboush durante dos años en el palacio de Tesalia. El día de su segundo cumpleaños, ella iba cargada con un regalo y resbaló al bajar las escaleras: su alma ascendió al Paraíso.

—Bien —dijo el rey Kinyar—, ahora que la monja nos ha traicionado tendré que buscar a alguien que cuide del chico.

Escogió a uno de sus hombres al azar.

—Tú serás el guardián del chico. Edúcalo y cuida de él. Enséñale a ser un hombre. Si fracasas, tú y tus descendientes seréis torturados hasta la muerte.

El guardián crió a Taboush y se ocupó de él. Todos los días lo llevaba a dar un paseo fuera de las murallas de palacio, a las maravillosas colinas y llanuras de Tesalia.

Un día Maarouf se cruzó con Taboush por la calle; su corazón de padre tembló y se aceleró. Maarouf saludó al guardián del chico y le preguntó si era hijo suyo, a lo que el hombre contestó que era el hijo del rey. Maarouf miró a los ojos del chico: vio en ellos los de su padre y los de su abuelo, y se dijo: «Es mi hijo. Lo conozco tan bien como me conozco a mí mismo». Maarouf empezó a frecuentar aquel camino todos los días para poder jugar con Taboush. Le daba caramelos y regalos, y Taboush empezó a cobrarle afecto. Maarouf aguardaba el momento propicio para secuestrar al chico e irse con él a la isla, en busca de Maria. Ese día Maarouf susurraría a oídos de su hijo:

—Eres el honor que desciende del honor. Eres mi hijo y la luz de mis ojos.

El guardián empezó a sospechar y le habló al rey de ese hombre que hacía esfuerzos por congraciarse con su hijo. El rey ordenó al guardián que no llevara al chico de paseo al día siguiente, y en su lugar envió a un escuadrón formado por cien hombres. Los soldados atacaron a Maarouf, lo redujeron a golpes y lo llevaron a presencia del rey, quien lo encadenó y lo encerró en una lóbrega celda de hierro.

—Pretendías separarme de mi hijo —dijo el rey—, pero seré yo quien te despojaré de tu libertad y de tu orgullo. Vivirás aquí, a los pies del rey, hasta que te pudras de viejo. Medita sobre tu locura ahora que dispones de tiempo para ello.

Y al quedarse solo Maarouf se preguntó qué sería de él, del jefe de fuertes y batallones, sin hijo, sin esposa, sin honor.

Decir que existía una diferencia de clase entre las familias de mi madre y mi padre sería como afirmar que un Rolls Royce es un poco mejor que un Lada. Ni siquiera la familia de mi abuela paterna, los Arisseddine, por muy sheijs que fueran, podrían compararse con los Joury. Por suerte para mi padre, ella pertenecía a una rama menor de la familia que no guardaba relación íntima con el primer presidente de la república. A pesar de eso, ningún hombre sensato se habría empecinado en cortejar a una mujer que llevaba el mismo apellido que el hombre que dirigía el país.

La tía Samia consideraba que la familia de mi madre estaba maldita.

—No es culpa de tu madre —decía—. La pobre nunca tuvo la ocasión de comprender a esa familia. La maldición se remonta a mucho antes de que ella naciera. —El padre de mi madre era hijo único, lo que, según mi tía, ya suponía la mayor maldición. Se quedó huérfano y viudo. Mi abuela materna murió cuando mi madre solo tenía tres años y mi abuelo volvió a casarse con una belga—. ¿Podría existir peor suerte?

Mi madre tenía dos hermanastros.

—Pero no cuentan de verdad, ¿no? —preguntaba mi tía—. ¿Acaso visitar las ruinas de los templos romanos durante un viaje al Líbano los convierte en libaneses? Eso no es familia.

Mi abuelo materno era un hombre inteligente y culto, un triunfador, pero cuando señalabas ese detalle a mi tía —añadiendo que esas cualidades y su cargo de embajador descartaban la existencia de cualquier maldición— ella replicaba:

—Cierto, pero hablamos de un embajador en Bélgica.

Mi madre se crió en Bélgica, adonde había emigrado su padre. Cuando tenía catorce años, una prima sugirió que mi madre debía regresar con ella a Beirut. Mi abuelo y su familia belga permanecieron en Bruselas y mi madre se marchó con la prima, básicamente porque mi abuelo admitió que su hija tendría más posibilidades de encontrar un buen marido en el Líbano. La separación de mi madre de su familia directa fue afortunada. Mi padre tendría que convencerla de que se casara con él, lo que suponía una tarea ardua, sin duda, pero no tan imposible como persuadir también al resto de su familia.

Sin embargo, mi abuelo el hakawati siempre dijo que mi padre y mi madre estaban predestinados a casarse, y, por supuesto, relató una historia: una que se refiere a un improbable encuentro nocturno entre un Arisseddine y un Joury a finales de junio de 1838 durante la batalla de Wadi Baka.

Sus descendientes se casarían ciento dieciocho años más tarde.

Un día un hombre entró en el salón del trono.

—He sido atacado, príncipe de los creyentes. Me han ultrajado. Os ruego, mi señor, que redimáis mi honor.

Baybars le pidió que expusiera su caso.

—Soy un mercader sirio, y cada año viajo a Egipto a comerciar. Suelo evitar pasar por al-Areesh, porque el rey Franyeel exige una elevada cantidad en concepto de impuesto, como si los caminos le pertenecieran a él y a sus amigos extranjeros. Este año mi carga consistía en productos perecederos y me vi obligado a tomar la ruta más corta posible. Reservé el dinero necesario para satisfacer esa tarifa injusta, pero cuando mi caravana pasaba por al-Areesh, el ejército del rey confiscó toda mi mercancía, incluyendo camellos, caballos y a una voluptuosa esclava kazak que había comprado hacía solo dos días. No es justo.

El relato enojó a Baybars, quien dijo:

—No estoy contento con estos reyes extranjeros que no respetan los tratados que ellos mismos nos impusieron. Al-Areesh pertenece a Egipto. Ya es hora de que reclamemos nuestra ciudad. Preparad a los ejércitos.

—No, no, no —gritó el emir Othman.

—Claro que iré —replicó Layla.

En el fuerte cruzado de al-Areesh, el rey Franyeel abroncó a Arbusto.

—Si no fuera por tu atuendo sagrado te cortaría la cabeza ahora mismo. Esto es culpa tuya. Me tentaste con riquezas, y ahora Baybars el bárbaro viene a por mí.

Un imperturbable Arbusto contestó:

—No temáis. Sabéis que este fuerte es impenetrable. Cerrad las puertas, que ya me ocupo yo del resto. Pediré ayuda a los otros reyes de la costa. Hablaré primero con el rey de Askalan. Resistid en el fuerte y el ejército de esclavos será derrotado.

—Te acompañaré —anunció el rey—. Dejaré al comandante del fuerte a cargo. Cerrad las puertas.

—Ahí —dijo Aydmur mientras señalaba hacia el ofensivo edificio que se alzaba a corta distancia—. El fuerte de al-Areesh es seguro y macizo. A menos que entremos, sufriremos muchas bajas. Y hasta el momento ningún general ha descubierto la forma de penetrar en los muros de al-Areesh.

—Estoy harta de esta interminable excursión ecuestre —declaró Layla—. Déjanos descansar. Al caer la noche me ocuparé de abrir las puertas. —Desmontó de la yegua y se frotó el trasero dolorido—. Os haré una señal con la antorcha cuando la misión se haya cumplido. He estado hablando con la gente que tengo dentro. No será difícil.

—¿Gente de dentro? —Othman miró a su esposa, desafiante—. No irás a ninguna parte. No te lo permito. Ninguna esposa mía abre puertas. Lo haré yo.

Aquella noche, ayudado por su mujer, Othman se vistió con una sotana de cura, se peinó el cabello al estilo de Arbusto, se colgó un tintineante incensario de la muñeca y se encaminó a las puertas de la ciudad. Los guardias, creyendo que se trataba de Arbusto, se apresuraron a dejarlo entrar, postrándose ante él. Othman extendió la mano y aguardó hasta que todos los hombres la hubieron besado.

—Os estoy muy agradecido por este cortés recibimiento —dijo—. En justa correspondencia, os ofrezco mi bendición.

Prendió el incienso —mirra mezclada con opio— y dijo:

—Inhalad mi bendición, respiradla hasta el fondo de vuestra alma.

Al rato los guardias viajaban en sueños. Othman abrió la puerta e hizo la señal convenida al ejército de esclavos. El fuerte de al-Areesh fue conquistado antes de que sus defensores se percataran de que estaban siendo atacados.

—Buen trabajo —dijo Layla a Othman.

—Le inspiras nuevas gestas —comentó Harhash.

—El cobarde Franyeel no está aquí —masculló Baybars—, ni tampoco Arbusto.

—Partieron en dirección a Askalan —dijo Layla—. Pretendían traer a un ejército que nos atacara mientras manteníamos el asedio a al-Areesh.

—Su plan ha quedado frustrado —dijo Aydmur—, y el siguiente está condenado al fracaso.

—Mientras requisáis el fuerte —dijo Layla—, me adelantaré a caballo y desvelaré los detalles de su siguiente plan.

Othman dio un puntapié contra el suelo.

—No, no, no, no, no.

El primer admirador que tuvo mi madre fue su primo segundo, Karim. El padre del joven y la difunta madre de ella habían sido primos hermanos. Ella tenía quince años y estaba interna en una escuela de carmelitas cuando él decidió que sería una esposa adecuada. Karim lo tenía todo de cara, o al menos eso creía él. A sus veintitrés años, aquel primogénito de una próspera familia había sorprendido a todo el mundo, incluido a sí mismo, aprobando el bachillerato. A partir de su graduación en la escuela superior, su padre empezó a prepararlo para desarrollar su carrera en la política del Líbano.

Conoció a mi madre en una reunión familiar. Mi madre juraba que ella no le había dirigido ni una palabra y que él ni se había enterado. Ella andaba atareada comiendo mientras él le regalaba los oídos con sus historias y sus planes de futuro. Como ella demostró ser una oyente de primera clase, Karim empezó a cortejarla enseguida: todos los miércoles le enviaba al colegio una única rosa roja y una caja de bombones Harlequin rellenos de almendra. A ella no le causaba la menor impresión, pero a sus amigas del colegio les gustaban los bombones.

Él escribió una carta a Bruselas en la que declaraba sus intenciones al padre de mi madre, y este a su vez envió una carta a su hija en la que le preguntaba qué estaba pasando. Mi madre lo tranquilizó al decirle que no tenía la menor intención de contraer matrimonio antes de terminar una carrera universitaria. El cortejo del joven duró cuatro meses y medio, durante los cuales mi madre apenas tuvo que pronunciar una sola sílaba. En una ocasión fue a verla y le llevó una carnosa planta con maceta incluida, una asclepias que le había causado una fuerte impresión. Fue después de esta notable segunda visita cuando él recibió una llamada de Bruselas en la que se le informó de que mi madre no quería volver a verlo ni en pintura, bajo ninguna circunstancia. Y no fue por la asclepias.

Él se había presentado en esta segunda ocasión, que suponía el tercer encuentro, ataviado con su mejor traje de gabardina, con el bigote engominado con cera y el rostro arrebolado de orgullo. Presumió de mi madre ante la mujer que le acompañaba, una dama de unos treinta años a quien presentó como la prima hermana de la joven esposa de su padre.

—¿No te parece mona? —dijo él, refiriéndose a mi madre—. Y encima es lista. Terminará los estudios.

Mi madre estaba a punto de decirle que no estaba dispuesta a ser exhibida por nadie, ni a ser elogiada como si fuera una alfombra antigua o un fino tapiz, cuando de repente se percató de que era a ella a quien él intentaba impresionar. La radiante sonrisa, la estudiada colocación de la mano alrededor de la cintura de esa tía, y la complicidad forzada estaban pensadas para que su joven enamorada captara la idea de que su pretendiente era un hombre de mundo, un hombre que tenía amantes, un hombre deseado. No era un pelagatos. Quería transmitirle la idea de que ella también podía aspirar a ser especial, si se dejaba querer por alguien que lo fuera.

Mi madre llamó a su padre. Karim dejó de enviarle los bombones Harlequin rellenos de almendras. Las amigas del colegio se quedaron con un palmo de narices; una incluso llegó a quejarse en voz alta: en su opinión, mi madre podría haber esperado al final del trimestre para partirle el corazón a su pretendiente.

—Habría preferido quedarme para ver cómo pulverizaban el fuerte —dijo Harhash—. Al fin y al cabo, uno no tiene la oportunidad de presenciar un ejemplo de destrucción total todos los días.

—Cállate —dijo Othman—. Un amigo no se quejaría. Un buen amigo apoyaría a un hombre cuya esposa está empeñada en avergonzarle en público. Un buen hombre no se preocuparía de un fuerte cuando lo que se está pulverizando es el honor de ese amigo.

—¿Os importa despertarme cuando hayáis concluido con esta fatigosa diatriba? —dijo Layla—. Mi marido empieza a recordarme a un muecín: repite la misma cantinela cinco veces al día. Me parece vergonzoso. Los muecines ciegos son sosos mientras que él había sido una persona interesante, pero ahora solo sabe hablar de una cosa.

Cuando hubo anochecido, Layla llamó a las puertas de Askalan.

—¿Quién va? —inquirió una voz.

—Una paloma lujuriosa —respondió Layla.

El cancerbero abrió la cancela y su cara de ratón apareció en la abertura.

—Las palomas lujuriosas se han arrepentido y retirado. Lo sabe todo el mundo.

—¿Esos feos ojos tuyos me ven retirada?

—Nunca había visto a una paloma lujuriosa. ¿Por qué debería creerte? ¿Qué traería a una paloma lujuriosa hasta esta ciudad? Creo…

Más veloz que un áspid, Layla metió las manos por la abertura. Sus dedos se clavaron en los ojos del cancerbero; luego le retorció la nariz y tiró de su cara, estampándola contra la puerta. Mantuvo apretada la nariz mientras él gritaba y finalmente el hombre se avino a abrir la puerta.

Los tres viajeros entraron en la ciudad.

—Estos dos hombres son mis médicos personales —dijo Layla—. Informa de mi llegada a las mujeres trabajadoras de la ciudad, y diles que espero que me presenten sus respetos por la mañana.

Los ojos del cancerbero rezumaban lujuria y deseo. Ella se limitó a esbozar la tercera de sus mejores sonrisas en su honor.

—Necesitamos un lugar donde dormir. Guíanos, y asegúrate de que alguien atiende y alimenta a mi yegua.

Baybars y su ejército de esclavos enarbolaron las banderas del reino a las puertas de Askalan. Uno de los guerreros africanos pidió permiso para asumir las funciones de voceador.

—Escuchadme, forasteros —gritó el africano—. Ha llegado el rey de reyes, y os exige que capituléis. Informad a Brigitte, el rey que ha usurpado el poder en esta ciudad, que debe abdicar. Rendíos y os dejaremos regresar a vuestros países de origen. Resistíos y estos muros caerán sobre vuestras cabezas. Dejad las armas o el fuerte se convertirá en un mausoleo que contendrá vuestros cadáveres por toda la eternidad.

—Bien dicho —celebró Baybars.

—Estoy asombrado —añadió Aydmur.

Cuando la gigantesca puerta de metal se abrió con lentitud, Othman apareció en la entrada y animó con gestos a que el ejército tomara la ciudad. Los hombres de Baybars entraron en Askalan, cogiendo por sorpresa a los soldados de la ciudad que se encontraron a los invasores dentro de las murallas. Las espadas cumplieron su cometido y las mazas descendieron sobre las cabezas de los infieles. Askalan no tardó en caer.

Baybars preguntó a Othman por el paradero de Arbusto y de los otros reyes.

—Llegamos tarde —replicó este—. Arbusto decidió refugiarse en Jaffa, bajo la protección del rey Diafil. El rey Franyeel de al-Areesh comunicó al rey Brigitte lo grande que es nuestro ejército, y ambos decidieron unirse a Arbusto en Jaffa.

—Cuando hayamos saqueado este fuerte —dijo el victorioso rey Baybars—, nos dirigiremos a Jaffa, ese antro de pecado.

—¿Eso significa que nos adelantamos? —preguntó Othman a su mujer.

En la bella ciudad de Jaffa había tres gloriosos faros, tres ansiosos reyes —Franyeel, Brigitte y Diafil—, y tres guardias susceptibles a la seducción que, en la puerta occidental, juraron lealtad inquebrantable a la paloma lujuriosa; pero no había ni rastro de Arbusto, que había partido por mar, en teoría para recabar refuerzos en Europa. Mientras los tres reyes se preparaban para el asedio de su ciudad, Layla adiestraba a los tres porteros que custodiaban la puerta.

—No, no, no —dijo ella—. Tocad sin permiso y perderéis esa mano ofensiva. Volveré una noche de estas, y cuando lo haga, abriréis la puerta en cuanto os lo diga. Haréis lo que yo os pida. ¿Está claro?

Primero el rey Baybars destruyó Askalan, una ciudad marítima que permanece en ruinas a día de hoy. Aplastó las murallas y dirigió al ejército hasta Jaffa, donde recibió una misiva de parte de Othman.

—La letra es delicada —dijo el rey— y el pergamino desprende una fuerte fragancia. Dice que los tres reyes se encuentran en el interior de la ciudad y nos aconseja que nos acerquemos a la puerta al caer la noche y llamemos.

—¿Qué clase de nombres tontos son esos? —preguntó Louai—. ¿Franyeel, Brigitte y Diafil?

Cuando el sol se ocultó tras el Mediterráneo, el rey del Islam apareció a las puertas de Jaffa seguido de su silencioso ejército; llamó y las puertas se abrieron para permitirle el acceso. Por la mañana, los soldados de Diafil despertaron en una Jaffa tomada: las espadas apuntaban a sus cuellos y la ciudad había sido devuelta a su auténtico rey, Baybars, que liberó a sus tierras de extranjeros.

Dos días después de que mi padre se fijara por primera vez en mi madre y decidiera que era la mujer con quien quería casarse, ella se enamoró. Y sí, eso fue amor a primera vista. Su apellido también era Joury, Nicholas Joury, aunque no pertenecía a su misma familia; ni siquiera era maronita sino griego ortodoxo. Mi madre pensó, complacida, que así no tendría que cambiarse de nombre. Se conocieron en una asamblea juvenil de carácter político que se celebraba en la universidad: ella estaba en primer curso de carrera, él estudiaba medicina. Aquel joven dominó la reunión. Quería cambiar el mundo. Quería que la nueva república se convirtiera en un emblema de libertad y justicia para el resto de árabes. Quería extender la educación por todo el Líbano y el Oriente Medio. Estaba convencido de que modernizar la situación de las mujeres era la tarea más importante que podía acometer un libanés, y, fiel a su credo, pensaba especializarse en ginecología.

Mi madre se quedó impresionada por su dedicación, su elevada calidad moral y su estatura. En ella, él descubrió a una oyente entregada, una fan que, para colmo, era guapa. Estaba encantado de ser el primer hombre, descontando a su padre, a quien ella admiraba. Creía que sería su compañera perfecta, que le ayudaría a ascender. Empezaron a verse a las tres semanas de conocerse. A los cuatro meses él se había declarado formalmente y ella había aceptado. Él escribió al padre de su amada para pedirle su bendición y la presentó a su familia; ese mismo verano viajaron juntos a Bruselas para que él conociera a la familia de ella. Accedieron a mantener un noviazgo largo, tres años como mínimo, hasta que ambos se licenciaran.

Como no soportaba estar alejado de ella, el joven la involucró en todas sus actividades cívicas y sociales. Ella asistía a conferencias de política, a reuniones de activistas y a prolongadas tertulias de café. Se ofreció voluntaria en una ocasión para colaborar con una organización de ayuda a Palestina, pero lo dejó enseguida y le hizo prometer a él que dejaría de trabajar con organizaciones que tuvieran una relación tan inmediata con el sufrimiento.

Mi pobre padre estaba destrozado. Aunque no había llegado a hablar con mi madre, y ella ni siquiera había reparado en él, estaba convencido de que esa mujer estaba destinada a ser su esposa. Ya la había reclamado para sí. Pero allí estaba ese otro hombre que nunca se apartaba de su lado, que respiraba su mismo aire, invadía su espacio íntimo y se apropiaba de toda su atención. A pesar de que mi padre no la vería a solas durante varios años, no se rindió; simplemente esbozó planes de mayor alcance.

Se dice que el sagrado Corán fue enviado en Laylat al-Qadr, la Noche del Destino, y revelado al profeta Mahoma a lo largo de un periodo de veintitrés años. Durante la Noche del Destino, Dios atiende las súplicas sinceras, escucha oraciones y perdona los pecados. La Noche cae durante el Ramadán, el mes más sagrado, pero Dios no ha revelado la fecha exacta porque desea que los creyentes Le adoren a lo largo de todo el mes. Hay quien dice que cae en la noche en que los cuernos de la luna completan el círculo, aunque hay otros según los cuales el profeta insinuó que los creyentes deberían celebrarla en las extrañas noches de los últimos diez días del Ramadán.

Yalal Arisseddine dio una cena una noche de 1953. Era un evento informal, cuarenta invitados más o menos. A ella asistieron algunos políticos, varios escritores y unos cuantos amigos. Nicholas Joury había rogado a un conocido común que le presentara a mi célebre tío abuelo y se había asegurado un hueco en la mesa. Por supuesto, mi tío abuelo invitó a su hermano Maan y a sus dos sobrinos. En aquella ocasión los musulmanes eran minoría, y de los pocos que había presentes menos aún habrían sido calificados de practicantes. A pesar de que estaban en pleno Ramadán, ni uno solo de los asistentes había ayunado, conmemorado, ni rezado. Aun así, a tenor de los acontecimientos que se desencadenaron a partir de ahí, podemos afirmar sin temor a equivocarnos que fue una noche extraña.

Fue sin duda la Noche del Destino, porque Dios escuchó los ruegos de mi padre.

Aquella noche mi madre conoció al hombre que la haría volar, la fascinaría, la seduciría y la encantaría. Conoció al hombre que la amaría y adoraría, y que con el tiempo se convertiría en su fiel compañero. Un hombre cuyo ingenio y talento deslucirían el brillo estelar de su prometido, que a la hora del postre ya habría quedado reducido al de simples cenizas. Fue amor al primer dardo mordaz. Aquella noche mi madre conoció al tío Yihad.

Un suizo con coleta que aseguraba ser un buen amigo de Jean-Paul Sartre ofendió a casi todos los presentes durante la cena. La coleta en sí misma ya suponía todo un impacto, pero con tanto Sartre dijo eso, Sartre habría hecho lo otro, los invitados se dividieron en grupitos más reducidos con el fin de darle de lado. El tío Yihad revoloteó de un lado a otro hasta tomar asiento junto a aquella joven seductora que había fingido no darse cuenta de sus avances. Con la vista fija en el suizo, cuyo público había quedado reducido gradualmente a una sola persona, su ansioso prometido, ella se inclinó hacia mi tío y susurró:

—Me pregunto por qué ese imbécil tiene que llevar esa coleta ridícula.

—Para que así, estirando, puedan sacarle la cabeza del culo de Sartre —dijo el tío Yihad.

Mi madre había encontrado a su alma gemela.

Él no tenía ni idea de que ella fuera el objeto de la pasión de su hermano, y, por sorprendente que parezca, no se habían visto nunca, a pesar de que asistían a la misma universidad, estaban en el mismo departamento y tenían la misma edad. Compartían intereses parecidos, pero estudiaban en horarios distintos. El tío Yihad no se mezclaba con la gente de su círculo social. Lo cierto es que tampoco habría tenido tiempo, ya que seguía encargado de sus palomas y de las de Ali. Mi madre y mi tío charlaron sin parar, y simpatizaron tanto que el corazón de mi padre se llenó de esperanza, y el de su prometido de pánico. Nick se plantó al lado de mi madre, la rodeó con el brazo. Mi madre cerró los ojos por un instante para que estos no revelaran su frustración. Al abrirlos notó que la cara del tío Yihad expresaba una momentánea y descarada sorpresa.

—Este es mi prometido —dijo mi madre.

—Me lo figuraba —replicó el tío Yihad, sonriendo.

A sabiendas de que esa sonrisa dejaba traslucir su desaprobación, mi madre se estremeció, intentando borrar el rubor de la vergüenza de sus mejillas.

Era una historia que a mi madre le encantaba contar, aunque su versión de los hechos difería un poco de la del tío Yihad. Según el tío Yihad, mi madre se enamoró de él, pero él supo al instante que sería una magnífica esposa para su hermano. Siempre que se contaba la historia en su presencia, mi madre sonreía, negando con la cabeza. Ella decía que aquella noche lo encontró adorable, pero que no se enamoró. No creía en el amor a primera vista.

La última vez que salió el tema yo estaba con mi madre: fue seis meses antes de su muerte, en un breve periodo de recuperación. Ella estaba tendida en la cama, apoyada en las almohadas, y yo sentado a su lado. Había pasado una semana terrible, pero de repente pareció rejuvenecer. La palidez y delgadez se alejaron de ella por un tiempo, y las arrugas de tensión se rellenaron de carne nueva. La esperanza, gran mentirosa, la engañó aquella mañana.

—Recuerdo esa noche como si fuera ayer —dijo ella—. Las velas, los invitados, el extranjero con aquella terrible coleta. ¿Te imaginas lo increíble que resultaba en aquella época? ¡Qué insoportable era ese hombre! ¡Y qué vergüenza ver que el único que se tragaba su parloteo estúpido era el pobre Nick! Aquella noche me sentí horrorizada al percatarme de que no conocía al hombre con quien iba a casarme. Se me cayó la venda de los ojos. La expresión de la cara de Yihad cuando se enteró de que yo estaba con Nick me dio escalofríos. Estoy segura de que se habría mostrado menos sorprendido si le hubiera dicho que estaba prometida con un poste de la luz. Desaprobaba mi elección, y me di cuenta de que lo mismo me pasaba a mí. Pero lo más aterrador era que no tenía el valor de admitir mi error. Aquella noche supe que nunca seguiría adelante con la boda, pero no pude hacer acopio de fuerzas para reconocérselo a nadie, ni siquiera al pobre Nick. Sin embargo mi epifanía no tuvo nada que ver con el enamoramiento. ¿Piensas por un momento que Yihad se enamoró de mí o que yo me enamoré de él? Por favor. No importa lo que tanto Farid como Yihad hayan deseado creer: nadie se llevó nunca a engaño. Reconocí... ¿Cómo expresarlo...? Comprendí su capacidad innata para trabar amistad con las mujeres desde el momento en que vi su diabólica sonrisa desde el otro lado del salón. Dios, ¿cómo podía no percatarme, dado el modo en que cruzaba las piernas o movía las manos? No se comentaba, claro, pero eso no quiere decir que engañara a nadie.

Nick no se separó de mi madre durante el resto de la velada, y el suizo se vio obligado a seguir a su exiguo público al otro lado del salón. La conversación que mantenían los dos hombres aburrió a mi madre y a mi tío, hasta que el suizo formuló una pregunta:

—¿Existirá alguna vez un Sartre árabe?

Mi madre suspiró y miró al techo, y el tío Yihad hizo esfuerzos por controlar las ganas de reírse. Nick se embarcó en un monólogo que justificaba la imposibilidad de un fenómeno tal: la subordinación del contenido a la estética del idioma en la literatura arábiga, la predominancia de elegías y panegíricos como forma de arte, etc.

—Solo tienes que fijarte —dijo Nick— en la divinización de un perdedor como al-Mutanabbi. Los escritores tratan de emularlo, componen versitos monos que no significan nada ni afectan a nada. Vendió sus servicios al mejor postor, y sus poemas terminaron convertidos en loas a gobernantes corruptos. Las cosas no han cambiado mucho. Hasta que llegue el día en que el brillo no nos deslumbre, estaremos atascados con la banal belleza de al-Mutanabbi.

El gruñido de mi madre sobresaltó a su prometido. Perplejo, la miró con la boca abierta.

—La belleza nunca es banal —dijo ella.

—Al-Mutanabbi es uno de mis héroes —dijo el tío Yihad—. Un loco romántico.

—¿Romántico? —preguntó mi madre—. ¿Estás seguro de que no lo confundes con Antar? Nunca he oído una historia de amor asociada a al-Mutanabbi.

—No, no. No es una historia de amor. Es una historia de muerte. Una historia de muerte gloriosa.

—Cuéntamela —le exhortó mi madre.

—¿Quieres que te cuente la historia? ¿Aquí? ¿Ahora? No estoy seguro de que pueda.

Mi madre enarcó las cejas.

—Pídemelo otra vez. —Mi tío esbozó una sonrisa—. Hazme sentir importante, por favor.

Mi madre se llevó la mano al pecho. Aleteó las pestañas.

—Por favor, sahib. Cuéntame una historia que anime la velada. —Sonrió—. ¿Qué te ha parecido?

—El toque perfecto —dijo el tío Yihad—. Veamos. En los gloriosos días en que los poetas eran héroes y los hombres valientes, cuando el sol brillaba con más intensidad y nunca se decían mentiras, vivió y murió el mayor de los poetas. Dejaré las historias de su trágica vida para otro momento, ya que hoy me concentraré en la historia de su muerte. Al-Mutanabbi murió de camino a Bagdad, pero no iba solo. No era lo que podríamos llamar un individuo integrado. Sabía que era un genio y estaba obsesionado con su inmortalidad. Pocos consignaban nada sobre el papel en aquellos días. Los poemas se memorizaban, incluso el Corán. Bien, al-Mutanabbi no se conformaba con eso. Por lo que se refería a su trabajo no iba a confiar en la memoria ajena. Lo escribió todo, todas y cada una de las palabras, sin dejar nada al azar. Hablamos de papiros, largos rollos de papiro. Cabalgó hasta Bagdad con su hijo, dos esclavos y ocho camellos cargados con la obra de su vida. Por supuesto, si cruzas el desierto con camellos cargados, lo más probable es que atraigas la atención de los bandoleros. Los ladrones atacaron el convoy convencidos de que daban el golpe de su vida y de que pronto tendrían en las manos un gran tesoro. El poeta murió defendiendo su obra, y con su último aliento suplicó a sus asesinos que no la destruyeran. El único que logró escapar con vida fue el hijo del poeta. Vio expirar a su padre y se marchó, pero no llegó muy lejos. Abrumado por haber abandonado la poesía de su padre, regresó a la escena a luchar. Y los ladrones, furiosos al no encontrar nada de valor, torturaron al hijo hasta matarlo.

—Ay —suspiró mi madre—. Morir por la banal belleza. ¿Qué pasó con los manuscritos?

—Es curioso que lo preguntes. Al-Mutanabbi era, por supuesto, pobre como las ratas.

—Como cualquier poeta que se precie. —Mi madre aplaudió y se rió.

—Descargaron a los camellos y desecharon la poesía sin valor, pero resultó que uno de los malvados bandoleros tenía una naturaleza sensible.

—¿Y también resultó que sabía leer?

—Desde luego. Los leyó, y se quedó prendado y embrujado por ellos. Volvió a empaquetarlos y los conservó durante años; los hizo copiar y los distribuyó. Cabe esperar que los guardara todos, sin perder ninguno bajo el azote de los vientos del desierto.

—Pero ¿y si no pudo? —dijo mi madre—. ¿Y si algún papiro salió volando?

—Imagina. La poesía todavía sobrevuela los cielos de Bagdad.

—O se halla enterrada en las arenas del desierto —dijo mi madre—. Alguien excava un pozo en Irak, y de él mana poesía en lugar de petróleo.

—Pero ¿crees que los descubridores entenderán árabe y además apreciarán la poesía?

—Para empezar, ese era el principal problema de al-Mutanabbi.

Nick negó con la cabeza.

—Sé que todo eso suena romántico, pero ¿qué sentido tuvo la muerte de al-Mutanabbi? ¿Acaso su poesía ha salvado una sola vida?

Mi madre se dejó caer en una silla, cerró los ojos y suspiró con suavidad.

—Deja que te presente a mi hermano —dijo el tío Yihad.

¿Qué fue de Nick, y cómo consiguió mi madre zafarse del matrimonio si era incapaz de decir no? Mi hermana, que había conocido a Nicholas Joury, creía que él y mi madre no se habían casado porque una vocecilla interior debía de haber estado advirtiéndola, si no maldiciéndola, durante todo ese tiempo. Lina no podía imaginarse a mi madre preocupada por ningún tema político. Que mi madre se hubiera prometido a un hombre que creía que la oposición al sionismo no era solo un objetivo digno, sino una forma de vida, un requisito para ser humano, resultaba impensable para Lina. Mi madre, que había convertido el ser apolítico en una forma de arte, nunca lograría sofocar su auténtico yo por el bien de un hombre.

—Sé que esa discusión sobre arte y política fue el vendaval que derribó el castillo de naipes —me dijo Lina una vez—, pero ¿cómo se mantuvo tanto tiempo el castillo dados los puntos de vista del individuo en cuestión? ¡Era un hombre que creía en el arte didáctico, por el amor de Dios! Las novelas debían inspirar a la gente y guiarla a una mejor comprensión de las persecuciones a que era sometida. Veía a Trotski, a Sartre, a Lenin, a Orwell y a Huxley como modelos que había que emular, y no era lo bastante brillante como para percibir la contradicción: mamá se estaba sacando un título en artes liberales mientras salía con él. Era una mujer que vistió de luto durante cuarenta días cuando murió Calvino. Todo el mundo le preguntaba qué miembro de la familia había fallecido. Se fue a su lecho de muerte absolutamente convencida de que *Anna Karenina* era el mayor logro de la humanidad. Ese idiota le decía que Tolstói era un ejemplo claro de burgués consentido. Le dijo que no asistiera a conciertos de violín porque los mejores violinistas eran judíos, y por tanto alentaban las terribles políticas de Israel. ¿Decirle eso a mi madre? Cuando me lo comentó de pasada casi me desmayo. Tal vez hubiera accedido a casarse con él, pero aunque él no se hubiera precipitado de cabeza hacia el desastre, dudo de que aquello acabara en boda. Sabía que ese hombre era una tragedia.

El desastre ocurrió el día en que Nick recibió su título en medicina. Mi madre asistió a la ceremonia, y se sentó entre el público con su familia. La madre de Nick no cabía en sí de orgullo. Su padre había deseado con todas sus fuerzas ver la graduación de su hijo, pero no podía abandonar el lecho. Al final de la ceremonia mi madre fingió una jaqueca y dejó al feliz grupo a sus anchas. No le apetecía hablar de futuro.

Nick, con toga y birrete, volvió a casa a ver cómo estaba su padre, quien sintió tanto orgullo que se ofreció para ser su primer paciente. El padre de Nick llevaba todo el día quejándose de mareos, somnolencia y problemas digestivos. Nick le trató mediante la implantación de un tubo de glucosa intravenoso. Su padre murió antes de que tuviera tiempo de estornudar, en lo que fue a la vez una tragedia y un escándalo. Después del funeral Nick se encerró en su habitación durante dos semanas. La familia entera lloraba.

El alma humana es resistente; Nick se recuperó, emocional y psicológicamente. La sociedad es menos resistente; el deshonor no se olvida con tanta rapidez.

Dos meses después de haber matado a su primer paciente, Nick comprendió que nunca podría trabajar en Beirut. Nadie consentiría en ser el segundo paciente. Tendría que irse a un lugar donde nadie hubiera oído hablar de su error. Nick le pidió a mi madre que se fuera con él a Kirkuk. Ella se negó, claro. Y mi padre no perdió el tiempo y empezó a cortejarla.

Mi padre se propuso hacer de sí mismo alguien distinto, alguien mejor, alguien importante. Convenció a su hermano para que abandonara la cría de palomas y montara un negocio con él. Para eso hacía falta dinero. Siguiendo los mismos pasos que diera su madre tanto tiempo atrás, mi padre y el tío Yihad caminaron por la montaña hasta llegar a la mansión del bey, que siempre presumía de ser el benefactor de la familia. El bey les brindó un caluroso recibimiento y les ofreció café, pero también hizo llamar a su criado: mi abuelo. Nadie supo qué intrincado razonamiento pasó por la cabeza del bey, y de esa historia ni mi abuelo, ni mi tío, ni mi padre desearon nunca proponer explicaciones, ni darle más vueltas.

Delante de su propio padre, mi padre tuvo que pedir ayuda financiera al bey.

—¿No creéis que este proyecto os viene un poco grande? —apuntó el bey—. No sabéis nada de automóviles. ¿Cómo vais a vender coches si ni siquiera tenéis uno propio?

Desalentado, mi padre regresó al lluvioso Beirut, y por primera vez fue el tío Yihad quien tuvo que hacer hincapié en el sueño.

—Ya verás: en todas las historias, cuando las cosas se ponen muy feas, aparece un ángel para ayudar al héroe —le dijo.

—Pero aquí no estamos en ninguna historia —replicó mi padre.

—Claro que no. Esto es la vida. En la vida real puedes contar con más de un ángel. Te tocan dos o tres. Bien mirado, puedes contar con un ejército de ángeles.

El abuelo renunció a su puesto ese mismo día. Se sintió tan avergonzado por sus hijos que dijo al bey que le era imposible seguir trabajando para él. El bey le preguntó cómo iba a sobrevivir él sin el entretenimiento que mi abuelo le proporcionaba, y este replicó:

—Solo tenéis que pedirlo, señor, y acudiré raudo y veloz a entreteneros. Pero llevo tanto tiempo trabajando para vos que mis historias se han vuelto rancias y añejas. No puedo aceptar vuestro dinero de buena fe y fingir que os doy algo a cambio.

Aquella noche la abuela regañó a su marido. ¿Cómo iban a mantenerse? Aún tenían una hija por casar. El bey concedió a mi padre dos días de descanso antes de solicitar su presencia en la mansión.

—Cuéntame una historia —ordenó el bey, y el abuelo obedeció—. Has sido un fiel servidor de mi familia —dijo el bey, y siguió pagándole su salario semanal.

Y el abuelo permaneció al servicio, y a la disposición, de su señor hasta el día de su muerte; la muerte de mi abuelo, claro, no del bey: cuando muere el señor, su hijo hereda sus posesiones.

Al-Jarrat Corporation nació oficialmente en 1955. Como todos los recién nacidos, empezó en la vida pequeño y con aspecto peculiar. Mi padre había pedido consejo a un ex compañero de colegio iraquí, Jaled Mathaher, un hombre de negocios en ciernes; o, como el tío Yihad solía autocalificarse cuando empezó, un chico de negocios. La respuesta llegó en forma de una carta procedente de Bagdad que pasó a convertirse en un recuerdo de familia. «¡Automóviles!», gritaba. «Vended automóviles. El futuro está en los coches.» La familia Mathaher tenía un concesionario Renault en Bagdad, y Jaled se ofreció a ayudar a mi padre a obtener la licencia para abrir uno en el Líbano. Y así empezó la historia.

Siguiendo el consejo de mi abuela en lugar del de mi abuelo, mi padre registró la empresa como negocio familiar y nombró socios a los cuatro hermanos: Wayih, Halim, Farid y Yihad. El detalle de que mi padre hiciera caso al consejo materno y no al paterno no era ninguna sorpresa: mi padre nunca se llevó bien con el suyo, se avergonzaba de él y apenas le escuchaba. Sin embargo, en esta ocasión debería haberlo hecho, ya que el consejo del abuelo se reveló como toda una premonición. El abuelo dijo a mi padre que sus dos hermanos mayores no debían formar parte de la empresa; que los contratara o los ayudara, pero sin darles rango de socios, ya que si lo hacía él y el tío Yihad se verían obligados a soportar su incompetencia durante años. Mi padre no solo desoyó el consejo, sino que convenció al tío Yihad de que el tío Wayih, al ser el mayor, debía ostentar el cargo de presidente de la empresa. Ver a su familia trabajando junta llenó a la abuela de gozo.

Mi tío abuelo Maaan ofreció a sus dos acogidos un último regalo: dos pequeños terrenos en Beirut. Uno se convertiría en el lugar de trabajo de la familia, el primer concesionario, y el otro en la casa familiar: el edificio que se construiría no mucho después en cumplimiento de una de las promesas que mi padre hizo a mi madre si esta accedía a casarse con él. El ejército de ángeles, en forma de amigos de mi padre y del tío Yihad, les concedió préstamos. Sin interés alguno, por supuesto. El concesionario era una simple sala mal rematada en la que apenas cabían seis mesas limpias. En total la empresa abrió las puertas con tres coches, que se vendieron el primer día.

—Fue todo un impacto —solía decir el tío Yihad—. ¡Abrimos y bum!

En el transcurso de un año se habían hecho con la concesión de Fiat, y años más tarde obtuvieron la exclusiva en el mundo árabe de Toyota y

Datsun. El día en que se firmaban los contratos con los japoneses, mi padre y el tío Yihad se compraron sus primeros trajes Brioni hechos a medida, y mi madre recibió un collar de diamantes cuyo precio nunca se hizo público.

Mi padre sí que siguió el consejo del abuelo en otro tema: el poético. Sí, sedujo a mi madre a base de poemas. Ella podía ser romántica, pero no tonta. En los dos años que duró el cortejo, después de que mi padre hubiera declarado sus intenciones al tío Yihad y a ella misma, mi madre se había propuesto averiguar de forma objetiva si ese joven sería un buen marido. Lo observó y descubrió casi todo lo que había que saber sobre él: sus perspectivas de futuro, cómo trataba a su familia, su nivel de educación o su falta de ella, su talante mujeriego. Ella declaraba haber confeccionado una lista con los pros y los contras. Lo puso a prueba. Se comportó mal en público para ver cómo reaccionaba. Le hizo esperar cuando iba a buscarla. Lo interrogaba a todas horas.

Por su lado, mi padre interrogaba al tío Yihad. ¿Qué le gustaba a esa mujer? Nunca compró unas flores sin someterlas antes a la aprobación de mi tío. Mi madre no tenía secretos para Yihad, y enseguida descubrió que este no los tenía para su hermano. Si mi madre señalaba al tío Yihad un vestido que le gustaba, al día siguiente lo recibía envuelto en su casa. Mi padre sabía quiénes eran sus cantantes favoritos, cuál era su comida favorita y, por supuesto, quiénes eran sus poetas favoritos. Le envió poemas, algo que a mi madre le encantaba. Le envió versos que ella conocía bien, pues estaba muy familiarizada con los occidentales: Rilke, Dickinson o Barrett Browning. También le gustaban los poetas árabes antiguos, al-Mutanabbi o el *Muallaqat*, sobre todo Amru al-Qais y Zuhair. Mi padre trabajó sin descanso.

Un día la abuela le preguntó cuándo tenía intención de casarse y él le habló de mi madre, aunque esta aún no le había dado el sí. Confesó todo su plan de seducción. Y el abuelo, con ese estilo impetuoso que le era propio, lo interrumpió:

—Pero tú no eres un poeta. —Al ver que nadie le seguía, desarrolló su punto de vista—. Solo un auténtico poeta es capaz de recitar un poema conocido y hacer que suene como si nunca hubiera sido pronunciado con anterioridad. Solo un hakawati puede embrujar al público dos veces con el mismo cuento. Tienes que deslumbrarla con algo que no conozca, con un poeta como Saadi. Los enamorados recurren a poetas menores, pero hay pocos que sean mejor que él.

Mi padre no se quedó muy impresionado cuando el abuelo le recitó unos versos de Saadi, pero más tarde, sentado con la que sería mi madre, no se le ocurrió nada más.

—Sé que podrías hacerme feliz —dijo ella—. Sé que me cuidarías, pero somos muy distintos. Podría ser un infierno para los dos.

—Prefiero arder contigo en el infierno que estar en el paraíso con otra —respondió mi padre—. Una hermosa boca que desprende olor a cebolla es más apetecible que una rosa en una mano fea.

Sorprendida, mi madre buscó una traducción de Saadi, una búsqueda que pareció durar una eternidad. Pasó a ser uno de sus favoritos. Incluso en su lecho de muerte, citaba versos suyos a las enfermeras.

Mi madre accedió a casarse con mi padre si él le prometía tres cosas: triunfar del todo en la vida, comprarle una casa mejor y poner punto final a sus trasiegos con mujeres. Él cumplió con dos de las tres.

Ya en El Cairo, Othman se tumbó en el sofá y admiró a su esposa mientras esta se desnudaba. A la luz de una docena de velas, ella se frotó los brazos con una emulsión de aceite de oliva y verbena.

—Me alegra que no insistas en la modestia en el lecho —dijo Othman.

Ella alzó la mirada, despacio; le miró a los ojos para captar el auténtico sentido de lo que acababa de decirle, pero él, avergonzado, bajó la cabeza enseguida. Aunque Layla siguió aplicándose la loción, como quien no le da importancia, a esas alturas ambos ya se conocían demasiado bien. Él vio que ella tenía las orejas alerta.

—He estado pensando —empezó él.

A la luz de las velas, ella se pasó la loción por aquellos dos mundos que eran sus senos. Con discreción se aseguró de obtener la reacción esperada antes de pasar al cuello. Él parpadeó con rapidez.

—He estado pensando que no podemos seguir así. Hace falta un golpe definitivo. —Intentó despejar las retinas de la deliciosa impresión, intentó aclarar la mente para poder expresar en voz alta aquel lúcido pensamiento—. He estado apocado, esposa mía. No he sido yo mismo últimamente. Hemos dejado que Arbusto campara a sus anchas y creara problemas durante demasiado tiempo. Es mi enemigo, y no me he enfrentado a él. Ya ha llegado la hora.

—Sí, es un canalla digno de tu tiempo.

—Lo capturaré y lo traeré de rodillas a presencia del rey.

—Un objetivo de lo más noble, no cabe duda.

—¿Me ayudarás?

Ella no levantó la vista de la tarea que llevaba entre manos, pero no le sirvió de nada. Él había notado cómo la sorpresa y la satisfacción le arrebolaban las mejillas.

—Eso no tienes que pedirlo, esposo mío.

—Quiero dar caza a ese villano, que debe de estar armando alboroto en alguna ciudad de la costa. No volveremos a El Cairo sin Arbusto encadenado y sujeto con una correa.

—¿Volveremos?

—Necesito tu ayuda. —Sonrió a su mujer—. Tú posees muchas correas.

—¿Tú y yo?

—Compañeros.

—Y los enemigos de mi marido maldecirán el día en que nacieron.

Desnuda, ella se colocó encima de Othman y le besó.

—Dilo.

—Partimos mañana —dijo él, sin poder contener la risa.

Ella volvió a besarle.

—Dilo.

—Deberíamos empezar a hacer el equipaje. —Sus ojos centelleaban como diamantes en el lecho de un río.

Ella le besó una vez más.

—Dilo.

—Eres mi esposa. —Respiró hondo y le devolvió el beso—. Antes prefiero vivir siendo tu eterno esclavo que pasar un solo instante sin ti.

17

La primera bala agujereó la puerta trasera de uno de los coches del concesionario, un Toyota azul, en abril de 1976. La guerra —o las «escaramuzas», como todos las llamaban entonces— había estallado un año antes, pero la empresa no había sufrido aún graves consecuencias ya que sus clientes, como el resto de libaneses, estaban convencidos de que el alboroto no duraría mucho, de que tanto los palestinos como la milicia se limitaban a echar humo. En realidad, dentro de nuestra familia hubo quien consideró que la guerra era una prueba más de la suerte que acompañaba a la empresa y del acertado olfato empresarial de mi padre. ¿Acaso no había sido mi intuitivo padre quien había contratado un seguro que cubría cualquier desastre posible, incluida la guerra? Dicha decisión no se debía al simple azar. Mi padre había supuesto que algún día sería tan próspero que los israelíes, en un ataque de envidia, le volarían la empresa. (Algo que de hecho hicieron en 1982, aunque no fue a resultas de un ataque de envidia.) El tío Yihad condujo el Toyota azul hasta casa como recuerdo. El seguro abonaría su coste.

Hasta el día de su muerte, en 1974, el tío Wayih fue presidente de la corporación, lo que acarreó todos los problemas pronosticados por el abuelo. El tío Halim, en cambio, resultó ser inofensivo. Trabajó para la empresa desde sus inicios, hizo lo que se le pedía y no se molestó en tomar decisiones. Como hermano y socio de pleno derecho se le incluía en la mayoría de discusiones, y él se conformaba con participar en todo lo que sucedía. Ante cualquiera que se parara a escucharle, se jactaba de ser el motor de la empresa, pero no se lo creía ni él. El tío Wayih, sin embargo, sí que se lo creía. Mi padre y el tío Yihad debieron de olvidar mencionar que su cargo de presidente era puramente simbólico.

Cuanto mayor se hizo la empresa, más creció su obstinación. En los años setenta, cuando el resto de concesionarios del Líbano palidecían ante los éxitos de nuestro negocio, la arrogancia con que abordaba los tratos con extranjeros llegó a cotas insospechadas. EL tío Yihad y mi padre tenían que maniobrar a sus espaldas. El tío Wayih se comportaba durante la mayor parte del tiempo, pero de vez en cuando se aseguraba un enfrentamiento con sus hermanos menores para demostrar quién mandaba allí. Mi padre y el tío Yihad tuvieron que ingeniárselas para eludir las discusiones. En los primeros tiempos acudieron a la abuela en busca de ayuda. Tuvieron que desplazarse hasta el pueblo y convencerla de que bajara a la ciudad a hablar con su primogénito.

La llegada de los japoneses dejó extasiado a todo el mundo excepto al tío Wayih. Con el fin de reunir el dinero necesario para firmar el contrato con los japoneses, la empresa tuvo que vender parte de las acciones a Fiat. Él decidió mantenerse firme y se negó a ceder. Incluso llegó a insultar al ejecutivo nipón que visitó Beirut. La abuela no pudo convencerlo de que cambiara de idea. El tío Wayih también la insultó a ella, insinuando que no sabía nada del mundo empresarial. Como era de esperar, la abuela se quedó horrorizada. Todos asumían que la tía Wasila manejaba los hilos. La tía Samia juraba que tenía que ser eso. Ningún hermano suyo se atrevería a insultar a su madre a menos que su esposa lo alentara a hacerlo.

En última instancia, el tío Yihad y mi padre recurrieron a la tía Wasila. Le expusieron la situación y les costó poco convencerla. Ella se ocupó del resto. El tío Wayih se marchó un día a casa, y cuando volvió a la mañana siguiente la emprendió a gritos con todo el mundo, instándolos a que trabajaran más y no desbarataran el acuerdo con los japoneses.

En vida del tío Wayih, ni un solo libanés —ni un solo árabe, por extensión— dio importancia al hecho de que hubiera un inepto de presidente de una próspera empresa familiar. Siempre que compradores o proveedores necesitaban algo, trataban el tema con el tío Yihad o con mi padre, pero los no libaneses no acababan de entenderlo. Los atónitos forasteros descubrían que escuchar al tío Wayih era perder el tiempo.

Gracias a mi padre y al tío Yihad el negocio fue de éxito en éxito. Harían falta un par de años de guerra para que la división libanesa de la compañía acusara el efecto: fue un receso temporal, pero no supuso una debacle financiera ya que por aquel entonces la empresa tenía una rentable red de concesionarios extendida por doce países más. Sí que supuso una debacle emocional, ya que en esos días el concesionario del Líbano resultaba esencial para la propia definición de la familia.

Fue en 1977, después de la muerte del tío Yihad, cuando la empresa empezó a perder el rumbo. Su muerte los desmoralizó a todos, y para mi padre supuso un golpe devastador. Ya nunca volvió a preocuparse de verdad de la empresa. Ni él ni el tío Yihad habían prepado a nadie para que ocupara su lugar. Al fin y al cabo, en 1977 mi padre solo tenía cuarenta y siete años. Nadie sabía hacer su trabajo, de manera que cuando los bombardeos le dieron un respiro se pasó por el despacho, pero no hizo gran cosa.

No obstante, la suerte no abandonó a la empresa. Diez días después de la boda de mi hermana, cuando Lina tomó conciencia por fin de que su vida no sería como ella había imaginado, de que lo más probable era que nunca volviera a ver a Elie, y de que tampoco es que tuviera excesivas ganas, decidió reinventarse a sí misma. Conseguiría su primer empleo. Embarazada y un poco abrumada, se presentó en el concesionario e inició el asedio. En cuestión de un par de años dirigía la empresa.

Othman oteó los vastos cielos mientras sujetaba las riendas de dos caballos.

—¿Dónde está? —preguntó a su mujer.

—Allí. —Ella señaló hacia el norte—. Lo verás en cuanto cruce por debajo de la nube blanca.

El color rojo de la paloma se hizo más intenso bajo la nube. El ave dio dos vueltas antes de posarse en la mano de Layla. Acarició a su compañera y entró en la jaula.

—Tenemos un destino —anunció Layla después de leer el mensaje que había traído la paloma—. El canalla está en Antioquía.

Tras la recepción del mensaje la pareja se cruzó con un enviado de Alepo que traía una carta para el sultán de El Cairo. El mensajero se negó a divulgar el contenido del mensaje, incluso a un emir.

—¿Hay problemas en Antioquía? —le preguntó Othman.

—¿Cómo lo sabéis? El alcalde de Alepo ruega al rey que envíe un ejército para ayudarle a combatir al rey Fartakamous de Antioquía, que mientras hablamos está asediando la ciudad de Alepo.

—Nuestro ejército no tardará en ponerse en marcha —dijo Othman a su esposa—. ¿Adónde crees que deberíamos dirigirnos: Alepo o Antioquía?

—A Antioquía. La lucha no es buen lugar para nuestro talento. Dejémosla para los guerreros.

Othman y Layla entraron en Antioquía sin problemas. La ciudad se hallaba casi desierta: sin rey, sin ejército y sin Arbusto.

—Manos a la obra —dijo Othman.

Aquella tarde, un bello joven de Shiraz visitó a la pareja. Desde la puerta hizo una reverencia ante Layla.

—Si una paloma lujuriosa manda, yo obedezco. Tengo entendido que buscáis información. Este humilde trasero amarillo se pone a vuestro servicio.

Al advertir la perplejidad de Othman, Layla explicó:

—«Trasero amarillo» es el nombre que los hombres sin escrúpulos dan a los chicos de quienes abusan por placer, un insulto que parte del uso del azafrán como lubricante. En algunas ciudades esos muchachos se están asociando en grupos y exigen ser reconocidos. —Devolvió la atención al joven—. Siéntate, siéntate. Cuéntanos qué ha pasado aquí.

El chico asintió y dijo:

—El sacerdote Arbusto intentó convencer a nuestro rey de que declarara la guerra al sultanato. Fartakamous se negó, aduciendo que el gran sultán había estado capturando a otros enemigos como un niño colecciona insectos. No albergaba el menor deseo de ser vencido.

—Sabio rey —comentó Othman.

—Pero no tan taimado como Arbusto, que se hizo amigo del hijo del rey, Kafrous, mi amo y señor. Hace unos días Arbusto acompañó a Kafrous a dar un paseo a caballo y volvió cargado con un cadáver. Declaró que un destacamento de soldados de Alepo lo había atacado. El rey ordenó al ejército que machacara Alepo mientras Arbusto acudía al rey Francisco de Sis en busca de refuerzos.

—A cambio de tu ayuda —dijo Layla—, te liberaremos cuando nuestro ejército libere Antioquía. —Con esas palabras despidió al chico—. Partamos hacia Sis.

Como era de esperar, el gran ejército de esclavos aplastó al rey Fartakamous de Antioquía y este se unió a sus iguales —el rey Luis IX, Franyeel, Brigitte y Diafil— en las cárceles de Baybars. Baybars derribó las murallas de Antioquía. El héroe de las mil leyendas recibió otra florida carta de su amigo Othman.

La misiva empezaba así:

«Dirigid al ejército hacia Sis, y que su fortaleza se derrumbe ante vuestra magnífica llegada. El malvado y melifluo que todos conocemos convenció al rey Francisco de la mentira de que el sultanato planeaba asesinar a monarcas inocentes. El crédulo rey cerró las puertas de Sis y os declaró la guerra. Fue ese su último decreto, ya que enseguida se sintió incapaz de sustraerse al sueño. Lo hallaréis dormido a vuestra llegada, ya que su vigilia aburre a mi encantadora esposa. Sus guardias han registrado la fortaleza; parecen haber perdido al rey. Será mi diligente esposa quien os recibirá y abrirá las puertas en mi lugar. La mala noticia es que Arbusto huyó antes de que llegáramos, y por tanto me he dirigido a Trípoli. El rey Francisco y una docena de oficiales durmientes os aguardan con la respiración serena. Apresuraos, porque mi esposa arde en deseos de reunirse conmigo lo antes posible».

Unas semanas después Layla y Harhash cabalgaban por las montañas libanesas en dirección a Trípoli. En cuanto la muralla de la ciudad asomó en la llanura, doce jinetes malcarados les bloquearon el paso.

—En general suelo matar a mis víctimas al instante y despojo a los cadáveres de sus posesiones —dijo el cabecilla—, pero nunca me había topado con una belleza desprotegida por estos caminos. Podrías convencerme de que retrasara tu muerte.

—Oh, qué tonto. —Layla sacó el látigo con incrustaciones de nácar y le golpeó a nueve pasos de distancia; el bandolero cayó hacia delante y se desplomó muerto a los pies del caballo. Ella se volvió hacia uno de los secuaces, que parecía menos atónito que el resto—. ¿Qué estás haciendo aquí?

—¿Qué? ¿Cómo me has reconocido? Voy disfrazado. Acababa de infiltrarme en la banda.

—¿Un infiltrado? —preguntó uno de los bandoleros en lo que serían sus últimas palabras, ya que Othman le asestó un golpe mortal.

Harhash meneó la cabeza, confundido.

—¿Por qué te has infiltrado en una banda de incompetentes aficionados?

—¿Aficionados? —preguntó otro malandrín, pero Layla solo tuvo que chasquear el látigo para que este retrocediera y huyera despavorido, seguido de sus compañeros.

—No he tenido más remedio —dijo Othman—. Arbusto no logró convencer al rey Bohemundo de Trípoli de que declarara la guerra, así que está reclutando a bandoleros para crear problemas y obligar al sultán a atacar. Esperaba llegar a cruzarme con Arbusto si me unía a ellos. Pero ¿por qué has venido con mi mujer?

—Ella necesitaba protección —dijo Harhash. Layla y Othman posaron en él sus miradas—. Vale, me aburría. Una batalla, dos batallas…, todas empiezan a parecerme iguales. Prefiero vuestra aventura. Me sentó muy mal que abandonaras El Cairo sin mí. Debería darte vergüenza. Creía que significaba algo para ti; creía que éramos amigos.

—Queríamos estar juntos —dijo Othman.

Y Layla añadió:

—Esta es nuestra luna de miel.

Anhelábamos la llegada de una tormenta de mayores proporciones, que fuera más poderosa, más destructiva, lo bastante fuerte para que obligara a los combatientes a hacer un alto en la lucha. En el invierno de 1976 la lluvia era suave, los bombardeos no. El garaje subterráneo amortiguaba el ruido de las bombas. La lucha se llevaba a cabo en otra parte de la ciudad, pero mi madre estaba lo bastante preocupada como para llevarnos al refugio. La luz que arrojaban dos lámparas de queroseno e infinitas velas dibujaba trémulas sombras en las paredes sucias. Mi madre encendió un cigarrillo.

—Me muero, Yihad, me muero de aburrimiento. —Apagó la radio con brusquedad, lo que dejó a la locutora de la BBC a media frase—. Distráeme o sufre las consecuencias.

—¿Yo? —dijo el tío Yihad—. ¿Por qué no nos cuentas una historia? Habla a tus hijos del gran amor, de cómo escogiste a su padre de entre todos tus pretendientes.

Lina se apropió del transistor y se desplazó dos sillas de plástico más allá, hasta situarse en la plaza de aparcamiento del tío Akram. Su coche debía de llevar un tiempo perdiendo aceite, porque en el suelo había una gran mancha cuya oscura forma recordaba al continente de África. Lina se sentó, sintonizó una emisora de rock en la radio y apoyó las piernas en una segunda silla. Su culo se cernía sobre Libia y Túnez, y los pies le colgaban sobre el extremo sur del cuerno.

—Me parece que Lina ya se distrae sola —dijo el tío Yihad—. ¿No te gustaría hablar a tu hijo de ti?

—Se supone que debes entretenerme —dijo mi madre—. No me falle, caballero.

—¡Qué mujer más insistente! —El tío Yihad soltó una carcajada—. Muy bien. Os contaré una historia que sucedió en mi traviesa juventud, pero no quiero que saques ideas de ella, ¿eh, Osama? Veamos, ¿por dónde empiezo? Hace mucho tiempo, antes de que yo naciera, ahí es por donde voy a empezar. —Sacó un cigarrillo y se tomó su tiempo para encenderlo; le dio dos caladas antes de iniciar su relato, y una tercera—. A principios del siglo veinte hubo un bandolero druso, Yassin al-Yawahiri, que sembró el terror en las montañas. Bien, tal vez terror sea una palabra excesiva. El individuo se creía un Robin Hood druso. Robaba al Imperio otomano y a sus oficiales, y repartía parte del botín con los pueblos drusos, y estos a cambio le proporcionaban cobijo incluso en contra de los deseos de sus gobernantes, los príncipes y sheijs de las montañas. Para los drusos este Yassin al-Yawahiri era un auténtico héroe.

—¿Al-Yawahiri? —interrumpió mi madre.

—El mismo.

—No es justo —dije—. No sé de quién habláis.

—Conoces a la familia Yawahiri —dijo mi madre—. Yihad nos contará cómo llegaron a ser amigos nuestros.

—¿Por qué? —pregunté.

—Porque se trata de una gran historia —dijo el tío Yihad—. Ahora deja que la cuente. Ese tal Yassin era un tipo listo, y se hizo tan popular que incluso se compuso una canción en su honor. Decía así:

Oh, Yassin; oh, Yawahiri,
el rifle que te cuelga del hombro,
se ajusta bien à ese hombro.
Antes de que parpadee el enemigo,
esos buitres extranjeros que atacan por la espalda,
vuélvete, vuélvete y dispara.
Oh, Yassin; oh, Yawahiri,
devuélvenos a nuestro héroe.

—Qué canción más tonta —dije.

—La aprendí de niño. Ya conoces a mi padre. Es probable que se sepa todas las canciones que se cantan en las montañas. Cuando contaba la historia de Yassin, yo siempre pensaba en la canción. En fin, Yassin siguió creando el caos durante muchos años; hasta que estalló la primera guerra mundial y llegaron los franceses. Bueno, los franceses eran más despiadados que los otomanos. Atraparon a Yassin y lo ejecutaron.

—¿Cómo se puede capturar a un malo tan taimado como Arbusto? —preguntó Harhash.

—¿Cómo se conquista la maldad? —preguntó Layla.

—Tendámosle una trampa —dijo Othman—. Despertemos su codicia.

—Apelemos a su ego —añadió Harhash.

—Y culminemos con un toque de lujuria —concluyó Layla—. Será una mezcla irresistible. Enviémosle el mensaje de que una paloma lujuriosa ha llegado a Trípoli, atraída por su infame reputación, fascinada por su poder. Añadiremos que arde en deseos de ser su esclava y acatar sus órdenes, de satisfacer todos sus caprichos.

—Le diremos que ella le ayudará a poner al sultán de rodillas —dijo Othman—. No hay hombre que se le resista, ni siquiera el virtuoso rey Baybars.

—Es capaz de despojar a los hombres de la razón —dijo Harhash—. Puede abrir cualquier puerta.

—Acudirá sin pensárselo dos veces. Propagaré el rumor entre los ladrones de la ciudad.

—Yo me ocuparé de informar a las proveedoras de placer —dijo Layla.

—Haré lo propio con los bandoleros y los salteadores de caminos —dijo Harhash.

Y entonces Layla hizo la siguiente promesa:

—Lo dejaré seco como la paja. No volverá a pegar ojo ni de día ni de noche. Vivirá como un proscrito.

—Adelante —dijo Othman—. ¿Cuándo volveremos a reunirnos los tres?

Layla aguardaba en su alcoba. Cuando oyó el golpe en la puerta, se tendió en el diván mientras Othman y Harhash se escondían detrás de las cortinas.

—Entra —exclamó Layla—. Ven a sentarte a mi lado. Te he admirado en la distancia y anhelo verte de cerca.

Arbusto entró en la estancia vestido con su mejor túnica y emanando aroma a jazmín; aunque intentaba aparentar majestuosidad, le traicionaban los nervios. Tomó asiento en un extremo del diván, junto a los pies desnudos de Layla.

—Creía que te habías arrepentido —comentó Arbusto, tirando de la mitra para asegurarse de que tapaba la oreja herida.

—Me retiré del servicio público, no del privado.

—Esa es una buena distinción en tu oficio —dijo Arbusto.

—He esperado este momento. —Layla mantenía los ojos clavados en su presa, cuya mirada se desviaba para eludirlos—. Cada vez que oía el relato de tus hazañas, la alegría me hacía estremecer. Al principio me sentí intrigada, luego encantada, luego fascinada. Las historias no paraban de llegar a mis oídos. Has cometido algunos actos terribles.

Ella le guiñó un ojo, y él se sonrojó.

—Has sido un chico malo. —Se levantó despacio del diván, asegurándose de que la luz resaltara sus curvas—. ¿Verdad?

—Sí, así es. —De los labios se le escapó una risa nerviosa.

—Y por ello debes ser castigado. Dame las manos.

Arbusto extendió las manos como un dócil muchacho. Ella las ató entre sí y luego al diván. Los ojos lujuriosos del hombre seguían todos y cada uno de sus movimientos. Entonces ella le dio la espalda, y un atónito Arbusto la oyó hablar con las cortinas.

—¿Lo preferís despierto o inconsciente?

—¿Ya está? —preguntó Harhash mientras salía de su escondite—. ¿Así de fácil es capturar al malvado Arbusto? Esperaba más movimiento, más tensión.

—Así de simple y de banal —contestó Othman—. La realidad nunca satisface nuestros deseos; precisamente para ajustar ambas cosas contamos historias.

—Bueno, así que yo tenía diez años —dijo el tío Yihad—. Sé que resulta difícil de creer, pero seguía siendo un niño bastante apocado. Beirut y el colegio me abrumaban. No era en absoluto desgraciado, pero sí un solitario. Pasaba todo el tiempo leyendo y observando el mundo. Al principio el tío Maan y su familia intentaron sacarme de mi ensimismamiento, pero no lo hacían de corazón. Al fin y al cabo, bastante tenían ya con sus propios problemas. El tío Yalal se pasaba más tiempo dentro de la cárcel que fuera de ella. En 1942 la guerra azotaba Europa y las calles de Beirut eran un hervidero. Los Arisseddine solo tenían tiempo para ocuparse de los problemas del tío Yalal con el gobierno francés. Mi abuela pasaba largas temporadas en Beirut, pero yo apenas la veía. Ni a ella ni a ningún miembro de la familia. Solo después de la independencia, al año siguiente, la familia recuperó algo parecido a la normalidad.

»Mi florecimiento empezó un día en que estaba debajo del roble Carlomagno e intentaba comprender el funcionamiento de un yoyó mientras cantaba para mis adentros la canción de Yassin al-Yawahiri. Un niño me preguntó cuándo había aprendido aquella canción y le dije que la sabía desde que nací. Alardeé de estar al tanto de todo lo que había que saber sobre ese hombre.

—¿Ese niño era Nasser al-Yawahiri? —preguntó mi madre.

—El mismo que viste y calza. Nasser fue a pasar el fin de semana a su casa, y el lunes una nube de Yawahiris descendió sobre el colegio. Eran alrededor de un centenar, hombres y mujeres, ancianos y niños, religiosos y seglares: todos de la misma familia. Fue una gran conmoción, y me sorprendió descubrir que habían ido hasta allí para hablar conmigo. Me llevaron a una sala y me interrogaron. Me preguntaron si era druso y se alegraron mucho al enterarse de que mi madre era una Arisseddine. Me hicieron preguntas sobre Yassin al-Yawahiri, y las contesté. Mi padre me había contado la historia, de manera que sabía bastantes cosas; vi la cara de sorpresa que ponían al oír mis respuestas.

—Dime que no lo hiciste —dijo mi madre.

—Yo era inocente como un corderito. Lo juro. Además, tardé un buen rato en comprender lo que pasaba. No lo entendía, así que no puedes culparme por cómo empezó todo. Me limité a responder a sus preguntas y a gozar de la atención que me prestaban. Sabía que esta aumentaba con cada respuesta correcta.

—Oh, Yihad —exclamó mi madre—. Menudo pillo estabas hecho.

—¿Qué pasó? —pregunté—. Sigue.

—Los Yawahiri llegaron a la conclusión de que tu tío era la reencarnación de Yassin al-Yawahiri —explicó mi madre—. La familia había ido a investigar, y Yihad se portó muy mal.

—Y tu madre es una juez muy severa —intervino el tío Yihad—. No habían venido a investigar sino a confirmar. De haberse tratado de una investigación no habrían venido tantos. Querían conocer al gran Yassin. Yo me limité a contestar a sus preguntas.

—Podrías haberles dicho de dónde habías sacado la información —dijo mi madre.

—No lo preguntaron. Ni una sola vez preguntaron cómo sabía todo eso. Se lo creyeron.

—¿Cómo se les iba a ocurrir? ¿Qué iban a pensar? ¿Que tu padre era un hakawati chiflado que se sabía al dedillo todas las historias jamás contadas y te las había repetido hasta la saciedad?

—Lo dicho: eres una mujer severa. Severa y despiadada. No hice nada malo. Me sentía solo. Cuando me dijeron que yo era Yassin al-Yawahiri me puse la mar de contento. Fueron presentándose uno a uno. «Soy fulano de tal, tu sobrino, pero claro ahora soy mucho mayor que cuando te fuiste.» ¿Qué esperabas que hiciera? Me había convertido en el foco de atención. Las historias reverberaban a mi alrededor. Es más, me convertí en lo que siempre había soñado: un héroe a quien la gente admiraba. Y eso sin haber tenido que mostrar ni una pizca de coraje. En un instante me había ganado una nueva historia, una nueva familia, una nueva identidad, y regalos…, muchos regalos. Nada caro: cosas bonitas como chalecos hechos a mano y gorras, montones y montones de comida. Me invitaban a comer a sus casas. Ya no tuve que volver a probar la comida del colegio. Enviaban pasteles para desayunar, pastas sabrosas. Me hicieron un hueco en sus corazones.

—Y tú les hiciste un hueco en el estómago —dijo mi madre mientras el tío Yihad daba una palmada a su gran barriga—. Deduzco que no abusaste hasta el extremo de su amabilidad dado que conservas la amistad con Nasser.

—¿Abusar? Cariño, fui la alegría de sus vidas. Nasser se convirtió en un buen amigo. Los Yawahiri me querían. Como he dicho, nuestra familia andaba ocupada. Nadie prestaba mucha atención a mis idas y venidas a pesar de mi corta edad. Las cosas siguieron así durante algo más de un año, hasta el día en que el tío Maaan descubrió el pastel. Se puso furioso. Se vistió con su mejor traje y su fez, y me llevó a casa de los Yawahiri a que me disculpara por mi mala conducta. Tuve que sentarme y aparentar arrepentimiento, con la cabeza gacha, mientras todos me miraban. El tío Maaan se explayó sobre lo desvergonzado que era yo. Les dijo que yo no era Yassin y que no había forma de que lo fuera. Explicó que yo había nacido muchos años después de que Yassin muriera: la reencarnación es un proceso instantáneo. Si hallaban un atisbo de perdón en sus corazones, él se aseguraría de que no volviera a molestarlos. Yo no era un mal chico. Venía de una buena familia. Lo que pasaba era que no tenía más conocimiento. En realidad afirmó que yo era su sobrino favorito, y que todo esto era culpa suya: había estado muy ocupado y había desatendido mi educación. Fue la madre de Nasser la que me salvó. Dijo que, a pesar de que yo no fuera Yassin al-Yawahiri, me había cobrado cariño y por tanto sería bien recibido en su casa a cualquier hora. Las aguas se calmaron un poco, y dos semanas después Nasser me invitó en nombre de su madre a un almuerzo en honor de un sobrino que acababa de prometerse. No pude negarme. Al fin y al cabo ella era una cocinera estupenda. Durante el almuerzo me sentí incómodo, al igual que la mayoría de los

Yawahiri. A pesar de que se trataba de una celebración, el ambiente era más bien fúnebre. Eché de menos lo que teníamos antes. Aunque me encontraba rodeado de Yawahiris, los echaba de menos. Añoraba cómo me había sentido entre ellos, lo especial que me hacían sentir. No sabía cómo mejorar las cosas, ni qué decir. La madre de Nasser sirvió el cordero, y la mesa se sumió en un extraño silencio. La gente hablaba, sí, pero en murmullos. Cuando la madre de Nasser, que Dios la bendiga, servía el postre, me acarició la cabeza y me dijo que no me disgustara demasiado con el tío Maaan. Dijo que era un gran hombre, aunque a veces podía mostrarse un poco rígido. Y entonces sí que fui malo.

Mi madre dio un respingo y sus labios esbozaron una amplia sonrisa.

—No. ¿Fuiste capaz?

—Me temo que sí.

—¿Qué? —exigí.

—Los al-Yawahiri eran una familia común, sin títulos —explicó mi madre—. Maaan Arisseddine era un sheij.

—Quise contentarlos a todos. Dije a la madre de Nasser que el tío Maan era un gran hombre, honesto y honorable. Tal y como ella había dicho, también era una persona de rígidos principios, sobre todo en lo referente a la posición social de su familia y a sus obligaciones.

—No lo dejaste ahí —dijo mi madre—. Eso habría sido demasiado sutil.

—No. Añadí que le había oído decir que un sheij debía conservar su posición en la sociedad a toda costa, que el buen nombre es lo único que tiene una persona. No lo inventé: juro que lo repetía a menudo. Solo me aseguré de mencionarlo en el momento propicio. La madre de Nasser se puso tiesa. Se le iluminó la cara. Gritó a toda la sala: «Claro. Eso tiene sentido. El sheij nunca querría admitir que su sobrino es la reencarnación de un ser común. El hecho de que el padre del chico no sea sheij todavía le haría insistir más en que su sobrino no tiene nada que ver con nosotros». Un disonante júbilo se apoderó de la familia. Incluso el primo de Nasser, el futuro novio, se levantó y gritó: «Sabía que eras uno de los nuestros. Siempre lo he sabido. El corazón no me miente». El entusiasmo embargó a los presentes: todos se pusieron a cantar, todos estaban contentos.

El cigarrillo que el tío Yihad tenía en la mano era más ceniza que filtro. Lo tiró al suelo y lo pisó. Había estado alfombrando el suelo de colillas. Encendió otro, lo que marcaba el final de la historia.

—¿Cuánto duró la nueva mentira? —preguntó mi madre.

—Me temo que bastante.

—¿Nunca se lo dijiste?

—No, no hizo falta. Después de esa comida volví a ser de la familia durante un par de años. Luego me puse a trabajar y también empecé a tomarme en serio los estudios. Ya no los veía tanto, me alejé; la relación cambió y pasamos a ser amigos. Nuestras familias eran íntimas. Lo sabes bien. Diablos, nos acompañaron a recogerte a tu casa el día de tu boda. Llevamos tanto tiempo juntos que creo que ya nadie se acuerda de quién era Yassin, y mucho menos de que se suponía que yo era su reencarnación. Les debemos mucho, y hemos intentado saldar nuestra deuda.

Miré a mi madre, ella notó mi confusión.

—Más de la mitad de la plantilla de la empresa está formada por Yawahiris —explicó ella—. Siempre que un Yawahiri necesitaba un empleo, tu padre le buscaba un puesto. Ahora sabemos por qué. Yo creía que se debía al hecho de que fueran amigos de la familia.

—Es algo más que eso —dijo el tío Yihad—. La verdad es que preferimos no comentarlo. Como no teníamos dinero para iniciar el negocio tuvimos que pedirlo. Nos ayudó mucha gente. Bastantes, pero no precisamente aquellos de quien uno lo habría esperado.

—Lo sé —dijo mi madre—. Farid los llama el ejército de ángeles.

—Sí, yo también. —Se rió y suspiró—. Los Yawahiri formaron parte del ejército de ángeles. No tenían mucho dinero, pero tuve que pedírselo. Estaba desesperado. Si no hubiéramos reunido el dinero, Farid se habría matado. Recurrí a ellos, y me prestaron el dinero que tenían ahorrado. Entonces no lo supe, pero la madre de Nasser empeñó sus joyas para obtener el dinero. Yo era de la familia. Creían en mí. Se lo devolvimos, por supuesto. Reembolsamos con creces todo lo que nos prestaron.

Si ese bufón encantador de Nasser bajara ahora mismo por esa escalera y dijera que necesitaba un corazón, me arrancaría el mío del pecho y se lo daría.

Las cárceles de El Cairo estaban repletas de reyes cruzados, y las ciudades tomadas por los cruzados fueron devueltas a sus gentes. El gran Baybars había liberado el territorio.

Las reinas consortes de los reyes capturados suplicaron al rey Flavio de Roma que intercediera en favor de sus maridos. El rey Flavio envió un emisario al palacio de Baybars ofreciéndole dos cofres llenos de tesoros por cada uno de los reyes liberados. También solicitaba la liberación de Arbusto.

—No —dijo Baybars—. Accedo a poner en libertad a los reyes, ya que por sus venas corre sangre azul y fueron llevados a la traición mediante engaños. Pero Arbusto es el padre de las mentiras. Le salen de forma espontánea. No le dejaré marchar.

—Su majestad —dijo el emisario de Roma—, el rey Flavio liberará de buen grado a seis mil esclavos musulmanes si en vuestro corazón halláis el perdón para ese sacerdote.

Y Baybars buscó en su corazón y aceptó la propuesta.

Aquella noche Layla preguntó a su marido:

—¿Arbusto liberado? ¿Qué clase de intercambio es ese? ¿Acaso la vida de un europeo equivale a las de seis mil compatriotas nuestros?

—¿No se cansarán nunca? —dijo mi madre. Los bombardeos no habían cesado, y ya nos estábamos hartando—. Esta noche infernal es interminable. Haz que pase, Yihad. Haz que termine ya o para esas bombas. Te dejo elegir.

—¿Os apetece jugar a las cartas? —propuso el tío Yihad.

—No. Cuéntame otra historia. Distráeme de nuevo.

El tío Yihad se volvió hacia mí y me guiñó un ojo.

—¿Por qué no nos cuentas una historia, Osama? Ya es hora de que contribuyas a nuestra distracción.

—Las tuyas son mucho mejores —protesté—, y te lo ha pedido a ti.

Mi madre se irguió.

—Me encantaría oír una historia, Osama. De verdad, cariño, cualquier historia sirve. Cualquier cosa es mejor que este aburrimiento.

—Puedo contar la historia de Baybars —dije—. Era una de las favoritas del abuelo.

—¿Baybars? —Mi madre se volvió hacia el tío Yihad—. ¿El mameluco? ¿Existe alguna historia sobre él que yo no conozco?

—Esa historia es un clásico —dijo el tío Yihad—. Una de las típicas.

—¿Por qué?

El tío Yihad se rió y contesté yo:

—Porque es un héroe.

—En realidad esa es una buena pregunta, Osama —dijo el tío Yihad. Respiró hondo, buscó un cigarrillo en los bolsillos, lo que significaba que era él quien contaría una historia y no yo—. Me río porque tu madre posee la capacidad de ir al quid de la cuestión. Presumo que sabe de quién hablamos.

—Claro que lo sé.

—Lo que pregunta es por qué existe una historia sobre él. Verás, la historia de la historia de Baybars es en cierto sentido más interesante. Escucha. En contra de lo que cree mi padre y la mayoría de la gente, el único hecho cierto de toda esa historia, en todas sus versiones, es que ese hombre existió. Todo lo demás ha sido distorsionado en gran medida. Al-Malik al-Zahir Rukn al-Din Baybars al-Bunduq-dari al-Salihi debe su fama a su talento para las relaciones públicas, sin el cual su reinado habría quedado reducido a una nota a pie de página en los libros de historia.

—Espera —dije—. En Ain Yalut, él…

—Escucha y aprende, Osama —me interrumpió mi tío—. Aunque es cierto que Baybars derrotó a los mongoles y a los cruzados, en realidad la victoria fue de los mamelucos. Y él no fue su mejor general ni de lejos. Sus victorias sobre los cruzados, como Saladino, fueron temporales, ya que siempre que la fiebre se extendía por Europa, los reyes y papas se ponían nerviosos y convocaban otra cruzada. Hubo muchísimas. Debes saber que cuando los caballeros de la primera cruzada arribaron a nuestras costas, masacraron a toda la población de Beirut sin la menor compasión antes de dirigirse a Jerusalén: todos los habitantes de Beirut sin excepción fueron asesinados. Y después de la Gran Guerra, en 1918, cuando los franceses llegaron con su enorme flota de navíos de guerra, el primer gobernador, el general Henri Gouraud, proclamó al llegar a Beirut: «Saladino, hemos vuelto». Créeme: Baybars no derrotó a los cruzados. Ni él ni nadie. Pero además ni siquiera fue un rey decente. Sus súbditos lo despreciaban por ser un despiadado y mordaz megalómano que llegó al poder a través de la traición y el crimen. Unos cuantos sultanes siguieron a su mentor, al-Saleh, pero sus reinados finalizaron antes de tiempo cuando el ambicioso esclavo los mató. Asesinó a dos abiertamente, a Touran Sha y a Qutuz; la muerte de Qutuz fue lo que posibilitó que Baybars alcanzara el poder, ya que se empeñó en aplicar una antigua ley turca que establecía que aquel que mataba al rey merecía ocupar su trono. También se le despreciaba porque nació con los ojos azules y desarrolló cataratas en uno de ellos. Un ojo azul y otro blanco significaba mal de ojo.

—¿Entonces no fue un héroe?

—Lo fue en cierto sentido —prosiguió el tío Yihad. Se rió al verme la cara—. No estés tan decepcionado. Fue sin duda un héroe del marketing. Baybars consolidó su poder y creó un culto a su personalidad pagando, sobornando y obligando a un ejército entero de hakawatis a que divulgaran cuentos sobre su valor y su piedad. A día de hoy pocos pueden distinguir los relatos históricos de los cuentos de los hakawatis. Fue el precursor de todos los presidentes árabes que tenemos ahora. —Extendió la mano y me cogió de la barbilla; la subió hasta cerrarme la boca—. Aquí tienes un dato curioso: en casi todas las versiones que sobreviven de esa historia, el protagonista ya no es Baybars. Verás, el público de los hakawatis se compone de gente del pueblo, incapaz de identificarse de verdad con un héroe de la realeza, casi infalible, así que desde el principio los hakawatis empezaron a introducir a otros personajes con los que el público pudiera sintonizar. La historia, incluso durante su reinado, nunca trató de Baybars sino de aquellos que le rodearon. La historia del rey es la historia del pueblo, pero por desgracia ni los reyes actuales han aprendido esa lección.

En 1982, un par de meses después de que los infernales israelíes volaran el concesionario de coches durante un bombardeo aéreo, y después de que hubiera terminado su asedio a Beirut, volví a casa a pasar la Navidad. La ciudad estaba inmersa en la guerra civil y ocupada por tropas israelíes, pero eso no impidió a mi madre pedirme que me llevara a la pequeña Salwa, de cuatro años, a dar un paseo mientras ella se hacía la manicura y la pedicura. Una semana de tranquilidad había infundido valor a los ciudadanos, pero no a mí. Si eso era debido a que el valor nunca fue mi punto fuerte o a que ya no era ciudadano de Beirut, no sabría decirlo. Unos meses antes los israelíes habían bombardeado la ciudad sin tregua. Unos meses antes de eso los sirios habían asesinado al presidente del Líbano. Y unos meses antes de esto último las milicias habían masacrado a miles de palestinos que vivían en los campos de refugiados. Hoy, mi madre quería hacerse la manicura.

—Al menos la OLP se ha ido —dijo ella—. En principio estamos más seguros.

No es que mi madre fuera la única loca. Los libaneses aprovechaban cualquier alto al fuego. Mientras empujaba el carrito de Salwa, las bocinas de los coches metían un ruido ensordecedor. Los jeeps militares se abrían paso estrepitosamente entre los turismos. La Corniche estaba abarrotada de paseantes.

Me paré delante del edificio donde a mi madre le hacían las uñas. Debía de estar en algún lugar de la segunda planta. La manicura solía hacerle las uñas a domicilio, pero aquel día mi madre quería una excusa para salir. Me planteé la posibilidad de empujar el carrito por el bulevar hasta la Corniche, pero me sentía paralizado. La gente que disfrutaba del paseo no me inspiraba la menor confianza. Me consideraba más a salvo si no me alejaba del edificio, y a mi sobrinita dormida no parecía importarle.

En medio de mi ataque de pánico pasivo, oí un silbido que procedía del muro verde, medio derruido por la guerra, que separaba el inmueble del edificio contiguo.

—Eh, eh.

Me dispuse a alejarme despacio, tirando del cochecito. La sangre me circulaba tan deprisa que estuve a punto de desmayarme. A mis veintiún años era demasiado joven para morir.

—Aquí —dijo la voz desde detrás de la pared, en un tono bajo y perentorio.

No sabía quién era más idiota: si el hombre escondido que esperaba que alguien respondiera a su llamada, o yo por no entrar corriendo en el edificio profiriendo gritos de terror.

—Osama —gritó el hombre. Una cara barbuda asomó desde detrás de la pared—. Soy yo, Elie.

Apenas reconocí a mi cuñado, aunque conservaba los mismos rasgos, la misma nariz, la misma boca y la misma frente. No era la barba, o la delgadez, lo que le volvía irreconocible e inquietante. Eran los ojos, que despedían el brillo de la locura. El rasgo más distintivo de Elie había sido su aplomo, pero de eso ahora no quedaba ni rastro.

—Eh, te veo cambiado. —Di otro paso atrás—. No puedo quedarme porque tengo que llevar a Salwa adentro.

—No, espera —suplicó. No se movió de detrás de la pared. Solo se veía la cabeza, ladeada, de pelo mal cortado—. Tampoco yo puedo quedarme. Hay demasiados traidores por aquí…, pero quiero hablar contigo. Te vi desde dos casas de distancia y me escondí aquí; es demasiado peligroso. Tenemos que encontrarnos en un lugar seguro.

—¿Un lugar seguro?

—Donde nadie me mate. Reúnete conmigo en Trader Vic's esta noche a las ocho. Tengo muchas cosas que contarte. No me dejes plantado, te lo ruego. Prométemelo.

Retiró la cabeza sin esperar a que yo accediera. Miré a mi alrededor, me pregunté por qué el aire no parecía distinto, por qué no había quedado prueba alguna de que Elie hubiera estado allí. En el cochecito Salwa se movió. La miré, pero seguía durmiendo. Elie ni siquiera había preguntado quién era.

La densa película de humo dispersaba al azar la tenue luz del local. Elie estaba sentado en un taburete junto a la barra y parecía a punto de pagar para marcharse. El camarero, un tipo calvo y musculoso vestido con una camisa de poliéster de vivos colores, se inclinó sobre la barra y susurró algo al oído de Elie. Cuando el camarero apartó la cabeza, noté que tampoco es que fuera un ejemplo de sobriedad. La sala gruñía y sudaba, enfebrecida. Me estremecí. El camarero se percató de mi presencia y enarcó las cejas. Me senté al lado de Elie y pedí una cerveza.

Elie se percató de mi existencia cuando el camarero colocó la botella delante de mí.

—Mi madre ya no me habla —dijo.

Exhaló una draconiana bocanada de humo. Parpadeé para evitar el escozor de ojos y di un sorbo a la cerveza.

—¿Cómo te va? —pregunté.

—Mi madre no me habla —repitió—. He intentado ponerme en contacto con ella, pero ni siquiera me abre la puerta. Podrían matarme en cualquier momento y le importa un comino.

Me sentí como si estuviera atrapado en una portentosa película de Godard.

—Cuéntale por qué —dijo el camarero mientras secaba vasos con un trapo apestoso. Parecía un luchador en plena flexión de brazos antes de un combate.

—Le tiré un cenicero.

—Y ahora le sorprende que no le dirija la palabra —apostilló el camarero.

—Pero no le di, ¿verdad? Arrojé el cenicero de vidrio contra la puerta para que se moviera. No quería dejarme marchar. Hablaba y hablaba, y al final se plantó delante de la puerta, como si eso pudiera detenerme. Ella no es quién para decirme lo que debo hacer.

No era una película de Godard, era una americana de serie B. De hecho un pesado Don Ho cantaba de fondo.

—Primero dices que no es quién para darte órdenes —dijo el camarero— y ahora te quejas de que no te habla. No se puede tener todo, tío.

—Eh —gritó Elie—, ¿de qué lado estás?

—Del de tu madre. Siempre estoy del lado de una madre. Te educó para que te portaras mejor de lo que te portas. Y sabes que haría cualquier cosa por ti. Díselo. —El camarero movió la cabeza en dirección a mí y sacudió el trapo delante de Elie, que se dio la vuelta y casi se cayó del taburete.

El camarero suspiró y decidió contarme él la historia. Cuando los israelíes asediaban Beirut, los palestinos y las milicias izquierdistas libanesas se aliaron para el ataque definitivo. Los barcos de guerra bombardeaban la ciudad por el oeste; tanques y lanzacohetes situados en la montañas hacían lo propio por el este, el norte y el sur, y los aviones abrían fuego por el aire. Elie no volvió a casa durante dos semanas; se quedó en el búnker y cuando podía dormía en la playa, donde lanzaba absurdas granadas contra los barcos de guerra israelíes. Durante esas dos semanas, su madre, la mujer del portero, se preocupó hasta el punto de clavarse agujas en los brazos para evitar pensar en su hijo. Por fin, pasada la medianoche, y pese a los fuertes bombardeos, salió de su casa y caminó los tres kilómetros que la separaban del búnker. Su hijo dormía en una esterilla de rafia, descalzo pero completamente vestido bajo una sola manta.

Cuando él abrió los ojos, vio a su madre enfrente.

—Solo quería asegurarme de que estabas bien —dijo ella, antes de darse la vuelta, dispuesta a volver a casa.

La mirada de Elie estaba clavada en la etiqueta de la botella de cerveza, de la que arrancaba pequeñas tiras de manera sistemática.

—Son los cristianos —dijo de repente—. Nos han traicionado a todos.

Deseé que me mirara mientras estaba hablando conmigo, pero, la verdad, quizá era mejor que no lo hiciera.

—Pero si eres cristiano —dije.

—Me refiero a los maronitas. No finjas que no te enteras.

—Elie. Mi madre es maronita.

—No hablo de todos, solo de la mayoría. No puedes negarlo. Nos van a matar a todos. Si no nos disparan, nos cortarán el pescuezo. Si no nos cortan el pescuezo, nos envenenarán. Si no nos envenenan, nos atropellarán con sus Range Rovers uno por uno, nos partirán los huesos y nos dejarán en la calle para que nos desangremos.

—Elie… Mi hermana, tu mujer, es maronita.

—¡No! Me da igual lo que piense ella. No lo es. Ha salido a tu padre, no a la loca de tu madre. No se puede elegir. Y recibió el bautismo ortodoxo para casarse, así que no me engaña. Ahora sé más cosas, ya entonces sabía más cosas. Yo controlo. ¿Te he dicho que mi madre no me habla? ¿Tu madre podría hablar con ella?

—Elie. —Repetí su nombre a ver si eso lo tranquilizaba—. ¿Has dormido bien?

—Qué pregunta más estúpida. Hace años que no duermo una noche entera. ¿Crees que es fácil? Tú escapaste. Huiste. El resto no hemos podido. No somos como tu familia. Si las cosas se ponen feas os vais a las montañas…, o mejor aún, os vais a París. Os destrozan la casa y os compráis otra. O dos. Yo lo único que puedo hacer es matar, matar, matar.

Apuré el resto de la Heineken de un solo trago.

—¿Has atropellado a alguien con un Range Rover estos días?

—Atropellé a dos, pasé sobre ellos dos veces, pero ojalá tuviera un Range Rover: así estarían muertos en lugar de en el hospital. Si tuviera un trasto de cuatro ruedas otro gallo cantaría.

Bajé del taburete dispuesto a marcharme, pero Elie me agarró del brazo.

—Espera —dijo—, tengo una buena historia para ti. —Se lanzó a contarla sin darme ocasión de que le interrumpiera—. No estábamos preparados. Al principio pensamos que sí. Solíamos usarlo de amenaza: los israelíes nos invadirán, los israelíes nos invadirán, pero no nos lo creíamos. También pensábamos que, si se les ocurría hacerlo, los sirios se interpondrían en su camino. Al fin y al cabo, para eso estaban aquí. Pero en cuanto empezó la invasión, los sirios pusieron pies en polvorosa y se escondieron como perros. La lucha quedó para nosotros y los palestinos. La gloria de la izquierda. Por Trotski, el Che y todo eso. Mis hombres terminaron en la playa, intentando detener el desembarco de tropas israelíes. Éramos tan pocos comparados con ellos. Tuvimos que hacer guardias de seis horas. Tener que mantenerse al cien por cien durante una guardia de seis horas es mortal. —Aparté el brazo y le entró el pánico—. Espera, espera, estoy a punto de llegar a la parte más extraña de la historia. Un día, cuando llevábamos un mes así y estábamos agotados e histéricos, terminé mi turno al mediodía; iba a ducharme y a obligarme a dormir un poco cuando apareció un jeep lleno de oficiales palestinos. Un amigo mío me dijo que subiera al jeep. Intenté decirle que quería ducharme y dormir, pero no se lo tragó. Iban a ver una película, y yo tenía que ir con ellos. Una película.

»Bueno, el único cine que seguía en funcionamiento, gracias a unos generadores, es el Pavilion, que solo echaba pelis porno. Mi amigo incluso me pagó la entrada. Entramos, y la sala estaba hasta los topes de tipos armados con rifles y ametralladoras. Los que estaban sentados tenían las armas apoyadas contra el asiento de enfrente, y había quizá cien tipos de pie con las armas recostadas contra la pared. En aquella sala debía de haber al menos seiscientos soldados, todos totalmente absortos en las cuatro parejas que follaban alrededor de una piscina de Beverly Hills. Todos, y quiero decir todos, llevaban los pantalones desabrochados y tenían la polla al aire; se la meneaban frente a aquel sueño americano que aparecía en la pantalla.

Cerré los ojos y negué con la cabeza.

—Necesito dinero —dijo Elie.

—Me lo figuraba —dije, pero no me escuchaba.

—Quiero largarme de aquí. Quiero tener una familia, hijos. Ya me entiendes, una vida normal. No puedo hacerlo en Beirut, así que tengo que marcharme. Tal vez al Golfo, a Brasil, a Suecia..., a algún lugar bonito. Necesito dinero. ¿Puedes prestármelo? Pídeselo a tu padre. Dile que es por los viejos tiempos.

—¿Por los viejos tiempos?

—Sí —dijo—. Siempre le he tenido mucho respeto.

—No serviría de nada. Tendría que pedírselo a Lina. Ella está al cargo ahora.

—Oh.

—Ella dirige la empresa.

—Oh.

—¿Quieres que se lo pida?

—No. No me parece buena idea, la verdad es que no. No estoy loco.

Cuando mi hermana empezó a trabajar, el concesionario se había trasladado a barrios más seguros; y digo más seguros, no seguros del todo. El peligro que acechaba no era físico. La empresa era apolítica, e incluso las milicias necesitaban coches de vez en cuando. La inseguridad radicaba en que la empresa seguía dando beneficios, quizá no tan elevados como antes de la guerra, pero suficientes para tentar a unos cuantos mafiosos sin escrúpulos, también conocidos como dirigentes políticos de Líbano. Durante un tiempo hubo que abonar una cantidad de dinero a varios peces gordos por cada coche que se vendía. Durante uno de los numerosos momentos álgidos de la guerra, el bey entró en las oficinas de la empresa y ofreció protección. A cambio compraría acciones por valor del veinte por ciento de los beneficios netos. Desde luego la suma que podía abonar por su parte no se acercaba ni de lejos a su valor real. ¿Qué se le iba a hacer, con la precaria situación que atravesaba el país debido a la guerra? El bey pasó a ser socio del concesionario libanés. Si mi padre aún se hubiera preocupado de su empresa, ese simple hecho habría servido para llevarlo a la tumba. Por desgracia para el bey, la suya no resultó una sabia inversión. Cuando el bey actual sucedió a su padre, se convirtió en el principal accionista de una empresa que hacía tiempo que había dejado de ser la gallina de los huevos de oro. Su familia había invertido una fortuna en la empresa, y la nuestra la había vendido hacía tiempo. Un mal trato.

A mi hermana se le daban bien los negocios, pero su auténtico talento radicaba en su comprensión del hambre humana. Todos los miembros de la familia se habían enriquecido, lo que significaba que no quedaba nadie con ganas de seguir llevando el negocio como se debía. Muy despacio, empezó a cancelar inversiones, a romper tratos con concesionarios y venderlos. Vendió el último, el que teníamos en Kuwait, cuatro meses antes de la invasión de Irak. Había muchas razones para vender la empresa poco a poco. Mi hermana intuyó, y no se equivocaba, que otros emularían el acuerdo al que se había llegado con Nissan y Toyota, lo que provocaría una saturación en el mercado. Lo que había sido una mina de oro en la época de mi padre, era plata en la suya. Y se hartó de tener que estar pagando a gente a todas horas para poder llevar a cabo su trabajo. En esencia tenía que sobornar a socios para que le dejaran ganar un dinero que luego iba a parar a sus mismas arcas. No era solo el bey. El bey era *peccata minuta*. En cada país la empresa tenía que contar con un socio local que lo único que hacía era hincharse los bolsillos.

—Mira —dijo ella una vez—, no tengo nada en contra del soborno, pero llega un momento en que hay que decir basta. Decidí que cuando cumpliera cuarenta años quería mirarme al espejo y no sentirme ni culpable ni arrepentida de la vida que había llevado. Sé que suena bobo, pero tenía la sensación de que dirigir la empresa me embrutecía el alma. Esperé al momento adecuado y fui encontrando compradores para cada división. El día en que cumplí los cuarenta, llevaba años libre y fui al espejo a comprobar el efecto. ¿Sabes una cosa? Ojalá hubiera visto algo de culpa o de remordimiento. Eso me habría distraído. El día de mi cuarenta cumpleaños, al mirarme al espejo, lo único que vi fueron estas malditas arrugas.

18

Había llegado hacía dos días pero el rostro de mi madre aún acusaba el cansancio; el desfase horario no le sentaba bien. Para un observador inexperto su aspecto era bueno, tal vez el de alguien que necesitara un poco de descanso, pero solo había que fijarse en los ojos fatigados, en la doble capa de maquillaje que se había echado debajo, para ver que no estaba tan fuerte. Mi padre no le quitó la vista de encima mientras ella se servía un vaso de agua. Y para colmo estábamos invitados a una cena.

—Si estás cansada no hace falta que vengas —le dije. Estábamos sentados en la cocina de mi casa a media tarde—. Es una cena informal. Clark solo quiere conocerte. Puedo pedirle que quedemos en otro momento.

En los quince años que llevaba residiendo en Los Ángeles, mis padres me habían visitado tres veces, pero esta, en 1992, era la primera desde que me había instalado en la casa nueva. Mi padre ya conocía a Clark, mi supervisor. Se había empeñado en ello. Como no entendía demasiado de ordenadores, para él la programación equivalía a magia, y quiso conocer al mago mayor, al sumo sacerdote del sistema binario. Y ahora a Clark se le había ocurrido dar una cena en honor de mis padres para así conocer a mi madre, de quien tanto había oído hablar.

—No seas tonto —dijo ella—. Me encontraré bien en cuanto eche una siesta. Es tu jefe. No puede ser una ocasión tan informal.

Me reí.

—Aquí todo es distinto, más relajado. No se toman las cenas tan en serio. No estoy seguro de que se tomen nada en serio.

Ella apuró el café.

—Bueno, tenemos que ir de todas formas. —Se incorporó y se encaminó hacia el dormitorio—. Al fin y al cabo me hago vieja, y quiero pasar más tiempo con mi hijo. Así que pienso pedirle a ese jefe tuyo, como se llame, que te conceda más tiempo libre. Quiero que viajes a Beirut con más frecuencia. Nos ocuparemos de eso después de la siesta.

Yo esperaba que mi padre, que no la perdía de vista, expresara en voz alta su preocupación por ella o bien hiciera un comentario mordaz sobre mis escasas visitas, pero se abstuvo de ambas cosas. La siguió hacia su cuarto.

Mientras mis padres descansaban me quedé en la cocina leyendo *El cuento de la doncella*. Me distrajo algo que se movía fuera. Al mirar por segunda vez descubrí a un halcón marrón en una de las ramas de mi aguacate. Tenía un pico asombroso, de un rojo antinatural; dobló su expresiva cabeza y arrancó un pedazo de carne emplumada. El halcón había capturado a una paloma. La sangre goteaba del cadáver a la rama más baja. Una franja de color rojo brillante se mantuvo durante un instante, antes de que la madera absorbiera el color tiñéndolo de una tonalidad pardusca. Unas cuantas gotas cayeron en una hoja: una poinsetia de Navidad.

No sabía qué hacer. ¿Despertar a mis padres? Me entraron ganas de llamar a alguien: a Fátima o a Lina. Eh, estoy viendo a un halcón merendándose a una paloma en Los Ángeles. ¿Quién lo habría dicho? Llamé a Control de Animales.

—Hola —dije—. Tal vez le suene raro, pero hay un halcón en mi jardín.

—¿Y qué? —replicó la operadora de Control de Animales.

—No sé. ¿No le parece raro que haya un halcón en mi jardín?

—Hay cientos de halcones en Los Ángeles —dijo ella.

En una ocasión, siendo yo pequeño —debía de tener seis o siete años—, mi padre me llevó en un viaje de negocios a los Emiratos Árabes, donde el socio de la empresa era uno de los príncipes reinantes. El tercer y último día, el príncipe nos llevó de excursión fuera de la ciudad. Ese fue mi primer encuentro con el desierto. Había dunas de arena por todas partes; no podía sobrevivir planta alguna, ningún ser vivo podría en ese terreno yermo. Enormes fuegos de petróleo echaban un humo negro que se burlaba de los cielos. Seguimos viajando durante horas, hasta llegar a un puñado de tiendas de campaña que habían sido montadas para alojarnos. Se sirvió una comida impresionante, y mi padre me miró para asegurarse de que no metería la pata pidiendo cubiertos. No comí mucho, porque no se me ocurrió cómo llevarme el arroz a la boca con la única ayuda de los dedos, lo que divirtió bastante a nuestros anfitriones. Después de comer, cuando el sol abrasador empezaba a mitigarse, el príncipe decidió mostrarnos sus habilidades en la cetrería. Colocó a uno de sus tres halcones sobre su brazo, recubierto de cuero. Incluso con los ojos vendados, el animal conservaba un aire orgulloso e imponente. Sus criados soltaron a una paloma y el príncipe retiró la capucha que cubría la cabeza del halcón. El depredador despegó y se lanzó majestuosamente contra su presa. Sus garras se apoderaron de la indefensa paloma.

—¿Te gustaría saber lo que se siente al tener a un ave tan magnífica sobre el brazo?

Yo estaba asustado. Mi padre comentó que quizá fuera demasiado pequeño. El príncipe se jactó de que él era aún más pequeño cuando soltó a su primer halcón. Uno de los criados me enfundó la mano derecha en un largo guante de cuero sin dedos. Me iba demasiado grande, demasiado suelto. El príncipe dejó el halcón en mi antebrazo. El halcón poseía una mirada malvada y amenazadora. Me estremecí. El ave clavó las garras, y el guante ofrecía poca protección. Sentí un agudo dolor. El halcón se agitó y salió volando, con un graznido. Al príncipe no le dio tiempo de agarrar la correa. El halcón planeó en los cielos y se alejó.

El pánico se apoderó de los criados, que salieron corriendo por las arenas del desierto sin objetivo aparente. El príncipe gritaba cosas incomprensibles. Mi padre se arrodilló y me quitó el guante inútil. De las marcas de mi brazo salían brillantes gotas de sangre.

—Su hijo ha asustado a mi halcón —dijo el príncipe.

—Ojalá ese halcón se pudra en el infierno —respondió mi padre—. Mi hijo está sangrando.

Cuando mi padre despertó de la siesta le hablé del halcón y le pregunté si recordaba aquel que vimos en los Emiratos hacía tantos años. No se acordaba de nada. Le narré la historia con todo detalle —el viaje por el desierto, las grandiosas llamas de los pozos de petróleo, las bolas de arroz que hicimos con las manos para después llevárnoslas a la boca—, pero él desechó todos mis recuerdos.

—No habría podido olvidar algo así —dijo—. ¿Te hiciste daño en el brazo?

El tío Yihad solía decir que lo que sucede tiene poca importancia en comparación con las historias que nos contamos sobre ello. Los acontecimientos importan poco, son las historias basadas en esos acontecimientos las que nos afectan. Mi padre y yo pudimos haber compartido numerosas experiencias, pero, como no dejaba de averiguar, apenas compartíamos las mismas historias; no sabíamos escucharnos el uno al otro.

—Ya es hora. —La mujer estaba sentada a la sombra del segundo sauce—. Debemos actuar sin demora. ¿Estás lista?

La esposa del emir bajó la voz para así conferirle un tono de seriedad y decisión.

—Por supuesto que sí. El oscuro y su malvada madre han de desaparecer.

—Así será. Mañana, cuando el sol se apague en el mar, invita a Fátima a tomar el té. Si consigues que se separe del amuleto durante un momento, me aseguraré de que no vuelva a fastidiarte.

—¿Y el chico?

—El chico no es ningún problema. Será fácil de manejar.

—¿Lo único que se me pide es que invite a Fátima a tomar el té y le quite el amuleto?

—Debes invitarme a mí también.

—No entiendo.

—Invítame.

—¿Te reunirás conmigo mañana a tomar el té?

La mujer sonrió, y a pesar de que su cara era la de una vulgar campesina, la esposa del emir no pudo evitar sentir miedo.

Me equivocaba. La cena no fue lo que se dice informal. Joyce y Clark habían invitado a tres empleados más de Ellisen y a sus parejas a cenar en el patio. Joyce, una gran cocinera, se había superado a sí misma. Cuando anunció que cenaríamos fuera, mi madre exclamó:

—¡Una cena en el jardín! ¡Qué encanto!

Y a partir de ese momento todo el mundo se refirió al patio con el nombre de jardín.

Una calidez húmeda empapaba el aire nocturno. Clark se secó la frente y trasladó su silla al lado de la de mi madre. Por lo general, en cualquier evento social mis compañeros de trabajo y yo delegábamos el peso de la conversación a Joyce y el resto de cónyuges. Nosotros, los programadores, no éramos célebres por nuestra amenidad. Aquella noche, sin embargo, mi madre, aún resplandeciente a sus sesenta años, fue el centro de la fiesta. Con la edad mis padres habían cambiado los papeles que desempeñaban en las fiestas. Mi madre, que solía ser más reservada en las reuniones sociales, se había vuelto más dicharachera; mi padre, más reticente. Antes, en cualquier evento, las mujeres solían revolotear alrededor de mi padre, y él las embelesaba con su atención y escuchaba con fervor todas sus inquietudes. Ahora ya no les prestaba tanta atención. En algún momento mi madre había decidido convertir aquella velada en algo memorable, y se estaba empleando a fondo. Como siempre, los hombres gays —en este caso Luis y su novio— se sentían atraídos por su brillo como si fueran moscas, y ella se dejaba querer. Y además ahora también las mujeres revoloteaban a su alrededor, mientras sus maridos fingían contenerse. Les concedí hasta la tercera copa de vino para dar rienda suelta a la adulación.

La luz de la noche bajó una octava, y mi madre puso la directa sin moverse de su trono. Su típica risa —una aspiración aguda, ruidosa— llenaba la noche.

Megan, una compañera mía, se mostró encantada al probar la sopa.

—Patatas y puerros —exclamó—. Mi favorita.

—Vichyssoise —corrigió Luis—. ¿Sabías que los esquimales tienen un millón de palabras para la nieve? Pues Joyce tiene un millón de palabras para nombrar a la sopa de patatas y puerros.

—Eso es una leyenda urbana —dijo mi madre—. Es probable que el inglés tenga tantos lexemas para la palabra nieve como el inuit. El francés tiene más.

—¿De veras? —dijo Luis—. Siempre lo había dado por cierto.

—Como hacemos todos, porque suena bonito. —Mi madre apoyó la cuchara en el plato—. La leyenda empezó en 1911, cuando el antropólogo Franz Boas, como todos sus colegas, un liante, escribió que los inuit tenían cuatro palabras para nombrar la nieve. Como en todas las historias, cada vez que alguien la contaba se aumentaba el número, hasta que un periódico mencionó que eran cuatrocientas.

—Hablando de cientos —dijo Clark—. Ahora que la tengo delante, señora Jarrat, debo hacerle una pregunta. ¿Es verdad que Osama tiene cientos y cientos de primos? No para: mi primo hizo esto, mi primo hizo aquello. Siempre habla de un primo u otro.

—Me parece que no son tantos —dijo mi madre—. Desde luego no por parte de mi familia. —Cogió la mano de mi padre—. Por la de su padre sí hay unos cuantos. Pero no me extraña que os cueste entenderlo, ya que en inglés a todo se le llama primo. Ni siquiera se puede diferenciar el género. En libanés tenemos distintas palabras para cada clase de primo, según el grado de parentesco con la familia. —Se rió—. Esto no es una leyenda urbana. Puede decirse que el libanés tiene cientos de lexemas para hablar de los parientes. Para los libaneses, la familia viene a ser lo mismo que la nieve para los inuit.

Carol, otra de mis colegas, llevaba un rato en silencio, con la vista fija en mi madre.

—Tengo envidia —dijo por fin—. No sé cómo conseguís ese efecto las mujeres europeas. Siempre estáis elegantes sin intentarlo.

—Supone un gran esfuerzo, no creas —replicó mi madre—. Solo parece que no.

—No, por favor. Mírate ahora. Yo no podría llevar eso ni en un millón de años, ni tampoco podría ninguna de mis amigas. —Miró a Megan, que asintió con la cabeza—. Llevas poquísimo maquillaje. Tu vestido azul me haría parecer una boba. Creo que es la forma en que os movéis. Ojalá supiera cómo. Soy una pobre cateta.

Noté que mi madre vacilaba, sorprendida por aquella confesión que revelaba una intimidad ilusoria. Posó la mirada en mi padre, y luego en mí. Negué discretamente con la cabeza.

—No eres una pobre cateta, querida, signifique lo que signifique —dijo mi madre—. Eres guapa. Muy, muy guapa.

Carol agachó la cabeza, como si hablara consigo misma. El vino había afectado a su dicción y a su locuacidad.

—No me refiero a eso. Hablo de clase. De aspecto. No importa lo caro que sea el vestido que lleve o cómo me peine. Apuesto a que te ves fantástica y chic incluso en salto de cama. —Hizo una pausa, se hundió aún más en la silla y susurró—: Me gustaría tener ese talento.

Su marido bebió un buen trago de Cabernet.

—Vale, ¿y si dejaras de intentar parecer una niña? Ella es una mujer, una dama. —¿Era su tercera copa de vino?

La mirada de horror que apareció en la cara de Carol no podía compararse con las que surcó los rostros del resto de invitados. Mi padre no pudo disimular su sorpresa.

—Bueno, bueno. Eso ha sido una grosería. —Mi madre concentró toda su atención en Carol—. Muy bien, querida, ¿de verdad quieres un par de consejos?

Mi madre tal vez se había tomado tres copas de vino, pero mantenía los ojos alerta y su mirada era certera e impasible.

—Sí, seguro. —Carol apartó de un golpe la mano de su marido.

—¿Quieres sugerencias prácticas o filosóficas?

—Las dos.

—Ve a que te hagan un estudio de colores. Tienes que saber lo que te sienta bien.

—Pero si ya lo he hecho —se lamentó Carol.

—Oh, cielos. Eso es una sorpresa. Bien, pues vuelve a hacértelo, querida, y esta vez no en unos grandes almacenes. Ese suéter de Versace no te sienta bien. Una solo se lo pone si quiere que los chicos cutres de los suburbios de Milán griten y silben cuando te vean pasar. El color está mal, mal, mal. No puedes llevar ese naranja; pocas personas podrían. Con sinceridad, tampoco sé por qué alguien querría llevarlo. Es un color repulsivo..., tan holandés. Ve a hacerte un estudio de colores, querida, prométemelo.

Sabía qué iba a decir a continuación y es probable que pudiera haberlo repetido con sus mismas palabras.

—Mira, cuando mi hijo era más joven... ¿Cuándo fue, querido, hace diez años?

—Doce. —Cerré los ojos.

—Bien, pues nos fuimos a París juntos. Él aún estaba en la universidad y se presentó con un aspecto desaliñado y andrajoso. Me apetecía comprarle algo bonito, así que me lo llevé a Boss. Había muchas cosas que le encantaban, pero se negaba a probárselas. No paré de insistirle y al final me dijo: «No importa lo que me ponga, nunca me pareceré a él», y me señaló al encantador modelo rubio de Boss. Así que le dije: «¿Y qué más da? Tampoco yo me parezco a Catherine Deneuve, y eso no significa que tenga que ir vestida como esa cantante muerta...». ¿Cómo se llama?

—Janis Joplin —dije yo.

—Sí, esa. Y entonces mi hijo me dijo algo muy inteligente. Dijo: «Aquí todo es demasiado grande para mí. No podré llenarlo». Al principio creí que hablaba de su tamaño físico, así que intenté darle confianza: no debe de ser fácil ser bajito. Pero entonces caí en la cuenta de que se refería a otra cosa. La verdad era que no se veía digno de esas prendas. En su mente el traje de Boss estaba hecho para el modelo rubio, no para él. Y ahí radica el secreto: nunca te pongas prendas de ropa que sean más grandes que tú, a menos que intentes crecer para llenarlas. Si quieres ponerte un traje chaqueta gris, o bien te convences de que te pertenece o parecerás una niña de trece años que se ha puesto la ropa de su madre. ¿No creéis que tiene sentido? Con la vida sucede lo mismo. No viváis una vida que os queda grande. Podéis crecer hasta poneros a su altura o encogerla hasta que ajustarla a vuestra talla. Me pregunto qué país inventó eso del encoger para ajustar. Vaya, creo que estoy perdiendo el norte con tanta filosofía. Llamadme Nietzsche... No, no era él. ¿Cómo se llama el que escribió sobre estética?

—Hegel —dije, aunque sabía perfectamente que mi madre conocía las respuestas de todas las preguntas que me había hecho.

—Sí, ese.

La esposa del emir sirvió una taza de té para Fátima, que recelaba de las intenciones de su anfitriona.

—¿Por qué estoy aquí? —preguntó Fátima.

—He pensado que podríamos volver a empezar —respondió la esposa del emir—. Sé que no hemos sido uña y carne, pero esperaba que pudiéramos mejorar nuestra relación, de mujer a mujer.

—¿Cómo propones que lo hagamos?

—Para empezar siendo civilizadas. Tenemos que llegar a conocernos como amigas; de igual a igual, sin ser esclava y señora.

—No he sido tu esclava desde hace años.

—¿Lo ves? —La esposa del emir se sirvió una taza—. Nuestra relación ya ha dado un paso adelante. Podemos hacer lo que hacen las mujeres civilizadas de todo el mundo: tomar el té, charlar, cotillear, discutir temas importantes.

—No hace falta que te esfuerces tanto para hacer las paces. No tengo nada contra ti. Estoy dispuesta a concederte lo que quieres sin necesidad de tomar el té.

—Podemos hablar de los mismos temas que cualquier par de amigas: el tiempo, la moda.

—Pero tú vas vestida de un solo color.

—Puedo cambiar. También puedo admirar las cosas bellas. Tus túnicas son preciosas, y ese amuleto que llevas al cuello es de una belleza única. ¿Puedo verlo?

Fátima titubeó e intentó discernir cuáles eran las intenciones de la esposa del emir, pero se dijo que estaba pisando tierra firme y en un lugar cerrado. Desabrochó el collar y se lo tendió a la esposa del emir. Y entonces la estancia tembló, llenándose de humo y del hedor a carne putrefacta. Apareció un gigantesco monstruo azul con tres ojos rojos y cuatro brazos que sostenían una espada, una porra, una taza y la cabeza de un hombre cogida por el cabello. El único adorno de su cuerpo era un collar hecho a base de cráneos.

—Loca, ¿qué has hecho? —gritó Fátima a la esposa del emir—. ¿Has invitado a un demonio a tu casa?

Se abalanzó para coger el talismán, pero fue demasiado lenta. El monstruo lanzó sobre ella una lengua de fuego que la hizo desaparecer.

—Se pueden hacer muchos regalos a los humanos —dijo el demonio Hannya—, pero ellos nunca parecen dispuestos a renunciar a su ingenua humanidad. Nadie debería poder ser invulnerable. Es poco sano. —Con ayuda de la espada empujó la mano de Fátima por el regazo tembloroso de la esposa del emir—. Esto ya no sirve de nada. Si lo encuentras bonito, póntelo. Será mejor que te prepares para esta noche. No quiero que me falles.

Un día de febrero de 1993 mi madre notó un fuerte dolor de espalda seguido de unos dolores abdominales aún peores. Durante los dos primeros días el diagnóstico se les resistió, pero con la portentosa aparición de la ictericia se la sometió a una histopatología. Se le comunicó el resultado: cáncer de páncreas, estadio IV B, y una esperanza de vida de dos meses a lo sumo. Cuando recibió la noticia de boca de los médicos, mi madre no lloró; de hecho hizo lo que nadie habría esperado: abandonó a mi padre.

Después de treinta y siete años de matrimonio preparó una maleta pequeña, muy pequeña. «No voy a necesitar muchas cosas», le dijo a Lina antes de marcharse. Hasta que estuvo en el umbral de la puerta no se le ocurrió pensar adónde iría. No tenía más familia en el Líbano, ni tampoco amigos, ya que todos habían partido durante la guerra y aún no habían vuelto. En aquel momento tomó una segunda decisión que sorprendió a todos cuanto la conocían. Fue en taxi hasta el piso de la tía Samia y se instaló en su cuarto de invitados. Podría decirse que nadie se quedó más de piedra que la propia elegida.

Las palabras de mi madre al marcharse fueron: «Es mejor que se vaya acostumbrando a no tenerme aquí».

¿Fue un escándalo? No tan grande como uno habría pensado. Poca gente ajena a la familia lo supo, y para aquellos que lo sabían, la tía Samia tenía un discurso bien ensayado.

—Pero desde luego es como si Layla estuviera en su propia casa. Puedo cuidar de mi hermana mejor que nadie. Era más fácil trasladarla a ella que trasladarme yo. En fin, ahora tengo a toda la familia en casa.

A día de hoy todos seguimos sin comprender qué impulsó a mi madre a hacer lo que hizo. Al principio creímos que pretendía castigar a mi padre, y lo cierto es que su marcha lo dejó abrumado, pero esa es una explicación demasiado simple. Él apenas se movió de su lado durante su estancia en casa de mi tía. En los primeros días le suplicó que volviera a casa, pero no tardó en resignarse a su obstinación. En cierto sentido ella le concedió más acceso a su persona del que le había concedido nunca, pero se empecinó en no volver. Él se convirtió en su mayordomo en una casa extraña. Al principio, mientras ella aún mantenía la movilidad, aunque dopada de analgésicos y exhausta por la quimioterapia, él no permitía que nadie más la atendiera. Llegaba todas las mañanas a las siete, esperaba a que la doncella de mi tía le llevara la bandeja con el café, entraba en la habitación con la bandeja en la mano y la despertaba. Se quedaba a su lado hasta que ella le echaba, algo que al parecer solo hacía cuando creía que su marido necesitaba un descanso. Incluso cuando se vio confinada al lecho y se contrató a una enfermera, él siguió siendo su cuidador principal. Ella sobrepasó de largo las expectativas de los médicos viviendo nueve meses y medio. Y murió en el hospital, rodeada de toda su familia, y con su marido deshecho en llanto y besándole la mano mientras juraba por la tumba de su madre que había sido la única mujer a la que había amado en toda su vida.

Mientras los gemelos dormían en su cama, millones de hormigas negras se arrastraron por la alcoba y llevaron al joven oscuro hacia la ventana y de ahí al balcón, desde donde fue izado por quince pequeños yinns. Aún dormido, Layl fue depositado a los pies del monstruo que se sentaba a la sombra del segundo sauce.

Ante el horror de la esposa del emir, el monstruo no vaciló. Hannya alzó el brazo de la espada y decapitó a Layl. Luego procedió a amputar brazos y piernas, le arrancó el corazón y le cortó los testículos.

Dio la cabeza a diez hienas.

—Llevadla a vuestra guarida. Conservadla y protegedla, ya que gracias a su poder produciréis la camada más fuerte.

Veinte águilas recibieron los brazos.

—Llevadlos a vuestro nido. Conservadlos y protegedlos, ya que gracias a su poder vuestras alas aumentarán en fuerza y vuestras plumas perderán peso.

Las piernas fueron entregadas a treinta monos.

—Llevadlas a vuestros árboles. Conservadlas y protegedlas, ya que gracias a su energía seréis los animales más poderosos.

Guardó el corazón para sí mismo. Y dio los testículos a la esposa del emir.

—Destrúyelos, porque mientras existan el rey de los demonios podrá resucitar.

La esposa del emir contempló atónita los ensangrentados testículos que tenía en la mano.

—¿Cómo puedo destruirlos? No tengo experiencia en esta clase de asuntos. No soy más que un simple miembro de la realeza.

—Destrúyelos como se te antoje —ordenó el monstruo con voz sibilante—, pero no me falles.

La esposa del emir se tragó los testículos. El monstruo sonrió.

Y el grito de Shams resonó en todo el mundo.

Me paré ante la puerta de la habitación del hospital con la bolsa de viaje cruzada sobre el hombro; vacilé, como si alguien tuviera que darme permiso para entrar. A bordo del avión había imaginado muchas escenas distintas, pero ninguna encajaba con la visión de mi madre, agonizante e inconsciente, ni con la desesperación que se leía en el semblante de mi padre. La realidad siempre me superaba.

Mi padre pasó del desconsuelo a la furia en cuanto posó los ojos en mí. No podía hablar; se limitó a mirarme, enojado y lloroso. Esa sí que era una escena que había imaginado. Para él era una traición que yo no hubiera estado a su lado en tiempos difíciles. Cuando vi a Fátima en la sala de espera, ella me dijo que fuera fuerte, y comprendí que no se refería solo al ocaso de mi madre. Mi padre se sentaba a la izquierda de la cama y Lina a la derecha. Cuando vi los ojos de mi hermana supe que llegaba tarde. Se me doblaron las rodillas y avancé tambaleante como una cría de foca. Los latidos rítmicos del monitor y los picos escarpados de líneas de colores de la pantalla me llenaron de náuseas. La respiración temporizada de mi madre.

Quería decir que no había sido culpa mía, que había tomado el primer avión y llegado cuanto antes. De mis labios no salía nada. Mi hermana me abrazó, y apoyé la cabeza en su seno. Cerré los ojos para no tener que verle los pechos, ni ver a mi padre, ni a mi madre.

Mi padre llevaba al menos cuatro días sin afeitarse y en su cara parecía surgir una arruga nueva con cada pitido del monitor. Se cernía sobre la cama, protegiendo a mi madre.

—No pasará de esta noche —me susurró Lina al oído. Cuando notó que me estremecía, añadió—: Ella lo sabía. Nos dijo adiós. —Me dio un masaje en los hombros temblorosos y luego me condujo al balcón para fumarse un cigarrillo—. Sabía que venías —dijo ella, subiendo un poco la voz para competir con el tráfico de la calle—. No te preocupes. No habría importado. Lleva una semana totalmente sedada a base de morfina, no se enteraba de casi nada, ni intentaba decir nada con sentido. Pero lo sabía, así que siguió despidiéndose y recitando versos.

Una brisa limpia soplaba por el pequeño balcón. Oí el ruido de dos bolsas de plástico que se hinchaban y estallaban por el viento.

—Debería volver adentro —dije.

—Espera. Dale un minuto.

—No he hecho nada malo. —No podía mirarla, pero oía sus lágrimas. A través de la ventana contemplé la cabeza de mi madre, envuelta en un turbante Hermès, y la figura de mi padre a su lado—. ¿Qué ha dicho ella?

Lina me rodeó con el brazo.

—Hace ya bastante que le cuesta hablar.

—Deberías haberme llamado antes.

—No me vengas con esas —dijo ella—. Te he mantenido informado. Las cosas se han precipitado, eso es todo.

—¿Qué dijo ella?

—Cuánto nos quería, cuánto te quería.

—Sé más concreta. —Meneé la cabeza—. Por favor.

—No lo sé, parloteaba en tres idiomas distintos. No era claro, ni inspirador, ni nada. Recitaba poesía que tenía poco sentido. Creo que mezclaba versos e inventaba otros. Sonreía a todas horas. Juro que dijo que te quería.

Se me hundió el cuerpo.

—Quiero entrar.

—Confundió al enfermero con papá. Yo no sabía si reír o llorar. Miró al enfermero y le regaló ese verso de Saadi: «Antes viviría encadenada a ti en el infierno que pasear por el Jardín con otro». Bien, nuestro padre intentó que le repitiera esas palabras.

Una risa amarga se le escapó de los labios.

El dolor de Shams fue tan profundo que sus lamentos se prolongaron sin pausa durante una semana entera. No durmió ni comió, y no había forma de consolarlo ni de interrumpir su llanto. Sus sollozos de tristeza anegaron de lágrimas los ojos de todos los seres vivos. Los diablillos intentaron en vano reconfortarlo, suplicándole que los ayudara a buscar a su gemelo, pero él no los oía. Ellos se deshacían en lamentos y ruegos, pero el llanto de Shams era interminable.

—Marcharos —dijo Isaac a sus hermanos, con sus mejillas de querubín arrasadas por las lágrimas—. Ismael y yo cuidaremos de él. El resto debéis buscar a nuestra hermana y a nuestro sobrino. Preguntad a todo ser humano, a todo yinni, a toda bestia o insecto. Norte, sur, este y oeste: registrad cada grieta del mundo. Encontradlos.

La esposa del emir llamó a la puerta de su hijo; llamó una y otra vez. Sus lamentos le partían el corazón y anhelaba abrazarlo. Abrió la puerta, temerosa y tímida, y entró. En el centro de la estancia el profeta se abrazaba a sí mismo; su cuerpo formaba una urbe sobre una silla, tenía la cabeza enterrada en los muslos. El aullido emanaba de su cuerpo. Isaac e Ismael —ahora hermanos demonios y no loros—, ambos de rodillas, ambos más rojos que la sangre, acariciaban y besaban la cabeza de Shams.

Ella esperó, llorosa, con la esperanza de que Shams advirtiera su presencia. Respiró hondo para serenar su alma. Carraspeó, pero el sonido que salió de su garganta no podía competir con el que emanaba del profeta.

—Shams —lo llamó ella—. Hijo mío.

Isaac e Ismael levantaron la vista, pero Shams... Shams fijó en ella sus ojos llenos de odio, unos ojos más rojos que los de los dos demonios. Alzó el brazo, con la palma de la mano vuelta hacia ella.

—Que la sangre caiga sobre ti.

De la nada, como salida del aire, la sangre la empapó. Primero fueron las manos: gotas de sangre cayeron de sus dedos al suelo. Creyó que estaba herida, pero no era eso. Notó el cabello pegajoso. Miró al suelo, donde se había formado un gran charco de sangre. El color crudo se tiñó de rojo, y la túnica, húmeda, se le pegó al cuerpo. Las piernas parecían haberse vuelto viscosas y torpes, y sintió la vagina llena. Ardía en deseos de levantarse la falda y observar sus partes, pero lo único que pudo hacer fue gritar y salir huyendo.

Cuando terminó el funeral de mi madre, mi padre parecía haber pasado por uno de los programas de lavado, aclarado y secado rápido que ofrecen esas pequeñas lavadoras que caben debajo de la encimera de la cocina. Aun así, todavía tenía que hacer acopio de fuerzas para atender a todos los que iban a darle el pésame. Al final del día estaba tan cansado que se durmió en cuanto apoyó la cabeza en la almohada. Por la mañana tuvimos que prepararnos para las visitas. Al día siguiente del funeral teníamos la casa llena de gente, centenares de personas que no se fueron hasta la hora de acostarse: los rituales posmuerte estaban pensados para agotarle la pena a uno. El segundo día fue una repetición del anterior.

El tercer día después del funeral entré en su habitación. Mi hermana le ajustaba la corbata, preparándolo para la tercera jornada de duelo. Mi padre levantó la vista y me vio, y su cara volvió a ensombrecerse en una mezcla de ira y desesperación.

—Me alegro de que hayas podido reunirte con nosotros —dijo, como si yo hubiera estado en otro sitio durante esos tres días.

—Lo siento. —Esperé un momento, y decidí poner las cartas sobre la mesa—. Me iré esta misma mañana. Tengo que volver al trabajo.

—Pero si acabas de llegar —dijo mi hermana.

—No te irás —mascullo mi padre.

—Tengo que hacerlo. —Crucé las manos a mi espalda—. De verdad.

—¿Por qué te has molestado en venir? —me espetó mi padre.

—Mirad. Lo siento mucho, pero debo irme. Me necesitan en el trabajo. Vosotros no me necesitáis para los pésames.

—Te necesitamos —dijo mi padre—. Tu sitio está aquí.

—He estado aquí. Pero también tengo compromisos.

—Si te vas, no volveré a dirigirte la palabra. Reniego de ti.

—No harás tal cosa —le cortó Lina—. Ni hablar. No lo dices en serio.

—Si te marchas ahora —dijo mi padre—, no eres mi hijo.

—Soy tu hijo —dije.

—Ningún hijo mío abandona a su padre.

19

Un día, un hombre vestido con extravagantes ropajes entró en el salón del trono. Hablaba un idioma desconocido para el traductor de la corte. Para sorpresa de todos, Baybars contestó al extranjero en su mismo idioma y lo trató con el máximo respeto y hospitalidad. Al leer la carta que había traído el mensajero, el sultán rompió a llorar. Othman se apresuró a ir al lado de su amigo.

—¿Qué pasa, señor? Cuéntamelo y alinearé al sol y a la luna si eso mitiga la pena que te aflige.

Baybars tendió la carta a Othman, que no supo leerla.

—Apenas sé leer árabe, mi rey. ¿Por qué iba alguien a enviarte una carta escrita en este extraño idioma?

—Para probar si soy el que buscan —dijo Baybars—, y no es ningún idioma raro. Es mi lengua materna.

Uno de los uzbecos cogió la carta.

—¿Queréis que la traduzca? Está escrita en una de las muchas lenguas de la vasta provincia del Jorasan, el lugar de donde sale el sol, donde las *bajshis* tocan el oúd y elevan sus cantos a la gran gloria de Dios. La carta procede del sha Yamak de Samarcanda, y espera haberla dirigido a su hijo perdido: «En el nombre de Dios, el misericordioso y el compasivo. A nuestro hijo, príncipe de los creyentes, sultán de Egipto y Siria, cuyo nombre es Mahmoud ben Yamak y cuya madre es lady Heather. Sabed, hijo mío, que desde el momento en que Dios decidió apartaros de nuestro lado vuestra madre y yo hemos sido incapaces de disfrutar de la comida o del sueño. Vuestra madre vive abatida por la pena, y yo la consuelo y le digo que Dios no permitirá que su sufrimiento sea eterno. Unos días antes de la escritura de esta carta vuestra madre encontró una moneda en cuyo anverso estaba acuñada vuestra imagen; se desmayó al saber que su hijo vivía y se había convertido en sultán del Islam. Os escribo para preguntar si esto es verdad. Decidme, os lo ruego. ¿Sois vos mi hijo?».

Baybars lloró rodeado de sus amigos.

—Entrega una carta a mis padres. Infórmalos de que pronto iré a verlos. —Se levantó y apoyó el cetro real sobre su corazón—. Di a mi padre quién soy.

Tardé unos minutos en percatarme de lo que se proponía mi hermana. Ella quería que captara la idea, pero hasta el momento yo no había seguido las pistas que iba dejando caer. En las líneas telefónicas las migas de pan pasan más desapercibidas. Lina se distraía a expensas mías y de mi padre. Mantuvimos nuestra charla banal —las cosas me iban bien, ella no estaba mal— antes de que diera comienzo su perversa seducción.

—Ven a casa por Navidad —dijo—. Te echamos de menos.

—No me parece una buena idea. —Habían transcurrido once meses desde mi última estancia en Beirut, desde la muerte de mi madre.

—No seas tonto. Claro que es una buena idea. Siempre es una buena idea.

Prosiguió relatándome las últimas locuras de la familia: que el tío Halim había perdido la razón, las historias que contaba y los escándalos que provocaba; que la tía Samia llevaba un mes sin hablar con su hijo menor después de que ella le dijera que no quería ningún regalo para su cumpleaños y él la creyera.

—No sabes lo que te pierdes —añadió ella.

—Bueno, tú me tienes al corriente de todo.

—No es lo mismo que estar aquí. Vuelve a casa.

—No puedo. Estoy demasiado deprimido. —Suspiré y, como es habitual, en el momento en que pronuncié esas palabras la tristeza me invadió.

—Te cuidaremos. Necesitas estar con los tuyos.

—No me veo capaz de enfrentarme a ciertas cosas en estos momentos.

—Claro que sí —insistió ella—. Espera un momento. —No tapó el auricular con la mano así que de fondo oí las súplicas de mi padre. Lo único que logré descifrar fue: «Díselo, díselo».

Sentí que los ocho tentáculos del pulpo me estrujaban la médula.

—No pienso aceptar un no por respuesta —dijo mi hermana—. Incluso te pagaremos el pasaje. Vienes a casa.

—Él te está dando instrucciones.

—Ha hecho un tiempo magnífico. Hemos pensado en irnos a pasar unos días a las montañas.

—Está furioso conmigo. —Distinguí un deje agudo en mi voz, pero no pude controlarlo—. No ha sido capaz de dirigirme la palabra durante casi un año. Las últimas palabras que me dijo eran que no soy su hijo. Sé que no iba en serio, pero aun así se lo podía haber ahorrado.

—Te extrañamos muchísimo —dijo ella—. Me alegro de que vengas.

—¿Por qué pide que vaya? Será un infierno.

—Ah, sí —dijo ella, riéndose—. Seguro que nos divertiremos. Y yo lo disfrutaré a tope.

Baybars realizó los preparativos para viajar a Jorasan y Turkmenistán.

—Sería adecuado —dijo Layla— que pidierais a vuestra madre, Sitt Latifah, que se una a nosotros, mi rey. La familia debería conocerse al completo.

—Por supuesto —reconoció Baybars, emocionado—. Una idea genial. —Se volvió hacia el sargento Louai—. Cabalga hasta tu ciudad natal e informa a mi madre de que necesito de su sabiduría.

La comitiva se puso en marcha. Un batallón del ejército de esclavos, uniformado de manera impecable, cabalgaba sobre los mejores corceles árabes de esas tierras acompañado de un millar de esclavos ataviados con exquisitas galas. El rey había llenado cien cofres con tejidos de Egipto y Siria, algunos bordados con hilo de plata y oro, otros de seda pura. Llevó consigo bandejas de plata, antigüedades de oro y refulgentes joyas del sur de África. Partieron de la tierra del Nilo y cruzaron el Jordán, el Éufrates y el Tigris. Alcanzaron las tierras de Persia y las montañas de Jorasan. Baybars se quedó en la ciudad sagrada de Mashhad y envió a Othman de avanzadilla a Samarcanda.

—Adelántate, amigo mío, y comunica a mi padre que su hijo está cerca.

Y cuando el sha se enteró de la llegada de su hijo, dijo:

—¡Qué noticia tan gloriosa! Salgamos a recibir al sultán. Anuncia a mi esposa que su hijo está al llegar.

Baybars vio acercarse la comitiva de su padre y él y sus compañeros montaron sobre sus caballos y salieron a recibirla. El gran caballo de guerra, al-Awwar, trotó hacia el sha, y padre e hijo se fundieron en un abrazo sin desmontar de sus corceles. Los hombres de ambos séquitos contemplaron emocionados la escena que se desarrollaba ante sus ojos, y expresaron su alegría alzando las espadas y profiriendo gritos de júbilo que se elevaron hasta el cielo.

Mi padre no se levantó para saludarme, ni pronunció una sola palabra. Se limitó a registrar mi presencia con un leve asentimiento de cabeza. Dije hola y le pregunté como estaba. Volvió a asentir. Se hundió un poco y estiró los dedos para mirárselos.

—Espero que te sientas mejor —dije.

Asintió. Miré a mi hermana con las cejas enarcadas. Ella me acompañó a mi cuarto, donde encontré la maleta encima de la butaca, abierta pero todavía sin deshacer.

—Se alegra mucho de verte —dijo Lina—. Solo tiene un poco de sueño.

—Ni siquiera se ha dignado mirarme —dije.

—No seas quisquilloso. Claro que te ha mirado. No quiere que sepas que lo ha hecho, eso es todo.

En el palacio de Samarcanda la reina Heather se abalanzó sobre Baybars con tanta fuerza que estuvo a punto de derribarlo. No paraba de abrazarlo, tocarlo y besarlo.

—Eres Mahmoud, mi hijo. Lo juraría en el día del Juicio, ante el divino Dios. —Le besó tantas veces que se mareó—. Espera. Déjame descansar. —Se sentó en sus cojines—. Mis ojos han presenciado un imposible sublime. Mi hijo, el sultán del Islam. Mientras te llevaba en mi vientre supe que Dios te reservaba grandes planes.

Baybars se arrodilló a sus pies y le besó las manos.

—Una madre lo sabe —añadió ella—. Nunca se me pasó por la cabeza que llegaras a ser rey de reyes, pero sabía que eras un elegido. Estaba embarazada del destino.

—Alégrate, madre. Tu hijo se postra de rodillas ante ti. Para mitigar tus pasadas penas te ofrezco esto. —Baybars abrió los cofres que contenían los deslumbrantes presentes—. Y algo más importante. Ella es la honorable Sitt Latifah, que me adoptó cuando yo no tenía nada y me ofreció todo lo suyo. Ella me crió y me enseñó a respetar a Dios.

La reina se puso en pie y besó a Sitt Latifah.

—Una prueba más de que mi hijo ha sido bendecido es que tiene dos madres. Ven a sentarte a mi lado y cuéntame historias de cuando estaba lejos de mí.

Las dos mujeres hablaron de su hijo y se contaron historias del pasado.

—También yo tuve dos mamás —dijo la reina Heather—. Mi madre tenía una hermana gemela, y nadie, ni siquiera mi padre, podía distinguirlas. Me criaron como si fueran una sola.

Intenté obligarme a conciliar de nuevo el sueño. Ni un atisbo de luz entraba por las persianas bajadas. El reloj de la mesita de noche marcaba las cuatro y once minutos. Cerré los ojos y esperé. Me di la vuelta, pero el colchón no parecía querer acogerme, como si supiera lo que era mejor para mí y esperara que pusiera punto final a ese estúpido experimento. Cedí a sus deseos. En el silencio del piso distinguí el rumor del aire caliente del sistema de calefacción. Los radiadores expelían el aire con un sonido que recordaba al largo ronquido de un ogro. También oí al viejo hámster de mi sobrina, un bicho que llevaba allí desde siempre y que parecía inmortal, dando vueltas en la rueda de la jaula que ella tenía en su cuarto.

Me levanté con las ansias de la luz temprana y tuve que recordarme que debía ponerme unos pantalones cortos y una camiseta. Salí de mi habitación sin tener que andar de puntillas —mis pies desnudos sobre el mármol apenas hacían ruido— y crucé el pasillo, el salón y el comedor principal antes de entrar en la cocina. Abrí la nevera, pero no logré discernir cómo estaba organizada. De repente una luz tenue apareció por debajo de la puerta del cuarto de la doncella. Oí un leve crujido antes de que Felli abriera la puerta: estaba terminando de abrocharse el uniforme, que parecía un pijama de poliéster.

—Por favor, señor —dijo en un inglés con fuerte acento filipino, sonriendo como si su vida dependiera de ello.

Le devolví la sonrisa.

—Intentaba encontrar un poco de zumo.

—Por favor, señor —repitió ella, encendiendo la luz de la cocina—. Zumo de naranja, café, todas las mañanas, cinco minutos. —Me apartó para dirigirse a una caja llena de pomelos frescos y sus dedos los removieron hasta escoger los mejores; el aire se llenó de perfume de pomelo—. Por favor, señor.

Felli había trabajado de doncella en la casa durante al menos diez años. Mi madre la había adiestrado. Aquel aspecto suave y sonriente ocultaba a una mujer de voluntad férrea y controladora que reinaba en sus dominios, exactamente la clase de doncella que mi madre y mi hermana querían. La cocina era suya. Ella se encargaría de todo el trabajo; yo debía volver a mi sitio, ella cuidaría de mí. Regresé al salón, puse las noticias del canal satélite en la tele y esperé. Felli apareció con una bandeja de plata: café turco, tetera y taza, un gran vaso de zumo rojo y dos magdalenas.

—Buenos días, señor —dijo ella, aunque se retiró antes de que pudiera contestarle. Oí el ruido de la cisterna del retrete del cuarto de mi padre.

Salió de su habitación en su atuendo matutino, pantalones de pijama y una bata lisa que no conseguía cubrir la camiseta ni las docenas de pelos del pecho que salían del fino algodón. Se detuvo un momento al verme.

—Buenos días —dije.

Se limitó a gruñir. Se sentó en el otro sofá: él, la CNN y yo formamos un triángulo equilátero. No me miraba. Yo seguí su ejemplo y posé la vista en la tele. Felli le trajo el café y el periódico. Antes de desdoblar el periódico y enterrar la cara en él me lanzó una mirada de reojo. Me levanté y regresé a mi habitación. No volví a salir hasta que se despertó Lina.

Yamak y Heather declararon una semana de festejos en honor de su hijo, el sultán. Samarcanda se unió al júbilo de sus reyes. El primer día se celebró un torneo de tiro al arco, el segundo una carrera de caballos. Y la víspera del regreso a El Cairo llegó aquel sueño.

Layla se sentó en la cama en mitad de la noche.

—Despierta. —Dio un codazo a su marido—. Despierta. He tenido una pesadilla horrible.

Othman se incorporó, la abrazó y consiguió calmar sus temblores.

—El sueño tenía un principio maravilloso. Tú y yo paseábamos por un prado bucólico en una florida primavera cuando, de repente, una vieja arpía aparecía y anunciaba que yo había traicionado a un amigo. «Se le acaba el tiempo», dijo ella.

—No te preocupes, esposa mía. Vuelve a dormirte; tal vez así el sueño dará más de si.

Y eso hizo. En el sueño, Layla se asomaba a una bahía en forma de hoz cuyos brazos se extendían hacia el mar. Ella se hallaba sobre una orilla de terreno sólido, donde sus pisadas no dejaban huella; la arena estaba limpia de algas y se mantenía firme a su paso. Tenía sed, y se acercó a un pozo. «¿Ya me has olvidado?», dijo una voz. «¿Tanto tiempo ha pasado?» Ella se volvió, pero no vio a nadie. «Eras mi amiga, y mi espada era la tuya. Siempre que me necesitaste acudí en tu ayuda. Ahora llevo quince años gritando sin que nadie me oiga. He sido borrado de las historias de mis amigos.»

«¡Maarouf!», gritó Layla. «Perdóname, creí que habías muerto. Muéstrate, y cabalgaré sobre las nubes de tormenta para devolverte a casa.»

Ella dio un respingo al ver que Maarouf, demacrado y enfermo, aparecía encadenado a la pared de una celda lóbrega; su barba descuidada casi rozaba el suelo.

«Sálvame», dijo él. «Estoy a punto de morir.»

Y por la mañana marido y mujer se prepararon para partir.

—¿Estás segura de que sabremos encontrarlo? —preguntó Othman—. Cientos de parientes de los hijos de Ismael le han buscado en vano.

—Está en Tesalia —respondió Layla—. He contado mi sueño a varios marineros. Todos coincidieron en que esa bahía en forma de hoz es la de Tesalia, y es allí adonde debemos ir.

—Así sea.

—Te dije que deberíamos haber partido más deprisa y sin hacer tanto ruido —dijo Othman.

—No creí que hiciera falta —dijo Layla—. Siempre he pensado que los hombres poseen cierta dignidad. Si alguien me dijera que no desea mi compañía, la dignidad me prohibiría imponer mi presencia. Creía que ese era un rasgo común de la especie humana.

—Pues no es así, querida. La dignidad es una de las características más escasas en el ser humano.

—Es gracioso que precisamente tú hables de dignidad —repuso Harhash—. ¿Hace falta que te recuerde tus aventuras previas? ¿Alguien recuerda haber sido colgado y flagelado en un establo? ¿Alguien recuerda haber sido obligado a entrar en una ciudad con la cabeza descubierta, atado y con el culo al aire?

—¿Alguien recuerda que recibió un testarazo mientras cruzaba una puerta?

—Nunca he presumido de poseer la menor dignidad —dijo Harhash—. Haría cualquier cosa por una buena historia, incluyendo relacionarme con ingratos como vosotros dos. Un día, cuando sea viejo y esté ajado, podré sentarme con mis amigos y relatar nuestras grandes historias. Un buen contador de historias no puede permitirse el lujo de la dignidad.

—Bien dicho, Harhash mío —replicó Layla—. Dime, ¿qué hay de esas historias que has mencionado? Nos faltan días para llegar a Tesalia. Cuéntame esa de mi marido atado.

—¿Cuál es nuestro plan? —preguntó Harhash cuando los tres hubieron llegado a Tesalia.

—Un momento —advirtió Layla—. Mirad.

Una anciana de aspecto adusto caminaba por la calle, encorvada y apoyada en un robusto bastón. Todos cuantos se cruzaban con ella la saludaban y ella les respondía con maldiciones.

—Que tengas un buen día, vieja Sofía —dijo un hombre.

Y ella contestó:

—Que la viruela asole tu casa.

—Ella será nuestro salvoconducto —dijo Othman.

El trío siguió a la vieja Sofía hasta el interior de su casa. Esta, al percatarse de que no estaba sola, exclamó:

—Que una plaga caiga sobre vosotros. No hay nada que robar, vagabundos.

—Que las maldiciones recaigan sobre ti, vieja de lengua viperina —contestó Layla—. Cállate o te partiré la mandíbula.

—Tú, puta descarada. —La vieja blandió el bastón con la intención de golpearla, pero Layla se lo quitó y dejó inconsciente a la anciana—. Conque puta, ¿eh? ¿Tan barata me crees?

Layla, disfrazada de vieja Sofía, se encaminó hacia palacio, con Othman y Harhash siguiéndola a prudente distancia. Los transeúntes la saludaban y ella les respondía con imprecaciones. Mientras sus amigos esperaban fuera, ella entró en el palacio y se cruzó con una criada que llevaba una bandeja de comida en una mano y un candelabro en la otra. La criada saludó a la vieja Sofía, y esta replicó:

—Que las paredes de tu casa se desplomen y tus piernas permanezcan abiertas de par en par por toda la eternidad. ¿Adónde vas, niña?

—Si solo pudiera morir y librarme de esta tarea —dijo la criada—. Llevo quince años llevando comida al prisionero. Sería mejor que se muriera y se librara así de esta agonía. Se pudre en la celda, y yo me pudro de aburrimiento por tener que ir a alimentarlo cada día del año.

—Deja que te ayude, maldita sea.

—Es muy amable por tu parte. Mira, Coge el candelabro y sígueme.

Dentro de la celda, Layla vio a un inconsciente Maarouf, colgado de unas cadenas. La criada profería maldiciones y le gritaba que despertara. Layla la acalló de un rápido puñetazo. Le quitó las llaves y salió de la celda para ir en busca de Harhash y Othman. Cuando Maarouf oyó las voces de Layla, Othman y Harhash, en lugar de la de la criada, pensó que eran yinns.

—¿Vais a romper nuestro pacto? —dijo Maarouf—. Prometisteis abandonarme a mi desgracia.

—Soy yo, Layla. Hemos venido a rescatarte.

—Si no eres un yinni —dijo Maarouf—, ponte a mi lado y háblame.

Y Layla susurró a su oído derecho:

—Vamos a llevarte a casa, amigo.

Othman desató a Maarouf, y Harhash lo cogió en brazos.

—Llévalo al barco —dijo Othman—. Nos queda una tarea por cumplir. Os veré a bordo.

Los guardias del rey Kinyar bebían vino como si tratara de agua fresca, y Othman los ayudó a acelerar el viaje añadiendo un poco de opio en la jarra. Al poco rato los soldados nadaban en el proceloso mal del sueño inducido. Othman se escabulló hacia los aposentos del rey y encontró a Kinyar roncando en su lecho de dosel. El hombre desenvainó la espada y susurró:

—Por todo el sufrimiento y la angustia que has causado en un hombre decente.

Alzó la espada y esta, en lugar de chocar con la carne, lo hizo con otra espada empuñada por un joven guerrero. Othman embistió al joven, pero este esquivó su envite con facilidad.

—Yo no tomo vino —dijo este—. Tus viles trucos son inútiles conmigo.

Kinyar abrió los ojos y vio dos espadas que chocaban sobre su cabeza; se le secó la boca y no le salía la voz. Se cubrió con la colcha y gimió. Los golpes del guerrero eran fuertes e insistentes, y Othman no podía hacer nada para vencerle.

—Mátalo, hijo mío —exclamó Kinyar, que de repente había recobrado la voz—. Venga esta afrenta contra mi persona.

Taboush, el guerrero que no era hijo de Kinyar, redobló sus esfuerzos y su espada amputó el brazo de Othman.

—Acaba con él —ordenó Kinyar.

Fue entonces cuando el chasquido de un látigo cortó el aire, y la espada cayó de la mano de Taboush. El segundo latigazo obligó a Taboush a dar un paso atrás, pero el joven consiguió sacar dos dagas del cinturón.

—Mátalos —gritó Kinyar—. Los quiero a los dos muertos.

—Corre —dijo Othman—. No podemos derrotarle.

—Pero sí demorarle.

Layla golpeó la cama, y el dosel se desplomó sobre la cabeza del rey. Ella y Othman escaparon mientras Taboush se veía obligado a rescatar al histérico rey de debajo de un amasijo de colchas, doseles y cortinas caídas.

Estaba tendido en el sofá, enfrascado en *El americano impasible*. Cuando la luz de la tarde empezó a escasear encendí la lámpara que tenía a mi espalda. Noté cómo me sumergía, tanto en el sofá como en la novela. Mi padre, recién levantado de la siesta, entró en la salita y se sentó en el sofá de enfrente. No dijo nada. Creí que encendería la televisión, pero se limitó a permanecer sentado en silencio, con la cabeza gacha y las manos cruzadas.

No pude concentrarme en la novela. Seguí en el sofá, fingiendo, mientras la luz dorada de la tarde se volvía más intensa. Le miraba de reojo y lo pillé esquivando mis ojos. Sentado frente a mí, era un pensador abatido, ensimismado y desocupado.

Años atrás, en una habitación distinta, mi abuelo solía sentarse así. Cuando estaba perdido, aturdido por el mundo, cuando la vida se negaba a plegarse a sus deseos y cumplir su voluntad, cuando mi padre y el tío Yihad lo tachaban de absurdo, se sentaba entre nosotros distante y mudo, marginado y deprimido, cual niño castigado de cara a la pared.

Me incorporé en el sofá y jugueteé con la lámpara, una reliquia que antaño había pertenecido a la abuela, que después había adorado mi madre. La moví hacia delante y hacia atrás, como si me molestara su ineficacia. Cerré el libro, me levanté y salí a la terraza. Me apoyé en la barandilla, admiré los tonos mandarina del cielo, vi cómo el sol se fundía con un mar en el que centelleaba un archipiélago de pequeñas lanchas a motor y diminutos botes de pesca. El provocativo reflejo del sol en el agua desencadenó toda una serie de emociones. Me perdí en mis recuerdos, con el Mediterráneo que hacía las veces de la magdalena de Proust.

Mi padre salió al balcón. Se quedó a mis espaldas y tomó asiento en la tumbona. No volví la vista atrás, pero sentí cómo se me estremecía la piel del cuello. No conseguía tener las manos quietas, y en los pantalones de chándal no había bolsillos donde alojarlas. Tras unos incómodos minutos de espera, anduve despacio hacia el salón y encendí la luz de estalactita que ofrecía la lámpara del techo. Me tumbé en el gran sofá, hundí los pies enfundados en calcetines debajo de aquellos cojines que parecían mosaicos. Reabrí el libro y llevé la cuenta de los minutos. A los cuatro minutos y medio mi padre se instaló en silencio en el salón, delante de mí.

Durante los doce días que duró mi estancia en Beirut, mi padre me siguió por toda la casa: se movía conmigo; seguía todos mis pasos, airado y triste, deprimido y pensativo, y sin decir palabra.

Othman, Harhash y Layla regresaron a sus magnánimas tierras acompañados por Maarouf, para júbilo del gran sultán y de su pueblo. Pero en Tesalia resonaban enojados clamores de venganza.

—Arrasaré sus tierras —gritó Kinyar—. Todo esto es obra de Baybars. No descansaré hasta verlo muerto a mis pies. Convocaré a los franceses, a los ingleses, a genoveses y venecianos, a los españoles. Crearemos un nuevo orden mundial. Yo dirigiré ese ejército invencible… No, será mi hijo, Taboush, el gran campeón, quien lo lidere y yo, su padre, le seguiré. Ya es todo un hombre.

Se enviaron misivas, se prometieron riquezas increíbles, y a su llamada acudieron soldados de todo el continente hasta formar un ejército de cincuenta mil hombres hambrientos. Un ejército de ese tamaño no podía pasar desapercibido para el envidioso Arbusto, quien viajó durante días para alcanzarlo. Buscó al rey Kinyar, que lo trató con la hospitalidad y el respeto que aquel malvado solía recibir de los imbéciles. En cuanto Arbusto puso los ojos en Kinyar, supo al instante que Taboush no era hijo del rey, ya que era obvio que la semilla de aquel monarca no podía engendrar un ejemplar de tal fuerza.

—Vengo a ofrecer mi ayuda, ya que he pasado muchos años en la tierra de los falsos creyentes —dijo Arbusto.

Kinyar le invitó a que cabalgara a su lado en la guerra, en calidad de compañero y consejero.

Taboush contempló los grandes minaretes que se alzaban a lo lejos y ordenó a su ejército que tomara un descanso durante el resto del día.

—¿Qué ciudad es esa?

—La ciudad de Alepo —dijo Arbusto—. No solo vamos a machacarlos aquí, iremos también a Damasco, Homs y Hamah; luego a Bagdad, Mosul y Jerusalén, y acabaremos tomando El Cairo donde derrocaremos al sultán.

—Acampemos aquí —anunció Taboush—. Haz llegar una carta al alcalde de la ciudad e infórmale de que hemos declarado la guerra al sultán. Si nos abre las puertas de la ciudad, nadie saldrá herido. Si no, asediaremos la ciudad hasta que llegue el sultán.

Baybars recibió la noticia a los tres días y partió con el ejército de esclavos en dirección a Alepo. A su llegada, los héroes se encontraron con que las huestes extranjeras rodeaban la gran ciudad. Maarouf entró en el pabellón del sultán y se postró ante su señor. Baybars rogó a su amigo que se sentara a su lado.

—Mi rey, el guerrero que lidera ese ejército no es otro que mi hijo, Taboush —dijo Maarouf.

—Glorioso sea —replicó Baybars—. Que Dios tenga a bien infundirle sabiduría para que nos ayude en contra de Sus enemigos.

Procedió a dictar una carta para Taboush:

«Ha llegado a nuestro conocimiento que no eres hijo de infieles. Tu padre es Maarouf ben Yamr, un héroe y un modelo de nobleza y coraje. Deja a tus enemigos, que son también los nuestros, vuelve a casa de tu padre y pídele su bendición».

En cuanto leyó la carta, Taboush la pasó a manos de Kinyar y de Arbusto.

—Ese hombre miente —dijeron ambos al unísono—. Dice esas cosas porque te teme. No cedas a su engaño y rétale a luchar.

—Tomaré el campo al amanecer y lanzaré el desafío —decidió Taboush.

Fiel a su honesta palabra, la espada de Taboush saludó al sol naciente sobre el campo de batalla, y su grito provocó escalofríos en quienes lo oyeron. Un guerrero uzbeco salió a enfrentarse con él. La lucha duró dos horas, hasta que Taboush derribó de un golpe al uzbeco. Este, tendido de espaldas, levantó la vista hacia el gran Taboush, quien dijo:

—Has sido un buen contrincante. Vuelve con tu sultán y dile que envíe a alguien más fuerte.

El uzbeco montó en su semental y fue en busca de Baybars.

—Ese guerrero no es hijo del rey. Una hiena no engendra a un león. Su juventud le resta experiencia en el campo de batalla, pero si logra ganar la práctica y la sabiduría que comporta la edad, será indestructible.

Baybars hizo llamar a su mejor guerrero.

—Aydmur, mi amigo y conquistador. Este chico es un gran guerrero y por tanto debemos eliminarlo. Líbrame de él para que pueda lanzarme a esta guerra.

Maarouf supo que su hijo no saldría bien librado si se enfrentaba a un héroe veterano como Aydmur. Con cada justa su hijo se haría más fuerte y más listo, y con el tiempo podría llegar a ser igual de bueno que Aydmur, si no superior. Pero ese momento aún no había llegado. Maarouf abordó a Aydmur cuando este se preparaba para el combate.

—Te lo ruego, amigo mío —dijo Maarouf—. Cédeme tu lugar. Temo por mi hijo y no deseo que sufra.

—¿Cómo vas a luchar contra él si no le deseas daño alguno?

—Hablaré con él —dijo Maarouf—. Retrásate solo un minuto, y me avanzaré para ver a Taboush. Soy yo, no tú, quien desobedece al sultán.

Y padre e hijo se reunieron en el campo de batalla.

—Ha sido una pérdida de tiempo —comenté a mi hermana mientras ella me veía hacer la maleta.

—Eres tan insensible —replicó ella.

—No ha sido capaz de hablarme. ¿Para qué quería que viniera?

—Está triste y desorientado. Solo han pasado once meses. ¿Qué esperabas?

—¿Un «buenos días», quizá?

—Bueno —dijo Lina—, la próxima vez que vengas te dará los buenos días, y la siguiente quizá llegue a articular una frase entera.

—No pienso volver hasta dentro de bastante tiempo.

—Eso lo dices ahora. ¿Por qué te empeñas en mentirte? Volverás dentro de dos meses, y para una estancia más larga. Fátima estará aquí. Él tiene que superar esto, y tú debes estar aquí para que pueda hacerlo.

—¿Acaso el sultán pretende reírse de mí enviando a un viejo? —preguntó Taboush a Maarouf.

—Mira. Abre los ojos, observa con el corazón. Ante ti se halla tu padre.

—¡El padre de las mentiras! Mi padre es Kinyar. Desenvaina la espada y prepárate a luchar.

Maarouf suspiró.

—¿De verdad crees que de la cobardía puede nacer el valor? Kinyar se esconde en su pabellón mientras arriesgas tu vida. Derrama mi sangre y estarás derramando la de tu padre, la de tu abuelo y la de tu bisabuelo.

Taboush se enfureció y le embistió con la espada, pero el viejo guerrero siempre había sido ágil y paró el golpe con su propia espada enfundada.

—Espera —dijo Maarouf, con la mano extendida—. Si quieres luchar, debes aprender la técnica. Me enfrento a ti porque el sultán deseaba enviar al azerí. Eres fuerte, pero inexperto: aún no puedes compararte con el general de los esclavos. El primer golpe nunca debería ser previsible. La forma en que inicias una lucha es de gran importancia. Debes sorprender al enemigo: generar en él miedo e inquietud. Empieza.

Taboush contempló a su padre. Obedeció.

—No —dijo Maarouf—. Sigues sin sorprender. Vuelve a probar. Confías demasiado en el músculo.

Y así el padre empezó a enseñar al hijo el arte de la lucha. Ambos ejércitos contemplaron atónitos la escena que se desarrollaba ante ellos: lecciones enseñadas y aprendidas. Taboush lanzó un fortísimo golpe contra la espada de su padre.

—Mucho mejor —dijo Maarouf mientras se incorporaba del suelo y volvía a montar en su caballo.

—Estás fatigado —dijo Taboush.

—Y tú aún no estás listo para Aydmur. No permitiré que mi hijo luche antes de tiempo.

—Para —ordenó Taboush—. Tú eres mi padre.

Maarouf lloró de alegría al oír esas palabras.

—Espérame aquí —dijo Taboush.

Volvió junto al ejército de Kinyar y se enfrentó cara a cara con su falso padre.

—Voy a reunirme con mi familia —declaró el héroe—. Lucharé al lado de mi gente. Vete a casa, o prepárate a morir a mis manos. Recoge tus eximias pertenencias y márchate. No eres bienvenido en nuestras tierras.

Taboush regresó junto a su verdadero padre y lo acompañó a ver a un agradecido Baybars.

Maarouf habló al guerrero Taboush de su madre.

—Es una princesa genovesa. Su padre la hizo secuestrar; fue conducida a esa maldita ciudad, donde vive prisionera. Se negó a ser liberada hasta el día en que te encontrara. Zarparé hoy mismo y la traeré conmigo.

—No irás solo —dijo el hijo, y los dos hombres zarparon hacia Génova.

En el salón del palacio, Taboush y Maarouf se enfrentaron al rey de Génova. Este preguntó quiénes eran.

—Soy vuestro yerno —dijo Maarouf—, y he venido a reclamar a mi esposa.

—Tú no eres un miembro de mi familia —le espetó el rey—. Esa esposa que buscas no reside aquí, ya que no reconozco vuestro matrimonio.

La cara y las orejas de Maarouf se tiñeron del color de la furia.

—He venido a por mi esposa; no busco vuestro permiso ni vuestra aprobación.

—¿Te atreves a insultarnos en nuestra propia corte? No eres solo un infiel, sino un infiel estúpido y arrogante. Tu aliento abandonará nuestra ciudad portuaria antes de que lo hagas tú. —El rey se volvió hacia los guardias—. Arrojad a esos imbéciles a las mazmorras. No quiero volver a oír hablar de ellos.

Los soldados dieron un paso hacia los hombres, pero se detuvieron al oír la voz de Taboush.

—Cualquier hombre que ose ponerse al alcance de mi espada tendrá que ir en busca de su cabeza, y después mi espada lo partirá en dos. Salvad vuestra vida y ahorraos el tiempo. Liberad a mi madre.

—¿Os da miedo un solo hombre? —azuzó el rey a sus soldados—. ¿Mi guardia está compuesta de gallinas? Este hombre no es más que…

Contempló a Taboush con los ojos muy abiertos. El rey vio la frente y los pómulos de su padre, y del padre de este.

—Este hombre es alguien de mi sangre. Temedle. Nieto mío. ¿Por qué no me informaron de que mi hija había tenido descendencia? Preparad un banquete. Iluminad toda la ciudad de Génova. Que ardan los fuegos de la alegría.

—Libera a mi madre —ordenó Taboush.

La virtuosa Maria entró en la sala de palacio, con la cabeza alta y el porte orgulloso. Se negó a arrodillarse ante el rey.

—¿Por qué solicitas mi presencia después de tantos años?

—Mi nieto ha pedido tu liberación —contestó el rey, señalando al héroe.

Maria contempló a los visitantes.

—El tiempo ha sido poco misericordioso con ambos, pero aún te reconozco, esposo mío.

—Vengo a poner fin a tus penas, esposa —dijo Maarouf.

—¿Cómo sé que él es mi hijo? —Maria se acercó a Taboush. Cuando lo tuvo delante y le vio los ojos, dijo, antes de desmayarse—: Eres tú.

Taboush no dejó caer a su madre. La cogió en brazos y la trasladó a un diván.

Baybars ofreció a Maarouf, Maria y Taboush una bienvenida por todo lo alto.

—Taboush es un rey que desciende de reyes —decretó el sultán—. Que todos cuantos le conozcan acepten este hecho.

Un fatigado Baybars descansaba en un diván dispuesto al aire libre, rodeado de sus acólitos, mientras se entretenía viendo cómo el joven desarmaba a todos sus rivales.

—Es un magnífico guerrero —dijo Baybars—. Deberías estar orgulloso.

—Lo estoy —contestó un radiante Maarouf—. Es un hijo capaz de llenar de orgullo el corazón de cualquier padre.

Y Taboush se convirtió en un héroe de esas tierras.

20

Sentada en la butaca junto a la cama de mi padre, Lina lloraba tanto que parecía casi feliz, aliviada por descargar sus penas aunque fuera solo de manera temporal: como quien, perdido en el océano, descansa unos minutos sobre una balsa.

—¿Estás bien? —pregunté.

—No, la verdad. —Emitió un potente suspiro. Se la veía doblada y encorvada por la fatiga—. ¿Por qué no te vas a casa a descansar un poco?

—Creo que lo haré, pero cuando vuelva serás tú la que se tome un descanso. Te irás a casa y te prepararás un baño de burbujas. Voy a dar un paseo. Necesito volver a ver el viejo barrio.

—¿Por qué ahora? Allí no hay nada.

Me encogí de hombros.

—Fue idea de Hafez. Quiero recordar.

—Y yo quiero tabaco —dijo ella.

Hace mucho tiempo fui un chico que prometía y rondaba por las calles de este barrio. Hace tiempo este era un barrio con posibilidades. Ahora yacía decrépito, agonizante. Había un par de edificios en plena construcción. Unas cuantas personas paseaban por allí. La esperanza, sin embargo, brillaba por su ausencia. Hace tiempo solía jugar en estas calles, correr entre estos edificios. Este era a la vez mi santuario y mi lugar misterioso. Debajo de los arbustos de los jardines, en los muros de cemento, detrás de vallas de metal cubiertas de hiedra, me escondía y observaba el mundo que me rodeaba. Ahora todo parecía campo abierto. El barrio había desarrollado nuevos hábitos. Sin embargo, quise encontrar el camino a casa. Quería cruzar el umbral, subir las escaleras —no en el ascensor, que era poco fiable—, subir por el apartamento de la higuera hasta la cuarta planta, y estar allí, existir.

Pero a mis rodillas les faltaba fuerza. Me quedé en la puerta de la calle, apoyado en el coche negro de mi padre, tal y como había hecho días antes: me limité a mirar, perdido en un mundo del que ya no conocía nada. Era una tortuga que se había equivocado de concha. El mismo anciano se sentaba en el mismo taburete. Su cabello blanco seguía tieso y él seguía atravesándome con la mirada como si yo fuera transparente.

Siempre había imaginado la depresión como una bacteria gangrenosa, y sentí acercarse aquella tristeza devoradora de la carne. Había que pensar en cosas agradables.

El sabor agridulce de las moras recién cogidas en la lengua.

El Maqâm Saba.

Un abrazo de Fátima. La luz del lago de Como. Fátima con velo.

El ruido de Via Natale del Grande. Beirut en abril.

El tío Yihad entrando en una sala. El tío Yihad contándome historias. Mi abuelo bebiendo mate al lado de la estufa.

El señor Farouk en el cuarto de baño, con el oúd en su seco y redondo estómago, tocando los maqâms de su tierra natal, porque la acústica del baño es fantástica; toca a la luz de las velas que flotan en la bañera, toca para hacer brotar en mí nuevas ganas de tocar.

La voz árabe de Umm Jaltoum.

El cabello negro de mi padre, tan denso que mis dedos se pierden en él. El escote de mi madre. El ácido aroma de la laca que usa. Su anillo de rubíes.

Al séptimo día, Shams dejó de aullar, aunque siguió llorando. Se levantó y salió de su alcoba, seguido de Ismael e Isaac, y abrió todas las puertas de palacio.

—Layl —gritaba—, ¿dónde estás?

Entró en los aposentos de la esposa del emir mientras esta reprendía a una criada.

—Layl, ¿dónde estás?

En la cocina vio al personal atareado con la comida, pero ni rastro de su gemelo. Los salones estaban llenos de visires y ministros ocupados en dar órdenes a sus ayudantes. En el comedor trece criados sacaban brillo a la plata mientras cotilleaban y despotricaban de sus patronos, en las cuadras los mozos alimentaban a los caballos, pero en ningún lugar vio ni rastro de su amado. Cruzó las puertas de palacio y salió al jardín. La cola formada por sus adoradores era tan larga como siempre: miles de humanos, enfrascados en sollozos y lamentos, pero Layl no estaba entre ellos. Su ídolo y los diablillos de su guardia se abrieron paso entre la fila, de un lado a otro, y ninguno de los que aguardaban osó tocarlo ni pronunciar una sola palabra. Shams entró en su templo y contempló el trono. De pie ante el altar, soltó un aullido que fue coreado por Isaac e Ismael.

Volvió a palacio y desanduvo sus pasos; abrió todas las puertas, registró todas las estancias, hasta retornar a la capilla y emitir un nuevo aullido. Durante cuarenta días y cuarenta noches repitió el desesperado proceso, el mismo ritual angustioso, mientras sus pies pisaban sus propias huellas en cada viaje.

El paso de ser objeto de adoración a ser objeto de burla es muy corto. Aquellos que antaño le rezaban empezaron a reírse de él. El ídolo se había convertido en chiste. Ya nadie le llamaba profeta o Guruyi; se convirtió en Maynoun, el loco.

La esposa del emir despertó embargada por una sensación de ligereza y de júbilo. Rozó con gentileza a su marido, y este dio un salto en la cama y gritó:

—Taboush, el héroe de esas tierras.

Miró a ambos lados para cerciorarse de donde estaba.

—Esta mañana me siento estupenda —dijo su esposa.

—Estás caliente —dijo el emir.

—¿De verdad? —Se llevó las manos a las mejillas.

Él levantó las sábanas y miró debajo.

—Tu mano está caliente. Mira.

Ella inclinó la cabeza.

—Ahora no, querido. Esta mañana me encuentro como nueva.

—Pero mira la inflamación que sufre mi miembro. Nunca ha alcanzado este tamaño. Estás caliente.

—Oh —exclamó ella, estremecida por olas de calor.

Maynoun abrió la puerta del dormitorio.

—Layl, ¿dónde estás?

Entró, con las mejillas arrasadas de lágrimas, seguido por los dos diablillos rojos. Miró debajo de la cama, detrás de las cortinas, detrás de las dos sillas. Salió.

—He sufrido un cambio trascendental —dijo la esposa del emir.

Necesitado de algo que lo distrajera, el emir salió en busca del hakawati. La esposa del emir llamó a su doncella.

—Vísteme con mis mejores galas. —La doncella contempló abrumada las filas y filas de túnicas de color crudo. La esposa del emir señaló una—. Esa. Y trae los diamantes.

La cola de devotos no se había movido durante días, pero cuando la madre del profeta entró en el templo, un rumor se extendió entre los creyentes. La esposa del emir ocupó el trono, se alisó la falda y se retocó el pelo.

—Siguiente.

A medida que la tierra se llenaba de historias sobre Maynoun, las que corrían sobre su madre no le iban a la zaga. Contaban que él no dormía, ni comía: solo buscaba aquel amor que se había esfumado tiempo atrás. Los demonios del amor torturaban su mundo inquieto. Sus ojos de color turquesa habían adoptado la tonalidad del rubí.

Pero su madre… Su madre era increíble. Su fuerte no estaba en los milagros, como los que realizaba su hijo, sino en sus sabios consejos. Al fin y al cabo, era más devota.

—Hija mía —dijo la esposa del emir a una mujer que sufría un problema de exceso de vello facial—. Arranca, arranca, arranca. No te afeites. Dios no bendice a quienes eluden el trabajo duro. Aún eres joven; no querrás tener tallos de trigo a los cuarenta.

La cola creció, y los fieles retornaron con fuerza.

Y a los cuarenta días Maynoun abandonó el palacio y deambuló noche y día por el inhóspito desierto casi deshabitado. Cada tribu nómada con que se encontró a lo largo del camino hacía bromas con su dolor.

—Ahí va Maynoun, el desquiciado. Se enamoró de un chico.

—Ahí viene Maynoun, el chiflado. Se enamoró de su hermano.

Pero los beduinos del desierto lloraron con solo ver la inagotable pena que abatía a Maynoun.

A cada paso, Maynoun se arrancaba un mechón de su hermoso cabello y lo lanzaba a su espalda. El pelo volvía a crecerle al instante, solo para ser arrancado y lanzado una y otra vez. Detrás del desconsolado, Isaac e Ismael dejaron en el desierto un rastro de pelos del color del sol. El viento no movía el rastro, ni alteraba su dirección, y todas las criaturas sollozantes del desierto empezaron a unirse a aquella procesión de dolor. Shams caminó doscientas cuarenta y nueve leguas, y luego se desplomó y se enterró en la arena.

—Sal de ahí, sobrino —dijo Ismael.

—Levántate, hombre valeroso —le exhortó Isaac.

El anciano se desplazó hacia el extremo del taburete y me miró de reojo.

—Te conozco —dijo de repente. Su mano se infiltró en los escasos y puntiagudos cabellos—. Sé quién eres.

Y eso me sacó de mi estupor.

—No me reconoces —prosiguió, aunque no parecía ofendido. Al hablar, daba la impresión de que solo movía la boca; el resto de la cara permanecía impasible—. Te recuerdo de cuando eras un niño. Recuerdo a la mayoría de críos del barrio, a todos los que jugaban en esta calle. Tú no jugabas mucho.

Un extraño silencio invadía el barrio. Los coches de la calle principal, que viajaban a tres edificios agujereados por balas de distancia, parecían circular sin el menor ruido; como si en lugar de coches de verdad fueran solo imágenes.

—Ya nadie juega en la calle. —El anciano manifestaba algo evidente. Cualquiera que no tuviera interés en acabar bañado en barro evitaría caminar por la calle, y todavía más jugar en ella—. A nadie le importa. —Hizo una breve pausa—. Lo cierto es que entonces yo no vivía aquí. Tal vez por eso no me recuerdes. Mi hermana sí. A ella seguro que la conocías. Me llamo Joseph Hananiah.

Me sentí tentado de replicar: «Y yo soy Osama al-Jarrat, tu pariente», pero no me habría entendido. Nadie recordaba ya la historia de Hananiah. Menos eran aún los que reconocían la palabra «ananias». Jarrat, Hananiah…, mentirosos del mundo, uniros.

—¿No te acuerdas? —preguntó él—. Mi hermana era Hoda Salloum, la mujer del portero. La madre de Elie. ¿La recuerdas?

Justo lo que necesitaba. Más familia.

—Mi padre no está bien —exclamé, sin saber muy bien por qué—. Se muere.

—Lo siento —dijo el viejo Hananiah.

—Yo también —dije—. Necesitaba salir del hospital, aunque solo fuera un momento.

—No lo conocí bien, pero todos lo respetábamos. Era un hombre bueno y decente. No merecía el trato que le dio mi sobrino.

—Elie también era un buen hombre. Fueron tiempos difíciles.

—Elie fue un descastado, un cantamañanas, un falso idealista —prosiguió el viejo—. Llevó la desgracia a los suyos, llevó a sus padres a la tumba. Ni su muerte consiguió borrar tanta vergüenza.

—Ni siquiera sabía que hubiera muerto —contesté. Luego intenté cambiar de tema—. Quería volver aquí a echar un vistazo, subir esas escaleras.

Él siguió con la vista fija en un punto lejano.

—¿Por qué?

—Nunca se me han dado bien las respuestas. —Podía contar historias, pero las explicaciones me eludían: observaba, no exponía; era un cobarde crónico. Me paré por miedo al ridículo. Respiré hondo—. Perdóneme, estoy divagando.

—¿A eso lo llamas divagar? —Se rió—. No hablas mucho.

Me senté en la acera al lado del viejo. Era mediodía, y el sol azafranado se hallaba en un punto equidistante de sus extremos. El mundo resonaba en mis oídos, y tuve que dirigir la vista hacia el anciano cuando este habló.

—En tu apartamento vive una familia muy agradable, gente del sur. Creo que la mujer y los hijos están arriba, pero yo no los molestaría si fuera tú. ¿Qué sentido tiene?

—Debo irme de todos modos. Tengo que volver al hospital.

A lo lejos un muecín sonaba con su débil voz de megáfono; parecía un chico que recita la lección. No conseguí levantarme de la acera. Un Toyota Camri negro aparcó justo delante de nosotros, y Hafez, con su habitual porte de ejecutivo, bajó de él. Con esas gafas oscuras solo le faltaba el acordeón para parecer un ciego.

—Hola, Joseph. ¿Cómo te encuentras hoy?

Al viejo se le iluminó la cara.

—Hafez. Me veo obligado a presentar una queja. Tu primo no se acordaba de mí.

—Perdónale, tío —dijo Hafez mientras tomaba asiento en la acera, a mi lado—. Lleva tiempo viviendo en el extranjero. Ha olvidado muchas cosas. Por eso estamos aquí. —Colocó las manos a su espalda y se recostó—. ¿Has visto tu casa?

—No —dije—. Llevo un rato aquí sentado.

—Vamos. —Se levantó y se estiró, como haría un atleta antes de una competición—. Echemos un vistazo.

E Isaac ordenó a los escorpiones rojos del desierto que desenterraran a Maynoun. Rescatado fue de la arena movediza. Izado sobre miles de aguijones y colocado sobre el sendero de cabellos endurecidos por el sol.

—Levanta, sobrino mío —habló Isaac—. Levántate a saludar al paisaje cambiante.

—Levanta, mi héroe —habló Ismael—. Levántate a descubrir el nuevo orden del mundo.

Maynoun abrió los ojos y suspiró.

—Deseo volver a ver su rostro —dijo con voz ronca—, tocar su piel oscura y recia, pasar los dedos entre sus encrespados cabellos. Suspiro por lo que fue y nunca volverá a ser. Ya no soy yo quien sujeta el hilo de mi destino. La añoranza está llena de distancias infranqueables. Mi vida, pues, sigue en vano.

Maynoun, Isaac e Ismael rompieron en sollozos, al igual que todos los animales que los rodeaban; el desierto se tragaba sus lágrimas y dejaba que la sal se mezclara con la arena.

Las serpientes del desierto levantaron sus cabezas al aire abrasador, y una de ellas dijo:

—No vivas tu vida en vano. Piensa en todos los placeres que puede ofrecerte, los que ya disfrutaste y aquellos que quedan por llegar.

—¿Placeres? —gritó Maynoun—. Las visiones impúdicas de mis ratos de placer con Layl se han apropiado de mi alma rota. Mis ojos solo consiguen ver su lujuria, y lo único que anhelo es su deseo.

—Espera —le suplicó un camello—. Dios recompensa la paciencia.

—Redescubre el gozo de la comida —sugirió un buitre—. Piensa en lo que sentías cuando tenías ante ti un gran festín, en el placer de sentirse saciado.

—¿La comida? —gimió Maynoun—. Era su piel lo que probaba al despertar, y su sabor el que arrullaba mis sueños. Solo tengo hambre de él.

—Eres poder que desciende del poder —proclamó un león del desierto—. Eres la criatura más poderosa de la tierra y del submundo. Puedes gobernarnos a todos. Te adoraremos y serviremos. ¿Eso no te fascina?

—¿Poder? —se lamentó Maynoun—. Preferiría vivir de rodillas ante mi amado que convertirme en el señor de todos los reinos. Por un solo beso suyo sometería a mi alma al tormento eterno de las Furias. Hasta el último de mis poros desea solo a Layl, porque se ha fundido en mi corazón. El poder no significa nada si no puedo ver cumplido mi único deseo.

—Solicito diferir —le interrumpió el búho.

—Ya era hora —dijo Ismael.

—¿Recuerdas cómo Psiquis recuperó el amor de Eros cuando ya había perdido toda esperanza? —dijo el búho—. ¿Cómo obró para sobrevivir a la cruel venganza de Afrodita y alcanzar el triunfo?

—Pero yo no soy una niña indefensa —replicó Maynoun.

—Lo eres —dijo el búho—. Eres a la vez Psiquis y Afrodita; eres el halcón y la perdiz. También eres Eros. Eres el rey de los demonios.

—Ese era Layl, no yo.

—También eres Layl —reflexionó el búho—. Ríndete. El dolor es proporcional al deseo de cambiar el mundo.

El cabello dorado de Maynoun se erizó y se inflamó, su piel se oscureció y explotó a la vida.

—Te conozco —dijo él.

—Claro que sí —se burló Isaac.

—Quítate la máscara —dijo Maynoun—. Te veo.

—Y yo a ti —replicó Jacob, el búho amarillo.

—Levanta, sobrino mío —dijo Isaác.

—Enfréntate al destino, héroe —dijo Ismael.

—Pon fin a tus lamentos —dijo Jacob—. Tu madre te llama.

La esposa del emir se concentró y dirigió la energía del estómago hacia arriba, a través de su mano derecha y hasta la verruga peluda que había en el labio superior de la suplicante.

—Cúrate —gritó. Alzó los párpados con discreción, comprobando con un suave roce de la mano si aquella odiosa verruga seguía allí; luego, echó el brazo hacia atrás con ademán dramático y proclamó—: ¡Milagro!

La cola de devotos dio un respingo y prorrumpió en una exclamación. La suplicante se llevó la mano a los labios.

—¡No está! —anunció, y la cola estalló en aplausos.

La esposa del emir, llena de orgullo, hizo una reverencia —había dedicado unas horas aquella misma mañana a practicar las reverencias de agradecimiento— y volvió a sentarse en el trono. Esperó a que los aplausos terminaran antes de decir:

—Siguiente.

Un hombre robusto se arrodilló ante ella y le besó la mano.

—Estoy ganando peso, adorada dama —dijo él—. Aún no es excesivo, pero lo será pronto. No desearía volver al estado previo a que vuestro apreciado hijo impusiera su mano sobre mí. No podría soportarlo. Esperaba que vuestra merced pudiera darme un consejo.

—Por supuesto que sí. —La esposa del emir se adelantó, desplazando al hacerlo el cojín de plumas de avestruz hasta más allá del asiento del trono—. Acércate. No muerdo.

Ella se rió de su propio chiste, pero de repente se tensó. Una súbita descarga había descendido por su espina dorsal, desde la cabeza hasta el trasero.

—¿Has sido tú? —preguntó al hombre.

—¿De qué habláis?

Ella vaciló, miró a su alrededor. Nadie en todo el templo parecía haber compartido su sensación. Cerró los ojos, recobró la serenidad y volvió a esbozar su más amable sonrisa.

—¿Por dónde íbamos? Ah, sí: acércate para recibir el consejo. —Volvió a notarla; esta vez la descarga fue más fuerte, más deliciosa, más desconcertante. Se estremeció, embargada por una alegría momentánea; se preguntó si estaría sufriendo otra agradable metamorfosis. ¿No sería magnífico? Pero ¿y si no se trataba de eso? Tenía que continuar.

—Anhelamos la perfección —aconsejó a los asistentes—, para así reflejar la de Dios. Él se siente poderosamente complacido cuando adquirimos nuestra forma ideal. Los gordos siempre ganarán menos dinero, y no son agradables de mirar. Es el plan de Dios. Para evitar ganar peso, debes mirar a Dios y rezar. Él te enseñará a amarte, y el amor es la cura de la obesidad.

Un murmullo de aprobación recorrió la fila. La esposa del emir miró a su izquierda para asegurarse de que el escriba anotaba todas y cada una de las sabias palabras que componían aquel breve pero exquisito discurso. Un movimiento extraño en la cola llamó su atención. Fijó la vista y advirtió que un hombre y su mujer levantaban la túnica del hombre que tenían delante —el décimo tercero de la cola— y le tocaban los genitales. Antes de que pudiera abrir la boca para exigirles que pararan, la oleada la sacudió de nuevo. Esta vez notó que el alma le temblaba. Esta vez no fue la única en sentirlo. La cola se había disgregado; algunos suplicantes parecían confundidos, otros aterrados, pero a otros se les había despertado la lujuria. Una mujer se volvió hacia la puerta del templo y enseñó sus rollizos pechos. El suelo tembló, los pilares del templo se agitaron, y la esposa del emir sintió dos nuevas descargas. Con la piel arrebolada y la vagina temblorosa, vio cómo la puerta del templo estallaba en un montón de diminutos cascotes.

Ella deseaba pedir calma a los congregados. Deseaba lanzar un grito de advertencia. Pero los labios se movieron por su cuenta, y se oyó a sí misma murmurar:

—Ya viene.

Y en el salón del trono entró un mensajero que traía una carta del emir de Bursa dirigida al ilustre Baybars. El emir decía en ella que la reina mongol de Kirkuk, una hechicera hermanastra de Hulagu Kan, había amenazado con destruir la ciudad si no satisfacían los ignominiosos tributos que ella exigía.

—Devolvamos a esa bárbara al infierno del que procede —decretó Baybars—. Taboush liderará al ejército contra ella. Le nombro rey de Kirkuk, con todos los honores y obligaciones que ello conlleva.

El mensajero carraspeó.

—Si me permitís, majestad, el coraje y el valor tal vez no sean suficientes para combatir la brujería de esta malvada reina.

—Entonces no cabe duda de que debemos contrarrestar sus poderes con los de alguien más malvado —dijo Baybars—. Othman, ¿serías tan amable de pedir a tu encantadora esposa que venga un momento?

Taboush partió de El Cairo con unos cuantos batallones del ejército de esclavos, acompañados por el grupo de aspecto menos guerrero que pueda imaginarse: Othman, Harhash, Layla, y siete palomas lujuriosas amigas de esta última.

—¿Por qué viajan con nosotros? —preguntó Othman.

—No tengo grandes conocimientos de brujería —explicó Layla—, así que me dije que recurriría a Maysoura, cuya habilidad a la hora de leer las hojas de té es insuperable. Pero resulta que ella se niega a ir a ninguna parte sin Lama, de manera que tuve que pedírselo a las dos. Rania cree poder comunicarse con los espíritus de sus amantes fallecidos; algo que podría venirnos bien, aunque resulta difícil imaginar de qué nos podría servir ese hatajo de ladrones muertos. Umm Yihan afirma que es capaz de conjurar al yinn, pero solo en las noches de luna llena y nunca durante el Ramadán. Roubaia sabe realizar increíbles trucos de cartas y ha estudiado nigromancia. Soumaya jura que puede desplazar objetos poco pesados con su mente, y Lubna es experta en pociones. No sé si alguno de esos poderes nos será de utilidad, pero en cualquier caso suponen una buena compañía, y Lubna prepara una bebida realmente refrescante a base de lúpulos fermentados y agua.

—¿Debería empezar a preocuparme ya? —preguntó Harhash.

—¿Por qué esperar? —replicó Othman.

El poderoso ejército de la reina bruja asediaba las murallas de Bursa. Al oír la corneta de guerra de Taboush, la hechicera dirigió su atención al ejército de esclavos. La reina de los mongoles parloteó, maldijo, gesticuló como una loca y envió a uno de sus soldados a desafiar a los héroes. El hedor a mongol lo precedió unos cien metros. Layla se tapó la nariz.

—No se bañan —explicó Othman—. Pretenden asustar a los enemigos con esa pestilencia.

Taboush encaminó el caballo hacia el guerrero mongol.

—Responderé a la llamada. Acabemos con esto cuanto antes.

—Espera —dijo Layla. Buscó en sus alforjas y sacó un tarro—. Permíteme. —Metió el dedo en el interior del tarro y puso un poco de crema debajo de la nariz de Taboush—. Es una mezcla de pepino, lavanda, verbena y pétalos de rosa. Sofocará cualquier otro olor.

Taboush cabalgó al encuentro del mongol. El bárbaro era rápido y fuerte. Sus brazos se movían como ramas de palmera azotadas por una tormenta de arena. Pero Taboush era un gran guerrero, un vástago de guerreros que había sido adiestrado por guerreros, y consiguió parar todas las acometidas del contrincante. Tras una hora de sudor y de golpes, Taboush aprovechó un hueco y de un certero envite decapitó a su enemigo. La cabeza del mongol ardió a cinco caballos de distancia.

—No me gusta cómo pinta esto —dijo Othman.

—Ese extranjero no era humano —dijo Harhash—. De no haber visto manar la sangre habría jurado que era un yinni. Debemos descubrir cómo lo han logrado.

Taboush lanzó un rugido victorioso, mientras otro de los hombres de la bruja, un checheno, cabalgaba hacia él. La justa siguió un patrón parecido. Un exhausto Taboush regresó con su ejército arrastrando ambos cadáveres.

—Si sigue con la lucha mañana —dijo Harhash—, lo agotarán y lo matarán.

—Ambos guerreros luchaban con el mismo estilo —dijo Layla—. Han hecho gala de una fuerza y una rapidez inusitadas.

Othman se acercó a los cadáveres.

—Me infiltraré en su campamento —anunció—. Seré un checheno más.

—Sus ropas están demasiado ensangrentadas —dijo Layla—. Tendrás que ponerte las del mongol.

—Pero no tengo aspecto de mongol.

—¿Quién te va a mirar a la cara con el hedor tan asqueroso que desprenderas? ¿Crees que vas a sufrir? Esconderé a mi paloma entre tus ropajes y será ella la que tendrá que soportar ese olor.

Y Maynoun entró en el templo que había sido suyo. Con los ojos de coral relucientes, el cabello erizado e inflamado, avanzó por la sala cual león que revisa sus dominios, cual tigre que acecha a su presa. En su túnica iridiscente resplandecían destellos de los múltiples colores del fuego. Tres diablillos con el aliento en llamas caminaban a su izquierda, tres a su derecha, uno delante y otro detrás. Ni los que estaban a su derecha —el violeta Adán, el índigo Elías y el azul Noé— ni los que lo flanqueaban por la izquierda —el verde Job, el amarillo Jacob y el anaranjado Ezra— poseían aspecto de diablillos. Isaac e Ismael, silbando y echando humo, portaban espadas de ágata y oro. Y cuando Maynoun se detuvo ante la esposa del emir, todas las túnicas de color crudo del templo adquirieron una inimitable y brillante tonalidad.

—Ha vuelto el profeta —gritó la cola de peregrinos.

—Hijo —dijo la esposa del emir—. Has vuelto.

—No soy tu hijo —declaró Maynoun—. Nunca lo he sido. No me llevaste dentro de ti.

Él chasqueó los dedos. La esposa del emir profirió un grito al ver que Ezra, Jacob y Job se abalanzaban sobre ella y registraban cada centímetro de su cuerpo. Job levantó el brazo con gesto victorioso: se había apoderado de la mano de Fátima. Maynoun dio media vuelta y salió del templo seguido de sus diablillos guerreros. La esposa del emir intentó recuperar la compostura. Con tanto registro y tanto toqueteo había sufrido un orgasmo divino, una especie de estigma.

Al subir las escaleras de piedra rota y desportillada me pesaban los pies. Hafez ascendía los peldaños de dos en dos, pero yo apenas podía con uno. Su cuerpo rebosaba vigor incluso en reposo, mientras se paraba a esperarme en cada rellano.

—Solo iremos a tu casa —dijo—. No me gustan los ocupas que viven en la nuestra, y a ellos tampoco les caigo demasiado bien. La mujer de tu casa es bastante amable y nos dejará entrar. Se esfuerza por ser amable, con la esperanza de que dejemos que se quede cuando los tribunales empiecen a tratar el tema de este barrio.

Recuperé el aliento.

—¿Y lo haremos?

—Eso depende de ti. Es tu apartamento. Tú decides. —Dio media vuelta, subió el siguiente tramo de escaleras y me esperó en el tercer piso—. Lo que es yo, pienso echar a patadas a los cabrones que viven en el nuestro. —Bajó la voz, como si las paredes oyeran—. Son unos ingratos. He intentado hablar con ellos unas cuantas veces, y ni una sola se han dignado a invitarme a entrar. Igual se creen que voy a robarles algo. No me permiten ver mi propia casa.

Vacilé al subir el último escalón que conducía al cuarto piso, pero Hafez ya llamaba a la puerta. Abrió una mujer joven, con la cara envuelta en un desmañado pañuelo de colores. Llevaba en brazos a un bebé que lloraba, otro crío se aferraba a su pierna y una niña de unos cuatro años nos observaba a unos pasos de distancia. La mujer parecía perpleja, pero saludó a Hafez con una tenue sonrisa. Nadie se movió, y por un momento la familia pareció estar posando para un mural de Diego Rivera.

—Mi marido no está —dijo en voz baja, con un fuerte acento del sur.

—No pasa nada —replicó Hafez—. Debo disculparme por molestarla. Él es mi primo, que ha venido de visita desde América. No querría importunarla, pero me preguntaba si podría dejarle entrar. Será solo un momento. Esta es la casa donde se crió.

Ella titubeó; se la veía aún más perpleja.

—Tengo poco que ofrecer a los invitados —dijo—. Hace varios días que no salgo al mercado.

—No hace falta que nos ofrezca nada. No podemos quedarnos mucho rato; debemos regresar al hospital enseguida para acompañar a su padre, que está ingresado. Mi primo desea evocar buenos recuerdos antes de su partida.

—Sí, por supuesto. —Abrió la puerta de par en par—. Pasen.

La sala ya no era tal. Se había convertido en un almacén lleno de cajas apiladas. Aquella alfombra barata debía de servir para tapar los huecos de las baldosas de mármol, que siempre habían resonado con un ruido propio cuando los tacones de mi madre los pisaban. La mujer nos condujo a una sala que solo contenía tres sillas de madera y una mesita de jardín oxidada con la superficie de vidrio. No había cortinas en las ventanas, que eran correderas con marco de aluminio barato. Fuera, el balcón carecía de barandilla, adornada antes con rosas metálicas: nada lo protegía a uno de la caída. Vacilé al mirar hacia el comedor, donde Lina practicaba con el piano todos los días. ¿El piano tendría cabida en este mundo?

—Siéntense, por favor —dijo la joven mujer—. Haré un poco de café.

—No, por favor —dijo Hafez—. Denos unos minutos para dar una vuelta y enseguida la dejaremos en paz. No se preocupe.

Sus mejillas se sonrojaron.

—¿Pretenden mirar en los cuartos de atrás?

—No, si eso le molesta. No tenemos por qué ir a la parte de atrás. ¿Y si nos deja ver la primera habitación? Es su cuarto. ¿Podemos entrar un segundo? —Al ver que asentía, Hafez me agarró del brazo y me sacó a rastras del comedor; cruzamos el salón y entramos en mi habitación. Cerró la puerta cuando entramos—. ¿Te acuerdas ahora?

Estábamos rodeados por columnas de cajas que iban del techo al suelo. Apenas había nada más, solo un pasillo entre ellas. Las arañas habían tejido intrincados dibujos de desolación en tres de los rincones del techo. Me asomé a la ventana: dos agujeros de bala trazados en las dos esquinas superiores mostraban sus cicatrices torcidas. Hafez me siguió; las cajas nos hacían estar más juntos de lo que yo habría deseado. Me sentía incómodo, descolocado; no sé si por la conducta de Hafez o por el pasado que se cernía sobre mí.

Cuando éramos niños, la tía Samia solía obligar a Hafez a pasar ratos en mi habitación para así fomentar nuestra amistad.

—Es tu hermano —le regañaba para acallar sus protestas—, tu gemelo.

—Me pregunto qué habrá en esas cajas —dije a Hafez—. Son un montón.

—Papel higiénico —contestó—. Eso es lo que contienen. Lo miré la última vez que estuve aquí.

El orgullo que desprendía me aturdió. No sabía si se alegraba de evocar los viejos tiempos, de saber algo que yo ignoraba, o simplemente de haber descubierto que una familia almacenaba miles de rollos de papel higiénico en mi cuarto. Estaba radiante.

—Qué raro —comenté. Me picaba la piel de los brazos.

—¿Verdad que sí? —Me cogió ambas manos—. Estás triste.

Se inclinó hacia delante y me abrazó. Retrocedí y me golpeé la cabeza contra una de las cajas de papel higiénico.

—¿Qué haces? —susurré.

—No lo sé. —No parecía nervioso, ni mostraba el menor remordimiento—. Estoy contento. —Sonrió y volvió a abrazarme—. No te preocupes. No es nada. Venga, volvamos al hospital.

Seguí sus pasos hasta la puerta.

—¿Y dónde está la guarida de la monstruosa Hannya? —preguntó Maynoun.

—No lo sé —dijo Adán—. He buscado por todo el mundo, en el ático y en el sótano, pero no he hallado ni rastro de ella.

—Y yo he interrogado a todo humano, demonio y animal —prosiguió Ezra—, y nadie parece saberlo.

—Quizá no deseaban divulgar lo que saben —dijo Noé—. Una tribu de beduinos asentada en un oasis a trece leguas de aquí se quedó aterrada cuando les pregunté por Hannya, y sus camellos me echaron.

—Los machacaré —gritó Maynoun—. Les abrasaré la carne, y sus huesos hablarán.

—Espera —intervino Ismael—. El oro puede proporcionarnos la información.

—No —repuso Isaac—. Lo hará la lujuria, con un toque místico. Anunciaré a la tribu que este apuesto profeta premiará a quien le ayude con siete besos y una lamida de labios.

Un niño y una niña se mostraron dispuestos a hablar.

—Está a un día de camello al noroeste —dijo el niño.

—Veréis un cráter gigantesco —añadió la niña—. Buscad ocho palmas dispuestas en forma de dos diamantes.

—¿Puedo recibir mis besos? —preguntó el niño.

—¿Y mi lamida? —dijo la niña.

En la entrada de la guarida de Hannya, los diablillos se colocaron en círculo alrededor de Maynoun. Cada uno de ellos apoyó la mano izquierda en el hombro de un hermano y la derecha en el cuerpo de Maynoun.

—Estamos contigo —proclamaron al unísono—. Ahora y siempre.

—Encontrarás siete puertas, y cada una de ellas está protegida por un demonio —dijo Ismael—. No puedes cruzarlas sin pagar.

—Aquí tienes siete monedas de oro —intervino Noé—. Una para cada demonio.

—Y aquí van dos diamantes —añadió Adán—. Por si acaso.

—Toma estos dos pastelillos de dátiles —dijo Elías—. Necesitamos uno para pasar ante Cerbero, el perro de tres cabezas, y otro para entretenerlo en el camino de vuelta.

—Ten paciencia —aconsejó Job.

—Ten cuidado —advirtió Jacob.

—Ten imaginación —concluyó Ezra.

Y Maynoun, con el fuego y la sangre brillándole en los ojos, descendió por el cráter seguido de los diablillos. La luz se desvanecía a cada paso, y una llama surgió del cabello de Maynoun para alumbrarles el camino.

La primera puerta era de ágata y se hallaba custodiada por un diablo rojo con forma de gárgola y cabeza de lobo.

—Qué trillado —rezongó Isaac.

—Debes pagarme —dijo el guardián, con una voz que recordaba al ladrido de un perrito faldero.

Maynoun sacó una moneda de oro, pero cuando iba a dársela se detuvo.

—No. No pienso pagar. —Alzó las manos, y una ráfaga de fuego salió de ellas y derribó la puerta.

—Eso no se puede hacer —gimoteó el tembloroso guardián mientras Maynoun pasaba ante él—. No se puede entrar sin permiso. Debes renunciar a algo.

Isaac acalló al demonio de un pescozón y se apresuró a seguir a los demás.

—Tienes un estilo muy distinto del de tu madre —dijo Elías—. Más vesubiano, diría yo, si tuviera que describirlo con una palabra.

El demonio de la segunda puerta no tuvo tanta suerte. Tomó la forma de una serpiente gigantesca, se enroscó detrás de la puerta esmeralda y escupió veneno a los intrusos. Maynoun lo asó y siguió su camino. Los murciélagos se cernieron sobre ellos después de la tercera puerta. Elías elevó los brazos para conjurar a sus propios murciélagos, pero Maynoun fue más rápido. Exhaló, y su aliento mató a los animales en pleno vuelo. Luego resquebrajó la cuarta puerta con un simple chasquido de dedos. Cuervos y cornejas aparecieron detrás de la quinta: explotaron uno por uno en cuanto él posaba la mirada en ellos, así que Maynoun y su séquito de diablillos avanzaron a través de una nube de plumas negras. Cuando llegaron las hordas de muertos vivientes, justo después de cruzar la sexta puerta, él los despachó con un leve movimiento de muñeca.

Tras la séptima puerta el camino quedaba obstaculizado por el feroz Cerbero. Era inmenso, más grande que cualquier otro demonio.

—¿Un pastelillo de dátiles? —preguntó Elías mientras extendía la mano para ofrecerle el regalo.

Una de las tres cabezas se abalanzó hacia delante, con los dientes apretados, mientras las otras dos ladraban. Con un simple bostezo Maynoun redujo al can a cenizas. El grupo prosiguió su avance.

—Me gustaría saber quién te ha enseñado todo esto —dijo Isaac—. Desde luego, no fui yo.

—Ni yo —añadió Ismael.

Hannya, que había adoptado su guisa más amenazadora, se hallaba en su guarida subterránea.

—Jura que no me atacarás —dijo el monstruo a Maynoun—. Jura que tú y los tuyos me dejaréis en paz ahora y para siempre, que ninguno de vosotros volverá a molestarme: ni tú, ni Fátima, ni Afreet-Yehanam, ni mucho menos esos muñecotes estúpidos que te acompañan.

El monstruo, que había adoptado su forma más imponente, estaba sorprendido al ver que Maynoun había entrado en su guarida sin prescindir de su torpe forma de humano adolescente. Sus cabellos rozaban el techo y sus brazos llegaban a ambos extremos de la cueva. Docenas de demonios de variadas formas y clases, congelados y encerrados en urnas ovaladas de vidrio transparente, abarrotaban la guarida. La madre de Maynoun, Fátima, estaba inconsciente en un óvalo medio abierto, y una espada colgaba sobre su cabeza.

—Si no lo juras —dijo el monstruo—, ella morirá. Si lo juras, vivirá. Dame tu palabra de que no intentaréis matarme y pondré en libertad a tu madre. Todos podemos seguir como estábamos antes, fingir que no ha sucedido nada.

Los diablillos no podían estarse quietos. Isaac hizo rechinar los dientes. Ismael chasqueó los nudillos. Job gruñó.

—Libera a mi madre —ordenó Maynoun.

—Marchaos —rugió el monstruo—. Me conformo con no volver a poneros la vista encima.

La paloma roja recorrió el cielo oscuro hasta ver a su ama sentada junto al fuego del campamento, rodeada de sus siete amigas.

—¿Qué dice el mensaje? —preguntó Maysoura.

—Todas las tardes la bruja prepara una poción que proporciona una fuerza sobrehumana a sus guerreros —dijo Layla—. Los hombres hacen cola junto al caldero por las mañanas.

—¿Qué vamos a hacer? —preguntó Soumaya.

—Bueno —dijo Lama—, contamos con una experta en pociones. ¿Tú qué opinas, Lubna?

—¿Yo? —preguntó Lubna—. ¿Cómo voy a saber algo de una poción como esa? Si lo supiera sería rica. Lo único que sé es que para que una poción surta efecto todos los ingredientes deben mezclarse de forma precisa. Si Othman arroja algo en la mezcla, la estropeará.

—Él no puede acercarse tanto —dijo Layla—. Tal vez nosotras podamos… O al menos nuestras palomas podrán.

—Genial —gritó Umm Yihan—. He adiestrado a mis palomas para que sean fuertes. Pueden transportar incluso una pequeña rama de olivo.

—¿Qué deberíamos añadir a la poción? —inquirió Rania.

—No podemos echar nada grande —dijo Layla—, o se notará. Nada de ramas de olivo.

—Tengo salvia y cilantro —sugirió Soumaya.

—Se me ocurre una idea mejor —dijo Lubna—. Mis palomas me odiarán, pero sé preparar una poción especial. De vez en cuando resulta útil.

—Sin duda una idea inspirada. —elogió Layla.

—Pobres palomas —se lamentó Lubna—. Intentaré explicarles que el efecto no durará mucho y que sus tripas se calmarán al poco tiempo.

Por la mañana, los soldados mongoles de la reina bebieron la poción del caldero, que sabía rara. En cuanto el primero se puso al alcance de la espada de Taboush, su cabeza decapitada cayó sobre la tierra seca con la mirada de sorpresa inmortalizada en los ojos. El segundo en aceptar el desafío de Taboush no corrió mejor suerte: fue despachado en cuestión de segundos. La hechicera maldijo el caldero.

—¿No tienes nada mejor? —gritó Taboush—. ¿No hay por allí ningún guerrero digno de sufrir el ataque de mi acero?

Layla montó en su yegua y bajó al campo de batalla.

—Permíteme —dijo a Taboush. Y, sin descabalgar, gritó—: Eh, bárbara ignorante. No eres más que una aficionada; un fraude, no una reina. Te insulto y te maldigo. Si te queda una pizca de honor, ven a mi encuentro. Tus esbirros no son dignos de luchar con nuestro guerrero, ni lo serán nunca. Proclamo que eres tan insignificante como tus enaguas. Sal y demuestra lo contrario.

La reina bruja montó en cólera.

—Un reino que envía a sus putas a defender su honor es que carece de él. —Se volvió hacia uno de sus mongoles—. Ven conmigo. Debo prepararme. Voy a dar a esa zorra escarlata una lección que le será útil cuando llegue al infierno.

Entró en su tienda de piel de yak, seguida por el mongol.

—¿Se atreve a llamarme fraude? Le enseñaré la ira de una auténtica reina. Desataré la fuerza del trueno sobre su cabeza. Por cierto, me gusta toda esa sangre que llevas al cuello. Haré que mis guerreros sigan tu estilo.

Al ver que la reina cabalgaba al encuentro de su oponente, Taboush advirtió a Layla:

—Ten cuidado. Es una bruja poderosa. ¿Cómo vas a derrotarla?

—Por el modo en que alza la cabeza diría que no es ninguna hechicera, y mucho menos poderosa. Es ni más ni menos que mi amado esposo.

Othman, vestido con el atuendo mongol de la reina, se acercó a ellos.

—La malvada bruja ha dejado de respirar. Creo que sus hombres ya no opondrán mucha resistencia.

Taboush hizo sonar el cuerno de guerra, y el ejército de inocentes atacó al enemigo. La batalla duró poco, ya que los bárbaros se rindieron enseguida: habían perdido la voluntad de luchar. El héroe de las tierras viajó a Kirkuk, donde debía gobernar, y Othman, Layla y sus amigos regresaron a El Cairo.

Fátima abrió los ojos mientras Noé, Elías, Ezra y Job la llevaban en brazos. Vio la musgosa cueva con incrustaciones de mármol en el techo y los restos de una puerta derribada.

—Parad —ordenó, aún mareada—. Bajadme. —Miró a su alrededor y dirigió la pregunta a Maynoun—. ¿Dónde está tu hermano?

—Mi hermano ya no está.

Fátima se zafó de los brazos de los diablillos y se puso de pie. Miró a su alrededor y extendió la mano; Job depositó en ella el talismán. Regresó por donde venían, seguida por los diablillos y por su hijo, que no podía levantar la mirada del suelo.

Cuando entró como una exhalación en la guarida de Hannya, el suelo se estremecía con cada uno de sus pasos y las paredes temblaban ante su furia.

—Explícate antes de morir —ordenó Fátima—. ¿Por qué mataste a mi hijo? ¿No te paraste a pensar en las consecuencias?

Hannya profirió un largo e intenso suspiro.

—Todos hacemos lo que debemos. ¿Acaso a la vela que se apaga le importa la oscuridad?

—Ha llegado tu hora —gritó Fátima.

—No. Estás obligada a cumplir la promesa de tu hijo de no tocarme. Lárgate. Tú y tu hijo podéis ser poderosos, pero no tenéis el menor dominio sobre mí.

—Estúpida, estúpida mujer. Deberías haberme matado cuando tuviste la oportunidad. —Fátima alzó los brazos en el aire—. La muerte se expía con muerte.

El monstruo miró al techo con sus tres ojos.

—No te servirá de nada ponerte histriónica. No puedes arrojar ningún hechizo en mi contra.

—Lo que has nutrido se nutrirá ahora de ti —sentenció Fátima, y liberó a los demonios que Hannya tenía presos ante la mirada lívida del monstruo.

—Espera —gritó Hannya—. Espera. Lleguemos a un acuerdo. Tengo algo que ofrecerte. Tengo algo que necesitas. Tengo el...

Pero los demonios, libres de sus cadenas, se abalanzaron sobre su torturadora. Hannya se zafó de los tres primeros, del cuarto y del quinto, pero enseguida se vio abrumada; fueron devorándola despacio. Su gritó de agonía fue lo primero que se desvaneció; luego las manos y los brazos, las piernas y la cabeza, hasta que de ella solo quedó el vacío.

21

De madrugada, antes de que hubiera suficiente luz para distinguir un hilo blanco de otro negro, Beirut mostraba una imagen prístina y sorprendentemente ruidosa: dos fenómenos que parecían relacionados. Lo único que poblaba las calles vacías eran los gigantescos camiones verdes de recogida de basuras, y me vi atrapado detrás de uno que organizaba un especial estruendo. Existían muchas y extrañas diferencias entre mis dos hogares, Los Ángeles y Beirut, pero por alguna razón ninguna parecía tan indicativa como la recogida de basura: en Los Ángeles la basura se recogía una vez por semana; en Beirut, cuatro veces al día. Entre pedos y chasquidos, el camión se detenía cada pocos metros, impidiéndome el paso. Por fin, cuando los basureros de piel oscura saltaron a la derecha para vaciar el contenedor del siguiente edificio, di un volantazo hacia la izquierda y adelanté al camión. El conductor parecía abatido y ajeno a todo.

La puerta principal del hospital seguía cerrada. Al doblar la esquina, la entrada de urgencias me absorbió con un zumbido apenas audible. El rumor de los fluorescentes de la quinta planta se oía muy bien. Seguí las líneas marcadas en el suelo: pasé por la sala de visitas, por el desierto mostrador del vigilante; crucé la unidad cardíaca y pasé ante las habitaciones, cuyas ventanas eran como peceras de vidrio que exhibían a pacientes dormidos, viejos y asustados.

Nadie habría reconocido a mi padre. Lo que recordaba de él no se parecía en nada a aquello que yacía ante mis ojos. Quise abofetearme, despertar. Le acaricié la frente. Fátima roncaba tumbada en la camilla.

Mi hermana, despierta en la butaca, contemplaba el cuerpo postrado de mi padre.

Fui hacia ella, le toqué el hombro.

—No podía dormir —susurré.

—Ni yo tampoco. —Me cogió de la mano, ya fuera en busca de consuelo o con la intención de ofrecerlo—. En cuanto daba una cabezada soñaba que él y yo teníamos una tremenda pelea. Él estaba enojado, implacable. —Se apoyó en mi brazo—. Me aterra dormir.

—Ahora que Hannya ya ha abandonado este mundo —dijo Maynoun—, me quedaré con el suyo. Su guarida será mi hogar.

Empezó a barrer el suelo con una escoba improvisada mientras tarareaba un canto fúnebre.

—Tu hijo no se ha encontrado bien —informó Isaac a Fátima.

—Pero mejora —añadió Ismael—, día a día.

—Pronto estará sano y listo para seguir, aunque incompleto —dijo Jacob.

—Habría supuesto una desagradable sorpresa que no se hubiera sentido absolutamente destrozado —dijo Fátima—. Con ayuda del tiempo lo curaremos. Pero también debemos encontrar a su hermano.

Los ocho diablillos agacharon sus respectivas cabezas.

—Lo hemos intentado —dijo Noé—. Le hemos buscado por todas partes.

—Esa diablesa fornicadora, Hannya, lo cortó en pedazos —dijo Adán, y Fátima rompió a llorar.

Maynoun barrió un rincón con la escoba y notó que un hormigueo subía por el mango. Se agachó a recoger una caja de obsidiana del tamaño de su mano.

—Madre —gritó desde el otro lado de la espaciosa cueva—. Lo he encontrado.

Fátima y los diablillos corrieron hacia él. Ella vio el corazón de Layl, lo cogió y lo apretó contra el suyo. Profirió un gemido desgarrador, y los diablillos lo corearon. Pero el vampiro de la pena no se apoderó de Maynoun. Su cara se tiñó de un color rojo brillante y sus cabellos estallaron en llamas una vez más. Cogió el corazón de su amante de manos de su madre. Al contacto con la palma de su mano, el corazón brilló y latió.

—Podemos reconstruirlo —dijo Elías.

—Resucitarlo —dijo Adán.

—En la mano de nuestro sobrino el corazón late —dijo Job.

—Layl volverá a levantarse —dijo Ezra.

—Nos harán falta todas sus partes —dijo Fátima—, además de un milagro.

Con el corazón de su amado contra el suyo, Maynoun dijo:

—Sé dónde hallar a mi adorado.

Cuando Baybars supo que Othman y Layla se hallaban ya cerca de las puertas de El Cairo, anunció:

—Ya es hora de que la ciudad honre a mis amigos. Celebremos la victoria que han conseguido contra la reina de Mongolia. Taboush tiene que ocuparse de los asuntos de Kirkuk. Daremos otra fiesta cuando él llegue. Ahora sorprendamos a Othman y a su esposa.

Los ciudadanos de El Cairo abarrotaron las calles; gritos y vítores de júbilo surcaron la ciudad. Ante miles de testigos, Baybars elogió a Othman y a Layla por su victoria sobre la reina bruja y por sus múltiples servicios al reino. Luego cubrió sus cuerpos de oro y sus cabezas con turbantes de piedras preciosas.

—No lo entiendo —dijo Taboush, en el salón del trono de Kirkuk—. ¿Cómo puede ser que el sultán me insulte de este modo? Esa mujer con afeites en la cara se ha llevado la gloria de mi victoria. ¿Acaso yo no la merezco? ¿No le he servido con lealtad? ¿Cómo puedo mostrarme en público después de esta afrenta? Dirigí las tropas. Soy yo el héroe de guerra. ¿Por qué honrar a sus amigos a mis expensas? No está bien.

Y justo entonces un ayudante abrió las puertas de la sala y anunció:

—Un sacerdote llamado Arbusto os ruega que le concedáis un minuto de vuestro tiempo.

Una pálida y serena tía Samia apareció en la sala de espera, escoltada por dos de sus hijos, Anwar y Munir. Salwa, sentada a mi derecha, parecía dispuesta a sacrificar al hijo que esperaba con tal de volver a entrar en la habitación de mi padre, o de irse a cualquier lugar que no fuera la sala de espera. Hovik la abrazaba por los hombros. Ella se zafó de él y me cogió la mano. Levanté la suya hasta mis labios y la besé.

—No tardará mucho en llegar —susurró ella—. Lo presiento. —Confundió mi incomprensión por sorpresa e inquietud—. No te preocupes. No pasa nada. Está dando patadas. Quiere salir.

—Pero te falta una semana para salir de cuentas, ¿no?

Se encogió de hombros.

—Ya sé cuándo salgo de cuentas. No digo que vaya a nacer ahora. Pero sí pronto.

—Ella lo sabría —intervino la tía Samia—. Yo siempre lo supe, mucho antes de que empezaran los dolores. —Hizo una pausa sin mirar a nadie en concreto—. ¿Cómo vais a llamarlo?

Hovik se disponía a responder, pero mi sobrina se le adelantó.

—Aún no lo hemos decidido.

—Llamadlo Farid —dijo mi tía—. Sería un detalle precioso. Tu abuelo estaría encantado.

—Imposible —dijo Salwa—. En serio. No podría regañarle. ¿Cómo iba a castigar a un hijo mío que se llamara Farid?

La tía Samia parecía perpleja.

—Entonces buscad otro nombre. Pero dentro de la familia. Yihad no sería adecuado. ¿Y Wayih? No le conociste, así que no te supondría ningún problema.

Hovik creyó que había llegado el momento de empezar a practicar el deporte más popular entre la familia: tomar el pelo a la tía Samia.

—Estamos pensando en llamarlo Vartan, como mi padre —dijo.

—¡Oh! —exclamó ella—. Un nombre armenio. ¿Crees que es buena idea cargar a tu hijo con semejante peso?

—Es un gran nombre —se defendió Hovik—. Significa «el que trae rosas».

—¿En qué idioma? —preguntó la tía Samia.

—En el gramaticalmente incorrecto —dije sin pensar.

Hovik se volvió hacia mí para ver si bromeaba. Se rió. Salwa sonrió. Entonces fue ella quien se llevó mi mano a sus labios y la besó.

—Pues a mí me parece un buen nombre —insistió Hovik.

—¿A los primogénitos no debéis llamarlos Antranig? —pregunté.

—Ni idea. A mí no me lo pusieron.

—Ni tampoco te llamaron Hagop o Zaven. Creía que todos os llamabais o Hagop o Zaven.

—Qué malo eres —dijo Hovik, riéndose—. No tiene ninguna gracia.

Salwa parecía a punto de estallar en lágrimas de gratitud. Posó mi mano en su barriga y la cubrió con la suya.

—Lo llamaremos Murad —dijo a mi perpleja tía—. Siempre me ha encantado ese nombre. Cuando era niña, Osama solía contarme historias siempre que venía de visita. —Hizo una pausa para serenar la voz—. Muchas eran historias de tu padre.

—Ninguna de ellas tenía ni un ápice de verdad —replicó mi tía.

—No importa. En uno de esos relatos aparecía un precioso derviche joven llamado Murat. Juré que si tenía un hijo lo llamaría Murat para que cuando fuera mayor se convirtiera en un hombre apuesto y amado.

—Pero no podemos usar el nombre en su forma turca —explicó Hovik—, porque tengo parientes que me cortarían la garganta por pensarlo siquiera. Nos quedaremos con un hermoso nombre árabe: Murad.

La tía Samia cogió el monedero que tenía en el regazo con ambas manos y dijo:

—Y crecerá hasta ser apuesto y amado.

—Que las palabras vayan de tus labios al oído de Dios —dijo Hovik.

—Ayúdame a levantarme —dijo Salwa—. Deberíamos ir a ver cómo está.

Pesaba tanto que estuve a punto de caerle encima cuando tiré de ella. En cuanto cruzamos la puerta, rompió a llorar.

—Le contarás historias a Murad, ¿verdad?

Primero recuperaron el torso. Surcando el cielo montado en la alfombra, Maynoun dijo:

—Lidiaré con los leones.

—Son animales poderosos —dijo Jacob.

—No seas cruel en exceso —sugirió Isaac—. Ellos no mataron a tu hermano.

—Y cuando los necesitaste, fueron un consuelo —continuó Ismael.

La cueva se hallaba en un oasis rocoso en mitad del desierto. Estaba custodiada por siete leones que rugieron en cuanto el grupo se perfiló entre la niebla. El resto de la manada fue saliendo de la cueva uno por uno: eran al menos cincuenta. El rey de las bestias anunció su llegada con un potente rugido.

—He venido a buscar a mi hijo —dijo Fátima.

—Pues podrías haberte quedado en tu guarida —replicó el rey de los leones—. No renunciaré a nuestro tesoro, cuya presencia ha doblado nuestra fuerza.

Esas fueron sus últimas palabras. Maynoun sostuvo el corazón ante él, y el rey de las bestias explotó y desapareció en la nada.

—Recuperaré a mi amor —dijo Maynoun mientras se encaminaba hacia la cueva.

Luego fue el turno de las piernas. Viajaron al África profunda, por el Nilo, y más allá de sus siete bocas.

—Ten cuidado —advirtió Ismael—. Los monos son unos fulleros, y Hanuman es su dios. No podemos dejarnos engañar por sus tretas.

Maynoun señaló una frondosa alfombra de árboles salchicha y baobabs. Al aterrizar fueron recibidos por un enorme grupo de monos, que intentaban simular amenaza pero que solo conseguían resultar irritantes. Flotaban de rama en rama con facilidad y sus saltos cubrían distancias imposibles.

—Todos los viajeros que cruzan mis dominios deben responder a mi adivinanza o morir. —La voz del rey de los monos, como su dueño, viajaba de una rama a otra.

—Dijiste que eran seguidores de Hanuman —dijo Isaac a su hermano—, no de la Esfinge.

—Os reduciré a cenizas a ti y a los tuyos —dijo Maynoun—, y carbonizaré vuestros árboles hasta convertirlos en escombros.

—Pregunta ya —ordenó Fátima.

—Resuelve la siguiente adivinanza —dijo el rey mono—. ¿Qué criatura tiene una sola voz, va a cuatro patas al amanecer, a dos al mediodía, y a tres al anochecer?

—Oh, por favor —exclamó Job.

—Otra vez no —se quejó Isaac.

—¿A quién le importa? —dijo Elías.

—Será mejor que me des ya eso que no os pertenece, ni a ti ni a los tuyos —advirtió Fátima.

—No pienso hacer tal cosa —dijo el rey mono—. Resolver la adivinanza solo os autoriza a entrar. No…

El rey mono desapareció.

Algún día le contaría historias a Murad. Solo esperaba que me escuchara. Mi abuelo contaba historias a sus hijos, pero el tío Yihad fue el único que le escuchó, e incluso él dejó de hacerlo cuando se hizo mayor. Mi padre se empecinó en no escuchar, ni los cuentos de hadas ni los relatos de familia. «Siento poco interés por mentiras e invenciones», solía decir.

Una semana antes de que muriera en aquella terrible primavera de 1973, el abuelo me contó una historia en su cuarto: un relato que no me había contado antes. Tal vez fue porque creyó que yo ya tenía una edad, doce años, que me permitía entender más cosas, escuchar mejor. Tal vez supiera que se moría. Estaba de buen humor, sin embargo: bullicioso y con las comisuras de los labios apuntadas hacia los muchos pelillos que le salían de las orejas. Ese día me contó su versión sobre la muerte de Abraham.

—Y se acercó el final —empezó—, como siempre sucede. Se acercaba cada vez más. Abraham, a sus ciento setenta y cinco años, reconoció las señales, ya que su esposa había fallecido antes que él. En su lecho de muerte murmuró a su hijo: «Necesito tu salud, porque la mía se desvanece. Te ruego que busques a tu hermano. Prometí a tu madre que no intentaría volver a verlo, pero deseo que él me vea». Isaac ensilló al caballo y partió en busca de Ismael.

»Y en una tierra distinta Agar consultó a su corazón y supo que su amado estaba a punto de abandonar este mundo. Despertó a su hijo y le dijo: "Levántate, Ismael, levántate y busca a tu padre, ya que falta poco para que Dios le acoja en su seno". Ismael se incorporó y dijo: "Ven conmigo, madre, y ambos podremos despedirnos". Y Agar se negó: "He pasado una vida entera lejos de casa. Mi corazón lleva demasiado tiempo emparedado. Incluso una leve insinuación de lo que podría haber sido me resulta insoportable".

»Mientras se despedía de Ismael, Agar se preguntaba: "¿Estaré haciendo lo correcto?".

»Y cuando Isaac se cruzó con Ismael en el desierto, lo reconoció porque, aunque su hermano había partido hacia el exilio cuando él era solo un bebé, Isaac vio a su padre en los ojos de su hermano. Ismael también reconoció a su hermano al ver a su padre en los ojos de Isaac. Y los hermanos se fundieron en un abrazo, ya que cada uno se vio reflejado en el otro, y cabalgaron hacia la casa de su padre.

»Pero no llegaron a tiempo porque Abraham, fiel a la promesa hecha a su esposa, murió antes de poder ver a su hijo. Ismael e Isaac, de rodillas frente a su padre, se deshicieron en sollozos y lamentaron sus destinos. "Lo siento tanto", dijo Isaac. "También yo", dijo Ismael. "Tu padre deseaba que le vieras", le dijo Isaac, e Ismael cogió a su hermano de la mano. Ambos lloraron y penaron juntos, y se consolaron mutuamente, ya que los dos habían sufrido la misma pérdida.

»Ismael e Isaac enterraron a su padre en la cueva de Machpelah, en el campo que Abraham había comprado a los hititas, en lo que ahora es la Tumba de los Patriarcas de Hebrón.

Los brazos. Las alfombras planearon sobre las montañas del Líbano, por encima de los grandes cedros donde anidaban las águilas. Las aves se alinearon en el aire, prestas al ataque, a las órdenes por su líder.

—Volved por donde habéis venido —gritó el rey de las águilas—. Los demonios no son bienvenidos en nuestros cielos. Marchad o morid.

—¿Sus cielos? —preguntó Job.

—Detesto a las águilas —dijo Isaac—. Son unas criaturas presumidas y pretenciosas.

Con un chasquido, Isaac desapareció y reapareció montado a lomos del rey de las águilas, arrancándole las plumas una por una.

—Esta aguilita es presumida —cantó Isaac—, esta aguilita no volará, esta aguilita se cree que dirige el mundo, esta aguilita morirá.

Isaac no paró hasta que casi no quedó ni una sola pluma en su sitio. El rey de las águilas se precipitó hacia la muerte e Isaac volvió a saltar sobre la alfombra.

Y luego fueron a por la cabeza. La guarida de las hienas se hallaba en un suave desierto que se extendía entre el Éufrates y el Tigris. Cuando el grupo llegó ahí, no encontró en ella ni una sola hiena y Maynoun recuperó la cabeza de su hermano.

—El sultán es un mentiroso —dijo Arbusto—. Un hombre cabal concede honores a quien los merece, no a sus seres queridos. Las putas y los ladrones se han apoderado del trono del Islam, y el reino ruega que alguien lo rescate de esos gobernantes.

Taboush, sentado en su trono, meditaba sobre la atractiva petición que le llegaba.

—No sé qué hacer. Luchar contra mi propio pueblo no me parece una tarea afortunada ni admirable.

—Un verdadero sultán es capaz de distinguir el bien del mal —dijo Arbusto—, un sultán indigno no. Te deshonra porque te teme. Eres un héroe que desciende de héroes, un rey que desciende de reyes. Él no es más que un esclavo al que la suerte ha conducido hasta el trono; un trono que llora mientras aguarda la llegada de un ocupante más digno. Álzate, mi señor, y reclama lo que te pertenece por derecho, aunque solo sea para ofrecer a los fieles un líder encomiable y un buen ejemplo.

—No sé qué hacer —dijo Taboush.

—Convoca al ejército. Empieza por la ciudad de Alepo. En cuanto el pueblo descubra al héroe más decente del reino, se aliará contigo. Si no lo hacen, destrozaremos sus murallas para que el resto de ciudades aprenda la lección. —Se le iluminaban los ojos, las pupilas se movían en todas direcciones—. No solo los derrotaremos en Alepo; iremos a Damasco, a Homs y a Hamah; luego a Bagdad, Mosul y Jerusalén. Y por último llegaremos a El Cairo para derrocar al sultán. Siiiií.

Taboush se portó como un hombre de honor. Escribió una carta al alcalde de Alepo donde le advertía de la inminente llegada de su ejército desde Kirkuk. Taboush pidió a la ciudad siria que se rindiera a su mandato, ya que no deseaba derramar ni una gota de sangre. Y el alcalde de Alepo comunicó la noticia al rey Baybars.

—Preparad al ejército —ordenó el sultán—. Se acercan días aciagos. Los hijos lucharán contra los padres, y los hermanos pelearán entre sí. Enviad una carta al Fuerte de Marqab, ya que los hijos de Ismael son los soldados que se hallan más cerca de Alepo. Informad de esta desgracia a mi hermano, Maarouf.

Y al leer la carta, Maarouf se mesó los cabellos.

—El día del Juicio se acerca.

—Me duele el corazón. —Taboush, al frente de su ejército, se hallaba ante las puertas de Alepo.

—La senda del honor pocas veces es cómoda, y el héroe siempre sufre —dijo Arbusto.

Los defensores de Alepo jalearon a los hijos de Ismael cuando estos aparecieron en el horizonte, haciendo sonar las trompetas de guerra. Los guerreros formaron y su héroe cabalgó hacia el ejército invasor gritando.

—Volved a vuestras casas. Defenderé esta ciudad de fieles hasta la muerte.

Y Taboush reconoció la voz de su padre.

—Envía a un soldado a matarlo —aconsejó Arbusto.

—Nadie sino yo se enfrentará a mi padre —dijo Taboush, mientras montaba sobre su semental.

—¿Qué estás haciendo, hijo mío? —preguntó Maarouf.

—Pretendo derrocar a un usurpador —dijo Taboush.

—El traje de la ingenuidad no te sienta bien. El honorable sultán es nuestro señor por derecho propio.

—Aparta, padre, porque no deseo pelear contigo.

—No lo haré —replicó su padre—. Nadie pasará por aquí mientras me quede un solo aliento de vida.

Y ni el padre ni el hijo se movieron: permanecieron cara a cara durante horas y horas, impertérritos y obstinados, hasta que el sol finalizó su peregrinaje diario, ya que no existe día alguno que no termine con la llegada de la noche.

Ya en la guarida de Hannya, Maynoun, Fátima y los diablillos juntaron las partes del cuerpo de Layl. Adán colocó el torso, Elías puso una pierna y Noé la otra, Job y Jacob se ocuparon de los brazos, y Ezra añadió la cabeza. Maynoun devolvió el corazón a su lugar y vio cómo este desprendía destellos dispersos hasta recuperar su latido normal. Fátima cerró la herida y la limpió.

—Le falta algo —dijo Ismael—. No está entero.

—Tiene pene, pero le faltan… —dijo Elías.

—Los testículos —concluyó Maynoun.

—Traedme a esa aduladora —ordenó Fátima—. Ha llegado la hora de lidiar con la madre de la traición.

Taboush sacó brillo a sus espadas.

—Debes matar a tu padre —dijo Arbusto—. Es la única forma de que puedas cumplir con tu destino. Es tan obstinado como tú. Estáis cortados de la misma tela rígida.

—No lo haré.

Al amparo de la oscura noche, Arbusto se infiltró en el campamento de los hijos de Ismael disfrazado de clérigo musulmán, y por la mañana abordó a Maarouf cuando el héroe se disponía a montar en su caballo.

Arbusto le ofreció un plato de sopa y dijo:

—Tomadla, mi señor. Os dará fuerza.

—Tengo toda la fuerza que me hace falta —replicó Maarouf.

—Entonces tomadla porque sabe bien.

Y Maarouf se bebió el veneno antes de ir a reunirse con su hijo.

—Apártate, padre —le dijo Taboush.

—Tu deseo se verá cumplido. —Maarouf oscilaba sobre el caballo—. Me han envenenado. Pronto dejaré de respirar, y podrás pasar.

Taboush vio cómo su padre caía del caballo y moría. Dolor y culpa, los dos hermanos inseparables, embargaron al hijo. Maldijo su estupidez, su orgullo y su talante impetuoso y el día en que llegó a este mundo.

—Traedme al malvado —ordenó Taboush.

A su llegada, Baybars no encontró un ejército invasor ni presenció un feroz combate. Vio a un héroe arrepentido de rodillas, con el cuerpo de su padre a su derecha y Arbusto encadenado a su izquierda.

—He pecado —dijo Taboush.

El jefe de fuertes y batallones fue enterrado con todos los honores que merecía. El funeral duró tres días. Pasados los días de luto, Baybars convocó al consejo.

—Ya no puedo ser rey —dijo Taboush—. Ni siquiera debería estar entre los vivos. He fallado a mi padre. Que se haga justicia. No merezco codearme con los hombres de honor. Abandonaré las tierras de los fieles y viviré en el exilio hasta que purifique mi alma.

—No estés mucho tiempo lejos de nosotros —dijo Baybars—. Tu hogar siempre será este.

Y Taboush se alejó. Hacia el este encaminó sus pasos; hacia el perdón y la penitencia, que eran su misión.

La esposa del emir ya no se atrevía a pisar el templo del sol. No temía la violencia o el ultraje —su pueblo era en verdad amable—, pero la aterraba la posibilidad de verse arrastrada a la bacanal. A partir de la gloriosa aparición del profeta, en el templo había estallado una orgía multitudinaria, que no había parado, ni menguado en intensidad. Alegría, combinaciones, posturas. Ella había intentado detenerla ese primer día, pero cuando dirigió la palabra a los peregrinos, un atractivo suplicante que se hallaba a punto de recibir placer oral le acarició la pantorrilla; la sensación de gusto fue tan potente que ella notó que la túnica le resbalaba por los hombros. Desde ese momento había dedicado todos los instantes de sus días a atisbar el espectáculo desde detrás del altar del sol. Su lascivia florecía por momentos. Alegría, combinaciones, posturas…

Aquella mañana despertó y no se molestó en asearse. Corrió a ocupar su lugar favorito en el templo, desde el que disfrutaba de una visión panorámica sin ser vista, para reemprender su nuevo ritual diario. Lo observó todo, fascinada, y en su interior fue creándose esa deliciosa presión.

Los diablillos de colores la abordaron en aquel escondrijo. Elías, Ezra y Job la prendieron, y ella se sintió desaparecer, solo para resurgir en una cueva, de rodillas ante su enemiga.

Al principio no supo decir qué la asustaba más. ¿Tal vez la furiosa Fátima, que mostraba a las claras su intención de hacerle daño? ¿Tal vez su hijo, casi irreconocible, cuyos ojos rojos despedían destellos de odio? ¿O tal vez fuera la visión del asesinado, ahora dormido, obviamente no muerto, pero tan feo como siempre? Tenía que ser por Fátima.

—No pretendía hacerlo —sollozó la esposa del emir—. No lo sabía.

—Traicionaste a tu hijo —la abroncó Ismael.

—Mataste a tu hijo —la acusó Adán.

—Y te regocijaste en el crimen —dijo Jacob.

—Era sangre de tu sangre —añadió Ezra.

—El fruto de tus entrañas —dijo Elías.

—Por eso y por mucho más, mereces la muerte —sentenció Noé.

—Pero aún no ha llegado mi hora —protestó la esposa del emir.

—Recuperaré a mi amado. —La mano de Maynoun atravesó el cuerpo de la esposa del emir. Sus dedos penetraron en su estómago y recobraron los testículos de Layl. La mujer dejó de respirar.

Fátima se arrodilló ante su doble muerta y tocó su herida, para cerrarla.

—Que en la muerte estés completa.

Y Maynoun colocó la última pieza del cuerpo de su amor.

Chapuzas no podía disimular su preocupación.

—La diálisis no ha funcionado —dijo—, y el hígado empieza a fallar.

Mi hermana movió desconsolada la cabeza. Era como si quisiera decir algo pero no supiera qué. En mi lengua estalló un amargo sabor a lata y aluminio.

—¿Y qué hacemos con este hombre odioso? —preguntó Baybars.

—Deja que mate yo a Arbusto —dijo uno de los africanos—, por todo el dolor que ha causado.

—Le cortaré la cabeza —dijo un uzbeco—, como castigo a sus traiciones.

—Lo ahorcaré —dijo Aydmur—, por todas las muertes que ha provocado.

—Lo quemaré —dijo Othman—, para que no quede ni rastro de él en este mundo.

—¿Y qué harías tú? —preguntó Baybars.

—¿Yo? —dijo Layla—. Le arrancaría la piel a latigazos y le crucificaría en el desierto abrasador, para que su innoble alma sufra una larga agonía antes de partir.

—Que así sea —decretó Baybars.

La piel que rodeaba los ojos de mi hermana había adquirido una tonalidad de pizarra, y las arrugas manchaban sus mejillas. Su mundo parecía limitarse a la cama donde yacía mi padre, una *pietà* a la inversa. Su aliento era un susurro ronco de tabaco.

—¿Estás bien? —pregunté.

Asintió con indiferencia. Fátima, al otro lado de la cama, murmuró:

—No, no lo está.

Por fin mi hermana nos miró; en sus ojos se apreciaba la desesperación contagiosa, el dolor.

—Ya descansaré luego —dijo, y añadió en tono más suave—: No falta mucho.

—Sal al balcón —dijo mi sobrina—. Fuma. Vete de aquí.

Me hizo una seña con la cabeza y luego indicó la puerta de vidrio.

—Voy contigo. —Cogí a mi hermana de la mano.

Layl abrió los ojos.

—Amor mío —exclamó Maynoun.

Layl gimió. Respiró hondo y su cara palideció. Rodó de costado y empezó a vomitar, pero de su boca solo salía saliva.

—Cálmate —dijo Fátima—. Tómate tu tiempo.

—Me duele —dijo Layl—. Este no es mi sitio.

—Claro que lo es, querido —dijo Maynoun—. Has estado un tiempo fuera. Tardarás un poco en acostumbrarte.

—No deseo estar aquí.

—Ten paciencia.

—No debería estar aquí —insistió Layl.

—Por supuesto que sí. Yo te he traído. Tu sitio está conmigo.

—No. —Layl levantó la cabeza del suelo, y luego el torso. Se detuvo cuando estuvo a cuatro patas, sin poder incorporarse más—. Debo irme.

Avanzó siete pasos a gatas en una dirección, dio media vuelta y retrocedió del mismo modo.

—No es el mismo —dijo Ismael.

—Se repondrá —replicó Maynoun—. Tiene que hacerlo.

Layl gateó, formando una espiral cada vez más grande. Maynoun lo seguía paso a paso, con los brazos extendidos. Fátima se cubrió la boca con las manos.

—Te quiero —gritó Maynoun.

Layl gateó y gateó hasta que por fin se halló sobre el cadáver desnudo de su madre.

—¿Qué? —preguntó.

—Amado —suplicó Maynoun—, te acostumbrarás a la vida.

Layl inclinó la cabeza y besó los labios de la esposa del emir.

—Despierta —le dijo, y volvió a besarla. Pasó la mano por su frente, le apartó el cabello de la cara.

—No —exclamó Maynoun.

Y Layl le hizo el amor a su madre.

—No —exclamó Maynoun.

Y Layl se vació en su madre.

—No —exclamó Maynoun.

La esposa del emir abrió los ojos, al tiempo que Layl cerraba los suyos y moría por segunda vez.

Una paloma solitaria se apoyó en la barandilla del balcón que había debajo del nuestro. Lina encendió un cigarrillo. Se la veía triste y digna. Tosió y carraspeó.

Aguardé a que dijera algo. El sol de la mañana daba a nuestras pieles un matiz tostado.

—Llevo toda la mañana sin poder quitarme de la cabeza los preparativos del funeral. —Rompió a llorar—. No quiero pasar por esto ahora. Ahora no. —Negó con la cabeza, se secó las lágrimas con un pañuelo de papel usado—. Me siento perdida. ¿Qué le diremos a la gente? No pasará de hoy. ¿Deberíamos decírselo a Samia? ¿Deberíamos hacerla venir?

Le quité el paquete de cigarrillos y encendí uno.

—Esperemos.

—No reacciona a nada. Se debilita por momentos. Da la impresión de estar profundamente dormido. Tenemos que hablar con él. —Suspiró. Su mano avanzó hasta mi cuello y me atrajo hacia ella—. Debemos despedirnos. Tú deberías hacerlo. No llegaste a tiempo de hablar con mamá y sabes cómo te sentiste después.

—Hazlo tú —dije. No conseguía recordar cuáles habían sido las últimas palabras que me dirigió mi padre—. Yo no sabría qué decir. Esto se te da mejor a ti.

—¿Qué te hace pensar que se me da mejor? —Lina esbozó una sonrisa fugaz, y un destello de la infancia asomó a su boca por un instante—. No tienes que decir algo perfecto. Solo..., solo..., solo dile que estás aquí, que te preocupas por él. Saldrá bien. Vamos. Hagámoslo ahora.

Después de un día bajo el crudo sol, incluso la luz de la luna provocaba escozor en la piel de Arbusto. Sin embargo, su corazón se llenó de esperanza al percatarse de que los guardias que tenía asignados se habían marchado. Si pudiera descolgarse de la cruz tendría una oportunidad, pero los clavos eran demasiado hondos y las cuerdas demasiado tensas. Rezó para que alguien le rescatara, y sus plegarias fueron atendidas.

Un mercader apareció en plena noche, montado sobre un caballo claro y seguido por siete camellos, las bestias de carga, que llevaban sus ingentes pesos con gracia y dignidad.

—Ayúdame —gritó Arbusto—. Rescátame y te cubriré con más oro del que puedas imaginar.

El mercader contempló al hombre que sufría.

—Poseo una gran imaginación.

—Y yo una profunda gratitud y unos bolsillos aún más profundos —contestó Arbusto.

—En este caso la noche promete.

El mercader desmontó del caballo y subió a la cruz. Cortó las cuerdas.

—Cuidado con los clavos —dijo Arbusto.

—Siempre tendré cuidado contigo. —El mercader usó ambas manos para arrancar el primer clavo.

—Pero... —balbució Arbusto—, estás suspendido en el aire.

—¿Todavía no me has reconocido? Hace mucho que te busco y no ha sido fácil encontrarte.

—No eres humano —exclamó un sorprendido Arbusto.

—¿Alguien lo es?

—Oh, yinn. No me lleves. Puedo convertirte en el demonio más rico del mundo.

—Ya lo soy. Soy tan rico que puedo permitirme el lujo de descargar a mis camellos, que llevan las almas de todos aquellos a quienes has causado la muerte.

—Eres Afreet-Yehanam.

—Se me conoce por muchos nombres. Yehanam es el de mis dominios, y es allí adonde te llevaré.

—El infierno será mi hogar.

—No lo dudes.

—La muerte, predadora, ha venido a por mí.

Maynoun se llevó las manos a la cabeza y sollozó. Fátima le abrazó en un intento de consolarlo. Los diablillos rodearon a madre e hijo.

—No puedo soportarlo —dijo Maynoun.

—Ni yo tampoco —susurró Fátima—. Pero lo conseguiremos.

—Estamos contigo —dijeron los diablillos.

—Me siento fresca y rejuvenecida —dijo la esposa del emir para sus adentros—. Estoy tan viva.

—Incluso entre vosotros —sollozó Maynoun—, estoy solo.

—Abuelo —dijo mi sobrina—, ¿me oyes? Estamos aquí.

Éramos cuatro en torno la cama. Yo estaba sentado a su derecha, Salwa y Fátima a su izquierda. Lina, de pie detrás de mí, apoyaba una mano en mi hombro. Las máquinas seguían funcionando con fuerza. El ventilador inhalaba al mismo ritmo. Lina me apretó el hombro.

—Padre —dije—, soy yo, Osama.

Por irracional que parezca, la ausencia de toda reacción me decepcionó. Me volví y levanté la vista hacia mi hermana, que sonreía y lloraba al mismo tiempo.

—Abuelo —dijo mi sobrina—, ¿puedes apretarme la mano? —Movió la cabeza y miró hacia mí—. Abuelo —prosiguió—, ¿te acuerdas de que Osama solía contarme historias cuando era pequeña? Hace unos instantes lo recordé mientras hablaba con tu hermana. ¿Te acuerdas tú? Durante la guerra me ponía muy nerviosa, y él me contaba historias sobre tu padre.

Fátima trataba sin éxito de llorar en silencio. Lina aumentó la presión sobre mi hombro.

—Eran historias preciosas —dijo Salwa—. Siempre tuve la sensación de que conocía a tu padre, de que él estaba vivo a la vez que yo. Lo mismo me sucedía con el tío Yihad. Eran dos personajes raros, pero los conocía. Me aseguraré de que mi hijo los conozca también. ¿Me oyes?

—Nuestra familia es de lo más raro —dijo Lina, y volví a sentir la presión de su mano en mi hombro.

—Recuerdo muchas cosas —continuó Salwa—. Recuerdo que Osama solía comentar que tú no escuchabas las historias de tu padre. ¿Sabes cómo llegó hasta aquí? Es una historia preciosa. Osama debería contártela. Deja que te la cuente.

Y el precioso rostro del destino visitó a Baybars en sueños.

—Hijo mío —le dijo—, has librado tu última batalla. Ha llegado el momento de completar tu vida. Deben florecer nuevos héroes, deben contarse nuevas historias. Vuelve a casa.

En el salón del trono, Baybars anunció:

—Amigos míos, necesito descanso. Deseo viajar a Giza.

—Tus deseos son órdenes —contestó Othman—. Haré los preparativos.

—Deseo que mis amigos partan antes que yo. Deseo dormir en el pabellón que mis amigos pintaron para mí hace tanto tiempo, para así evocar los mejores momentos de mi juventud.

Y los amigos y compañeros de Baybars viajaron a Giza y montaron la gran tienda pintada a retazos. Organizaron un gran festín y aguardaron la llegada del héroe.

Baybars ensilló a al-Awwar en persona.

—Ya es hora, amigo —susurró al oído del gran corcel de guerra—. Viviremos nuestra última aventura juntos. Estoy, como siempre, agradecido por tu compañía. Contigo nunca estoy solo.

Baybars y al-Awwar se dirigieron a Giza. Sin embargo, tan pronto como la ciudad de El Cairo se perdió en lontananza, Baybars pidió a al-Awwar que fuera hacia la derecha y se internara en el acogedor desierto. Y el gran rey, el héroe de múltiples relatos, cabalgó hacia el sol inmortal.

—¿Me oyes? —pregunté a mi padre—. ¿Me oyes? —Intenté concentrarme en sus párpados en lugar de fijarme en el tubo respiratorio que llevaba prendido a la boca—. Ignoro qué historias te contó tu padre y cuáles creíste, pero siempre me he preguntado si llegó a contarte alguna vez la auténtica historia de quién era. O al menos la que parece contener más parte de verdad. ¿Lo hizo? Tal vez lo hiciera, pero, claro, tal vez no.

Levanté la vista hacia el monitor, con la esperanza de que registrara algún cambio, alguna señal de que me escuchaba.

—Tu abuela se llamaba Lucine. Es cierto. Lo comprobé. Lucine Guiragossian. Tu abuelo era Simon Twining. Ella trabajaba para él. ¿Ves? Por tus venas corre sangre inglesa, armenia y drusa. Eres un hombre de mundo. Siempre lo hemos sabido.

Le acaricié la mano con ternura.

—Tu abuela murió cuando tu padre era aún un bebé. Lo crió otra mujer, Anahid Kaladyian. Tu padre la quería más que a nadie, y ella lo sacrificó todo por él. Él siempre decía que Anahid fue su primer público, la única que se reía de sus chistes. Le hizo partir cuando él tenía once años. Según él, ella le dijo que se dirigiera hacia el sur, que se escondiera en las montañas del Líbano, que se refugiara con los cristianos. Eso fue antes de las masacres que los turcos infligieron a los armenios. Él se marchó antes de que se produjera la primera gran migración de huérfanos armenios al Líbano. ¿Lo sabías?

No hubo ninguna reacción por parte de mi padre, pero mi sobrina se desplazó sobre la cama y me cogió de la mano durante un momento.

—Escucha. Esta historia te gustará. Tu padre nació muy pequeño, diminuto como un ratón. Nadie pensó que viviría. Su madre, Lucine, o quizá Anahid, preocupada por su pequeño tamaño, lo llevó al barrio armenio de Urfa aprovechando su día libre. Habló con la gente, preguntó, suplicó, y al final la enviaron a ver a una gran adivina llamada Shoushan. Lucine rogó a Shoushan que la ayudara, pero no podía pagarle. La adivina dijo que no podía hacer nada si no recibía dinero a cambio, porque si corría la voz nadie volvería a pagar por sus servicios nunca más. Lucine juró que nunca se lo diría a nadie. «¿Crees que puedes salir de aquí sin haber pagado y sin que la gente note que has recibido algo gratis?», dijo la adivina. «No, no, todos intuirán que se ha recibido algo gratis. Debes pagarme algo. Deja que piense en una forma de pago alternativa. Espera aquí mientras rezo a la Virgen y le pregunto qué puedo cobrarte.»

Lina se sentó en la cama detrás de mí.

—Después de rezar, Shoushan preguntó: «¿Hay alguien en tu casa que haga calceta?». Lucine dijo que su señora solía tejer. Shoushan pidió a Lucine una de las agujas de hacer punto. Ese sería un buen pago. En sus oraciones, Shoushan había oído decir a la Virgen que en casa de Lucine residía un demonio que hacía calceta todas las noches. Shoushan podría aprovechar la aguja de tejer de ese demonio para varias cosas. ¿Sabía Lucine si el diablo poseía también una aguja de zurcir? Ese sería un regalo muy valioso. Shoushan podría usar la aguja de zurcir de un diablo para hacer magia. Lucine prometió llevarle una de cada.

Lina apoyó la cabeza en mi espalda. Noté el ritmo de su respiración, sólida y cansada.

—«Te contaré cómo lograr que tu hijo se convierta en un gigante», dijo Shoushan, «así que presta atención. Durante siete días y siete noches deberás bañar a tu hijo en vino caliente. Eso le nutrirá y le hará crecer. Pero hay más: calienta el vino echando en él una herradura candente. Eso le dará la sutileza del vino y la resistencia del acero. Después tendrás que refrescarlo colocándolo en la cáscara de una sandía que no esté madura. Su amargor le dará sabiduría. Vete ya, y asegúrate de traerme las dos agujas que me has prometido.»

»Lucine salió de casa de Shoushan, y en el camino de regreso encontró una herradura abandonada en la carretera. "Mi suerte está a punto de cambiar", pensó. Aquella noche buscó vino, pero el doctor había pillado una borrachera y acabado con todas las reservas. Sacó al bebé al jardín, donde halló un cuenco que se usaba para macerar el vinagre. Puso ese líquido casi avinagrado en un mortero de piedra que servía para picar carne. Calentó la herradura al fuego, y cuando esta adquirió un color rojo, la sumergió en el vino amargo. Y luego colocó al bebé sollozante en el mortero. Pero como no tenía ninguna sandía, ni madura ni no madura, lo enfrió a base de yogur frío.

Oí que Fátima profería una corta carcajada. Mi hermana movió la cabeza por mi espalda en señal de respuesta. Intenté hacer caso omiso del persistente pitido del monitor.

—La receta funcionó, desde luego, pero hasta cierto punto. Tu padre sobrevivió, pero no creció hasta alcanzar la talla de un gigante. Como todos nosotros, ni siquiera llegó a ser muy corpulento. No heredó la sutileza del vino, sino la volatilidad del vinagre. El yogur no le aportó sabiduría amarga, sino un talante agrio. Y la herradura pertenecía a una mula, no a un caballo: Lucine no supo distinguirlas. Así que logró conferirle la resistencia del acero, pero también la obstinación de las mulas. Ese es tu padre, y ese eres tú.

La luz del sol reptaba por el suelo. La habitación se iluminó, pero la cara de mi padre seguía macilenta. Respiré hondo.

—Tu padre me contó esa historia, una de las mejores de su repertorio, en mi opinión. También me explicó cómo naciste. ¿Quieres que te lo cuente? Me contó toda clase de cosas increíbles sobre ti. —Observé su rostro con la esperanza de percibir alguna reacción—. ¿Me oyes? —Cerré los ojos por un momento—. Sé tus historias.

Su pecho siguió subiendo y bajando de forma mecánica, sistemática.

—Y puedo contarte las mías. Si quieres.

Me paré, esperé.

—Escucha.

Notas y agradecimientos

Por naturaleza, un contador de historias es un plagiario. Todo lo que se cruza con él —cualquier incidente, libro, novela, episodio vital, historia, persona, recorte de noticias— es un grano de café que será machacado, mezclado, y al que se añadirá un toque de cardamomo, a veces una pizca de sal, se hervirá tres veces con azúcar y se servirá como cuento humeante y recién hecho. Os hago una breve lista de las fuentes que han proporcionado la mayor cantidad de granos: *Las mil y una noches* (versión no censurada), las *Metamorfosis* de Ovidio, el Antiguo Testamento, el Corán; *Flowers from a Persian Garden*, de W. A. Clouston; *Cuentos italianos*, de Italo Calvino; Kalila wa Dimna (versión no censurada); *The Delight of Hearts*, de Ahmad al-Tifashi; *The Ring of the Dove*, de Ibn Hazm; *Stories and Scenes from Mount Lebanon*, de Mahmoud Jalil Saab; la *Ilíada*, de Homero; *The Devil's Larder*, de Jim Crace; *Las cartas de Abelardo y Eloísa*; *Maktoob*, de Ida Alamuddin; las obras de Shakespeare, numerosos sitios de internet dedicados a las leyendas populares y bastantes libros de relatos tradicionales sirios y libaneses que compré por un penique a vendedores ambulantes.

Esta es una obra de ficción. Tal vez suene innecesario, una afirmación de lo obvio, pero merece la pena repetirlo. Nada de lo que aquí se cuenta debería considerarse hecho o biografía. La figura de Baybars tiene poco que ver con el personaje histórico, el bey no representa a ningún líder de clan real ni a ninguna familia en concreto, y los elementos religiosos que aparecen son fruto de mi invención y se ajustan a las necesidades narrativas (hasta donde yo sé, Zainab no aparece en las capillas, ni nadie venera a una Virgen de Zainab vestida de azul). El cuento de Baybars está basado en leyendas orales así como en un libro escrito por un auténtico hakawati que llegó a mi poder de manos de Maher Yarrar, de la Universidad Americana de Beirut (un regalo principesco). Los lectores que deseen estudiar la historia de Baybars pueden acudir a: *The Lion of Egypt: Sultan Baybars I and the Near East in the Thirteenth Century*, de Peter Thorau.

Guardo una deuda con la John Simon Guggenheim Memorial Foundation por una prolongada y generosa beca. Gracias también a mi extraordinaria editora, Robin Desser, siempre incansable y entregada; a Joy Johannessen, que no paró de sacudir el árbol hasta hacer caer toda la fruta podrida; a Asa DeMatteo, Barbara Dimmick, Jim Hanks y William Zimmerman, unos lectores que nunca se cortaron a la hora de señalar los fallos de mi escritura. Deseo dar las gracias a Lily Oei, Carlo Togni y Eric Glassgold por hacerme la vida más fácil.

Todo lo que sé sobre palomas lo he aprendido de expertos de Beirut que fueron lo bastante amables como para contarme sus historias. Todo lo que sé sobre guitarras lo aprendí de George Peacock, de Peacock Music en San Francisco. Todo lo que sé sobre maqâms lo aprendí escuchando al inimitable Munir Bashir.

Y, por último, este libro no sería lo que es sin la colaboración de casi todos los libaneses que conozco, e incluso la de aquellos que no conozco tanto. El Líbano es una nación de hakawatis, y a ninguno hace falta pedirle dos veces que te cuente una historia. En realidad, a la mayoría no hace falta ni pedírselo.

«He oído que buscas historias. Deja que te cuente una.»

«¿Quieres historias de palomas? Sé historias de palomas.»

«Te contaré una historia. Puedes incluirla en el libro, pero no se la puedes contar a nadie. Es privada.»

«Tienes que escribir sobre mi tía loca. En serio. Escucha…»

Gracias.

Índice

El contador de historias, de Rabih Alameddine
se terminó de imprimir en marzo de 2010 en
Worldcolor Querétaro, S.A. de C.V.
Fracc. Agro Industrial La Cruz
El Marqués, Querétaro
México